Knaur.

Im Knaur Taschenbuch Verlag sind bereits folgende Bücher des Autors erschienen:
Der Wanderchirurg
Der Chirurg von Campodios
Die Mission des Wanderchirurgen
Die Liebe des Wanderchirurgen
Tod im Apothekenhaus
Hexenkammer
Der Balsamträger
Der Puppenkönig
Das Spiel des Puppenkönigs

Über den Autor:
Wolf Serno arbeitete 30 Jahre als Texter und Creative Director in der Werbung. Mit seinem Debüt-Roman »Der Wanderchirurg« – dem ersten der fesselnden Saga um Vitus von Campodios – gelang ihm auf Anhieb ein Bestseller, dem viele weitere folgten, unter anderem: »Der Balsamträger«, »Hexenkammer«, »Der Puppenkönig« sowie »Das Spiel des Puppenkönigs«. Wolf Serno, der zu seinen Hobbys »viel lesen, weit reisen, gut essen« zählt, lebt mit seiner Frau und seinen Hunden in Hamburg.

Wolf Serno
Die Medica von Bologna

Roman

Knaur Taschenbuch Verlag

Besuchen Sie uns im Internet:
www.knaur.de

Vollständige Taschenbuchausgabe März 2012
Knaur Taschenbuch Verlag
Ein Unternehmen der Droemerschen Verlagsanstalt
Th. Knaur Nachf. GmbH & Co. KG, München
Copyright © 2010 by Droemer Verlag
Ein Unternehmen der Droemerschen Verlagsanstalt
Th. Knaur Nachf. GmbH & Co. KG, München
Alle Rechte vorbehalten. Das Werk darf – auch teilweise – nur mit
Genehmigung des Verlages wiedergegeben werden.
Umschlaggestaltung: ZERO Werbeagentur, München
Umschlagabbildungen: Moretto da Brescia (Alessandro Bonvicino)
1498–1554 / Kunsthistorisches Museum Wien / IMAGNO/ARTOTHEK;
Vittore Carpaccio, ca. 1460/5–1523/6 / Galleria dell' Accademia,
Venice, Italy / Alinari / Bridgeman Berlin
Satz: Adobe InDesign im Verlag
Druck und Bindung: CPI – Clausen & Bosse, Leck
Printed in Germany
ISBN 978-3-426-50021-7

2 4 5 3 1

*Für alle Zwei- und Vierbeiner
in meinem Rudel:
Micky, Fiedler († 16),
Sumo, Buschmann († 9), Eddi
und Olli*

»Weil ich hier keinen hab, Gespräch zu treiben,
muss ich, befriedigend mein heißes Streben,
Dir, was ich Gutes denk und sinne, schreiben.«

Dante Alighieri (1265 – 1321)

Der interessierte Leser findet am Ende des Buches
einen Anhang mit sechs Abbildungen,
die deutlich machen, wie im 16. Jahrhundert
eine Nasenrekonstruktion durchgeführt wurde.

Teil 1
Marco

Das Feuermal
La voglia di vino

ch bin eine vergessene Frau. Von den achtundvierzig Jahren, die ich auf dieser verrückten Welt lebe, habe ich die letzten sechzehn Jahre in strenger Abgeschiedenheit verbringen müssen, getrennt von den Menschen, die mir nahestanden, verlassen von ihrer Liebe, ihrer Güte, ihrer Treue.

Zum Schweigen verdammt.

Sechzehn Jahre sind eine halbe Ewigkeit, in der ich mühsam gelernt habe, mich in mein Schicksal zu fügen und meinen Kopf in Demut zu beugen. Und doch: Immer wieder denke ich, dass ich meine Stimme erheben und die Geschichte meines Lebens erzählen soll. Nicht, um meiner Eitelkeit Genüge zu tun, sondern um die Wahrheit ans Licht zu bringen.

Ich will deshalb die Dinge beim Namen nennen, ich will berichten, wie sie wirklich waren, nach bestem Wissen und Gewissen, ohne schmückendes Beiwerk und ohne etwas zu verschweigen. Denn die Wahrheit, so heißt es, ist unteilbar, und schon die halbe Wahrheit kommt einer Lüge gleich.

Wer diese Zeilen liest, wird es wahrscheinlich in einer fernen Zeit tun, wenn die Arkaden der Universität von Bologna schon lange nicht mehr stehen und der Wind ihre Überreste bis zur Unkenntlichkeit glattgeschliffen hat. Unzählige Wasser werden bis dahin den Reno und die Savena hinabgeflossen sein, doch die Wahrheit wird ihre Gültigkeit behalten, denn sie ist unabänderlich bis zum Tage des Jüngsten Gerichts.

Mein Name ist Carla Maria Castagnolo. Ich wurde anno 1552 im Zeichen des Widders geboren, weshalb ich die Eigenschaften dieses Sternzeichens von jeher im Blut habe: das heiße Herz und den kühlen Kopf. Feuer und Wasser waren es, die in mir um die Oberhand rangen, solange ich denken kann. Doch war ich bisweilen auch halbherzig, eigensinnig und sogar rachsüchtig, was dazu führte, dass ich mir selbst im Wege stand und mich hasste. So manches Mal war mein Fleisch stärker als mein Kopf, mein Eigensinn größer als die gebotene Einsicht. Viele Fehler habe ich deshalb in meinem Leben gemacht, Fehler, aus denen ich gelernt habe, auch wenn ich keineswegs sicher bin, ob ich einige von ihnen nicht wiederholen würde – denn mein Wille, die Welt gerechter zu machen, ist ungebrochen.

Vor Gott sind alle Menschen gleich, so steht es in der Heiligen Schrift. Doch warum gilt ein Bauer weniger als ein Adliger, ein Armer weniger als ein Reicher, eine Frau weniger als ein Mann? Warum soll das Leben des Einfältigen weniger wert sein als das des Klugen, das Leben eines Sklaven weniger als das seines Herrn?

Und warum ist das Geschick des Arztes umso größer, je schwerer der Geldbeutel des Kranken wiegt?

Wir alle werden nackt und ohne Sünde geboren. Jedes Kind, ob Junge oder Mädchen, wird von Gott gleichermaßen geliebt und hat für die Dauer seines Lebens den gleichen Anspruch auf Gesundheit, Geborgenheit und Entfaltung – unabhängig davon, in welches Haus es hineingeboren wurde. Das ist die Erkenntnis, die der Wahrheit entspringt. Der ganzen Wahrheit.

Warum erzähle ich das alles? Weil ich, bevor meine Geschichte beginnt, keinen Zweifel daran lassen will, wie ich denke. Und weil ich deutlich machen will, wie das Glas gefärbt ist, durch das ich die Welt betrachte.

Während ich dieses sage, liegt meine Hand auf einer goldenen Maske. Es ist eine Venusmaske, gewidmet der Göttin der Liebe, des Verlangens und der Schönheit. Sie ist kühl und glatt, und die Berührung mit ihrer Oberfläche inspiriert meine Sinne. Ihr Schein ist so funkelnd hell, dass sie sogar einen dämmrigen Raum mit Licht erfüllen kann. Warum sie das Kostbarste ist, was ich noch besitze, werde ich später berichten, ebenso, wie ich später von meinem Diener Latif berichten werde, der sich bereit erklärt hat, diese meine Worte aufzuschreiben. Latif ist treu und verschwiegen, und nichts Menschliches ist ihm fremd. Er wird mir helfen, meine Geschichte festzuhalten – auch dann, wenn es um Dinge geht, über die ich eigentlich niemals sprechen wollte.

Denn ich selbst kann nicht mehr schreiben. Seit einigen Jahren hat mich die Schüttellähmung geschlagen, eine Krankheit, die sich neben anderen tückischen Symptomen im Zittern der Hände äußert. Doch ich will nicht klagen, *finchè c'e vita, c'e speranza,* wie es heißt.

Also fange ich an.

Meine erste Erinnerung, ich war drei oder vier Jahre alt, ist ein Streit. Ein heftiger Streit zwischen zwei Frauen, von denen ich nur eine kannte – meine Mutter. Die andere Frau hieß Signora Donace. Sie war eine Kundin meiner Mutter, die als Schneiderin für die vornehmen Damen Bolognas arbeitete. Doch Signora Donace wirkte an jenem Morgen alles andere als vornehm, denn sie schrie wie das Weib eines Kesselflickers, während sie ein Kleid in die Höhe hielt und heftig an dessen Ärmeln zerrte. Das Kleid kam mir riesengroß vor, so groß wie eine Wolke am Himmel, nur dass es nicht weiß war, sondern feuerrot. Es war gänzlich aus Seidenorganza gefertigt, mit hochgesetzter Taille und tiefem Dekolleté. Das Mieder und die Oberärmel zierten filigrane Goldgitter, und an den Seiten wurde es mit farblich zu den Gittern passenden Schnürungen geschlossen.

Aber all das wusste ich damals noch nicht. Ich sah nur die gewaltige rote Wolke, während die Worte der fremden Frau wie ein Wasserfall auf meine Mutter einstürzten: Sie habe keine festgenähten, sondern abnehm- und austauschbare Ärmel gewollt, zeterte Signora Donace, Ärmel, die resedagelb seien, Ärmel, die im unteren Bereich weiter seien, bauschiger, großzügiger, Ärmel, die überdies Schlitze aufwiesen, tiefe Schlitze, wie es die Mode vorschreibe, ob die hochgelobte Signora Castagnolo noch nie etwas von der neuesten Mode gehört habe, mit diesem Fetzen könne sie sich als Gattin eines Patriziers niemals auf der Piazza Maggiore sehen lassen, sie würde sich vor ihren Freundinnen unsterblich blamieren und so weiter und so weiter.

Je lauter Signora Donace wurde, desto leiser sprach meine Mutter. Sie wandte immer wieder ein, sie habe nur angefertigt, was die gnädige Frau bei ihr in Auftrag gegeben hätte. Genau das habe sie getan, mehr könne sie doch nicht tun.

Die Signora schimpfte weiter und herrschte meine Mutter an, was sie sich einbilde, ob sie eine Dame der ersten Gesellschaft Bolognas Lügen strafen wolle, das ginge nun wirklich zu weit. Das müsse sie sich nicht bieten lassen. Und sie riss die rote Wolke hoch und schleuderte sie wütend von sich.

Ich hatte mich bis dahin hinter den Stoffballen neben dem Schneidertisch aufgehalten und dort mit meinen Puppen gespielt, doch durch den immer lauter werdenden Streit bekam ich Angst und wollte fortlaufen. Ich kam nicht weit. Denn die rote Wolke flog auf mich zu, füllte plötzlich das ganze Zimmer aus und begrub mich unter sich. Ich konnte nichts mehr sehen. Ich strampelte. Ich verhedderte mich, konnte nicht vor und zurück. Panik stieg in mir hoch, ich begann aus Leibeskräften zu brüllen.

»Wer schreit da so?«, begehrte Signora Donace zu wissen. »Ist das ein Kind?«

»Ja, Signora«, antwortete meine Mutter, »es ist meine Tochter.«

»Ihr solltet ihr das Schreien abgewöhnen. Es zeugt von schlechtem Benehmen!«

»Ja«, sagte meine Mutter tonlos.

Signora Donace entfernte sich rasch.

Sie kam nie wieder.

Einige Jahre später, ich erinnere mich noch genau, bat ich meine Mutter, sie zu einer Kundin in die Stadt begleiten zu dürfen. Wir wohnten damals in einem einfachen Haus am Ende der Strada San Felice, im äußersten Westen, wo das Stadtbild noch weitgehend von Feldern und Wiesen geprägt war. Die Menschen, die dort lebten, hatten wenig zu beißen, und auch meine Mutter fragte sich oftmals am Morgen, was sie am Abend kochen sollte. Doch das wusste ich natürlich nicht, meine Sorgen waren ganz anderer Art. Mich reizte die große Stadt, deren Dächer und Türme täglich aus der Ferne herübergrüßten und deren Geräusche in meinen Ohren wie das Summen von tausend Bienen klangen.

»Kann ich mit, Mamma?«, fragte ich.

»Nein, Carla.« Meine Mutter schüttelte den Kopf. »Es ist besser, wenn du hierbleibst.«

»Bitte, Mamma! Ich war noch nie mit, immer lässt du mich allein.«

»Glaub mir, es ist besser so.«

»Nur dieses Mal, bitte!« Ich begann zu weinen. Die Aussicht, wieder viele Stunden auf meine Mutter warten zu müssen, bedrückte mich. Es gab keine Menschenseele, die mir während ihrer Abwesenheit Gesellschaft leisten konnte, denn ich hatte weder Geschwister noch Verwandte. »Bitte, bitte!«

Meiner Mutter fiel es schwer, mir meinen Wunsch abzuschlagen, das sah ich, deshalb weinte ich noch lauter, doch der Moment ihres Zögerns war schon vorbei. »Sei vernünftig«, sagte sie, »ich bin bald zurück, und wenn Signora Vascellini heute ihre Rechnung bezahlt, kaufe ich ein Hühnchen auf dem Markt und koche uns eine Suppe.«

»Nein!« Ich stampfte mit dem Fuß auf. »Nein, nein, nein!« Aber auch dieser Protest half nichts. Meine Mutter seufzte nur und wandte sich ab. Ich sah, wie sie den großen Weidenkorb nahm, in dem sie die Produkte ihrer Nähkunst zu transportieren pflegte, und auf die Haustür zuging. »Du kannst nicht mitkommen, Carla. Wenn du älter bist, wirst du verstehen, warum es nicht geht. Nun weine nicht mehr. *Arrivederci*, meine Kleine.«

Die Tür fiel ins Schloss, meine Mutter sperrte von außen ab, und ich blieb zurück.

Ich schluchzte noch ein wenig, dann beruhigte ich mich. Es machte keinen Sinn mehr, zu weinen. Ich setzte mich im Schneidersitz auf den Boden und nahm Bella, meine Lieblingspuppe, auf den Arm. Ich begann, sie hin und her zu wiegen, und fragte: »Bella, warum nimmt Mamma mich nie mit?« Aber Bella, die wie alle meine Puppen sprechen konnte, schwieg diesmal.

Das verdross mich. Ich legte sie zurück in ihr Bettchen und stand auf. Mein Blick ging zur Tür, durch die meine Mutter vor wenigen Augenblicken verschwunden war. »Ich will zu den Bienen«, murmelte ich, »ja, zu den Bienen.« Und kurz entschlossen schlüpfte ich durch das offene Fenster, das auf der Hinterseite des Hauses zum Garten hinauswies.

Als ich draußen war, musste ich wegen der grellen Sonne blinzeln, aber ich war den Weg in die Stadt schon so viele Male in Gedanken gelaufen, dass ich mich sogar blind zurechtgefunden hätte. Meine Mutter, die an diesem Tag ein hochgeschlossenes Kleid aus lindgrünem Tuch und ein mit Glasperlen verziertes Haarnetz trug, war schon ein gutes Stück entfernt. Sie hatte bereits die Brücke passiert, die über den Canale di Castiglioni führte, und auch die kleine Kirche Santa Maria de la Carità hinter sich gelassen. Ich fing an zu rennen und hatte sie bald darauf eingeholt. Damit sie mich nicht entdeckte, ging ich auf der anderen Straßenseite und folgte ihr im Schatten der Häuser.

Je näher wir der Stadt kamen, desto belebter wurde die Strada San Felice. Staunend beobachtete ich, wie immer mehr Menschen vor mir auftauchten, Menschen, die in unterschiedlichste Richtungen strebten, bunt gekleidet, schwatzend, lachend, pfeifend oder fluchend, dazwischen Karren, Kutschen und oftmals ein Reiter, der hoch zu Ross vorbeipreschte. Immer wieder blieb ich stehen, um zu schauen. Ich konnte mich nicht sattsehen an dem lebhaften Treiben um mich herum.

Viel fehlte nicht, und ich hätte meine Mutter aus den Augen verloren, denn plötzlich wandte sie sich nach links und schlug den Weg zur Piazza Maggiore ein. Dieser belebte Platz im Zentrum Bolognas dient seit jeher vielerlei Zwecken; er ist der Ort für Feste, Paraden und Versammlungen, für Märkte und Messen und sogar für Hinrichtungen, die vor dem Palazzo del Podestà stattfinden. Vor allem aber ist dort der große Neptunbrunnen, Fontana del Nettuno genannt, ein Treffpunkt für alle Bürger der Stadt.

Meine Mutter jedoch schien niemanden auf dem Platz treffen zu wollen. Sie schritt zielstrebig über die weiträumige Fläche und bog bald darauf in die Via de Foscarari ein, wo sie in einem prächtigen Patrizier-Palazzo verschwand.

Unbemerkt folgte ich ihr und stand wenig später vor der hohen zweiflügeligen Eingangstür. Wieder eine Tür, die im Weg ist, dachte ich enttäuscht. Doch während ich noch unschlüssig von einem Bein aufs andere trat, bemerkte ich, dass einer der Flügel nicht ganz geschlossen war.

Sollte ich es wagen?

Ich wagte es. Ich nahm all meinen Mut zusammen und betrat das große Haus. Drinnen empfingen mich Kühle, Halbdunkel und ein unangenehmer Geruch nach abgestandenen Speisen. Ich fröstelte. Mein Herz, das mir zuvor schon bis zum Hals geklopft hatte, begann zu rasen. Angst kroch in mir hoch. Nein, hier wollte ich auf keinen Fall bleiben! Doch plötzlich hörte ich Stimmen aus dem oberen Stockwerk. Ich lauschte. Eine davon war mir vertraut. Sie gehörte meiner Mutter. Welch eine Erleichterung! Wo meine Mutter war, war Sicherheit. Schnell lief ich die Stufen der großen Treppe empor und stürmte in das Zimmer, aus dem die Stimmen kamen. Ich war froh, das Verfolgungsspiel beenden zu können, sehr froh sogar. Und weil ich mich so freute, war ich sicher, dass meine Mutter sich ebenfalls über das unverhoffte Wiedersehen freuen würde.

Es kam ganz anders. Als sie mich erblickte, riss sie den Mund auf, als sei der Leibhaftige in sie gefahren, und gab einen erstickten Laut von sich. Mehrere vornehme Damen, die an einem ovalen Tisch saßen, auf dem Wein, Gebäck, kandierte Früchte und weiteres Zuckerwerk standen, schauten ebenso entsetzt drein. Eine von ihnen, eine Frau mit üppigem Busen, rief: »*Sant'Iddio!*«, und zeigte mit dem Finger auf mich. »Was ist das für eine Kreatur?«

Meine Mutter rang um Fassung, bevor sie mühsam die Antwort hervorbrachte: »Verzeiht, Signora Vascellini, das ist … meine Tochter.«

Signora Vascellini bekreuzigte sich. »Der Allmächtige schütze uns. Sie trägt eine *voglia di peccato!*«

»Glaubt mir, Signora, das hat nichts zu bedeuten, wirklich nicht.«

»Woher wollt Ihr das wissen? Was sagt der Herr Pfarrer Eurer Gemeinde dazu? Weiß die heilige Kirche überhaupt davon?«

Meine Mutter streckte sich. »Das Kind ist vor Gott und der Welt in San Pietro getauft.«

»Verlasst sofort mein Haus«

»Aber Signora, *gentilissima* Signora! Bitte, habt ein Einsehen! Wir gehen sofort, nur, äh, da ist noch die offene Rechnung für das taubenblaue Brokatkleid. Ich brachte es Euch schon vor zwei Wochen. Könntet Ihr nicht wenigstens einen Teil …?«

»Darüber reden wir ein anderes Mal. Die Kreatur hat mich so erschreckt, dass ich zu keinem klaren Gedanken mehr fähig bin.« Signora Vascellini blickte in die Runde. »Oder ergeht es euch anders, meine Lieben?«

Die Damen am Tisch verneinten einstimmig.

»Dann geht jetzt.«

Meine Mutter sank in sich zusammen. »Jawohl, Signora«, murmelte sie, »aber das Kind kann nichts dafür, das arme Kind kann nichts dafür …« Sie nahm ihren Weidenkorb, in dem die

Schaustücke lagen, von denen sie so gern eines veräußert hätte, und ergriff meine Hand. Beim Hinausgehen drehte sie sich noch einmal um und fragte leise: »Darf ich nächster Tage noch einmal wiederkommen, Signora?«

»Ja, ja, meinetwegen.« Für Signora Vascellini war das Gespräch beendet. Doch wenige Schritte später rief sie meiner Mutter nach: »Aber kommt ohne das Kind!«

Der Rückweg verlief schweigend. Meine Mutter schaute weder nach links noch nach rechts, während sie immer schneller ging und ich Mühe hatte, Schritt zu halten. Ich spürte, wie sehr sie gedemütigt worden war, und ich spürte auch, dass die Demütigung etwas mit mir zu tun hatte. »Mamma, was ist eine Kreatur?«, fragte ich.

Meine Mutter presste die Lippen aufeinander und eilte weiter.

Ich wiederholte meine Frage.

»Das brauchst du nicht zu wissen, dafür bist du noch zu jung.«

»Immer bin ich für alles zu jung.«

»So ist das nun mal, wenn man Kind ist.«

Je schroffer die Antworten meiner Mutter ausfielen, desto unwohler fühlte ich mich in meiner Haut. Gewiss, ich hatte nicht gehorcht und war ihr heimlich zu der dickbusigen Signora Vascellini in den Palazzo gefolgt, was sicher falsch gewesen war. Aber dass die Signora und ihre Freundinnen so heftig reagiert hatten, musste einen anderen Grund haben. Einen, den ich nicht kannte. Damals wusste ich noch nichts von dem Aberwitz, der in den Köpfen vieler herumgeisterte, denn ich kannte die Menschen nicht. Ich wusste nichts von ihrer Engstirnigkeit, ihrer Eitelkeit, ihrer Bosheit, ich wusste nicht, dass ihr Herz härter als Stein sein konnte und ihre Seele schwärzer als der Tod. Manches Mal denke ich, es wäre besser gewesen, ich hätte das alles niemals erfahren, aber diese Überlegung ist lächerlich und schwach. So schwach, wie ich mich an jenem Tage fühlte, als ich mit meiner Mutter auf dem Nachhauseweg war.

Ich fing an zu weinen: »Und was ist eine *voglia di ... voglia di ...*?«

Meine Mutter blieb stehen und wandte mir ihr Gesicht zu. »Hör auf zu weinen, Carla, bitte.«

»Aber die Frau war so hässlich zu uns.«

»Kümmere dich einfach nicht um das, was Signora Vascellini gesagt hat.«

»Ja, Mamma. Was ist eine *voglia di ...*?«

»Was eine *voglia di peccato* ist, wirst du noch früh genug erfahren. Viel zu früh, fürchte ich. Merke dir lieber ein anderes Wort: Es lautet ›*abiuro!*‹«

»*Abiuro!*«, wiederholte ich folgsam. »Was heißt denn das?«

Der Gesichtsausdruck meiner Mutter bekam etwas Feierliches. »Es heißt: Ich schwöre ab.«

»Klingt komisch.«

»Die Bedeutung erkläre ich dir ein anderes Mal. *Abiuro* ist vielleicht ein sehr wichtiges Wort für dich.«

»Ja, Mamma.«

Den Rest des Weges legten wir wieder wortlos zurück. Doch kurz bevor wir ans Ende der Strada San Felice kamen, wurde unser Schweigen jäh unterbrochen. Ein paar freche Nachbarskinder hatten sich im nahen Gebüsch versteckt. »*Strega!*«, brüllten sie laut, und: »*Maliarda!*«

Die Schelte galt mir. Es war schon öfter vorgekommen, dass sie mich als Hexe und Zauberin beschimpft hatten. Sie waren laut, dreckig und aggressiv. Eine Begegnung mit ihnen hatte ich stets vermieden und war jedes Mal so schnell wie möglich davongelaufen.

Doch heute war das nicht nötig. Ich war in Begleitung meiner Mutter, und meine Mutter verscheuchte die Bande. »Hör nicht auf die Rotznasen«, sagte sie und zog mich fort. »Da vorn ist unser Haus.« Sie schloss die Tür auf und ging an den Herd, wo sie das Feuer neu entfachte und Reis zu kochen begann, denn Signora Vascellinis Geiz hatte den Kauf eines Suppenhuhns verhindert. »Reis tut es auch«, meinte sie und verteilte anschließend etwas Gorgonzola auf den dampfenden Körnern.

»Ja«, sagte ich.

Wir sprachen gemeinsam das Tischgebet und aßen.

Als wir fertig waren, legte meine Mutter den Löffel beiseite: »Und nun will ich wissen, warum du mir in die Stadt gefolgt bist. Ich hatte es dir ausdrücklich verboten, und du hast es trotzdem getan. Warum also?«

Diese Frage hatte ich die ganze Zeit befürchtet, denn ich wusste nicht, was ich darauf antworten sollte. Ich zog die Stirn kraus und beschloss, es mit der Wahrheit zu versuchen: »Ach, nur so, ich wollte in der Stadt die Bienen angucken.«

»Was für Bienen?«

»Die Bienen, die immer summen.«

»Wie bitte?«

»Ich hab sie genau gehört, Mamma! Hier hab ich sie gehört, die ganze Zeit, aber in der Stadt sind überhaupt keine Bienen.«

Meine Mutter sah mich lange an. In ihren Augen standen Zweifel und Angst. Dann sagte sie wie zu sich selbst: »Vielleicht ist es nur das Summen in deinem Kopf.«

Später hörte ich sie inbrünstig vor dem kleinen Hausaltar beten. »O Herr, du großer, gütiger Gott«, flehte sie, »sei gnädig und barmherzig. Gib, dass nicht wahr wird, was im Zweiten Buch Mose steht, verhindere es, verhindere es mit all deiner Macht ... *und lasse die Zauberinnen am Leben!*«

Sie unterbrach sich und fuhr dann so leise fort, dass es kaum zu vernehmen war: »Denn manchmal, o Herr, sind sie es nur zum Schein.«

Von jenem Tag an achtete meine Mutter strikt darauf, dass ich ihr nicht in die Stadt folgen konnte. Ich bin sicher, sie meinte es nur gut, doch ich fühlte mich verletzt und zurückgestoßen.

Ich weinte viel. Das Einzige, was mich tröstete, war, dass Bella und ihre Gefährtinnen mein Schicksal teilten. Sie wurden krank und bedurften meiner Hilfe.

Tagelang behandelte ich sie. Ich machte ihnen Wickel gegen das Fieber, kühlte ihnen die Stirn und sorgte dafür, dass sie gehörig schwitzten, indem ich sie in dicke Decken hüllte. Wenn sie geschwitzt hatten, zog ich sie aus, trocknete sie ab und streifte ihnen frische Wäsche über.

Höschen, Jäckchen, Kleidchen, alles, was meine Mutter in ihrer wenigen freien Zeit für meine Puppen angefertigt hatte, wurde von mir sorgsam gehütet; alles musste stets sauber sein und wurde, wenn nötig, mit Seifenkraut gewaschen, ausgespült und ordentlich auf eine kleine Leine gehängt. Löcher wurden, wenn ich sie entdeckte, liebevoll gestopft, nachdem meine Mutter mir gezeigt hatte, wie man mit Nadel und Faden umgeht. Sogar einen hölzernen Knopf nähte ich einmal an. Er saß zwar nicht besonders fest, aber Bella und ihre Freundinnen versicherten mir, ich hätte es gut gemacht.

Wenn ich nicht Löcher stopfte oder Knöpfe annähte, riss ich schmale Stoffbahnen aus Kleiderresten und stellte auf diese Weise Leinenstreifen für Verbände her, die ich mehr oder weniger geschickt anlegte.

Ich fertigte Kompressen aus alter Wolle und drückte sie auf die Stellen, wo Bella und die anderen Puppen sich beim Spielen verletzt hatten.

Ich holte Wasser für sie, gab ihnen zu trinken und rührte Reisbrei für sie an. Ich tat Apfelstückchen in den Brei und fütterte sie, bis sie satt waren. Und wenn sie satt waren, gab ich ihnen eine Extraportion, obwohl sie es nicht wollten, denn wer krank ist, braucht viel gutes Essen, um wieder gesund zu werden.

Ich setzte sie nacheinander auf einen winzigen Topf, damit sie ihre Notdurft verrichten konnten, und ich putzte ihnen anschließend den kleinen Po ab.

Langsam, ganz langsam genasen sie.

»Du siehst in letzter Zeit besser aus«, sagte meine Mutter eines Abends, als sie nach Hause kam. »Das ist schön. Vielleicht spielst du in Zukunft nicht mehr nur mit deinen Puppen, sondern versuchst es mal mit den Nachbarskindern?«

»Nein!«

»Ich weiß, sie haben dich gehänselt, aber das werden sie bestimmt nicht mehr tun. Kinder vergessen schnell. Sie können sich nicht ewig darüber lustig machen, dass du im Gesicht dieses, äh ...« Meine Mutter hielt inne.

»Ich will nicht mit den Kindern spielen! Ich hab Angst vor ihnen. Bella und die anderen sagen auch, ich soll nicht rausgehen.«

Meine Mutter setzte sich und zog mich auf ihren Schoß. »Hör mal, meine Kleine, wie alt bist du jetzt?«

»Ich werde schon sieben«, sagte ich stolz.

»Richtig. Da bist du alt genug, um zu wissen, dass Puppen nicht sprechen können. Sie sind nett und hübsch anzusehen, aber wenn man es genau nimmt, sind sie nur Spielzeug. Das hast du doch sicher schon selbst bemerkt, oder?«

Ich antwortete nicht. Natürlich hatte ich mich schon gefragt, warum meine Gefährtinnen nicht so lebendig waren wie eine Katze oder ein Hund, die sich aus eigener Kraft bewegten, die miauten oder bellten, die fraßen, wenn sie hungrig waren, gähnten, wenn sie müde waren, oder fortliefen, wenn ihnen der Sinn danach stand. Aber ich hatte diese Überlegungen immer unterdrückt, weil ich unbedingt glauben wollte, dass Bella und meine anderen Lieblinge lebten. Nun sollten sie plötzlich nur noch Gegenstände sein? Tote Gegenstände? Meine Lippen begannen zu zittern, Tränen traten mir in die Augen.

»Aber, aber, meine Kleine«, sagte meine Mutter, »wer wird denn gleich weinen. Du bist doch schon ein großes Mädchen, oder?«

Ich schniefte und nickte.

»Na siehst du.« Sie schaute mich wieder mit jenem Blick an, den ich schon öfter an ihr beobachtet hatte. Es war ein Blick, in dem Zuneigung und Liebe lagen, aber auch Sorge und Zweifel. »Vielleicht«, sagte sie, »ist es gar nicht so wichtig, mit den Nachbarskindern zu spielen, vielleicht ist es sogar besser, es zu lassen.«

»Bestimmt, Mamma«, sagte ich.

»Hör mal, meine Kleine, ich würde dich gern in eine Schule schicken, damit du lesen und schreiben lernst, aber eine Schule kostet Geld, sehr viel Geld ...«

»Ich will nicht zur Schule!«

»Hm, das dachte ich mir. Ich könnte dich auch zu Pater Edoardo von der Gemeinde San Salvatore schicken. Sein Gotteshaus San Rocco steht nicht weit von hier in der Via delle Lame. Hochwürden erwartet für seinen Unterricht nur ab und zu eine kleine Spende und ist im Übrigen sehr freundlich ...«

»Ich will nicht!«

»Nun«, sagte meine Mutter, und fast schien es mir, als sei ihr meine Weigerung nicht unrecht, »dann ist es vielleicht am besten, wenn ich selbst dir Unterricht erteile. Ich würde dann auch nicht mehr so oft von zu Hause fort sein. Willst du das?«

»Ja, Mamma!«, rief ich begeistert. »Das will ich.«

»Dann werden wir es so machen.«

Doch einige Zeit später, man schrieb noch das Jahr 1558, hatte meine Mutter mehrere Aufträge, die häufig ihre Anwesenheit in der Stadt erforderten. So kam es, dass sie ihr Versprechen nicht einlösen konnte. Viele Tage hoffte ich, sie würde bei mir bleiben und mit dem Unterricht beginnen, und viele Tage wurde meine Hoffnung enttäuscht. Wie zuvor blieben mir nur Bella und ihre Gefährtinnen, deren Lebensfunke allerdings erloschen war und deren Gesellschaft mir deshalb nicht mehr so viel bedeutete. Statt mit ihnen zu spielen, lief ich im Haus umher und stand immer öfter vor der Tür zu dem Zimmer, das meiner Mutter als Schneiderwerkstatt diente.

An diesem Tag war sie nicht verschlossen.

Mit klopfendem Herzen drückte ich die Klinke nach unten und ging hinein. Der Raum war groß und hell. In der Mitte stand ein Tisch, der Schneidertisch meiner Mutter. Als ich ihn sah, trat plötzlich ein Bild vor meine Augen, das mir bekannt vorkam: Zwei Frauen standen da, die sich stritten, und eine der Frauen schleuderte eine große rote Wolke in meine Richtung. Unwillkürlich sprang ich einen Schritt zurück. Ich wusste, dass ich kein Trugbild gesehen hatte. Vor langer Zeit war ich schon einmal in diesem Raum gewesen. Ich blickte mich um und fragte mich, warum meine Mutter mir den Zutritt so lange verwehrt hatte. Ich fand keine Antwort, denn alles sah noch genauso aus, wie es in meinem Gedächtnis gespeichert war: die zwei hölzernen, sich gegenüberstehenden Schneiderbüsten, die Stoffballen auf dem Beistelltisch, die Zuschnitte, die Garnrollen, die Nadeln, die Scheren, die Schachteln für Knöpfe, Bänder, Spitzen und mancherlei mehr.

Und dann sah ich einen großen Spiegel und erblickte etwas, das ich noch nie zuvor gesehen hatte: mich selbst.

Mich selbst und mein Gesicht.

Man sagt, kein Tier dieser Welt könne erkennen, wenn der Spiegel ihm sein eigenes Abbild zeigt. Ich aber wusste sofort, dass ich es war, die da mit zaghaften Schritten auf sich selbst zuging. Staunend betrachtete ich mich. Ich war nicht sehr groß gewachsen, schlank, mit gerader Haltung und gleichmäßigen Proportionen, nur mein Kopf mit den schulterlangen kastanienbraunen Haaren war für meinen Körper ein wenig zu groß, was aber, wie ich heute weiß, für ein Kind meines damaligen Alters völlig normal ist.

Keineswegs normal jedoch war mein Gesicht.

Die gesamte linke Hälfte war violett verfärbt. Fremd und abstoßend wirkte die Fläche auf mich, fast monströs. Sie zog sich von der Stirn über das Auge an der Nase vorbei bis hinunter zur Wange, vom Ansatz des linken Ohrs bis in den Mundwinkel hinein. Ich sah zum ersten Mal, wie entstellt ich war, und ich sah, wie mein Gesicht sich veränderte. Eben noch neugierig und voller Erwartung, nahm es einen Ausdruck der Angst und des Abscheus an. Meine Lippen begannen zu zittern – wie häufig, bevor ich weinen muss. Doch diesmal weinte ich nicht, ich war viel zu entsetzt. Ich strich mit meiner Hand über den Spiegel, dort, wo die rote Fläche mir entgegenleuchtete. Sie fühlte sich glatt und nichtssagend an. Dann legte ich die Hand an mein Gesicht – und ich spürte den Unterschied, über den ich mir niemals zuvor Gedanken gemacht hatte: Die Haut der linken Gesichtshälfte fühlte sich rauher an als die der rechten. Viel rauher und, wie ich glaubte, auch wulstig. Das war zu viel für mich. Ich schluchzte auf und begann hemmungslos zu weinen.

Eine Tür schlug zu. »Ich bin zurück, meine Kleine, wo steckst du?« Schritte näherten sich. »Ach, hier bist du, sag mal, wer hat dir erlaubt …?«

Meine Mutter erkannte die Situation mit einem Blick. Sie nahm mich in den Arm und führte mich aus der Werkstatt. In der Küche setzte sie sich und nahm mich auf den Schoß. »Weine nicht«, sagte sie. »Irgendwann musste es ja so kommen.«

Ich heulte weiter, meine Tränen flossen, meine Schultern zuckten, ich war der hässlichste Mensch auf Erden! »Mach das weg, Mamma!«, rief ich.

»Ich fürchte, das geht nicht weg, meine Kleine«, sagte meine Mutter. Sie wollte mir über die schreckliche Stelle streichen, aber ich stieß ihre Hand fort.

»Mach das weg, ich will das nicht haben!«

»Das ist ein Feuermal, eine *voglia di vino*«, sagte sie. »Niemand weiß, wofür es steht.«

Diese Worte konnten mich nicht trösten, und auch die nächsten Sätze meiner Mutter, die sicher gut gemeint waren, vermochten es nicht: »Damit wirst du dein ganzes Leben leben müssen, meine Kleine. Ja, das wirst du wohl. Nun, vielleicht ist es gar nicht so schlecht, dass du es schon heute erfahren hast. Umso frühzeitiger kannst du dich daran gewöhnen. Es gibt vieles im Leben, an das man sich gewöhnen muss, vieles, was schlimmer ist, glaub mir. Hauptsache, du bist gesund. Du bist ein großes, gesundes Mädchen und musst jetzt nicht mehr weinen. Nicht wahr, du musst jetzt nicht mehr weinen?«

Ich heulte weiter und sprang von ihrem Schoß. Ich lief zu meinem Bett, auf dem meine Puppen lagen, und vergrub mein Gesicht in ihnen.

Meine Mutter folgte mir. »Ja«, sagte sie, »so ist es recht, spiele nur mit Bella, das wird dich ablenken.«

Ich fuhr hoch und funkelte sie an: »Bella ist tot, du hast es selbst gesagt!«

»Sicher, sicher.« Meine Mutter machte eine hilflose Geste. »Natürlich ist sie tot, meine Kleine. Aber das ist doch nicht so schlimm, sie hat ja niemals gelebt.«

Von diesem Tage an war der Spiegel mein Feind. Einerseits mied ich ihn wie der Teufel das Weihwasser, weil er mir gnadenlos aufgezeigt hatte, wie hässlich ich bin – andererseits fühlte ich mich unwiderstehlich zu ihm hingezogen, weil ich hoffte, ein Wunder wäre geschehen und meine Entstellung über Nacht verschwunden. Doch jedes Mal enttäuschte er mich.

Ich verabscheute ihn dafür. Ich verfluchte ihn. Ich gab ihm den Namen »hässlicher Feind«, *brutto nemico,* und ich schrie ihn an, warum er das mit mir mache.

Natürlich antwortete er nicht. Er hing nur da, goldumrahmt, und zeigte mir immer das gleiche Bild. Denn er war nur ein Gegenstand. So tot wie meine Puppe Bella.

Immerhin brachte er mich zum Nachdenken. Ich erkannte, warum die dickbusige Signora Vascellini und ihre vornehmen Freundinnen so entsetzt auf mein Äußeres reagiert und mich abfällig als Kreatur bezeichnet hatten, und ich konnte mir auch einen Reim darauf machen, warum die Nachbarskinder mich mit Schmähworten wie *Strega* und *Maliarda* beschimpft hatten. Nur an den seltsamen Begriff, mit dem Signora Vascellini meine Entstellung bezeichnet hatte, erinnerte ich mich nicht.

So vergingen Monate.

Meine Mutter bekam von alledem nichts mit. Nur ein Mal, als ich erneut mein Spiegelbild betrachtete, schlug ich voller Verzweiflung nach meinem Feuermal. Es war eine Entgleisung, ebenso unbedacht wie töricht, die schlimme Folgen nach sich zog: Der Spiegel wies ein paar Sprünge auf und meine Hand eine blutende Schnittwunde. Als meine Mutter die Bescherung sah und sich von ihrem ersten Schrecken erholt hatte, machte sie mir bittere Vorwürfe, denn sie dachte, ich hätte nicht aufgepasst, wäre ausgerutscht und gegen das Glas gefallen.

Ich ließ sie in dem Glauben, wenn auch mit schlechtem Gewissen, und beobachtete interessiert, wie sie mir einen Verband anlegte. Sie schimpfte und haderte weiter mit mir, und weil ich sie ablenken wollte, stellte ich ihr die Frage, die ich schon häufiger an sie gerichtet hatte: »Wo ist mein Vater, Mamma?«

»Dein Vater ist tot.« Die Antwort kannte ich bereits. Diesmal jedoch wollte ich mich nicht damit zufriedengeben. »Wenn mein Vater tot ist, muss er mal gelebt haben. Wo war er denn da, Mamma?«

»Das ist eine lange Geschichte, und sie hat kein glückliches Ende.«

»Bitte erzähle sie mir.«

»Vielleicht später.«

»Bitte, Mamma!«

»Nein.«

Wenn meine Mutter auf diese Art nein sagte, wusste ich, dass jedes weitere Betteln zwecklos war. Deshalb zuckte ich mit den Schultern und gab auf.

Immerhin, von dem kaputten Spiegel hatte ich sie abgelenkt.

Wenn meine Mutter wieder einmal die Nacht durchgearbeitet hatte und sich am frühen Morgen nach Bologna aufmachte, um das Ergebnis ihrer Schneiderkunst abzuliefern, ließ sie – im Gegensatz zu früher – stets die Tür zu ihrem Werkstattzimmer offen, vermutlich weil sie dachte, ich hätte mich an meinen Anblick im Spiegel gewöhnt. Welch ein Irrtum! Ich sollte mich nie daran gewöhnen können, aber das ahnten damals weder ich noch sie.

Am späten Nachmittag kam sie meist wieder zurück und erkundigte sich, ob ich die Schulaufgaben, die sie mir am Tag zuvor gestellt hatte, erledigt hätte. Es war eine ungewöhnliche Zeit, um über Schulaufgaben zu reden, aber dank dieser Regelung war es ihr gelungen, ihr Versprechen einzulösen und mir Lesen, Schreiben und Rechnen beizubringen.

Das Lernen fiel mir leicht, so leicht, dass ich jedes Mal schnell mit meinen Aufgaben fertig war und danach nicht wusste, was ich mit dem Rest des Tages anfangen sollte.

So begann ich zu malen. Ich saß in der Werkstatt und malte Tiere und Pflanzen, den Mond und die Sterne. Ich malte Häuser und Türme und alles Mögliche, nur Menschen malte ich nie. Da ich keine bunten Farben hatte, benutzte ich nur Rötel, aber meine Mutter meinte, meine Bilder seien derart lebendig, dass man die Farben auch so sehen könne.

Ich malte weiter und versank mehr und mehr in einer Welt der Formen und Perspektiven, wurde immer scheuer und verschlossener. Ich sprach kaum noch. Wenn meine Mutter mich etwas fragte, antwortete ich einsilbig oder gar nicht. Nachts machte ich in mein Bett und wurde am Morgen dafür von ihr gescholten – aber ich hatte ihre ungeteilte Aufmerksamkeit.

Natürlich bemerkte sie meine Veränderung, und sie ahnte sicher auch, dass mein Verhalten mit meiner Einsamkeit zu tun hatte. Trotzdem fragte sie mich ein ums andere Mal: »Was ist mit dir, Kind?« Und ein ums andere Mal antwortete ich: »Nichts.«

Drei mehr oder weniger ereignislose Jahre gingen ins Land, ich war fast zehn Jahre alt, als meine Mutter die Schulausbildung für beendet erklärte; sie könne mir nichts mehr beibringen, sagte sie. In der Tat vermochte ich mittlerweile recht passabel zu schreiben, zu lesen und zu rechnen.

Doch das war mir gleich. Mir war alles gleich. Und so hatte ich auch nichts dagegen einzuwenden, als meine Mutter eines Tages beschloss, mir das Schneiderhandwerk beizubringen. »Du musst etwas lernen, meine Kleine«, sagte sie und begann noch in der gleichen Stunde, mir die Unterschiede der einzelnen Nähte zu erklären. Ich nickte gelangweilt und sagte nichts, denn die Beschaffenheit der Nähte kannte ich seit langem. Ich hatte oft genug gesehen, wie meine Mutter sie setzte.

In der Folgezeit lernte ich die Schneiderei von Grund auf. Meine Mutter sagte, ich hätte eine natürliche Begabung, geschickte Hände und ein gutes Auge. Aber die Tätigkeit machte mir wenig Freude, obwohl sie mir kaum Schwierigkeiten bereitete. Ich saß an einem zweiten Tisch, den meine Mutter in die Werkstatt gestellt hatte, und arbeitete ihr zu. Ich setzte am Anfang nur die inneren Nähte der Kleider, die sie anfertigte, später, als meine Stiche gerader und gleichmäßiger wurden, durfte ich auch die äußeren, die für jedermann sichtbaren Nähte setzen.

Meine Mutter lobte mich für meine Arbeit. Sie sagte: »Du machst gute Fortschritte, meine Kleine.« Und: »Wenn du so weitermachst, wird es bald nichts mehr geben, was ich dir beibringen kann, genau wie bei den Schuldingen.«

Ich antwortete: »Ich bin nicht klein.«

Sie lachte. »Nun sei nicht so verstockt. Du und ich, wir sind zusammen, das ist die Hauptsache, und das wolltest du doch immer, nicht wahr?«

»Ja, Mamma«, sagte ich.

Im nächsten Jahr liefen die Geschäfte meiner Mutter schlechter. Nicht, weil die reichen Damen von Bologna sich weniger leisteten, sondern weil in unserer Nähe drei Häuser fertiggestellt worden waren, in die ein paar kinderreiche Familien einzogen. Die neuen Nachbarsfrauen hatten bald herausgefunden, dass meine Mutter gute Arbeit leistete, und sie bestellten bei ihr ein paar einfache Kleider. Meine Mutter hätte die Aufträge am liebsten abgelehnt, aber weil die Frauen Nachbarinnen waren, mit denen sie ein gutes Verhältnis haben wollte, musste sie die Arbeiten annehmen – zu Preisen, die deutlich unter denen lagen, die sie von den reichen Bologneser Patrizierinnen verlangen konnte.

Mir jedoch war das recht. Es gab mir die Möglichkeit, andere Menschen zu sehen und zu beobachten.

Die Frauen waren einfach, aber herzlich, vor allem aber ohne Dünkel. Eine von ihnen war die Mutter eines Jungen, den das Schicksal mit einer Hasenscharte geschlagen hatte. Sie war es, die als Erste auf mich zuging und zu mir sagte: »Du bist Carla, nicht wahr? Ich bin Mamma Rosa. Sag einfach Rosa zu mir, dann plaudert es sich netter.« Und während sie das sagte, schaute sie mir völlig unbefangen ins Gesicht; sie blickte nicht krampfhaft an meinem Feuermal vorbei, und sie starrte auch nicht wie gebannt darauf, nein, der Anblick schien für sie völlig normal zu sein. Ich mochte sie von Anfang an.

Rosa wurde meine erste Kundin. Ich schneiderte ihr ein Kittelkleid aus gestrichener Wolle für die tägliche Arbeit. Das Kleid hatte halblange, eng anliegende Ärmel und eine leicht zu lösende Schnürung am Dekolleté, damit man es nach der Arbeit einfach über den Kopf ziehen konnte, um sich seiner zu entledigen. Die Farbe war grau.

»Keine schöne Farbe«, erklärte Rosa lachend, »aber praktisch! Da sieht man die Flecken nicht so. Du wirst noch sehen, Carla, manchmal ist es im Leben wichtiger, dass Dinge praktisch sind, nicht schön.« Sie hielt inne und fuhr ernster werdend fort: »Und du wirst sehen, dass teure Kleidung nicht mit Verstand gleichzusetzen ist.«

»Das habe ich schon gemerkt«, sagte ich und dachte an Signora Vascellini und ihre Freundinnen.

»*Va bene*«, meinte Rosa und strich mir sanft über mein Feuermal.

Es war das erste Mal, das ich jemandem diese Berührung erlaubte.

Vier Wochen später zog Rosa mit ihren Kindern wieder aus. Ihr Mann, ein *gargiolaro,* wie man die Seilmachergesellen in Bologna nennt, hatte einen Nervenschlag erlitten und war gelähmt. Da er nicht mehr arbeiten konnte, musste sie für sich und ihre Kinder eine billigere Bleibe suchen.

Ich war wie vor den Kopf geschlagen. »Rosa ist weg«, sagte ich zu meiner Mutter am Abend. »Sie kann das Haus allein nicht halten.«

»Oh, das tut mir leid«, sagte meine Mutter. »Rosa war eine nette Frau. Aber jeder muss sehen, wie er zurechtkommt, und vielleicht ist es ja ganz gut, dass sie fort ist. Jetzt kannst du mir wieder mehr bei den teuren Kleidern helfen. Alles im Leben hat seine zwei Seiten, man muss die Dinge nur richtig sehen.«

»Wenn das so ist«, sagte ich, »will ich die Dinge nicht richtig sehen.«

»Komm, sei nicht so widerborstig. Hast du für uns schon etwas zum Abendessen vorbereitet?«

»Nein«, sagte ich, »ich habe keinen Hunger.«

In der Folgezeit blickte ich dutzendmal am Tag aus dem Fenster, immer in der Hoffnung, Rosa würde vorbeikommen, mich anlachen und mir sagen, alles wäre nur ein Spuk gewesen. Doch natürlich war es nicht so. Ich senkte den Blick wieder auf meine Schneiderarbeit und setzte Stich um Stich, während meine Mutter mit ihrem großen Weidenkorb in Bologna war, um Auftragsarbeiten entgegenzunehmen oder fertige Kleider abzuliefern.

Die Arbeit, die sie mir gab, missfiel mir immer mehr. Ich wünschte mir, selbst einen der wichtigen Aufträge ausführen zu können. Ich sehnte mich danach, Vorschläge für neue Schnitte zu machen und beim Abstecken und bei der Anprobe dabei zu sein, wenn die reichen Kundinnen sich dazu herabließen, uns in unserem alten Haus aufzusuchen. Doch meine Mutter lehnte alle diese Bitten ab, indem sie nur den Kopf schüttelte: »Ich sage es nicht gern, meine Kleine, aber du weißt, wie deine, äh, Stelle auf die Damen wirken könnte. Verstehe das bitte.«

Ich stampfte mit dem Fuß auf. »Ich bin nicht klein, ich bin dreizehn Jahre alt, und ich verstehe das nicht! Rosa hat sich auch nicht an meinem Feuermal gestört.«

Die Augen meiner Mutter wurden schmal. »Rosa ist fort«, sagte sie leise. »Und jetzt geh wieder an deine Arbeit.«

Tränen der Wut schossen mir in die Augen, ich stampfte abermals mit dem Fuß auf, aber in diesem Augenblick spürte ich, wie etwas feucht an meinem Bein herunterlief. Ich blickte nach unten und unterdrückte einen Schrei.

Ich hatte zum ersten Mal meine Regel bekommen.

Als ich fünfzehn Jahre alt war, hatte ich meine Schneiderlehre abgeschlossen. Mein Gesellenstück, das ich auf Geheiß meiner Mutter anfertigen musste, war ein Kleid aus fuchsfarbenem Batist mit eingewebten Goldornamenten und Metallborte. Es hatte eine deutlich hochgesetzte Taille, einen farblich abgestimmten Samtgürtel sowie enge Oberärmel, die an der Schulter und am Ellbogen angenestelt waren. Der Rock war weit und nach vorn offen. Dieses Kleid hatte ich vom ersten Maßnehmen bis zum letzten Stich selbst gefertigt. Die höher als normal liegende Taille und die angenestelten engen Oberärmel waren meine Idee gewesen, die ich trotz der Einwände meiner Mutter durchgesetzt hatte.

Signora Carducci jedoch hatte sich vom ersten Augenblick an begeistert gezeigt. Sie war eine gutmütige, für ihre Jahre schlank gebliebene Frau aus der Nachbarschaft, deren Figur mir als Vorlage gedient hatte. »*Grandioso, grandioso!*«, rief sie immer wieder, und ich freute mich, dass mein Werk sie so begeisterte. Andererseits bedauerte ich, ihr das Kleid nicht schenken zu dürfen, aber das kam, nach den Worten meiner Mutter, auf keinen Fall in Frage, weil der Stoff viel zu teuer gewesen war. Vielmehr sollte versucht werden, es einer ihrer vornehmen Damen zu verkaufen.

Leider blieb mein Gesellenstück, das meine Mutter insgesamt als ausgezeichnet bewertete, das einzige Kleid, das ich komplett allein fertigen durfte. Meine Arbeit bestand nach wie vor in den einfachen Schneidertätigkeiten. In meiner freien Zeit begann ich deshalb wieder zu malen. Doch malte ich jetzt nicht mehr kindliche Gegenstände, sondern Kleider. Ich entwarf Kleider. Ich skizzierte Röcke, Roben und Kostüme. Ich fragte mich, warum die Mode so aussah, wie sie aussah, und erfuhr, dass die weiten, bauschigen, geschlitzten Ärmel auf die Tracht der Landsknechte zurückzuführen waren, die bei Kampf und Spiel auf Armfreiheit Wert legten. Irgendjemand hatte sich davon inspirieren lassen und dies auf andere Bereiche übertragen, wodurch eine Mode entstand, bei deren weiterer Entwicklung die Ärmel abknöpfbar und damit austauschbar wurden. Manche der vornehmen Kundinnen meiner Mutter besaßen mehr als zwei Dutzend Ärmelpaare und kombinierten sie hemmungslos mit den unterschiedlichsten Kleidern.

Die enge, in vielen Farben getragene Trikothose mochte ursprünglich den Gauklern und Akrobaten auf den Jahrmärkten abgeschaut worden sein. Das in unzähligen Formen vorkommende Barett war eine Erfindung der gebildeten Stände und des Adels, bevor es seinen Siegeszug auf den Köpfen der einfachen Leute begann. Die Zimarra, ein mantelähnliches Übergewand, das stets gefüttert und oftmals mit Pelz verbrämt war, mochte, ähnlich wie die Schlitzmode der Landsknechte, ihren Ursprung beim Militär gehabt haben, bevor der Mann auf der Straße sie trug.

Diese und andere Überlegungen brachten mich zu dem Schluss, dass nichts in der Mode neu, sondern alles schon einmal an anderer Stelle da gewesen ist. Man musste nur den richtigen Blick haben, um es zu erkennen.

Als ich wenig später ein paar alte Spielkarten in der Küche herumliegen sah, fiel mein Blick auf den Karobuben. Das, was er trug, gefiel mir. Warum sollte seine Kleidung mir nicht als Vorlage für einen Kostümentwurf dienen? Ich nahm meinen Rötelstift und fing an zu skizzieren.

Ich hatte das Prinzip der Kreativität verstanden.

Im folgenden Frühjahr, man schrieb anno 1568, und ich war gerade sechzehn Jahre alt geworden, wurde ich zum ersten Mal in meinem Leben ernsthaft krank. Ich bekam Schüttelfrost und Hitzeanfälle in willkürlicher Reihenfolge, fühlte mich schwach und hustete trocken. Ein Arzt untersuchte mich, indem er mir die Hand auf die Stirn legte und anschließend konstatierte, was meine Mutter und ich schon wussten: »Die junge Dame hat Fieber.«

»Welche Art von Fieber?« Meine Mutter wollte es genau wissen, denn der Arzt, ein gewisser Doktor Valerini, ließ sich seine Dienste gut bezahlen. Der Doktor zog die Brauen hoch. Er schien Nachfragen nicht gewohnt zu sein. »Nun, Signora, es gibt vielerlei Arten der *febris*. Es könnte sich um ein Zehrfieber handeln, vielleicht auch um ein Wechselfieber.« Seine Hand wanderte wieder auf meine Stirn. »Oder um ein Kopffieber. Gleichgültig, um welche Art es sich handelt, es zeigt in jedem Fall an, dass die Säfte des Körpers nicht im Einklang stehen. Wir müssen die *eukrasie* bei der jungen Dame wieder herstellen. Doch zuvor noch eine Frage, Signora: Leidet Eure Tochter an Suffukationen?«

»Wie bitte, Dottore?«

»Ach, das wisst Ihr vielleicht nicht: Suffukationen sind Erstickungsanfälle.«

»Nein, soviel ich weiß, hat sie nur diesen trockenen Husten.«

»Hm, hm, das dachte ich mir. Nun, eine Lungensucht können wir wohl trotzdem ausschließen, und gegen das Fieber verordne ich der jungen Dame *camphora* und *senega*. Um Eurer Frage zuvorzukommen, Signora: *camphora* ist Kampfer, eine herzstärkende Arznei, die als *analepticum* bewährt ist, äh, ein *analepticum* wirkt anregend auf Nerven und Atemwege, falls Ihr das auch noch wissen wollt. *Senega* wiederum nennt man eine segensreiche Wurzel von schleimlösender Wirkung. So werden wir der Krankheit gezielt an den Kragen gehen.«

Der Arzt griff in seine Tasche und holte neben den genannten Arzneien ein Zugpflaster hervor. »Dieses *vesicatorium,* welches ich oberhalb der Brust appliziere, wird ein Übriges tun. In zwei Tagen komme ich wieder, um zu sehen, ob es der jungen Dame bessergeht.«

»Gewiss, Dottore«, sagte meine Mutter und nahm seine Instruktionen, wann wie welches Medikament zu verabreichen sei, entgegen. Dann gab sie ihm sein Entgelt: fünf Paoli, was immerhin schon ein halber Scudo war. »Aber wenn es Euch recht ist, warte ich erst einmal ab. Sollte es nicht besser werden, kann ich immer noch nach Euch schicken lassen.«

»Wie Ihr wollt, Signora Castagnolo. *Arrivederci.*« Doktor Valerini schaute etwas irritiert, setzte sein Barett auf, ein mit Perlenschnüren und Agraffen verziertes Prachtstück, und verließ gemessenen Schrittes unser Haus.

Wie sich zeigte, war das von Doktor Valerini nicht näher diagnostizierte Fieber hartnäckig. Der Husten ließ dank der Medikamente etwas nach, aber die Hitzeanfälle blieben. Obwohl ich mich sehr schwach fühlte und mein Zustand dringend einer weiteren Behandlung bedurft hätte, war ich froh, dass meine Mutter beschloss, die kostspieligen Künste des Doktors nicht noch einmal in Anspruch zu nehmen. Der Mann war mir nicht sonderlich sympathisch, und die Art, wie er mein Feuermal taxierte, hatte mir auch nicht gefallen.

Zwei oder drei Tage später musste meine Mutter dringend in die Stadt, so dass ich mehrere Stunden allein war. Ich lag in meinem Bett und schaute an die Decke des Zimmers. Ein paar verblasste Fresken waren da zu sehen, die mehrere Szenen aus der Schöpfungsgeschichte darstellten. Ich sah Adam und Eva, die Schlange und den Apfel, und während ich emporblickte, bekam ich wieder einen der Fieberschübe, die mich in den vergangenen Tagen geplagt hatten. Ich schloss die Augen, weil ich hoffte, ich würde einschlafen und dem Anfall auf diese Weise entgehen können. Aber ich schlief nicht ein. Nach einiger Zeit öffnete ich die Augen wieder und sah zu meinem Erstaunen, dass in Adam und Eva Leben gekommen war. Sie bewegten sich. Auch die Schlange bewegte sich. Sie hielt in ihrem Maul den Apfel und bot ihn Eva an. Ich stutzte. Adam war es doch, der den Apfel der Versuchung nahm, und nicht Eva. Und Eva war es, die Adam den Apfel anbot, nicht die Schlange. Gottlob schien Adam das zu wissen, denn er interessierte sich überhaupt nicht für den Apfel, auch war er nicht mehr nackt, sondern trug statt des Feigenblattes das bunte Kostüm des Karobuben. Eva hingegen trug ein weites, geschupptes Kleid, dessen Einzelteile aus Feigenblättern bestanden. Ich wunderte mich. Und ich wunderte mich noch mehr, als die Schlange plötzlich verschwand und als Biene wiederkam. Die Biene summte immerfort, während sie mit großer Geschwindigkeit den Apfel umflog, als suche sie den Eingang zum Gehäuse. Das fand ich lustig, und ich musste lachen. Später hörte die Biene auf zu summen, weshalb ich für sie weitersummte, und als Adam erklärte, er wolle wieder nackt werden, wie Gott ihn erschaffen hätte, sagte ich ihm, dass er das Kostüm des Karobuben unbedingt anbehalten müsse, weil es so schön sei. Und ich zählte ihm jede Einzelheit des Kostüms auf, denn es war mir sehr wichtig, ihn zu überzeugen ...

Ich weiß nicht, wie lange meine Mutter mich an jenem Tag allein ließ, in jedem Fall dunkelte es schon, als ich mit fieberheißer Stirn erwachte. Die Figuren in den Fresken über mir verharrten wieder steif und starr in ihrer ursprünglichen Position, und nichts deutete mehr darauf hin, dass Leben in ihnen gesteckt hatte.

Meine Mutter betrat den Raum, setzte sich auf mein Bett und ergriff meine Hand. »Ich bin schon einige Zeit zurück, meine Kleine«, sagte sie. »Du hast sehr viel geredet, unverständliches Zeug, das mich beunruhigt hat.«

»Ja, Mamma.«

»Bist du sicher, dass du nur geträumt hast? Bitte denke genau nach.«

Ich nickte schwach. »Ich habe die Biene gesehen, wie sie den Apfel im Paradies umkreiste.«

In die Augen meiner Mutter traten wieder jene Ängste und Zweifel, die ich schon kannte. »Die Biene?«

»Sie umkreiste den Apfel im Paradies, und sie summte so laut. Sie war verzweifelt, weil sie den Eingang zum Gehäuse des Apfels nicht finden konnte.«

Meine Mutter schluckte. »Ja, ja, natürlich, die Biene. Du musst ganz ruhig bleiben, meine Kleine, reg dich nicht auf, hörst du, stell dir etwas Schönes vor, die Engel im Himmel, wie sie singen, oder so etwas, und reg dich nicht auf.«

»Ich reg mich nicht auf. Es sah wirklich so aus, als wollte sie ins Gehäuse fliegen.«

»Gewiss, du siehst Dinge, die andere nicht sehen. Aber mit Gottes Hilfe werden wir das ändern.«

Ich wusste nicht, was meine Mutter damit meinte, aber ich war zu träge, um nachzufragen. Deshalb sagte ich nur: »Ich habe die Biene mit dem Apfel gesehen. Und Adam und Eva und die Schlange habe ich auch gesehen.«

»Sicher, sicher.«

»Alles war verkehrt. Die Schlange hatte den Apfel im Maul, und Adam trug das Kostüm des Karobuben und Eva ein Schuppenkleid aus Feigenblättern.«

Meine Mutter begann, mit zitternder Stimme zu beten.

»Aber ich habe gemerkt, dass es verkehrt war.«

»Ja, ja.« Meine Mutter hörte kaum noch zu. Ihre Lippen formten beschwörende Worte, und in diese Worte hinein mischten sich plötzlich andere, die von der Tür herkamen. Ihr Kopf fuhr herum. »Dem Allmächtigen sei Dank, ich dachte schon, Ihr kommt nicht mehr, Hochwürden!«

Pater Edoardo, seines Zeichens Seelsorger der Gemeinde San Salvatore, trat murmelnd näher. *In nomine patri et filii et spiritus sancti,* kam es monoton von seinen Lippen, während er ein silbernes Kruzifix zum Banne des Bösen hochhielt. Seine langsamen, konzentrierten Schritte erinnerten an die eines Wünschelrutengängers. »Jesus Christus, dessen Name gepriesen sei, dessen Name ich laut und vernehmlich ausspreche, dessen Name den Dämon aus dem Leibe treibe, hat mich an diesen Ort geführt, um ...« Jäh hielt er inne. »Was ist das? Ich sehe die *voglia di peccato* im Gesicht Eurer Tochter, das Mal der Sünde! Davon war nicht die Rede, als Ihr mich rieft, Signora.«

Meine Mutter schlug schuldbewusst die Augen nieder.

Ich jedoch blickte den Pater an. Was ich sah, war ein stämmiger Mann mit grauem Bart und eng zusammenstehenden Augen, und dieser Mann hatte mein Feuermal soeben mit jenem Ausdruck bedacht, den auch die unselige Signora Vascellini damals benutzt hatte – *voglia di peccato.*

»Das Mal der Sünde macht die Sache nicht einfacher, Signora, und das wusstet Ihr auch. Nun, ich vergebe Euch. Der Allerhöchste hat mir auf Erden eine Aufgabe zugeteilt, und ich werde diese Aufgabe nicht von mir weisen. Ebenso, wie die heilige Mutter Kirche mich auf ihren Schild gehoben hat, um Teufelsaustreibungen mit Hilfe Jesu zu vollbringen, Missionen, die ich ... äh, wie war noch der Name Eurer Tochter?«

»Carla, Hochwürden.«

»Carla, kannst du mich hören?«

Ich nickte und musste gleichzeitig husten.

Pater Edoardo ließ das Kruzifix los, das ihm an einer Kette um den Hals hing, und schlug das Kreuz. »Sie hat mich verstanden«, sagte er, zu meiner Mutter gewandt. »Das ist ein gutes Zeichen, ihre Seele ist nach wie vor in ihr, aber da ist noch etwas anderes in ihrem Leib, etwas, mit dem sie ringt. Etwas, das sie durch ihr Husten ausstoßen will. Es ist das unbekannte Böse. Es ist hier im Raum, ich spüre es. Es sind Partikel, Miasmen, unsichtbare Dünste, es sind die Ausscheidungen des Bösen, der sie verschlingen will.«

Meine Mutter stöhnte auf und fasste sich ans Herz.

»Seid stark, Signora, vertraut mir, vertraut einem Mann, der sich Gott mit ganzem Herzen verschrieben hat. Ich werde das Böse ansprechen und versuchen, seinen Namen herauszufinden, nachdem ich die vorgeschriebene Bedrohung ausgesprochen habe. So höre, Unhold der Finsternis: Wer immer du bist, der du von dieser armen Seele Besitz ergreifen willst, der starke Arm Jesu wird dich bezwingen, er wird dich zerstören, er wird dich vernichten! Er wird dir, so du der Teufel bist, die Hörner brechen, er wird dir, so du der Drache bist, das Feuer nehmen, er wird dir, so du die Hydra bist, Kopf um Kopf um Kopf abschlagen und jeden deiner Hälse einzeln ausbrennen. Er wird dich niedertreten in den Staub und wird dich selbst zu Staub machen. Wer bist du, dass du Jesus widerstehen willst? Nenne mir deinen Namen!«

Wieder musste ich husten. Was Pater Edoardo da zelebrierte, war mir in höchstem Maße unheimlich. Ich wollte, dass er ging, aber das konnte ich natürlich nicht sagen. Also flüsterte ich: »Es geht mir schon besser.«

Pater Edoardo nickte meiner Mutter zu: »Sie ist ein tapferes Mädchen, sie will das Böse durch den Mund ausstoßen. Der Dämon ist in ihr, so viel ist sicher, denn alle Dämonen verlassen den menschlichen Körper durch den Mund.«

»So ist Carlas Husten keine Krankheit?«

»Wenn Ihr es so bezeichnen wollt, ist es eine Krankheit. Aber in erster Linie ist es ein Zeichen ihres Kampfes gegen die Besessenheit. Doch mit Hilfe des Gottessohnes wird sie ihn gewinnen.«

»*Grazie a Dio!* Aber sie hat auch wieder so schrecklich gesummt. Ihr ganzer Kopf hat dabei gebebt.«

»Das alles sind Zeichen dämonischer Umtriebe in ihrem Fleisch. Lasst mich jetzt mit der Austreibung fortfahren.«

Und Pater Edoardo verstärkte seine Bemühungen. Er schlug

abermals das Kreuz und rief mit volltönender Stimme: »Nenne deinen Namen, o Dämon! Ein Wurm in den mächtigen Händen des Herrn sollst du sein! Ungeziefer, Natterngezücht, animalisches Geschmeiß, so heiße ich dich! Nenne deinen Namen, sage mir, wer du bist, dass du diese arme Seele zerstören willst.«

Er hielt inne und starrte mich an, als erwarte er eine Äußerung von mir. Doch ich zitterte nur und brachte kein Wort hervor. Der Mann flößte mir große Angst ein.

»Wisse, Verfluchter der Finsternis, dieser Mensch ist ein getaufter Mensch! Er ist Jesu Christi gleichgestaltet, denn der Allerhöchste in seiner Gnade war bereit, mit diesem Menschen in die Gemeinschaft zu treten, wie es das Taufsiegel bekundet. Ja, dieser Mensch ist geprägt durch das unauslöschliche, geistliche Siegel, zum Zeichen, dass er Christus angehört. So ist es, und so wird es immer sein, bis zum Ende aller Tage ...«

Er begann, mich mit seinem schlechten Atem anzublasen, was er mehrmals wiederholte und Übelkeit in mir auslöste. Danach schien er von allen guten Geistern verlassen, denn er spuckte wie ein Kutscher vor mir aus, wodurch ein Sprühnebel seines ekligen Speichels auf mich niedersank, und rief mich an: »*Ex-animo ... ex-animo ... ex-animo!*«

Ich verstand ihn nicht, ich wusste nicht, was er beabsichtigte, denn ich konnte damals noch nicht Latein, und ich ahnte auch nicht, dass er das Ausfahrwort gebraucht hatte, welches so viel wie *den Atem nehmen* oder *erschrecken* oder *töten* bedeutet. Ich heulte auf und zuckte am ganzen Körper, doch schon setzte er seinen beschwörenden Singsang fort: »Mit der Taufe hat Gott dem Menschen sein Angebot gemacht, und niemals nimmt er dieses Angebot zurück. Niemals kann das Böse zwischen ihm und einem getauften Menschen stehen. Die heimtückische Schlange, die da heißt Teufel und Satan, sie hebe sich hinweg von dieser armen Seele, denn sie ist ihr ärgerlich. Wer Sünde tut, der ist vom Teufel, und des Teufels ist, wer sich versündigt. Und so steht es geschrieben im vierten Kapitel bei Matthäus: Weiche von mir, Satan; weiche: Du sollst anbeten

Gott, deinen Herrn, und ihm allein dienen. Da verließ ihn der Teufel; und siehe, da traten die Engel zu ihm und dieneten ihm. Ja, wahrhaftig, so steht es geschrieben ...«

Pater Edoardo beschwor die Mächte Luzifers immerfort weiter, doch schien er mit dem Ergebnis seiner Anstrengungen nicht zufrieden, denn nach einiger Zeit unterbrach er seinen Redefluss und bat meine Mutter, die exorzistische Kraft seiner Worte zu verstärken, indem sie gleichzeitig ein Ave Maria sprach. Und meine Mutter, die bis zu diesem Zeitpunkt still vor sich hin geweint hatte, fiel auf die Knie, faltete die Hände und murmelte:

Gegrüßet seist du, Maria, voll der Gnade,
der Herr ist mit dir.
Du bist gebenedeit unter den Weibern,
und gebenedeit ist die Frucht deines Leibes, Jesus ...

Und während sie betete, hatte Pater Edoardo unter seinen Utensilien ein *thuribulum* hervorgenommen und entzündet. Weißliche Wolken mit dem schweren Geruch nach Weihrauch entwickelten sich rasch und stiegen mir in die Nase. Ich fühlte Beklemmung und Erstickungsangst. Ich röchelte, hustete, schrie aus Leibeskräften.

»*Ex-animo ... ex-animo!*«, schrie Pater Edoardo dagegen an. Wie aus weiter Ferne hörte ich ihn rufen, in seiner Stimme lag ein Ton des Triumphes, denn er glaubte sich wohl nahe am Ziel seiner Anstrengungen. »*Ex-animo!*« Er schwenkte das Rauchfass über meinem Gesicht, so dass der Qualm mir die Kehle zuschnürte.

Ich bäumte mich auf, rang nach Luft, jammerte, schluchzte. Wann hörte das Ganze endlich auf? »Mamma!«, keuchte ich. »Mamma, Hilfe!«

Doch weder meine Mutter noch Pater Edoardo beachteten mich, stattdessen vernahm ich, wie beide gleichzeitig unablässig beteten. Der Priester im Stehen, das *thuribulum* schwenkend: »*Pater noster, qui es in caelis; sanctificetur nomen tuum; adveniat regnum tuum; fiat voluntas tua ...*«

Meine Mutter kniend, die Arme auf meinen Bettrand gestützt: »... Heilige Maria, Mutter Gottes, bitte für uns Sünder jetzt und in der Stunde unseres Todes ...«

»... *Sicut in caelo, et in terra. Panem nostrum cotidianum da nobis hodie: Es dimitte nobis debita nostra ...*«

Ich weiß nicht mehr, wie es weiterging. Ich vermute, irgendwann hatte mein Körper ein Einsehen mit mir und schenkte mir eine gnädige Ohnmacht.

Ich wachte auf und brauchte mehrere Augenblicke, um zu mir zu kommen. Das Höllenspektakel, das Pater Edoardo veranstaltet hatte, fiel mir ein, und der bloße Gedanke daran jagte mir erneute Schauer über den Rücken. Was war nur in den Mann gefahren, so unfassbare Dinge mit mir anzustellen? Ich hatte ihm doch nichts getan.

Er aber hatte gebetet und mich mit Rauch fast erstickt, er hatte Gottes Namen und den Namen Jesu ständig im Mund geführt, von Teufeln und Dämonen gesprochen, hatte geblasen und gespuckt und wirres Zeug geredet, als wäre er vom Satan besessen. Doch nun war er zum Glück fort. Ich war allein im Raum. Trotz meiner Schwäche richtete ich mich halb auf, um einen Blick aus dem Fenster zu werfen. Es war helllichter Tag, vermutlich der Tag nach den gestrigen Schrecknissen. An den Schatten der Büsche sah ich, dass es Vormittag sein musste. Ich ließ mich zurücksinken und entdeckte dabei ein kleines Blatt Papier auf meiner Bettdecke.

Ich musste dringend zu einer Kundin, aber der Pater wird nach Dir sehen. Denke an nichts Böses, meine Kleine, denke an die singenden Engel.

Mamma

stand darauf. Im ersten Augenblick begriff ich nicht, was das bedeutete. Dann aber wurde mir siedendheiß klar, dass Pater Edoardo jederzeit erscheinen konnte. Das wollte ich nicht! Eine Begegnung mit ihm wollte ich unbedingt vermeiden. Ich nahm meine ganze Kraft zusammen, um aus dem Bett zu steigen. Doch es war schon zu spät.

»Nun, meine Tochter, wie geht es dir?«, ertönte eine Stimme von der Tür her. Der stämmige Gottesmann näherte sich, wobei er wieder das Kreuz schlug. Allerdings flüchtiger als am vorangegangenen Tag. »Die Teufelsaustreibung scheint bei dir mit Gottes Hilfe gelungen zu sein. Wenn es so ist, gib mir ein Zeichen.«

Ich weiß nicht mehr, was ich darauf antwortete, ich weiß nur noch, dass ich das Wort Teufelsaustreibung zum ersten Mal bewusst wahrnahm, vielleicht weil ich an diesem Tag endlich fieberfrei war. Teufelsaustreibung? Wollte der Pater damit sagen, in mir hätte ein Teufel gesessen? Trotz der Verunsicherung, die der fromme Mann in mir auslöste, gab mir mein Gefühl eine klare Antwort: In mir saß nichts Böses und hatte niemals etwas Böses gesessen. Aber das mochte ich ihm natürlich nicht sagen. Ich blickte scheu an ihm vorbei, wollte aufstehen und aus dem Raum laufen, um den Abort auf der Rückseite des Hauses aufzusuchen, denn die Blase drückte mich sehr. Doch mit ein, zwei schnellen Schritten war er bei mir und presste mich mit sanfter Gewalt in die Kissen zurück.

»Du solltest noch nicht aufstehen, meine Tochter«, sagte er, und so etwas wie Fürsorge lag in seiner Stimme. »Der Satan hat dich zwar verlassen, aber er kann jederzeit wiederkommen. Wir müssen zusammen beten, um aus deiner Seele eine Festung zu machen, wir müssen dich wappnen gegen das Böse. Ich will die Hand auf deinen Leib legen und dich schützen, und wenn die Hand auf dir liegt, vergiss nicht, dass es Gottes Hand ist. Gottes Hand ist gütig und kundig, sie kennt die Stellen, durch die der Teufel in dich eindringen will, und wird ihm den Einlass verwehren ... nanu, was ist das?«

Seine Hand hatte unter meinem Hemd das *vesicatorium* des Doktor Valerini ertastet. Es saß etwas oberhalb meiner Brüste, auf Höhe der Bronchien.

»Ein Zugpflaster«, flüsterte ich eingeschüchtert. Ich lag stocksteif in meinem Bett und wünschte nichts sehnlicher, als dass der Pater sich entfernen möge. Doch das auszusprechen verbot sich von selbst, denn ein Priester kam gleich nach Gott, und Gott durfte man nicht die Tür weisen.

»Ein Zugpflaster? Nun, meine Tochter, ich denke, das brauchst du nicht mehr. Dank der Gnade des Herrn und meiner bescheidenen Dienste bist du schon fast genesen, lass mich das Pflaster abnehmen.« Er schickte sich an, das Pflaster zu lösen, besann sich aber anders. Seine Hand zuckte ein paarmal und wanderte dann zum Ansatz meiner Brüste, tastete sich vor, wanderte von der linken zur rechten Brust, wanderte wieder zurück und schien sich zwischen beiden nicht entscheiden zu können.

»Vater«, flüsterte ich, »bitte …«

»Nur ruhig, meine Tochter, diese Hand meint es gut mit dir, vergiss das nicht. Sie ist freundlich und warm, und sie beschützt dich.« Des Paters Stimme klang heiser, während seine Hand meine Brüste drückte, erst sanft, dann fester und fester.

Ich biss mir auf die Lippen, denn er tat mir weh. »Vater, bitte …«

»Schon gut, meine Tochter. Sprich ein Gebet mit mir und lobe den Herrn, während Seine Hand dich beschützt.« Und er begann tatsächlich zu beten: »Danke, o heilige Mutter Gottes, danke für die guten Werke, die du im Namen des Allerhöchsten und Seines eingeborenen Sohnes vollbracht hast. Wir loben und preisen dich, heilige Mutter, du Gnadenreiche, du Gebenedeite, auf dass du für alle, die schwach sind, in Seinem Namen auch fernerhin Schutz und Wehr vor der ewigen Verdammnis, vor Höllenspuk und Teufelswerk bewirken mögest. Amen.«

»Au!« Die angeblich so beschützende Hand hatte mir in

eine Brustspitze gekniffen. »Bitte, Vater, nehmt Eure Hand da weg.«

»Nein.« Des Paters Stimme klang plötzlich gar nicht mehr fromm. Seine Augen schienen mich zu durchbohren. »Es ist Gottes Hand. Willst du ihm gefällig sein, dann schweig.« Wieder ließ er seine Hand wandern, sie erkundete meinen Bauch, strich über ihn hinweg, massierte ihn, verließ ihn schließlich, kam zu meinem Nabel, spreizte sich, damit ein Finger in ihn eindringen konnte, bohrte in ihm herum, glitt weiter nach unten, zupfte an den ihr dort begegnenden Härchen, schickte sich an, zwischen meine Beine zu schlüpfen, und zog sich überraschend zurück, als ihr das nicht auf Anhieb gelang, weil ich meine Schenkel fest zusammenpresste.

Und während dieser ganzen Reise ging des Paters Atem schneller und schneller. Ich begann zu schreien und schrie wie am Spieß, und die Hand, die mich eben noch bedrängt hatte, schlug mir auf den Mund, um mich zum Schweigen zu bringen, aber ich schwieg nicht, ich wehrte mich, ich wollte weiterschreien, aber plötzlich, ganz plötzlich, war das nicht mehr nötig. Denn die Haustür fiel ins Schloss, und Schritte näherten sich.

Meine Mutter war zurückgekommen.

Schreckensbleich betrat sie den Raum, denn sie dachte, der Leibhaftige säße noch immer in mir. Doch dann erblickte sie den Pater und stieß einen Seufzer der Erleichterung aus. »Gott sei Dank, Ihr seid da, Vater, ich dachte schon ...«

Pater Edoardo, eben noch wie von Sinnen, hatte sich wieder völlig in der Gewalt. Er lächelte. »In der Tat, Signora, war noch ein letztes Aufbäumen des Bösen abzuwehren, aber dank Gottes und meiner Hilfe ist die Gefahr endgültig vorbei.« Er räusperte sich und schaute mich streng an. »Eurer Tochter geht es besser, sie kann als geheilt gelten, doch solltet Ihr nicht alles für bare Münze nehmen, was sie Euch in den nächsten Tagen erzählt. Vielleicht wird sie von Zeit zu Zeit Beleidigungen und Beschuldigungen gegen mich ausstoßen, aber denkt Euch nichts dabei. Diese Reaktion ist normal, es sind die letzten Zuckungen des Bocksbeinigen, der seinen Besieger, Gott, und sein Werkzeug, mich, verflucht. Die Reaktionen werden mit dem Husten bald ganz verschwinden. Vielleicht aber, und auch das ist möglich, wird Eure Tochter schon vom heutigen Tage an wieder völlig normal sein und ausschließlich fromme, züchtige Rede führen, so wie es Gott dem Allmächtigen gefällt, nicht wahr?« Er tätschelte meine Wange, und mir wurde fast übel.

Meiner Mutter kamen die Tränen vor Glück. »Ich bin Euch so dankbar, Vater.«

»Dankt nicht mir, dankt Gott, dessen williges Werkzeug ich bin.« Der Pater streckte seine Rechte vor, und meine Mutter küsste inbrünstig den Ring an seinem Finger.

»Ich muss jetzt gehen, Signora. Ich werde Euch und Eure Tochter in meine Gebete einschließen. Gott befohlen.«

Augenblicke später war Pater Edoardo verschwunden. Meine Mutter blickte ihm nach und murmelte: »Welch ein frommer, aufrechter Mann.«

Am Abend hörte ich sie vor dem kleinen Hausaltar beten. Ihre Sätze waren geprägt von leidenschaftlicher Liebe zu Gott und von glühender Bewunderung für Pater Edoardo. Dazwischen jedoch blitzte immer wieder ihr Aberglaube auf, denn sie stieß heidnische Formeln gegen das Böse aus, redete von Talismanen und Fetischen, dann wieder von glück- und segensbringenden Reliquien; sie zitierte erneut den unheimlichen Vers aus dem Zweiten Buch Mose: »*... und lasse die Zauberinnen am Leben*«, sprach vom Leichentuch Christi, dessen heilende, schützende Eigenschaften durch bloße Berührung zur Entfaltung kämen, und erflehte immer wieder, dass ich, ihre arme Tochter, den grausamen Fängen der Inquisition entgehen möge. Anschließend sagte sie mehrmals Amen, fügte ein »So-sei-es« an, nicht ahnend, dass beides ein und dasselbe bedeutet, und legte sich schließlich zur Ruhe.

Ich jedoch lag noch lange wach, da die Abscheulichkeiten und Demütigungen, die Pater Edoardo mir zugefügt hatte, mir nicht aus dem Sinn gingen. Ich verstand nicht, was geschehen war, denn mit der Kirche und ihren Vertretern hatte ich bis dahin nur Gutes verbunden. Es konnte nicht sein, dass der Pater ein schlechter Mensch mit niederen Trieben war, er war doch ein Mann Gottes.

Heute weiß ich es besser. Zwar gibt es viele Prediger, die in Armut und Keuschheit leben, die hart arbeiten, Gutes tun und ein gottgefälliges Leben führen. Sie leben überall auf dieser Welt, sie nennen sich Zisterzienser, Franziskaner oder Kapuziner, Dominikaner, Augustiner oder Kartäuser, sie sind Männer oder Frauen, und sie stellen die überwältigende Mehrzahl dar. Aber es gibt auch solche unter ihnen, die ihren Beruf, Gott zu dienen, nicht als Berufung verstehen. Sie sind falsch und arglistig, sie verdammen die Fleischeslust und erliegen ihr selbst. Sie reden von der heiligen Mutter Kirche und setzen sie mit sich und ihren eigenen Wünschen gleich, eine Anmaßung, die lediglich beweist, dass die Kirche Menschenwerk ist und nichts mit Gott zu tun hat.

Sie sagen: »Gott will es«, und meinen: »Ich will es.« Sie verleugnen die Tatsache, dass Gottes Wille von Hunderten ihresgleichen hundertfach verschieden ausgelegt wird, und scheren sich nicht darum, dass es nur einen einzigen göttlichen Willen gibt: den Willen zur Wahrheit – als Ursprung für Verständnis und Frieden, als Quell aller Gerechtigkeit und Harmonie. Wenn es aber nur den einen, den allein seligmachenden Willen Gottes gibt, haben alle anderen, deren Handlungen diesem Willen zuwiderlaufen, unrecht.

So und nicht anders ist es, weil allein schon die Logik es gebietet.

DIE BRAUTSCHUHE
Le calzature nuziale

Ich liebe das Frühjahr, denn es ist die Zeit, in der Bologna aus der Starre des Winters erwacht, in der das Leben auf den Straßen wieder zu pulsieren beginnt, Handel und Wandel neu erblühen und die berühmte Seiden-Messe auf der Piazza Maggiore stattfindet, wo seit jeher die Larven und Raupen des Seidenspinners und die Blätter des Weißen Maulbeerbaums ihren Besitzer wechseln.

So war es auch anno 1569, dem Jahr, in dem sich mein Leben endlich wandelte. Die Einsamkeit, die mich bis dahin umklammert hatte, gab mich frei und machte Platz für eine Begegnung, von der ich zunächst nicht glaubte, dass es eine Bekanntschaft werden würde.

Es war an einem der ersten Maitage, als es morgens unverhofft an die Tür klopfte.

Nach einigem Zögern öffnete ich, denn wie so häufig war ich allein und befürchtete, Pater Edoardo könnte mir einen unerwarteten Besuch abstatten. Zwar hatte er sich seit der abscheulichen Teufelsaustreibung nicht wieder blicken lassen, aber ich war dennoch auf der Hut. Ich machte die Tür einen winzigen Spalt auf und lugte hinaus.

Was ich sah, war keineswegs beeindruckend. Es handelte sich um ein Gesicht, das breit, brav und etwas bäurisch wirkte, mit Pusteln auf der Stirn und spärlichem Bartwuchs um das Kinn. Es gehörte einem Jüngling, dessen Stimme durchaus zu seinem unscheinbaren Äußeren passte: »*Scusi*, ich möchte nicht stören«, sagte er.

»Wir geben nichts«, antwortete ich.

Er schüttelte den Kopf. »Ich bin kein Bettler, ich wollte gern deine Mutter sprechen.«

»Die ist nicht da.«

»Oh.« Über das Gesicht des Jünglings glitt ein Schatten. »Tja, dann ... äh, du bist Carla, nicht wahr?«

»Ja«, sagte ich und fragte mich, woher er meinen Namen wusste. Die Antwort ließ nicht lange auf sich warten. »Ich bin Marco«, sagte er, »Marco Carducci, der Sohn von Signora Carducci.«

»Ach, der bist du.«

»Ja, meine Mutter hat dir doch damals Modell gestanden. Für dein Gesellenstück, meine ich.«

»Ja, das stimmt.« Mir fiel ein, dass ich das Kleid gern der Signora geschenkt hätte, denn sie war eine nette Frau, die sich aus reiner Gefälligkeit mehrfach zum Abmessen und zur Anprobe bei uns eingefunden hatte. Doch da meine Mutter der Meinung gewesen war, das Kleid sei zu teuer, um es zu verschenken, lag es seitdem in einer Truhe und wartete auf eine ihrer betuchten Käuferinnen aus der Innenstadt.

»Hast du das Kleid noch?«, fragte Marco.

»Ja«, sagte ich.

»Ich möchte es kaufen.«

»Was?« Ich war so überrascht, dass ich für einen Augenblick meine Zurückhaltung vergaß und mich vorbeugte, ohne an mein Feuermal zu denken. Rasch wollte ich den Kopf wieder zurückziehen, aber etwas Unerwartetes geschah. Marco lächelte mir direkt ins Gesicht.

»Warum lächelst du so blöd?«, fragte ich unfreundlich, denn natürlich dachte ich, er wolle sich über mein Aussehen lustig machen.

»Ach, nichts.«

»Ich will wissen, warum du so blöd gelächelt hast.«

»Nun ja« – Marco blickte mich treuherzig an –, »so schlimm, wie die Leute sagen, finde ich es gar nicht.«

»So, findest du?«

»Ja, wirklich.«

»Du hast ja keine Ahnung!«

»Ich habe Pusteln. Der eine hat ein Feuermal, der andere hat Pusteln, irgendwas hat jeder. Verkaufst du mir nun das Kleid?«

»Ach so, ja ... nein.« An das Kleid hatte ich gar nicht mehr gedacht. Ich war etwas verwirrt. »Das Kleid gehört meiner Mutter, jedenfalls der Stoff, aus dem es gemacht ist. Ich kann es dir nicht verkaufen.«

»Kann ich es wenigstens mal sehen?«

»Meinetwegen. Aber nur, wenn du mir sagst, warum du es unbedingt haben willst.«

»Ich will es meiner Mutter schenken.«

»Wie bitte?«

Marco blickte ernst. »Meine Mutter wird fünfzig. Das ist ein hohes Alter und ein besonderer Anlass. Außerdem verehre ich sie sehr. Kann ich das Kleid nun sehen?«

Widerstrebend ließ ich ihn ein. Beim Eintreten bückte er sich und zog seine Überschuhe aus. Es waren Schuhe von der Art, wie viele Reiche sie benutzen, um die darunter getragene Fußbekleidung zu schonen. Gerade im Frühjahr, wenn viele Seitenstraßen noch feucht und matschig sind und der Unrat sich in den Ecken türmt, erweisen Überschuhe sich als besonders dienlich. Dass Marco, der sicher nicht zu den Reichen gehörte, solche Schmutzabweiser besaß, war ungewöhnlich.

»Ich bin Schuhmacher«, sagte er nicht ohne Stolz, als er meine Blicke bemerkte.

Das erklärte natürlich vieles. »Die sind schön«, sagte ich und betrachtete seine aus feinstem Rindsleder gefertigten Schuhe. Sie waren halbhoch, glänzend schwarz und saßen wie angegossen. Das Besondere an ihnen war der Absatz unter der Ferse.

»Ich habe sie selbst gemacht«, sagte Marco. »Zeigst du mir jetzt das Kleid?«

Ich holte mein Gesellenstück aus der Truhe und legte es auf den großen Schneidertisch, damit Marco sehen konnte, wie fein geschnitten und wie gut gearbeitet es war. Und in der Tat verfehlte es seine Wirkung nicht. Sein Gesicht nahm einen fast andächtigen Ausdruck an, als er behutsam über den edlen, fuchsfarbenen Batist strich. »Jetzt begreife ich, warum Mutter immer so von diesem Kleid geschwärmt hat. Es ist wirklich wunderschön.«

Das Lob schmeichelte mir, brachte mich aber gleichzeitig in Verlegenheit, deshalb sagte ich kühler als beabsichtigt: »Danke. Nun hast du es gesehen. Wenn du es immer noch kaufen willst, musst du mit meiner Mutter sprechen. Aber ich weiß nicht, wann sie nach Hause kommt.«

»Wenn ich darf, warte ich.«

Der Gedanke, mich mehrere Stunden mit einem fremden jungen Mann unterhalten zu müssen, war mir nicht angenehm. Am liebsten hätte ich Marco hinauskomplimentiert, aber ich traute mich nicht. Deshalb sagte ich: »Es kann spät werden.«

»Das macht nichts, ich habe Zeit.«

»Musst du denn nicht arbeiten, ich denke, du bist Schuhmacher?«

Marco streckte sich. »Heute habe ich mir freigenommen, denn die Sache mit dem Kleid ist mir sehr wichtig.«

»Du ... du liebst deine Mutter wohl sehr?«, fragte ich vorsichtig, während ich das Kleid in die Truhe zurücklegte.

»Ja, das tue ich. Sie ist ein guter Mensch und eine fröhliche Frau, obwohl sie viel Schlimmes durchgemacht hat.«

Ich musste an meine Mutter denken, die niemals fröhlich war. »Hast du Geschwister?«

»Alle tot.« An der Art, wie Marco das sagte, merkte ich, dass er darüber nicht sprechen wollte. Ich schwieg, doch nach einer Weile fuhr er fort: »Sie hat nur mich, und ich habe nur sie, seit Vater tot ist.«

»Das tut mir leid.«

»Das muss dir nicht leidtun.« Marco lächelte flüchtig. »Unsere Toten tragen Mutter und ich im Herzen, so sind sie immer bei uns. Wir sind eine kleine, glückliche Familie.«

Ich dachte abermals an meine Mutter und überlegte, ob man

sie und mich ebenfalls als kleine, glückliche Familie bezeichnen konnte, und kam zu dem Schluss, dass dies nicht der Fall war. Glück ohne Lachen oder Fröhlichkeit, ohne ein Lied oder einen muntern Scherz gab es nicht. Meine Mutter wirkte stets ernst und freudlos, und wenn ihr Gesicht doch einmal vor Erfüllung leuchtete, dann nur, wenn sie Zwiesprache mit ihrem Gott hielt. Sie betete täglich mehrfach und tat es seltsamerweise immer allein. Niemals forderte sie mich auf, mit ihr zusammen den Herrn anzurufen. Warum, das wurde mir erst sehr viel später klar.

»Aber du, du schaust nicht gerade glücklich drein«, sagte Marco.

Ich fand, dass ihm diese Bemerkung nicht zustand. Wie mir zumute war, ging ihn nichts an. Ich wollte ihn zurechtweisen, aber dann sagte ich mir, dass er es sicher nur gut gemeint hatte. »Willst du ein Glas Wein?«

»Wenn du eines mittrinkst.«

»Ich trinke niemals Wein.«

Es entstand eine Gesprächspause, in der wir beide Löcher in die Luft starrten und hofften, der andere möge etwas sagen. Schließlich stand ich auf, um den irdenen Krug mit dem Lambrusco aus Modena zu holen, wobei ich darauf achtete, Marco nicht die Gesichtshälfte mit dem Feuermal zu zeigen. Als ich ihm eingoss, bedankte er sich und sagte: »Du musst die Seite mit dem Mal nicht vor mir verbergen. Das Mal ist für mich einfach nicht vorhanden, glaub mir. Ich sehe es gar nicht, ich sehe nur die Schönheit dahinter. Die innere Schönheit.«

Ich dachte, nicht richtig gehört zu haben, um ein Haar wäre mir der Krug aus der Hand gefallen. Noch nie hatte jemand etwas Derartiges zu mir gesagt. Ich spürte, wie ich rot wurde. »*Salute*«, sagte ich hastig und eilte in den angrenzenden Raum, denn mit seiner Bemerkung von der inneren Schönheit hatte er mich ziemlich aus der Fassung gebracht. Ich atmete ein paarmal tief durch und stellte fest, dass ich mich darüber freute. Sehr freute.

Doch ich wollte Marco das nicht zeigen, deshalb ließ ich ihn noch eine Weile mit seinem Glas allein. Als ich zurückging, hatte ich mich wieder gefangen und sagte zu ihm wie nebenbei: »Ich glaube, ich trinke doch ein Glas mit.«
»Was, wirklich? *Fantastico!*«

Er brachte es tatsächlich fertig, drei Stunden auf meine Mutter zu warten und während der ganzen Zeit mit mir zu plaudern, ohne dass mir dabei langweilig wurde. Wir redeten nicht nur über das Wetter, sondern auch über die Ernte des vergangenen Jahres, über die Preise für Brot und Nudeln, über die Nachbarn und ihre Launen, über unsere Sternzeichen und über die Feste und Veranstaltungen auf der Piazza Maggiore. Damit waren wir bei der Seiden-Messe, die gerade stattfand, und hatten ein Thema gefunden, das uns beide gleichermaßen fesselte, besonders, als die Sprache auf Kleiderstoffe kam, ein Gebiet also, auf dem ich mich sehr gut auskenne. Ich erklärte Marco die Unterschiede zwischen Seide und Satin, Atlas und Brokat, redete über Anwendungs- und Verarbeitungsmöglichkeiten der Gewebearten, über Gold- und Silberfäden, über Ornamente, über Haken, Ösen und Knöpfe, über Schnitte, Stiche, Nähte, Säume und alle möglichen Finessen und stellte insgeheim immer wieder fest, wie aufmerksam er meinen Worten lauschte.

Auch ich hörte ihm wie gebannt zu, als er über die Schuhmode berichtete und wortreich erzählte, dass die sich immer mehr verbreitende Angewohnheit, auf daumendicken Absätzen zu laufen, sowohl für Männer als auch für Frauen gelte, wobei die Zeit, in der noch Schnabelschuhe getragen worden wären, keine hundert Jahre zurückläge. Es seien von der Fertigung her höchst schwierige Stücke gewesen, weil sie zunächst mit der Innenseite nach außen genäht und dann gewendet wurden. Die Spitze hätte natürlich nicht gewendet werden können, die wäre später mit versteckten Stichen angebracht worden. Danach hätte die Mode nach runderen Spitzen verlangt, woraufhin Schuhwerk folgte, das so seltsame Namen wie Entenschnäbel, Bärenklauen und Ochsenmäuler trug. Anschließend hätten die Vertreterinnen des schönen Geschlechts Schuhwerk mit Plateausohlen bevorzugt. Besonders die Venezianerinnen seien es gewesen, die diese Mode fast bis zur Lächerlichkeit getrieben hätten, indem sie Sohlen trugen, die bis in Kniehöhe ragten und beim Gehen ein ständiges Abstützen durch Stöcke oder Dienerinnen erforderten. *Chopinen* hätten diese Sockelschuhe geheißen, und ich solle bloß froh sein, dass solche Auswüchse der Vergangenheit angehörten.

Gerade hatte Marco begonnen sich auszumalen, wie es wäre, wenn jeder von uns mit den Materialien des anderen arbeiten würde, wenn beispielsweise ich Röcke aus gepunztem Leder schneidern und er Schuhe mit brokatenem Überzug fertigen würde, als meine Mutter nach Hause kam. »Carla, bist du allein?«, fragte sie überflüssigerweise, denn natürlich hatte sie schon die fremde Stimme gehört.

»Nein, Mamma«, sagte ich, »Marco Carducci ist hier.«

»Der Sohn von Signora Carducci?«

»So ist es, Signora.« Marco stand auf, ging meiner Mutter entgegen und verbeugte sich höflich.

Ihre Augen wanderten zwischen ihm und mir hin und her, und man musste kein Hellseher sein, um zu erkennen, dass sie sich fragte, ob zwischen uns Unzüchtiges passiert war.

»Wir haben uns unterhalten, Mamma«, sagte ich.

»Aha, ja«, sagte sie.

Da Marco noch keine Anstalten machte, meiner Mutter sein Anliegen vorzutragen, beschloss ich, sie ein bisschen zappeln zu lassen. »Marco ist Schuhmacher«, sagte ich.

»Das weiß ich, ich kenne ihn ja schon lange.«

Das wiederum wusste ich nicht, und ich ärgerte mich darüber. Warum hatte meine Mutter mir nie von Marco erzählt? Hatte sie Angst, er könne so abweisend reagieren wie ihre kostbaren Kundinnen, vor denen sie mich ständig versteckte?

War ich nicht schon einsam genug? Ich beschloss, sie für ihre lächerlichen Verdächtigungen ein wenig büßen zu lassen, und sagte: »Marcos Mutter wird fünfzig. Er möchte ihr mein Gesellenstück zum Geburtstag schenken, du weißt doch, das Kleid, für das mir Signora Carducci Modell stand. Ich habe ihm gesagt, wir würden es ihm gern verkaufen, zu einem günstigen Preis, wie er unter Nachbarn üblich ist.«

Mit Genugtuung sah ich, wie meiner Mutter die Zornesröte ins Gesicht schoss. Aber vor Marcos Augen wollte sie keinen Streit vom Zaun brechen, deshalb beherrschte sie sich und sagte nur: »Ja, äh, nun gut.«

»Das ist wirklich sehr freundlich von Euch, Signora!«, rief Marco und schüttelte meiner Mutter die Hand. »Wirklich sehr freundlich. Wenn es Euch recht ist, ich hätte das Geld gleich dabei …«

So kam es, dass Marco und ich uns kennenlernten.

Dass Marco ein Freund werden könnte, ahnte ich allerdings erst fünf Tage später, als er wieder an unsere Haustür klopfte. Ich hatte nicht damit gerechnet, ihn jemals wiederzusehen, und machte ein entsprechendes Gesicht, als er vor mir stand. Er lächelte scheu und hielt mir eine rote Rose entgegen.

»Ich kann dich nicht einlassen«, sagte ich, »meine Mutter ist nicht da.« Er konnte nicht wissen, dass sie mir nach seinem ersten Besuch die halbe Nacht Vorwürfe gemacht hatte. Immer wieder hatte sie mir vorgehalten, wie unerhört es sei, mit einem fremden jungen Mann allein zu sein, immer wieder hatte sie den niedrigen Preis für mein Gesellenstück beklagt. Ich war heilfroh gewesen, als sie sich endlich an ihren Hausaltar zurückzog, um Gottes Verzeihung für meine Sünden zu erflehen. Am nächsten Morgen hatte sie weiter auf mich eingeredet, gejammert und lamentiert, so lange, bis ich fast selbst an meine Verfehlungen glaubte und ihr versprach, Marco nie wieder in ihrer Abwesenheit zu treffen. »Meine Mutter ist in der Kirche.«

»Ich weiß«, sagte Marco. »Schon zum zweiten Mal. Sonntags geht sie immer zweimal in die Kirche. Willst du die Rose nicht annehmen?«

»D... doch.« Ich nahm die Blume. Es konnte keine Sünde sein, eine Blume anzunehmen. »Woher weißt du, dass meine Mutter sonntags immer zweimal in die Kirche geht?«

»Das weiß doch das ganze Viertel. Ach, wo wir gerade von Müttern reden: Meine hat sich sehr über das Kleid gefreut, ich soll dich auch schön grüßen.«

»Danke.« Ich wollte die Tür schließen, aber Marco kam mir zuvor und sagte: »Willst du mich nicht hineinbitten?«

»Nun ...« Ich schwankte. »Es würde nicht schicklich sein, dich einzulassen.«

»Oh, ich verstehe.« Enttäuschung breitete sich auf Marcos Gesicht aus. »Deine Mutter hat dir eine Moralpredigt gehalten, stimmt's? Na, da kann man nichts machen. Ich habe einen anderen Vorschlag: Du stellst die Rose ins Wasser, und wir gehen ein bisschen spazieren. Von der Stadtmauer aus hat man einen herrlichen Blick über das Land.«

»Nein, ich möchte nicht spazieren gehen.« Der Gedanke, Felder, Wiesen und Kühe anzuschauen, reizte mich nicht besonders. Außerdem scheute ich die Begegnung mit Menschen, die mein Feuermal nicht kannten. Die Reaktion von Signora Vascellini und ihren affektierten Freundinnen war mir nur allzu gut in Erinnerung.

»Wirklich nicht?

»Wirklich nicht.«

»Schade.« Marco schaute so enttäuscht drein, dass ich meine Entscheidung fast geändert hätte, aber schon sagte er: »Na gut, da kann man nichts machen. Aber ich komme wieder.«

Ich wollte ihm sagen, dass er das nicht brauche, aber dann ertappte ich mich bei dem Gedanken, dass ich es schade fände, wenn er nicht käme.

Und so sagte ich nichts.

Drei Tage später stand Marco abermals vor der Tür. Und wieder hatte er es so eingerichtet, dass meine Mutter nicht da war. Er hielt zwei rote Rosen in der Hand und sagte: »Ich weiß schon, dass du mich nicht einlassen wirst, aber hättest du nicht Lust, mit mir auf die Piazza Maggiore zu gehen? Heute Abend sollen da ein paar gute Musiker spielen.«

Ich nahm die Rosen und roch an den zarten Blüten. »Die duften herrlich.«

»Sie sind von der Blumenfrau, die immer vor San Petronio steht.«

»Ja, danke.«

»Es sind Trommler, Flötisten und Gambisten dabei. Es würde bestimmt sehr nett.«

»Ich weiß nicht.« Ich dachte an meine Mutter, die ich jeden Augenblick zurückerwartete und deren Gesichtsausdruck ich mir beim Anblick von Marco lebhaft vorstellen konnte.

»Einer von den Burschen soll vorzüglich die Theorbe zupfen und dazu kecke Lieder singen.«

»Oh, das ist nichts für mich.« Ich kam mir scheinheilig vor, denn tatsächlich wäre ich gern mit ihm ausgegangen, aber ich dachte ständig an meine Mutter und, schlimmer noch, an mein Feuermal.

»Schade«, sagte Marco.

»Ja«, sagte ich, »du musst jetzt gehen.«

Am darauffolgenden Sonntag kam er wieder, diesmal mit drei roten Rosen. Er drückte mir die Blumen in die Hand und sagte: »Die Musiker auf der Piazza Maggiore waren wirklich sehr gut. Sie wurden unterstützt von Seiltänzern, Zauberkünstlern und Antipodisten. Es war ein großartiges Spektakel. Du hättest mitkommen sollen.«

Ich schwieg.

»Vielleicht hättest du Lust, mit mir in den Hof des Palazzo Publico zu gehen? Dort befindet sich seit einem Jahr der neue

Kräutergarten der Universität. Früher war er auf der Südseite von San Salvatore. Ein gewisser Professor Aldrovandi hat ihn anlegen lassen. Er hat auch dafür gesorgt, dass jedermann ihn betreten kann. Ich dachte, das würde dich interessieren. Alle Frauen interessieren sich für die Düfte von Blumen und Kräutern.«

Während er das sagte, schaute er mich so erwartungsvoll an, dass ich nicht sofort nein sagen mochte. Auch schmeichelte mir, dass er mich indirekt als Frau bezeichnet hatte. »Ich müsste meine Mutter fragen«, sagte ich, »aber die ist nicht da.«

»Ich weiß.« Der Hoffnungsschimmer in Marcos Augen erlosch. Aber dann glomm er wieder auf. »Wann kommt sie denn zurück?«

Ich ahnte seine Idee. Der Gedanke, mit einem jungen Mann durch Bologna zu flanieren, reizte mich; aber der Gedanke an die Schwierigkeiten, die ich dadurch bekommen konnte, machte mir Angst. Schließlich sagte ich: »Sie müsste bald zurück sein.«

»Ich verstehe.« Marco nickte und erwiderte: »Auch ich werde bald zurück sein.«

Ein paar Tage später, es war ein Donnerstag, stand er mit vier roten Rosen vor der Tür. Ich nahm sie dankend entgegen und strich mit den Fingern über ihre zarten Blüten. Sie taten mir irgendwie leid, denn auch sie würde ich umgehend fortwerfen, nachdem Marco sich verabschiedet hatte. Es gab keine andere Möglichkeit. Meine Mutter hätte die Blumen sofort entdeckt und gefragt, woher sie kämen.

»Hast du Lust, mich in den Archiginnasio zu begleiten?«, fragte Marco.

Unbedarft, wie ich damals noch war, wusste ich nicht, dass die Bologneser Universität Archiginnasio genannt wird, aber das mochte ich ihm nicht auf die Nase binden, deshalb sagte ich: »Nein, tut mir leid.«

Marco blickte mich abschätzend an. »Ist es wieder, weil du deine Mutter bald zurückerwartest?«

Ich biss mir auf die Lippen. »Nein, äh, ich weiß nicht.«

»Es wird bestimmt sehr interessant.«

»Was passiert denn in diesem ...?«

»Archiginnasio? Ja, weißt du das denn nicht? Heute ist doch der erste Tag der jährlichen Theriak-Herstellung! Ein Ereignis, das man sich nicht entgehen lassen sollte. Ich war schon ein paarmal dabei. Es ist wirklich sehenswert.«

»Wenn du es sagst.« Da ich schon nicht gewusst hatte, was sich hinter dem Begriff Archiginnasio verbirgt, mochte ich umso weniger fragen, was Theriak ist.

»Wir könnten oben in der Loggia zum Innenhof stehen, zusammen mit vielen anderen, und beobachten, was sich unten tut. Glaub mir, dir werden die Augen übergehen.«

»Ich fürchte ...«

»Ich fürchte, du weißt nicht, was dir entginge, wenn du nicht mitkämst. Der gesamte Hof ist mit karmesinrotem Damast ausgelegt, und an der gegenüberliegenden Seite sind zwei große hölzerne Pyramiden errichtet, die ebenfalls mit Damast bedeckt sind. Auf ihnen stehen die Büsten von Hippokrates und Galen, in ihren Händen zwei riesige Majolika-Vasen haltend, in die der kostbare Theriak nach seiner Zubereitung gefüllt wird. Wenn du nach links schaust, siehst du Filter, Becher und tausend andere Gefäße und Apparate, um die Heildroge herzustellen, während in der Mitte des Hofs große Kessel stehen. Überall herrscht Trubel und Betriebsamkeit. Die Herren Doktoren der medizinischen Fakultät überprüfen die Inhaltsstoffe, die Apotheker der Stadt demonstrieren die Herstellung, Diener rennen hin und her, grün gewandet mit goldenen Ornamenten, um ihnen zu helfen. Alle tragen ihre besten Kleider, es ist einfach wunderbar! Ich garantiere dir, so viele unterschiedliche Gewänder, Roben, Röcke und Wämser, so viele bunte, prächtige Stoffe hast du noch nie auf einmal gesehen. Gerade dich als Schneiderin muss das doch interessieren?«

»Oh, gewiss.«

»Wenn du das alles mit eigenen Augen siehst, wirst du begreifen, warum unser schönes Bologna die Stadt der Seidenweberei genannt wird.«

Da mir nichts anderes einfiel, sagte ich abermals: »Oh, gewiss.«

»Kommst du nun mit?«

Ich muss zugeben, dass mir Marcos lebhafte Schilderung große Lust machte, das Schauspiel im Archiginnasio mitzuerleben. Die Art und Weise, wie er – ein junger Mann, der beileibe kein Adonis war – sich für alles Schöne begeistern konnte, begeisterte auch mich. Sogar mein Feuermal erschien mir in jenem Augenblick nicht so schlimm. Ich war drauf und dran, ihn zu begleiten.

Wenn da nicht meine Mutter gewesen wäre.

Ich scheute mich davor, Marco eine Absage zu erteilen, weil er mir leidtat, aber die Vorwürfe und Verdächtigungen meiner Mutter scheute ich noch mehr. »Ich würde schon mitkommen«, sagte ich, »aber ich fühle mich heute nicht sehr wohl.«

Marco blickte mich verständnislos an.

»Es gibt Tage, an denen eine Frau sich nicht wohl fühlt«, sagte ich steif – und schämte mich für die billige Ausrede.

»Ach so, natürlich, *scusi*, Carla, *scusi*«, sagte er.

Er deutete eine Verbeugung an und verschwand.

Marco war hartnäckig. Bei jedem Treffen brachte er mir eine rote Rose mehr mit, und bei jedem Treffen fiel es mir schwerer, seinem Werben zu widerstehen. Es schmeichelte mir, einen so ausdauernden Verehrer zu haben. Ich fragte mich, ob ich etwas für ihn empfände, ich prüfte meine Gefühle, ich horchte in mich hinein, doch ich musste mir die Antwort schuldig bleiben. Ich wusste noch nicht, was Liebe ist, ich ahnte nur, dass meine Empfindungen für Marco nicht für das ausreichten, was mit dem großen, allumfassenden Wort Liebe bezeichnet wird.

Dennoch dauerten unsere Gespräche vor der Haustür immer länger, und mir wurde endgültig bewusst, dass ich bis dahin ein Mauerblümchendasein geführt hatte. Jedes Mal schilderte er mir in den glühendsten Farben, welch außergewöhnliche Dinge er mit mir vorhabe, Dinge, von denen ich nie zuvor etwas gehört hatte. Er redete von Weinfesten in den Tavernen um die Piazzola de Caldarini, von Gauklereien, Possenreißereien und Mummenschanz unter den Geschlechtertürmen Asinelli und Garisenda, von Musikzügen unter den Laubengängen der Innenstadt, von Pastorale-Aufführungen in der Kathedrale San Pietro und von Tanzveranstaltungen hinter den vergoldeten Fassaden der großen Zunfthäuser. Er redete in keiner Weise wie ein *calzolaio,* der täglich mit Leder, Leim und Leisten umging, und doch war er einer – wenn auch vielleicht der ungewöhnlichste, der jemals in Bologna gelebt und gearbeitet hat.

Bevor er die zehnte rote Rose brachte, sagte ich mir, dass es so nicht weiterginge. Ich fasste einen Entschluss: Ganz gleich, was Marco mir beim nächsten Mal vorschlagen würde, ich wollte ihn begleiten. Doch als er vor unserer Tür stand, kam alles ganz anders. Denn erstens war die Rose, die er in der Hand hielt, nicht rot, sondern weiß, und zweitens war meine Mutter zu Hause.

Ich wollte ihn abwehren, aber er sagte: »Bitte, lass mich durch, Carla, ich möchte mit deiner Mutter sprechen.« Er ging geradewegs in das Werkstattzimmer und sagte zu ihr: »Signora Castagnolo, erlaubt mir, Euch diese Rose zu verehren, denn heute ist ein besonderer Tag.«

Meine Mutter schaute stirnrunzelnd von ihrer Arbeit auf. »Eine Rose, für mich?«

»Ganz recht, Signora.«

Meine Mutter nahm zögernd die Rose entgegen und gab sie mir. »Bitte stell sie ins Wasser.« Ich nahm die Blume und ging mit ihr in den angrenzenden Raum. Als ich wiederkam, merkte ich, dass Marcos Gesicht Flecken aufwies. Ich kannte ihn mittlerweile gut genug, um zu wissen, dass dies ein Zeichen seiner Nervosität war. Meine Mutter saß noch immer über ihrer Arbeit und machte trotz der Rose ihr übliches freudloses Gesicht.

»Nun, ja«, sagte Marco. Sein anfänglicher Schwung schien verflogen. »Ja, hm, dies ist ein besonderer Tag, *gentilissima* Signora. Aber wenn ich es recht bedenke, fehlen mir für das, was ich sagen will, die richtigen Worte. Vielleicht lasse ich besser dies hier sprechen.« Er holte ein Paket unter seiner mantelartigen Zimarra hervor und legte es auf den Tisch. »Bitte, Carla, mach es auf.«

»Was ist denn darin?«, fragte ich.

»Pack es nur aus.«

Ich löste den Faden und schlug das umhüllende Pergament zurück. Das Erste, was ich sah, waren zwei meerblaue Stoffrundungen, besetzt mit roten und grünen Glasperlen, dann kam immer mehr zum Vorschein, nahm Konturen an und entpuppte sich schließlich als ein Paar wunderschöner, über und über mit Brokat verbrämter Lederschuhe.

»Was ist das?«, fragte ich atemlos, obwohl ich es schon ahnte.

»Das sind deine Brautschuhe, Carla.« Marco schien seine Sicherheit wiedergewonnen zu haben, denn er wandte sich mit fester Stimme an meine Mutter: »Ich möchte um die Hand Eurer Tochter anhalten, Signora.«

»Du möchtest was …?« Meine Mutter blickte ungläubig, um nicht zu sagen vorwurfsvoll, während ich einen unterdrückten Laut von mir gab. Eine Weile geschah nichts. Es war so ruhig im Zimmer, dass ich glaubte, jeder müsse mein Herz klopfen hören. Dann sagte Marco: »Zieh sie doch mal an. Ich bin sicher, sie passen dir.«

Während ich noch unentschlossen die herrlichen Schuhe betrachtete, legte meine Mutter langsam Nadel und Faden beiseite. »Du willst also meine Tochter heiraten«, sagte sie, und es klang, als wolle Marco sich freiwillig einen Arm abhacken.

»Ja, Signora.«

»Nun, äh, das kommt etwas plötzlich. Wenn ich mich nicht täusche, habt ihr beide euch doch erst ein Mal im Leben gesehen?« Ihr Gesicht nahm wieder jenen misstrauischen Ausdruck an, den ich so hasste.

Doch Marco tappte nicht in die Falle, im Gegenteil, er war geschickt genug, sein Anliegen mit Worten aus der Heiligen Schrift zu untermauern. Er sagte: »Signora, schon in der Bibel steht: Es ist nicht gut, dass der Mann allein sei, und: Seid fruchtbar und mehret euch.«

»Aber die Schrift sagt ebenso: Und die, die da sind, sind fleischlich gesinnt, und: Verdammt sei die Sünde im Fleisch.« In Sachen Bibelfestigkeit ließ meine Mutter sich von niemandem etwas vormachen.

»Gewiss, Signora«, lenkte Marco ein.

Wieder entstand eine Pause. Ich merkte, wie Unmut in mir aufkam, Unmut, weil meine Mutter so geredet hatte, als würde Marco den größten Fehler seines Lebens machen, wenn er mich heiratete.

Und sie war noch lange nicht am Ende. »Du weißt, was dich erwartet, wenn du Carla heiratest?«, fragte sie bedeutungsschwer.

Marco schob das Kinn vor. »Nun, Signora, ich denke, ich bekomme eine wunderbare Frau, mit den wunderbarsten Brautschuhen, die jemals in dieser Stadt gefertigt wurden. Zieh sie jetzt an, Carla, bitte.«

Ich gehorchte. Marco hatte recht gehabt. Sie schmiegten sich an meine Füße wie eine zweite Haut. Ich machte ein paar Probeschritte und flüsterte: »*Bellissimo.*«

Meine Mutter war keineswegs beeindruckt. Sie sprach genau da weiter, wo sie aufgehört hatte: »Mag sein, dass du eine wunderbare Frau bekommst, aber in jedem Fall bekommst du eine Frau, die nicht so aussieht wie andere.«

»Jawohl, Signora.«

»Du bekommst eine gezeichnete Frau, mit allen Schwierigkeiten, die sich daraus ergeben können. Bist du dir darüber im Klaren?«

»Das bin ich, Signora.«

Die Worte meiner Mutter verdarben mir die Freude an den herrlichen Schuhen. Mit zunehmendem Ärger bemerkte ich, dass sie alles daranzusetzen schien, Zweifel in Marcos Kopf zu säen. Warum tat sie das? Hatte sie Angst, ich wäre zu jung? Hatte sie Angst um mein Glück? Hatte sie Angst, Marco könne nicht für mich sorgen? Nichts von alledem traf zu, wie mir klarwurde. Die Antwort lag auf der Hand: Da sie mich nicht sonderlich liebte – sie liebte nur Gott, den Allmächtigen – und mich demzufolge auch nicht besonders vermissen würde, wenn ich ihr Haus verließ, blieb als Einziges meine Arbeitskraft, die ihr fehlen würde. Meine billige Arbeitskraft.

Diese Erkenntnis traf mich wie ein Schlag und nahm mich unmittelbar gegen sie ein – und für Marco. Auch wenn er seine Heiratsabsichten mit keinem Wort erwähnt hatte.

Ich hatte bis zu jenem Tag kaum darüber nachgedacht, ob eine Ehe für mich je in Frage käme, doch die Art meiner Mutter trieb mich förmlich in Marcos Arme. Der Gedanke, nicht mehr tagein, tagaus ihr sauertöpfisches Gesicht sehen zu müssen, die Aussicht, ungefragt und ohne schlechtes Gewissen mit Marco zusammen sein zu können, die Möglichkeit, Kinder zu bekommen und ihnen die Liebe zu geben, die ich mein Lebtag vermisst hatte, alles das erschien mir auf einmal überaus verlockend, und als meine Mutter mich fragte: »Seid ihr beide euch denn überhaupt einig?«, antwortete ich: »Ja, natürlich, das sind wir.«

Als ich dies sagte, blitzte es in Marcos Augen auf. Er hatte alles auf eine Karte gesetzt, und es sah so aus, als würde er gewinnen.

Aber noch gab meine Mutter sich nicht geschlagen. Sie sagte: »Wenn ihr euch erst ein Mal gesehen habt – ich nehme an, es war an dem Tag, als du, Marco, das Kleid für deine Mutter gekauft hast –, kennt ihr euch doch gar nicht. Da stimmt doch etwas nicht?«

»Nehmt einfach an, Gott der Herr hat uns zusammengeführt, Signora.«

Meine Mutter stutzte. »Du meinst ...?«

»Ich denke, es ist Gottes Wille. Gott ist groß und gütig.«

»Ja, ja«, sagte meine Mutter nachdenklich.

»Und seine Wege sind unerforschlich.«

»Wahrlich, so ist es.«

»Was Gott zusammengefügt hat, das soll der Mensch nicht trennen.«

»Amen.«

Gottes Wunsch konnte sie nichts mehr entgegensetzen.

Wenn Marco und ich geglaubt hatten, wir könnten bald heiraten, sahen wir uns allerdings getäuscht. Meine Mutter erklärte sich zwar einverstanden mit der Eheschließung, bestand aber auf einer »angemessenen Zeit des Verlöbnisses«, wie sie sich ausdrückte, »um Gott Gelegenheit zu geben, unsere Herzen auf immer zu verbinden«.

Dem konnte Marco schlecht widersprechen, zumal er selbst mit Gottes Willen argumentiert hatte. »Macht nichts«, erklärte er mir strahlend, »Hauptsache, wir können uns jetzt bei dir im Zimmer treffen. Im Übrigen habe ich so auch mehr Zeit, auf ein Haus für uns zu sparen.«

»Ja, Marco«, sagte ich und ließ es zu, dass er mich küsste und mich an sich drückte. »Warten wir.«

Und wir warteten. Aus Wochen wurden Monate, und aus Monaten wurde über ein Jahr. Ich muss sagen, dass ich das Warten als Qual empfand. Nicht, weil Marcos Lippen und Hände im Laufe der Zeit immer neugieriger wurden, im Gegenteil, seine

Zudringlichkeiten schmeichelten mir, auch wenn ich nicht viel dabei empfand, sondern weil meine Mutter mich nicht ziehen lassen wollte. Sie erfand immer neue Ausflüchte, um die Wartezeit in die Länge zu ziehen – mal war es ein wichtiger Auftrag, zu dessen Ausführung sie meine Hilfe benötigte, mal war es ein hartnäckiger Katarrh auf ihrer Lunge, der meiner Pflege bedurfte, mal war es die falsche Jahreszeit für eine Eheschließung, denn heiraten, so ihre Meinung, dürfe man nur im Winter, im Sommer dagegen, wenn flimmernde Hitze über der Stadt läge, fühle der Höllengeborene sich magisch dadurch angezogen und würde Verderben über alle Jungvermählten bringen, mal war es der schwindelerregende Preis für den Festschmaus, mal die Kirche, die nicht an der richtigen Stelle stehe. Letztere auszuwählen geriet zu einem kapitalen Problem, denn für die Hochzeitsfeierlichkeiten bestand meine Mutter auf ihrem so sehr verehrten Pater Edoardo, und dieser wurde von mir strikt abgelehnt.

Doch endlich ergab sich eine große Veränderung. Sie bestand nicht in dem lang ersehnten Ende der Wartezeit, sondern in einer Neuigkeit, mit der Marco im Sommer des Jahres 1571 aufwartete: »Ich habe eine Erbschaft gemacht«, erklärte er strahlend.

Wir saßen in einem Raum neben dem Werkstattzimmer bei einem Glas verdünnten Lambruscos, und er hatte wie üblich seine Hand an meine Taille gelegt. »Eine Erbschaft, von wem denn?«, fragte ich ungläubig.

»Von einem entfernten Onkel.« Marco strahlte noch immer. »Eigentlich hat er meine Mutter als Erbin eingesetzt, aber Mutter sagt, sie brauche das Geld nicht. Ich soll es haben.«

»Das finde ich sehr großzügig von ihr.« Ich dachte an das Haus, auf das Marco für uns sparte, und fragte: »Wie viele Scudi sind es denn?«

»Genau weiß ich es nicht, vielleicht hundertneunzig oder zweihundert.«

»Kaufst du uns davon ein Haus?«

Marco lachte. »Für zweihundert Scudi Romani kriegst du kein Haus, jedenfalls keins, wie ich es mir vorstelle. Ich habe eine viel bessere Idee. Ich werde« – er machte eine inhaltsschwere Pause – »Medizin studieren.«

»Medizin? Du?«

»Warum nicht?« Marco wirkte leicht gekränkt. »Traust du mir das etwa nicht zu? Ich war immer gern Schuhmacher, aber noch viel lieber wollte ich Arzt werden. Es mangelte nur am Geld.«

»Das wusste ich nicht.«

»Hör mal, ich habe mir alles genau überlegt: Die Kosten für die Graduierung betragen siebzig Scudi, dann hätte ich noch immer ein hübsches Sümmchen übrig. Und noch eins: Wenn ich in fünf Jahren meinen Doktor habe, verdiene ich so viel Geld, dass ich dir ein Dutzend Häuser kaufen kann. Bis dahin ziehen wir in das Haus des verstorbenen Onkels. Wir heiraten und sind endlich unter uns. Keine Signora Castagnolo mehr, der wir für alles Rechenschaft schuldig sind, keine krankhafte Neugier mehr, keine Blicke, die deine Jungfernschaft verteidigen. Na, was sagst du dazu?«

Mir ging das alles zu schnell. »Fünf Jahre sind eine lange Zeit, du wirst ein alter Mann sein, wenn du mit dem Studium fertig bist.«

»Entschuldige mal, ich bin erst zweiundzwanzig.«

»Und siebzig Scudi sind furchtbar viel Geld.«

»Genau genommen sind es nur neunundsechzig Scudi, acht Paoli und fünf Baiocchi, so viel verlangt das Archiginnasio von einem Bologneser Bürger. Wenn ich keiner wäre, müsste ich nur dreiundzwanzig zahlen, aber das ist mir gleich. Komm, Carla, nun freu dich endlich, du wirst die Frau eines Arztes, hättest du dir das jemals träumen lassen?«

»Nein«, sagte ich, »aber ich freue mich.«

Auch meine Mutter freute sich, wenn man das kurze Lächeln, das bei der Neuigkeit über ihre Züge glitt, so verstehen wollte. »Dann habt ihr mit dem Heiraten ja noch etwas Zeit.«

»Nein«, sagte ich, und Marco ergänzte: »Wir ziehen in das Haus meines Erbonkels und haben damit eine eigene Bleibe. Einer Heirat steht nichts mehr im Wege.«

Doch unsere Hochzeit sollte sich abermals verschieben, nicht meiner Mutter wegen, sondern weil Marco plötzlich alle Hände voll zu tun bekam, sein neues Leben in die richtigen Bahnen zu lenken. Er kündigte bei dem Schuhmachermeister, für den er viele Jahre gearbeitet hatte, zog vorab allein in das Haus des Onkels, um dort, wie er sagte, alles aufs Beste für mich vorzubereiten, und schrieb sich anschließend auf dem Archiginnasio ein. Obwohl er so viel um die Ohren hatte, kam er fast täglich zu mir, legte mir den Arm um die Taille und berichtete brühwarm, was er erfahren und erlebt hatte.

Er erzählte von den Festen und feierlichen Zeremonien, die das Leben der Studenten begleiteten, ihrem Vergnügen an Prunk und Symbolen, ihrer Trinkfestigkeit und Sorglosigkeit. Er redete von den anfänglichen Schwierigkeiten, die er gehabt hätte, um von ihnen anerkannt zu werden, von ihrem Stolz und von ihren Ritualen. Er schwärmte mit leuchtenden Augen von den zahllosen Ereignissen im akademischen Jahr, das für die Freien Künste nach dem achtzehnten Oktober, dem Feiertag von San Luca, begann, ließ sich lang und breit über den allgemeinen Studienbeginn nach Allerheiligen aus und rief: »Es wird großartig werden, Carla! Und ich, ein frischgebackener *Studiosus,* werde immer dabei sein! Die Inauguration wird die prächtigste Bekanntmachung aller Zeiten werden.«

»Inauguration – was ist das?«, fragte ich.

»Die feierliche Einführung in die akademischen Ämter.«

»Und wer wird da eingeführt?«

»Lehrer, Doktoren, Professoren, so genau kenne ich ihre Namen noch nicht.«

»Hast du denn die richtige Kleidung für solche Anlässe?«

»Wohl nicht«, räumte er ein, und für einen Augenblick ließ seine Begeisterung etwas nach. Doch dann kehrte sie gleich wieder zurück. »Aber bestimmt bin ich der Student mit den bestsitzenden Schuhen!«

Ich musste lachen. Aus dem schüchternen, scheuen Jüngling, den ich vor zwei Jahren kennengelernt hatte, war ein recht selbstbewusster junger Mann geworden. Ich fragte mich, welchen Beitrag ich dazu geleistet haben mochte, doch ich kam nicht dazu, den Gedanken weiterzuspinnen, denn schon fuhr er fort: »Wir werden dem Ruf der *la scolara* folgen, äh, du weißt schon, der großen Glocke von San Petronio, und uns auf der Piazza Maggiore vor der Kirche versammeln, alle Lehrer und Doktoren des Kollegiums, alle Prioren, Studentenräte und eine große Menge Volk, zusammen mit den Honoratioren des Senats und den Mitgliedern des Adels. Es wird ein überwältigender Anblick sein, und es wird eine überwältigende Inauguration werden.«

»Oh, bestimmt«, pflichtete ich ihm bei. Und weil ich merkte, wie sehr es ihn drängte weiterzuerzählen, fragte ich: »Und dann?«

»Dann werden wir gemessenen Schrittes zu der Großen Halle des Archiginnasios gehen, wo einer der Studenten eine Rede halten und anschließend die Liste der gesamten Lehrerschaft verlesen wird. Nach dem Verlesen des *rotulo* wird eine Messe des Heiligen Geistes in der Kapelle Santa Maria de' Bulgari gehalten, direkt gegenüber dem Innenhof des Archiginnasios. Du weißt doch, dort, wo der Theriak im Frühling hergestellt wird.«

»Ja«, sagte ich, »das hast du erzählt.« Und ich fragte mich, wo ich bei alledem blieb, aber letztlich freute ich mich für ihn. Ich gönnte ihm seinen neuen Stand von Herzen und dachte, wenn er erst einmal zur Ruhe gekommen sei, würden wir heiraten und gemeinsam im Haus des Onkels wohnen. Doch das waren nicht meine einzigen Gedanken. Ich ertappte mich dabei, dass ich Marco beneidete. Mit dem Studium der Medizin erfüllte er sich einen Wunsch, der mir zeit meines Lebens versagt bleiben würde, schon allein meines Feuermals wegen, bei dessen Anblick jedermann zurückschreckte – von wenigen Ausnahmen abgesehen.

So verging weitere Zeit. Im Winter 71/72, als Marco seine ersten Vorlesungen bei einem Professor für Chirurgie namens Aranzio besucht hatte, kam er eines Tages freudestrahlend zu mir und verkündete: »Ich habe heute gehört, wie du deine Scheu vor dem Spiegel verlieren kannst. Ach, was rede ich! Ich habe sogar gehört, wie aus dem Spiegel dein Freund werden kann. Die Zeiten des *brutto nemico* sind vorbei.«

Ich muss ihn angeschaut haben, als würde ich an seinem Verstand zweifeln. Doch er fuhr unbeirrt fort: »Das Geheimnis liegt darin, dass du nicht nur einen, sondern viele Spiegel brauchst.«

Ich schüttelte den Kopf.

»Glaub mir, mit Einsetzen des Mithridates-Effekts wirst du dich mehr und mehr an deinen Anblick gewöhnen. Am Ende wirst du dir ganz normal in die Augen sehen können, wie jeder andere Mensch auch.«

»Was ist ein Mithridates-Effekt?«, fragte ich.

»Dazu muss ich dir erst erklären, was ein Mithridatum ist. Ein Mithridatum ist ein Elektuarium ...«

»Was ist ein Elektuarium?«

»Du willst es ganz genau wissen, wie? Also schön, von Anfang an: Ein Elektuarium ist eine Auswahl verschiedener Wirkstoffe in fester oder flüssiger Form. Wenn du so willst, ist auch der jährlich im Archiginnasio hergestellte Theriak ein Elektuarium, weil immer dieselben Zutaten hineinkommen.«

»Gut«, sagte ich.

»Also, ein Mithridatum ist ein Elektuarium, dessen Name auf den König Mithridates VI. zurückgeht. Er war der Herrscher von Pontos, einem Königreich in Asien. Besagter Mithridates hatte große Angst, eines Tages von seinen Untertanen vergiftet zu werden, weshalb er es sich zur Gewohnheit machte, in regelmäßigen Abständen ein Elektuarium aus toxischen Stoffen zu sich zu nehmen. Hast du so weit alles verstanden?«

Ich bin nicht dumm, wollte ich antworten, aber ich mochte seinem Eifer keinen Dämpfer aufsetzen, und so sagte ich nur: »Ja, habe ich.«

»Dann kommt jetzt der springende Punkt: Mithridates steigerte im Laufe der Zeit das Gift-Quantum immer mehr, bis sein Körper sich an die tödlichen Stoffe gewöhnt hatte. Ihn zu vergiften war danach nicht mehr möglich.«

»Woran ist er denn gestorben?«

»Als er sterben wollte, weil seine Familie ihn abgesetzt hatte, ließ er sich erdolchen, denn vergiften konnte er sich ja nicht mehr.«

»Das leuchtet mir ein.« Ich überlegte einen Moment. »Und mit den Spiegeln soll ich es genauso machen?«

»Du hast es erfasst. Irgendwann wirst du immun gegen deinen Anblick sein, du musst nur die Anzahl der Spiegel im Werkstattzimmer nach und nach erhöhen.«

Ich überlegte, wie ich das anstellen sollte, ohne Ärger mit meiner Mutter zu bekommen, und sagte: »Wenn ich es richtig verstanden habe, würde der vorhandene Spiegel ausreichen, wenn ich nicht nur ein Mal, sondern mehrmals in ihn hineinschaue. Die ›Giftdosis‹ würde sich so doch auch erhöhen?«

Marco sperrte den Mund auf. »Donnerwetter, daran habe ich gar nicht gedacht. Aber ich glaube, du hast recht.«

Ich nickte und beschloss, den Versuch mit dem Spiegel zu wagen. Vielleicht konnte der Mithridates-Effekt mir tatsächlich helfen. Sicher nicht beim ersten Mal, aber vielleicht nach einer Woche? Ich malte mir aus, welch große Befreiung es für mich wäre, ohne Angst in den Spiegel schauen zu können, und wie schön das Leben dann für mich wäre. Und weil ich mit meinen Gedanken schon in der Zukunft war, fragte ich Marco: »Sag mal, wann heiraten wir eigentlich? Immer ist irgendetwas dazwischengekommen, aber allmählich wird es Zeit. Ich möchte heraus aus diesem Haus, in dem ich nichts anderes machen darf als niedere Schneiderarbeiten.«

»Das verstehe ich.« Marcos Arm schlang sich um meine Taille. »Ich war in der letzten Zeit ein bisschen eigennützig.« Seine Hand wanderte hinauf zu meiner Brust, aber ich schob sie wieder hinunter. Mir war nicht zum Turteln zumute, ich wollte wissen, wie mein künftiges Leben aussehen würde.

Marco zog seine Hand fort und versuchte, sich seine Enttäuschung nicht anmerken zu lassen. »Natürlich heiraten wir, glaubst du etwa, nur weil ich in den letzten Monaten studiert habe, hätte ich das vergessen?«

Ich schwieg, denn ich war mir nicht ganz sicher.

»Weißt du, was? Ostern haben alle Studenten vierzehn Tage Ferien, es müsste Anfang April nächsten Jahres sein, dann können wir beide in Ruhe heiraten.«

»Das wäre wundervoll.« Der Gedanke, das freudlose Gesicht meiner Mutter nicht mehr täglich sehen zu müssen, gefiel mir sehr, und deshalb ließ ich es gern zu, dass Marco mich küsste. »Ich liebe dich doch«, sagte er und küsste mich weiter, »und du liebst mich doch auch?«

»Wir müssen vorsichtig sein«, sagte ich, »meine Mutter kann jeden Augenblick hereinkommen.«

Am Abend, nach einem einfachen Risotto mit Käse und Pilzen, ging meine Mutter zu einer Nachbarin, um ihr ein paar geflickte Röcke vorbeizubringen. Sobald sie fort war, begann mir das Herz bis zum Hals zu schlagen, denn ich wusste, jetzt war der Zeitpunkt gekommen, die »Giftdosis« des Spiegels zu schlucken. Mit zaghaften Schritten näherte ich mich *brutto nemico*, dem »hässlichen Feind«, im Werkstattzimmer, ging näher und näher auf ihn zu, doch kurz bevor ich ihn erreichte, musste ich haltmachen. Ich zitterte so sehr, dass ich nicht weitergehen konnte. Ich versuchte, mir Mut zuzusprechen, sagte mir, dass es nur ein Spiegel sei, ein toter Gegenstand, der mir nichts zuleide tun könne. Aber es ging nicht. Ich schimpfte mit mir, machte mir klar, dass ich mittlerweile neunzehn Jahre zählte, redete mir immer wieder zu, dass es höchste Zeit sei, der Angst ein Ende zu setzen. Ich wollte, ich musste weitergehen, aber meine Beine bewegten sich nicht. Sie versagten mir den Dienst.

Ich hatte seit Jahren nicht mehr geweint, doch nun weinte ich. Als ich mich ein wenig beruhigt hatte, fiel mein Blick auf den Stuhl neben dem Spiegel. Ich beschloss, mich erst einmal zu setzen, und überlegte, warum es mir keine Schwierigkeiten bereitete, den Schritt zum Stuhl zu machen, den Schritt zum Spiegel jedoch nicht. Welche rätselhafte Kraft steuerte mich?

Wirre Gedanken bemächtigten sich meiner. Ich fragte mich, ob in mir eine Doppelgängerin wohne, ein Ebenbild von mir, eine zweite Carla, die stärker war als ich und mir die gewünschte Bewegung verweigerte. Oder ob es die jedem Menschen innewohnende Seele sei, die mir den Schritt zum Spiegel verbot, und ich fragte mich auch, wo meine Seele wohl säße. Im Kopf oder im Herzen?

Vieles sprach für das Herz, denn es war der Sitz aller Gefühle. Man konnte jemanden von Herzen willkommen heißen, von Herzen umarmen, von Herzen lieben, man konnte ihm aber auch das Herz brechen, das Herz schwermachen, das Herz zum Bluten bringen. Man sprach von einem guten, treuen, warmen, edlen, stolzen Herzen, von Worten, die einem zu Herzen gehen, und davon, dass man einem Menschen nicht ins Herz sehen könne.

Andererseits war, wie ich von Marco wusste, das Herz nur ein Muskel. Ein Muskel als Sitz der Gefühle, als Sitz der Seele? Ein Muskel, der irgendwann abstarb und beides – Gefühle und Seele – mit in den Tod nahm? Das war kaum vorstellbar, allein schon deshalb, weil die von Gott geweihte Seele unsterblich ist.

Nein, die Seele saß in meinem Kopf, so musste es sein. Sie war es, die mich steuerte und meinen Schritten Halt gebot.

Ebenso, wie sie mir gestattete, mich hinzusetzen – weil sie genau wusste, dass ich dabei nicht in den Spiegel schauen musste. Wie rätselhaft meine Seele doch war ...

Mag sein, dass diese Erkenntnis mir weiterhalf, mag sein, dass ich mich einfach etwas beruhigt hatte, in jedem Fall war es mir nach einiger Zeit möglich, aufzustehen und den entscheidenden Schritt vor *brutto nemico* zu wagen.

Ich hätte es nicht tun sollen.

Denn zum ersten Mal seit vielen Jahren sah ich mein grausames Mal wieder. Seine violette Farbe sprang mich an wie ein Tier, wild und fratzenhaft, abstoßend wie Luzifer selbst. Ich riss die Arme schützend vor mein Gesicht und stieß einen markerschütternden Schrei aus. Ich schrie aus Leibeskräften, ich schrie meine ganze Angst und meine ganze Seelennot hinaus, ich schrie und schrie, und dann sank ich in mich zusammen und begann bitterlich zu schluchzen.

Eine Hand legte sich auf meinen Kopf. Es war die Hand meiner Mutter. »Du solltest nicht in den Spiegel schauen«, sagte sie mit leisem Vorwurf. »Solange du nicht hineinschaust, ist es nicht da, das schreckliche Mal, daran musst du immer denken. Und nun komm.« Sie half mir auf und führte mich aus dem Zimmer. Sie geleitete mich zu meinem Bett und sorgte dafür, dass ich mich hinlegte. Dann deckte sie mich zu, brachte mir ein Glas mit starkem Wein und sagte: »Trink das, es ist guter Wein, von Pater Edoardo persönlich gesegnet.«

»Nein!«

»Glaub mir, Pater Edoardo hat ihn eigenhändig in der Sakristei von San Rocco gesegnet.«

»Ich möchte ihn nicht.«

Zum Glück bestand sie nicht darauf, dass ich das zweifelhafte Getränk zu mir nahm, sondern stellte es mit einem Seufzer beiseite. »Es wäre besser, du würdest den Wein trinken, nun ja, vielleicht nachher.« Sie blieb noch eine Weile und strich mir mehrmals über die schweißnasse Stirn. »Brauchst du noch etwas, meine Kleine?«

»Nein danke.«

»Dann lasse ich dich jetzt allein. Schlafe ein wenig, ich will zu Gott beten, dass der Schlaf dich erquickt.«

Doch ich wollte nicht schlafen. Meine Angst vor schlechten Träumen war viel zu groß. Ich blieb wach und hörte, wie sie sich im angrenzenden Raum zu schaffen machte. Dabei sprach sie wieder ihre seltsamen Gebete und Formeln, ein Zeichen, dass sie vor ihrem Hausaltar kniete. »Lasse Carla schlafen, Herr, schenke ihr gute Träume, lasse sie sich gesundschlafen, Herr, und halte deine schützende Hand über sie.« Wenig später hörte ich sie wieder aus der Bibel zitieren, es war der Satz, denn ich schon kannte: »... *und lasse die Zauberinnen am Leben.*«

Eine Weile ging das so weiter, und ihre Stimme wurde immer lauter und drängender. Was hatte sie nur? Ich stand auf und legte das Ohr an die Wand, und was ich hörte, konnte ich kaum glauben: »... oh, Herr, bewahre sie vor Inkubus, dem nächtlichen Dämon, dem lüsternen Alb, dem geilen Sylvan, vertrockne seine Rute, lasse sie verfaulen, mach, dass er sich nicht mit ihr paart«, flehte sie. »Du weißt es, Herr, denn du bist allwissend, nie nahm Carla Hexensalbe oder Zaubertrank, und wenn der nächtliche Inkubus dennoch kommt, so lasse sie erwachen, auf dass er nicht mit ihr der Lust frönen kann, denn wache Weiber, die fliehet er ...«

Und sie redete weiter in seltsamen, haarsträubenden Wendungen: »... Carla ist keine Hexenmeisterin in einem Hexenmeister, Herr, sie ist Scheide und kein Schwert, sie ist in ihrem ganzen Leben kein Mann gewesen, darum, o Herr, beschütze sie vor den sündhaften Träumen, verbanne die lüsterne Sukkuba von ihrem Bett, verhindere, dass die Dämonin sich mit ihr vereinigt und sich von ihrer Lebensenergie nährt ...«

War meine Mutter von aller Vernunft verlassen? Ich lauschte weiter, wie sie von Inkuben und Sukkuben phrasierte, von Dämonen und Teufelsmächten und inständig um mein armes Seelenheil bat: »... und lasse sie nicht werden Lilu, Lilutu, Ardat Lili, Irdu Lili, nicht werden Lilu, Lilutu, Ardat Lili, Irdu Lili ...«

Sie musste komplett verrückt geworden sein! Ich bekreuzigte mich hektisch, stürzte zurück in den Schutz meines Bettes und rief: »Mamma, Mamma, hör auf!« Doch ich musste wieder und wieder rufen, bis ich die Mauer ihrer Entrückung durchbrechen konnte. Endlich näherten sich Schritte. Sie erschien in der Tür, zu Tode erschöpft. »Oh, du bist wach«, murmelte sie und fuhr sich über die Augen, als könne sie nicht glauben, was sie sah. »Hattest du keine wollüstigen Träume?«

»Nein, Mamma, wieso?«

»Ach, nichts. Gelobt sei die heilige Mutter Maria, sie hat dich rein gehalten, so wie sie sich selbst bei der Empfängnis rein gehalten hat, sie hat dich beschützt vor allem Bösen. Gott sei Dank«, flüsterte sie mit bebender Stimme, und dann fing sie tatsächlich an zu schluchzen.

Obwohl ich nicht verstand, wie sie sich in ihren seltsamen Zustand hatte hineinsteigern können, tat sie mir leid. Ich hatte sie noch nie so verzweifelt gesehen. Zaghaft streckte ich meine Hand aus und streichelte ihr den Rücken.

»Die Sache mit dem Spiegel hat mir einen grauenvollen Schrecken versetzt«, sagte sie. »Ich befürchtete, du würdest nach dem Hineinschauen eine ... andere werden.«

»Du brauchst keine Angst um mich zu haben«, wiederholte ich.

»Bist du sicher, wirklich sicher?«

»Ja«, sagte ich, »in mir ist nichts Böses, und ich werde niemals wieder in einen Spiegel schauen.«

Ich kann nicht sagen, dass meine Mutter und ich fortan herzlich miteinander umgingen, doch immerhin besserte sich unser Verhältnis etwas, was sich unter anderem darin äußerte, dass sie nicht nur den festgelegten Hochzeitstermin akzeptierte, sondern auch nicht mehr darauf bestand, dass Pater Edoardo das Ehesakrament spendete.

Nach einem dieser nicht immer leichten Gespräche sagte sie zu mir: »Weißt du, meine Kleine, ich musste mich erst an den Gedanken gewöhnen, dass du aus dem Haus gehen willst. Ich fühlte mich immer in besonderem Maße für dich verantwortlich, weil du, äh ... du weißt schon, warum.«

»Ja«, sagte ich und dachte, was ich schon häufiger in den letzten Jahren gedacht hatte: Ich würde sogar meinen rechten Arm hergeben, wenn dadurch nur das verfluchte Mal verschwände. Aber ich sprach den Gedanken nicht aus, sondern schwieg.

»Auch daran, dass Marco Medizin studiert, musste ich mich erst gewöhnen, schließlich hat er keine gute Vorbildung. Aber mit Gottes Hilfe wird er es schaffen. Er ist der Sohn von Signora Carducci, das spricht für ihn.«

»Ja, Mamma.«

»Wenn er erst ein Doktor der Medizin ist und du an seiner Seite stehst, wirst du gut versorgt sein.«

»Darüber mache ich mir noch keine Gedanken.«

»Aber ich. Außerdem wirst du als Frau eines Arztes den Rang einnehmen, der dir zusteht.«

»Wie meinst du das?«

»Wie ich es sage: Du wirst einen Rang einnehmen, der dir zusteht.«

Diese Bemerkung meiner Mutter brachte mich wieder auf die Frage meiner Herkunft. Sie hatte sich bisher immer wieder beharrlich geweigert, darüber zu sprechen, aber heute würde sie vielleicht ihr Schweigen brechen.

»Wer ist mein Vater, Mamma?«, fragte ich.

Meine Mutter blickte aus dem Fenster. An der Art, wie sie die Schultern hochzog, konnte ich ihre Anspannung sehen.

»Warum sagst du mir nicht, wer er war? Es hat ihn doch gegeben, oder?«

»Natürlich«, murmelte sie.

»War er ein so schlechter Mensch, dass du nicht über ihn sprechen willst?«

»Nein, nein.«

»Wer war er denn? Wie war sein Name? Sag es mir.«

»Bitte, Carla.«

»Sag es mir!«

Für einen Augenblick dachte ich, sie würde endlich sprechen. Ich sah, wie sie mit sich kämpfte, aber dann brachte sie es doch nicht fertig. Sie stand abrupt auf und ging in ihr Werkstattzimmer.

Ich blieb zurück und kam einmal mehr zu dem Schluss, dass mit meiner Vergangenheit irgendetwas nicht stimmte.

Etwas Schreckliches, das ich nicht wissen durfte.

Die ersten Monate des Jahres 1572 brachten sehr viel Kälte mit sich. Viele Menschen, die Bologna im Sommer erlebt haben, glauben, es wäre bei uns immer warm. Doch sie kennen den Frost nicht, der sich über Nacht auf die ganze Stadt legen kann und den Menschen am Morgen weiße Atemwolken vor die Gesichter treibt. In jenem denkwürdigen Jahr hatten wir sogar knöcheltiefen Schnee. Wer nicht unbedingt aus dem Haus musste, blieb in den eigenen vier Wänden und freute sich, wenn er einen guten Kamin und ein paar Klafter Brennholz hatte.

Die Studenten jedoch, das wusste ich von Marco, konnten nicht in ihren Quartieren bleiben. Sie mussten ihrem Studium nachgehen und vor jedem Lesungstag morgens um neun die halbstündige Messe in der Kapelle Santa Maria de' Bulgari besuchen, nachdem *la scolara* sie zuvor dazu gerufen hatte. Die Professoren waren ebenfalls zugegen. Sie versammelten sich in den Seitenhallen der Kapelle und schritten nach dem Ende des Gottesdienstes feierlich als Erste hinaus. »Allein schon der Staffage wegen müsste ich eigentlich Professor werden«, schwärmte Marco mit leuchtenden Augen. »Du solltest einen von ihnen mal zu Gesicht bekommen, wie er daherschreitet in seiner wallenden Toga, mit den weiten Ärmeln und dem Umhang aus Hermelin, den Mittelgang und die Flure entlang, vorbei an den zahllosen Wappen der Honoratioren und ehemaligen Studenten, bis in den großen Vorlesungsraum hinein, die ganze Zeit begleitet von ausgewählten Bediensteten. Alle tragen die traditionellen Silber-Tamboure über ihren Schultern und sind schwarz gekleidet in Jacken und Kniehosen und in Umhänge aus Seide. Glaube mir, jeder Student, und sei er noch so respektlos, erhebt sich bei diesem Anblick.«

»Das glaube ich«, sagte ich mit zwiespältigen Gefühlen. Denn ich wusste: Nichts von alledem, was er so anschaulich schilderte, würde ich jemals mit eigenen Augen sehen, und dennoch konnte ich nicht genug davon hören.

»Am Ende des großen Vorlesungsraums steht der Lehrstuhl mit dem eichenen Pult. Stell dir vor, die Lehne des Stuhls reicht bis zur Decke hinauf, und von dem höchsten Punkt der Lehne breitet sich ein Baldachin aus, auf dessen Borte du eine mit Fresken verzierte Abbildung der Heiligen Jungfrau siehst. Es ist *fantastico!*«

»Bestimmt.«

»Von Professor Aranzio habe ich dir schon berichtet, du weißt doch, er lehrt die Kunst der Chirurgie.«

»Ich erinnere mich.«

»Aranzio unterrichtet in einem eigens nach ihm benannten Raum, der *Scuola d'Aranzio* heißt. Es ist ein eher kleiner Raum, überhaupt nicht möbliert, was bedeutet, dass wir Studenten vor jeder Lektion unsere Bänke selbst darin aufstellen müssen. Aber das stört keinen, denn was der Professor demonstriert, ist wirklich sehenswert: Er zergliedert Leichen mit Hilfe seiner Prosektoren. Das hört sich blutrünstig an, ist in Wahrheit aber eine Kunst, die ähnliches Geschick wie das Schuhmacher- oder Schneiderhandwerk erfordert. Du musst dir das so vorstellen: In der Mitte des Raums steht der marmorne Tisch, auf dem die Leiche liegt. An ihren beiden Enden brennen mehrere

Fackeln, damit ausreichend Licht vorhanden ist. Und jeder Schnitt, den der Professor tut – oder tun lässt –, wird von ihm ganz genau kommentiert. Natürlich findet der Unterricht unter Ausschluss der Öffentlichkeit statt, weshalb vor dem Raum ein oder zwei Studenten postiert sind.«

»Natürlich«, sagte ich.

»Sag mal, du bist so kurz angebunden. Interessiert dich mein Studium nicht?«

»Doch, doch.«

»Dann ist es gut. Wo war ich gerade? Ach ja: bei Aranzio. Er hat sich jahrelang mit dem Wesen der Herzklappen beschäftigt und die nach ihm benannten Knoten entdeckt, ebenso, wie er als Erster einen bestimmten Oberarmmuskel beschrieben hat. Sag mal, hörst du mir überhaupt noch zu?«

»Ja ... nein, doch.« In der Tat war ich einen Augenblick lang unaufmerksam gewesen, denn je mehr er erzählte, desto mehr wünschte ich mir, bei alledem dabei sein zu können.

»Was habe ich denn gerade gesagt?«

»Nun, äh, du sprachst von einem Muskel, einem Oberarmmuskel, glaube ich.«

»So ist es. Ich sprach von dem Rabenschnabeloberarmmuskel.«

»Wie bitte?«

»Du hast richtig gehört.«

»So kann doch kein Muskel heißen.«

»Und warum nicht?« Marco wirkte leicht befremdet. »Ich sprach vom *Musculus coracobrachialis,* dem Rabenschnabeloberarmmuskel, den es tatsächlich gibt. Du hast ihn, ich habe ihn. Jeder Mensch hat ihn.«

»Entschuldige.«

»Vielleicht sollte ich dich nicht mehr mit Rabenschnäbeln langweilen.« Marcos Arm glitt um meine Taille und drückte sie bedeutungsvoll. »Vielleicht sollte ich dir etwas von Krebsscheren erzählen.«

»Krebsscheren? Ist das auch wieder so ein Muskel?«

»Nein.« Er lachte. »Es ist sind einige der vielen Exponate, die Professor Aldrovandi in seinem Haus hortet.«

»Aldrovandi, ist das der ...?«

»Richtig, der mit dem Kräutergarten im Palazzo Publico.«

»Ach ja.«

»Aldrovandi ist ein eifriger Sammler von Exponaten aller Art. Er sammelt nicht nur so skurrile Dinge wie Krebsscheren, Kugelfische, kindskopfgroße Seeigel und Walknochen, sondern auch Echsen, Krokodile und Straußeneier, dazu Hunderte von Holzschnitten, die für den Druck seiner großen Kräutersammlung angefertigt wurden, Schildkrötenpanzer, die so groß wie ein Pferdesattel sind, Geweihe und Gehörne.«

»Und wozu das alles?«

»Er ist eben neugierig. Neugier und Unvoreingenommenheit sind die Triebfedern für allen Fortschritt in der Wissenschaft.«

»Hat er das gesagt?«

»Ja, das hat er.« Marcos Hand begann mein Mieder hinaufzuwandern, und ich ließ es zu. Ich konnte es ihm nicht immer verbieten. Außerdem rückte der Termin unserer Hochzeit näher. »Er sammelt auch verschiedene Arten von Testikelpaaren, darunter Stierhoden.«

»Marco, bitte.« Ich fand, jetzt gingen seine Ausführungen zu weit.

Er lachte. »Sie sind dergestalt präpariert, dass sie an einer Waage aufgehängt präsentiert werden.«

Ich schob seine Hand fort.

»Er besitzt auch die Riesennüsse einer Palme, deren sanfte Rundungen an die Gesäßform einer Frau erinnern, und Fossilien von ähnlich aufreizender Gestalt.«

Ich dachte an meine Mutter, die in ihrem Werkstattzimmer nähte und womöglich alles mitbekam. »Marco ...!«

»Schon gut, ich höre auf. Aber zurück zu Professor Aranzio. Eines an ihm wird dich bestimmt interessieren: Er hat wirklich gesegnete Hände. Es gibt nichts in der Chirurgie, was er nicht gemacht hätte. Er hat sogar schon plastische Nasenverbesserungen vorgenommen und Operationen im Gesicht durchgeführt.«

»Oh ... weißt du darüber mehr?«

»Leider nicht.« Marco blickte mich an. »Aber ich will mich gern erkundigen.«

»Geh lieber nicht vor die Tür, Mamma«, sagte ich an einem der nächsten Tage zu meiner Mutter, »es hat wieder geschneit.«

»Vielleicht sollte ich tatsächlich zu Hause bleiben, meine Kleine«, antwortete sie, »aber ich kann es mir nicht aussuchen. Die alte Signora Ghisilieri gibt heute Abend einen Empfang in ihrem Palazzo, und dafür braucht sie unbedingt das neue Kleid.«

»Sie hat doch hundert andere.«

»Das verstehst du nicht.« Meine Mutter nahm ihren Weidenkorb, legte das kostbare Gewand – einen Traum aus zitrusgelbem Moiré mit elfenbeinfarbenem Seidentaft – hinein und deckte es sorgfältig ab. »Ich bin spätestens gegen Mittag zurück.«

Sie verschwand hinaus in die Kälte und ließ mich mit meiner Beschäftigung allein: Ich war dabei, meine wenigen Habseligkeiten für den Umzug in das Haus des Erbonkels zusammenzupacken. Neben Leibwäsche, einigen Hauskleidern und einer Aussteuer, die zum größten Teil aus Tischtüchern und Bettleinen bestand, gehörten einige Töpfe, Kellen und Pfannen dazu, außerdem meine Handwerksausrüstung mit Nadeln, Fäden und Scheren sowie ein paar Stoffballen und einer der beiden hölzernen Schneiderbüsten. Viel war es wirklich nicht, was ich besaß, und die wenigen Bücher, die ich ebenfalls mitnehmen wollte, würden den Umfang meiner Habe nicht sehr vergrößern. Ich war nie eine große Leserin gewesen, weniger aus Mangel an Interesse, sondern weil mir die Augen am Abend von der vielen Näharbeit stets weh taten. Mein liebstes Buch war *Divina Comedia* von Dante Alighieri. An dieser Geschichte faszinierte mich die von ihm beschriebene Reise von der Hölle ins Paradies.

Und dann waren da noch meine Puppen. Ich stand vor ihnen und fragte mich, ob ich alle oder nur meine geliebte Bella mitnehmen solle, als es heftig an der Tür klopfte. Es war ein Klopfen, das fremd und bedrohlich wirkte. Ich wusste sofort, dass ich denjenigen, der vor der Tür stand, nicht kannte. Ich öffnete einen Spaltbreit. Draußen stand ein Mann in der Uniform der Stadtwache und sagte: »Seid Ihr Carla Maria Castagnolo?«

»Ja, die bin ich.«

»Nun, wir haben Eure Mutter bei uns, sie ist dahinten auf dem Wagen ...«

»Ja?«

»Sie ist, nun, sie ist verunglückt.«

»Jesus Maria!« Ich war so erschrocken, dass ich fast die Tür geöffnet und mein Gesicht preisgegeben hätte. »Ist sie ...?«

»Nein, sie lebt. Sie hat Quetschungen und Schnittverletzungen im Gesicht. Wir wollten sie ins Ospedale della Morte fahren, weil es gleich an der Universität liegt und dort die besten Ärzte arbeiten, aber sie bestand darauf, nach Hause gebracht zu werden.«

»Ja, äh, ja, natürlich«, sagte ich. Mir lief ein Schauer den Rücken hinunter, denn Ospedale della Morte bedeutet »Hospital des Todes«, ein Verderben bringender Name für ein Krankenhaus. Ich nahm mich zusammen. »Bringt sie herein und legt sie auf das Bett in dem Zimmer gleich links. Ich, äh, ich hole rasch Salbe und Verbandszeug. Wartet nicht auf mich. Legt sie einfach ab. Ich danke Euch.«

Ich eilte in die Küche, wo ich hastig unsere armseligen Arzneivorräte durchstöberte, fand tatsächlich eine Salbe mit den Wirkstoffen des Zinnkrauts und ein paar Leinenstreifen und lief zurück. Ich sah, wie die Soldaten meine Mutter auf mein Bett legten und den Weidenkorb zu ihren Füßen absetzten.

Der Korb war noch abgedeckt. Das Kleid für die alte Signora Ghisilieri lag noch darin. Ich war kurz davor, alle reichen alten Frauen und ihre Empfänge und Feste zu verfluchen.

Wie schwer meine Mutter verletzt war, sah ich erst, als ich näher herantrat. Ihr hochkrempiges Barett, das sie statt des Perlen-Haarnetzes im Winter trug, war fort, ihre ergrauenden Haare waren blutig. Auch ihr Gesicht war voller Blut. »Mamma, Mamma, was hast du nur gemacht!«

»Es ... es ist nicht so schlimm, meine Kleine.« Langsam hob meine Mutter den Blick und sah mich an. Sie versuchte ein Lächeln. »Das kommt davon, wenn man nicht auf seine Tochter hört.«

»So etwas darfst du nicht sagen, Mamma. Warte, ich hole dir ein Glas Wein.« Ich stürzte in die Küche, wo der Krug mit dem von Pater Edoardo gesegneten Lambrusco stand. Für einen Augenblick zögerte ich, ihn zu nehmen, aber dann tat ich es doch und eilte damit zurück. »Ein Glas Wein wird dir guttun, Mamma.« Ich goss es ein und reichte es ihr vorsichtig.

Sie versuchte das Glas zu nehmen, aber sie war zu kraftlos. Ich setzte mich zu ihr, legte ihren blutigen Kopf in meine Armbeuge und flößte ihr einige Schlucke ein.

»Danke ... meine Kleine.«

»Hast du große Schmerzen?«

»Nur ein wenig Kopfdröhnen.«

»Ich hole ein kaltes Tuch.« Ich faltete ein sauberes Tuch zusammen, tauchte es in eiskaltes Wasser und wrang es aus. »Ich lege es dir unter den Nacken, hoffentlich hilft es.«

»Ja, ja ...«

Ich begann, das Gesicht meiner Mutter mit Wasser und Tupfern zu säubern, und musste an mich halten, um ruhig zu bleiben. Die Schnittwunden und Quetschungen, die dabei in ihrem ganzen Ausmaß zu Tage traten, sahen wirklich zum Fürchten aus. Unnütze Gedanken schossen mir durch den Kopf, Gedanken darüber, wie lange der Heilprozess wohl dauern würde und ob Narben zurückblieben. Ich legte Kompressen auf die Wunden und verband sie mit Leinenstreifen, so gut ich konnte. »Mamma, wie ist das nur passiert?«

»Ach, Kind ...«

»Wenn du nicht sprechen magst, lass es nur.«

»Doch, doch ...« Trotz ihres elenden Zustands begann sie den Unfall zu beschreiben. Sie tat es stockend, mit kleiner Stimme, denn sie war sehr schwach. Manchmal brach sie ihren Bericht ab, doch immer wieder sprach sie weiter, bis sie sich schließlich alles von der Seele geredet hatte. Ihren Worten nach hatte sie die Strada San Felice in Richtung Piazza Maggiore genommen und den großen Platz schon fast erreicht, als plötzlich von links aus der Via del' Poggiale eine Pferdekutsche mit halsbrecherischer Geschwindigkeit herangefahren kam. Sie hatte die Straße bereits halb überquert und noch ausweichen wollen, doch die Pflastersteine waren überfroren und sehr glatt gewesen. Sie war ins Straucheln geraten, hatte sich nicht mehr fangen können und war mit dem Kopf gegen die scharfkantige Laterne der vorbeirasenden Kutsche geschlagen. Nach einigen Minuten der Ohnmacht war sie wieder zu sich gekommen, und hilfreiche Bürger hatten die Stadtwache mit dem Transportwagen geholt. Das war alles, was sie wusste.

»Und was ist mit der Kutsche, Mamma?«

»Die war fort.«

»Aber der Kutscher muss doch gemerkt haben, was er angerichtet hat! Er kann doch nicht einfach weitergefahren sein. Wie sah die Kutsche denn aus?«

»Ich weiß es nicht. Es ging alles so schnell.«

»Gut, Mamma. Es ist im Moment auch nicht wichtig. Ruh dich nur aus. Wenn du etwas brauchst, ruf mich.«

»Ja, meine Kleine.«

Später am Tag erschien Marco, worüber ich heilfroh war, denn ich dachte, als Medizinstudent könne er mir guten Rat bei der Behandlung geben. Doch zu meiner Überraschung wusste er wenig zu sagen. Auch nahm er die Wunden meiner Mutter nur recht flüchtig in Augenschein.

»Ich habe die kleineren Schnittverletzungen mit Salbe versorgt und verbunden«, sagte ich zu ihm, »aber der große Riss in der Stirn muss wohl genäht werden.«

»Ja«, sagte er, »sicher.«

»Meinst du, du könntest es machen?«

»Äh, gewiss. Aber wenn ich es recht bedenke, sollten wir dafür lieber einen Arzt holen.«

»Aber du bist doch Arzt. Jedenfalls ein angehender. Und Schuhmacher bist du auch. Vom Nähen verstehst du etwas.«

»Genauso viel wie du als Schneiderin.«

»Was willst du damit sagen?«

»Ach, nichts.«

Ich schaute ihn an, aber er vermied meinen Blick. Mir wurde klar, dass etwas mit ihm nicht stimmte, mehr noch, dass er sich womöglich vor der Hilfeleistung drücken wollte. Das wunderte mich, denn es passte nicht zu seinen schwärmerischen Erzählungen über die Sektionen des Professors Aranzio. »Nun gut«, sagte ich, »dann geh bitte und hole Doktor Valerini, er wohnt ganz in der Nähe.«

An dieser Stelle mischte sich meine Mutter mit schwacher Stimme ein: »Nein, bitte, keinen Arzt. Das ist viel zu teuer. Morgen geht es mir wieder gut.«

»Aber, Mamma, die lange Risswunde auf der Stirn muss genäht werden, sonst heilt sie nicht.«

»Ach, die dumme Wunde.«

Ich verharrte unschlüssig und blickte Marco nochmals an. »Und du willst es wirklich nicht versuchen?«

»Ich bin noch nicht so weit mit dem Studium, Carla, glaub mir. Die praktischen Tätigkeiten kommen erst später.«

»Aber du hast mir doch selbst erzählt, dass ihr Studenten die Leichen nach dem Zergliedern wieder zunäht?«

»Ja, ja, richtig, aber das ist etwas anderes, glaub mir. Am besten, ich hole jetzt den Doktor.«

»Nein, keinen Arzt«, murmelte meine Mutter.

Ich musste mich beherrschen, um nicht mit dem Fuß aufzustampfen. Ich war wütend, und ich war enttäuscht von Marco, den ich bislang ganz anders kennengelernt hatte. »Ehe wir noch weiter herumreden, werde ich es machen.«

»Carla, bitte.« Marco versuchte es noch einmal. Er wandte sich an meine Mutter und sagte: »Soll ich nicht doch den Doktor holen, Signora, so teuer kann das Vernähen einer Wunde doch nicht sein.«

Bevor sie antworten konnte, sagte ich: »Ich mache es, und damit Schluss.« Ich ging hinüber zu meinem Nähzeug, das ich gerade für den Umzug zusammengepackt hatte, und blieb etwas ratlos davor stehen. Ich hatte keine Vorstellung davon, wie die Beschaffenheit der Gegenstände, die ich brauchte, sein musste, doch der Gedanke, die unregelmäßigen Wundränder seien wie ausgefranste Stoffränder, die ich wieder zusammenfügen wollte, half mir weiter. Ich wählte eine kleine scharfe Schere und mehrere gebogene Nadeln. Beim Faden entschied ich mich für Zwirn, denn er ist rissfester als normales Garn.

»Ich werde eine einfache überwendliche Naht setzen«, sagte ich zu Marco. »Glaubst du, die ist richtig?«

»Ich denke schon.«

»Gut.« Auf einem Beistelltisch breitete ich die mitgebrachten Nähutensilien aus und kniete mich neben meine Mutter. »Mamma, kannst du mich hören?«

»Ja ... meine Kleine.«

»Ich fange jetzt an.« Ich griff zur Schere, um die Wundränder zu begradigen und hielt inne. Ich merkte, dass meine Rede forscher gewesen war als meine Hand. Es war ein großer Unterschied, ein Stück Stoff oder ein Stück lebendes Fleisch zu bearbeiten. Doch dann sagte ich mir, dass ich jetzt nicht mehr zurückkönne. Ich dachte an Marco, der die Möglichkeit hatte, Medizin zu studieren, und daran, dass diese Möglichkeit mir verwehrt war, und eine Art Trotz bemächtigte sich meiner. Jetzt gerade, sagte ich mir, ich werde dem Herrn Medizinstudenten zeigen, dass ich etwas kann, was er nicht zuwege bringt.

Mit ruhigen Bewegungen führte ich die kleine Schere. »Tut das weh, Mamma?«

»Nein ...«

»Gut, Mamma.« Ich reichte Marco die Schere, damit er sie beiseitelege, tupfte vorsichtig die Wundränder ab und bat um eine gebogene Nadel mittlerer Größe. Als Marco sie mir gab, konnte ich es mir nicht verkneifen zu sagen: »Du hättest wenigstens schon mal den Zwirn einfädeln können.«

»Aber ich wusste doch nicht, welche Nadelgröße du willst.«

Ich erwiderte nichts, aber während ich den Faden aufzog und an seinem Ende einen Knoten machte, dachte ich: Wenn du richtig bei der Sache gewesen wärst, mein lieber Marco, hättest du vorsorglich auf alle Nadeln einen Faden gezogen.

Behutsam führte ich den ersten Stich durch. Es ging leichter als erwartet. »Ist es auszuhalten, Mamma?«

»Ja, Kind, ja ...«

Während ich weiterarbeitete, schoss mir durch den Kopf, dass mir der erlernte und oftmals mit Abneigung ausgeübte Schneiderberuf zum ersten Mal wirklich zugutekam. Ein warmes Gefühl durchströmte mich. Es war überaus befriedigend, helfen zu können. Bald darauf war ich fertig. Ich verknotete die Naht und gab Marco Nadel und Faden zurück. Anschließend griff ich noch einmal zur Salbe und bestrich damit die Wunde. »Würdest du einen Verband anlegen oder Luft an die Wunde kommen lassen?«, fragte ich Marco.

»Äh, ich weiß nicht.«

Eine solche Antwort hatte ich schon fast erwartet. Ich dachte kurz nach und sagte dann: »Ich werde die Wunde verbinden, die anderen habe ich ja auch verbunden.«

»Ja«, sagte Marco, »das stimmt.«

Wenig später ging er.

Am nächsten Tag klagte meine Mutter über Durst. Ich musste mehrmals hinter das Haus gehen, wo sich eine kleine Zisterne befand. Da das kalte Wetter anhielt, war die Wasseroberfläche dick vereist. Ich hatte erhebliche Mühe, das Eis zu durchschlagen, um an das begehrte Nass zu kommen. Ich wünschte mir, Marco wäre da. Aber Marco ließ sich nicht sehen.

Neben dem Wasser nahm ich jedes Mal etwas kleingehacktes Eis mit, schlug es in ein Tuch und drückte es meiner Mutter vorsichtig an die Schläfen. »Tut das gut, Mamma?«

»Ja, meine Kleine, sehr gut.«

»Du hast Fieber, Mamma.«

»Ach, das bisschen Fieber. Kann ich noch etwas Wasser haben?«

»Warte, ich hole noch einen Becher.« Während ich ihr das Wasser einflößte, merkte ich, wie meine Mutter unruhig wurde. »Was ist, Mamma?«

»Ach ...«

»Mamma?«

»Es ist nur ... ich muss schon wieder.«

»Das ist doch kein Wunder bei den Mengen, die du trinkst.« Ich ging, um das Nachtgeschirr auszuleeren, und half ihr anschließend, sich darauf niederzuhocken. Sie war wirklich sehr schwach. Als ich sie wieder ins Bett gebracht und zugedeckt hatte, wurde mir plötzlich klar, wie viel Freude ich dabei empfand, helfen zu können. Es waren nur einfache Handgriffe, die ich verrichtete, aber sie bewirkten viel.

Am Nachmittag kochte ich eine Hühnersuppe, aber meine Mutter sagte, sie hätte keinen Appetit.

»Gut, Mamma, dann isst du sie morgen«, sagte ich.

Einen weiteren Tag später war das Fieber nochmals gestiegen. Ich legte meine Hand an den Hals meiner Mutter und sagte zu ihr: »Du glühst, Mamma.«

»Ach ... halb so schlimm.«

»Ich gebe dir von dem heißen Weidenrindentrank.« Ich war froh, über das Pulver des *Salix*-Baums zu verfügen; es war ein Geschenk von Signora Carducci, die am Morgen extra in eine *farmacia* gegangen war, um die Arznei zu besorgen. Bei der Gelegenheit hatte ich sie nach ihrem Sohn gefragt, und sie hatte geantwortet: »Ach, Carla, ich sehe ihn in letzter Zeit so selten. Wenn er nicht im Archiginnasio ist, steckt er in der Wohnung des Onkels, oder er ist bei einem der vielen Feste seiner Studentenkameraden.«

»Danke, Signora«, hatte ich gesagt. »Vielleicht kommt er ja später noch.«

Aber Marco kam nicht.

Am dritten Tag sagte ich mir, dass es Zeit sei, die Verbände zu wechseln. Ich nahm sie vorsichtig ab, aber offenbar nicht vorsichtig genug, denn meine Mutter verzog vor Schmerzen das Gesicht.

»Tut mir leid, Mamma.«

»Ach, Kind ...«

Ich betrachtete die Wunden, und was ich sah, machte mir Sorgen. Die Verletzungen waren an den Rändern stark angeschwollen und dunkel verfärbt. Besonders die von mir genähte, lange Risswunde sah bedenklich aus. Wenn mich nicht alles täuschte, saß Eiter darin. Da ich aber meine Mutter nicht beunruhigen wollte, sagte ich nichts. Ich wünschte mir nur, Marco würde endlich kommen. Dass er sich mehrere Tage hintereinander nicht sehen ließ, war noch nie da gewesen.

Später bat ich meine Mutter um die Adresse von Doktor Valerini, aber sie hörte mich nicht. Das Fieber war erneut gestiegen, so schien mir. Mittlerweile war ich so besorgt, dass ich sogar aus dem Haus gegangen wäre, um den Arzt zu holen. Jedenfalls glaubte ich das.

Immer wieder versuchte ich, meine Mutter anzusprechen, aber sie lag im Fieberwahn. Sie erzählte von Kleidern und

Kundinnen, nannte Adressen und Namen, von denen ich nur meinen eigenen kannte, redete von Zauberinnen, die der Herrgott am Leben lassen möge, von Inkuben und Sukkuben. Als sie dazu noch von Lilu, Lilutu, Ardat Lili, Irdu Lili zu fantasieren begann, hielt ich es nicht mehr aus. Ich nahm meine dicke, wollene Zimarra, zog sie an und öffnete die Tür.

Draußen wurde es schon dunkel. Ich verharrte einen Augenblick und trat mit einem entschlossenen Schritt in die Gasse. Niemand war in der Nähe zu sehen. Ich schlug die Kapuze meiner Zimarra hoch, so dass mein Gesicht halb verdeckt war, zog den Kopf ein und sprach zu mir selbst: »Du musst es tun, es ist für Mamma.«

Ich lief in gebückter Haltung die fünfhundert Schritte zum Haus von Signora Carducci und klopfte an die Tür. Es dauerte eine kleine Ewigkeit, aber dann machte sie auf. »Carla, du?«, sagte sie erstaunt, nachdem sie mich erkannt hatte.

»Ja, Signora«, antwortete ich hastig. »Meine Mutter ... sie braucht einen Arzt. Doktor Valerini, wisst Ihr, wo er wohnt?«

»Sicher, Carla, aber so komm doch erst einmal herein, du bist ja völlig verängstigt.«

»Danke ... danke, nein, Signora. Könnt Ihr Doktor Valerini holen? Ich glaube, es ist sehr dringend, wirklich sehr dringend.«

»Ja, äh, jetzt?«

»Bitte, Signora.«

»Steht es denn so schlimm?«

»Ja, Signora, bitte ... bitte!«

»Nun gut, ich will es tun. Niemand soll sagen, Alessandra Carducci wäre nicht hilfsbereit.«

»Danke, danke, Gottes Segen über Euch!« Ich drehte mich um und hastete zurück nach Hause, wo ich mich atemlos auf den nächsten Stuhl warf und geraume Zeit brauchte, um wieder klar denken zu können.

Ich hatte etwas vollbracht, das ich mir niemals zugetraut hätte. Ich war draußen gewesen.

Und mir war nichts passiert. Niemand hatte mich verhöhnt oder bedroht.

Ich stand langsam auf und trat ans Bett meiner Mutter. »Mamma«, sagte ich, »Doktor Valerini ist auf dem Weg.«

Sie hörte mich nicht.

Ich machte ihr eine kühlende Nackenrolle und setzte mich neben sie. Ich wartete auf Doktor Valerini. Es wurde später und später, schließlich, irgendwann in der Nacht, übermannte mich der Schlaf.

Doktor Valerini war nicht gekommen.

Er kam erst am nächsten Tag um die Mittagszeit und trug noch immer sein mit Perlenschnüren und Agraffen verziertes Barett. An dem einstmaligen Prachtstück waren die Jahre ebenso wenig spurlos vorübergegangen wie an ihm. Bei der Begrüßung gab er in keiner Weise zu erkennen, dass er mich schon einmal behandelt hatte, sondern musterte nur kurz mein Feuermal und sagte: »Ich höre, Eurer Mutter geht es nicht gut?«

»Ja, Dottore, endlich seid Ihr da. Ich mache mir die größten Sorgen.«

»Dann wollen wir mal sehen.« Er ging zu ihrem Bett und betrachtete sie mit forschendem Blick. Dann zog er ihr ein Augenlid hoch und griff nach ihrem Handgelenk. Er fühlte den Puls.

Meine Mutter stöhnte und murmelte etwas. Das Fieber hatte ihren Geist entrückt.

Gern hätte ich gewusst, was der Doktor dachte, aber ich wagte nicht, seine Untersuchung zu stören. »Alles in allem sieht es bedenklich aus«, sagte er schließlich. »Besonders die genähte Wunde gefällt mir nicht. Wer hat das gemacht?«

»Ich …« Röte schoss mir ins Gesicht. »Ich, äh, hoffe, die Naht ist in Ordnung, Dottore?« Mein Herz klopfte so stark, dass ich glaubte, man müsse es im ganzen Raum hören.

»Die Stiche hätten etwas tiefer sein können, aber sonst ist es recht gute Arbeit.«

Zum Glück fragte er nicht weiter nach, sondern beugte sich vor und roch an den Wunden auf der Stirn meiner Mutter. »Tja«, sagte er, »ich will Euch nichts vormachen, Signorina, Geruch und Farbe der Wunde verheißen nichts Gutes. Es könnte sein, dass sich eine feuchte Gangrän bildet.«

»Was ist das, Dottore?«, fragte ich ängstlich.

»Gangrän bedeutet eine ›wegfressende Wunde‹, das heißt, Giftstoffe zerstören die Haut und das Fleisch. Man bezeichnet die Gangrän auch als Wundbrand.«

»Muss meine Mutter ... ich meine, wird sie daran ...?«

»Das liegt in Gottes Hand. Die Gangrän geht häufig mit großen Schmerzen einher, besonders, wenn der darunterliegende Knochen verletzt ist. Ich hoffe aber, das Stirnbein Eurer Mutter ist nicht lädiert. Habt Ihr Weidenrinde im Haus?«

»Ja, Dottore, als Pulver zum Aufgießen.«

»Schön, hier habt Ihr noch ein Behältnis mit *laudanum*. Das ist eine Tinktur mit den Inhaltsstoffen des Schlafmohns, sie wirkt stärker als Weidenrinde. Ein paar Tropfen davon könnt Ihr Eurer Mutter geben, wenn die Schmerzen zu schlimm werden.«

»Danke, Dottore.«

»Und nun wollen wir sehen, wie wir die Gangrän verhindern. Am sichersten ist immer ein *resectio* des betreffenden Körperglieds, also ein Abschneiden desselben, aber das kommt in diesem Fall natürlich nicht in Frage, da die Verletzungen sich am Kopf befinden. Ich denke, wir beginnen mit einem reinigenden Aderlass. Ich brauche eine Schüssel als Auffangbehälter.«

»Ja, Dottore.«

Nachdem er das Gewünschte bekommen hatte, nahm er den Arm meiner Mutter und streckte ihn. Dann setzte er den Schnäpper zur Aderöffnung an. Es gab einen kurzen, dumpfen Laut, meine Mutter zuckte zusammen, schien aber weiter in ihrer Fieberwelt dahinzudämmern. Blut trat aus ihrer Armbeuge und tropfte in die Schüssel. Mich schauderte, ich hatte das Gefühl, mit dem Blut würde gleichzeitig ihr Leben herausfließen.

»Mehr als sechs, höchstens acht Unzen sollten es nicht sein, sonst überwiegt statt der reinigenden die schwächende Wirkung.« Doktor Valerini stoppte den Blutfluss mit einer Kompresse aus mehrschichtiger Gaze und griff dann in seine Arzttasche. »Die eigentliche Maßnahme beginnt jetzt.« Er holte ein bechergroßes, verschlossenes Gefäß hervor und hielt es hoch. »Wisst Ihr, was darin ist?«

»Nein, Dottore.«

»Ihr werdet es gleich sehen.« Er hielt das Gefäß neben die Stirn meiner Mutter und nahm den Deckel ab. Gleich darauf züngelte etwas hervor, das aussah wie ein Klumpen dicker Regenwürmer, nur waren diese Würmer olivfarben und an der Oberseite gelblich gemustert.

Unwillkürlich trat ich einen Schritt zurück.

Doktor Valerini gestattete sich ein Lächeln. »Es sind Blutegel, Signorina. Ihr Anblick ist nicht gerade schön, ihre Wirkung aber sehr segensreich.«

Die ersten Egel hatten sich mittlerweile aus dem Gefäß geschlängelt, waren auf die Stirn meiner Mutter gekrochen und bissen sich in unmittelbarer Nähe der Wunden fest. »Sie erfüllen ihren Zweck, Signorina, sie sind brav. Wäre die Haut zu kalt, hätten sie nicht zugebissen, Kälte mögen sie nicht. So aber saugen sie Blut in sich auf und entfalten dabei ihre entzündungslindernde Heilkraft.«

Ich fragte mich, wie stark der Biss wohl spürbar sei, und als hätte er meine Gedanken erraten, fuhr Doktor Valerini fort: »Der Biss ist nicht sehr schmerzhaft, er verursacht nur ein leichtes Brennen, wie bei der Berührung mit einer Brennnessel. Aber Eure Mutter dürfte von alledem nichts merken.«

»Ja, Dottore.« Ich beobachtete eines der Exemplare und sah, wie wellenförmige Verdickungen vom Kopf zur Mitte des

Körpers wanderten und der längliche Leib dabei immer mehr anschwoll.

»Er trinkt«, sagte Doktor Valerini.

Ich nickte. »Wie lange werden die Egel trinken, Dottore?«

»So lange, bis sie satt sind. Das wird spätestens nach einer halben Stunde der Fall sein. Sie lassen sich dann einfach fallen, und ich muss achtgeben, dass ich rechtzeitig den Behälter darunterhalte. Im Übrigen sind es recht genügsame Tierchen. Eine Mahlzeit wie diese reicht ihnen für ein Jahr.«

So, wie Doktor Valerini es vorausgesagt hatte, kam es auch. Nach einer halben Stunde sammelte er die Egel ein, verschloss das Behältnis und verabschiedete sich. »Ich komme morgen wieder«, sagte er.

Er machte sein Versprechen wahr und erschien am späten Vormittag des nächsten Tages. »Wie geht es Eurer Mutter?«, fragte er zur Begrüßung. »Ich hoffe, besser?«

»Nein, leider nicht, Dottore«, antwortete ich. In der Tat hatte sich der Zustand meiner Mutter keineswegs zum Guten gewendet, im Gegenteil, sie war die letzten Stunden kaum ansprechbar gewesen. Die wenigen Male, die sie klar denken konnte, hatte sie über große Schmerzen geklagt. »Ich habe ihr von dem *laudanum* gegeben, Dottore.«

»*Va bene*, aber gebt ihr auch weiter von dem Weidenrindentrank, er wirkt zusätzlich gegen das Fieber.« Wieder fühlte er ihr den Puls und prüfte die Temperatur. Danach nahm er etwas Urin aus ihrem Nachtgeschirr und füllte ihn in ein kolbenförmiges Glas um, das er *matula* nannte. Er hielt die *matula* gegen das Licht und besah sich den Inhalt. »Die Säfte Eurer Mutter sind völlig aus dem Gleichgewicht geraten. Blut, Schleim, gelbe und schwarze Galle müssen wieder in Einklang kommen.«

»Ja, Dottore«, sagte ich und fragte mich, wie das geschehen solle.

»Ihr habt nicht zufällig eine echte Perle im Haus?«

Ich zögerte. Meine Mutter besaß noch von früher eine Brosche aus blauem Topas mit drei goldenen Blumen, die sie *Fleur-de-lis* nannte. Im Mittelpunkt jeder Blume saß eine mattschimmernde Perle. Die Brosche war das Wertvollste, was sie besaß.

»Was wollt Ihr mit der Perle, Dottore?«

»Nun, Signorina, die echte Perle ist das teuerste, aber auch wirksamste fiebersenkende Mittel, das die Wissenschaft kennt. Solltet Ihr eine haben, könnte ich sie pulverisieren und mit den Extrakten des Ampfers und einigen anderen Kräutern zu einem hochwirksamen Trank verkochen.«

»Wartet bitte, Dottore.« Ich hatte mich entschlossen, ihm die Brosche zu geben. Was ist schon der Wert einer Perle gegen den Wert eines Menschenlebens, dachte ich. Ich verschwand und kam mit der Preziose zurück. »Würde eine dieser Perlen sich eignen?«

Doktor Valerini stieß einen Pfiff aus, in dem Bewunderung lag. »Welch schönes Blumenmotiv! Es kommt mir vor, als hätte ich es schon einmal irgendwo gesehen. Nun, sei es, wie es sei, eine der drei runden Kostbarkeiten wird sicher ihren Dienst tun. Gebt mir die Brosche nur mit, ich sorge dafür, dass eine der Perlen herausgelöst und pulverisiert wird.«

»Natürlich, Dottore.«

Es dauerte bis zur Dämmerung, bis er wieder auftauchte. »Ich habe alle notwendigen Ingredienzen und auch das Perlenpulver zusammengerührt«, sagte er munter. »Ich muss den Trank nur noch über Eurem Feuer erhitzen.«

»Jawohl, Dottore, bitte folgt mir.« Während ich ihn in die Küche zur Kochstelle führte, erkundigte er sich nach dem Zustand meiner Mutter.

»Ich glaube, unverändert, Dottore.«

»Nun, wir werden sehen.« Doktor Valerini brachte den Trank zum Sieden und nahm ihn kurz danach vom Feuer.

»Eine zu lange Kochzeit zerstört die Kraft des Perlenpulvers.«

»Ja, Dottore.« Ich überlegte, ob er alle drei Perlen verwendet hatte und wo der Rest der Brosche geblieben sei, mochte aber nicht fragen. Angesichts des Zustands meiner Mutter erschien mir das kleinlich.

»Dann wollen wir mal.« Er ging mit dem brühheißen Trank zum Krankenbett und nahm die Untersuchungen vor, die ich schon kannte. »Leider noch keine Verbesserung. Hat Eure Mutter häufig Wasser gelassen?« Er prüfte die Menge im Nachtgeschirr.

»Drei- oder viermal, Dottore. Auch von dem *laudanum* musste ich ihr geben. Sie trinkt viel, wenn sie wach ist.«

»Man sieht es an der Farbe des Urins. Sehr blass. Mit dem Urin ist es so eine Sache, Signorina: Die Uroskopie, wie die Wissenschaft die Harnschau nennt, kann bei der Diagnose einer Krankheit nicht hoch genug eingeschätzt werden. Man unterscheidet insgesamt ungefähr zwei Dutzend verschiedene Harnfarben, von quellwasserhell über milchig weiß, himbeerrot, tannengrün bis hin zu taubengrau. Wir sprechen von dünnflüssigem, mittelflüssigem und dickflüssigem Harn und teilen die Flüssigkeitssäule in drei Zonen ein – die obere, die mittlere und die untere. Je nachdem, wo sich bestimmte Substanzen wie Bläschen, Tröpfchen, Wölkchen, Flöckchen *et cetera* absetzen, sind sie Anzeichen dafür, was dem Patienten fehlt. Im Falle Eurer Mutter signalisiert der Harn eine starke *inflammatio*, gepaart mit dunklem *pus*.«

Ich schaute ihn verständnislos an.

»Oh, verzeiht, Ihr seid des Lateinischen nicht mächtig? Nun, als *inflammatio* bezeichnen wir Ärzte eine Entzündung, und wenn wir von *pus* sprechen, meinen wir Eiter. Aber nun, denke ich, ist der Trank genügend abgekühlt, um ihn Eurer Mutter geben zu können.«

»Ja, Dottore«, sagte ich und dachte, er würde es tun. Aber er machte keine Anstalten dazu.

Da nahm ich den Trank und flößte ihn meiner Mutter ein.

»Das macht Ihr sehr gut, Signorina. An Euch ist eine hilfreiche Nonne verlorengegangen.«

»Danke, Dottore.«

»Ehre, wem Ehre gebührt, *honos reddatur dignis.* Ich darf mich nun empfehlen. Es warten noch einige andere Patienten auf mich. *Arrivederci.*«

»*Arrivederci,* Dottore.«

Er stülpte sich sein Barett auf und ging, ohne zu sagen, wann er wiederkäme.

In der darauffolgenden Nacht tat ich kein Auge zu. Meine Mutter fieberte und wälzte sich unruhig herum. Immer wieder rief sie meinen Namen, und wenn ich an ihr Bett eilte, erkannte sie mich nicht. Sie schaute durch mich hindurch, als blicke sie in ein fernes Land. Ich flößte ihr mehrmals von dem kostbaren Perlentrank ein und hoffte, das Fieber würde sinken.

Es sank nicht.

Gegen Morgen endlich hatte sie wieder ein paar klare Momente. »Carla, meine Kleine«, flüsterte sie, »ich mache dir Kummer, wie? Aber das will ich nicht, Gott ist mein Zeuge.«

»Du darfst nicht so viel sprechen, Mamma, du brauchst die Kraft, um gesund zu werden.«

Sie antwortete nicht. Aber nach einer Weile sprach sie weiter: »Jakobus«, flüsterte sie, »Jakobus ...«

Ich dachte, sie würde schon wieder im Fieberwahn reden, und benetzte ihr die trockenen Lippen mit einem feuchten Schwamm, aber dann erkannte ich, dass sie bei sich war, denn sie sagte mit klarer Stimme: »Die heiligen Worte aus der Epistel des Jakobus haben sich mir durch die Krankheit erschlossen, sie lauten: *Wer aber sich im Spiegel beschauet hat, gehet von Stund an davon und vergisset, wie er gestaltet war.* Denk immer daran, meine Kleine. Versprich mir, in den Spiegel zu sehen.«

»Ja, Mamma«, sagte ich und wusste, dass ich es nicht tun würde.

»Und wenn du in den Spiegel siehst, sage laut und deutlich *abiuro*. Du weißt doch noch, was das bedeutet?

»Ich fürchte, nein, Mamma.«

»Es bedeutet: Ich schwöre ab.«

»Ja, Mamma.«

»Ich habe dafür gebetet, oh, wie habe ich dafür gebetet, dass du abschwören kannst, wenn es so weit ist. Unzählige Male habe ich den Allmächtigen angefleht, dass er dir die Kraft dazu geben möge, und ich musste es immer ohne einen seelischen Beistand tun, denn es wird gesagt, für die innigste Zwiesprache mit dem Herrn sei der Mensch allein, sonst wird er nicht erhöret werden …« Sie hielt erschöpft inne und hob dann schwach ihre Hand, damit ich sie nehme. Dann sprach sie weiter: »Wie groß war immer meine Angst, in deinem Leib könne sich eine Hexe einnisten, eine jener schrecklichen Halbfrauen aus dem Kreise der Zaunreiterinnen, Teufelsbuhlerinnen und Weidlerinnen, aber dank meiner Gebete und dank der Gnade des Herrn bist du bis zum heutigen Tag rein.«

»Ja, Mamma.« Ich fand, es sei genug mit ihren aberwitzigen Ausführungen, die ich zur Genüge kannte, und schob ihre Hand zurück unter die Decke. »Schlafe jetzt ein wenig, Mamma.«

Sie antwortete nicht, aber wenig später merkte ich an ihren Atemzügen, dass sie in einen unruhigen Schlummer gefallen war.

Der Tag zog grau herauf, als sie wieder wach wurde. Ich blickte ihr in die Augen und sah, dass sie bei sich war. »Brauchst du etwas, Mamma? Du hast gestern fast nichts gegessen, ich habe noch ein wenig von der Hühnersuppe, möchtest du davon?«

Sie schüttelte den Kopf. Es war eine so schwache Bewegung, dass ich sie kaum wahrnahm.

»Ich ... ich ...«, wisperte sie.

»Ja, Mamma?« Ich beugte mich zu ihr hinab, um sie besser verstehen zu können.

»Ich ... werde sterben.«

»Nein!«

»Hole ... Hochwürden ...«

Abermals wollte ich »nein« rufen, denn mit »Hochwürden« meinte sie niemand anderen als Pater Edoardo, aber ich beherrschte mich. Es konnte nicht gut sein, einer Schwerkranken eine so wichtige Bitte abzuschlagen. Andererseits sträubte sich alles in mir, auf die Straße zu gehen, mehr noch, Pater Edoardo gegenüberzutreten schien mir geradezu unmöglich. Da näherten sich Schritte. Ich hoffte, es würde Marco sein, denn ihn konnte ich bitten, den Gang für mich zu erledigen. Aber es war Doktor Valerini. »*Buongiorno,* ich hoffe, es geht unserer Patientin besser«, sagte er.

»Sie hat nach dem Priester gefragt, Dottore.«

»Oh, hat sie das?« Er zog die Brauen hoch. »Nun, macht Euch nicht so viele Gedanken, Signorina. Das kommt bei Kranken häufig vor, und beileibe nicht alle sterben danach. Habt Ihr Eurer Mutter weiter von dem Perlentrank gegeben?«

»Ja, aber er geht zur Neige. Was ich Euch fragen wollte, Dottore ...«

»Ja, Signorina?«

»Die Brosche von meiner Mutter, äh, sie hat doch drei Perlen, und eine habt Ihr erst verbraucht. Ich meine, wenn Ihr keine weitere Perle benötigt, hätte ich die Brosche gern zurück.«

»Aber natürlich.« Doktor Valerini wirkte sehr konzentriert, während er meiner Mutter den Puls fühlte. »Natürlich, natürlich. Wie steht es mit dem *laudanum,* Signorina, habt Ihr noch davon?«

»Nur ganz wenig, Dottore.«

»Dann gebe ich Euch etwas. Wir wollen ja vermeiden, dass unsere Patientin Schmerzen leidet, nicht wahr?«

»Gewiss, Dottore.«

Er gab mir eine kleine Menge von der Tinktur und sagte: »Mehr kann ich im Augenblick nicht tun, wir müssen Geduld haben.« Dann stülpte er sich sein Barett auf und schickte sich an zu gehen.

Er war schon halb bei der Tür, als mir ein Gedanke kam. »Dottore«, bat ich, »könntet Ihr auf Eurem Weg bei Signora Carducci vorbeischauen und sie bitten herzukommen? Ich ... ich würde selber gehen, aber ich möchte meine Mutter ungern allein lassen.«

»Nun, äh.« Er schaute etwas pikiert drein, aber dann sagte er: »Warum nicht. Ich will tun, was Ihr sagt.«

Er ging, und ich blieb am Bett meiner Mutter sitzen, die so flach atmete, dass man es kaum sah.

Durch den wenigen Nachtschlaf musste ich wohl eingenickt sein, denn ich schreckte hoch, als eine Stimme mich ansprach: »Meine arme Carla, ich ahnte gar nicht, dass deine Mutter so krank ist. Doktor Valerini hat es mir eben gesagt.« Vor mir stand Signora Carducci. »Kann ich dir irgendwie helfen?«

»Ja, Signora«, sagte ich und erhob mich rasch. »Ich bin Euch sehr dankbar, dass Ihr gleich gekommen seid. Es ... es steht nicht gut. Meine Mutter hat nach dem Priester gefragt.«

»*Santi numi!*« Signora Carducci schlug die Hände zusammen. »Wenn ich das geahnt hätte! Ich wäre doch ...«

»Signora, ich wollte Euch fragen, ob Ihr Pater Edoardo von San Rocco holen könntet. Doktor Valerini sagt zwar, es müsse nichts bedeuten, wenn ein Patient nach den Sterbesakramenten verlangt, aber ich möchte meiner Mutter den Wunsch auf jeden Fall erfüllen.« Leise fügte ich hinzu: »Es ist vielleicht ihr letzter.«

»Mein armes Kind!« Signora Carducci nahm mich kurz und stürmisch in die Arme und verschwand dann so plötzlich, wie sie gekommen war.

Ich trat zum Bett meiner Mutter und sprach sie an: »Mamma, kannst du mich hören?« Da sie keine Reaktion zeigte, begann ich, im Zimmer aufzuräumen, brachte frische Laken und Kissen und bettete sie neu, wobei es mir vorkam, als würde sie mit jedem Tag leichter, und während ich das tat, sprach ich sie immer wieder an, aber immer wieder war es vergebens. Ich leerte ihr Nachtgeschirr aus, stellte frische Kerzen in den fünfarmigen Leuchter und ordnete die Arzneien und Tinkturen auf dem Beistelltisch. Dann holte ich den kleinen Hausaltar herüber, denn ich dachte mir, Pater Edoardo würde ihn brauchen.

Und dann verschwand ich.

Ich muss zugeben, dass ich mir feige vorkam, als ich hinüber ins Werkstattzimmer ging, um mich dort zu verbergen, doch ich fühlte mich einfach nicht in der Lage, mit Pater Edoardo in einem Raum zu sein. Wenn er kam, sollte er denken, ich sei nicht da.

Ich musste ungefähr eine Stunde warten, bis er erschien. Durch den winzigen Türspalt sah ich seinen schwarzen Schatten vorbeistreichen und hörte seine volltönende Stimme: »Ist niemand im Haus? Carla, meine Tochter, wo bist du?«

Ich machte mich ganz klein in einer Ecke hinter dem verhängten Spiegel und betete mit Inbrunst, der schauerliche Mann möge es bei seinen Fragen belassen. Und tatsächlich ging der Kelch an mir vorüber. Ich vernahm Scharren und Schieben, glaubte, Tiegel und Töpfe klappern zu hören, erkannte, dass Stahl auf Stein geschlagen wurde, um die Kerzen zu entzünden, und schloss aus alledem, dass die Darreichung des letzten Sakraments begonnen hatte. Trotz meiner Aufregung spitzte ich die Ohren. Wortfetzen der sakralen Handlung drangen zu mir herüber: »Durch diese heilige Salbung helfe dir der Herr ... er stehe dir bei mit der Kraft des Heiligen Geistes ... rette dich, in seiner Gnade richte er dich auf.«

Es folgte eine Pause, dann erhob sich des Paters Stimme erneut: »... und ich will lesen, wie es verfüget ist, die Verse vierzehn bis sechzehn aus dem fünften Kapitel der Epistel des heiligen Jakobus ... Ist jemand krank, der rufe zu sich die Ältesten der Gemeinde und lasse sie über sich beten und salben mit Öl ... und der Herr wird ihn aufrichten ... Bekenne einer dem anderen seine Sünden ... Des Gerechten Gebet vermag viel, wenn es ernstlich ist.«

Ein Aufstöhnen meiner Mutter unterbrach seine Worte, aber er fuhr unbeirrt fort: »*Pater noster ... sanctificetur nomen tuum ... fiat voluntas tua ...*«

Unwillkürlich betete ich das Vaterunser lautlos mit. Als Pater Edoardo Amen sagte, formte auch ich das ewige Wort und bekreuzigte mich. Ich hoffte, meine Mutter würde die Handlung mitbekommen haben, glaubte aber nicht recht daran.

Mit klopfendem Herzen nahm ich die letzten Tätigkeiten des Mannes wahr und atmete auf, als er endlich das Haus verließ.

Ich hatte es überstanden! Und ich hatte dafür gesorgt, dass meine Mutter die Sterbesakramente von dem Priester ihres Vertrauens bekam. Ich ging hinüber zu ihrem Bett und setzte mich auf den Rand. »Mamma, bist du wach?«

»... schön, so schön ...« Ihre Stimme war so leise, dass ich sie mehr erahnte als verstand. »Wenn ich gehe, gehe ich mit Gott.«

»Ja, Mamma.« Ich nahm ihre heiße Hand und lauschte weiter. Ihre Stimme wurde fester, gerade so, als hätte ihr das Sakrament Kraft gegeben. »Gib acht auf dich, meine Kleine, hüte dich ... vor der Inquisition.«

»Ja, Mamma.«

»... vor der Inquisition.«

Eine Pause entstand. Ich dachte, sie wäre wieder weggedämmert, doch sie sprach weiter: »Gib acht auf dein Gesicht, zeige es nicht, damit ... damit sie dich nicht als Hexe denunzieren.«

»Aber Mamma, lass das doch jetzt.«

»Nein, ich muss ... letztes Jahr wurde in Rom eine Frau verbrannt ... der Ankläger war Girolamo Menghi, der Hexenjäger, er ist ... in der Stadt.«

»Mach dir keine Sorgen«, sagte ich zuversichtlicher, als mir zumute war. Den Namen Girolamo Menghi hatte ich noch nie gehört.

»Zeige nicht dein Gesicht ... versprich es mir.« Die Hand meiner Mutter zuckte. »Denk an dein Feuermal ...«

»Ja, Mamma.« Ich überlegte, ob ich ihr etwas von dem *laudanum* geben sollte, aber sie machte nicht den Eindruck, als hätte sie große Schmerzen. Dann kam mir ein anderer Gedanke, der Gedanke für eine Frage, die ich noch nie zuvor gestellt hatte, und ich sprach sie sofort aus: »Hatte mein Vater auch ein Feuermal, Mamma?« Ich hielt den Atem an. Würde ich eine Antwort bekommen?

»Nein, Kind, nein ...«

Sie hatte geantwortet! Zum ersten Mal hatte sie eine Frage zu meinem Vater beantwortet. Schnell fügte ich hinzu: »Sah er gut aus?«

»Ja ... ja, das tat er.«

Atemlos fragte ich weiter: »Du sagst immer, er wäre tot, Mamma. Wann starb er?«

»Ich ... ich glaube ...«

»Wann?«

»Ich ....«

»Mamma, wer war er?«

»Oh, Kind, gleich ... Durst ...«

»Warte!« Ich sprang auf und eilte in die Küche, um den Krug mit dem Wasser zu holen. Doch er war leer. Aufgeregt lief ich nach hinten in den Hof zu dem alten Ziehbrunnen. Gleich würde meine Mutter mir den Namen meines Vaters sagen. Endlich, nach so langer Zeit. Während ich den großen Holzeimer am Seil hinabließ, dachte ich an die wundersame Kraft des Sterbesakraments, an das duftende Salböl, die stärkenden Gebete und die frommen Bibelzitate. Das alles musste ihren Sinneswandel bewirkt haben. Dann tauchte der volle Eimer wieder neben dem Brunnenrand auf und unterbrach meine Gedanken. Ich wuchtete den Eimer vom Rand herunter und lief mit ihm zurück in die Küche, wo ich einen großen Becher mit dem kühlen Nass füllte. Ich rief: »Gleich kriegst du schönes, kaltes Wasser, Mamma, das wird dich erfrischen. Und einen Nackenwickel bringe ich dir auch mit, du wirst sehen, der drückt die Hitze herunter.«

Ich tauchte den Wickel mehrmals in den Eimer, damit er richtig kalt werde, wrang ihn aus und rief: »Gleich bin ich da, Mamma.«

Mit dem Becher und dem Wickel in der Hand trat ich an ihr Krankenbett. Ich schob ihr den Wickel unter den Kopf und hielt ihr den Becher an den Mund. »Trink, Mamma.«

Doch meine Mutter trank nicht.

Sie war tot.

Der Schleier
La veletta

ch weiß nicht genau, ob es die Trauer um meine Mutter war oder mehr die Angst vor der öffentlichen Beisetzung, in jedem Fall fiel ich noch am Sterbetag in ein tiefes Tal des Trübsinns. Ich saß in der Ecke des Werkstattzimmers neben dem verhängten Spiegel und war zu keinem klaren Gedanken fähig. Als Doktor Valerini am frühen Abend erschien, um nach meiner Mutter zu sehen, fand er mich völlig verzagt vor.

Nachdem er den Tod seiner Patientin festgestellt hatte, waren die Worte, die er an mich richtete, eher sachlich als tröstlich. »Gott hat verfügt, dass die Gangrän stärker war als sie, doch nun ist sie erlöst«, sagte er. »Der Tod ist ein Teil des Lebens, alles hat seine Zeit.«

»Ja, Dottore«, murmelte ich.

»Ihr habt getan, was Ihr konntet.«

»Danke, Dottore.«

»Das Leben geht weiter, es kommen auch wieder bessere Tage.«

»Ja, Dottore.«

»Ich muss jetzt gehen, es ist noch einiges zu erledigen. Der Totenschein will noch geschrieben sein, weitere Vorschriften müssen eingehalten werden. Die Ämter fragen nicht danach, wie es im Herzen eines Hinterbliebenen aussieht. Für sie ist der Tod ein Verwaltungsakt wie jeder andere, der Gebühren kostet. Ach, wo ich gerade von Gebühren spreche: Ein Arzt kann nicht für Gotteslohn arbeiten, das müsst Ihr verstehen. Ich nehme an, Ihr habt Geld im Haus?«

»Nicht viel, Dottore.«

»Für meine Bemühungen bekomme ich« – er rechnete kurz – »viereinhalb Scudi.«

Die Höhe der Summe riss mich aus meiner Teilnahmslosigkeit. »Vier... viereinhalb Scudi?«, stammelte ich. »Aber Ihr habt doch noch die Brosche, Dottore?«

»Die Brosche? Ach ja. Die habe ich. Aber ihr Wert wurde bei meiner Berechnung bereits berücksichtigt, es bleibt immer noch ein Restbetrag von viereinhalb Scudi.«

Ich war empört. Die Brosche war sicher viel mehr wert, und viereinhalb Scudi Romani stellten für mich ein kleines Vermögen dar. Aber was sollte ich machen? Weigern konnte ich mich nicht. »So viel habe ich nicht, ich habe höchstens zwei.«

»Dann gebt mir die zwei. Niemand soll sagen, ich hätte Euer Unglück ausgenutzt.«

Doktor Valerini nahm die Münzen und verabschiedete sich rasch.

Ich blieb wie betäubt zurück.

Immer wieder fragte ich mich, ob ich alles getan hatte, um das Leben meiner Mutter zu retten. Ich wusste es nicht. Und ich wusste ebenso wenig, ob Doktor Valerini alles Menschenmögliche unternommen hatte. Die Behandlung jedenfalls war sein Schaden nicht gewesen. Dass seine Therapie bei noch besserer Bezahlung vielleicht erfolgreicher verlaufen wäre, wollte ich mir lieber nicht ausmalen.

Später kam Signora Carducci. Sie war tränenüberströmt und nahm mich in die Arme. Danach hielt sie mir die Hände und betete mit mir vor dem Hausaltar.

Noch später kam Mamma Rosa, die mich nicht nur in die Arme nahm, sondern auch fast bis Mitternacht blieb und mit mir die Totenwache am Bett meiner Mutter hielt. Doch dann musste sie wieder nach Hause, denn ihre Kinder waren noch jung und brauchten sie.

Und gegen Mitternacht kam Marco.

Er stand in der Tür und machte ein betretenes Gesicht. Ich bemerkte ihn zunächst nicht, doch als ich ihn sah, sagte ich:

»Du hast dich die ganzen Tage nicht sehen lassen, da brauchst du auch jetzt nicht zu kommen.«

»Es tut mir so leid«, sagte er leise.

»Du hast mich im Stich gelassen.«

Er löste sich aus dem Türrahmen, setzte sich zu mir aufs Totenbett und versuchte, meine Hand zu ergreifen. »Bitte, versteh doch, Carla. Ich konnte nicht kommen. Wenn ich gekommen wäre, hätte ich die Verantwortung für die Behandlung deiner Mutter übernehmen müssen, und das war nicht möglich.«

»Du hättest einfach nur da sein müssen.«

»... und die Verantwortung übernehmen. Aber glaub mir: Dafür bin ich noch nicht weit genug in meinem Studium.«

»Ich habe auch ohne Studium meine Mutter gepflegt.«

»Das ist etwas anderes. Du bist eine Naturbegabung.« Wieder versuchte er, meine Hand zu nehmen, und diesmal ließ ich sie ihm. »Mit dieser Hand kannst du mehr bewirken, als manch einer der gelehrten Herren im Ospedale della Morte. Ich weiß es, denn ich habe dich die Wunde deiner Mutter vernähen sehen.«

»Erinnere mich nicht daran. Ständig denke ich, ich hätte etwas falsch gemacht. Sag mir bitte ganz ehrlich: Habe ich etwas falsch gemacht?«

»Nein, du hast eine runde Nadel und einen festen Faden genommen, du hast gerade Wundränder hergestellt und eine saubere Naht gesetzt. Mehr hätte Giulio Cesare Aranzio, unser Meister-Chirurg, auch nicht tun können.«

Ganz traute ich dem, was Marco sagte, nicht, aber ich wollte es nur zu gern glauben, und deshalb fragte ich nicht mehr nach.

Während Marco meine Hand hielt, hingen wir beide unseren Gedanken nach. Schließlich wurde mir kalt, ich fröstelte.

»Soll ich die Nacht über bei dir bleiben?« Marco gab meine Hand frei und zog mich an sich. »Du brauchst jetzt Schutz und Geborgenheit.«

Ich wollte antworten: Ich habe die ganzen Tage Schutz und Geborgenheit gebraucht, und du hast dich kein einziges Mal sehen lassen, und am liebsten hätte ich hinzugefügt: Geh und komme niemals wieder. Aber ich sagte nichts. Ich hatte Angst, allein mit meiner toten Mutter zu sein. Und ich hatte Angst vor der öffentlichen Beisetzung. »Ich habe solche Angst vor der Beerdigung«, sagte ich.

Marco antwortete nicht, sondern begann mich zu küssen. Ich machte mich los. »Lass das. Ich sagte, ich habe Angst vor der Beerdigung, und dir fällt nichts anderes ein, als mich zu bedrängen.«

»Ich liebe dich eben.«

»Davon will ich nichts hören, jedenfalls nicht jetzt. Meine Mutter ist tot, und du tust so, als wäre nichts gewesen. Wie kannst du nur!«

Marco zog ein zerknirschtes Gesicht. »Du hast recht, du hast allen Grund, mir böse zu sein. Weißt du, was? Ich verspreche dir, bei dem Begräbnis dabei zu sein. Ich werde nicht von deiner Seite weichen. Du brauchst dir überhaupt keine Sorgen zu machen.«

»Ich habe trotzdem Angst«, sagte ich und dachte: Wenn du erlebt hättest, was ich mit Pater Edoardo erlebt habe, würdest du nicht so reden. »Am liebsten würde ich mich irgendwo für immer verkriechen.«

»Vergiss doch einfach dein Feuermal, denke, es wäre nicht da.«

»Es ist aber da, Tag und Nacht, immer!«

Marco erwiderte nachdenklich: »Ja, natürlich, das stimmt leider. Es müsste etwas geben, das die Entstellung für alle unsichtbar macht, eine Art Tarnkappe für dich.«

»So etwas gibt es nicht.«

»Warte mal ...« Marco sprang auf. »Doch, es gibt da etwas! Einen Augenblick ...« Er stürmte in das Werkstattzimmer, wo ich ihn eine Weile suchen und rumoren hörte, und kam dann lächelnd zurück. »Sieh mal.«

Er hielt ein samtenes schwarzes Barett in der Hand, das meine Mutter einst für eine begüterte Kundin angefertigt hatte, aber niemals abgeholt worden war.

»Was ist damit?«, fragte ich verständnislos.

»Mach die Augen zu.«

Ich gehorchte, wenn auch widerstrebend, und spürte, wie er mir die Kappe aufsetzte.

»Und nun mach die Augen wieder auf.«

Ich tat es und musste blinzeln, denn ich nahm Marco nur wie durch einen Schleier wahr. Ich blinzelte nochmals und erkannte, dass ich tatsächlich durch einen Schleier blickte. »Und jetzt?«, fragte ich verständnislos.

Marco lächelte noch immer. »Du siehst mich nur schemenhaft, stimmt's?«

»Ja, aber ...«

»Ich dagegen sehe dein Gesicht so gut wie gar nicht, weil die Krempe des Baretts und der Schleier ihre Schatten darauf werfen. Und weil ich dein Gesicht nicht sehen kann, ist auch das Feuermal für mich unsichtbar. Was sagst du dazu?«

»Ich weiß nicht recht.«

»Nun freu dich doch, das ist die Lösung! Du wirst das Barett auf der Beerdigung tragen, und niemand wird dein Gesicht sehen können. Komm, gib mir die Kappe, ich werde sie aufsetzen, und du wirst mir sagen, ob du mein Gesicht siehst. Vielleicht überzeugt dich das.« Er setzte sie sich auf, und ich musste trotz meiner Zweifel fast lachen, denn mit dem Schleier sah er ziemlich albern aus.

»Na, was ist? Siehst du mein Gesicht?«

»Nein, ich sehe nur eine verschwommene Kontur«, sagte ich wahrheitsgemäß. »Aber wir sitzen hier bei Kerzenlicht, wie wird es im hellen Sonnenschein sein?«

»Genauso, Carla, genauso.«

»Meinst du wirklich?«

»Das meine ich. Du wirst das Barett auf der Beerdigung tragen und dich ganz sicher fühlen können, und noch etwas: Niemand wird sich über den Schleier Gedanken machen, denn auf einer Beerdigung Schleier zu tragen ist die normalste Sache der Welt.«

Dem konnte ich schlecht widersprechen.

Und ich widersprach auch nicht, als Marco nochmals anbot, die Nacht über bei mir zu bleiben.

Allerdings verlief sie nicht so, wie er sich das vorgestellt haben mochte, denn zwischen ihm und mir stand immer noch meine Mutter.

An die Einzelheiten der Beerdigung kann ich mich kaum erinnern. Wenn ich heute daran denke, sehe ich nur eine Reihe von Bildern und erlebe dabei die unterschiedlichsten Gefühle – überwiegend unangenehme. Ich spüre den Weg zum Friedhof unter meinen Füßen, sehe die Sargträger und das offene Grab, die Blumen, die Trauergemeinde, die betretenen Gesichter, ich sehe Pater Edoardo, wie er das Kreuz schlägt, fühle seine feuchte, schwammige Hand, nehme seine salbungsvolle Kanzelstimme wahr, spüre Marcos Schulter an meiner Seite, höre die Trauergesänge, die gemurmelten Beileidsworte, schmecke die Hostie und rieche den beizenden Qualm des *thuribulums* ...

Nein, an genaue Einzelheiten der Beerdigung kann ich mich nicht erinnern, und vielleicht will ich es auch nicht. Das Einzige, was ich noch genau weiß, ist, dass ich während der gesamten Zeremonie kalte Schweißausbrüche hatte und nicht eine Träne hinter dem Schleier vergoss.

Als ich danach allein in das Haus meiner Mutter zurückkehrte, nahm ich als Erstes das Barett ab. Ich verstaute es ganz unten in einer Truhe, denn ich war mir sicher, ich würde es nie wieder brauchen. Dann begann ich aufzuräumen. Es war eine Arbeit, die recht lange dauerte, weil jeder Gegenstand, den ich in die Hand nahm, mich an meine Mutter und die gemeinsame Zeit mit ihr erinnerte. Was ich auch tat, sie war allgegenwärtig.

Irgendwann stand ich auch vor der Habe, die ich für meinen Umzug in das Haus von Marcos Erbonkel zusammengestellt hatte. Ich stand davor und dachte, dass diese wenigen Dinge einstmals alles waren, was ich besaß, und dass ich, wenn ich heute umziehen würde, sehr viel mehr mitnehmen müsste.

Und dann fühlte ich, dass ich das nicht wollte.

Ich wunderte mich über mich selbst, aber das Gefühl war da und sagte mir: Bleib, Carla, deine Wurzeln sind hier. Wenn du hier bleibst, wird alles dein sein. Das Haus, die Einrichtung, die Werkstatt, alles, bis zum letzten Nagel im Gebälk.

Da räumte ich auch die Umzugssachen wieder zurück.

Dann setzte ich mich an den Tisch im Werkstattzimmer und trank einen Becher unverdünnten Wein. Ich spürte, wie der ungewohnte Trank mir in die Glieder fuhr und mich belebte. Nach einer Weile stand ich auf und begann, durch das ganze Haus zu wandern, und bei jedem Zimmer, in das ich blickte, sagte ich mir: Das wird dein sein.

Ich ging in die Küche und wusch den Becher aus, und als ich damit fertig war, begann ich mit einem großen Frühjahrsputz. Ich kehrte das Unterste zuoberst, arbeitete mich von Zimmer zu Zimmer vor, wischte Staub, fegte Ecken, putzte Böden, und mit jedem Wischen, Fegen und Putzen wurde es mehr mein Haus.

Am Abend, als Marco kam, war es mein Haus.

»Wann ziehst du zu mir in mein Haus?«, fragte Marco, nachdem er mich umarmt und geküsst hatte.

»Möchtest du etwas essen?«, fragte ich ausweichend. »Der Ofen hat gerade gute Glut, ich könnte dir eingelegtes Gemüse warm machen. Brot und eine Portion Gorgonzola wären auch noch da.«

»Wie kannst du jetzt von Essen reden?« Er strahlte. »Jetzt, wo wir unsere gemeinsame Zukunft planen können, ohne auf deine Mutter Rücksicht nehmen zu müssen.«

»So schlecht war sie nun auch wieder nicht.«

»Aber das sage ich doch gar nicht.« Für einen Augenblick schien er verwirrt. »Wir wollen doch schon so lange heiraten, und jetzt können wir es endlich.«

»Seit Monaten redest du davon, dass wir Anfang April, während der Studentenferien, heiraten, aber einen festen Tag hast du bis heute nicht bestimmt.«

»Aber das können wir doch jetzt tun.«

»Jetzt, wo meine Mutter tot ist?«

»Aber Carla!« Er rang die Hände. »So meine ich es doch nicht, du weißt genau, wie ich es meine.«

»Wie denn?«

»Ich, ich ...«

»Jetzt kommt es auf ein paar Monate auch nicht mehr an.« Ich ging in die Küche und machte mich am Ofen zu schaffen. Ich brauchte Zeit, um meine Gedanken zu ordnen. Es war schon das zweite Mal an diesem Tag, dass ein Gefühl mich überrascht hatte. Und dieses zweite Gefühl sagte mir: Lass dir Zeit mit der Heirat. Ich rief über die Schulter: »Willst du nicht doch etwas essen, Marco?«

»Diesmal kann ich wohl nicht nein sagen.«

Ich machte die Speise warm und trug sie in einer Terrine zum Tisch. »Wir essen aus einer Schüssel, du weißt, wir sind nicht so vornehm wie die Kundinnen meiner Mutter, die für jedes einzelne Gericht goldene Teller bereithalten.«

»Das macht mir nichts.« Marco führte bereits den Löffel zum Mund. »Hm, das schmeckt aber gut. Du musst mir versprechen, in meinem Haus auch so gut zu kochen.«

»Ja«, sagte ich einsilbig, denn mich störte, dass er von seinem Haus sprach und dass er mich offenbar als seine zukünftige Köchin betrachtete. »Ich habe auch ein Haus.«

»Ja, natürlich. Das ist ja das Gute. Du wirst es verkaufen, wir können das Geld gut brauchen.«

»Ich will es nicht verkaufen.«

»Was?« Marco, gerade im Begriff, den Löffel zum Mund zu

führen, hielt abrupt in der Bewegung inne. »Aber Carla, was sollen wir denn mit zwei Häusern?«

»Das weiß ich nicht. Ich weiß nur, dass ich mein Haus behalte.«

Er legte den Löffel beiseite. Sein Gesicht nahm den Ausdruck eines zürnenden Ehemanns an. »Hör mal, Carla, da hast du wohl nicht richtig nachgedacht? Du und ein eigenes Haus? Erstens brauchst du kein eigenes Haus, weil ich eins habe, und zweitens frage ich dich, wie du ›dein‹ Haus unterhalten willst? Ein Haus zu besitzen kostet Geld, und Geld hast du nicht.«

Ich überlegte schnell. »Aber ich habe noch ein paar Kleider aus dem Bestand meiner Mutter, die könnte ich verkaufen, und außerdem bin ich noch immer Schneiderin. Das ist ein ehrenwerter Beruf, der Geld zum Leben abwirft.«

»Carla!« Marco versuchte, meine Hand zu nehmen, aber ich entzog sie ihm. »Carla! Natürlich gibt es da noch ein paar Kleider deiner Mutter, Gott sei Dank, wie ich hinzufügen möchte, aber der Wert dieser Kleider reicht allenfalls, um die Kosten für die heutige Beerdigung zu decken, vorausgesetzt, sie erbringen einen anständigen Preis. Und die Ausübung deines Berufs, wie stellst du dir das vor? Du hast mir von einer Signora Vascellini und ihren Freundinnen erzählt, davon, wie sie wegen deines Feuermals mit dem Finger auf dich gezeigt haben und das Mal als *voglia di peccato* bezeichneten, du hast mir von anderen sogenannten Damen der Gesellschaft erzählt, vor denen deine Mutter dich verstecken musste, und du hast mir erzählt, wie beschränkt und überheblich alle diese Patrizierinnen sind. Und da glaubst du wirklich, sie könnten deine Kundinnen werden? Ganz davon abgesehen, dass du es selbst wahrscheinlich gar nicht möchtest?«

Ich sah ein, dass er recht hatte, trotzdem entgegnete ich: »Das mag alles stimmen, aber mein Haus behalte ich.«

»Nun gut, lassen wir das Thema. Wir werden das Problem mit dem Haus schon irgendwie lösen. Wann heiraten wir?«

Ich senkte den Blick und stocherte mit dem Löffel im Gemüse herum.

»Wir könnten in der Karwoche heiraten, Ostern fällt dieses Jahr auf den sechsten April. Was hältst du davon?«

Ich blickte auf. Am liebsten hätte ich gesagt: Ich habe es nicht mehr eilig mit der Heirat. Ich möchte eine Weile für mich sein, ganz für mich, in meinem eigenen Haus. Ich möchte Abstand gewinnen. Alles weitere wird sich finden. Aber ich wollte Marco nicht enttäuschen, denn er hatte mir auf der Beerdigung zur Seite gestanden, und außerdem war er trotz allem ein netter Kerl. Es gab schlechtere als ihn. »In welcher Kirche soll die Hochzeit denn stattfinden?«, fragte ich.

»In San Rocco.«

»In San Rocco? Heißt das …?«

»Genau das heißt es!« Marco nickte stolz. »Ich habe die Trauerfeier heute zum Anlass genommen, mit Pater Edoardo zu sprechen. Er war sehr freundlich und will uns vermählen, damit wir endlich vor Gott ein Paar sind.«

»Nein.« Ich schrie beinah.

»Nein? Aber wieso?«

Ich suchte nach Worten. »Ich … ich mag die Kirche nicht. Ich habe sie noch nie gemocht.«

»Aber es ist eine so hübsche *chiesa*, deine Mutter ging doch auch immer dorthin?« Marco schüttelte den Kopf. »Carla, ich verstehe dich nicht. Das mit der Kirche kann ich nicht glauben. Gut, ich gebe zu, es war falsch von mir, dir bei der Pflege deiner Mutter nicht zu helfen, aber ich habe dir erklärt, warum es nicht ging. Das alles hat doch nichts mit unserer Heirat zu tun. Oder willst du mich auf einmal nicht mehr?« Er beugte sich vor und küsste mich auf den Mund.

Ich ließ es geschehen. Doch als seine Küsse fordernder wurden, wandte ich mich ab. »Ich möchte eine andere Kirche«, sagte ich.

»Aber welche denn? Hast du dir überlegt, dass wir den Hochzeitstermin in der Karwoche nicht halten können, wenn wir auf eine andere Kirche ausweichen? Pater Edoardo dagegen kennt dich und mich, er würde Trauzeugen bereitstellen und die notwendigen Formalitäten ohne Probleme erledigen. Wenn du seine Kirche ablehnst, müssten wir bis zu den nächsten Studentenferien über Pfingsten oder gar bis Ende August warten. Willst du das?«

Ich holte tief Luft. »Ja«, sagte ich, »das will ich.«

Eine Woche später, die Wogen zwischen uns hatten sich mittlerweile geglättet, stand Marco vor der Tür. Wie in unserer ersten Zeit hielt er rote Rosen in der Hand. Es waren zwanzig Stück, eine schöner als die andere. »Herzlichen Glückwunsch zu deinem zwanzigsten Geburtstag, wenn ich mich nicht irre, ist heute der dreißigste März!«, rief er.

»Ja, danke, das stimmt, das ist sehr lieb von dir«, sagte ich und nahm den Strauß entgegen. »Wie schön die sind! Die haben sicher ein Vermögen gekostet.«

Marco grinste und küsste mich. »Die Blumenfrau vor San Petronio scheint ähnlich gedacht zu haben. Als ich ging, packte sie ihren Stand sofort zusammen.«

»Komm herein.«

Während ich die Rosen ins Wasser stellte, blickte Marco sich in den Zimmern um. »Du hast einige Möbel umgeräumt«, stellte er fest. »Es ist gemütlicher geworden.«

Sein Lob freute mich. »Ja, der Werkstatttisch muss nicht mehr als Esstisch herhalten, es gibt ein paar Bilder an den Wänden, und Mammas Hausaltar steht jetzt in meinem Zimmer. Nimm schon mal an dem kleinen Tisch Platz. Ich komme gleich.«

Als ich wenig später den mit Äpfeln und Rosinen gefüllten Kapaun auftrug, tat ich es mit gemischten Gefühlen. Einerseits war ich stolz, dass mir die Speise so gut gelungen war, andererseits hatte ich für den Mastvogel mein letztes Geld ausgegeben. Aber daran wollte ich nicht denken. Mit Gottes Hilfe würde sich alles finden. »Ich hoffe, der Kapaun wird dir schmecken«, sagte ich.

»Und ob er das wird.« Marco begann, den knusprigen Vogel zu zerteilen, und legte die Stücke auf meinen und seinen Teller.

»Es gibt Nüsse, Käse und Trockenfrüchte dazu.«

»Prächtig, ich sehe es.«

»Guten Appetit.«

»Einen Augenblick.« Marco machte ein verschmitztes Gesicht. »Zweifellos werde ich einen guten Appetit haben, aber bei dir bin ich mir nicht so sicher. Du isst in letzter Zeit ziemlich schlecht.«

Ich wollte protestieren, aber er sprach schon weiter: »Ich habe ein paar Neuigkeiten, die deinen Appetit anregen werden. Neuigkeiten, die du gleichzeitig als Geburtstagsgeschenk ansehen sollst.«

»Da bin ich aber gespannt.«

Doch Marco aß zunächst genüsslich weiter und ließ mich eine Weile schmoren.

»Nun sag schon!«

Endlich bequemte er sich, seine Geheimnisse zu lüften. »Als Erstes«, sagte er, »habe ich mit meiner Mutter gesprochen. Das war vor ein paar Tagen. Sie wiederum hat mit einigen ihrer unzähligen Freundinnen gesprochen, mit dem Ergebnis, dass die Damen sich einig sind, dir sämtliche Kleider aus dem Bestand deiner Mutter abzukaufen.«

»Das ist ja großartig!« Ich sprang auf und fiel ihm um den Hals. Eben noch hatte ich mich gefragt, wovon ich in den nächsten Tagen leben sollte, und nun war eine Lösung gefunden.

Marco tat, als seien ihm plötzlich Bedenken gekommen. »Oder hättest du die Kleider lieber selbst verkauft?«

»Du Witzbold, wie hätte ich das tun können. Du willst mich wohl auf den Arm nehmen?«

Marco grinste. »Dich auf den Arm nehmen? Das wäre keine schlechte Idee, aber warte, bis ich aufgegessen habe.« Er machte eine bedeutungsvolle Pause. »Und bis ich dir das zweite Geschenk gemacht habe.«

»Ein zweites Geschenk? Was ist es denn?«

»Eine Neuigkeit.«

Ich muss ihn wohl ziemlich begriffsstutzig angesehen haben, denn Marco begann lauthals zu lachen.

»Nun sag es endlich, von was für einer Neuigkeit sprichst du?«

»Kennst du Mutter Florienca?«

»Du weißt, dass ich sie nicht kenne. Was ist mit ihr?«

»Sie ist die Oberin der Schwestern von San Lorenzo. Ihr Kloster liegt im Südosten der Stadt, gegenüber dem Borgo da Larienta. Ich habe sie neulich im Ospedale della Morte kennengelernt. Sie ist eine warmherzige, weise Frau.«

»Was ist mit ihr? Warum erzählst du mir das alles? Marco, spann mich nicht so auf die Folter.«

»Tue ich das? Das wollte ich nicht.« Er grinste wieder in der Art, die ich meistens sehr nett fand, die mir manchmal jedoch auf die Nerven ging. »Also gut, ich will dich von deiner Neugier erlösen. Das Kloster San Lorenzo hat ein kleines Hospital, wie mir Mutter Florienca erzählte. Sie und ihre frommen Schwestern nehmen Kranke aus dem Viertel auf, manchmal sogar Patienten vom Ospedale della Morte, wenn es wieder mal überfüllt ist.«

»Ja, und?«

»Mutter Florienca könnte sich gut vorstellen, dich als Hilfsschwester zu beschäftigen. Du würdest dann im Hospital San Lorenzo arbeiten und kranken Menschen helfen.«

»Das ist nicht dein Ernst.«

»Oh, doch, natürlich.«

»Das kann ich nicht. Ich kenne die Mutter Oberin ja gar nicht, und die Schwestern, die kenne ich auch nicht. Ich kenne die Arbeit nicht und den Weg nicht, ich … ich …«

»Das alles kannst du schnell lernen. Im Pflegen bist du eine Naturbegabung, das habe ich dir schon einmal gesagt. Ich glaube, du hast nur Angst, den Weg dorthin jeden Tag allein gehen zu müssen. Aber denk an dein schwarzes Samtbarett mit dem Schleier. Das andere ergibt sich.«

»Nein!«

»Du hättest eine Arbeit, ein eigenes Auskommen und tätest überdies ein gutes Werk. Willst du es dir nicht noch einmal überlegen?«

»Nein.«

Vier Tage später, es war Gründonnerstag, brachte Marco mich bis zum hohen Tor des Klosters von San Lorenzo. Er hatte den Tag mit Bedacht gewählt. Nicht, weil es der Gedenktag an das letzte Abendmahl Jesu am Vorabend seiner Kreuzigung war, sondern weil es, den Satzungen des Archiginnasios gemäß, am Donnerstag keine Vorlesungen gab. »Siehst du, der Weg hierher war ganz einfach, Carla«, sagte er. »Grüße Mutter Florienca von mir, sie ist wirklich sehr nett. Ich komme morgen zu dir, dann kannst du mir erzählen, ob dein Gespräch erfolgreich war.«

»Bleib, bitte!«

»Ich kann nicht, heute ist zwar der freie Tag für Studenten, doch das gilt nur, wenn keine von der Universität anerkannten Feste oder Zeremonien angesetzt sind. In einer halbe Stunde beginnt in der Kapelle Santa Maria de' Bulgari eine Messe. Daran teilzunehmen ist für mich Pflicht, ich bin sowieso schon spät dran. Ich drücke dir die Daumen. *Arrivederci.*«

Er warf mir eine Kusshand zu und eilte davon.

Während ich ihm noch hilflos nachschaute, sagte hinter mir eine freundliche Stimme: »Ich nehme an, du bist Carla. Tritt ein in unser Haus, sei willkommen.« Eine Ordensfrau in der einfachen schwarzen Tracht der Nonnen von San Lorenzo stand in der hohen Tür und winkte mich näher. »Ich bin Schwester Abelina, die Hausmeisterin, bitte folge mir.«

Ich ging hinter ihr her durch die hohen, von Rundbögen

begrenzten Säulengänge des Aedificiums, verließ mit hallenden Schritten das Hauptgebäude, passierte einen kleinen Hofgarten mit plätscherndem Springbrunnen, stieg Treppen empor, schritt durch das quadratische Dormitorium mit seinen streng ausgerichteten Betten und erreichte an der Ostseite schließlich den karg möblierten Raum der Oberin.

»Warte hier«, sagte Schwester Abelina und entfernte sich.

Während ich wartete, hatte ich Gelegenheit, mich umzusehen. Ein Schreibtisch, auf dem eine Madonnenfigur mit dem Jesuskind stand, zwei Stühle, eine Truhe mit schweren Eisenbeschlägen, ein paar Bücher, darunter eine ledergebundene Bibel mit Goldschnitt, ein Betpult am Fenster sowie ein Kruzifix an der Wand über dem Schreibtisch stellten die gesamte Einrichtung dar. Als ich das Kruzifix entdeckte, schlug ich automatisch das Kreuz und murmelte: »Gib mir Kraft, Herr, lass mich die richtigen Worte finden, stehe an meiner Seite, so will ich dich loben und preisen immerdar. Gelobt seist du, Herr Zebaoth, du Herr der himmlischen Heere ...«

»... in Ewigkeit, Amen.« Eine schmale Gestalt hatte sich mir unbemerkt genähert. Sie wirkte gebrechlich, aber nicht schwach. Ihr Gesicht sah auf den ersten Blick alt und runzlig aus, doch bei näherem Hinsehen strahlte es die Energie einer jungen Frau aus. »Ich bin Mutter Florienca«, sagte sie. »Die Oberin der frommen Schwestern von San Lorenzo. Du hast dich eben vor Gott bekreuzigt, damit tatest du genau das Richtige.«

Da ich nicht wusste, wie ich mich einer so hochgestellten Persönlichkeit gegenüber verhalten sollte, machte ich einen tiefen Knicks und deutete zur Sicherheit noch eine Verbeugung an. »Danke, Ehrwürdige Mutter.«

»Bevor der Mensch ein wichtiges Gespräch führt, soll er das Gespräch mit Gott suchen.« Mutter Florienca setzte sich hinter ihren Schreibtisch und deutete auf den zweiten Stuhl. »Nimm Platz.« Ihre klugen Augen waren forschend auf mich gerichtet. »Dass du Carla bist, hat mir Schwester Abelina bereits gesagt, und ein Medizinstudent namens Marco Carducci hat mir sehr viel über dich erzählt. Sag, wie stehst du zu dem jungen Mann?«

»Ich soll Euch von ihm grüßen, Ehrwürdige Mutter.«

Die Oberin runzelte die Stirn. »Vielen Dank, aber ich glaube, danach hatte ich dich nicht gefragt.«

»Verzeiht, Ehrwürdige Mutter.« Ich hatte das Verhältnis zwischen Marco und mir nicht erwähnen wollen, aber nun war klar, dass ich um eine Antwort nicht herumkam. »Wir sind einander seit drei Jahren versprochen ...«

»... und weiter?«

»Ich fühle mich noch nicht bereit für die Ehe.«

»Ich verstehe.« Die Erklärung schien der Oberin zu genügen. »Ich hoffe, du hast in Keuschheit gelebt?«

»Ja, Ehrwürdige Mutter«, sagte ich schneller als beabsichtigt und wünschte insgeheim, dass die Küsse und Liebkosungen, mit denen Marco mich häufig bedacht hatte, meine Worte nicht Lügen straften. »Es ist immer wieder etwas dazwischengekommen mit der Heirat, und ...«

»... und du fragtest dich jedes Mal, ob du dich nicht für Gott den Herrn unbefleckt halten solltest, denn die Ehe mit ihm ist das höchste Glück, das einer Frau widerfahren kann.« Die Oberin nickte gütig und blickte auf den Trauring an ihrem Finger, dem äußeren Zeichen ihrer Vermählung mit dem Allerhöchsten. »Ist es so?«

»Ja, Ehrwürdige Mutter.« Eigentlich hatte ich von Marcos enttäuschendem Verhalten während der Krankheit meiner Mutter sprechen wollen, aber ich sah keinen Grund, die weise Frau zu verbessern. Ich spürte, wie ich errötete, was aber zum Glück hinter dem Schleier des Baretts verborgen blieb.

»Lass dir Zeit mit deiner Entscheidung, mein Kind. Horche in dich hinein, prüfe dich, und wenn du Gott zum Bräutigam wählst, so wisse, die Ehe mit ihm hält bis in Ewigkeit, bis zum Jüngsten Gericht, bis zur Nacht ohne Morgen.« Wieder nickte die Oberin gütig. »Doch zurück in die Gegenwart. Marco

Carducci sagte, du hättest gesegnete Hände. Nun, die Hände sehe ich, was ich nicht sehe, ist dein Gesicht. Würdest du bitte das Barett abnehmen?«

»Jawohl, Ehrwürdige Mutter.« Ich zögerte.

»Nimm es nur ab. Es schickt sich nicht, im Angesicht des Herrn eine modische Kopfbedeckung zu tragen.«

Ich lüftete das Barett langsam und beobachtete das Gesicht der Oberin dabei genau. Doch keine Regung darin zeigte mir, ob mein Feuermal sie überraschte, entsetzte oder gar anwiderte – sie schaute mich genauso an wie zuvor. »Das wusste ich nicht«, sagte sie ruhig. »Ich wusste nicht, dass der Herr dir diese Last auferlegt hat, aber du wirst sie tragen müssen. Und dass du sie tragen kannst, dafür wird Er sorgen.«

»Jawohl, Ehrwürdige Mutter.«

»Warum möchtest du Hilfsschwester in unserem Hospital werden?«

Ich hätte an dieser Stelle antworten können, wie sehr es mich danach drängte, anderen Menschen zu helfen, wie sehr ich wünschte, gottgefällige Taten zu vollbringen, wie sehr ich etwas für mein Seelenheil tun wollte, doch nichts von alledem hätte in vollem Umfang der Wahrheit entsprochen, deshalb sagte ich: »Ich muss Geld verdienen, da ich allein lebe. Meine Mutter verstarb vor kurzem.«

»Oh, das tut mir sehr leid. Davon hat Marco Carducci mir nichts erzählt. Bei der Gelegenheit fällt mir ein, dass er mir auch deinen Nachnamen nicht nannte. Wie lautet er?«

»Castagnolo, Ehrwürdige Mutter.

»Castagnolo … Castagnolo … der Name kommt mir bekannt vor.«

»Meine Mutter war Schneiderin.«

»Ach, ja, Schneiderin.« Die Oberin blickte mich an, als hätte sie meine letzte Erklärung nicht gehört. Sie schien in Gedanken weit entfernt. Dann nickte sie wieder in ihrer gütigen Art und sagte: »Armes Ding, ich werde für dich beten. Und für die Seele deiner Mutter auch.«

»Danke, Ehrwürdige Mutter.« Dass die Oberin mich »armes Ding« genannt hatte, bezog ich auf mein Feuermal und auf den Schicksalsschlag durch den Tod meiner Mutter. Ich konnte nicht ahnen, dass der Grund für ihre Worte ein anderer war, ein Grund, den ich erst sehr viel später erfahren sollte.

»Nun, ich denke, wir sollten es mit dir versuchen, Carla. Allerdings können wir dir für deine Arbeit wenig Entgelt bieten. Sagen wir, zehn Baiocchi am Tag, das wären rund drei Scudi pro Monat. Nicht sehr viel, aber dafür müsstest du auch nur vormittags im Hospital Dienst tun, der Nachmittag wäre frei für dich. Du könntest dich dann in deine Zelle zurückziehen oder dich allgemeiner Klosterarbeit widmen oder an den Stundengebeten teilnehmen.«

»Verzeiht, aber ich würde gern weiter zu Hause wohnen.«

»Zu Hause?«

»Ja, Ehrwürdige Mutter, das Haus würde sonst leer stehen, und das wäre nicht gut.«

»Nun, da hast du wohl recht. Ich bin einverstanden. Zwiesprache mit dem Herrn kann man schließlich an jedem Ort dieser Welt führen.«

»Danke, Ehrwürdige Mutter.« Mir fiel ein Stein vom Herzen. Die neue Umgebung war ungewohnt für mich, sie vierundzwanzig Stunden am Tag ertragen zu müssen, das wäre zu viel gewesen. »Vielen Dank.«

»Schwester Abelina!« Die Oberin klingelte mit einem Glöckchen. Als die Hausmeisterin erschien, befahl sie: »Zeige Carla unser Hospital und weise sie in ihre Obliegenheiten ein. Ab morgen wird sie uns bei der Pflege der Kranken zur Hand gehen.«

»Jawohl, Ehrwürdige Mutter.« Schwester Abelina verneigte sich in Demut und hieß mich, ihr zu folgen.

So geschah es, dass ich Hilfsschwester im Nonnenkloster San Lorenzo wurde.

Der Weg von meinem Haus in der Strada San Felice bis zum Kloster der frommen Schwestern führte mich durch die halbe Stadt. Es war ein langer Weg, der mir anfangs sehr schwerfiel. Doch mit der Zeit lernte ich, dass die Menschen auf der Straße anderes zu tun hatten, als mich anzustarren. Sie kümmerten sich um ihre eigenen Belange, solange ich nicht auffiel. Und dass ich nicht auffiel, dafür sorgte ich. Außer dem Barett mit dem Schleier kleidete ich mich so unauffällig wie möglich. Ich nähte mir Kleider von einfachem Schnitt, wie sie von Mägden und Marktfrauen getragen werden, und wählte dafür Stoffe mit gedeckten Farben. Während ich ging, blickte ich meistens zu Boden und wich nach Möglichkeit jedermann aus. Ich muss wie eine graue Maus gewirkt haben.

Im Hospital angekommen, tauschte ich meine Kleidung mit einem einfachen, dem Habit der Nonnen sehr ähnlichen Gewand, und trat meinen Dienst an.

Wir waren insgesamt drei Frauen, denen die Pflege der Kranken anvertraut war. Außer mir arbeiteten im Hospital noch Schwester Marta und eine Novizin namens Giade, die im Herbst ihre Gelübde ablegen sollte. Die Leitung der Krankenstation hatte Schwester Arianna, eine ältere Frau, die häufig von Rückenschmerzen geplagt wurde.

Schwester Marta war diejenige, mit der ich am engsten zusammenarbeitete und von der ich am meisten lernte. Sie war eine Frau in mittleren Jahren, deren zupackende, herzliche Art von den Kranken besonders geschätzt wurde. Sie weckte in mir das Interesse für alles, was mit Medizin zu tun hat. Sie brachte mir bei, wie man Verbände richtig wickelt, damit sie nicht nur die Wunden abdeckten, sondern diese auch vor äußeren Einflüssen bewahrten und darüber hinaus die Gliedmaßen stützten. Sie schärfte meinen Blick für das Erkennen der Symptome, lehrte mich, sie zu unterscheiden und daraus die richtigen Schlüsse zu ziehen. Sie wies mich ein in die Zusammensetzung der wichtigsten Arzneimittel, erklärte mir deren Aufbereitung und die Art ihrer Darreichung. Sie zeigte mir die notwendigen Griffe, um Schwerkranke umzubetten oder aufzurichten, damit sie Nahrung zu sich nehmen konnten. Sie brachte mir alles bei, was sie selbst wusste, und das war nicht wenig.

Und sie war es auch, die mich immer wieder dazu anhielt, den Lateinunterricht für die Novizinnen zu besuchen, denn sie war der Meinung, ich sei zu begabt, um es bei der üblichen Ausbildung zu belassen. »Um die medizinischen Traktate der Ärzte und Gelehrten verstehen zu können, musst du die Sprache der Wissenschaft beherrschen, und das ist nun mal Latein. Also, streng dich an, ich weiß, du schaffst es«, sagte sie und knuffte mich aufmunternd in die Seite.

Und ich gehorchte. Ich besuchte am frühen Nachmittag den Unterricht von Schwester Claudia, der Lateinlehrerin, beschäftigte mich mit Vokabeln und Deklinationen und stellte dabei fest, dass mir der Aufbau und die Melodie der Sprache Freude machten.

So ging das Jahr dahin. Der Sommer kam mit seinen heißen Tagen und brachte viel Arbeit im Hospital mit sich, denn zahllose Menschen litten unter hitzigem Fieber, Ausschlag und Durchfallerkrankungen.

Im Herbst legte Giade während einer feierlichen Zeremonie in der Klosterkirche ihre Gelübde ab und nannte sich fortan Schwester Giorgia.

Im Spätherbst kam es immer häufiger vor, dass Bettler im Hospital um Aufnahme baten. Es gab im reichen Bologna zu jener Zeit rund dreißigtausend dieser armen Menschen, und die meisten von ihnen hatten kein Dach über dem Kopf. Die Folge waren Unterkühlungen, Gliederreißen und Blasenentzündungen – ernsthafte Beschwerden, die wir mit Wärme, Kräutertränken und Sitzbädern nach besten Kräften zu bekämpfen suchten. In dieser Zeit war jede Hand im Hospital gefragt, so dass ich selten vor dem frühen Abend den Heimweg antreten konnte.

Wenn ich zu Hause war, ging ich meistens sofort zu Bett, las bei Kerzenlicht die Lektüre, die Schwester Marta mir aus der Klosterbibliothek besorgt hatte, darunter die Schriften Galens zur Vier-Säfte-Lehre und seine Abhandlung *De febrium differentiis,* in der viel Wissenswertes über die unterschiedlichen Fiebererkrankungen steht. Ferner ein Werk des Anatomen Andreas Vesalius über den Aufbau des menschlichen Körpers *De humanis corporis fabrica,* dem ich manch Staunenswertes entnahm, unter anderem die These, dass die Vorfahren des Menschen Affen und Pygmäen seien. Außerdem las ich das Werk *Liber de herbis,* ein Schriftenkompendium über die Wirkweise der Heilkräuter eines gewissen Pater Thomas, eines zu jener Zeit noch lebenden Mönchsarztes im nordspanischen Zisterzienserkloster Campodios.

Marco sah ich nur selten. Zwar kam er, wie er beteuerte, regelmäßig, um mich zu besuchen, aber entweder war ich nicht da oder vor Erschöpfung schon eingeschlafen.

Bei den wenigen Malen, als wir uns trafen, sprachen wir meistens über medizinische Dinge. Marco, dessen anfängliche Begeisterung für sein Studium nachgelassen hatte, berichtete von seinen Vorlesungen und Demonstrationen, wobei er sehr viel Theoretisches zum Besten gab, ich dagegen erzählte von der praktischen Pflege der Kranken, ihren Sorgen und Nöten. Wir stellten fest, dass wir beide Latein lernten, er mit einiger Mühe, ich dagegen mit Leichtigkeit. »Was ich einmal schwarz auf weiß gesehen habe, vergesse ich nicht«, sagte ich fast entschuldigend zu ihm. Dann nannte ich ihm die Werke, die ich gelesen, aber deren Inhalt ich teilweise nicht verstanden hatte, weil mir das Hintergrundwissen fehlte. »Vesalius stellt sich gegen die Lehre der Kirche. Er scheint nicht an die Schöpfungsgeschichte zu glauben, denn er behauptet, der Mensch stamme vom Affen ab, andererseits führt er aus, dass es bei einem der *Vertebrae lumbales* des Affen einen Fortsatz gebe, der dem menschlichen Skelett fehle. Das widerspricht sich doch, oder?«, fragte ich ihn.

»Hm«, machte Marco.

»Weißt du, von welchem Lendenwirbelfortsatz bei Vesalius die Rede ist?«

»Nein, weiß ich nicht.«

»Aber wieso nicht? Ihr habt doch ständig anatomische Sektionen bei Professor Aranzio?«

»Nein, haben wir nicht.«

Ich wusste von Marco, dass die Leichen für Sektionen in früheren Zeiten von Personen stammen mussten, die mindestens dreißig Meilen außerhalb Bolognas gelebt hatten, und dass diese Bedingung 1561 aus Mangel an Toten gelockert worden war. Seitdem kamen auch Personen aus den Vororten in Frage, vorausgesetzt, es handelte sich nicht um ehrbare Bürger. »Habt ihr Studenten denn nicht mindestens eine Demonstration pro Monat im Haus eures Professors?«

»Doch, haben wir. Aber wir wissen trotzdem nicht alles. Wahrscheinlich, weil wir nicht so viele überflüssige Fragen stellen wie du.«

Ich schwieg und fragte mich, warum er so gereizt reagierte.

»Ich muss jetzt gehen.«

»Habe ich etwas Falsches gesagt?«

»Nein, nein.« Er küsste mich flüchtig und verschwand.

Später fiel mir ein, dass er sicher auch gern über unsere Hochzeit gesprochen hätte, meine vielen Fragen ihn jedoch davon abgehalten hatten. Das tat mir leid. Ich dachte darüber nach und kam zu dem Schluss, dass mein medizinisches Interesse im Augenblick viel größer war als der Wunsch, ihn zu heiraten. Ein Leben als Ehefrau und Mutter würde noch früh genug auf mich zukommen ...

Kurz vor Weihnachten des Jahres 1572 geschah etwas, das mich bis ins Innerste bewegte. Es war an einem feuchtkalten Vormittag, als ich aus einem Fenster der Wäschekammer schaute und beobachtete, wie ein Kranker vorsichtig in den Hof des Klosters kutschiert wurde. Der Mann war über und über bandagiert und nahm eine Körperhaltung ein, wie ich sie noch nie zuvor gesehen hatte. Er saß aufrecht da, den Kopf erhoben, mit hochgebundenem, entblößtem linkem Arm. Der Arm war angewinkelt, die Innenfläche der Hand ruhte auf seinem Schädel. Am meisten aber beeindruckte mich, dass es eine Verbindung zwischen seinem Oberarm und seiner Nase gab. Ein Stück Hautlappen war es, das die Überbrückung herstellte. Es hing auf der einen Seite noch am Bizeps und überdeckte auf der anderen Seite den Nasenrücken.

Der Kranke wurde von dem Transportwagen heruntergehoben und auf einen Stuhl gesetzt. Ich sah, wie Schwester Marta einige Zeit mit dem Kutscher sprach, mehrmals nickte und ihn dann entließ. Doch das nahm ich nur aus dem Augenwinkel wahr, denn ich konnte den Blick nicht von dem seltsamen Verbindungslappen wenden. Er war ganz offensichtlich aus der Haut herausgeschnitten, und ich fragte mich, ob ein solches Abtrennen der Haut auch an anderen Körperstellen möglich wäre, vielleicht im Gesicht ...

Ich mochte den Gedanken nicht zu Ende denken, aus Angst, er könne zu kühn sein, stattdessen verließ ich eilig die Wäschekammer und ging hinüber in den Krankensaal, wo Schwester Marta und der Kranke inzwischen eingetroffen waren. Ich fragte Marta beiläufig: »Kann ich dir helfen?«

»Nanu, Carla, bist du schon fertig mit dem Zusammenlegen der Leinenwäsche?«

»So gut wie«, sagte ich und hoffte, der Herrgott möge mir die kleine Lüge verzeihen.

»Dann könntest du mir tatsächlich helfen. Heute ist wieder so ein Tag, an dem ich nicht weiß, was ich als Erstes anpacken soll.«

»Was soll ich machen?«

»Kümmere dich um den neuen Patienten.« Marta senkte die Stimme, um die anderen Kranken nicht zu stören. »Der Mann ist Bettler und hat einen *curtus,* eine Verstümmelung der Nase.«

»Eine Verstümmelung? Ich wusste gar nicht, dass man so etwas operieren kann?«

»Doch, es geht offenbar. Allerdings soll die Rekonstruktion langwierig und schmerzhaft sein, weshalb viele Verstümmelte lieber entstellt herumlaufen, als die Prozedur über sich ergehen zu lassen. Ich nehme an, dieser Bettler hat Geld bekommen, damit er seine Einwilligung gab. Professor Aranzio, der die Behandlung durchführt, hat die ersten Schritte unternommen und sie seinen Studenten demonstriert, jedenfalls berichtete mir der Kutscher das.«

Ich nickte. Professor Aranzio war mir durch Marcos Erzählungen bekannt.

»Da der Professor ein vielbeschäftigter Mann und das Ospedale della Morte bis auf das letzte Bett belegt ist, bittet er uns, den Patienten vorübergehend aufzunehmen. Er lässt ausrichten, die Mutter Oberin wisse schon Bescheid.«

»Weißt du Genaueres über die Behandlungsschritte?«, fragte ich neugierig.

»Nein. Es gibt nur ganz wenige Chirurgen, die mit der Technik der *Ars Reparatoria* vertraut sind, und sie machen allesamt ein großes Geheimnis um diese Kunst. Jedenfalls uns Normalsterblichen gegenüber.«

»Was den Menschen hilft, sollte allgemein bekannt sein.«

Marta lachte. »Das mag sein, aber du wirst unsere Professoren nicht ändern. Nun lass den Patienten in den kleinen Raum neben dem Südausgang bringen. Er soll in einem Bett sitzen, das am Fenster steht, aber nicht der Zugluft ausgesetzt sein. Sorge dafür, dass er zu Mittag leichte Nahrung wie Brühe, Hühnchenfleisch und Gemüse erhält. Ich muss zur Mutter Oberin und ihr mitteilen, dass der angekündigte Kranke eingetroffen ist.«

Ich ließ mir in der Küche die Speisen geben und ging damit in den kleinen Raum neben dem Südausgang. Als ich vor ihm stand, setzte ich das Tablett am Bettende ab und wusste nicht recht, wie ich ihn ansprechen sollte. Ich wunderte mich über mich selbst, denn ich spürte ihm gegenüber keinerlei Hemmungen wegen meines Feuermals, vielleicht, weil seine Entstellung mindestens genauso schlimm war. »Ich bin Carla, ich bringe das Essen«, sagte ich.

Er antwortete nicht, sondern schaute mich nur an.

Ich brachte es fertig, ihn ebenso direkt anzuschauen und sah zu meiner Überraschung, dass er viel jünger war, als ich angenommen hatte. Er zählte höchstens dreißig Jahre. Dass er die Bettelei zu seinem Broterwerb gemacht hatte, sah man allenfalls an seinen struppigen, langen roten Haaren. Ansonsten war er sauber gewaschen und rasiert. Er trug eine weiße ärmellose Weste aus starkem Tuch, die vorn verschnürt war und ihm auf diese Weise half, sich sitzend bequem aufrecht zu halten. Starke Schnüre und Bandagen gaben dem angewinkelten Arm Halt. »Wie heißt du?«

»Ich heiße Conor«, sagte er und griff nach dem Löffel für die Suppe.

»In diesem Haus spricht man erst ein Gebet, bevor man isst«, sagte ich.

»Nichts für ungut«, brummte er, »bin's nicht gewohnt zu beten.«

»Dann werde ich es für dich tun.« Ich schlug das Kreuz und wählte nicht das übliche Angelus-Gebet, sondern einfache Worte, die er verstand:

»Alle guten Gaben,
alles, was wir haben,
kommt, o Gott, von dir;
wir danken dir dafür.
Amen.«

»Amen«, sagte auch Conor und nahm den Löffel. Ich beobachtete ihn, wie er langsam aus der Schüssel aß. Er führte den Löffel vorsichtig zum Mund, wobei er besonders darauf achtete, nicht gegen den Nasenstumpf zu kommen. Da er mit dem

Gesicht zum Licht saß, hatte ich Gelegenheit, mir die Arbeit von Professor Aranzio genau anzusehen. Ich bemerkte, dass der vom Bizeps herunterhängende Hautlappen oben an der Nasenwurzel ansetzte und links und rechts auf ganzer Nasenlänge mit jeweils sieben Stichen angenäht war. Die Einstichstellen für die Nadel waren offenbar vorher markiert worden. Dort, wo früher die Nasenspitze gewesen war, stand der Hautlappen ein Stück frei, bevor er in den Bizeps überging. Alles in allem schien es ein Lappenstiel zu sein, der oberflächlich aus der Haut herausgetrennt worden war und nun mit der verstümmelten Nase zusammenwachsen sollte.

Konnte das überhaupt sein?, fragte ich mich. Und wenn ja, wie sollte aus einem Lappen eine erhabene Nasenform entstehen? Was war mit den Nasenlöchern? Sollten die aus dem freien, überstehenden Stück Haut gebildet werden? Am meisten aber interessierte mich, ob die Haut unter dem herausgeschnittenen Lappen nach der Heilung wieder so aussehen würde wie zuvor. Falls das so wäre, überlegte ich, könnte mein Gesicht nach einer Operation vielleicht auch wieder …? Nein, ich wollte nicht glauben, dass dies möglich war. Wenn ich es nicht glaubte, konnte ich mir auch keine Hoffnungen machen – und nicht enttäuscht werden.

Ich blickte auf die Schüssel und sah, dass Conor sie fast geleert hatte. Er führte den Löffel ein letztes Mal zum Mund und musste dabei ein wenig zu forsch gewesen sein, denn er stieß gegen seine Nase und verzog das Gesicht vor Schmerzen.

»Ist es sehr schlimm?«, fragte ich.

»Ach, es geht«, antwortete er. »Am Anfang war es viel schlimmer. Ich meine, als sie mir den Arm durchbohrt haben.«

»Den Arm durchbohrt?« Wahrscheinlich schaute ich ziemlich entsetzt, denn er lächelte amüsiert und sagte: »Weinessig haben sie mir vorher auf den Arm geschmiert, die Helfer von dem Professor, damit es nicht so weh tut, aber es hat trotzdem höllisch weh getan, das könnt Ihr mir glauben, Schwester.«

Ich überging, dass er mich »Schwester« genannt und damit

gewissermaßen befördert hatte, denn ich war viel zu interessiert an den medizinischen Eingriffen, die an ihm vorgenommen worden waren, und fragte: »Was hat der Professor denn im Einzelnen gemacht?«

»Wenn ich das alles noch so genau wüsste, Schwester, aber ich will's versuchen: Also, erst wollten sie wissen, wie ich die Nasenspitze verloren hab, das ist, nebenbei gesagt, bei 'nem Messerkampf passiert, dann haben sie mich immer wieder gefragt, ob ich gesund wär und so was und wie alt ich wär und ob ich die gallische Krankheit hätt, und als sie endlich glaubten, ich wär gesund, da haben sie gezögert, weil sie sagten, in der Winterzeit könnte man die Sache nicht machen. Aber dann hat mir der Professor doch einen Scudo geboten, wenn ich meine Nase operieren lass. Da hab ich natürlich nicht nein gesagt, für einen Scudo hätt ich mir noch ganz andere Teile operieren lassen.« Conor grinste vielsagend, aber ich ging nicht auf ihn ein. »Und weiter?«

»Tja, wie ich schon gesagt hab, sie haben mir den Arm mit 'nem Skalpell durchbohrt, und wenn ich gewusst hätt, wie sehr das zwiebelt, hätt ich mir das mit dem Scudo bestimmt vorher überlegt, aber es war zu spät, und die Helfer von dem Professor haben mir Leinenstreifen durch den Schlitz im Arm gezogen, immer hin und her, dass ich die Englein im Himmel singen gehört hab, und ich hab nach 'nem Schnaps gefragt, damit ich's besser aushalt, aber sie haben mir nichts gegeben. Dann haben sie das Leinen wieder rausgezogen, und ich musste tagelang warten, und es hat geeitert, und sie haben gesagt, das wär gut so, das wär guter Eiter und was weiß ich noch alles, und irgendwann haben sie mir den Lappen auf die Nase genäht, und nun soll ich warten. Aber es soll auch bald vorbei sein, und dann krieg ich meinen Scudo.«

»Aha.« Von dem, was Conor erzählte, hatte ich so gut wie nichts verstanden, weshalb ich mehrere Male nachhakte, aber wie sich zeigte, war sein Gedächtnis sehr bruchstückhaft, vielleicht wegen der Schmerzen, die er hatte ertragen müssen.

Deshalb fragte ich: »Was soll denn noch gemacht werden für die neue Nase?«

»Autsch!« Conor hatte sich mit der freien Hand am Kopf kratzen wollen, aber wohl eine unbedachte Bewegung gemacht. Er unterdrückte einen Fluch. »Da hat's wieder gezwiebelt, und nur, weil's wieder lose ist!«

Ich nahm die Klage zum Anlass, seine Weste zu überprüfen, und stellte fest, dass sie trotz der Schnürung nicht stramm genug saß. Gerade vom Sitz dieser Weste aber, das sagte mir mein Auge als Schneiderin, hing der gesamte Halt der Verbände ab. »Ist die Weste speziell für dich angefertigt worden?«, fragte ich ihn.

»Nein, wieso?«, fragte er zurück. »Die war schon da. Einer von den Helfern kam damit an und hat gesagt, ich soll sie überziehen. Das war, glaube ich, bevor sie mir den Lappen an die Nase genäht haben.«

»Du müsstest eine leibgeschneiderte Weste tragen. Diese hier kann noch so fest geschnürt sein, sie wird dich niemals richtig ruhig stellen.«

»Und nun?«

Ich überlegte. Es wäre kein Problem gewesen, Conor eine passende Weste zu schneidern, aber um sie anzuziehen, hätte er die alte auszuziehen und sich sämtlicher Verbände entledigen müssen, und genau das war in seiner Situation nicht möglich. Er musste wohl oder übel bis zum Ende seiner Behandlung in dem schlechtsitzenden Kleidungsstück verharren. »Nun bringe ich die Schüssel fort«, sagte ich. »Ich hoffe, es hat dir geschmeckt.«

»Das hat's«, sagte er.

Auch am nächsten und übernächsten Tag versuchte ich, von Conor Genaueres über seine Operation zu erfahren, aber das war nicht möglich. Er blieb bei seinen wirren Angaben, aus denen ich nicht klug wurde. Dafür erzählte er mir umso mehr über die Bettler in Bologna. Einmal, ich musste ihm gerade ausgiebig den Rücken an einer für ihn unerreichbaren Stelle kratzen, sagte er, zu mir nach oben schielend: »Wusstet Ihr eigentlich, Schwester, dass Betteln harte Arbeit ist?«

Überrascht antwortete ich: »Nein. Ich dachte immer, betteln tut nur, wer nicht arbeiten will oder kann.«

»Betteln ist anstrengend, und was anstrengend ist, ist Arbeit.«

»Und was ist daran so anstrengend?«

»Alles, Schwester. Alles! Am schwierigsten ist es, einen guten Platz zu verteidigen. Ich für meinen Teil sitz ganz in der Nähe vom großen Neptunbrunnen auf der Piazza Maggiore. Da treffen sich abends die Liebespaare und schnäbeln miteinander. Wer verliebt ist, dem sitzt die Münze locker, wisst Ihr. Aber man muss immer da sein. Jeden Tag zur gleichen Zeit, bei Wind und Wetter. Zu den Verliebten sag ich immer, wie gut sie zueinander passen und dass die Welt noch nie so ein schönes Paar gesehen hat und dass sie bestimmt mal ganz reizende *bambini* kriegen würden, und dann kichern die Mädchen meistens, und die Jünglinge kriegen 'ne ganz breite Brust. Ja, man muss einen guten Platz haben, ohne den geht nichts. Was würdet Ihr denn machen, wenn plötzlich ein anderer an Eurem Platz die Hand aufhält?«

»Ich weiß nicht.«

»Dann wird's schwierig, sag ich Euch. Besonders, wenn der andere stärker ist. Man muss schon gute Freunde haben, die einem helfen, sonst ist man verraten und verkauft. Und man muss in der Organisation sein. Wisst Ihr, was das ist?«

»Nein.« Allmählich begann mich zu interessieren, was Conor erzählte.

»Eine Organisation ist so was Ähnliches wie 'ne Zunft, nur eben nicht mit Handwerkern, sondern mit Bettlern. Ein Zunfthaus haben wir nicht, aber immerhin ein Haus, auch wenn man's auf den ersten Blick nicht erkennt. Da versammeln wir uns, wenn was ansteht. Wir sind nicht ehrbar, und wir haben auch nicht so viel zu verlieren wie die Herren Bürger oder die Hochwohlgeborenen, aber einen König, den haben wir. Und wir haben unser eigenes Gericht. Wer dem anderen seinen guten Platz wegnimmt, der kommt vors Gericht.«

Ich staunte. »Ihr Bettler habt ein eigenes Gericht?«

»Aber ja! Den Vorsitz hat der König, und wer verurteilt wird, der hat nichts zu lachen, das könnt Ihr mir glauben, Schwester.«

»Und welche Strafen verhängt der König?«

»Das ist verschieden. Das Übelste ist, wenn einer Bologna verlassen muss. Draußen vor der Stadtmauer gibt's nämlich nichts zu betteln, die Bauern geben nichts, da könnt Ihr die Hand noch so weit aufhalten.«

»Ich verstehe.«

»Jetzt wisst Ihr, wie wichtig ein guter Platz ist und warum betteln Arbeit ist.«

»Ja«, sagte ich, »jetzt weiß ich es.«

An einem anderen Tag, ich hatte Conors Hautlappen gerade der Anweisung nach mit einer Pudermischung aus Myrrhe, getrocknetem Drachenblut und Weihrauch bestreut, um das Nässen der Operationsnähte zu unterbinden, sagte er: »Wisst Ihr, was an der Bettelei auch noch anstrengend ist, Schwester?«

»Nein, das weiß ich nicht.«

»Dass man klein anfängt. Man fängt klein an und arbeitet sich immer weiter rauf. Aber nur, wenn man 'ne Begabung dafür hat.«

»Das hört sich an wie bei einem richtigen Beruf?«

»Betteln ist ein richtiger Beruf, Schwester. Ich muss es wissen, denn ich hab ganz klein angefangen. Ich hab 'nen Iren zum Vater und 'ne Einheimische zur Mutter, müsst Ihr wissen. Viel von ihnen weiß ich nicht, nur, dass sie im Jahr 49 am Römischen Fieber gestorben sind. Ich war knapp acht, und niemand hat sich um mich gekümmert. Da musste ich betteln. Hab auf der untersten Stufe angefangen. Da sitzt man an einem schlechten Platz, wo kaum einer vorbeikommt, und hofft auf 'ne milde Gabe, und wenn man nicht aufpasst, dann bleibt man ›kleben‹, das heißt, man sitzt sein ganzes Leben lang da. Das wollt ich nicht. Ich hab mich dann zur zweiten Stufe hochgearbeitet.«

»Was ist die zweite Stufe?«, fragte ich.

»Die zweite Stufe, die ist viel einträglicher, weil man jemanden hat, der einem beim Betteln hilft, meistens ein Tier. Das kann 'ne Katze sein oder ein Affe oder ein Papagei. So was zieht die Leute an. Sie kommen und fragen, wie das Tier heißt, und bevor man antwortet, sagt man, dass man Hunger hat, und streckt die Hand aus. Das klappt meistens.«

»Wenn du von einer zweiten Stufe sprichst, dann gibt es sicher noch eine dritte?«

»Erraten. Die dritte Stufe macht am meisten Arbeit. Da hat man keinen festen Platz, sondern 'nen festen Bereich. In dem bewegt man sich. Man geht auf die Leute zu und spricht sie an. Das ist schwierig, weil die meisten nicht angesprochen werden wollen, und geben wollen sie auch nichts. Deshalb darf man am besten gar nicht wie ein Bettler aussehen und muss rasiert sein und saubere Kleider und Schuhe tragen, möglichst teure. Da muss man erst mal rankommen, an solche Klamotten. Aber auch wenn man welche hat, kommt's immer noch auf die richtigen Worte an. Am besten soll's funktionieren, wenn man auf die Leute zugeht, ein hilfloses Gesicht zieht und sagt: ›Verzeiht, dass ich Euch anspreche, ich komme aus Rom und bin auf der Durchreise. Mir ist gerade meine Geldkatze gestohlen worden, würdet Ihr mir mit ein paar Paoli aushelfen, ich wäre sonst in der misslichen Lage, meine Zeche in der Osteria nicht begleichen zu können?‹ Meistens klappt das. Aber man muss den Standort häufig wechseln, sonst fällt es den Leuten auf. Ich für meinen Teil sitz lieber am großen Neptunbrunnen, da weiß ich, was ich hab.«

»Hast du denn auch ein Tier?«, fragte ich.

»Ja, ratet mal, was für eins.«

»Das weiß ich nicht. Im Raten bin ich nicht besonders gut.«

»Dann sag ich es Euch: Es ist ein Rabe, er heißt Massimo. Ich hab ihn schon, seit er ein Küken war. Ist sehr anhänglich und schlau, der Massimo. Ich hab ihm sogar beigebracht, zwischen Silber und Kupfer zu unterscheiden.«

»Warum das denn?«

Conor grinste. »Weil's sehr einträglich ist. Wenn ich den Leuten sag, dass er Metalle an der Farbe erkennen kann, glauben sie's meistens nicht, und dann sag ich, sie sollen mal ein paar Münzen aus ihrem Geldbeutel holen und ihm den Inhalt zeigen. Und wenn sie's tun, frag ich Massimo: ›Wo ist das Silber?‹, und dann pickt er sich ein silbernes Geldstück zwischen dem Kupfergeld raus. Natürlich nur, wenn eins da ist. Das klappt immer, aber es war auch nicht leicht, ihm das beizubringen, das könnt Ihr mir glauben, Schwester. Die Leute sind immer so erstaunt, dass ich die Münze meistens behalten darf. Wie gesagt, Massimo ist schlau, und dass er schlau ist, zahlt sich aus.«

»Wo ist er denn jetzt?«

»Ich schätze, ganz in der Nähe. Sitzt wahrscheinlich irgendwo auf einem Dach, der Bursche.«

»Und wer kümmert sich um ihn?«

»Niemand. Der kümmert sich schon um sich selbst.«

Als wir einen Tag später abermals ins Gespräch kamen, ich hatte Conors Rückenkissen gerade frisch aufgeschüttelt, erzählte er von weiteren staunenswerten Eigenschaften seines Raben. »Wisst Ihr, Schwester«, sagte er, »Massimo ist nicht nur schlau, er ist auch ein guter Melder.«

»Ein Melder? Was meldet er denn?«

»Gefahr, Schwester.« Conor machte eine Pause, um seinen

Worten mehr Bedeutung zu verleihen. »Wenn ich durch die Straßen geh, sitzt er meistens auf meiner Schulter, aber manchmal, wenn wieder mal viel Unruhe in der Stadt ist, befehle ich ihm: ›Flieg, Massimo, flieg, sag Bescheid, sag Bescheid!‹, und dann erhebt er sich in die Lüfte und guckt von oben die Straße runter, ob irgendwo Gefahr lauert.«

»Gefahr lauert?« Ich zog die Bettdecke glatt. »Was meinst du damit?«

»Vieles, Schwester, vieles. Raufereien, Duelle, Überfälle, Fehden und all das. So was ist in Bologna an der Tagesordnung.«

»Das kann ich mir kaum vorstellen.«

»Ist aber so, glaubt mir. Immer wieder kommt's vor, dass gedungene Schützen jemanden auf offener Straße erschießen. Das geht blitzschnell, da ist man gut beraten, wenn man nicht in der Schusslinie steht. Erst neulich bin ich fast in so was reingeschlittert. Da gingen ein paar Pilger in der Via Carronara, das ist 'ne Seitengasse nördlich der Piazza Maggiore, die sahen aus, als könnten sie kein Wässerchen trüben, aber auf einmal rissen sie Pistolen aus ihren Kutten und schossen zwei Fußgänger über den Haufen. Später hieß es, es wären die Grafenbrüder Alberto und Prospero Castelli gewesen, die mit den Pepolis in Fehde sind. Ob's stimmt, weiß ich nicht. Jedenfalls ist mir nichts passiert, weil Massimo mich aus der Luft gewarnt hat. Er hat 'nen sechsten Sinn für Sachen, die faul sind. Er flattert dann wie verrückt hin und her und kräht, dass man's über alle Türme hinweg hört, und dann weiß ich Bescheid und kann mich rechtzeitig verkrümeln.«

»Vor dem Messerhelden, dem du die verstümmelte Nase verdankst, hat er dich aber nicht gewarnt, oder?«

»Er ist nur ein Vogel, und manchmal erwischt es einen eben doch.« Conor lächelte treuherzig. »Ich geb Euch einen guten Rat, Schwester, geht immer nur auf den großen, breiten Straßen, wenn Ihr allein geht. Da ist es einigermaßen sicher.«

»Ich verspreche es.«

»Bologna ist wie ein Rad, Schwester. In der Mitte, die Nabe, das ist die Piazza Maggiore, und von der Nabe aus gehen starke Speichen bis zum Rand. Die Speichen, das sind die wichtigsten Straßen, und der Rand, das ist die Stadtmauer mit den Stadttoren. Wenn Ihr auf den Speichen geht, passiert Euch nichts. Und wenn wirklich mal was passiert, kann's genauso gut jemand anders treffen, weil immer viele Menschen da sind. Und die meisten großen Straßen haben an beiden Seiten Arkaden, wusstet Ihr das?«

»Nein, das wusste ich nicht. Ich kenne mich in der Stadt nicht gut aus.«

»Dacht ich mir's doch. Wenn man unter den Arkaden geht, kann's ruhig regnen, da wird man nicht nass. Da bleibt man als armer Schlucker genauso trocken wie die Reichen in ihren Kutschen oder die Herren Bürger mit ihren Regenschirmen aus Seide. Überhaupt ist es so 'ne Sache mit den Armen und den Reichen. Von beidem gibt's in Bologna zu viele, und dazwischen gibt's zu wenige. Jedenfalls kommt mir's immer so vor. Nun hab ich aber genug geredet, Schwester. Ich dank Euch für die Betreuung und werd demnächst mal den heiligen Patrick anrufen, dass er Euch vor dem bösen Blick beschützt.«

»Danke, Conor«, sagte ich gerührt.

»Aber erst mal will ich 'ne Mütze voll Schlaf nehmen, wenn's recht ist.«

»Es ist recht.« Ich verließ den Raum und schloss leise die Tür hinter mir.

Wieder einen Tag später eröffnete mir Schwester Marta, dass Conor ins Ospedale della Morte gebracht würde. Es tat mir leid, das zu hören, denn ich hatte mich gern um ihn gekümmert und gern mit ihm geplaudert. »Warum denn?«, fragte ich.

»Soviel ich weiß, will Professor Aranzio dort die Fäden ziehen und das vorläufige Ergebnis seinen Studenten präsentieren.«

»Kann er die Fäden nicht auch hier ziehen?«

»Das könnte er wohl, aber die Behandlung wäre damit noch lange nicht abgeschlossen. Wer weiß, warum er lieber ins Ospedale geht.«

»Sind die weiteren Schritte denn so gefährlich?«

»Das kann nur der Professor beantworten. In jedem Fall ist es gut, wenn Conor ins Ospedale kommt. Denn sollte er dort sterben, stirbt er an einem Ort, wo ihm all seine Sünden automatisch erlassen sind. Der neue Heilige Vater, Gregor XIII., hat es höchstselbst so verfügt.«

»Amen«, sagte ich und schlug schnell das Kreuz. »Trotzdem wäre ich beim Fädenziehen gern dabei.«

Marta lachte. »Schuster, bleib bei deinem Leisten.«

Ich lachte nicht, denn nur zu gern hätte ich mehr erfahren über die geheimnisvolle Operation, bei der sich ein herausgetrennter Hautlappen in eine Nase verwandelte. Aber das war natürlich nicht möglich.

»Du solltest jetzt zu Conor gehen, wenn du ihm noch Lebewohl sagen willst, Carla.«

»Ja, das will ich«, sagte ich und ging zu ihm in den kleinen, nach Süden gelegenen Raum. Dort puderte ich die Operationsnähte ein letztes Mal mit Myrrhe, getrocknetem Drachenblut und Weihrauch ein und tupfte die Spuren anschließend aus Conors Gesicht.

»Ihr macht das sehr gut, Schwester. Schade, dass ich Euch verlassen muss.«

»Ich finde es auch schade«, sagte ich. »*Arrivederci,* Conor. Ich hoffe, deine Nase wird irgendwann wieder genauso aussehen wie früher.«

»Ach«, antwortete er leichthin, »und wenn nicht, hab ich immer noch den Scudo vom Professor.«

»Das stimmt«, sagte ich. »Aber vielleicht wirst du ja auch beides haben.«

»*Sì, sì.*« Conor grinste. »*Se Dio vuole.*«

»*Ogni bene.*«

Später am Tag arbeitete ich wieder in der Wäschekammer. Ich faltete die liegengebliebenen Leinenstücke zusammen und wurde plötzlich durch ein scharfes Krächzen aufgeschreckt. Ich blickte aus dem Fenster. Auf dem Hof hatte man Conor für den Transport auf einen Wagen gehoben, und über ihm kreiste ein großer schwarzer Vogel.

Es war Massimo.

Die Hutnadel
Il spillone

Ich saß am gleichen Abend in meinem Haus und wartete auf Marco. Wir waren verabredet, er sollte etwas Essbares aus einer Osteria in der Stadt mitbringen, denn meine Vorratskammer war schon seit Tagen nicht mehr gefüllt. Doch als er endlich kam, erschien er mit leeren Händen. »Ich weiß, dass ich es vergessen habe«, rief er zur Begrüßung, »drei Schritte vor deiner Haustür fiel es mir ein. Weißt du was, wir gehen zusammen essen, das haben wir noch nie gemacht, und die Trattoria *Da Paolo* ist wirklich gut und billig, und Paolo ist nicht so ein Halsabschneider wie andere Wirte.«

»Nein«, sagte ich.

»Komm, Carla, du kannst nicht ewig bei dir zu Hause herumhocken.«

»Doch, das kann ich.«

»Carla, Carla!« Er riss in gespielter Verzweiflung die Hände hoch. »Hast du etwa immer noch Angst, dich in der Öffentlichkeit zu zeigen? Das kann doch nicht so weitergehen. Nun komm!«

»Nein.« Ich muss zugeben, dass ich kurz davor war, mit ihm zu gehen, aber ich hatte mich über seine Vergesslichkeit geärgert, und deshalb blieb ich bei meiner Ablehnung.

Marco seufzte. »Dann müssen wir eben hungern.« Er setzte sich an den kleinen Tisch und schaute mich vorwurfsvoll an.

»Warte.« Ich ging in die Küche und holte die Weinkaraffe mit dem Lambrusco, die Amphore mit dem Olivenöl und ein halbes, schon etwas trockenes Brot und stellte die Dinge auf den Tisch. »Das ist alles, was ich habe.«

»Aber das ist doch wunderbar!« Marco gab sich begeistert. »Das reicht völlig. Brot mit Olivenöl und dazu ein Glas Wein!«

Ich nickte säuerlich. »Wenn dir das reicht.«

»Aber gewiss.« Ohne auf mich zu warten, begann Marco zu essen. Er träufelte Olivenöl auf das Brot und nahm einen großen Bissen. Ich setzte mich zu ihm und sah ihm dabei zu. Irgendwie war mir der Appetit vergangen. Es dauerte nicht lange, da war er fertig, spülte das letzte Stück Brot mit Wein hinunter und ergriff meine Hand. »Sag mal, Carla, magst du mich eigentlich noch?«

Die Frage überraschte mich. Ich hatte mir in letzter Zeit kaum noch Gedanken über meine Gefühle zu Marco gemacht. Dazu hatten wir uns zu selten gesehen. Doch nun erkannte ich, dass er mir fremd geworden war.

»Na, was ist? Du magst mich doch, oder? Bitte sag mir, dass du mich magst.«

»Ich mag dich so, wie ich dich immer gemocht habe.«

»Hurra!« Marco sprang auf und tanzte um den Tisch herum. »Weißt du was?«, rief er. »Ich hatte in letzter Zeit manchmal gedacht, mit uns würde es vielleicht nichts werden, weil du dauernd in diesem Klosterhospital steckst.«

Ich dachte, dass ich ihm das Gleiche hätte vorhalten können, weil auch er fast täglich im Archiginnasio war, aber ich sagte nichts.

»Wann heiraten wir?« Marco blieb atemlos stehen. »Ich kann morgen schon zu Pater Edoardo gehen und ihn bitten, das Aufgebot zu bestellen. »Du musst einfach nur ja sagen.«

Ich musterte ihn. Er hatte sich in den letzten Jahren auch äußerlich verändert. Sein Kinnbart war etwas dichter geworden, und seine Pusteln waren verschwunden. Ein Adonis aber war er noch immer nicht. »Ja«, sagte ich langsam.

»Sagtest du ja? Sagtest du wirklich ja? Oh, ich bin der glücklichste Mann auf dieser Welt!« Er begann wieder um den Tisch herumzutanzen, wobei er mich jedes Mal, wenn er hinter mir war, auf den Nacken küsste.

»Aber ich will nicht in San Rocco heiraten.«

Marco hielt abrupt inne. »Nicht in San Rocco? Ach, ich weiß, du magst die Kirche nicht! Aber wieso eigentlich? Ich sage dir, San Rocco ist eines der schönsten Gotteshäuser in Bologna. Was glaubst du wohl, warum jedes Jahr im August die Seidenweber in einer feierlichen Prozession dorthin ziehen, um ihrem Patron zu huldigen und Spenden und Geschenke zu überbringen? Weil San Rocco so hässlich ist?«

»Ich will nicht in San Rocco heiraten.«

»Schon gut, schon gut.« Marco hatte sich wieder gefangen. Er setzte sich. »Hauptsache, wir heiraten.« Er beugte sich über den Tisch und küsste mich auf den Mund. »Wenn du San Rocco nicht willst, wo willst du dann heiraten?«

»Darüber habe ich mir noch keine Gedanken gemacht«, sagte ich wahrheitsgemäß.

»Dann überlege jetzt. Wo wäre es dir recht?«

Ich dachte kurz nach. »Im Archiginnasio, in der Kapelle Santa Maria de' Bulgari.«

»Oh.« Marco fiel der Unterkiefer herab. »Ich glaube nicht, dass das möglich ist. Soviel ich weiß, werden dort keine Ehen eingesegnet. Kannst du dir nicht einen anderen Ort ausdenken? Komm, denk dir eine andere Kirche aus, eine Basilika, einen Dom, eine Kathedrale, was du willst. Mir ist alles recht.«

»Das geht nicht so schnell«, sagte ich, »so etwas kann man nicht übers Knie brechen.« Und ich merkte, dass ich insgeheim aufatmete. Wie hatte ich zu Mutter Florienca, unserer Oberin, gesagt? »Ich fühle mich noch nicht bereit für die Ehe.« Das galt nach wie vor.

»Aber wir werden doch heiraten?« Marco setzte sich neben mich. Seine Hand glitt wie üblich über meine Hüfte.

»Wenn wir die richtige Kirche finden.«

»Nun gut.« Marco beschloss, wieder gute Laune zu haben. »Hauptsache, du magst mich. Alles andere findet sich.« Seine Hand wanderte an meiner Seite empor, aber ich drückte sie hinunter. »Ich wollte mit dir noch über etwas anderes sprechen.«

»Über etwas anderes? Was kann wichtiger sein als unsere Hochzeit?«, scherzte er.

»Es geht um einen Bettler, den ich die letzten Tage in San Lorenzo betreut habe.« Ich erzählte ihm von Conor und seiner Nasenoperation. Ich versuchte, alle Befunde und Begleiterscheinungen so genau wie möglich zu schildern, und fragte dann: »Hältst du es für möglich, dass seine Nase völlig wiederhergestellt werden kann?«

»Ich kenne Conor«, sagte Marco und unternahm einen weiteren erfolglosen Versuch, seine Hand in die Nähe meiner Brüste zu schieben. »Und seinen Raben kenne ich auch. Jedermann, der häufiger in der Stadt ist, kennt die beiden.«

»Ich fragte dich, ob es möglich ist, eine menschliche Nase aus dem Lappen eines Arms zu rekonstruieren.«

»Nun ja, das ist es wohl. Professor Aranzio steht in dem Ruf, solche Operationen durchzuführen. Allerdings hatte ich noch nie die Gelegenheit, dabei zuzusehen, dafür macht er es zu selten. Soviel ich weiß, besteht das Verfahren aus vielen einzelnen Schritten, und langwierig ist es auch.«

»Und wie sieht das Ergebnis aus?«

»Ich weiß es nicht. Ich habe noch nie eine rekonstruierte Nase gesehen.« Marco begann zu grinsen. »Aber so hübsch wie deine Nase kann keine noch so gut geflickte sein.«

Ich ging nicht auf seinen Scherz ein. »Meine Nase ist linksseitig von der *voglia di vino* überdeckt. Aber wenn du schon über meine Nase sprichst: Hältst du es für möglich, dass ein guter Operateur das Feuermal abtragen könnte? Ich meine, wenigstens teilweise, und wenn ja, würde darunter reine, normale Haut nachwachsen?«

Marco runzelte die Stirn. Ob er nachdachte oder nur so tat, weiß ich nicht, aber nach kurzer Überlegung sagte er: »Ich habe neulich in einer Vorlesung des Professors gehört, dass es insgesamt vier verschiedene Arten von Haut gibt, und alle sollen sich zur Transplantation eignen. Welche es im Einzelnen waren, weiß ich nicht mehr genau, weil ich nicht mitgeschrieben habe. Aber ich erinnere mich, dass die geeignete Art diejenige sein soll, die möglichst wenig behaart ist und nicht durch Muskeln bewegt wird. Auch darf sie nicht so fest anliegen wie in der Innenfläche der Hand oder in der Fußsohle. Dasselbe gilt für die Stirn, weil sie eng mit dem *Musculus frontalis* verbunden ist. Tatsächlich scheint sich die Haut des Oberarms am besten zu eignen.«

Ich hatte seinen Ausführungen interessiert zugehört. Doch sie waren mir zu ungenau. Und meine Frage hatte er auch nicht beantwortet. »Du weißt also nicht, wie gut sich eine Stelle regenerieren kann, von der eine Schicht Haut abgetrennt wurde?«

»Nein, aber ich glaube, es hängt auch von der Dicke der abgetrennten Schicht ab.«

Das leuchtete mir ein. Trotzdem fand ich Marcos Antworten unbefriedigend. Was lernte er eigentlich im Archiginnasio, wenn er mir so einfache Fragen nicht beantworten konnte? »Gibt es Literatur zu diesem Thema?«

»Nicht, dass ich wüsste. Komm, Carla, lass uns von etwas anderem reden.«

»Gut, dann habe ich eine andere Frage: Hat schon einmal eine Frau bei euch am Archiginnasio studiert?«

Marco lachte. »Wie kommst du denn auf eine so abwegige Idee?«

»Wieso abwegig? Meinst du, Frauen wären zu dumm zum Studium? Meinst du, ich wäre zu dumm zum Studium?«

»Nein, nein, natürlich nicht«, beeilte er sich zu versichern. »Aber ...«

»Was aber?«

»Aber es ist nicht möglich. Jedenfalls nicht bei uns im Studium der Freien Künste.« Marco trank einen Schluck Wein und dachte wohl, das Thema sei damit erledigt, aber so leicht wollte ich ihn nicht davonkommen lassen. »Wenn es im Studium der Freien Künste nicht möglich ist, gibt es vielleicht noch ein anderes Studium, das uns Frauen offensteht? Und was heißt überhaupt ›Freie Künste‹? Du studierst doch Medizin, was hat die Medizin mit Freien Künsten zu tun?«

Marco seufzte und machte ein Gesicht, als sei ich die Begriffsstutzigkeit in Person. »Wir haben in Bologna am Archiginnasio zwei Universitäten, die auch Studium genannt werden. Das eine Studium steht für die Freien Künste, also Grammatik, Rhetorik, Geometrie und so weiter, innerhalb dessen auch die Medizin gelehrt wird, das andere Studium steht für die Jurisprudenz, also für das Recht. Selbst wenn du als Frau das andere Studium besuchen dürftest, würde es dir nichts nützen, da du an der Rechtswissenschaft nicht interessiert bist.«

»Ja«, sagte ich und versuchte, mir meine Enttäuschung nicht anmerken zu lassen. »Und wie ist es an anderen Universitäten in Italien?«

»Überall das Gleiche.« Marco trank seinen Wein aus. »Jetzt sind wir aber weit von unserem eigentlichen Thema abgekommen. Hast du etwas dagegen, wenn wir in der Basilika San Petronio heiraten? Ich finde, die Hauptkirche Bolognas ist für unsere Zwecke gerade gut genug. Außerdem steht die Blumenfrau immer davor.«

»Das ist mir recht«, murmelte ich und war in Gedanken noch immer bei der Benachteiligung, die mir als Frau widerfahren sollte. »Hör mal, Marco, wenn ich schon nicht studieren darf, könntest du mir nicht wenigstens deine Aufzeichnungen und Unterlagen aus den Vorlesungen überlassen? Ich würde sie gern abschreiben und daraus lernen.«

Er sah mich an, als seien zehn Narren auf einmal in mich gefahren. »Du würdest gern was?«

Ich wiederholte meine Bitte.

»Was soll das?« Marco schüttelte den Kopf. »Ich verstehe dich nicht. Was willst du als Frau mit dem Wissen eines Arztes? Selbst wenn du es dir aneignen könntest, dürftest du es doch niemals anwenden. Nein, nein, das schlag dir mal aus dem Kopf. Heirate mich in San Petronio, zieh zu mir in mein Haus und gebäre mir Kinder.«

Ja, ja, dachte ich, das könnte dir so passen. Zum Kinderkriegen tauge ich, Jahr für Jahr soll ich neuen Nachwuchs liefern für dich und deinen Mannesstolz, möglichst viele *bambini*, aber bitte schön ohne Feuermal, gesund und männlichen Geschlechts. Laut sagte ich: »Es ist mir ernst, Marco, bitte.«

»Carla, Carla, manchmal verstehe ich dich wirklich nicht. Aber wenn du es unbedingt willst, soll es in Gottes Namen so sein.«

»Oh, wunderbar!« Ich küsste ihn ungestüm.

Nachdem er sich von dem Ansturm erholt hatte, grinste er. »Wenn du mich für jede einzelne Aufzeichnung so belohnst, könnte mir deine Bitte gefallen.«

»Das kann ich nicht versprechen.«

»Na, gut, wir werden sehen.«

Wenig später schrieb man den vierundzwanzigsten Dezember, den Tag des Heiligen Abends, an dem in ganz Italien gefastet wurde. Ich setzte mein Barett mit dem Schleier auf und besuchte mit Marco und seiner Mutter die Mitternachtsmesse. Zwar wollten beide sie gern in San Rocco erleben, nicht zuletzt, weil Pater Edoardo so bewegend zu predigen verstand, aber ich setzte mich durch, und wir gingen in die kleine *chiesa* Santa Maria de la Carità, die hinter der Brücke über den Canale di Castiglioni lag. Nach dem Gottesdienst kehrten wir heim in das Haus seiner Mutter, die sich sehr erfreut darüber zeigte, dass Marco und ich mit dem Heiraten endlich ernst machen wollten, und ein üppiges Essen für uns drei vorbereitet hatte. Es gab ein Dutzend in Brühe gekochte Wildwachteln mit *cavolo* und *carote,* dazu Pasta mit köstlicher Entenleberpastete und schwarzen Trüffeln. Zur Nachspeise servierte sie selbstgebackenen Panettone und einen kräftigen Tresterschnaps, um die reichlich dargebotenen Speisen zu verdauen.

»Das hat fein geschmeckt, Mamma«, ächzte Marco und strich sich über den Leib. »Ich kann beim besten Willen nicht mehr.«

»Aber du hast doch kaum etwas gegessen, Junge.« Wie alle Mütter hatte Signora Carducci Angst, ihr Sohn könnte verhungern. »Nun nimm doch noch.«

»Es geht nicht.«

»Ich kann auch nicht mehr, Signora«, ergänzte ich. »Es war so vorzüglich, dass ich gern noch etwas essen würde, aber es ist unmöglich.«

»Dann bin ich beruhigt, Carla.« Signora Carducci tätschelte mir den Arm. »Aber du musst mir versprechen, dass du für meinen Marco auch immer so gut kochst.«

»Sicher, sicher, Signora.«

»Wann ist es denn endlich so weit? Ich finde es wunderbar, dass ihr in San Petronio heiraten wollt.«

Marco mischte sich ein: »Der Tag steht noch nicht fest, leider, Mamma. Man sagte mir, jetzt im Winter gäbe es keine Termine mehr, und im Frühjahr wollten alle Paare heiraten, da wäre auch nichts mehr frei. Sag, Carla, sollen wir es nicht in einer anderen Kirche versuchen?«

»Nein«, erwiderte ich und kam mir ziemlich heuchlerisch vor. »San Petronio ist die schönste Kirche in Bologna.«

»Ja, das ist sie.« Signora Carducci tätschelte weiter meinen Arm. »Ich habe Verständnis für Carla. Man ist nur ein Mal Braut in seinem Leben.«

Marco unterdrückte ein Aufstoßen. »Nun gut, dann werde ich den zuständigen Diakon weiter umschwänzeln, vielleicht macht er ja doch eine Ausnahme. Ansonsten wird es wohl Sommer werden.«

»Ach, das wollen wir aber nicht hoffen, nicht wahr, Carla?«

»Nein«, sagte ich, »das wollen wir nicht.«

Marco hielt sein Versprechen und überließ mir in den nächsten Monaten seine Aufzeichnungen. Es waren rasch hingekritzelte

Sätze, Stichwörter oder Zahlen, mitunter auch kleine Skizzen, die allesamt einen erheblichen Mangel aufwiesen: Ich wurde nicht recht schlau aus ihnen. Meine Versuche, den Inhalt besser zu verstehen, wurden auch nicht erfolgreicher, als ich mir die Mühe machte, die Unterlagen Wort für Wort abzuschreiben. Sie ergaben einfach keinen zusammenhängenden Sinn.

»Marco«, sagte ich eines Abends, als er mich besuchte, zu ihm, »ich verstehe das nicht. Die menschliche Hand hat doch sicher viel mehr Muskeln, als aus deinen Stichworten hervorgeht, und zu den Handwurzelknochen hast du nur einen seltsamen Merkvers geschrieben:

Ein *Kahn*, der fährt im *Mond*enschein,
im *Dreieck* um das *Erbsenbein*,
Vieleck groß, *Vieleck klein*,
der *Kopf*, der muss beim *Haken* sein ...

Was hat das mit der Hand zu tun? Um die ganze Hand und ihre Funktion zu verstehen, muss ich viel mehr wissen. Was ist mit den Sehnen, was mit den Nerven? Oder hier: Du schreibst von Euklid und Ptolemäus, davon, dass beide das System des Ausflusses aus dem Auge durchdacht und als wahre und letzte Ursache des Sehens erkannt hätten, sozusagen als Grund für die bildliche Wahrnehmung – das begreife ich nicht, dazu muss es doch mehr Erkenntnisse geben? Oder hier, deine Randbemerkungen über den Wundschmerz: Du schreibst, er hat seine Ursache in fremden Dingen, die in der Wunde hängen und sie irritieren, außerdem, wenn sich scharfe Sachen darin befinden, Vitriol oder andere korrosivische Medikamente zum Blutstillen. Das ist ja alles schön und gut, aber es gibt doch sicher viele weitere Ursachen für Wundschmerzen. Warum hast du die nicht festgehalten?«

Marco zog die Schultern hoch. »Man kann nicht alles aufzeichnen. Hast du schon einmal versucht mitzuschreiben, wenn einer vor dir zügig Sachverhalte oder Zusammenhänge erklärt? Ehe du einen Gedanken niedergeschrieben hast, hat er schon zwei weitere geäußert. Das ist nicht leicht, glaub mir. Hinzu kommt, dass beileibe nicht alles in einer einzigen Lehrstunde behandelt wird.«

»Das kann ich mir denken. Aber gibt es nicht so etwas wie ein Protokoll?«

»Das gibt es schon – manchmal.«

»Wieso nur manchmal?«

»Carla, Carla, du stellst viele Fragen. Es ist ganz einfach so, dass ich nicht immer zu jeder Vorlesung gehen kann. Als Student hast du viele Verpflichtungen, die Feiern, die Feste, die Umzüge, das alles ist mindestens genauso wichtig wie das eigentliche Studium.«

Ich schüttelte den Kopf. »Das leuchtet mir nicht ein. Wer feiert, kann nicht lernen, und wenn ich dich recht verstehe, ist es ungeheuer viel, was ein *Studiosus medicinae* wissen muss. Es wird mit jedem Jahr mehr, das hast du selbst gesagt, weil die Wissenschaft mit ihren Erkenntnissen so rasch voranschreitet.«

Marco machte eine unwillige Geste. »Jedenfalls kann ich dir keine besseren Notizen geben, ich selbst habe auch keine anderen.«

»Gibt es denn keine Bücher, in denen man die Dinge nachlesen kann?«

»Die gibt es, aber sie sind teuer.«

»Hast du sie? Wenn ja, könntest du sie mir vielleicht leihen?«

Marco stand auf. »Nein, das kann ich nicht, ich leihe mir die neuesten Bücher auch von meinen Kommilitonen aus.«

Ich erhob mich ebenfalls. »Aber du hast doch dein Erbe, da könntest du dir doch die wichtigste Literatur kaufen?«

»Ich habe noch andere Verpflichtungen. Das Studentenleben ist nicht gerade billig. Wenn man anerkannt sein will, muss man eben mit den Wölfen heulen. *Chi pecora si fa, il lupo lo mangia,* wie es heißt. Ich muss jetzt gehen.« Er küsste mich.

»Sag es ruhig, wenn du keinen Wert mehr auf meine Notizen legst.«

»Doch, doch, das tue ich«, antwortete ich schnell, aus Angst, ich könnte ihn mit meiner Ablehnung verletzen. Auch dachte ich, dass sein flüchtig Hingeschriebenes immer noch besser war als gar nichts.

»Nun gut, dann gehe ich jetzt.«

»Pass auf dich auf. Und grüße deine Mutter.«

Die Tage gingen ins Land. Morgen für Morgen machte ich mich zu den Nonnen von San Lorenzo auf den Weg, um dort meinen Dienst zu verrichten, und Abend für Abend beschäftigte ich mich mit Marcos Aufzeichnungen, die nach wie vor flüchtig, lückenhaft und wenig hilfreich waren. Je weniger sie mich weiterbrachten, desto mehr verspürte ich den Wunsch, die Medizin von Grund auf und mit all ihren Blickwinkeln kennenzulernen.

Ich ertappte mich dabei, dass ich zunächst manchmal, dann immer häufiger auf dem Weg nach Hause den kleinen Umweg über das Archiginnasio machte, einfach, um die Atmosphäre des Lernens, des Wissens und des Forschens unmittelbarer zu spüren. Ich beobachtete durch meinen Schleier, wie die bunt gekleideten Studenten, häufig in Begleitung ihrer würdigen Professoren, lachend, schwatzend und gestikulierend durch den Haupteingang des Universitätsgebäudes in den Innenhof strebten, und verspürte den großen Wunsch, mich unter sie zu mischen, um der Quelle allen Wissens näher zu sein. Doch natürlich hielt ich mich zurück. Mit meinem Schleier wäre ich spätestens im Innenhof als Frau erkannt worden. Außerdem hatte ich ohnehin schon Sorge genug, dass Marco mich irgendwann entdecken würde.

Sosehr ich bedauerte, dem Inneren des Archiginnasios fernbleiben zu müssen, so sehr wunderte ich mich über eine Veränderung, die in mir vorging.

Ich stellte fest, dass ich mich von Tag zu Tag sicherer in der Öffentlichkeit bewegte. Ich schaute nicht mehr ständig nach unten, um den Blickkontakt mit anderen Menschen zu vermeiden, sondern sah ihnen mitunter sogar direkt ins Gesicht – wenn auch durch den schützenden Schleier meines Baretts. Die Gewissheit, sehen zu können, ohne selbst gesehen zu werden, machte mir Mut. Ich musterte die Entgegenkommenden und staunte über die Einzigartigkeit des menschlichen Gesichts.

Die Unvollkommenheit, die ich dabei oftmals sah, machte es mir leichter, mit meinem eigenen Makel zu leben.

Und ich begann, eitel zu werden. Ich schneiderte mir neue Kleider, die nicht mehr so grau und nicht mehr so brav waren, denn ich war zu einer Erkenntnis gekommen: Um nicht aufzufallen, durfte ich mich nicht von der Masse unterscheiden; ich musste ebenso bunte, farbenprächtige Gewänder tragen wie andere Frauen. Ich ging ins Werkstattzimmer und nahm die Stoffballen, die noch von meiner Mutter stammten, in Augenschein. Ich beschloss, mir eine neue Zimarra und ein neues Kleid zu nähen. Für das Kleid wählte ich herrlichen burgunderfarbenen Damast und für das dazugehörige Unterkleid eierschalenfarbenen Seidendamast. Beide Stoffe waren so wertvoll, dass sie bestimmt noch von einer der ehemaligen Patrizier-Gattinnen stammten. Doch ich hatte keine Scheu, diese Stoffe zu nehmen. Nächtelang nähte ich an diesem Kleid, das ich »mein Nibelungenkleid« nannte, und verzierte es kurz vor der Fertigstellung mit einer doppelten Glasperlenstickerei an der Ausschnittkante und mit lilienförmigen Ärmelagraffen auf beiden Seiten.

Für die Zimarra fiel mir ein warmer, mit einem Seidenfaden verwobener Wollstoff aus Florenz in die Hände, der von piniengrüner Farbe war. Ich nähte ihn nach den Maßen meiner alten Zimarra, deren fliederfarbenen Stoff ich für das Kapuzen- und das Innenfutter verwendete. Auch die modisch-tiefen Falten im Rückenteil und an den Ärmeln legte ich in Flieder an. Als vorderen Verschluss nahm ich eine alte Silberfibel, die ich für eine Weile in eine Salzlösung legte und anschließend polierte, bis sie wieder wie neu erstrahlte.

Ich war sehr zufrieden mit meiner neuen Ausstattung und bedauerte nur, dass ich mich nicht im Spiegel betrachten konnte.

Zum Schluss fiel mir noch eine Elle von breitlaufendem Atlas in die Hände, deren frisches, kräftiges Rosa mir ins Auge sprang. Das Rosa passte vorzüglich zu dem Piniengrün der Zimarra und dem tiefen Burgunderrot des Kleids. Doch was konnte ich daraus fertigen? Eine Elle war nicht viel und reichte allenfalls für ein kleineres Kleidungsstück. Nach einiger Überlegung entschied ich mich für ein neues Barett. Es sollte kleiner werden als das alte schwarze und eine rundumlaufende dunkelblau abgesetzte Krempe haben. Und dazu einen kürzeren Schleier. Was bedeutete, dass mehr von meinem Gesicht zu sehen sein würde.

Da das neue Barett kleiner war als das alte, änderte ich meine Frisur. Ich steckte mir die Haare hoch, gab ihnen Halt mit dem ererbten Haarnetz meiner Mutter und krönte das Ganze mit der neuen, gewagteren Kopfbedeckung, deren Sitz ich mit einer beinernen Hutnadel gegen Sturm und Wind sicherte. Gern hätte ich eine silberne Hutnadel genommen, aber mir fehlte das Geld, um eine zu kaufen.

Auch hätte ich gern modische Schuhe zu meinen neuen Kleidern getragen, denn ich kam mir unvollkommen vor, aber Marco, der mir welche hätte anfertigen können, mochte ich nicht fragen.

Meinen Umweg über das Archiginnasio gab ich dennoch nicht auf. Im Gegenteil, immer häufiger strich ich in meinen neuen Kleidern um das ehrwürdige Gebäude herum und kam mir manches Mal fast wie eine streunende Katze vor. Doch ich wollte hinein. Ich wollte um alles in der Welt hinein – und durfte es nicht.

Marco, mein Verlobter, der studieren konnte, schien sich

nicht viel aus diesem Vorrecht zu machen. Und mir, die sich danach sehnte, war es verwehrt.

Verkehrte, ungerechte Welt.

An einem grauen, windigen Tag, es war Ende März, kam mir der Zufall zu Hilfe. Ich entdeckte an der Ostseite des Archiginnasios, rückwärtig zur Kapelle Santa Maria de' Bulgari, eine schmale Tür, die ins Innere des Gebäudes führte. Sie war aus verwittertem Holz und kaum zu sehen, denn dichtes Buschwerk überwucherte sie.

Sollte ich es wagen? Ich blickte mich um. In der kleinen Seitengasse, der Viuzza da Ginnasio, war weit und breit kein Mensch zu sehen. Das beruhigte mich. Ich nahm all meinen Mut zusammen und drückte die rostige Klinke nach unten. Die Tür war nicht verschlossen. Ich machte einen Schritt ins Unbekannte – und blieb stehen. Ich rang mit mir. Atmete tief durch, machte wieder einen Schritt. Und gab auf. Es ging nicht. Ich musste umkehren.

Ich schlich nach Hause, wo die üblichen abendlichen Verrichtungen auf mich warteten. Ich legte meine Tageskleidung ab, ging in die Küche, fachte das Feuer an, kochte Reis, schnitt gewässertes Trockenobst hinein, sprach ein Tischgebet, aß die Mahlzeit, ohne etwas zu schmecken, spülte Teller und Löffel, schlug anschließend ein Buch auf, las darin, ohne den Sinn zu begreifen – und dachte über alledem an nichts anderes als an die kleine, verwitterte Tür, die ins Innere des Archiginnasios führte.

Am nächsten Tag stand ich wieder davor, blickte mich nach allen Seiten um und stellte fest, dass niemand mich beobachtete und dass sie noch immer unverschlossen war.

Und lief davon.

Zweimal noch erging es mir so, bis ich mich endlich hineintraute. Da ich Sorge hatte, die offen stehende Tür könnte mich verraten, schloss ich sie vorsichtig hinter mir. Sofort umfing mich völlige Dunkelheit. Ich tastete mich vorwärts und fiel fast vornüber, denn mein rechter Fuß war gegen etwas Hartes gestoßen. Ich unterdrückte einen Schrei. Das Hindernis stellte sich als die unterste Stufe einer Treppe heraus. Ich raffte meine Röcke und stieg sie langsam empor. Hier und da knarrte es verräterisch, und jedes Mal verharrte ich mit klopfendem Herzen. Aber nichts geschah. Niemand kam. Niemand schien sich in diesem Teil des Gebäudes aufzuhalten.

Die Treppe, überlegte ich, mochte ein vergessener Aufgang sein. Aber ein Aufgang wohin? Der Richtung nach musste er nach innen, zur oberen, rundum laufenden Hofloggia des Archiginnasios führen. Die Hofloggia war eine bauliche Besonderheit, von der Marco mir das erste Mal berichtet hatte, als er von der jährlichen Herstellung des Theriaks schwärmte.

Ich tastete mich weiter die Treppe hinauf und stellte fest, dass die oberste Stufe in einen Durchgang mündete, an dessen Ende Licht schimmerte.

Und dann hörte ich Stimmen.

Sollte ich fliehen?

Nein, ich hatte mich nicht so weit vorgewagt, um jetzt umzukehren. Aber wenn ich entdeckt wurde? Schon wollte ich den Rückzug antreten, da sah ich zu meiner Rechten eine Leiter, deren Ende hoch über mir an den Rand einer quadratischen Deckenöffnung gelehnt war. Eine der Kassetten aus Tannenholz war wohl zur Reparatur herausgenommen worden.

Unschlüssig biss ich mir auf die Lippe. Es wäre ein Leichtes, sagte ich mir, den Rückweg anzutreten und rasch nach Hause zu laufen. Doch ich blieb. Ich erklomm die Leiter und gelangte mit dem Verlassen der letzten Sprosse auf den Dachboden. Ich atmete tief durch und blickte mich um. Über mir sah ich nur noch einen flachen, hölzernen Giebel, durch dessen Ritzen fahles Licht fiel. Unter mir verliefen quadratische Balken, auf denen fingerdick der Staub lag. Ich ging ein paar Schritte in die eine Richtung, blieb stehen und kehrte wieder um. Dann ging ich ein paar Schritte in die andere Richtung und kehrte abermals um.

Was will ich hier oben eigentlich?, fragte ich mich und konnte mir keine Antwort geben außer der, dass ich dem Archiginnasio nahe sein wollte, so nahe wie all die jungen Männer, die täglich dort ein und aus gingen, um zu studieren.

Erneut machte ich mich auf den Weg, und diesmal blieb ich nicht stehen. Ich ging weiter und weiter, und irgendwann merkte ich, dass ich wieder an meinem Ausgangspunkt angelangt war. Man konnte auf dem Dachboden um das gesamte Gebäude herumlaufen. Vorsichtig forschte ich weiter, doch alles, was ich sah, waren Staub und Holzbalken zu meinen Füßen und Staub und Dachgebälk über mir.

Und dann hörte ich wieder Stimmen ganz in meiner Nähe. Ich fragte mich, von wo sie an mein Ohr drangen, doch schon waren sie wieder verstummt.

Ich wartete eine Weile. Gerade als ich zu der Überzeugung gekommen war, meine Fantasie hätte mir einen Streich gespielt, setzten sie wieder ein. Ich lauschte angestrengt. Es waren murmelnde Stimmen. Männerstimmen. Mehrere. Vielleicht drei oder vier. Nein, eher mehr.

Aber woher kamen sie?

Und dann wusste ich es. Die Stimmen kamen aus dem unteren Stockwerk. Ich blickte auf meine Füße und entdeckte einen länglichen Spalt in der Deckenkassette. Abermals lauschte ich. Kein Zweifel, die Stimmen drangen durch den Spalt zu mir herauf.

Ich ließ mich auf die Knie nieder und beugte mich über den Schlitz. Je näher meine Augen der Öffnung kamen, desto größer wurde das Bild, das unter mir entstand: Es handelte sich um einen kleinen, mit zahlreichen Fackeln erhellten Raum, in dessen Mitte ein Tisch stand. Der Tisch war aus Marmor, und auf ihm lag ein Körper. Der blutige Körper eines Mannes.

Ein Schauer lief mir den Rücken hinunter.

Was ging da unten vor? Wirre Gedanken schossen mir durch

den Kopf. War ich soeben Zeugin eines Hexensabbats geworden, einer Leichenschändung, einer Teufelsaustreibung? Nein, daran wollte ich nicht glauben. Ich war nicht wie meine Mutter, die hinter allem und jedem irgendwelchen Geisterspuk vermutete. Ich war Carla. Und ich befand mich im Archiginnasio. Bestimmt ging es da unten um wissenschaftliche Forschung. Wieder beugte ich mich über den Spalt, und diesmal wich ich nicht zurück.

Ich erkannte, dass der Mann auf dem Tisch tot war und dass ein Dutzend junger Studenten um ihn herumstand. Ein glatzköpfiger Mann, der eine blutbefleckte Schürze trug, schnitt mit einem Skalpell Teile aus dem Leib des Toten und hielt sie hoch, während ein respekteinflößender Herr mit klangvoller Stimme erklärte: »Was wir hier sehen, liebe *Studiosi*, ist das Herz, im Lateinischen *cor* genannt. Es ist jenes faustgroße Organ, das durch seine Muskelkraft wie eine Pumpe wirkt. Bitte betrachtet es sehr genau. Diejenigen unter Euch, denen die Pflanzenwelt nicht ganz fremd ist, werden feststellen, dass es in seiner Form der Zirbelnuss, dem Zapfen der Zirbelkiefer, gleichkommt ...«

Langsam dämmerte es mir, dass ich direkt in den kleinen Anatomie-Raum, der *Scuola d'Aranzio* genannt wurde, hinabsah.

Der Glatzköpfige mit dem Skalpell, von dem ich annahm, dass es der Prosektor war, der im Namen von Professor Aranzio die Sektion durchführte, tauchte das Herz in einen Wassereimer und spülte es sauber. Dann legte er das Organ fast achtlos auf einem kleinen blankgescheuerten Holzbock ab. Die Studenten traten in einer Reihe davor an, und jeder nahm es in die Hand, betrachtete es von allen Seiten, legte es dann wieder zurück und begab sich auf seinen Platz.

Professor Aranzio, ein Mann um die vierzig, mit ergrauendem Haar und energischen, eigenwilligen Gesichtszügen, führte währenddessen aus: »Auch wenn manche meiner geschätzten Forscherkollegen meine Ansicht nicht teilen, so darf dennoch als sicher gelten, dass der Herzmuskel jene Antriebskraft darstellt, die dafür Sorge trägt, dass der Strom des Blutes im menschlichen Körper immerfort fließt. Das Herz ist der wichtigste Muskel überhaupt, ohne ihn würde kein Knochen sich bewegen, keine Sehne sich spannen, kein Band sich biegen. Angetrieben von dieser Pumpe aus Fleisch, rinnt das Blut durch den gesamten Körper, und irgendwann, nach geheimnisvollen, labyrinthischen Wegen, gelangt es wieder zum Herzen zurück, um von dort erneut seine Reise anzutreten. Das Blut, liebe *Studiosi,* ist der Saft der Säfte, auf ihn kommt es an, sein Kreislauf ist der Strom des Lebens, was übrigens der berühmte Anatom Andreas Vesalius schon vor mehr als einer Generation wusste.«

Aranzio machte eine Pause und nickte dann einem ernst dreinblickenden jüngeren Mann zu, von dem ich zunächst dachte, es handele sich um einen Studenten, doch seine Worte, die er mit fester, angenehm klarer Stimme vortrug, wiesen ihn sofort als einen der Lehrenden aus: »Ja, liebe *Studiosi*«, sagte er, »Professor Aranzio spricht vom fünfzehnten Januar 1540, einem Datum, das Ihr Euch merken solltet, denn es ging in die Annalen Bolognas ein: Früh am Morgen dieses denkwürdigen Tages begann der große Anatom Vesalius, der eigentlich Andries van Wesel hieß, weil seine Familie aus Wesel in Deutschland kam, in der Kirche San Francesco mit einer Reihe anatomischer Demonstrationen, die bis Ende des Monats andauerte und im Wechsel mit den Vorlesungen des Anatomen Matteo Corti stattfanden. Nun, daran mag nichts Besonderes sein, werdet Ihr vielleicht denken, doch die Veranstaltungen sind deshalb so bemerkenswert, weil sie den Zusammenprall der neuen mit der alten Anatomie markieren. Oder anders gesagt, liebe *Studiosi:* Die neue Art der Zergliederungskunst, die unvoreingenommen sucht, feststellt und Beschaffenheiten objektiv vergleicht, stieß auf die textgetreue Suche nach dem, was die Tradition verlangte. Hier der fünfundzwanzigjährige neugierige, unkonventionelle und renommierte Vesalius – dort

Corti, bereits fünfundsechzig Jahre alt, der als überzeugter Galenist die von Galen beschriebene Anatomie als *perfectissima et absolutissima* für zuverlässiger hielt als die Informationen, die der Leichensektion zu entnehmen sind.«

»Danke, mein lieber Dottore Tagliacozzi«, sagte Professor Aranzio und nahm den Faden wieder auf. »Kommen wir zurück zum Herzen und dem Blut, dem es den Vortrieb verleiht. Der genaue Weg, den das Blut im Körper nimmt, ist uns noch immer verborgen, trotz unserer Kenntnis der *fabrica* des Menschen, trotz unseres Wissens über die inneren Organe. Denn noch niemals gelang es, den Blutstrom in einem lebenden Leib zu beobachten. Kein noch so helles Licht, nicht einmal der glühende Ball der mittäglichen Sonne, vermag den Körper so zu durchleuchten, dass die Wanderung des Blutes sichtbar wird. In einem toten Leib aber steht der Blutstrom still. Das ist die Schwierigkeit, mit der wir es zu tun haben. Doch es wird der Tag kommen, an dem einer von uns, ihr lieben *Studiosi*, dieses Geheimnis erforschen und lüften wird, vielleicht sogar eines nicht mehr fernen Tages.«

Professor Aranzio zog ein Tuch aus seinem Rock und tupfte sich damit die Stirn ab. Ihm war heiß, was sicher nicht nur an den vielen Menschen in dem kleinen Raum lag, sondern auch an den zahlreichen Licht spendenden Fackeln. Dann wandte er sich einer Schautafel zu, über deren Abbildungen mit Großbuchstaben *PARTES CORDIS* stand.

»Lasst uns nun zum Aufbau des Muskels kommen, den wir Herz nennen: Wir unterscheiden zwei Kammern, die wir das linke und das rechte *ventriculum* nennen, und eine Scheidewand, das *septum*, dazwischen. Bei den Herzklappen wiederum ...«

Ich hatte bis zu diesem Zeitpunkt wie gebannt zugehört. Es war ein absolutes Hochgefühl für mich, dem Professor lauschen zu können, und jedes einzelne Wort prägte sich mir unauslöschlich ein. Während ich zum ersten Mal in meinem Leben den wahren Genuss des Lernens erlebte, beobachtete ich die Studenten, die sich nacheinander dem Holzbock näherten, das Herz nahmen und es begutachteten.

Als Letzter trat ein junger Mann heran, der einen Kinnbart trug und ein Mondgesicht hatte. Beides kam mir bekannt vor, doch ich musste zweimal hinschauen, bis ich meinen Augen traute – es war tatsächlich Marco. Er bewegte sich mit der größten Selbstverständlichkeit unter seinen Kommilitonen, was mir zunächst seltsam vorkam, doch dann sagte ich mir, dass er ein junger Mann wie jeder andere war, und nahm dies zum Anlass, seine Nachbarn in den Sitzbänken näher zu betrachten. Sie waren alle jung, die meisten sogar um einiges jünger als Marco, und ihre Gesichter waren in Ausdruck und Mienenspiel sehr unterschiedlich, da sich nicht nur Italiener unter ihnen befanden, sondern, wie am Archiginnasio durchaus üblich, auch Studierende aus den Ländern jenseits der Alpen und sogar aus England.

Und während Professor Aranzio seine Ausführungen unermüdlich fortsetzte, stellte ich fest, dass die meisten Gesichter jung und nichtssagend auf mich wirkten. Nur eines erschien mir außergewöhnlich, und dieses eine gehörte keinem Studenten. Es gehörte Doktor Tagliacozzi.

Des Doktors Gesicht zu schildern fällt mir noch heute schwer. Wenn ich es mit einem Wort ausdrücken sollte, würde ich sagen, es war in erster Linie männlich, was aber nicht so sehr an dem schwarzen, weit ausladenden Knebelbart lag, sondern vielmehr an dem markanten Mund. Aber auch die gewölbten, buschigen Brauen mit den gelassen und selbstsicher blickenden Augen und die lange, kräftige Nase trugen das Ihre zu dem ansehnlichen Eindruck bei.

Ich zwang meine Gedanken zurück zum Vortrag des Professors und konzentrierte mich auf seine Worte. »Nachdem wir nunmehr die wesentlichsten Teile des Herzens kennen, vieles über seine Kammern, Klappen, Höfe und Adern gehört haben und wissen, dass unser wichtigstes Organ im Allgemeinen nur die Hälfte eines Hundertstels des menschlichen Gewichts ausmacht, liebe *Studiosi,* solltet Ihr Euch die Einzelheiten gut einprägen, denn schon in der nächsten Lektion wollen wir den Hintergrund unseres neuen Wissens vertiefen. Ich erwarte, dass jeder von Euch einen Vortrag halten kann, nicht nur über das Herz an sich, sondern auch über seine transzendentale, seine nichtkörperliche Bedeutung, denn wie haben wir vorhin gelernt? Ohne das Herz wäre alles Übrige nichts. Dem Herzen steht eine philosophisch greifbare Bedeutung zu, womit ich abschließend bei dem von uns so verehrten Aristoteles wäre, der da sagte: Das Ganze ist mehr als die Summe seiner Teile.«

»So ist es«, pflichtete Tagliacozzi mit seiner festen, klaren Stimme dem Professor bei. »Und wenn Euch, liebe *Studiosi,* die Aufgabe als zu schwierig erscheint, nehmt einen anderen Satz des großen Aristoteles zum Trost: Der Anfang ist die Hälfte des Ganzen.«

Einige der Jünglinge lachten. Ich sah, wie sie mit den Handknöcheln auf ihre Bänke klopften, und deutete dies als ein Zeichen des Beifalls. Die Ersten von ihnen standen auf und begannen, die Bänke und Pulte aus dem Raum zu tragen, während andere mit vereinten Kräften unter der Aufsicht des Prosektors die Leiche auf eine fahrbare Trage betteten und fortschoben. Professor Aranzio ging auf Doktor Tagliacozzi zu, klopfte ihm auf die Schulter und sagte etwas, das ich nicht verstand. Beide schmunzelten und steckten die Köpfe zusammen. Sie schienen die Studenten vergessen zu haben.

Die Lehrstunde war vorbei.

Nur schwer riss ich mich von dem Anblick unter mir los und trat hastig den Rückweg an.

Ich hatte meine erste Lektion im Archiginnasio erlebt.

Ich war kaum eine halbe Stunde zu Hause und noch immer in Gedanken bei den fesselnden Eindrücken, als es plötzlich klopfte und Marco in der Tür stand.

Ich erschrak zu Tode, denn ich dachte, meine eigenmächtige Exkursion auf den Dachboden des Archiginnasios sei ans Licht gekommen und Marco stünde vor mir, um mich der hohen Gerichtsbarkeit zuzuführen, aber nichts dergleichen geschah. Er stand lediglich da, grinste in seiner üblichen Art und hielt die Arme hinter dem Rücken verschränkt.

»Was gibt es?«, fragte ich, nachdem ich mich von dem ersten Schrecken erholt hatte.

»Ach, nichts.« Sein Grinsen wurde noch breiter. »Ich wollte dir nur sagen, ich bin mir durchaus bewusst, dass dies ein besonderer Tag ist.«

Da konnte ich ihm nur beipflichten, aber ich beherrschte mich, ihm von meinen Erlebnissen zu erzählen. Ich war mir sicher, er hätte wenig Verständnis dafür gehabt. Stattdessen schaute ich ihn fragend an.

»Herzlichen Glückwunsch!«, platzte er schließlich heraus. »Hier, nimm!« Er holte einen riesigen Strauß Rosen hinter seinem Rücken hervor und streckte ihn mir so stürmisch entgegen, dass ich unwillkürlich einen halben Schritt zurückwich.

»Wofür?«, fragte ich.

Marco warf den Kopf zurück und lachte. »Nun hör aber auf, Carla, du willst doch nicht behaupten, du hättest deinen eigenen Geburtstag vergessen?«

»Nein, äh ... das heißt, es war ein ereignisreicher Tag. Vielen Dank für die herrlichen Blumen. Komm herein.« Ich hatte tatsächlich über den dramatischen Geschehnissen meinen Geburtstag vergessen, aber das musste ich Marco nicht unbedingt auf die Nase binden. Ich führte ihn in das Zimmer mit dem kleinen Esstisch und stellte die Rosen – es waren einundzwanzig – in eine Vase mit Wasser.

»Gibt's was zu essen?« Marco setzte sich an den Tisch. Er sah es inzwischen als Selbstverständlichkeit an, sich von mir bedienen zu lassen.

»Nur, wenn du mir hilfst.«

»Wenn's sein muss.« Er bequemte sich, mit mir in die Küche

zu kommen, wo ich ihn anwies, das Feuer zu schüren. Er stocherte in der Glut herum, während ich die Gemüsesuppe vom Tag zuvor mit Lauch, Polenta und Wirsing streckte. Dann warf er zwei Scheite ins Feuer und stellte fest: »Du hast ein neues Kleid.«

»Das stimmt.« Ich war noch nicht dazu gekommen, mich umzuziehen. »Es ist mein Nibelungenkleid.«

»Dein was?«

»Mein Nibelungenkleid. Es ist burgunderrot, wie du siehst; die Nibelungen waren einst ein Herrschergeschlecht in Burgund.«

»Ach, deshalb.«

»Ja, deshalb.«

»Du hast vielleicht Einfälle! Ein Kleid ›Nibelungenkleid‹ zu nennen, nur weil es burgunderrot ist.«

»Gefällt es dir nicht?«

»Doch, doch. Ist die Suppe bald fertig? Ich habe einen Bärenhunger.«

Ich begann, mich über ihn zu ärgern. Nicht nur, dass ihm mein Kleid ziemlich gleichgültig war, mehr noch, er schien auch kaum beeindruckt von der atemberaubenden Lehrstunde im Archiginnasio, der beizuwohnen er kurz zuvor das Privileg gehabt hatte. Das Einzige, was ihn offenbar interessierte, war das Essen. Ich schwieg.

»Du siehst aus, als wärst du noch unterwegs gewesen. Oder hattest du wieder so lange Dienst bei den Nonnen?«

»Setz dich schon mal an den Tisch, es geht gleich los.«

Als wir aßen, hakte Marco mit vollem Mund nach: »Hattest du wieder so lange Dienst bei den frommen Schwestern?«

Ich überlegte, ob ich ihm die Wahrheit sagen sollte, schließlich kannten wir uns lange genug und waren einander versprochen, doch ich kam zu dem Schluss, dass es besser war, den Mund zu halten. Seine Reaktion auf meinen Wunsch zu studieren war mir noch in bester Erinnerung. »Ich hatte wie immer einen anstrengenden Dienst bei den Schwestern«, sagte ich. Und um ihn abzulenken, fügte ich hinzu: »Ich habe mir auch eine neue Zimarra genäht.«

»Eine neue Zimarra? Warum denn das?«

»Die alte gefiel mir nicht mehr.«

Wir aßen weiter und verfielen in Schweigen. Um das Gespräch wieder in Gang zu bringen, sagte ich: »Ich habe mir auch ein neues Barett angefertigt. Es ist rosafarben.« Ich stand auf und holte es, zusammen mit der beinernen Hutnadel.

Marco betrachtete beides mit einer Mischung aus Neugier und Bedenken. »Carla, Carla, jetzt wundere ich mich aber: Du legst dir ein neues Kleid, eine neue Zimarra und ein neues Barett mit Hutnadel zu. Das macht man doch nicht einfach so. Was hat das alles zu bedeuten?«

Ich ging nicht auf seine Frage ein, denn ich hatte mich entschlossen, ihn um etwas zu bitten, das mir schon länger auf dem Herzen lag. »Sag mal, Marco, könntest du mir nicht ein Paar Schuhe machen? Vielleicht welche aus rotem Leder mit schwarzen Absätzen? Du musst einsehen, dass ich die Brautschuhe schlecht zu meiner neuen Ausstattung tragen kann.«

Er legte den Löffel beiseite und schaute mich mit großen Augen an. »Meinst du das im Ernst?«

»Ja, denk daran, ich habe heute Geburtstag.«

»Tut mir leid, aber das geht nicht. Du vergisst wohl, dass ich immer noch ein Studium zu absolvieren habe?«

Ja, dachte ich, ein Studium, dem du dich ganz offenbar zu wenig widmest, das aber immerhin noch gut genug ist, dir als Grund für eine Ablehnung zu dienen. Laut sagte ich: »Bitte, Marco.«

»Es geht nicht.«

»Schade.«

»Versteh doch.« Er griff nach meiner Hand. »Selbst wenn ich dir die Schuhe machen wollte, könnte ich es nicht. Meister Mezzarini, bei dem ich gearbeitet habe, ist tot, und seine Werkstatt ist schon seit langem geschlossen.«

»Ach so«, sagte ich, »dann geht es wohl nicht.«

»Sag mal, Carla« – Marco suchte nach Worten –, »deine neuen Kleider, der Wunsch nach Schuhen, äh, ich meine, das alles kommt doch nicht von ungefähr? Du hast nicht zufällig ... jemand anderen?«

Fast musste ich lachen über seine abwegige Vermutung, aber ich blieb ernst und sagte. »Es gibt keinen anderen. Ich hatte einfach den Wunsch nach ein paar neuen Kleidern.«

»Dann ist es ja gut!« Erleichtert sprang er auf. »Bitte verstehe, dass ich jetzt gehen muss, trotz deines Geburtstages, aber es ist wichtig.«

»Sicher willst du das, was du heute im Archiginnasio gehört hast, in Ruhe repetieren?«

»Wie? Äh, nein.« Er zögerte. »Es ist ein kleiner Empfang, zu dem ich gehen muss. Die Eltern eines Kommilitonen haben Besuch aus Ferrara, ein kirchlicher Würdenträger von großem Einfluss, da kann ich nicht fehlen.«

»Ja«, sagte ich, und mein Herz zog sich zusammen, »das geht natürlich vor.«

»Nicht wahr, das siehst du doch ein?« Ohne meine Antwort abzuwarten, strebte er zur Tür.

»*Arrivederci.*« Er küsste mich.

»*Arrivederci.*« Ich küsste ihn ebenfalls und blickte ihn an.

Doch was ich sah, war nicht sein Gesicht.

Es war das Gesicht eines anderen.

Ein sehr männliches Gesicht.

Von nun an suchte ich, sooft es ging, den Dachboden über der *Scuola d'Aranzio* auf. Ich lernte, mich sicher im Halbdunkel zu bewegen, und kniete mit glühendem Kopf stundenlang über meinem Beobachtungsspalt, der mir den Blick in eine völlig neue Welt ermöglichte – in die Welt der Lehre und Forschung. Ich gewöhnte mich schnell an den Anblick geöffneter und zerstückelter Leichen und verfolgte atemlos, wie Professor Aranzio und Doktor Tagliacozzi sich in ihren Ausfürungen über die Organe abwechselten. Ich erfuhr, dass die Lunge als paariges Atmungsorgan zu bezeichnen sei, welches den Brustraum beiderseits des Herzens einnehme, ich lernte, dass sie in ihrer Form durch das Zwerchfell und den Brustkorb bestimmt wurde und dass ihr rechter Flügel sich in drei, ihr linker sich dagegen nur in zwei Lappen unterteile, um dem Herzen genügend Platz einzuräumen.

Ich sah, wie Doktor Tagliacozzi mit seinen schönen, kräftigen Händen einen winzigen Schnitt in einen der Flügel machte, einen Strohhalm hineinsteckte und die zusammengefallene Lunge aufblies, um zu verdeutlichen, welch großes Volumen dieses Atmungsorgan hat.

Ich lernte vieles über die Leber, die ebenfalls in mehrere Lappen zerfällt, hörte, dass sie, gesund oder krank, keine Schmerzen bereite, was ihre Leiden besonders schwer erkennbar und tückisch mache, und staunte über die Verfärbung und die gewaltige Größe einer Trinkerleber im Gegensatz zu einer normalen.

Ich erfuhr, dass die Gallenblase, die in den Humoralschriften der alten Meisterärzte als Quelle des gelben und schwarzen Gallensafts bezeichnet wird, keineswegs als solche gelten könne, da die ihr zugewiesenen Säfte in der Leber produziert würden. Die Gallenblase selbst hingegen sei häufig Sammelplatz quälender Steine, die eine gelblich braune Farbe hätten und das Ausmaß kleiner Kiesel annehmen könnten.

Ich sah die Milz in ihren Konturen, ich staunte über die bohnenförmigen, braunroten Nieren und verfolgte ihre Leitungsbahnen zur Blase, ich sah die Bauchspeicheldrüse, den Magen und die unzähligen meanderförmigen Windungen des Darms.

Ich sah, wie Doktor Tagliacozzi Schnitt für Schnitt den Unterarm einer Leiche sezierte, hörte, wie er jede noch so kleine Maßnahme genau erläuterte, verfolgte wie gebannt einige Tage später dieselbe Prozedur bei einem Bein und wiederum etwas später die Öffnung eines Schädels.

Ich schaute wie mit Argusaugen zu, als Professor Aranzio und Doktor Tagliacozzi gemeinsam einen Leichnam öffneten, um herauszufinden, ob der Tote, der Opfer eines Überfalls geworden war, ertränkt wurde oder nicht, und empfand großen Stolz, als ich aus dem Vorhandensein von Wasser in der Lunge selbsttätig schloss, dass der Mann unfreiwillig zu Tode gekommen war.

Ich beobachtete, wie beide Gelehrte den unnatürlich verfärbten Körper eines Mannes öffneten, von dem man annahm, er sei vergiftet worden, sah zu, wie sie den Magen Schritt für Schritt freilegten und einen Teil davon herauspräparierten. Sie begutachteten die zutage getretenen Nahrungsreste, rochen daran und verfütterten sie, da sie nichts Ungewöhnliches feststellen konnten, an einen eigens zu diesem Zweck mitgebrachten Hund. Der Hund verschlang die Reste und legte sich wieder in eine Ecke, wo er die übrige Zeit der Lehrstunde friedlich vor sich hin döste. Da er den Mageninhalt der Leiche ganz offenkundig gut vertrug, lag der Beweis vor: Das Opfer war nicht vergiftet worden. Der Grund für das Dahinscheiden des Mannes musste ein anderer sein.

Und während beide Gelehrte weitere Untersuchungen vornahmen, um die wahre Todesursache zu erkunden, erfuhr ich, dass ihr spektakuläres Experiment zum ersten Mal im Jahre 1302 von dem Bologneser Stadtarzt Bartholomeo da Varignana an einem Mann namens Azzolino durchgeführt worden war, den man den »schwarzen Azzolino« nannte, weil sein Leichnam sich innerhalb weniger Stunden erst oliv und dann schwarz verfärbte, und ich erfuhr auch, dass in Azzolinos Fall tatsächlich eine Vergiftung vorgelegen hatte.

Dies alles und noch viel mehr wurde mir im Verlauf vieler Wochen vor Augen geführt, und jede Einzelheit war mir wie eine Offenbarung.

Nach jeder Lehrstunde hastete ich mit wehenden Röcken nach Hause und hatte, in der Strada San Felice angekommen, nichts Eiligeres zu tun, als das Gehörte und Gesehene sofort niederzuschreiben. Ich tat es sorgfältig und nach einem von mir selbst entwickelten Ordnungsprinzip: Alles, was mit den Organen zu tun hatte, behandelte ich für sich. Ebenso alles, was mit der Bewegung zu tun hatte, wie Muskeln, Sehnen und Bänder; alles, was mit dem Skelettgerüst zu tun hatte, wie Knochen, Wirbel und Rippen; alles, was mit den Blutwegen zu tun hatte, wie Hohladern, Luftadern und Pulsadern, und so weiter und so fort.

Ich war stolz auf meine Unterlagen und las sie immer wieder durch, bis ich ihren Inhalt wie im Schlaf heruntersagen konnte und das Wunder des Zusammenwirkens der menschlichen Körperteile endgültig begriff.

Im Laufe der Zeit ergab es sich, dass ich meinen gesamten Tagesablauf nach den Lektionen im Archiginnasio ausrichtete, was das eine oder andere Mal sogar eine Vernachlässigung meines Dienstes bei den gottesfürchtigen Nonnen von Mutter Florienca zur Folge hatte. Doch Schwester Marta war mir nach wie vor wohlgesinnt, sie nahm mich in Schutz und half dabei, meine kleinen Saumseligkeiten zu vertuschen.

Jedes Mal, wenn ich meinen Dienst im Klosterhospital beendet hatte, zog ich mir hastig meine Alltagskleidung an, strich die Röcke glatt, setzte mein Barett auf und steckte es mit der beinernen Hutnadel fest. Bei aller Unrast, die ich dabei verspürte, verwandte ich auf das Feststecken des Baretts doch die größte Sorgfalt, denn von seinem guten Sitz hing auch der gute Sitz des Schleiers ab, der mir nach wie vor Sicherheit gab.

Der Weg von den Nonnen zum Universitätsgebäude war gottlob nicht sehr lang: Aus dem Aedificium der Nonnen heraustretend, passierte ich zunächst das hohe Giebelgebäude Santa Liberata, durchschritt rasch den sich anschließenden Arkadengang nach Norden, stets begleitet vom Rauschen und Murmeln des von der Ponte di Santa Castiglione abgeleiteten Kanals, wandte mich dann beim Croce de Castiglio nach links und sah nur ein paar Herzschläge später schon den beeindruckenden Palazzo dell'Archiginnasio vor mir.

Ich mochte die Strecke wohl schon hundert Male oder mehr gegangen sein, als ich eines Tages in einer der von den Arkaden abzweigenden Seitengassen eine verwitterte Schrift an einer Hauswand entdeckte: *Corpus in perfectio natura* stand da zu lesen. Das klang verheißungsvoll. Weniger verheißungsvoll allerdings sah der Eingang des Hauses aus. Die Tür erinnerte mich an den altersschwachen Einlass, durch den ich in letzter Zeit so oft das Gebäude des Archiginnasios heimlich betreten hatte. Doch im Gegensatz zur Universität handelte es sich hier um ein ganz normales Haus, in dem Körper angeboten wurden, die in ihrer Perfektion der Natur glichen. Neugierig betätigte ich den Türklopfer und wartete. Mehr als fortschicken, sagte ich mir, konnte man mich nicht.

Ich wartete, aber nichts geschah.

Ich klopfte noch einmal – nichts.

Da drückte ich entschlossen die Klinke nach unten und trat ein. Es war ein schmaler, durch eine Laterne schwach erhellter Flur, der sich vor mir auftat. Links und rechts gingen keine Türen ab, so dass ich nach ein paar Schritten wie von selbst in einen Raum gelangte, in dem mehrere u-förmig aufgebaute Tische standen. Was auf den Tischen lag, war auf den ersten Blick nicht erkennbar, ich sah nur, dass es sich um viele kleine Gegenstände handelte. Ich wollte sie gerade näher betrachten, als sich ein Vorhang teilte und ein runzelgesichtiges Männchen erschien. Alles an ihm war winzig, der Körper, die Gliedmaßen, der Kopf. Nur seine Augen wirkten groß. Sie leuchteten mir freundlich entgegen, und mit ebenso freundlicher Stimme sagte es: »Hattet Ihr geklopft, Signorina? Ihr müsst wissen, dass mein Gehör nicht mehr das beste ist. Wahrscheinlich habt Ihr Euch schon mehrmals bemerkbar gemacht, nicht wahr?«

»Ja«, sagte ich, »entschuldigt, dass ich so hereinplatze, aber der Schriftzug an der Hauswand …«

»Wird von den wenigsten Leuten entdeckt.« Das Männchen kicherte. »Und von noch weniger verstanden. Wer ihn aber versteht und den Weg zu mir findet, der hat einiges Interesse an den Dingen, die so vollkommen sind wie die Natur. Habe ich recht?«

»Ja, Ihr habt recht, Signore«, antwortete ich und wunderte mich über den Scharfsinn meines Gegenübers.

»Und jetzt fragt Ihr Euch natürlich, welche Dinge damit gemeint sind, stimmt's?«

»Ja, Signore. Ihr scheint Gedanken lesen zu können.«

»Ich, Gedanken lesen? Hihi, zu viel der Ehre! Es ist ganz einfach so, dass ich mein Gewerbe seit mehr als vierzig Jahren ausübe, eine lange Zeit, die mir Muße genug ließ, viel über die Menschen im Allgemeinen und noch mehr über meine Kundschaft im Besonderen zu lernen. Ihr aber scheint eine Ausnahme zu sein, denn Ihr seid eine Frau.«

»Was ist daran so ungewöhnlich?«

»Setzt Euch doch erst einmal.« Das Männchen schob mir einen Stuhl zu. »Das ist wieder einmal typisch für mich. Ich plappere und plappere und vergesse darüber meine Rolle als Gastgeber. Darf ich Euch ein Glas Wein anbieten? Es ist ein Tropfen aus dem Friaul, der hier übliche Lambrusco will mir nicht recht schmecken.«

Ich wollte ablehnen, doch ich hatte mich schon gesetzt, und überdies mochte ich nicht unhöflich sein, also sagte ich: »Ich trinke selten Wein, Signore, bitte lasst es deshalb bei einem halben Glas bewenden.«

»Euer Wunsch ist mir Befehl.« Das Männchen verschwand, und ich hatte Gelegenheit, mich im Raum umzusehen. Es war ein Zimmer wie viele andere, mittelgroß, grob gekalkt, mit feuchten Stellen in den Ecken. Keine Freske schmückte die Wände oder die Decke, nicht einmal ein Bild lockerte den tristen Eindruck auf.

Doch das alles wurde mehr als wettgemacht durch die Dinge auf den Tischen. Es waren unzählige kleine Gegenstände des täglichen Lebens, der Kunst und der Kultur, die mir ins Auge sprangen, jeder für sich winzig klein und dennoch perfekt in seiner Gestaltung. *Corpus in perfectio natura* – allmählich ahnte ich, was es mit dieser Aussage auf sich hatte.

»Hier kommt der Wein.« Das Männchen nahte mit einem Kristallglas, in dem es glutrot schimmerte. »Es ist eine Udiner Traube, die weitaus mehr Eleganz aufweist als das, was an anderen Rebstöcken hängt.«

»Danke, Signore.« Höflich nahm ich einen Schluck und lobte den Geschmack.

»Vielleicht fragt Ihr Euch, warum ich Euch nicht beim Weingenuss Gesellschaft leiste, aber ich muss gestehen, dass ich niemals vor dem Abendgeläut von San Petronio trinke. Lasst es Euch dennoch munden.«

»Vielen Dank.« Ich stellte das Weinglas auf dem Tisch vor mir ab und wollte nach der geheimnisvollen Ware des Männchens fragen, doch es kam mir zuvor: »Ich bin Euch noch eine Erklärung schuldig, meine Liebe, nämlich die, warum Ihr unter meinen Kunden eine Ausnahme seid. Es ist ganz einfach: Frauen mit Eurer Erscheinung setzen in den seltensten Fällen ihren Schritt über meine Schwelle. Erstens, weil ihnen mein Wohnsitz zu abgelegen ist, zweitens, weil sie nicht die lateinische Sprache beherrschen und deshalb mein Hausschild nicht verstehen. Wenn Ihr dennoch den Weg zu mir gefunden habt, muss es mit Euch eine besondere Bewandtnis haben.«

»Verzeiht, aber ich glaube, da irrt Ihr.« Ich muss gestehen, dass mir das Männchen in jenem Augenblick ein wenig unheimlich vorkam, zu viel schien es zu wissen oder wissen zu wollen. Aber ich war nun einmal in seinen Laden eingedrungen und konnte nicht einfach wieder gehen. Ich beschloss, es mit der Wahrheit zu versuchen, und sagte: »Ich arbeite als Hilfsschwester bei den Nonnen von San Lorenzo, deshalb meine Lateinkenntnisse.«

»Ach so, ach so.« Das Männchen strahlte. »Das erklärt manches. Nun, ich wollte Euch nicht zu nahetreten, Signorina ... äh, wie war doch gleich Euer Name?«

»Carla Maria Castagnolo.«

»Darf ich Signorina Carla sagen?«

»Natürlich, Signore, Carla ist mein Rufname.«

»*Va bene.* Nun, ich denke, die Höflichkeit gebietet es, dass ich mich selbst vorstelle: Ich bin Alberto Dominelli, Bewunderer, Bewahrer und Sammler aller Dinge, die klein sind. Wisst Ihr, mit welchem Teil meine Leidenschaft begann? Nun, Ihr werdet es nie erraten, deshalb nehme ich die Antwort vorweg: Es war ein Teil von Gottes unergründlicher Natur – ein Einsiedlerkrebs. Ich fand ihn als Kind am Adriastrand westlich von Ravenna. Er war klein wie eine Ameise und hatte sich eine kaum größere Schnecke als Behausung auserkoren. Stundenlang beobachtete ich ihn, lernte seine bevorzugten Plätze kennen, studierte sein Verhalten. Nachdem mein Blick für Kleines dergestalt geschärft war, entdeckte ich am Strand weitere Einsiedlerkrebse, die ich alle beobachtete und mit winzigen Brotkrumen zu füttern versuchte. Sie wuchsen mir allesamt sehr ans Herz, weshalb ich sie gern mit ins Haus meiner Eltern genommen hätte, aber das wurde mir selbstverständlich verwehrt.« Das Männchen machte eine Geste der Entsagung und lächelte. »Seitdem beschränke ich mich auf tote Gegenstände, die aber so perfekt sein müssen, als habe die Natur sie selbst gemacht.«

Ich hatte meinem Gegenüber mit wachsendem Staunen zugehört. »Und wo findet Ihr so etwas?«, fragte ich.

»Oh, häufig finde ich es gar nicht, man bringt es mir, damit ich es verkaufe. Es hat sich in den vielen Jahren herumgesprochen, dass mein Haus eine gute Adresse für alles Miniaturhafte ist. Sollen wir mit der Präsentation beginnen?«

»Gerne, Signore.«

»Da wir eben über Einsiedlerkrebse sprachen, zeige ich Euch ein paar Stücke, die meinen früheren gepanzerten Freunden sicher auch gefallen hätten. Seht her.« Das Männchen deutete auf einen Holzschlitten von der Art, wie sie bei Schneefahrten an den Hängen der Apenninen Verwendung findet – mit dem Unterschied, dass dieser Schlitten kleiner war als der Nagel meines kleinen Fingers. Und doch konnte ich an ihm jede Einzelheit genau erkennen. Alles war so hübsch und ansprechend anzuschauen, dass ich meine Augen kaum davon losreißen mochte. Doch schon ging die Vorführung weiter: »Ähnlich klein ist auch diese schwarze Kutsche. Es ist eine Paradekutsche, wie sie bei Umzügen von den Honoratioren eingesetzt wird, gerne auch von unserem Stadtoberhaupt, dem hochzuverehrenden Gonfalonier. Und hier: ein Leiterwagen zum Transport von Heu, kaum größer als der Same des Grases, aus dem später das Heu erwächst. Oder hier: ein römischer Streitwagen mit Kampfsicheln an den Rädern, wie ihn Julius Cäsar bei seinem Triumphzug zum Kapitol von Rom benutzt haben mag.«

Ich kam aus dem Staunen nicht heraus. »Ihr scheint zu jedem Stück eine kleine Geschichte erzählen zu können.«

Das Männchen kicherte. »So ist es, so ist es. Die Erfahrung lehrt, dass ein Exponat mit Geschichte viel interessanter ist als eines ohne.«

»Da mögt Ihr recht haben, Signore. Aber für wen oder was sollen diese winzigen Gefährte gut sein, wenn nicht für Einsiedlerkrebse?«

Das Männchen kicherte noch mehr und verkündete fröhlich: »Für Flöhe, Signorina.«

»Für Flöhe? Um Gottes willen!«

»Ihr habt richtig gehört. Die Gefährte sind allesamt Bestandteile eines Flohzirkus. Die Insekten werden vor die Wagen gespannt und ziehen sie. Ein wahrhaft possierlicher Anblick! Doch lasst mich fortfahren. An Eurer Reaktion erkenne ich, dass wir das Richtige noch nicht gefunden haben. Darf ich Euch an diesen Tisch bitten? Nehmt ruhig die Lupe zur Hand, damit Ihr besser sehen könnt. Wisst Ihr, was das ist?«

»Nun, Signore, ich denke, eine kleine Brosche.«

»Richtig, aber was für eine! Seht genauer hin. Dann werdet Ihr ein aus Elfenbein geschnitztes Motiv, welches der Heiligen Schrift entstammt, erkennen können: *Die Speisung der Fünftausend.* Oder hier, weitere Broschen mit weiteren Motiven: *Die Hochzeit zu Kana, Der Tanz ums Goldene Kalb, Das Letzte Abendmahl, Der Barmherzige Samariter.*«

Ich betrachtete jedes einzelne Bild unter der Lupe und konnte mich kaum sattsehen an der Vielfalt der mit größter Präzision geschnitzten Werke. Ich suchte nach Worten, um meiner Bewunderung Ausdruck zu verleihen, aber schon redete das Männchen weiter: »Was haltet Ihr von diesem Pfirsichkern? In ihm findet Ihr eingeritzt die Sieben Todsünden. Hier, am Anfang, seht Ihr die Völlerei, und wenn Ihr Euer Auge um den Kern herumwandern lasst, erkennt Ihr nacheinander die Wollust, die Habsucht, den Zorn, den Neid, den Hochmut und, als siebte Todsünde, die *acedia,* die Trägheit.«

Ich schwieg, da mir tatsächlich die Worte fehlten.

»Wartet, meine Liebe, denn es geht noch kleiner. Kommen wir von der Sünde zur Tugend. Eine der schönsten Tugenden ist die Geduld, *patientia.* Schaut Euch dieses Geduldsspiel mit kabbalistischen Buchstaben an, es findet in der Aushöhlung eines Pfefferkorns Platz. Wenn Ihr genügend Geschick beweist, wird sich Euch das verborgene Sprichwort erschließen. Es heißt: *Was Blumen für den Garten sind, sind Gewürze für die Speisen.* Oder darf ich Eure Aufmerksamkeit auf dieses chinesische Hohlkugelwunderwerk lenken? Es nennt sich ›Ball-im-Ball-im-Ball-im-Ball-im-Ball‹. Es besteht aus einem einzigen Stück Walrosszahn und ist ohne jegliche Naht gefertigt.«

Ich nahm das als Hohlkugelwunderwerk bezeichnete Exemplar in die Hand und betrachtete es sorgfältig von allen Seiten, auch wenn ich zugeben muss, dass durch die vielen Eindrücke mein Interesse langsam zu erlahmen begann. Doch nur für kurze Zeit, denn das Männchen erhob seine Stimme und sprach verheißungsvoll: »Habt Ihr früher gern mit Puppen gespielt, Signorina Carla?«

»Ja, Signore, das habe ich.«

»*Formidabile,* dann wird Euch diese wahrscheinlich sehr gefallen.« Das Männchen zeigte auf die filigrane Figur eines weiblichen Körpers, der nicht länger als mein kleiner Finger war. »Es ist ein Anatomiepüppchen.«

»Ein Anatomiepüppchen?« Sosehr mich das bisher Gesehene gefesselt hatte, so sehr wurde es von der Einmaligkeit dessen, was ich jetzt sah, in den Schatten gestellt. Das Püppchen bestand aus gewachstem Holz, dessen feine Maserung seinen Leib wie Adern zu durchziehen schien. Es wirkte in allen seinen Körpermaßen so lebensecht, so vollkommen, ja, man muss sagen, so natürlich, als wolle es sich jeden Moment erheben und zu sprechen beginnen.

»Nehmt es nur in die Hand. Ihr werdet sehen, es birgt eine Menge Überraschungen.«

Ich tat, wie mir geheißen, und untersuchte die kleine Figur mit äußerster Vorsicht. Rufe des Entzückens kamen über meine Lippen, als ich feststellte, dass die winzigen Arme abnehmbar waren, ebenso wie die Beine und das hübsche Köpfchen mit dem flachsblonden Haar. Der Brust- und der Bauchbereich hatten die Funktion eines Deckels, nach dessen Entfernung miniaturkleine Organe, jedes für sich herausnehmbar, sichtbar wurden: Herz, Lunge, Leber, Niere, Milz, Magen, alles war vorhanden, sogar die verschlungenen Windungen des Darms. »Ein Anatomiepüppchen«, wiederholte ich immer wieder andächtig, und es klang so, als spräche ich ein Gebet. »Ich muss es unbedingt besitzen.«

Alberto Dominelli, das Männchen, lächelte zufrieden. »So hat mir dieses kleine Püppchen, welches die höchste Form meines Leitsatzes *Corpus in perfectio natura* darstellt, am Ende doch Erfolg gebracht. Ihr seid eine interessante, aber auch schwer einzuschätzende Kundin, wenn ich das sagen darf, denn Ihr verbergt Euer Gesicht hinter einem Schleier.«

»Oh, nun ja.« Ich verstand die unausgesprochene Frage und gab rasch die Antwort, die ich mir für solche Fälle zurechtgelegt hatte: »Die Schwestern von San Lorenzo finden ihre Erfüllung in einem gottgefälligen, keuschen Leben, Signore. Das Anlegen des Schleiers soll gleichzeitig ein Symbol für das Ablegen der Eitelkeit sein.«

»Natürlich, natürlich«, beeilte das Männchen sich zu versichern. »Ich nehme an, Ihr wollt das Püppchen gleich mitnehmen?«

»Nichts lieber als das. Wie viel kostet es denn?«

»Dreieinhalb Scudi.«

»Dreieinhalb Scudi? So viel habe ich nicht.« In meinen Worten muss wohl grenzenlose Enttäuschung gelegen haben, denn das Männchen überlegte einen Augenblick und fragte dann: »Wie viel könnt Ihr denn aufbringen?«

Ich nestelte in der Tasche meiner Zimarra und holte meine lederne Geldkatze hervor. Darin befand sich mein Lohn für den vergangenen Monat, den mir Mutter Florienca am Morgen persönlich ausgezahlt hatte. »Ich habe nur zwei Scudi und zehn Baiocchi, mehr nicht.«

»Nun, nun, das wäre ja schon fast so viel. Andererseits müsst Ihr bedenken, dass die Figur in vielen, vielen Arbeitsstunden von einem Holzschnitzkünstler angefertigt wurde. Allein die dabei zur Anwendung gekommenen winzigen Werkzeuge sind so kostbar, dass ich jedes für sich hier ausstellen könnte. Hm, hm. Ach, wisst Ihr was? Ich gebe Euch das Püppchen auch so. Ich bin zwar kein Krösus, aber ich will auch kein Knauserer sein.«

Es hätte nicht viel gefehlt, und ich wäre dem kleinen, runzligen Mann um den Hals gefallen, lediglich der Gedanke, dass die zwei Scudi und die zehn Baiocchi meine gesamte Barschaft darstellten und ich ansonsten nichts mehr besaß, hielt mich zurück. »Ich danke Euch, Signore, ich danke Euch sehr!«

»Ich freue mich, wenn Ihr Euch freut.« Er gab mir das Püppchen für das Geld und wünschte mir mit vielen freundlichen Worten noch einen guten Tag.

Ich aber hatte nichts Eiligeres zu tun, als mit meiner neuerworbenen Kostbarkeit nach Hause zu laufen.

Ich weiß nicht, wie oft ich in der Folgezeit das Anatomiepüppchen auseinandernahm und wieder zusammensetzte, ich weiß nur, dass ich es so oft tat, bis ich den genauen Sitz seiner Organe wie im Schlaf kannte. Ich nannte das Püppchen Eva, nach der Urmutter aller Menschenfrauen, und Eva lehrte mich auf ihre Art, wirklichkeitsnah die Autopsie eines Körpers vorzunehmen. Mich störte dabei keineswegs, dass sie nicht männlich war wie nahezu alle Leichen, die auf dem Sektionstisch der *Scuola d'Aranzio* lagen, denn aus den Lesungen wusste ich, dass Mann und Frau, bis auf die äußeren und inneren Geschlechtsmerkmale, im Wesentlichen gleich sind.

Was Eva mir offenbarte, verglich ich immer wieder mit dem, was Professor Aranzio und Doktor Tagliacozzi bei ihren Demonstrationen zeigten, ebenso, wie ich das, was ich in ihren Lektionen gelernt hatte, anhand von Evas Beschaffenheit überprüfte. Vieles, was ich hörte, stimmte überein, aber manches auch nicht, und jedes Mal fragte ich mich, wo der Grund dafür zu suchen sei.

Da ich weder den Professor noch den Doktor, noch Eva um Antwort fragen konnte, begann ich, medizinische Literatur zu lesen. Bei der Beschaffung war mir wiederum Schwester Marta behilflich, die sich bei Mutter Florienca für mich verwendete. So hatte ich Zugriff auf sämtliche Librarien des Klosters, besorgte mir die Werke vieler alter Meisterärzte und las sie. Und während ich mich mit ihren Schriften beschäftigte, drang ich von Mal zu Mal tiefer in das geheime Wissen der Medizin ein. Ich las den *Kanon* von Avicenna, einem arabischen Arzt, der auch als Ibn Sina bekannt ist, vertiefte mich in die *Aphorismen* des Hippokrates, beschäftigte mich danach intensiv mit dem nach ihm benannten Eid und studierte mit großem Interesse alles, was ich über Galen erhalten konnte: Die Werke *Ars Medica, Decrisibus, De Febrium Differentiis, De Ingenio Sanitatis,* dazu die *Fabrica* von Vesalius ...

Ich las wie im Fieber, blieb bis in die Morgenstunden auf, schleppte mich nach nur wenigen Stunden Schlaf müde zu den frommen Schwestern und war während des Dienstes leider viel zu oft in Gedanken schon auf meinem Beobachtungsposten über der *Scuola d'Aranzio*.

Doch trotz all meiner Bemühungen gelang es mir nicht, manche Widersprüche in der Medizin zu enträtseln. Erst viel später sollte ich erkennen, dass der Wunsch nach vollkommenem Wissen unerfüllbar ist und dass Forschung nur so lange seine Berechtigung hat, wie Fragen vorhanden sind. Fragen jedoch werden immer vorhanden sein, denn allwissend ist nur Gott der Allmächtige.

In dieser Zeit, es war im August 1573, fiel mir ein Buch in die Hände, das gerade bei einem Bologneser Drucker namens Giovanni Rossi erschienen war. Es handelte sich um die Neubearbeitung eines Werkes, das 1502 von dem Dominikanermönch Silvestro Mazolini da Prierio verfasst worden war und den furchteinflößenden Titel trug: *Aureus tractatus exorcismique pulcherrimi et efficaces in malignos spiritus effugandos de obsessis corporibus.* Es ging in dem Traktat um »schöne und wirksame Exorzismen gegen die bösen Geister, um sie aus den Körpern Besessener auszutreiben«, und der Autor der Neubearbeitung war niemand anders als Girolamo Menghi, jener Hexenjäger, vor dessen Verfolgung meine Mutter mich auf dem Sterbebett gewarnt hatte.

Die Lektüre dieses Hetzwerkes trug nicht gerade zu meiner Selbstsicherheit bei, mehr noch, je tiefer ich in die abstrusen Gedankengänge des Girolamo Menghi eindrang, desto größer wurde meine Besorgnis, die *voglia di vino* in meinem Gesicht könne als Hexenmal gedeutet und ich als Zauberin vor das Tribunal der Inquisition gezerrt werden.

Es kostete mich schlaflose Nächte und viele Gebete, bis ich meine Sicherheit halbwegs wiedererlangt hatte. Marco, der mich in dieser Zeit ein paarmal besuchte, tat ein Übriges. Er grinste sein Grinsen und sagte: »Carla, Carla, man könnte glauben, du lebtest in vergangenen Jahrhunderten. Falls du es noch nicht weißt: Wir befinden uns im Zeitalter der Gebildeten, der *Humanistae*.«

»Was heißt das?«, fragte ich, noch immer nicht ganz beruhigt.

»*Humanistae* nennen sich die Inhaber einschlägiger Lehrstühle, wie Professor Aranzio oder Doktor Tagliacozzi. Sie sehen in der Sprache den Unterschied zum Tier und den Ursprung gelebter Menschlichkeit. Die Kultivierung der menschlichen Sprache macht uns zu dem, was wir sind, hebt uns empor und befähigt uns zum Philosophieren. Sprache macht uns zum Individuum, sie versetzt uns in die Lage, christliche Dogmen, wie die Einrichtung der Inquisition, kritisch zu betrachten. Die Inquisition ist barbarisch und unzeitgemäß, immer mehr Gebildete in unserem Land erkennen das.«

Ich hatte Marco aufmerksam zugehört. Das, was er sagte, klang wie auswendig gelernt und nicht danach, als wäre es seine eigene Erkenntnis. Immerhin hatte er versucht, mir meine Ängste zu nehmen, auch wenn ich keineswegs sicher war, ob Girolamo Menghi sich einen Deut um die Meinung der *Humanisti* scherte. »Ich wünschte, du hättest recht«, sagte ich.

»Natürlich habe ich recht. Aranzio, Tagliacozzi, Aldrovandi, Cardano, Benacci, Turchi, Garzoni und wie die Herren Lehrmeister alle heißen, bekennen sich zur Menschlichkeit. Sie sind gläubig wie alle guten Katholiken, aber gleichzeitig offen für die Suche nach dem Neuen.«

»Sagen sie das selbst, oder glaubst du das nur?«, fragte ich zweifelnd, denn ich hatte bei meinen heimlich verfolgten Lektionen nie zuvor derartige Gedanken aus dem Mund von Professor Aranzio oder Doktor Tagliacozzi gehört.

»Das sagen sie selbst.« Marco schien wegen meines Misstrauens leicht gekränkt.»Allerdings posaunen sie es nicht gerade offiziell heraus, sondern äußern es eher bei Demonstrationen, die sie bei sich in ihren Privathäusern durchführen. Glaub mir, die Sprache ist das A und O für jeden Gebildeten, auch und gerade für Medizinstudenten wie mich. Die Geschicklichkeit im Disputieren und Argumentieren, dazu die Fähigkeit, Autoritäten wie Aristoteles zu zitieren, sind ein bedeutender Teil meiner Ausbildung. So die Worte von Doktor Tagliacozzi.«

Was Marco da sagte, hatte mich etwas beruhigt und sogar abgelenkt.»Wer ist Tagliacozzi?«, fragte ich und kam mir dabei ziemlich falsch vor, denn ich hatte ihn Dutzende von Malen mit seinen geschickten Händen zu Werke gehen sehen.

»Tagliacozzi ist ein Doktor der Medizin. Er ist noch jung, ich glaube, achtundzwanzig Jahre, aber sehr begabt. Er ist dabei, seine Graduierung für Philosophie zu erwerben, um Doktor beider Künste zu werden und in das erlauchte Kollegium der Universität zu gelangen. Warum willst du das wissen?«

»Ach«, sagte ich, »du hast seinen Namen noch nie erwähnt.«

Was durchaus der Wahrheit entsprach.

Wenn auch, wie ich zugeben muss, nicht der ganzen Wahrheit.

Bald darauf nahm ich »meine Vorlesungen«, wie ich sie nannte, wieder auf, schon allein, um mich abzulenken. Die Ausführungen der Professoren empfand ich nach wie vor als überaus fesselnd. Atemlos verfolgte ich ihre Sektionen und Demonstrationen. Dennoch blieben Fragen offen, die sich aus den Widersprüchen zwischen dem, was mein Anatomiepüppchen Eva mir zeigte, und dem, was Professor Aranzio und Doktor Tagliacozzi lehrten, ergaben. Aber auch andere Gegensätzlichkeiten fielen mir auf, die ich immer dann, wenn Marco bei mir war, mit ihm zu besprechen versuchte. Einmal sagte ich zu ihm: »Ich habe aus meinen Büchern gelernt, dass der mechanische Antrieb zum Leben in der Kraft des Herzmuskels liegt, an anderer Stelle lese ich dagegen, dass die Leber als Sitz des Lebens gilt und mit der Sonne als Ausgangspunkt für die Urzeugung verglichen wird. Aristoteles selbst soll ebenfalls diese Auffassung vertreten haben. Wie kann man einen Philosophen wie ihn verehren, wenn er sich bei etwas so Wichtigem wie dem Herzen irrt?«

Ein anderes Mal sagte ich: »Immer wieder lese ich, dass Hippokrates als Begründer der Vier-Säfte-Lehre gilt. Alle Materie ist demnach in die Eigenschaften warm, kalt, feucht und trocken einzuordnen. Andererseits wird ausgeführt, dass Blut der wichtigste Lebenssaft ist, wichtiger noch als die vier Säfte, da ohne das Blut kein anderer Saft fließen würde. Lernen wir daraus, dass Hippokrates sich zumindest in Teilen geirrt hat?«

»Was du alles weißt!«, sagte Marco staunend. »Du musst ja eine Unmenge von Büchern gelesen haben. Respekt, Respekt.«

»Danke, aber lass mich bei einem Stichwort bleiben, dem Eiter. Wenn er Schlacke ist und somit der Gesundheit abträglich, wie kann er dann im Rahmen einer Nasenrekonstruktion als ›gut‹ bezeichnet werden? Gibt es zweierlei Arten von Eiter? Und wenn ja, wodurch unterscheiden sie sich? Woran kann ich erkennen, um welche Art es sich handelt?«

»Wo hast du denn das mit dem guten Eiter gelesen?«, fragte Marco zurück.

»Ich habe es nicht gelesen, ich habe es gehört. Conor, der Bettler, von dem ich dir erzählte, schilderte mir seine Operation, und in diesem Zusammenhang sagte er, Professor Aranzio hätte von gutem Eiter bei der Herstellung des notwendigen Lappenstiels gesprochen.«

»Ja, ja, das mag sein.« Marco kratzte sich am Kopf. »Ich kann da leider nicht mitreden. Weißt du was? Manchmal kommt es mir vor, als würdest du statt meiner an den Lehrstunden in der *Scuola d'Aranzio* teilnehmen.«

»Mach keine Scherze«, wies ich ihn zurecht und hatte Mühe, ein gleichgültiges Gesicht zu ziehen.

»Das Einzige, was mir zu deiner Frage einfällt, ist, dass die Humorallehre eben auch Unbegreifliches birgt. Aber das hast du selbst ja eben schon angedeutet. Insofern ist Eiter vielleicht keine Schlacke. Eben nur Eiter, mehr nicht.«

»Aber was ist er dann, gut oder schlecht?«

»Ich weiß es nicht.« Marco zuckte mit den Schultern. »Vielleicht mutiert er von Zeit zu Zeit, mal ist er gut, mal ist er schlecht, je nachdem, um welche Krankheit es sich handelt.«

»Du meinst, die Krankheit bestimmt die Beschaffenheit der ausgeschiedenen Schlacken? Das könnte sein, denn die Organe reagieren ja auch unterschiedlich auf die Beschwerden des Körpers.«

»Ja, da hast du wahrhaftig recht.« Wieder sah Marco mich mit einer Mischung aus Staunen und Zweifel an. »Ich kann mir kaum vorstellen, dass du alles das aus Büchern haben willst.«

»Glaubst du mir etwa nicht?« Ich spielte die Beleidigte, doch ich konnte Marco beim besten Willen nicht über meine Ausflüge auf den Dachboden des Archiginnasios aufklären. Allein schon aus Sorge, er könnte sich irgendwann einmal verplappern und mein Geheimnis ungewollt verraten.

»Natürlich glaube ich dir.« Er grinste. »Wenn du mich so beleidigt anguckst, bleibt mir doch gar nichts anderes übrig. Aber vielleicht besänftigt es dich, wenn ich dir verspreche, Professor Aranzio bei nächster Gelegenheit zu fragen, ob er zwischen gutem und schlechtem Eiter unterscheidet. Ach, da fällt mir ein, vielleicht kann das schon morgen sein, denn der Professor und der Doktor wollen morgen in der *Scuola d'Aranzio* einen Patienten behandeln, an dem eine Nasenrekonstruktion durchgeführt wird. Es ist von einer Demonstration des Vierten und Fünften Akts die Rede.«

»Eine Nasenrekonstruktion?«, platzte ich heraus. »Das muss ich sehen!«

Marco musterte mich interessiert. »Aber du weißt doch, dass du nicht dabei sein kannst?«

»Natürlich«, sagte ich hastig, »natürlich weiß ich das.«

»Dann ist es ja gut.«

Am nächsten Tag musste ich bei allem, was ich tat, an die bevorstehende Nasenrekonstruktion denken. Die Gedanken daran lenkten mich so sehr ab, dass Schwester Marta sich irgendwann genötigt sah, mich beiseitezunehmen. »Hör mal, Carla«, sagte sie, »du weißt, dass ich dich mag, aber wenn das so weitergeht mit dir, muss ich dich der Oberin melden.«

Ich versuchte, sie zu beschwichtigen. »Aber ich habe doch nur zwei oder drei Arzneien verwechselt.«

»Du hast ein herzstärkendes Mittel mit einem abführenden Mittel verwechselt, und du hast statt einer durchblutungsfördernden Salbe eine Wundsalbe aufgetragen.« Marta schüttelte den Kopf. »Carla, es ist mir ernst. Wenn du dich nicht konzentrieren kannst, ist im Hospital kein Platz für dich. Bedenke doch nur, wie gefährlich es sein kann, einem Patienten die falsche Arznei zu geben. Nein, nein, wenn das nicht deutlich besser wird, muss ich zur Mutter Oberin gehen.«

»Ja, Marta«, sagte ich kleinlaut, »du hast ja recht.«

»Sag mal, was ist eigentlich mit dir los? Du wirkst in den letzten Monaten so abwesend. Wenn du ein Problem hast, sag es mir. Ich bin eine gute Zuhörerin.«

Ich schwieg.

»Gott ist übrigens auch ein guter Zuhörer. Vielleicht solltest du dich ihm anvertrauen.«

»Ja, Marta«, sagte ich. »Ich verspreche, dass so etwas nicht wieder vorkommen wird.«

»Das ist die Hauptsache.« Marta gab mir einen aufmunternden Klaps und entfernte sich.

Am frühen Nachmittag war mein Dienst beendet, deutlich später, als ich erhofft hatte, weil zwei dringende Fälle ins Hospital eingeliefert worden waren. Am liebsten wäre ich wie immer zur üblichen Zeit gegangen, aber nach den Ermahnungen durch Schwester Marta war das undenkbar.

Entsprechend eilig hatte ich es, als ich die Arbeitstracht der Nonnen endlich ausziehen und in meine Alltagskleidung schlüpfen konnte. Schnell schloss ich die Häkchen und feinen Schnüre meines Nibelungenkleids, warf die Zimarra über und setzte zum Schluss mein Barett auf, das ich in fliegender Hast mit der beinernen Hutnadel befestigte. Dann stürmte ich los, lief durch die Stadt und langte endlich in der Viuzza da Ginnasio an, die gottlob wie immer menschenleer war. Und während ich mit geübten Bewegungen den dunklen Weg zu meinem Beobachtungsposten erklomm, fragte ich mich bang, ob ich schon viel von der Demonstration versäumt hatte.

Das Bild, das sich mir gleich darauf bot, gab mir keine Antwort, doch ich sah einen Mann von vielleicht fünfunddreißig Jahren, der in der Mitte des Raums auf einem Stuhl saß. Da er eine Weste trug, wie ich sie schon bei Conor gesehen hatte, dazu stark bandagiert war und den Arm angewinkelt über seinen Kopf hielt, musste er der Patient sein. An der Stelle, wo sonst der marmorne Sektionstisch stand, drängten sich die Studenten zusammen und starrten ihn neugierig an. Der Mann tat mir leid, er hatte nicht nur über einen langen Zeitraum große Schmerzen erdulden müssen, er fühlte sich wahrscheinlich auch wie ein zur Schau gestelltes Tier.

Hinter seinem Stuhl standen zwei Studenten, von denen der eine Marco war, und neben Marco befand sich ein Tisch, auf dem eine Reihe blitzender Instrumente lag. Daraus schloss ich, dass Marco und sein Kommilitone bei der Behandlung assistieren sollten. Ich erkannte Professor Aranzio, der sich etwas abseits hielt und offenbar nicht in das Geschehen eingreifen wollte, und den jungen Doktor Tagliacozzi. Er trug an diesem Tag ein schwarzes, in tiefe Röhrenfalten gelegtes Wams, das seine schlanke Figur betonte, ebenso enge Beinlinge und einen vielfach gefältelten weißen Rundkragen nach spanischer Mode. Ein warmes Gefühl durchströmte mich, als ich ihn mit seiner klaren, festen Stimme sprechen hörte: »... so viel zu den ersten drei der insgesamt sieben Akte, in die wir die Behandlung einer Nasenrekonstruktion einteilen, liebe *Studiosi*. Kommen wir nun zum Vierten Akt, der den Hauptteil der heutigen Demonstration bilden soll.«

Tagliacozzi machte eine kurze Pause und ließ sich von dem glatzköpfigen Prosektor eine leinene Schürze umbinden. »Bildet zwei Gruppen links und rechts von unserem Kranken, liebe *Studiosi*, damit jeder gut sehen kann ... So ist es gut. Bevor ich mit der eigentlichen Operation beginne, möchte ich erwähnen, dass der Vierte Akt normalerweise am Vormittag bei hellem Tageslicht vorgenommen wird, nachdem der Kranke geruht und gegessen hat. Er soll vor der Operation leichte Kost zu sich nehmen, etwa Reis und gekochtes Geflügel, die wenig Rückstände hinterlassen.«

Beim Wort »Rückstände« kicherten zwei oder drei der Studenten albern, und Tagliacozzi schaute stirnrunzelnd in ihre Richtung. Dann nahm er den Faden wieder auf: »Der Darm des Kranken sollte täglich arbeiten und im Bedarfsfall sanft dazu angeregt werden. Nachtluft ist für die Operation ebenso schlecht wie eine regnerische Atmosphäre oder jene, in welcher der Südwind vorherrscht. Der Schlaf des Patienten sollte angemessen sein, denn zu viel Schlaf füllt den Kopf mit Feuchtigkeit.«

Wieder machte Tagliacozzi eine Pause und schaute fragend in die Runde: »Weiß jemand, warum Feuchtigkeit in unserem Falle so schädlich ist?«

Als keine Antwort kam, gab er sie selbst: »Das Verheilen der Wunde verlängert sich durch übertriebenen Feuchtigkeitsfluss in die Hautregion, und die sich vereinigenden Teile werden dadurch gereizt.«

Einige der Studenten murmelten zustimmend.

»Deshalb spielt auch die Jahreszeit für die Operation eine nicht unerhebliche Rolle. Der Frühling gilt als die beste Zeit, denn er ist warm, mild und trocken. Diese Meinung vertrat bekanntlich auch Celsus, der im Siebten Buch seiner *De re medica* ausführlich von den Vorzügen des Frühlings für die Wundheilung spricht.«

»Richtig«, mischte sich an dieser Stelle Professor Aranzio ein. »Ihr seht, liebe *Studiosi*, am heutigen Tag haben wir für die Aufführung des Vierten Akts unserer Nasenkonstruktion nicht weniger als drei Voraussetzungen außer Acht gelassen: Wir haben kein Tageslicht, es ist nicht Vormittag, und wir haben keinen Frühling. Dennoch war es Doktor Tagliacozzi und mir wichtig, Euch den für heute vorgesehenen Schritt zu zeigen. Doktor Tagliacozzi wird die Demonstration mit gewohnter Präzision und mit Erfolg durchführen.«

»Danke, Professore«, sagte der junge Doktor. »Dann beginne ich jetzt. Doch zuvor möchte ich noch mehr Licht.«

Einer der Studenten stellte mehrere Halterungen mit Fackeln in unmittelbarer Nähe des Kranken auf.

»Danke. So möge nun der Vierte Akt beginnen. Marco, bitte gebt mir das kleinste Skalpell, das vor Euch auf dem Tisch liegt.« Nachdem er das Instrument erhalten hatte, trat Tagliacozzi von der Seite an den Kranken heran und sagte: »Bei unserem Patienten handelt es sich um Messer Giancarlo de' Bonfigli, einen Seidenkaufmann aus der Gemeinde San Mamolo. Verzeiht, Signore«, sagte er zu dem Kaufmann, »dass ich Euren Namen erst jetzt erwähne, aber ich möchte Euch während der gesamten Prozedur so wenig wie möglich behelligen. Nur so viel: Die Zeit, da Ihr in Euch gefangen wart, ist gleich vorbei. Ich werde den Stiellappen, der Euren Oberarm mit Eurer Nase verbindet, durchtrennen, und Ihr werdet dabei, obwohl darin noch Leben ist, kaum Schmerzen verspüren.«

De' Bonfigli schloss die Augen, zum Zeichen, dass er verstanden hatte. Doktor Tagliacozzi, das Skalpell in der Hand, wandte sich wieder an die Studenten: »Ihr habt gehört, was ich zu Messer de' Bonfigli sagte. Ich werde den Stiellappen etwa anderthalb Zoll länger abschneiden, als die neue Nase sein soll. Auf diese Weise gewinne ich genügend Überstand, um später die Nasenlöcher formen zu können. Achtet jetzt genau auf das, was ich mache.«

Und dann ging alles sehr schnell. Doktor Tagliacozzi setzte das Skalpell an und tat einen Schnitt direkt am Oberarmansatz des Lappens. Die Verbindung zwischen Arm und Nase war getrennt. »Das war es schon, liebe *Studiosi*. Ich bitte, jetzt die Bandagen zu entfernen.«

Dies war der Zeitpunkt, an dem Marco und sein Kommilitone in Aktion traten. Sie schnitten die Bänder und Gurte auf, die de' Bonfigli Halt gegeben hatten, wobei sie sich nicht sonderlich geschickt anstellten. Ihnen fehlte ganz offensichtlich die Übung, wie man sie bei der täglichen Arbeit in einem Hospital erwirbt.

Als de' Bonfigli den Arm nach nahezu zwanzig Tagen, wie Doktor Tagliacozzi ausführte, zum ersten Mal wieder sinken lassen konnte, stieß er einen Seufzer der Erleichterung aus. »*Grazie a Dio*«, sagte er mit heiserer Stimme und wollte den Lappen in seinem Gesicht betasten, wurde aber von Doktor Tagliacozzi daran gehindert. »Bitte nicht, Signore, wir wollen keine Zeit verlieren. Je schneller der Vierte Akt getan ist, desto schneller könnt Ihr Euch wieder wie ein normaler Mensch bewegen.«

Messer de' Bonfigli nickte ergeben, und Doktor Tagliacozzi ließ sich von Marco ein Instrument anreichen, das wie eine kleine Feile aussah. »Ich habe hier ein Werkzeug, das ähnlich wie die *grattugia* wirkt, welche die Hausfrau zum Reiben eines Apfels verwendet«, erklärte er. »Es dient dazu, das Fleisch des Lappens unterseitig aufzufrischen, das heißt, ich rauhe es auf. Dasselbe mache ich mit dem Nasenstumpf, der später mit Hilfe des hervorstehenden Lappens zu einer perfekten Nase geformt werden soll. Messer de' Bonfigli, das sei an dieser Stelle erwähnt, hat seine Nasenspitze bei einem Duell verloren, doch hatte er bei dem Kampf noch Glück im Unglück, denn das Nasenbein, der *Os nasale,* wurde dabei kaum verletzt. Kann mir jemand etwas über den *Os nasale* erzählen?« Tagliacozzi blickte auffordernd in die Runde, woraufhin sich ein jüngerer Student meldete: »Das ist ein paariger Knochen des Gesichtsschädels, Dottore.«

»Schön, ist das alles, was Ihr darüber wisst, Luca?«

Der mit Luca angesprochene Student dachte nach und sagte dann: »Der *Os nasale* bildet einen Teil des Nasendachs und somit der oberen Wand der Nasenhöhle.«

Doktor Tagliacozzi nickte zufrieden. Er hatte unterdessen mit geschickten Bewegungen den Lappen und den Nasenstumpf aufgefrischt, was dem Patienten keine großen Beschwerden zu bereiten schien. »Wir kommen jetzt zum Fünften Akt. Ich werde den vorstehenden Lappenstiel so an die Oberlippe drücken und an ihr vernähen, dass daraus später die Nasenlöcher und das *septum* gebildet werden können. Was ist ein *septum*?«

Luca rief: »Eine Scheidewand, Dottore.«

»Gut, in diesem Fall das *Septum nasi,* aber ich hätte mir gewünscht, dass nicht immer nur einer antwortet.« Doktor Tagliacozzi wartete die Reaktion seiner Studenten nicht ab, sondern erbat sich Nadel und Faden und begann unter mancherlei Erklärungen seine Ankündigung in die Tat umzusetzen. Als Schneiderin sah ich, dass er schnell und geschickt vorging. Augenscheinlich machte er diese Arbeit nicht zum ersten Mal.

»Tut das weh, Signore?«

»Nein, kaum«, erwiderte Messer de' Bonfigli ein wenig nuschelnd, denn er war angehalten worden, Ober- und Unterkiefer möglichst nicht zu bewegen. »Die Weste hat mich viel mehr gequält.«

»Die Weste?« Doktor Tagliacozzi hörte kaum hin, denn er musste sich sehr konzentrieren.

»Sie war eher wie eine Zwangsjacke, Dottore. Konnte mich

nicht rücken und rühren, sie zwickte und zwackte, und schlecht saß sie auch.«

»Ja, ja, die Westen, sie machen uns mitunter Kummer.« Doktor Tagliacozzi schien das Thema nicht vertiefen zu wollen, sondern verknotete jeden einzelnen Stich sorgfältig. Dann richtete er sich auf. »Jetzt folgt der letzte Schritt des Fünften Akts, ich werde unter Zuhilfenahme von Binden das Anwachsen des Endstücks unterstützen. Die Verbände wurden zuvor in Eiweiß, Rosenwasser, Drachenblut und Siegelerde getränkt. Nach dem Verheilen beginnt der Sechste Akt. Er sieht die *Insitio columnae* oder die Anheftung des *septums* vor. Alsdann findet die langsame und allmähliche Verbesserung der Nasenform durch das Aufsetzen von Schablonen, die wir *tectoria* nennen, statt, während gleichzeitig Röhrchen, *tubuli* gerufen, aus Blei, Silber oder Gold in die Nase eingeführt werden. Aber ich will nicht vorgreifen, liebe *Studiosi*. Wann der Sechste Akt stattfindet, werde ich mit Professor Aranzio besprechen und Euch rechtzeitig mitteilen. In jedem Fall werden der Sechste und auch der abschließende Siebte Akt ebenfalls hier stattfinden, denn Messer de' Bonfigli war so freundlich, sich damit einverstanden zu erklären.«

Ich hatte bis zu diesem Zeitpunkt kaum zu atmen gewagt, so sehr war ich von dem Geschehen unter mir gefesselt, doch nun, da Doktor Tagliacozzi den Schluss der Lektion ankündigte, verspürte ich gelinde Enttäuschung. Ich hätte noch stundenlang seiner klangvollen Stimme lauschen und seinen geschickten Händen zusehen mögen, als ich plötzlich bemerkte, dass mein Barett zu rutschen begann und herabzufallen drohte.

Ich griff danach, denn ich wollte auf meinem verborgenen Beobachtungsposten jedes, auch das leiseste, Geräusch unter allen Umständen vermeiden. Vorsichtig rückte ich die Kopfbedeckung gerade und glaubte, das Problem damit bewältigt zu haben, doch das genaue Gegenteil trat ein.

Es gab ein Geräusch.

Meine beinerne Hutnadel war heruntergefallen und lag auf einem der Deckenbalken.

Hastig griff ich danach, zu hastig, denn sie glitt mir aus der Hand und fiel direkt durch den Deckenspalt hinab in die *Scuola d'Aranzio*.

Das Herz klopfte mir bis zum Hals, als ich ein Stoßgebet zum Himmel schickte und darum bat, dass niemand meine Ungeschicklichkeit bemerkt haben möge.

Doch das Schicksal war gegen mich. Natürlich hatte sie jemand bemerkt.

Es war Marco. Die Hutnadel lag zu seinen Füßen, und er bückte sich, um sie aufzuheben.

»Was habt Ihr da?«, fragte Doktor Tagliacozzi. Auch er hatte den Zwischenfall registriert, und genau wie Marco blickte er jetzt zur Decke, direkt zu mir hinauf.

Ich schreckte zurück – und musste doch wieder hinschauen.

»Ach«, sagte Marco leichthin, »es ist nur eine Hutnadel. Das hat nichts zu bedeuten.«

»Eine Hutnadel, die nichts zu bedeuten hat?«

»Genau, Dottore. Sie, äh, fiel mir aus der Tasche.«

»Und warum habt Ihr eben zur Decke geblickt?« Doktor Tagliacozzi zog die Stirn in Falten, und während er abermals nach oben sah, sagte er: »Der Gravitation zufolge kann die Nadel auch von einem höheren Ort herabgefallen sein, nicht unbedingt aus Eurer Tasche, mein lieber Marco, dazu allerdings müsste sie ...«

»Wovon ist die Rede, Herr Kollege?« Professor Aranzio war herangetreten, umgeben von einigen Studenten.

»Dieser Gegenstand« – Doktor Tagliacozzi nahm Marco die Nadel aus der Hand –, »bei dem es sich zweifellos um die Hutnadel einer Frau handelt, ist soeben hier aufgetaucht. Da die Nadel vorher nicht da war, rätseln Marco Carducci und ich, woher sie so plötzlich gekommen sein mag, nicht wahr, Marco?«

»Jawohl, Dottore.« Marco wurde rot.

»Ich wollte gerade die Vermutung äußern, sie könne auch von der Decke herabgefallen sein, dazu allerdings müsste es eine Öffnung oder etwas Ähnliches in ihr geben.«

»Da!«, rief unverhofft einer der Studenten. »Ich sehe da oben einen kleinen Spalt!« Er deutete genau in meine Richtung.

Alle blickten jetzt zu mir empor. Zwar konnten sie mich nicht sehen, aber sie wurden immer sicherer, dass die Nadel aus der Decke zu ihnen herabgefallen war. »Ich wette, da oben verbirgt sich eine Frau!«, rief Luca in das entstehende Stimmengewirr.

»Blödsinn!«

»Unmöglich!«

»Sehen wir doch nach!«

»Unsinn, was soll das?«

»Ja, sehen wir nach!«

Ich war wie erstarrt. Das, was ich niemals auch nur zu denken gewagt hatte, war eingetreten: Sie hatten herausgefunden, dass sie beobachtet wurden. Von mir, von einer Frau. Wehe mir, wenn sie meiner habhaft wurden. Ich musste fliehen. Sofort fliehen!

Ich hastete zurück zur Leiter, kletterte die Stufen hinab, verfing mich mit meinen Röcken, hätte vor Verzweiflung fast aufgeschrien, kam wieder frei, gelangte an den Fuß der Leiter, setzte meine Flucht zur Treppe hin fort, lief und lief – und lief in meiner Panik in die falsche Richtung. Hunderte von Malen hatte ich den Weg hinaus mit schlafwandlerischer Sicherheit gefunden, doch dieses eine Mal, bei dem es wirklich darauf ankam, irrte ich mich in der Richtung. Ich schlug den Weg nach rechts, zur Hofloggia, ein und stand plötzlich im Hellen. Ich prallte zurück, blinzelte heftig, meine Augen hatten Mühe, sich an das grelle Tageslicht zu gewöhnen.

Dann, als ich wieder sehen konnte, sah ich sie: Ein Pulk von Studenten rannte die schmale Loggia entlang direkt auf mich zu, allen voran Marco. Ich sah sein aufgeregtes Gesicht, die

Schweißperlen auf der Stirn. Und dann sah ich, wie seine Augen sich vor Schreck weiteten.

Er hatte mich erkannt.

Ruckartig blieb er stehen. Er drehte sich um, richtete sich zu voller Größe auf und stemmte sich seinen Kommilitonen entgegen, die mit geballter Wucht gegen ihn anrannten. Er strauchelte, wurde zurückgeschleudert, kam wieder hoch, warf sich ihnen erneut entgegen, wurde halb mitgerissen, getreten und gedrückt. Er wurde über die Brüstung gedrängt. Weit und immer weiter. Verzweifelt ruderte er mit den Armen, doch es war zu spät. Schreiend fiel er in die Tiefe und schlug mit einem dumpfen Laut auf. Seine Kommilitonen wurden plötzlich ganz still und starrten fassungslos hinab. Marco lag da, seltsam gekrümmt, einer verletzten Puppe gleich.

Ein Zittern lief durch seinen Leib.

Dann lag er still.

Teil 2
Gaspare

Die Weste
Il panciotto

Ich weiß nicht mehr, wie ich an dem Tag, als Marco starb, nach Hause kam. Ich weiß nur noch, dass ich wie von Furien gehetzt aus dem Archiginnasio hinauslief, in die kleine Seitengasse gelangte und fortan nur noch den leblos am Boden liegenden Marco vor meinem geistigen Auge sah.

Das Ganze war wie ein Alptraum.

Meine Erinnerung setzte erst wieder ein, als ich am Abend auf meinem Bett lag und an die Decke mit den verblassten Fresken starrte. Einstmals hatte ich sie betrachtet und im Fieberwahn die Figuren der Schöpfungsgeschichte sich bewegen sehen. Doch an diesem Abend hatte ich nur ein Gesicht vor Augen. Es war rund, um nicht zu sagen mondgesichtig, und es hatte einen Kinnbart – Marcos Gesicht. Nie wieder würde ich Marco sehen. Nie wieder würde ich Worte aus seinem Mund hören, nie wieder würde er mir grinsend Rosen schenken.

Ich fing an zu heulen. Die ganze Tragweite dessen, was geschehen war, traf mich wie ein Faustschlag. Erst hatte ich meine Mutter verloren, nun war auch Marco gestorben. Ich war allein, hatte niemanden mehr auf der Welt. Stundenlang heulte und schluchzte ich vor mich hin, beklagte mein Schicksal, haderte mit meinem Leben.

Meine Verzweiflung wurde nur noch übertroffen von meinem schlechten Gewissen. Marco hatte die Hutnadel vom Boden der *Scuola d'Aranzio* aufgehoben und sofort als die meine erkannt. Beides, die Nadel und sein Verdacht, dass ich mir mein medizinisches Wissen nicht nur durch die Bücher aneignete, hatte ihn augenblicklich zu dem Schluss kommen lassen, dass ich mich über ihm auf dem Dachboden befand. Geistesgegenwärtig hatte er versucht, Doktor Tagliacozzi, der Ähnliches gedacht haben mochte, abzulenken. Später war er seinen Kommilitonen vorangestürmt, um mich vor ihnen zu warnen. Er hatte sie aufzuhalten versucht. Und dann war er für mich gestorben.

Und ich, ich hatte ihn niemals wirklich geliebt. Anders konnte es nicht sein. Warum sonst hatte ich es immer wieder insgeheim begrüßt, wenn sich unser Hochzeitstermin verschob? Welch ein schlechter Mensch ich doch war.

Ich heulte weiter, und irgendwann in dieser Nacht klopfte es, und Signora Carducci, Marcos Mutter, stand vor der Tür. Sie war in Tränen aufgelöst und ebenso verzweifelt wie ich. Sie hatte die Todesnachricht erst in den Abendstunden erhalten und war zu mir geeilt. »Du weinst ja?«, rief sie, als sie mir in die Arme fiel. »Hast du die Nachricht etwa schon bekommen?«

»Ja«, log ich und kam mir unendlich schäbig dabei vor. Aber was hätte ich sagen sollen?

»Von wem denn, Kind?«

»Von einem Kommilitonen.« Ich wandte mich ab, denn ich konnte der Frau, die niemals mehr meine Schwiegermutter werden würde, nicht ins Gesicht sehen.

»Dann weißt du ja schon alles. Oh, wie furchtbar das ist! Was ist da im Archiginnasio nur vorgefallen? Man munkelt, jemand habe sich eingeschlichen, eine Frau, und man habe vergebens nach ihr gesucht. Welch ein Unsinn, eine Frau im Lehrsaal des Archiginnasios! Aber Marco, mein armer Marco, ist tot. Das kann nicht Gottes Wille sein! Es ist so unbegreiflich! Heute Morgen war er noch bei mir, fröhlich wie immer, und jetzt ...« Signora Carducci sank auf mein Bett und schluchzte hemmungslos. Ich erkannte, dass ihr Schmerz viel größer, viel berechtigter als meiner war, denn sie war seine Mutter. Sie hatte nicht nur ihren Mann und ihre anderen Kinder verloren, sie trauerte auch um den letzten Spross ihrer Familie, um den Mittelpunkt ihres Lebens. Sie war es, die wahrhaft Grund zur Klage hatte, nicht ich.

Dieser Gedanke gab mir Kraft. Ich setzte mich zu ihr aufs Bett und legte ihr den Arm um die Schultern. Eine ganze Weile saßen wir so da. Irgendwann versiegten ihre Tränen, und sie beruhigte sich. Ich ging hinüber in die Küche, wo ich ein wenig Lambrusco über dem Feuer wärmte. »Der Wein wird Euch guttun, Signora«, sagte ich zu ihr, als sie das Glas entgegennahm. »Ich selbst will auch ein wenig davon nehmen.«

Wir tranken den Wein mit kleinen Schlucken, denn er war sehr heiß. Signora Carducci begann, stockend von Marco zu erzählen. Sie berichtete von seiner Kindheit und von kleinen, lustigen Begebenheiten, die sich in der Familie zugetragen hatten, damals, als ihr Mann noch lebte. Sie schilderte Marcos erste Geh- und Sprechversuche, berichtete, dass er ein ruhiges Kind gewesen sei, das frühzeitig gezahnt und ihr beim Stillen manches Mal weh getan habe. Sie kam auf Marcos Jugendjahre zu sprechen, erzählte dies und das und schwärmte von seiner guten Gesundheit. Bei diesem Gedanken übermannte sie die Erinnerung, und sie begann abermals heftig zu weinen. Ich wiegte sie in meinen Armen und tröstete sie.

»Du bist ein gutes Mädchen«, sagte sie schniefend zu mir, »du wärst meinem Marco eine gute Frau geworden, so viel ist sicher. Aber nun ist der Todesengel zu ihm gekommen, und ich bin ganz allein.«

»Nein, Signora«, sagte ich, »niemand auf dieser Welt ist allein, wenn er Gott im Herzen trägt, auch Ihr werdet das noch erfahren.« Und ich glaubte in diesem Moment an meine Worte, weil ich sie glauben wollte.

»Du bist ein gutes Mädchen.«

»Bitte, Signora, sagt das nicht immer.«

»Aber warum denn nicht? Ich habe manchmal gedacht, es läge an dir, dass es mit der Hochzeit so lange nicht geklappt hat, aber nun denke ich anders.«

»Wollt Ihr noch ein wenig Wein, Signora?«

»Nein danke, Kind. Ich glaube, ich gehe jetzt. Ich will zu San Rocco und dort für meinen Marco beten und eine Kerze anzünden. Pater Edoardo hält die Kirche Tag und Nacht geöffnet. Willst du nicht mitkommen, vielleicht haben wir Glück, und Hochwürden ist da?«

»Nein.«

»Wirklich nicht?« Signora Carducci schaute mich besorgt an. »Es würde auch dir sicher helfen, mit dem Allmächtigen zu sprechen.«

»Ich habe den Hausaltar von meiner Mutter. Ich möchte lieber hierbleiben.«

»Natürlich, Kind, das verstehe ich. Ich gehe dann. Hab Dank für deinen Trost.« Sie küsste mich auf die Wange und verschwand in die Nacht.

»*Arrivederci*, Signora«, sagte ich.

Erst am nächsten Morgen, nach einer mehr oder weniger schlaflosen Nacht, gesellte sich zu meiner Trauer die Angst. Der Gedanke, einer von Marcos Kommilitonen könne mich bei nächster Gelegenheit auf der Straße erkennen, schlug bei mir ein wie der Blitz. Ich sprang aus dem Bett und lief unruhig in meinem Haus umher. Wie war die Situation in der Hofloggia gewesen? Marco hatte reglos dagelegen und für einen langen Augenblick die Aufmerksamkeit aller auf sich gelenkt. Und danach? Was war danach passiert? Wie groß war die Entfernung zwischen mir und den Verfolgern gewesen?

Hatte man mich wirklich nicht erkannt?

Nein, wohl kaum, beruhigte ich mich. Ich hatte noch immer mein Barett getragen – mein Barett mit dem Schleier, der meine Gesichtszüge verbarg. Diejenigen, die schuld an dem Unglück waren, hatten viel mehr zu befürchten als ich.

Aber was war aus meiner Hutnadel geworden? Ich versuchte, mir die Situation in der *Scuola d'Aranzio* zu vergegenwärtigen und kam zu dem Schluss, dass Doktor Tagliacozzi sie haben musste; jedenfalls war er es gewesen, der sie zuletzt in der Hand gehalten hatte. Konnte die Nadel mich verraten?

Abermals nein. Der Doktor wusste nicht, dass es meine war. Und überdies kannte er mich nicht. Er war mir nie begegnet, und ich würde dafür sorgen, dass es auch so blieb.

Ich unterbrach meine rastlose Wanderung und setzte mich an den kleinen Tisch. Ich aß eine Kleinigkeit, ohne zu merken, was ich zum Munde führte, und überlegte, wie ich gefahrlos des Doktors Vorlesungen weiterverfolgen könne. Doch ich kam mit meinen Gedanken nicht recht voran. Immer wieder musste ich an mein Barett mit dem Schleier denken. Der Schleier war ein auffälliges Kleidungsstück, das nur wenige Frauen in Bologna trugen, wenn man von Bräuten und Nonnen einmal absah. Es war ein Kleidungsstück, das mich bei nächster Gelegenheit auf der Straße verraten konnte, denn viele von Marcos Mitstudenten mussten es gesehen haben.

Und vielleicht auch Doktor Tagliacozzi.

Als ich mit meinen Grübeleien so weit gekommen war, überfiel mich große Ratlosigkeit. Natürlich konnte ich in Zukunft auch ohne Schleier auf die Straße gehen, aber das wollte ich auf keinen Fall – zu groß war mein Schamgefühl, zu groß auch meine Furcht, Verblendete wie Girolamo Menghi, der Hexenjäger, könnten meine *voglia di vino* als *voglia di peccato* auslegen und mich vor dem Tribunal der Inquisition anklagen. Signora Vascellini und ihre engstirnigen Freundinnen waren mir noch immer lebhaft in Erinnerung.

Die andere Möglichkeit war, nie wieder aus dem Haus zu gehen und bis an das Ende aller Tage ein Leben zwischen Küche und Kammer zu fristen. Aber das wollte ich auch nicht.

Die dritte Möglichkeit schien nicht besser als die beiden zuvor, sie war aber das kleinste Übel. Also stand ich auf und setzte die Idee in die Tat um. Ich nahm den Feuerhaken von der Wand und fachte die Flammen im Herd kräftig an. Dann holte ich mein Barett mit dem Schleier, mein Nibelungenkleid und meine Zimarra und warf einen letzten Blick auf die mir liebgewordenen Stücke, bevor ich sie verbrannte.

Auch die nächsten Tage waren für mich eine Qual, nicht nur wegen meiner Schuldgefühle, sondern auch, weil Signora Carducci noch zweimal auftauchte, um ihren Schmerz mit mir zu teilen. Wahrscheinlich betrachtete sie mich nach wie vor als ein »gutes Mädchen«, aber ich sah mich ganz anders. Meine Lügereien ihr gegenüber, meine Heucheleien, meine ständig vorgetäuschte Unwissenheit – alles das führte dazu, dass ich mir selbst verachtenswert vorkam und um ein Haar die ganze Wahrheit ausgeplaudert hätte. Doch ich tat es nicht. Heute würde ich vielleicht anders handeln, aber damals dachte ich, niemandem wäre mit der Wahrheit geholfen.

»Du kommst doch sicher morgen zur Beerdigung von meinem armen Marco«, sagte sie bei ihrem zweiten Besuch zu mir. »Ich habe schon mit Pater Edoardo geredet, er hat mir versprochen, eine bewegende Predigt zu halten. Ach, mein armer Marco ...« Wieder brach sie in Tränen aus, und ich nahm sie wohl oder übel in die Arme. Sie tat mir leid, gewiss, aber ich war viel zu sehr mit mir und meinen Sorgen beschäftigt, um das Maß an Mitleid empfinden zu können, das sie verdient hatte.

»Ja«, sagte ich, »ich komme mit«, denn als Marcos ehemalige Verlobte musste ich natürlich dabei sein. Insgeheim aber hatte ich große Angst vor einer Begegnung mit Pater Edoardo, so große Angst, dass ich fieberhaft nach einer glaubwürdigen Ausrede suchte.

»Du bist ein gutes Mädchen«, sagte Signora Carducci.

Am Tag der Beerdigung kam mir ein Zufall zu Hilfe. Frühmorgens stand Schwester Marta vor meiner Haustür und sagte: »*Pax tecum*, Carla.«

»Friede sei auch mit dir«, antwortete ich.

»Wir haben die Nachricht erhalten, dass dein Verlobter zu Tode gekommen ist, und möchten dir unser aufrichtiges Beileid aussprechen. Die Wege des Herrn sind unerforschlich.«

»Ja«, sagte ich abwartend.

»Wir sind im Herzen alle an deiner Seite, doch wir glauben, dass du in deiner jetzigen Lage am besten bei uns im Kloster aufgehoben bist. Du solltest deine Arbeit im Hospital wieder aufnehmen und den Herrn loben.«

»Ja«, sagte ich abermals.

»Gleich heute. Die Mutter Oberin schickt mich, dich mitzunehmen.«

»Ist es sehr dringend, ich muss zur …?«

»Wenn die Mutter Oberin um etwas bittet, ist es immer dringend, das weißt du doch.«

»Natürlich«, erwiderte ich und fühlte grenzenlose Erleichterung. Der Ruf von Mutter Florienca war wie ein Befehl, dem ich nur allzu gern folgen wollte. Für Signora Carducci, die mich bei der Trauerfeier vermissen würde, hatte ich nun eine unangreifbare Entschuldigung.

»Ich komme«, sagte ich.

»Alles im Leben hat auch sein Gutes«, sagte die Mutter Oberin eine halbe Stunde später zu mir. Sie saß mit gefalteten Händen hinter ihrem Schreibtisch und schaute mich aus ihren großen, klugen Augen an. »Wo Leid ist, ist auch Licht. Vielleicht ist dein Marco abberufen worden, um dir Gelegenheit zu geben, mit Gott die Ehe einzugehen?«

»Ja, vielleicht, Ehrwürdige Mutter«, sagte ich. Ich saß ihr gegenüber und wusste nicht, wohin mit meinen Händen.

»Du kannst es dir in Ruhe überlegen. Gottes Landschaft ist voller Vielfalt, manchmal tut sich überraschend ein Weg auf, der vorher nicht da war. Prüfe, ob du ihn gehen willst.«

»Jawohl, Ehrwürdige Mutter.«

»Du brauchst jetzt viel Kraft. Hole sie dir im Gebet und gib sie weiter an unsere Kranken. Der Dienst im Hospital wird dich aufbauen. Schwester Marta deutete an, nun ja, sie deutete an, dass dir die Arbeit in letzter Zeit nicht immer ganz leicht von der Hand gegangen ist. Ich bin sicher, das wird sich jetzt ändern. Meinst du nicht auch?«

»Gewiss, Ehrwürdige Mutter.«

»Dann ist es gut. Wir wollen am späten Nachmittag eine Messe für Marco Carducci abhalten. Ich denke, am besten vor der Vesper. Du wirst doch sicher dabei sein?«

»Gern«, sagte ich hastig, »natürlich, Ehrwürdige Mutter.« Eigentlich hatte ich den zweiten Teil des Tages dafür vorgesehen, mir neue Kleider zu schneidern, vor allem ein neues Barett, denn das alte schwarze von meiner Mutter tat es beim besten Willen nicht mehr, aber selbstverständlich konnte ich mich dem Willen der Oberin nicht verweigern.

»Dann ist es gut. Du kannst jetzt gehen, meine Tochter.«

Die Frage, welche Farben ich für meine neuen Gewänder wählen sollte, hing weniger von meinem Geschmack ab als von dem, was meine Mutter mir an Stoffen hinterlassen hatte. Und das war nicht viel, zumal ich das meiste Tuch schon verbraucht hatte. Nach einigem Herumkramen fand ich noch ein Stück von sehr schönem ockergrundigem Damast mit einem Granatapfeldekor. Aus ihm wollte ich ein neues Kleid nähen, doch der Stoff reichte nicht mehr für einen weitausgestellten Rock, sondern nur für einen mit engerem Schnitt. Das war schade, denn gleichzeitig hatte ich noch mehrere Dutzend Fischbeinstäbe gefunden, mit denen ich dem Rock guten Halt hätte geben können.

Dafür aber fiel mir ein Stück blutroter Samt in die Hände, gerade ausreichend, um daraus das Mieder zu fertigen. Eine Kunstnaht sollte später beide Teile verbinden, gerade so, wie es die Mode vorschrieb.

Ich forschte nach weiteren Materialien, doch meine Suche war nicht sehr erfolgreich. Ich fand noch eine große Menge schwarzen Wollstoffs von guter Qualität, denn er stammte aus Florenz. Aber Schwarz in der Mode kam allenfalls für würdige Herren in Frage, und auch nur für jene, die sich nach dem immer mehr vorherrschenden Geschmack des spanischen Hofs richteten.

Doktor Tagliacozzi trug häufig Schwarz.

Ich wischte den Gedanken beiseite, denn Doktor Tagliacozzi ging mich nichts an.

Der schwarze Stoff würde für ein weiteres Kleid und für eine Zimarra ausreichen. Aber Schwarz allein, das ging auf keinen Fall. Zum Glück fand ich noch einige Ellen Schleiertaft, aus denen ich gepuffte Ärmel für das ockergrundige Kleid herstellen konnte und, wenn ich alles geschickt verarbeitete, sogar noch einen Gürtel für das schwarze Kleid.

Immer noch unzufrieden, machte ich mich erneut auf die Suche und fand zu meiner eigenen Überraschung noch drei Paar verschiedenbunte Ärmel, eines davon war blau-schwarz, eines rot-grün gestreift und eines sogar regenbogenfarben. Alle Ärmel waren ein wenig zu lang, aber sie zu kürzen würde kein Problem sein.

Ich beschloss, die Ärmelpaare nicht nur im Wechsel für das schwarze Kleid vorzusehen, sondern auch für die schwarze Zimarra. Zwar hatte ich noch nie eine Zimarra mit Austauschärmeln gesehen, aber ich wollte auf keinen Fall nur in tristem Schwarz herumlaufen. Und der Zweck heiligte die Mittel.

Mein dringendstes Problem jedoch hatte ich noch immer nicht gelöst: Ich brauchte ein neues Barett – mit Schleier. Ein Stück des gefundenen Schleiertafts mochte dafür herhalten, aber damit hatte ich noch kein Barett. Am liebsten hätte ich es aus einem leuchtend himmelblauen Stoff gefertigt, damit es farblich mit den Regenbogenärmeln harmonierte, aber ich hatte kein Himmelblau. Ich hatte nur noch ein wenig steingrauen Atlas, irgendeinen Rest, den eine Kundin meiner Mutter achtlos bei ihr vergessen haben mochte. Steingrau? Warum nicht, überlegte ich, denn bei dem Rest hatte noch ein einsames Stück goldener Brokatkordel gelegen. Die Kordel war schon getragen worden, was daran zu erkennen war, dass ihre äußere Seite ziemlich stumpf aussah. Aber die Innenseite glänzte noch wie neu. Wenn ich die Innenseite nach außen nähme, überlegte ich, und dann die Kordel mehrfach um das graue Barett zöge, ergäbe das eine großartige Kopfbedeckung, fast so großartig wie das mit Perlenschnüren und Agraffen verzierte Prachtstück des Doktor Valerini in seinen besten Tagen ...

Noch am selben Abend begann ich, meine neue Garderobe zu schneidern, aber es dauerte fast drei Wochen angestrengter nächtlicher Arbeit, bis ich alles zu meiner Zufriedenheit fertiggestellt hatte. Bei den Anproben erlebte ich eine Überraschung: Ich stellte fest, dass ich in der Zwischenzeit etwas größer und mein Busen etwas fülliger geworden war. Ich betrachtete ihn. Soweit ich es beurteilen konnte, hatte er eine makellose Form. Gern hätte ich meine Brüste auch einmal von vorn oder von der Seite gesehen, wie überhaupt ich meinen nackten Körper gern einmal von oben bis unten in Augenschein genommen hätte, aber *brutto nemico*, mein hässlicher Feind, verhinderte es. Ich traute mich nicht, ihn von seiner Verhüllung zu befreien.

Trotzdem war ich sicher, wunderschöne, neue Kleider zu besitzen. Sie erfüllten mich mit Stolz, denn es war mir wieder einmal gelungen, aus dem Wenigen etwas Schönes zu machen. Ich zog das ockergrundige Damastkleid mit dem blutroten Mieder an und paradierte damit auf und ab. Ich schritt durch sämtliche Zimmer meines Hauses, bis hinauf ins erste Stockwerk, kehrte wieder zurück, drehte mich um mich selbst und machte dasselbe mit dem schwarzen Kleid, dann mit der schwarzen Zimarra und zuletzt mit dem grauen, goldfunkelnden Barett. Ich tauschte die bunten Ärmel mehrfach aus, nahm diese einmal für jenes Kleid und jene einmal für dieses Kleid, ich kombinierte alles mit allem und war am Ende so zufrieden, dass ich am liebsten sofort auf die Straße gelaufen wäre, um mich dort in meiner neuen Ausstattung zu zeigen.

Doch konnte ich das wagen? Konnte ich sicher sein, dass die Häscher, die mir zweifellos nachspürten, ihr Vorhaben aufgegeben hatten?

Nein, das konnte ich nicht.

Trotzdem musste ich weiter durch Bolognas Straßen laufen, jeden Tag, denn jeden Tag erwarteten die frommen Schwestern mich in ihrem Hospital.

So gesehen, war es vielleicht nur eine Frage der Zeit, bis man auf eine Frau mit Barett und Schleier aufmerksam wurde.

Aber ich hatte jetzt ein anderes Barett mit einem anderen Schleier ...

Doch auf den Straßen Bolognas waren Schleier selten zu sehen, so selten, wie man Kühe auf die Piazza Maggiore trieb ...

Sollte ich vorsichtshalber zu den frommen Schwestern ziehen, um mir den gefährlichen Weg zu ersparen? Mutter Florienca, die gütige Oberin, hatte es mir bei unserer ersten Unterredung angeboten. Wenn ich im Aedificium wohnte, im Dormitorium schlief und im Hospital arbeitete, würde mich kein Mensch jemals aufspüren können.

Aber wollte ich wirklich bei den frommen Schwestern leben? Nein, das wollte ich nicht. Andererseits musste ich um alles in der Welt verhindern, dass mich jemand auf der Straße erkannte. Nachdem ich eine ganze Nacht lang das Problem hin und her gewälzt hatte, kam ich zu einem Entschluss. Ich wollte weiter zu den Nonnen gehen – und auf dem Weg zu ihnen alles tun, damit mich niemand entdecke. Ich wollte für den Hinweg und Rückweg eine Strecke wählen, die fernab allen studentischen Treibens lag, und ich wollte dafür Zeiten wählen, zu denen die Herren *Studiosi* mit großer Wahrscheinlichkeit nicht unterwegs waren.

An den nächsten Tagen setzte ich meinen Entschluss in die Tat um. Ich brach schon um fünf Uhr morgens auf – zu einer Zeit, da auch der fleißigste Student noch schläft – und ging nicht wie sonst direkt durch die Innenstadt, sondern nahm den großen Umweg an der Stadtmauer entlang. Niemand merkte etwas von meiner Vorsichtsmaßnahme, nicht einmal die genau beobachtende Schwester Marta, denn ich traf zur gewohnten Stunde im Hospital ein.

Am Nachmittag, wenn die Studenten Vorlesungen hatten, machte ich mich auf den langen Rückweg. Jedes Mal, wenn ich ihn antrat, verspürte ich Trauer, denn es war die Zeit, zu der ich früher die Lektionen in der *Scuola d'Aranzio* belauscht hatte.

Professor Aranzio war ein guter Lehrer gewesen. Und Doktor Tagliacozzi auch. An ihn musste ich, ob ich wollte oder nicht, häufig denken. Immer wenn ich einen Verband anlegte, sah ich seine geschickten Hände vor mir, und immer wenn ein Kranker mich ansprach, glaubte ich, seine feste, klare Stimme zu hören. Ich war mir sicher, dass diese lästigen Erscheinungen bald nachlassen würden, doch ich täuschte mich. Doktor Tagliacozzi blieb in meinem Kopf.

Daraufhin begann ich, all die Dinge, die mir an ihm missfallen hatten, aufzuzählen. Aber abgesehen von der Tatsache, dass ich seine schwarze Kleidung steif und langweilig fand, fiel mir nichts ein.

Alles andere an ihm gefiel mir recht gut.

Doch das war nebensächlich. Doktor Tagliacozzi war unwichtig, seine Hände waren unwichtig, seine Stimme war unwichtig. Alles an ihm war unwichtig.

Viel entscheidender schien mir die Frage, ob ich meine heimlichen Besuche im Archiginnasio wieder aufnehmen könnte. Immerhin hatte ich die Lektionen über einen Zeitraum von mehr als acht Monaten regelmäßig verfolgt und mich daran gewöhnt, jeden Tag neues Wissen zu erlernen. Die *Scuola d'Aranzio* fehlte mir.

Doch natürlich war mein Ansinnen wirklichkeitsfern, um nicht zu sagen, lächerlich. Die alte Tür, durch die ich ins Gebäude geschlüpft war, hatte man sicher verriegelt, die fehlende Deckenkassette war gewiss ersetzt und der Beobachtungsspalt abgedichtet worden. Nein, der Weg ins Archiginnasio war mir ein für alle Mal versperrt.

Und doch musste ich immer wieder an die fesselnden Demonstrationen denken. Besonders an die letzten, die den Vierten und Fünften Akt der Nasenrekonstruktion an Messer de' Bonfigli gezeigt hatten. Mir fiel ein, dass Doktor Tagliacozzi die Ausführung des Sechsten und des abschließenden Siebten Akts für die nahe Zukunft in Aussicht gestellt hatte. Wiederum in der *Scuola d'Aranzio*.

Aber diesmal ohne mich.

Wie konnte ich nur die Verbindung zu Forschung und Lehre wiederherstellen? Es musste doch einen Weg geben!

Und dann fiel mir eine Möglichkeit ein.

Eine Möglichkeit, die ich sofort wieder verwarf.

Aber sie war zäh, immer wieder geisterte sie in meinem Kopf herum, ließ mich nicht los. Zwangsläufig beschäftigte ich mich mit ihr, prüfte sie, durchdachte sie und kam endlich zu dem Schluss, dass es Wahnsinn war, sie in die Tat umzusetzen.

Ein Wahnsinn, den ich wagen wollte.

Es war an einem Donnerstag, dem freien Tag für die Studenten, als ich vor dem Haupteingang des Archiginnasios stand. Ich wusste, dass der Lehrbetrieb an diesem Tag ruhte, aber ich wusste auch, dass es Ausnahmen gab, zum Beispiel Wiederholungsseminare für die Schwächeren der Herren *Studiosi*. Die Seminare wurden in der Regel nicht von älteren Professoren abgehalten, die den freien Donnerstag zu schätzen wussten, sondern von jüngeren Lehrkräften.

Deshalb wartete ich auf ihn.

Wenig später kam er, wie immer in Schwarz gekleidet, umringt von Studenten, die ihn durch ihr Gerede und Gehabe für sich einzunehmen versuchten. Fast hätte mich ihre Anwesenheit von meinem Vorhaben abgehalten, aber ich nahm meinen Mut zusammen und rief schüchtern: »Dottore Tagliacozzi ...«

Kaum hatten die Worte meinen Mund verlassen, hätte ich sie am liebsten zurückgeholt, aber es war schon zu spät. Der Doktor blieb stehen und mit ihm seine fröhliche Studentenschar. »Was gibt's?«, fragte er aufgeräumt. Dann musterte er mich.

»Ich ... ich würde Euch gern sprechen, Dottore.«

Er kam heran, und ich stellte fest, dass er aus der Nähe noch viel besser aussah, als ich vermutet hatte. Das verwirrte mich, umso mehr, als er mich weiterhin aufmerksam taxierte. »Kennen wir uns, Schwester ...?«, fragte er stirnrunzelnd.

»Kennen wäre zu viel gesagt, Dottore, ich bin Schwester Carla«, erklärte ich hastig und rückte mir die weiße Haube zurecht. Es war eine Haube von der Art, wie sie die Nonnen von San Lorenzo tragen.

Zusammen mit der neuen schwarzen Zimarra war sie Teil meines Plans und gleichzeitig Unterpfand für meine Sicherheit, denn eine Nonne, so meine Überlegung, wurde nicht als Verursacherin von Marcos Tod gesucht.

»Schwester Carla? Nun, es mag sein, dass wir einander schon begegnet sind, allerdings kommt es nicht häufig vor, dass mich mein Weg in das Hospital Eures Klosters führt. Falls wir uns also kennen, bitte ich um Entschuldigung, dass ich Euch nicht gegrüßt habe, aber, die Bemerkung sei gestattet, Euer Schleier machte es mir auch nicht ganz einfach.«

Einige der Studenten kicherten, und ich wünschte sie insgeheim zur Hölle. »Das Anlegen des Schleiers soll gleichzeitig ein Symbol für das Ablegen der Eitelkeit sein«, sagte ich so würdevoll, wie es mir eben möglich war.

»Ich verstehe, Schwester. Ihr sagtet, Ihr wollt mich sprechen?«

»Ja, Dottore«, antwortete ich. »Wenn Ihr erlaubt, unter vier Augen.«

»Ihr macht mich neugierig.« Des Doktors Gesicht nahm einen amüsierten Ausdruck an. »Eine Nonne, die mit mir unter vier Augen sprechen will, das hat es noch nicht gegeben.«

Einige der Studenten lachten abermals, wurden aber mit einer Handbewegung zum Schweigen gebracht. »Ruhe, liebe *Studiosi*, geht nach Hause und schaut in Eure Bücher. Morgen werden wir sehen, ob sich der zusätzliche Unterricht für Euch gelohnt hat.«

»*Arrivederci*, Dottore«, klang es von verschiedenen Seiten, und die jungen Herren trollten sich.

Ich sah es mit Erleichterung.

»Nun, Schwester Carla, was ist so wichtig, dass es ein Gespräch unter vier Augen erfordert?«

Hundertmal hatte ich mich in Gedanken auf diese entscheidende Frage vorbereitet und die passendsten, treffendsten und überzeugendsten Antworten darauf gefunden, doch jetzt waren sie alle wie weggeblasen. Ich druckste herum und stieß schließlich nur zwei armselige Wörter hervor: »Die Weste.«

»Die Weste? Ich kann Euch nicht ganz folgen.«

»Die Weste, die bei der Nasenrekonstruktion Verwendung findet.«

»Aha. Um die geht es also.« An seinem Gesichtsausdruck erkannte ich, dass er mich nicht mehr ganz ernst nahm.

Ich biss mir auf die Lippen und ärgerte mich über meinen jämmerlichen Auftritt. »Ich weiß, dass es manchmal Probleme mit der Weste gibt, Dottore. Sie wird von den Patienten als Zwangsjacke erlebt, sie zwickt und hinterlässt zweifellos Druckstellen und Hämatome. Ich denke, zur Verbesserung des medizinischen Ergebnisses ist auch eine Verbesserung der Weste notwendig.«

»Ihr erstaunt mich. Woher kennt Ihr die zweifellos vorhandenen Schwierigkeiten mit der Operationsweste, und warum sprecht Ihr sie an?«

»Ich habe durch einen Studenten namens Marco Carducci von den Schwierigkeiten gehört«, log ich und hoffte, ich würde überzeugend klingen. »Er bewohnte eines der Nachbarhäuser neben dem meiner Mutter. Leider soll er vor kurzem tödlich verunglückt sein.«

»Ja, das stimmt.« Auf des Doktors Gesicht fiel ein Schatten. »Er war ein netter Junge, als Student schon fast etwas alt. Ich mochte ihn, auch wenn sein Mundwerk manchmal größer war als sein Fleiß.«

»Wie ist er denn zu Tode gekommen?« Ich stellte meine Frage so unbefangen wie möglich und wartete gespannt auf die Antwort.

»Habt Ihr die Geschichte denn nicht gehört? Die halbe Stadt spricht davon. Der Vorfall ist seltsam und tragisch zugleich. Irgendjemand hielt sich auf dem Dachboden über der *Scuola d'Aranzio* auf, das ist der Ort, an dem ich meistens Unterricht erteile, und hat meine Schüler und mich aus der Höhe beobachtet. Durch einen Zufall wurden wir auf den Frevel aufmerksam, und meine Studenten wollten den Übeltäter stellen. Bei seiner Verfolgung gab es ein solches Gedränge, dass Marco über die Brüstung der Hofloggia fiel.«

»Friede seiner Seele«, murmelte ich und schlug rasch das Kreuz. »Ich werde für ihn beten. Habt Ihr denn gar keine Vermutung, wer der heimliche Beobachter war?«

»Nein, Schwester, wir tappen alle im Dunkeln. Es gibt zwar Hinweise, dass der Täter weiblich gewesen sein könnte, aber daran glaube ich nicht. Es verlangte sehr viel Mut und Geschick, auf den Dachboden zu klettern, mehr, als einer schwachen Frau zuzutrauen ist.«

Am liebsten hätte ich ihn eines Besseren belehrt, aber ich überging seine Bemerkung. Ich fühlte grenzenlose Erleichterung, und es sang laut in mir: Sie haben keine Ahnung, wer es war, sie tappen alle im Dunkeln, sie werden es nie herausfinden! Doch Doktor Tagliacozzi holte mich rasch auf den Boden der Tatsachen zurück, indem er fragte: »Hat es einen besonderen Grund, warum ihr die Mängel der Operationsweste ansprecht, Schwester?«

Ich straffte mich. »Ja, Dottore.«

»Und darf man fragen, welchen?«

»Ich könnte Euch eine bessere Weste machen.«

Wieder schien der Doktor amüsiert zu sein. »Und wie wollt Ihr das fertigbringen als Nonne?«

»Ich habe das Schneiderhandwerk gelernt, bevor ich nach San Lorenzo ging.«

»Aha.« Zum ersten Mal schien mein Gegenüber wirklich interessiert. »Meint Ihr wirklich, dass Ihr das könnt? Es haben sich schon zahlreiche Nadelkünstler an dieser Aufgabe versucht, und alle sind letztendlich gescheitert. Keine noch so genaue Maßanfertigung konnte daran etwas ändern. Warum soll ausgerechnet Euch gelingen, was andere nicht geschafft haben?«

»Ich schaffe es«, sagte ich. »Lasst es mich versuchen.«

»Hm.« Doktor Tagliacozzi rieb sich das Kinn, während ich gespannt auf seine Entscheidung wartete. »Nun ja, mehr als scheitern kann der Versuch nicht. Ich sage immer, man muss allem Neuen gegenüber aufgeschlossen sein, deshalb bin ich einverstanden. Wie wollt Ihr vorgehen, Schwester?«

»Ich dachte, ich schaue mir eine Reihe ausgedienter Westen an, bevor ich mich an die Aufgabe mache. Ihr verwahrt sie doch sicher im Archiginnasio. Lasst uns hineingehen, damit ich sie mir ansehe.«

»Das ist unmöglich.« Die Antwort des Doktors kam schnell und bestimmt. »Ihr seid zwar eine Nonne, Schwester Carla, und habt als solche einen besonderen Stand, aber letzten Endes seid Ihr nur eine ... äh, ich meine, auch Ihr seid eine Frau, und weiblichen Personen ist der Zutritt zu den Stätten der Forschung und Lehre nicht gestattet.«

»Dann macht eine Ausnahme.«

»Ich, eine Ausnahme? Ihr überschätzt meine Befugnisse. Wenn überhaupt, müsste der Generalvikar des Erzbischofs, Hochwürden Giovanni Andrea Caligari, seine Zustimmung erteilen, er ist gleichzeitig Kanzler aller Professoren und Studenten am Archiginnasio, aber ich glaube, der gegebene Anlass wäre denn doch zu gering, um ihn zu behelligen.«

Der Meinung war ich nicht unbedingt, aber ich sagte dazu nichts, sondern antwortete: »Ohne Westen kann ich nichts machen, Dottore, das wäre so, als wolle ich eine Leiche ohne Leiche sezieren.«

»Oho, Schwester, es scheint, als wärt Ihr nicht auf den Mund gefallen! Aber was Ihr sagt, stimmt natürlich. Ich werde also ein paar ausrangierte Westen zu Euch ins Kloster schicken lassen.«

»Nein.«

»Nein? Warum nicht? Ihr könnt sie Euch doch nicht hier auf der Straße angucken?«

»Nein ... ich möchte sie im Haus meiner Mutter ansehen.«

»Wo ist das?«

»In der Strada San Felice.«

»Einverstanden, und was passiert, wenn Ihr das getan habt?«

»Werde ich Verbesserungsvorschläge machen.«

»Wo? Ebenfalls im Haus Eurer Mutter? Erwartet Ihr, dass ich Euch dort aufsuche?«

»Nein ... natürlich nicht.« Der Gedanke, Signora Carducci könne Doktor Tagliacozzi in meinem Haus aus und ein gehen sehen, war mir unerträglich.

»Wie stellt Ihr Euch die Sache dann vor?«

»Ich ... ich ...«

»Vermute ich richtig, dass Ihr Euch darüber noch keine Gedanken gemacht habt?«

»Ja ... ich meine, nein ...« Ich hätte heulen können vor Wut. Ausgerechnet jetzt, da ich den Doktor da hatte, wo ich ihn haben wollte, drohte meine Idee, der Wissenschaft und Forschung durch die Entwicklung einer Weste wieder näherzukommen, kläglich zu scheitern.

»Dann werde ich Euch sagen, wie wir es machen: Ich lasse Euch die drei oder vier Westen, die der Pedell in Verwahrung hält, nach Hause schicken. Dort könnt Ihr Aufbau und Zuschnitt studieren, und in einer Woche sagt Ihr mir, was Ihr anders – und hoffentlich besser – machen würdet.«

»Ja, Dottore!« Ich wäre ihm am liebsten um den Hals gefallen.

»*Va bene,* ich erwarte Euch dann am nächsten Donnerstag, sagen wir um diese Zeit, in der Via delle Lame.«

»In der ...?«

»Ach so, Ihr kennt meine Adresse ja nicht. Mein Haus ist das dritte vor der Porta delle Lame, auf der rechten Seite gelegen. Es ist gar nicht zu verfehlen. Und nun entschuldigt mich, ich bin etwas in Eile.« Er verbeugte sich knapp und eilte in Richtung Piazza Maggiore davon.

»Ja«, sagte ich verdattert, »ja, gern, Dottore.«

Tatsächlich erschien noch am selben Abend ein Bote des Archiginnasios und übergab mir einen großen Ballen aus Sackleinen. Ich öffnete die Verschnürungen und schaute neugierig hinein, doch leider fand sich darin keinerlei Nachricht von Doktor Tagliacozzi. Ich schluckte die Enttäuschung hinunter und sagte mir, dass er keinen Anlass für weitere Mitteilungen gehabt hatte, da ja alles Wesentliche zwischen uns besprochen war.

Dafür fand ich vier Westen vor, die alle sehr gebraucht aussahen. Es waren Maßanfertigungen aus Leinen, wie ich sofort feststellte. Der Schnitt glich dem eines Wamses, nur dass die Westen keine Röhrenfalten aufwiesen, sondern glatt waren.

Nach diesem ersten Eindruck beschloss ich, mich vor der Arbeit mit einer Kleinigkeit zu stärken, denn ich wusste, diese und die kommenden Nächte würden lang werden. Ich ging in die Küche und blickte wie so oft in einen leeren Vorratsschrank. Nur ein paar Eier hatte ich noch und einige Reste. Daraus machte ich mir *uovo strapazzato* nach dem Rezept meiner Mutter: Ich schlug die Eier auf, verrührte sie mit etwas Wasser und Milch und streute Salz und geriebenen Parmesan hinein. Da ich die Eierspeise gern grün mochte, gab ich ein paar fein gehackte, gedünstete Kräuter dazu. Ich nahm, was vorhanden war: Balsamkraut, Salbei und etwas Saft der rauhblättrigen Ochsenzunge. Ich rührte immer wieder um, damit die Masse nicht zu dick wurde, und setzte mich kurz darauf zu Tisch.

Da es mir trotz des bewährten Rezepts allein nicht recht schmecken wollte, ging ich nur wenige Bissen später wieder hinüber ins Werkstattzimmer. Dort, am großen Schneidertisch, nahm ich mir eine der Westen vor und betrachtete sie von allen Seiten. Sie bestand aus zwei Vorderteilen und einem Rückenteil; die Nähte verliefen seitlich und über der Schulter. Sie war nach vorn hin offen und konnte mittels Lederbändern geschlossen werden. Dazu gab es links und rechts Schnürösen auf gleicher Höhe, insgesamt acht. Die Schnürösen waren leicht ausgefranst, was offenbar vom Verknoten der Lederbänder herrührte. Dieser Zustand schien mir das Erste, was es zu verbessern galt. Ich nahm mir vor, die Schnürösen in Zukunft mit kräftigen Schlingstichen einzufassen und zu verstärken.

Doch dann hielt ich inne. Ich wollte nicht den zweiten Schritt vor dem ersten tun. Zunächst war zu überlegen, welche Anforderungen überhaupt an die Operationsweste gestellt werden mussten. Darauf gab es eine Reihe von Antworten: Sie sollte Halt geben, ohne den Atem zu nehmen, sie sollte fest sein, ohne zu scheuern, sie sollte eng sitzen, ohne zu zwicken – kurzum, sie sollte wie eine zweite Haut sein.

Die Weste, die ich in den Händen hielt, war alles andere als das.

Also machte ich mich an die Arbeit, und wie vorausgesehen, verbrachte ich die folgenden Nächte am Schneidertisch. Es würde zu weit führen, wollte ich an dieser Stelle die verschiedenen Schritte und die vielen Versuche, die ich unternahm, im Einzelnen schildern, ich will nur erwähnen, dass es eine lange, mühsame Entwicklung war, bis ich eine Woche später mit der neuen Weste im Weidenkorb meiner Mutter zur Via delle Lame gehen konnte, um Doktor Tagliacozzi das Kleidungsstück zu präsentieren.

Als sein Haus in mein Blickfeld rückte, bestätigte sich das, was ich durch vorsichtiges Nachforschen im Kloster erfahren hatte: Er entstammte einer alteingesessenen, sehr begüterten Bologneser Familie. Sein Großvater, Georgio, war Seilmacher gewesen und sein Vater, Giovanni Andrea, Satinweber. Dessen Zunft, ebenso wie die der Seidenweber und der Seidenhändler, gehörte zu den bedeutendsten Zünften Bolognas, da der Reichtum der Stadt sich seit Jahrhunderten auf Seide gründete.

Dementsprechend sah das Anwesen der Tagliacozzis aus. Mit ihrem *piano nobile* genannten oberen Geschoss, dem folgenden Mezzanin, den zwei darüberliegenden Stockwerken und der Dachterrasse als krönendem Abschluss glich es viel eher einem Palazzo als einem Wohnhaus. Kunstvolle Friese und Freskenmalerei mit Goldelementen schmückten den oberen Teil der Fassade; Balkone mit reichverzierten hölzernen

Balustraden, über denen im Sommer schräg gespannte Leinenplanen vor der Sonne schützten, bestimmten den unteren, terrakottafarbenen Teil. Insgesamt wies jedes Stockwerk mehrere große Spitzbogenfenster auf.

Langsam näherte ich mich dem Haus, bewunderte das Wappen über dem Hauptportal und gelangte zu der hohen, zweiflügeligen Tür. Kurz nachdem ich den schweren, bronzenen Klopfer betätigt hatte, wurde mir geöffnet.

Eigentlich hatte ich Doktor Tagliacozzi erwartet, aber als ich einen älteren Mann in Livree erblickte, wurde mir klar, dass eine Familie wie die Tagliacozzis sich natürlich Dienerschaft hielt. »Schwester Carla?«

»Die bin ich.«

»Mein Name ist Adelmo. Ich bin der persönliche Diener des Herrn Doktor. Bitte folgt mir.«

Adelmo ging mit schnellen Trippelschritten durch eine Vorhalle und stieg dann eine Marmortreppe hinauf in den ersten Stock. Die Treppe war ein weiterer Hinweis auf das Vermögen der Familie, denn Marmor oder anderes dekoratives Gestein kommt im Umland Bolognas nicht vor, weshalb fast alle Häuser aus Ziegeln erbaut werden. Nur wer es sich wirklich leisten konnte, ließ teure Materialien von weit her heranschaffen. »Wenn Ihr Euch einen Moment gedulden wollt, Schwester, der Herr Doktor wird gleich kommen. Solltet Ihr bis dahin etwas brauchen, ruft einfach nach mir.«

»Danke, aber ich brauche nichts.«

»Sehr wohl.«

Adelmo verschwand und ließ mich allein. Ich blickte mich um und sah, dass ich in einem mittelgroßen Raum stand, dessen Erscheinung in erster Linie von einem schweren Tisch mit acht Stühlen geprägt wurde. Die Stühle hatten gedrechselte Lehnen, ihre Farbe glich der von Ebenholz. Da ich mir etwas verloren vorkam, setzte ich mich auf einen der Stühle und schaute mich weiter um. Alle vier Wände waren mit kunstvoll gewebten Teppichen behängt, deren Motive den Ablauf der Seidenherstellung darstellten, angefangen von der Raupe über die einzelnen Verarbeitungsstufen des Fadens bis hin zum Webstuhl und der Abbildung eines leuchtend blauen Baldachins mit Stadtwappen – stellvertretend für alle Seidenprodukte Bolognas. Für die einzige Unterbrechung des Ablaufs sorgte ein Kamin, auf dessen Sims ein Dutzend kleine Terrakottafiguren standen. Ich sah näher hin und erkannte, dass es sich bei den Figuren um Nasen handelte. Menschliche Nasen in jeder Größe und Form. Das verblüffte mich so, dass ich aufstand und näher herantrat. Ich nahm eine der rötlich braunen Nasen und betrachtete sie eingehend. Kein Zweifel, der Erschaffer dieses Gebildes war mit Liebe und Genauigkeit zu Werke gegangen.

»Ich sehe, Ihr wisst meine Kunstbemühungen zu würdigen, Schwester.«

Ich fuhr herum und erkannte den Hausherrn. Es war mir etwas peinlich, dass er mich in meiner Neugier ertappt hatte, doch er kam lächelnd auf mich zu und nahm mir die Figur aus der Hand. »Sicher fragt Ihr Euch, welche Bewandtnis es mit den Nasen hat. Nun, es sind die Nasen meiner Patienten, oder besser: Die Nasen, die ich ihnen als neue Gesichtszier vorschlug, bevor ich sie *in natura* zu modellieren versuchte.«

Noch immer etwas verlegen, fragte ich: »So sind dies alles Vorlagen für die spätere Rekonstruktion?«

Doktor Tagliacozzi nickte. »Genauer gesagt sind es Vorlagen für die Schablonen, die aus dem Hautlappen des Oberarms die Nase formen sollen.«

»Eine Nase aus dem Hautlappen des Oberarms?« Ich gab mich unwissend.

»Das zu erklären würde ein Buch füllen, Schwester. Lassen wir es dabei, dass die Terrakottanasen als Vorlage für die *tectoria*, also für die Schablonen, dienen.«

»Gewiss«, sagte ich und tat verständnisvoll. »Aber wenn ich richtig nachgezählt habe, sind es nur zwölf Nasen, die Ihr als Vorlagen gefertigt habt. Die menschliche Nase aber ist doch tausendmal vielfältiger?«

Doktor Tagliacozzi setzte wieder die amüsierte Miene auf, die ich schon kannte. »Ihr scheint alles ganz genau wissen zu wollen, Schwester. Aber sei's drum, ich wünschte mir, manche meiner Studenten wären so wissbegierig. Die Zahl Zwölf genügt durchaus, um sämtliche Nasen dieser Welt in ihrer Form zu erfassen. Sie leitet sich ab aus der Zahl Drei, die uns in der christlichen Dreifaltigkeit begegnet, und multipliziert sich mit der Vier, entsprechend den Jahreszeiten oder den Altersstufen des Menschen. Heraus kommt die Zahl Zwölf, die wiederum der Zahl der Apostel entspricht.«

Ich wollte einwenden, dass es mir wenig logisch vorkam, den Zusammenhang zwischen all den Zahlen und einer Nase herzustellen, doch ich schwieg. Stattdessen sagte ich: »Das hört sich kompliziert an, Dottore.«

»Bevor ich näher darauf eingehe, lasst mich versuchen, ein leidlicher Gastgeber zu sein.« Doktor Tagliacozzi rief nach Adelmo und orderte Gebäck und Wein. Nachdem der Diener das Gewünschte gebracht hatte, setzten wir uns. Der Doktor hob sein Glas und prostete mir zu, wobei er mich wieder eingehend musterte. »*Salute*, auf die Gesundheit, Schwester.«

»Auf die Gesundheit, Dottore.«

Wir tranken, und er fuhr fort: »Ihr sagtet eben, meine Ausführungen zur Nase hörten sich kompliziert an, nun, ich will Euch sagen, warum sie keineswegs einfach sein können. Die Nase ist das herausragendste Merkmal des Gesichts, was Ihr sogar wörtlich nehmen könnt. Ihm kommt im Zusammenspiel des gesamten Körpers eine besondere Rolle zu. Zum Gesicht gehören die lebenswichtigen Organe, die dem Menschen nicht nur das Sehen, Hören und Sprechen ermöglichen, sondern auch das Riechen, Schmecken und Essen.«

»So habe ich das noch nicht bedacht, Dottore.«

»Außerdem verrät das Gesicht Alter, Geschlecht und sogar die Herkunft einer Person. Denkt an seinen Ausdruck, an dem sich vieles, manchmal sogar alles ablesen lässt. Wer hinzusehen vermag, dem verrät es, ob sich ein guter oder schlechter Mensch dahinter verbirgt, ein fröhlicher oder ein trauriger, ein ernsthafter oder ein leichtfertiger. Glaubt mir, das Gesicht spiegelt die Seele wider.«

»Das glaube ich«, sagte ich und musste an meine eigenen Beobachtungen denken, die ich im Schutz meines Schleiers gemacht hatte.

»Am Gesicht kann der Arzt Hinweise auf Krankheiten ablesen. Es dient dem Heilkundigen als diagnostisches Mittel, sofern er in der Lage ist, die Zeichen zu lesen. Denkt nur an ein gelbes Gesicht, das uns eine Leberentzündung signalisieren kann, an ein violettes, das einen Aderlass ratsam erscheinen lässt, oder an ein grünes, dessen Ursache in einer Vergiftung liegen mag.«

»Ja, Dottore«, sagte ich. Ich fühlte mich an seine Ausführungen in der *Scuola d'Aranzio* erinnert und lauschte fast andächtig seiner festen, klaren Stimme.

»Doch reden wir nicht länger von Krankheiten. Ich sprach eben davon, wie viel der Ausdruck des Gesichts uns mitteilt – vorausgesetzt, wir können es sehen. Ihr, liebe Schwester Carla, verhüllt Euer Gesicht auch heute wieder vor mir.« Ein Lächeln umspielte Doktor Tagliacozzis Mund. »Darf ich daraus schließen, dass Ihr besonders stark von der Eitelkeit geplagt werdet und einen ständigen Kampf gegen diese Untugend führt?«

»Ich ... ich ...« Die plötzliche Gesprächswendung verwirrte mich.

»Oder hat der Schleier, den Ihr so beharrlich tragt, vielleicht eine ganz andere Ursache?«

»Ja ... äh, nein.«

Das Lächeln des Doktors wurde breiter und zeigte eine Überlegenheit, die mich trotz meiner Unsicherheit zu ärgern begann. »Das geht Euch nichts an.«

»Oh, vielleicht doch. Immerhin sind wir ja so etwas wie Geschäftspartner. Darf ich ...?« Mit einer schnellen Bewegung hob er meinen Schleier hoch und blickte mir mitten ins Gesicht.

Ich fuhr zurück. Die unterschiedlichsten Gefühle rangen in

mir um die Oberhand. Scham, Zorn, Angst, Empörung, Verlegenheit geisterten in meinem Kopf herum, verwirrten mich, machten mich benommen. Doch am Ende siegte der Zorn.

»Wie konntet Ihr es wagen, meinen Schleier anzuheben!«

»Wie konntet Ihr es wagen, mich so hinters Licht zu führen.«

»Ich habe Euch nicht hinters Licht geführt!«

»Das habt Ihr sehr wohl. Ihr habt Euch mir gegenüber als Nonne ausgegeben, um einen Grund zum Tragen des Schleiers zu haben. Doch Ihr seid keine Nonne, Ihr seid Hilfsschwester. Ich habe mich im Kloster erkundigt.«

»Wie konntet Ihr es wagen …!«

»Fangt nicht schon wieder an. Ich habe mich im Kloster erkundigt, genauso, wie Ihr es getan habt. Ihr seid die Hilfsschwester Carla, die allseits beliebt und sehr an Medizin interessiert ist. Seid versichert, dass ich meine Fühler sehr behutsam ausgestreckt habe, um das zu erfahren, und seid ebenfalls versichert, dass die Sache mit der Haube und dem Schleier unter uns bleibt. Da wir einander nichts vorzuwerfen haben, schlage ich vor, wir schließen Frieden.« Er streckte mir seine Rechte entgegen, und mir blieb nichts anderes übrig, als einzuschlagen.

Wenn ich ehrlich bin, war ich sogar ein bisschen froh darüber, dass sich das Falschspiel mit der Haube erledigt hatte. Ich atmete tief durch und blickte ihn an, und diesmal, so schien mir, war sein Lächeln frei von jeglicher Überheblichkeit, sondern einfach nur freundlich. »Stört Euch mein Feuermal denn nicht?«, fragte ich.

»Wie könnte es das. Ich wusste, dass Ihr eine *voglia di vino* im Gesicht habt. Gestattet Ihr, dass ich den Schleier hochstecke?«

Ich ließ es geschehen und sagte: »Ihr habt mich also die ganze Zeit an der Nase herumgeführt, habt die Sprache absichtlich auf das Gesicht und seine Eigenschaften gebracht, nur, um mich am Ende bloßstellen zu können.«

»Aber Carla, es ist doch so: Ihr habt mir etwas vorgemacht,

ich habe Euch etwas vorgemacht, mehr nicht. Bitte zürnt mir nicht länger.« Er tat zerknirscht, was ihm besonders gut stand.

»Nennt mich nicht Carla.«

»Sehr wohl, Frau Hilfsschwester.«

»Jetzt macht Ihr Euch auch noch über mich lustig, dann sagt lieber Carla.«

»Sehr gern – Carla. Doch jetzt haben wir so viel über Gesichter und Nasen geredet, dass wir darüber fast den Grund für unser Treffen vergessen hätten. Sagt, wie steht es mit Euren Überlegungen zur Operationsweste, habt Ihr Ideen für die Verbesserung?«

Statt einer Antwort nahm ich die fertige Weste aus dem Weidenkorb und breitete sie auf dem Tisch aus. »Ja«, sagte ich, »hier stecken sie drin.«

Doktor Tagliacozzi betrachtete kurz mein Werk und fing dann an zu lachen.

»Warum lacht Ihr, diese Weste ist kein Scherz, sie hat mich nächtelange Arbeit gekostet.«

»Verzeiht, Carla, aber das Ding hat ja eine Kapuze.«

»Richtig, und das aus gutem Grund. Während der Zeit, da der Lappenstiel am Nasenstumpf anwächst, braucht der Körper des Patienten besonders viel Halt. Bisherige Westen stützten nur den Rumpf, sie waren nicht in der Lage, auch den Kopf zu fixieren. Meine Weste aber kann das – durch die Kapuze.«

»Ich bin beeindruckt, Ihr scheint Euch mit der Sache auseinandergesetzt zu haben.«

Ich ging nicht auf ihn ein, sondern erklärte weiter: »Die Kapuze ist die auffälligste Verbesserung, aber es gibt noch einige mehr.« Ich holte eine zweite Weste aus dem Weidenkorb, eine der gebrauchten, und legte sie neben die neue. »Der Vergleich mag es verdeutlichen, Dottore: Die alte Weste ist aus Leinen, meine dagegen aus handgefertigtem Segeltuch. Die alte weist nur acht Schnürösen für die Schnürbänder auf, meine dagegen zweiunddreißig, also viermal mehr, wodurch ein festerer, gleichmäßigerer Sitz erzielt wird.«

»Interessant.«

»Neben einigen Verfeinerungen des Schnitts, beachtet bitte auch die Rückseite.« Ich drehte die Weste um und zeigte auf den Bereich unterhalb der Schulterblätter. »Hier seht Ihr auf ganzer Breite fünf Fischbeinstäbe in Längsrichtung eingenäht, sie stützen den Rücken zusätzlich.«

»Fischbeinstäbe?«

»Was ist daran so ungewöhnlich? Es bedurfte wohl erst einer Frau, um auf diese einfache Versteifungsmöglichkeit zu kommen.«

»Wahrhaftig, da könntet Ihr recht haben.«

»Das Einnähen der Stäbe war, nebenbei gesagt, nur möglich durch die Verwendung des stärkeren Segeltuchs. So, das war es auch schon im Wesentlichen, Dottore.« Ich blickte ihn an und stellte mit Genugtuung fest, dass er, der kluge, überlegene, weltgewandte Doktor, zum ersten Mal nach Worten suchte. Schließlich sagte er: »Das ist viel mehr, als ich erwartet hatte, Carla. Ich war davon ausgegangen, Ihr würdet mir einen kleinen Vortrag über mögliche Veränderungen halten, stattdessen seid Ihr gleich mit einem fertigen Exemplar zu mir gekommen. Wie ich bereits sagte, ich bin sehr beeindruckt.«

»Danke, Dottore«, sagte ich.

»Allerdings müssten wir mit dem neuen Stück erst noch die Probe aufs Exempel machen, denn Ihr wisst ja, die Theorie ist das eine, die Praxis das andere.«

»Die neue Weste, die ich Kapuzenweste nenne, wurde bereits erprobt, Dottore, und zwar über einen Zeitraum von drei Tagen und drei Nächten.«

»Wie meint Ihr?« Sein amüsiertes Lächeln erschien wieder. »Ihr wollt doch nicht behaupten, Ihr hättet Euch selbst in dieses Wunderwerk gezwängt? Das wäre, äh, so wie ich es sehe, wohl auch kaum möglich gewesen.«

Ich blickte verlegen zur Seite. Mir war es peinlich, dass er auf meine Oberweite anspielte. »Die Kapuzenweste wurde von einem Bettler namens Conor getragen. Ich kenne ihn von seinem

Aufenthalt in unserem Hospital, und ich denke, Ihr kennt ihn auch, denn Conor war in Behandlung bei Eurem Kollegen Professor Aranzio.«

»Natürlich, ich erinnere mich. Die Behandlung seiner Nasenverstümmelung war ein Erfolg und gleichzeitig eine lehrreiche Demonstration für meine Studenten. Wie geht es ihm?«

»Er ist ein Lebenskünstler. Er trug die Kapuzenweste an seinem Stammplatz auf der Piazza Maggiore und war des Lobes voll über ihren perfekten Sitz, was nicht verwundert, denn ich schneiderte sie ihm auf den Leib. Er musste sich für seinen Aufzug die eine oder andere Hänselei gefallen lassen, aber das machte ihm nichts aus, denn die Münzen klingelten recht oft in seinem Hut. Von mir bekam er übrigens auch ein paar Baiocchi für seine Dienste. Er will von dem Geld eine Handvoll Zucker kaufen und ein paar Eier hart kochen lassen – beides sind Lieblingsspeisen von Massimo, seinem Raben.«

»Ihr seid eine bemerkenswerte Frau, Carla.«

»Darf ich meinen Schleier jetzt wieder herablassen?«

»Ja, natürlich. Sagt, wie kann ich mich Euch erkenntlich zeigen, ich meine, außer dass ich Euch das Geld für Conor wiedergebe?«

»Ich will kein Geld.«

»Aber ... Eure ganze Mühe, die Ideen, das muss doch entlohnt werden! Ihr bringt mich in Verlegenheit, Carla.« In der Tat machte er ein zerknirschtes Gesicht, jenes, das ich schon kannte und das ihm so gut stand.

»Ihr seid mir nichts schuldig, Dottore, außer Ihr nehmt an einem Eurer Privatpatienten demnächst eine Nasenrekonstruktion vor. In diesem Fall würde ich gern die Weste anfertigen und sie Eurem Patienten hier anpassen.« Ich blickte ihn gespannt an, denn wenn er nein sagte, würde mein Kontakt zur Medizin sich weiterhin nur auf meinen Dienst im Hospital beschränken – und ich würde ihn nie wiedersehen.

Er schwieg und überlegte.

»Sagt etwas.«

»Es scheint, als hättet Ihr nicht nur gute Einfälle, wenn es um die Verbesserung einer Weste geht.« Er lächelte. »Ich bin einverstanden. Sobald ich einen Patienten für diese schwierige Operation habe, lasse ich Euch benachrichtigen.«

Ich musste an mich halten, um meine Freude nicht laut hinauszuschreien. Es hatte geklappt! »Gut«, sagte ich möglichst ruhig. »Ich gehe jetzt. Ich wünsche Euch noch einen schönen Abend, Dottore.«

»Dasselbe für Euch, Carla. Wartet, ich bringe Euch zur Tür.«

Er brachte mich zum Ausgang, wobei er über dies und das redete, unwichtiges Zeug im Vergleich zu dem, was wir vorher besprochen hatten, weshalb es an meinen Ohren vorbeiplätscherte. Einmal blieb er stehen und deutete durch eine halb geöffnete Tür, hinter der eine ältere Dame in einem prächtigen salamandergrünen Atlaskleid auf Adelmo einredete. »Meine Mutter«, erklärte er.

»Eure Mutter?«

»Ja, ich lebe mit ihr hier im Haus. Sie erteilt wohl gerade Anweisungen für das kleine Bankett, das sie heute Abend im Esszimmer geben will. Es sollen Makkaroni mit Krabbensauce, Kalbsnieren auf geröstetem Brot, junge Kaninchenkeulen, Meerfische im Saft, Gemüseaufläufe, Dattelrollen, Marzipankuchen und weiß der Himmel, was noch alles, gereicht werden.«

Ich grüßte höflich in die angegebene Richtung, aber Signora Tagliacozzi sah mich nicht, wahrscheinlich war sie zu sehr beschäftigt.

Wenig später standen wir an der hohen Eingangstür. »*Arrivederci*, Carla«, sagte er etwas steif.

»*Arrivederci*, Dottore«, antwortete ich.

Dann ging ich.

Auf dem Heimweg an der Stadtmauer entlang, rief ich mir jede Einzelheit unseres Gesprächs ins Gedächtnis zurück, und ich freute mich über das Ergebnis. Hin und wieder jedoch mischte sich in die Freude auch ein klein wenig Ärger über den gutaussehenden Doktor, der es gewagt hatte, sich im Kloster über mich zu erkundigen.

Warum er das getan haben mochte, fragte ich mich nicht.

Eine Woche verging, dann eine zweite, dann eine dritte. Jeden Tag hoffte ich auf eine Nachricht aus der Via delle Lame, aber sie blieb aus. Endlich, kurz vor Weihnachten, erreichte mich eine Nachricht. Sie wurde von einem Boten überbracht, der eine Livree trug, wie ich sie von Adelmo kannte. Mit fliegenden Händen erbrach ich das Siegel und las, was Doktor Tagliacozzi in seiner steilen Schrift zu Papier gebracht hatte:

Verehrte Carla,
ich hoffe, Ihr seid wohlauf. Der Nachmittag, den wir zusammen in meinem Haus verbrachten, ist mir in angenehmer Erinnerung. Ich wünsche Euch eine friedvolle Weihnacht und Gottes Segen für das neue Jahr, in dem sich hoffentlich eine Gelegenheit findet, die von Euch entwickelte Kapuzenweste einzusetzen.
Euer sehr ergebener
                                      Gaspare Tagliacozzi

Es folgten Ort und Datum und danach nichts. Zwiespältige Gefühle bemächtigten sich meiner. Einerseits freute ich mich über seine Botschaft und die guten Wünsche – beides war ein Zeichen dafür, dass er unsere Abmachung nicht vergessen hatte –, andererseits störte mich sein hölzerner Ton. Doch immerhin hatte er sich gemeldet, der Kontakt war nicht gänzlich abgerissen. Und seinen Vornamen kannte ich nun auch. Gaspare ... Ich faltete das Papier zusammen und wollte ins Haus zurückgehen, wurde aber von einer Stimme aufgehalten. »Signorina!« Sie gehörte dem Boten, den ich ganz vergessen hatte.

»Was gibt es denn noch?«

»Verzeiht, Signorina, aber ich soll auf Antwort warten.«

»Auf Antwort?« Erneut überflog ich den Brief und überlegte, was ich darauf erwidern konnte. Tausenderlei fiel mir ein, aber nichts davon kam mir passend vor. Schließlich sagte ich zu dem armen Kerl, der schon vor Kälte bibberte: »Richte deinem Herrn aus, ich danke ihm für die Nachricht und wünsche ihm ebenfalls friedvolle Weihnachten.«

»Jawohl, Signorina.« Erleichtert drehte er sich um und eilte davon.

Ich seufzte und ging ins Haus.

Das Weihnachtsfest anno 1573 war für mich ein Wechsel von Arbeit, Gebet und Einsamkeit, wobei die Einsamkeit den größten Teil ausmachte. Zwar besuchte ich die Messe am Heiligen Abend zusammen mit Signora Carducci, auch aßen wir anschließend eine Pastaspeise und Geselchtes vom Wildschwein in meinem Haus, aber wir spürten beide, dass wir einander nicht mehr viel zu sagen hatten. Vielleicht auch deshalb, weil ich zu Marcos Beerdigung nicht erschienen war. Er fehlte uns beiden gleichermaßen, aber die Brücke, die er einstmals zwischen uns gebildet hatte, war zerbrochen.

Was blieb, war der Dienst im Hospital von San Lorenzo. In der kalten Jahreszeit nahm die Zahl der Patienten zu, und jede Hand wurde dringend gebraucht. Es war in den Tagen zwischen Weihnachten und Neujahr, da erschienen plötzlich die Mutter Oberin und Professor Aranzio im Krankensaal. Ich hielt den Atem an und hätte fast die Suppe, die ich einem Fiebernden gab, verschüttet, denn ich dachte, wo der Professor ist, kann sein Freund, der junge Doktor Tagliacozzi, nicht weit sein. Doch ich wurde enttäuscht. Die Oberin und der Professor waren allein – und blieben es auch, während sie die Betten langsam abschritten und aufmunternde Worte für die Patienten fanden.

Neben der Krankenfürsorge im Hospital fielen im gesamten Klostergelände Pflege-, Wartungs- und Putzarbeiten an, die es mit sich brachten, dass ich fast täglich an anderer Stelle tätig werden musste. Ich war in der Wäscherei, in der Schneiderei, in der Werkstatt, in der Küche, in der Bibliothek, ich war überall – und doch war ich nirgendwo, denn in Gedanken befand ich mich stets in dem prunkvollen terrakottafarbenen Haus bei Doktor Tagliacozzi und maß seinem Patienten meine Kapuzenweste an. Ich brannte darauf, meine Erfindung in der Praxis ausprobieren zu können, und hatte alle Mühe, mich auf das Einerlei des Hospitaldienstes zu konzentrieren.

Endlich, man schrieb schon Februar 1574, stand an einem windigen Abend der Bote wieder vor meinem Haus. Die Nachricht, die er mir überbrachte, war ebenso kurz wie erfreulich:

Es ist so weit, findet Euch morgen zur fünften Nachmittagsstunde in der Via delle Lame ein.
G. T.

Ich war glücklich und konnte die Zeit bis zu dem Treffen kaum abwarten. Am anderen Tag begrüßte Adelmo mich mit ernster Miene. »Guten Tag, Schwester Carla«, sagte er. »Darf ich Euch bitten, mir zu folgen.« Wieder trippelte er vor mir her, doch diesmal führte er mich nicht die Treppe hinauf, sondern in einen ebenerdig gelegenen Raum ganz in der Nähe des Eingangs. Der Raum war hell und licht, aber gänzlich schmucklos. Ein Bett stand darin, und in diesem Bett saß ein Mann. Er mochte Ende dreißig sein, denn sein Gesicht war nicht mehr das eines jungen Mannes. Zwischen den Augen und dem Mund befand sich statt der Nase nur ein Stumpf mit zwei ungleichmäßigen Löchern. Es war kein schöner Anblick. Um meine Verlegenheit zu überspielen, stellte ich mich vor: »Ich bin Carla Castagnolo«, sagte ich und fügte den Satz an, der in allen Hospitälern als Erstes an die Patienten gerichtet wird: »Wie geht es Euch heute?«

»Ganz gut«, brummte er, »wenn nur die verdammte Untätigkeit nicht wäre.«

»Ja, so eine Nasenrekonstruktion ist langwierig.« Da ich nicht wusste, was ich sonst sagen sollte, setzte ich mich an den Bettrand und fühlte ihm den Puls. Er war regelmäßig. Den Puls am anderen Handgelenk konnte ich nicht nehmen, da sein Arm ausgestreckt auf einer mit geometrischen Ornamenten geschmückten Blumensäule ruhte. Ich sah, dass die Innenseite des Oberarms zwei längslaufende Einschnitte aufwies. Sie bildeten einen brückenförmigen Hautlappen, der oben und unten noch mit der Haut des Arms verbunden war. Ein Leinenstreifen war unter dem Lappen hindurchgezogen und auf der anderen Seite verknotet worden. Es sah aus, als trüge der Mann eine weiße Armbinde. »Ich heiße Silvestro Badoglio.«
»Meinen Namen kennt Ihr ja bereits.«
»Bin Landvermesser von Beruf.«
»Das stelle ich mir interessant vor.«
»Ist es nicht.«
»Ach, wirklich?«
»Über nichts streiten die Leute so sehr wie über die Aufteilung von Land.«
»Das wusste ich nicht.«
»Ist aber so.«
»Wenn Ihr es sagt.«
»Muss noch sieben Tage warten, bis es endlich weitergeht mit der Nase.«
»Wie ist es denn zu der Verstümmelung gekommen?«
»Überfall.«
»Das tut mir leid.«
»Ja, ja.«
Das holprige Gespräch wurde unterbrochen durch das Erscheinen von Doktor Tagliacozzi, der an diesem Tag wieder Schwarz trug, allerdings mit einem rosafarbenen Spitzenkragen über dem Wams, was ihn nicht ganz so würdig wie sonst erscheinen ließ. »Wie ich sehe, habt Ihr Euch schon miteinander bekannt gemacht«, rief er leutselig. »Wie geht es Euch heute, Signore?«

»Ganz gut, Dottore, wenn nur die verdammte Untätigkeit nicht wäre.«

»Ja, ja, die Untätigkeit, sie ist neben den Schmerzen das größte Übel bei der Behandlung.«

»Signore Badoglios Puls ist normal«, warf ich ein.

Der Doktor wirkte für einen Augenblick erstaunt. Vielleicht hatte er vergessen, dass ich nicht nur Schneiderin, sondern auch Pflegerin in einem Hospital war. Doch er fing sich schnell und sagte: »Schwester Carla ist mir eine große Hilfe. Sie wird gleich Euren Oberkörper vermessen, Signore, damit die Kapuzenweste für Euch angefertigt werden kann.«

»Kapuzenweste?«, fragte Badoglio misstrauisch.

»Ich erklärte Euch doch schon, Signore, dass eine Weste für den Dritten und Vierten Akt der Behandlung vonnöten ist.«

»Ja, aber sieben Tage dauert's noch, dass ich den Streifen durch meinen Arm tragen muss. Das habt Ihr selbst gesagt, Dottore, geht das nicht schneller?«

In des Doktors Augen glomm ein Funke Unmut auf. »Alles braucht seine Zeit. Wie ich Euch bereits sagte, durchläuft der Hautlappen an Eurem Oberarm einen Reifeprozess, der den vier Altersstufen des Menschen vergleichbar ist. Der Prozess beginnt mit der *pueritia,* der Zeit unmittelbar nach der Herauslösung, in der ein Leinenstreifen durch den Hautlappen gezogen wird, damit dieser sich entzünde und – unterstützt durch Umschläge und Salben – eine gutartige Eiterung entwickle. Was folgt, ist *eductio,* wenn die Wunde auszutrocknen beginnt, sodann die Übernarbung, *adolescentia* gerufen, die in der *Aetas virilis* fortschreitet, woraufhin *senectus* den Abschluss bildet, wenn der Lappen trocken und welk wird. Aber so weit ist es bei Euch noch nicht. Fasst Euch bitte in Geduld. Ich habe Euch eindringlich bei Beginn der Behandlung auf die Dauer und auf die Gewalt der Operation hingewiesen. Denkt immer daran, welch ein Lohn Euch am Ende winkt.«

»Ja, Dottore.« Badoglio wirkte gottergeben.

»Und nun wird Schwester Carla Eure Maße für die Anfertigung der Kapuzenweste nehmen.«

»Ja, Dottore.«

»Schwester Carla, ich brauche die Weste genau in einer Woche. Könntet Ihr es einrichten, dann vormittags hier zu erscheinen?«

»Ich denke, das wird mir gelingen, nur meinen Vormittagsdienst im Hospital müsste ich später nachholen, aber ich bin sicher, die Mutter Oberin wird dazu ihre Einwilligung geben.«

»*Va bene!* Dann sehen wir uns zum abgemachten Zeitpunkt. Entschuldigt mich jetzt, ich bin etwas in Eile.«

Er nickte mir und Badoglio zu und verließ rasch den Raum.

Wir guckten beide etwas überrascht, aber ich tat so, als wäre des Doktors Verhalten die selbstverständlichste Sache von der Welt, und erledigte meine Arbeit. Und während ich sorgfältig die Maße von Signore Badoglio nahm, versuchte ich, die leise Verärgerung über das Benehmen des Doktors zu unterdrücken.

Meine Verstimmung begleitete mich noch die ganze Woche über. Zwar sagte ich mir, dass Doktor Tagliacozzi sicher gute Gründe für sein rasches Verschwinden gehabt hatte, aber ich fand, er hätte wenigstens bis zum Ende des Maßnehmens warten können. Schließlich hatte das Ganze kaum eine Viertelstunde gedauert, und ich war extra deshalb zu ihm gekommen.

Andererseits, sagte ich mir, war er ein vielbeschäftigter Mann, und er hatte sich entschuldigt. Was also wollte ich! Ich wusste nicht, was ich wollte, und versuchte, meine ganze Aufmerksamkeit auf die Anfertigung der Kapuzenweste zu richten. Nach vier Tagen war ich bereits fertig, hatte aber Bedenken, dass sie auf Anhieb passen würde. Keine Schneiderarbeit kommt ohne eine Anprobe aus, sagte ich mir, und die neue Kapuzenweste macht da sicher keine Ausnahme.

Deshalb packte ich mein Werk kurz entschlossen in den

Weidenkorb und machte mich auf den Weg zu dem terrakottafarbenen Haus. Ich schlug einen großen Bogen um die Kirche San Rocco, die auf meinem Weg lag, und hoffte, als ich vor dem Haus stand, Doktor Tagliacozzi anzutreffen.

Doch leider war er nicht da.

So musste ich die Anprobe ohne ihn vornehmen. Wenigstens zeigte sich Signore Badoglio etwas gesprächiger. Er erzählte mir, wie es zu dem Überfall auf ihn gekommen war. Er hatte sich im Stadtteil San Tommaso aufgehalten, um Freunde zu treffen und ein wenig zu feiern. Beschwingt hatte er sich zu vorgerückter Stunde auf den Heimweg gemacht, als plötzlich mehrere Vermummte aus einer Seitengasse stürzten und über ihn herfielen. Augenblicklich hatten sie ihn überwältigt, zu Boden gerissen, getreten und seines Geldes beraubt. Das alles war abscheulich, aber kaum außergewöhnlich, denn es kam auf den nächtlichen Straßen Bolognas häufig vor. Wirklich schlimm war, dass er ihnen, als sie mit ihm fertig waren, wütend ein paar saftige Schimpfwörter hinterhergerufen hatte. Da waren sie umgekehrt, und der Größte von ihnen hatte seinen Dolch gezückt und ihm mit einem einzigen Hieb die Nase abgeschlagen. Sie hatten das blutige Stück lachend unter ihren Absätzen zerquetscht und sich dann endgültig davongemacht.

Seitdem hatte Silvestro Badoglio nur eines im Sinn: um jeden Preis eine neue Nase zu bekommen.

»Der Doktor wird Euch eine makellose neue Nase formen«, sagte ich zu ihm, obwohl ich mir dessen keineswegs sicher war. Doch Optimismus zu verbreiten gehört zu der Arbeit einer guten Schwester, und ich war darin geübt. Ich legte die Kapuzenweste zurück in den Weidenkorb, wünschte ihm weiterhin alles Gute und verließ das Haus.

Als ich drei Tage später wieder erschien, fand ich Badoglio zusammen mit Doktor Tagliacozzi in einem anderen Raum vor. Der Raum befand sich im oberen Stockwerk, direkt unter der

Dachterrasse, und ging nach Süden hinaus. Als ich eintrat, sagte der Doktor gerade: »Mein lieber Signore Badoglio, ich bedaure, dass ich für den heutigen Zweiten und Dritten Akt meine Studenten nicht hinzuziehen darf, aber selbstverständlich akzeptiere ich Euren Wunsch nach Diskretion ... Oh, da seid Ihr ja, Schwester Carla, Ihr wundert Euch sicher, dass ich die Behandlung an einem anderen Ort fortführe, aber für das Gelingen der Operationen ist trockene Luft unabdingbar, und diese herrscht nun einmal eher in den oberen Stockwerken als direkt über dem feuchten Erdboden.«

»Ich verstehe«, sagte ich.

»Wir haben Glück, dass Signore Badoglio rechtzeitig wieder gesundet ist, denn vorgestern und gestern litt er unter einer beschleunigten Darmpassage, bedingt durch eine *discrasia* oder *cacochymia* der Humoralsäfte, wie wir Ärzte sagen. Sie wichen in der Qualität von der rechten Zusammensetzung ab, doch dank einiger wirksamer Arzneien befinden sie sich wieder in der richtigen Proportion. Bevor wir mit dem Zweiten Akt beginnen, bitte ich Euch, unserem Patienten die Kapuzenweste anzulegen.«

»Jawohl, Dottore.« Ich nahm mein Schneiderstück aus dem Weidenkorb und trat vor den auf einem Stuhl sitzenden Patienten. »Beugt Euch etwas nach vorn, dann könnt Ihr leichter in die Weste hineinschlüpfen, Signore«, sagte ich.

»Aber achtet dabei auf Euren linken Arm«, ergänzte Doktor Tagliacozzi. »Jede unsanfte Berührung könnte den Erfolg unserer Mission in Frage stellen.«

Badoglio murmelte irgendetwas und ließ sich in die Weste helfen.

»Schwester Carla, bitte streift dem Signore auch die Kapuze über und verschnürt das Kleidungsstück.«

Ich tat, wie mir geheißen, und kurz danach saß Badoglio dank der Weste so gerade auf seinem Stuhl, als hätte er einen Stock verschluckt.

Doktor Tagliacozzi ging um ihn herum und überprüfte ihren

Sitz von allen Seiten. »Perfekt!«, lautete sein Urteil. »Ich muss Euch loben, Schwester.«

»Danke, Dottore.«

»Und nun muss ich Euch bitten, den Raum zu verlassen.«

Ohne meine Antwort abzuwarten, begann er, seine Instrumente in einer Schale zu sortieren.

Ich blieb.

Nach einer Weile blickte er auf und sah, dass ich noch immer da war.

Er runzelte die Stirn. »Schwester, ich danke Euch für die Anfertigung der Kapuzenweste, sie ist wundervoll gelungen und wird gewiss sehr hilfreich sein. »Doch nun …«

»Ich möchte Euch die Instrumente anreichen, Dottore.«

»Das wird nicht nötig sein, ich muss Euch bitten …«

»Lasst mich den fehlenden *ministrus* ersetzen.«

»Woher wisst Ihr, dass für die kommenden Akte normalerweise ein *ministrus* vorgesehen ist?«

»Ich weiß es eben.«

In des Doktors Gesicht arbeitete es. »Vielleicht sprechen wir darüber besser vor der Tür, Schwester.« Er nahm mich beim Arm und führte mich hinaus. Kaum waren wir draußen, platzte er heraus: »Wie konntet Ihr es wagen, Euch meinen Anweisungen zu widersetzen!«

»Wie konntet Ihr es wagen, mich wie eine Zulieferin von Kleidungsstücken zu behandeln.«

»Das habe ich nie getan!«

»Ihr habt mich behandelt wie eine kleine Näherin, und das vor den Augen Eures Patienten.«

»Unsinn!«

»Ihr hattet beim letzten Mal nicht einmal die Höflichkeit, das Maßnehmen an Signore Badoglio abzuwarten, obwohl ich extra deswegen gekommen war. Ich glaube nicht, dass Ihr Euch Eurer Mutter gegenüber ebenso …«

»Wie könnt Ihr es wagen …«

»Fangt nicht schon wieder an. Lasst mich Euch assistieren,

bitte. Wie Ihr mich dabei nennt, ist mir einerlei, *ministra, assista,* meinetwegen sogar Näherin, Hauptsache, ich kann dabei sein.«

»Niemals!«

»Gut, dann gehe ich jetzt hinein und ziehe Signore Badoglio die Kapuzenweste wieder aus. Sie ist mein, ich kann mit ihr machen, was ich will, denn Ihr habt sie nicht bezahlt.«

»Wie könnt Ihr es …!«

Ich streckte ihm die Hand hin. »Wir haben uns schon einmal geeinigt, erinnert Ihr Euch? Warum soll es uns diesmal nicht gelingen?«

Er schaute mich an, verblüfft und fast ein wenig anerkennend, und seine Gesichtszüge glätteten sich. Dann setzte er wieder sein amüsiertes Lächeln auf und sagte: »*Caspita,* Carla! Ihr versteht es, Eure Meinung zu vertreten. Sei's drum, ich werde mit Euch eine Ausnahme machen. Aber bildet Euch nur nichts darauf ein. Ich tue es lediglich, weil der vorgesehene *ministrus* vor einer Stunde abgesagt hat. Auch er leidet unter Durchfall.«

»Ja, Dottore«, sagte ich sanft.

»Bevor wir hineingehen, muss ich Euch fragen, ob Ihr Euch die Aufgabe wirklich zutraut. Sie erfordert gleichermaßen Kraft und Geschick. Ein Assistent, der Fehler macht, ist weniger wert als gar keiner.«

»Ich arbeite seit mehreren Jahren in der Klinik der frommen Schwestern, Dottore, da habe ich schon vieles erlebt, und nicht nur Schönes.«

»Wohlan, dann beginnen wir's.«

Wir gingen zurück in den Operationsraum, wo Signore Badoglio uns schon neugierig erwartete. Doch als hätten wir uns abgesprochen, taten wir beide so, als wäre nichts gewesen, und Doktor Tagliacozzi bat mich leise, den Tisch mit der Instrumentenschale so zu plazieren, dass der Patient ihn nicht sah. Dann wies er mich an, direkt daneben Posten zu beziehen und ihm bei den Behandlungsschritten unverzüglich das Gewünschte zu reichen: die Skalpelle, die Scheren, die Nadeln und anderen Werkzeuge.

»Habt keine Angst, Signore«, sagte er ruhig. Von seinem Wutausbruch war nichts mehr zu spüren. »Ich habe diese Operation schon sehr häufig durchgeführt.«

»Ich habe keine Angst, Dottore, bin froh, dass es endlich losgeht«, brummte Badoglio.

»Sehr schön. Nachdem der Erste Akt seine Zeit gehabt hat und der Hautlappen gereift ist, nachdem Ihr, Signore Badoglio, heute Morgen wie vorgeschrieben gewaschen und rasiert wurdet, möge der Zweite Akt nun beginnen.« Die Stimme des Doktors hatte etwas Feierliches, fast hörte es sich an, als doziere er vor seinen Studenten. Dann schob er von links die Blumensäule mit den geometrischen Ornamenten an Badoglio heran. »Legt Euren linken Oberarm auf die Säule, Signore, dreht die Innenseite nach oben. Ja, so ist es recht. Ich schneide jetzt den brückenförmigen Hautlappen an der zur Schulter gelegenen Seite auf, so dass er an drei Seiten offen ist, ein Unterfangen, das Ihr kaum spüren werdet.«

Badoglio nickte.

»Das bedeutet, der Lappen wird dann nur noch an der zur Armbeuge hin gelegenen Seite hängen. Habt Ihr das verstanden?«

»Ja, Dottore.«

Ich lauschte den Worten des Doktors mit größter Aufmerksamkeit und war mir keineswegs sicher, ob er die ausführliche Beschreibung seiner Behandlungsschritte nur deshalb vornahm, um seinen Patienten zu beruhigen. Ich glaubte vielmehr, er tat es, um mir die Assistenz zu erleichtern. Und ich war ihm dankbar dafür.

»Schwester, das Skalpell mit dem Horngriff.«

Ich gab es ihm, und er trennte mit einem schnellen, geschickten Schnitt die Lappenseite auf.

»Das war es schon, Signore. Ihr seht, die Stelle blutet nicht einmal. Nehmt jetzt den Arm von der Säule herunter und entspannt Euch, bevor der Dritte Akt beginnt.« Doktor Tagliacozzi ging um seinen Patienten herum und setzte sich auf einen Stuhl rechts neben ihn. »Bevor die Vereinigung zwischen dem Lappen und Eurem Nasenstumpf, die ich *copulare* nenne, beginnt, muss die Haut des Stumpfs um die Nasenlöcher herum aufgefrischt, das heißt, aufgeraut werden. Ein Vorgang, der *Narium excoratio* gerufen wird. Schwester, gebt mir das kleine Messer mit der Rundklinge und haltet dem Patienten von hinten den Kopf fest.«

Ich gab ihm das Messer, und er kratzte mit schnellen Bewegungen den Operationsbereich auf. Badoglio ertrug es mit offenem Mund, zog nur ein- oder zweimal scharf die Luft ein.

»Die oberste Hautschicht muss entfernt werden, Signore, sonst wächst später nichts zusammen, gleich haben wir's. So, fertig. Schwester, gebt mir einen Tupfer für die Nasenlöcher und ein Tüchlein für die Umgebung, damit ich das Sickerblut fortnehmen kann. Geht es Euch noch gut, Signore?«

»Ja, ja.«

»Wir nehmen jetzt ein Stück sehr durchsichtiges Pergament und legen es über Euren Nasenstumpf. Schwester, bitte gebt mir einen Rötelstift und haltet danach den Kopf des Patienten wieder fest. Danke.«

Doktor Tagliacozzi legte das Pergament über den aufgefrischten Stumpf und zeichnete die Kontur der Nase nach. Er gab mir den Rötelstift zurück, und ich reichte ihm eine Schere, von der ich annahm, sie habe die richtige Größe. Er nahm sie, ohne zu zögern, und beschnitt das Stück Pergament wie angezeichnet.

»Nun haben wir's. Auf diesem Wege ist eine Vorlage entstanden, nach der wir den Hautlappen des Arms zurechtschneiden können.«

Er rückte wieder die Blumensäule heran, hieß Badoglio, seinen Arm daraufzulegen, und setzte seine Arbeit fort, indem er die Vorlage auf den Lappen legte und ihn entsprechend beschnitt. »Tut das weh, Signore?«

Badoglio gab ein Grunzen von sich, das als Verneinung gelten mochte.

»Ich lasse den Lappen in seiner neuen Form lieber etwas größer, denn zurückschneiden kann man ihn immer noch. Was jetzt folgt, ist das Vernähen des Stumpfes mit dem Lappen. Bevor das geschieht, müssen wir aber auch ihn auffrischen. Bitte noch einmal das Messer, Schwester.«

Ich gab es ihm, und er wiederholte die Prozedur, die er schon am Stumpf vorgenommen hatte. Als er fertig war, blickte er auf und sagte in dem feierlichen Ton, den er bereits zuvor angeschlagen hatte: »Signore, Signorina, es beginnt der wichtigste Teil der ganzen Rekonstruktion.«

Ich wollte ihm eine Rundnadel mit Faden geben, doch er hielt mich zurück. »Einen Augenblick, Schwester, wir müssen den linken Arm unseres Patienten erst in die exakt richtige Position bringen. Bitte, Signore, streckt ihn nach vorn, winkelt ihn an, ja, mehr, noch mehr, gut so. Und nun legt die Hand mit der Innenfläche auf Euren Kopf und lasst sie da. Seid Euch bewusst, dass sie dort achtzehn, vielleicht sogar zwanzig Tage und Nächte verbringen wird, jedenfalls so lange, bis der Vereinigungsprozess durch das Zusammenwachsen der beiden Teile vollendet ist. Wie Ihr bemerkt, hängt das lose Lappenende jetzt genau vor Eurem Gesicht, so dass es nur noch mit dem Nasenstumpf vernäht werden muss. Bitte, Schwester, jetzt die Nadel, und haltet danach wieder den Kopf unseres Patienten sehr fest.«

»Jawohl, Dottore.«

Und während der Doktor die Einstiche für die Nadel zunächst markierte, begann er plötzlich, auf Latein zu dozieren: »*Igitur in virili aaetate constitutum, atque tum, ubi iam penitus obduruit, et iam flect incipit, validum satis, atque ad sustinendam operationis vim apprime munitum, traducem oportet arripere, et cum curtis partibus novo insitionis, consortio copulare.*«

»Was habt Ihr gesagt, Dottore?« Im Gegensatz zu mir, die

ich mittlerweile fließend Latein konnte, schien Badoglio dieser Sprache nicht mächtig zu sein.

»Verzeiht, Signore, manchmal geht der Hochschullehrer mit mir durch. Ich sagte: Wenn die *Aetas virilis* eingetreten ist, verhärtet sich der Lappen in seinem Inneren, und er beginnt sich einzurichten, so dass er stark genug und vor allem vorbereitet ist, die Gewalt der Operation zu ertragen. Nun ist es angebracht, den Spross zu ergreifen und ihn mit den verstümmelten Partien in der neuen Gemeinschaft des Pfropfens zu vereinigen. Tja, und genau das werde ich jetzt tun.«

Für die nächste halbe Stunde schwieg Doktor Tagliacozzi, zu sehr war er damit beschäftigt, die Stiche sauber und gleichmäßig zu setzen, wobei er in der Mitte begann und sich nach beiden Seiten vorarbeitete. Als er fertig war, verknotete er die Fäden und betätigte eine Klingel.

Als hätte er darauf gewartet, erschien Adelmo und fragte nach den Wünschen seines Herrn.

»Lass das Bett von Signore Badoglio heraufschaffen, die Behandlung ist so weit fortgeschritten, dass es uns jetzt nicht mehr einengen kann.«

»Sehr wohl.«

Adelmo verbeugte sich und ließ kurz darauf von zwei kräftigen Männern das Bett hereintragen. Doktor Tagliacozzi befahl: »Hier entlang. Richtet das Gestell so aus, dass man von beiden Seiten gut herantreten kann und dass ein freier Blick aus dem Fenster für Signore Badoglio möglich ist.«

»Sehr wohl, gnädiger Herr.«

»Danke, Adelmo, du kannst mit deinen Männern jetzt gehen.«

Danach wandte er sich an mich. »Wir bringen unseren Patienten nun zu Bett. Bitte haltet ihm weiterhin den Kopf sehr fest. Der Signore muss sitzen, aufrecht sitzen, während wir ihm mit Hilfe mehrerer fixierender Bandagen und Binden den Arm unverrückbar für die nächste Zeit versteifen. Diese Arbeit ist sehr wichtig, denn wenn der Arm nur das geringste

Bewegungsspiel hat, verheilen die Nähte nicht, und die ganze Operation würde misslingen.«

»Ja, Dottore, natürlich.«

»Ich habe die Verbände vorbereiten lassen, sie wurden in Eiweiß, Rosenwasser, Drachenblut und Siegelerde getränkt. An Bandagen brauchen wir solche für die Brust, die Achsel, den Oberarm und den Ellbogen. Alle zusammen sind gleichermaßen wichtig, erst die gemeinschaftliche Wirkung, gepaart mit der gebotenen Festigkeit, führt zum gewünschten Ziel.«

»Jawohl, Dottore.« Es dauerte noch eine geraume Weile, bis Signore Badoglio so kunstvoll versorgt war, dass seine Bandagen und Verbände auch dem kritischen Blick des Doktors standhielten.

»Es ist vollbracht«, sagte er schließlich zu seinem Patienten. »Nun fasst Euch in Geduld, schaut aus dem Fenster und genießt den Blick auf das, wofür unsere schöne Vaterstadt *la rossa* genannt wird – die roten Ziegeldächer. Beobachtet die Tauben in der Luft, verfolgt die Bahn der Sonne und lauscht den Glocken von San Rocco. Vor allem aber lenkt Eure Gedanken auf Eure Genesung, betet dafür immer dann, wenn das Geläut erklingt, dann wird der Allmächtige Euch mit einer schönen neuen Nase segnen.«

»Danke, Dottore«, sagt Badoglio gerührt.

»Doch so weit ist es noch nicht. Versucht zu schlafen. Wenn der Schlaf Euch flieht, gebt Adelmo Bescheid. Er wird Euch eine Arznei applizieren, die Euch auch im Sitzen sanft entschlummern lässt. Und nun entschuldigt Schwester Carla und mich, *guarisci presto.*«

Er nahm mich beim Arm und führte mich hinaus. Vor der Tür blieb er stehen und sah mich an. »Ich muss sagen, Ihr habt Euch wacker gehalten, Carla.«

»Darf ich bei den nächsten Akten dabei sein, Dottore?« Es war die einzige Frage, die mich bewegte.

Er zögerte, dann sagte er: »Ja.«

Ich fiel ihm um den Hals. »Danke, Dottore! Danke!« Vor Freude merkte ich gar nicht, welch unerhörte Entgleisung ich mir damit leistete. Doch schien die Entgleisung nicht ganz unwillkommen zu sein, denn für einen kleinen Moment hielt der Dottore mich eng umschlungen.

Der Vierte und der Fünfte Akt der Nasenrekonstruktion verliefen so, wie ich es schon heimlich im Archiginnasio beobachtet hatte, weshalb ich bei der Assistenz keinen einzigen Fehler machte.

Es kam nun öfter vor, dass der Doktor und ich nach den Behandlungsschritten ein wenig privat plauderten, und ich dachte häufiger daran, dass es nicht unangenehm gewesen war, als er mich für einen kurzen Moment in seinen Armen hielt. Aber natürlich waren das unnütze Gedanken, die ich jedes Mal wieder aus meinem Kopf verbannte.

Nachdem der Nasenlappen angewachsen, vom Oberarm getrennt und das überstehende Stück mit Hilfe von Binden heruntergedrückt und zum Anwachsen fixiert worden war, sagte Doktor Tagliacozzi zu Badoglio: »Mein lieber Signore, nur noch ein paar Tage Geduld, dann können wir das *septum* und die Nasenlöcher bilden. Ein Schritt, der dem Sechsten Akt vorbehalten ist. Doch zuvor soll Eure Langmut belohnt werden, bitte folgt mir.«

Er führte seinen Patienten in das Zimmer mit dem Kamin, auf dessen Sims das Dutzend modellierter Nasen stand, und sagte nicht ohne Stolz: »Diese Exemplare stellen das dar, was die moderne Chirurgie an Nasenformen bereithält. Nicht jedes Modell wird für Euch in Frage kommen, aber doch immerhin einige. Sucht Euch das aus, was Euch am ehesten zusagt.«

Badoglio bekam vor Staunen ganz große Augen, brummte so etwas wie: »Nicht möglich, nicht möglich«, und entschied sich nach längerem Suchen für ein Exemplar.

Doktor Tagliacozzi nahm es entgegen. »Nun, Signore, diese

Form dürfte ziemlich genau Eurer ehemaligen Nase entsprechen, was nicht weiter verwundert. Die meisten Patienten entscheiden sich so. Sie möchten das wiederhaben, was sie einst hatten.«

»Ja, ja.«

Wenige Tage später führte der Doktor die Anheftung des *septums* aus, einen Vorgang, den er *Insitio columnae* nannte, und präparierte die beiden Nasenlöcher. »Dieses war der Sechste Akt. Unser Weg, der Natur das wiederzugeben, was sie auf so tragische Weise verlor, neigt sich langsam dem Ende zu«, verkündete er, und wieder einmal klang seine Stimme so, als doziere er vor seinen Studenten in der *Scuola d'Aranzio*. »Ich habe hier zwei *tubuli* aus Gold und ein *tectorium* aus getriebener Bronze. Die *tubuli* sind Röhrchen, die ich in Eure Nasenlöcher einführe, auf dass diese eine gute Kontur erhalten. Das *tectorium* wiederum ist die Schablone, die ich nach dem von Euch gewählten Nasenmodell habe fertigen lassen. Sie wird dafür sorgen, dass Euer Wunsch nach einer perfekten Nase Wirklichkeit wird.«

»Wie lange muss ich denn mit den Dingern herumlaufen?«, fragte Badoglio misstrauisch.

»Ungefähr zwei Jahre.«

»Zwei Jahre?« Badoglio schrie fast. »Hört das Ganze denn niemals auf?«

Doktor Tagliacozzi verkniff sich ein Schmunzeln. »Beruhigt Euch, Signore, Ihr sollt die Schablone nur nachts tragen, dasselbe gilt für die *tubuli*.«

»Wann darf ich denn endlich wieder nach Hause?«

»Jetzt, Signore.«

»Jetzt? So plötzlich?«

Nun lächelte Doktor Tagliacozzi doch. »Wieso plötzlich, Eure Behandlung hat immerhin vier Monate gedauert. Ich wünsche Euch für die Zukunft alles Gute, mein lieber Signore. Trotz Eures Temperaments wart Ihr über die Zeit ein sehr angenehmer Patient. Tragt nur nachts das *tectorium* und die *tu-*

buli und besucht mich alle drei Monate hier in meinem Haus, damit ich den Fortlauf der Modellierung verfolgen kann.«

Wenig später war der höchst zufriedene Badoglio verschwunden, und ich sagte zu dem Doktor: »Dottore, das waren jetzt sechs Akte, Ihr spracht jedoch einige Male von sieben. Welches ist der Siebte Akt?«

»Setzt Euch doch erst einmal.« Wir befanden uns im Kaminzimmer und tranken ein Glas Wein auf den glücklichen Abschluss der Behandlung. »Um Eure Frage zu beantworten, Carla: Der Siebte Akt ist die Tragezeit der Schablonen, er dauert, wie ich Signore Badoglio bereits sagte, rund zwei Jahre.«

»Ich verstehe.«

»*Salute*, Carla.«

»*Salute*, Dottore.«

Es entstand eine Pause, in der ich wieder an meine Entgleisung ihm gegenüber denken musste, und vielleicht erging es ihm ebenso, denn er musterte mich in der ihm eigenen Art. Um meine aufkommende Verlegenheit zu bekämpfen, fragte ich: »Und warum benutzt Ihr stets eine, äh, etwas metaphorische Art, um Eure Behandlungsschritte zu umschreiben? Die Veränderungen des Hautlappens bezeichnet Ihr als Reife, die Abschnitte nennt Ihr Altersstufen, welche Ihr mit denen des Menschen vergleicht, die Verbindung von Lappen und Nase nennt Ihr Vereinigung, *copulatio*. Sagt, ist das alles Absicht?«

»Aber natürlich, liebe Carla. Die gewählten Vergleiche sollen zu einer gedanklichen Verknüpfung mit biblischen Zahlen und Vorgängen anregen. Die sechs Akte etwa entsprechen den sechs Tagen, an denen Gott die Welt erschuf, der Siebte Akt, der Akt des Wartens auf das endgültige Ergebnis, steht für den siebten Tag der Schöpfung, den Ruhetag, den wir Sonntag nennen. Für gebildete Patienten – und die meisten meiner Patienten haben eine gute Bildung – sind diese Termini doppelt deutbar; sie sollen erinnert werden an die Parallelen zwischen der Natur und der *Ars chirurgia*, zwischen der göttlichen Schöpfung und dem menschlich Möglichen. Sie sollen wissen, dass der Chirurg zwar vorhandene Materie verwendet, es aber dank seiner Geschicklichkeit schafft, ein Produkt herzustellen, das mehr darstellt als ein bloßes Kunstwerk, vielleicht sogar etwas, das den Ausdruck *admiratio* verdient.«

Ob Silvestro Badoglio alle diese Gedankengänge ebenfalls vollzogen hatte, bezweifelte ich, doch brachte mich das Ende seiner Behandlung auf die für mich entscheidende Frage. »Dottore«, sagte ich, nachdem ich mir mit einem großen Schluck Wein Mut angetrunken hatte, »werdet Ihr mich für die nächste Nasenrekonstruktion wieder rufen?«

Er schaute mich eine Weile an, schwenkte den Wein in seinem Glas, schaute mich wieder an, runzelte die Stirn und sagte: »Nein.«

»N... natürlich. Das dachte ich mir.« Ich blickte zur Seite und versuchte, mir meine grenzenlose Enttäuschung nicht anmerken zu lassen. »Ich danke Euch jedenfalls für die Zusammenarbeit, sie hat mir, nun ja, sie hat mir sehr viel Freude bereitet.« Ich wollte mich erheben, wurde aber von seinen Worten zurückgehalten: »Auch mir hat die Zusammenarbeit sehr viel Freude bereitet, und deshalb denke ich nicht daran, sie zu beenden.«

»Wie meint Ihr?« Verwirrt blieb ich sitzen. In des Doktors Gesicht erschien wieder das amüsierte Lächeln, das ich einerseits so sehr mochte, manches Mal aber auch hasste. Das Lächeln wurde noch breiter, und er sagte: »Auf Eure Frage eben, ob ich Euch für die nächste Nasenrekonstruktion wieder rufen würde, sagte ich nein, weil es keine nächste Nasenrekonstruktion geben wird.«

Ich saß da und musste wie eine fleischgewordene Frage ausgesehen haben, denn nun lachte er laut und fuhr fort: »Allerdings gibt es eine nächste Operation. Gestern hatte ich die Ehre, von einer sehr hochgestellten Persönlichkeit konsultiert zu werden, dem Grafen Paolo Emilio Boschetti von Modena. Er ist, wie er mir sagte, dreiunddreißig Jahre alt und leidet unter einem Bruch und einer Verrenkung im linken Arm. Beides führt dazu, dass er den Ellbogen weder strecken noch beugen kann. Der Graf äußerte, der Arm sei zunächst wohl falsch versorgt worden, aber nun hoffe er auf Besserung. Ich sagte ihm, dass ich alles nur Denkbare unternehmen wolle, um ihm zu helfen. Morgen will er wiederkommen, damit ich ihn untersuchen und eine genaue Diagnose stellen kann.«

»Und dabei soll ich …?«

»Genau, Carla, ich lege Wert auf Eure Anwesenheit. Ich nehme an, Ihr habt im Hospital der Schwestern schon eine Reihe von Brüchen behandelt?«

»Selbstverständlich, Dottore.« Mein anfänglicher Ärger darüber, dass er mich wieder einmal genasführt hatte, war längst verflogen. »Wann soll ich hier sein?«

»Kommt um die dritte Nachmittagsstunde.«

»Gern, Dottore, gern! *Arrivederci.*«

»*Arrivederci,* Carla.«

Wie auf Wolken verließ ich ihn.

Keine vierundzwanzig Stunden später sah ich Dottore Tagliacozzi wieder.

Für sein Behandlungsgespräch hatte er den Raum unterhalb der Dachterrasse gewählt, den ich schon kannte. Wie vormals Signore Badoglio saß der Graf auf einem Stuhl. Er war ein kleiner, für seine jungen Jahre schon recht korpulenter Mann, wie sein entblößter Oberkörper bewies. Seine Haut war weiß wie der eines Fischbauchs und überall stark behaart, auch am Rücken. Trotz dieser Schönheitsmängel trug er eine Miene zur Schau, wie sie vielen Adligen zu eigen ist: eine Mischung aus Überheblichkeit und Langeweile.

Der lädierte Arm wies Deformierungen und schlecht verheilte Wunden auf. Doktor Tagliacozzi hatte den Ellbogen vorsichtig angehoben und sagte gerade: »Da ist etwas zusammengewachsen, das so nicht hätte zusammenwachsen dürfen, lieber Graf.«

»Wie meint Ihr das?« Die Stimme des Adligen klang näselnd.

»Bevor ich Euch antworte, darf ich Euch Schwester Carla vorstellen. Sie arbeitet im Hospital der frommen Schwestern von San Lorenzo und hat sehr viel Erfahrung mit Bruchverletzungen.«

»Sie ist zu spät.« Der Graf hielt es nicht für nötig, mich zu begrüßen, er sah mich kaum an. Damit nicht genug, hatte er mit seinem Vorwurf unrecht. Er war es, der zu früh erschienen und somit unpünktlich gewesen war.

»Verzeiht, Graf.« Doktor Tagliacozzi überging die Ungehörigkeit. »Könnt Ihr den Arm zur Seite anheben und gleichzeitig beugen?«

Der Graf versuchte es, doch es gelang nicht. Drei Gründe mochten dafür sprechen: die durch den Bewegungsmangel zurückgebildete Muskulatur, die Schmerzen bei der Ausführung und die halbherzigen Bemühungen des Grafen. Jedenfalls sah ich mit einiger Befriedigung, dass seine blasierte Miene sich zusehends zu der eines Mannes wandelte, der unter Schmerzen litt.

»Schwester Carla, bitte mischt ein wenig *laudanum* an, damit der Graf keine Beschwerden verspürt, während ich die für die Untersuchung notwendigen Flexionen und Extensionen des Arms vornehme.« Der Doktor unterbrach sich und blickte den Grafen an. »Für eine gesicherte Diagnose sind eine Reihe von Beugungs- und Streckungsversuchen notwendig. Ich kann Euch diese Prozedur leider nicht ersparen.«

»Macht, was Ihr für nötig befindet.« Auf des Grafen Stirn bildeten sich Schweißtropfen.

Mittlerweile hatte ich die Tinktur aus Alkohol und dem Saft des Opiums im richtigen Mischungsverhältnis hergestellt, und der Graf schluckte das Gebräu mit säuerlichem Gesichtsausdruck hinunter. Wir warteten eine Weile, bis die Wirkung des *laudanums* einsetzte. Die Zeit verging langsam, denn der Graf schwieg und schien an einer Unterhaltung nicht sonderlich interessiert. Dann begann die eigentliche Untersuchung, die aus viel mehr als nur Beugungen und Streckungen des Arms bestand. Der Graf wurde angehalten, jeden einzelnen Finger der Hand zu bewegen, musste Greifübungen machen, die Faust ballen, das Handgelenk drehen. Doktor Tagliacozzi befühlte immer wieder die Bruchstelle, besah sie von allen Seiten, beroch sie und hielt sogar sein Ohr daran. Es fehlte nur noch die Verkostung der Verletzung, und er hätte alle seine fünf Sinne für die Diagnose eingesetzt.

Aber auch so kam er zu einem Ergebnis. Er sagte: »Ich habe leider keine guten Nachrichten für Euch, Graf. Die Funktion des Arms wird nicht vollends wiederhergestellt werden können. Diese Erkenntnis hat zweierlei Gründe: Erstens ist der Knochen nicht gut zusammengewachsen, und zweitens befindet sich noch Kammerwasser in jenen Sehnen der Muskeln, die für das Strecken und Beugen des Arms notwendig sind.«

»Ich hätte gern etwas Erfreulicheres von Euch gehört, Dottore«, näselte der Graf. Es klang so, als trage Doktor Tagliacozzi persönlich Schuld an der unerfreulichen Nachricht.

Doch dieser ließ sich nicht beirren. Er fuhr fort: »Da es nicht mehr möglich ist, den ersten Grund zu korrigieren, kann ich nur noch den zweiten Grund behandeln, so leid es mir tut. Ich will Euch reinen Wein einschenken, Graf: Die komplette Bewegungsfreiheit Eures Ellbogens kann, wie gesagt, nicht wiederhergestellt werden, doch mag sich der augenblickliche Zustand sehr stark verbessern lassen, wenn das Wasser in den Sehnen durch geeignete Arzneien aufgelöst wird.«

»Haltet Ihr das für möglich?«

»Ich würde es Euch sonst nicht empfehlen.« Mit dieser Bemerkung hatte der Doktor den Grafen endlich einmal in die Schranken gewiesen – und das mit dem natürlichsten Lächeln der Welt. Ich bewunderte ihn dafür.

»Dann sei es so.«

»Sehr schön, Graf. Die Behandlung ist für heute beendet. Schwester Carla gibt Euch die *laudanum*-Arznei mit, falls die

Schmerzen Euch wieder quälen. Nehmt einen kleinen Löffel davon, das wird genügen. Wenn es Euch recht ist, sehen wir uns übermorgen wieder, am besten zur Stunde der Abendmesse, also der sechsten nach Mittag. Vielleicht gibt es mitfühlende Seelen in Eurem Haus, die zur selben Zeit für eine erfolgreiche Therapie beten.«

»*A Dio piacendo!*« Der Graf erhob sich, und ein Diener erschien, um ihm beim Ankleiden zu helfen. Der Doktor und ich warteten, bis er sich verabschiedet hatte, und tranken dann das inzwischen üblich gewordene Glas Wein im Kaminzimmer mit den Nasenmodellen. Nachdem wir einander zugeprostet hatten, sagte ich: »Dottore, wozu braucht Ihr mich eigentlich bei dieser Behandlung? Ich habe heute nicht mehr getan, als etwas *laudanum* angerührt. Das hätte jeder andere auch gekonnt.«

»Das mag sein, liebe Carla.« Der Doktor lächelte. »Aber das, was die Therapie ab übermorgen erfordert, wird weitaus schwieriger werden, und deshalb benötige ich Eure Hilfe.«

»Was wird denn so schwierig sein?«

»*Salute*, Carla.«

»Was wird denn so schwierig sein?«

»Lasst Euch überraschen. *Salute.*«

»*Salute*, Dottore. Manchmal seid Ihr wie eine Auster.«

»Eine Auster? Nun gut, aber wenn, dann eine, in der Ihr die Perle seid.«

Meine hochfliegenden Gedanken, die ich den ganzen nächsten Tag wegen der letzten Bemerkung des Doktors hatte, wurden am Nachmittag unterbrochen durch das Eintreffen eines Boten. Es war derjenige, den ich schon kannte. Er kam von Doktor Tagliacozzi und übergab mir diesmal keinen Brief, sondern ein Paket.

»Danke, wartest du auf Antwort?«, fragte ich.

»Nein, Signorina, ich soll Euch nur noch einen guten Tag

wünschen. *Arrivederci.*« Er verbeugte sich knapp und eilte davon.

Ich ging ins Haus und öffnete in freudiger Erwartung das Paket. Es enthielt einen Brief und ein Buch. Der Brief war von Doktor Tagliacozzi und hatte folgenden Wortlaut:

Liebe Carla,
heute Vormittag erhielt ich eine Nachricht des Grafen von Modena, in der er mich bittet, dafür zu sorgen, dass meine Assistentin, also Ihr, bei der Behandlung nicht verschleiert auftritt. Fragt mich nicht, was ich von dieser Bitte halte, doch wird es sich nicht vermeiden lassen, ihr zu entsprechen. Vielleicht ist das Buch, das ich Euch hiermit übersende, der Schlüssel für eine Lösung des Problems.
Ich freue mich auf morgen.

G. T.

Neugierig nahm ich das in schweres Leder gebundene Buch zur Hand. Es trug den Titel *Secreti diversi* und war verfasst worden von einem gewissen Gabriele Falloppio. Doktor Tagliacozzi schien vorausgeahnt zu haben, dass mir der Titel *Verschiedene Geheimnisse* wenig sagen würde, und hatte deshalb ein paar erklärende Zeilen beigefügt. Aus ihnen ging hervor, dass Falloppio 1562 verstorben war und bis zu diesem Zeitpunkt in Padua ein spezielles haarwuchsförderndes Öl herstellte und verkaufte. Seine Kundinnen kamen überwiegend aus Venedig, aber auch aus Padua, Bologna und Ferrara, und wandten neben seinem Öl auch ein von ihm entwickeltes Blondierungsverfahren an, mit dessen Hilfe sie ihre Haare aufhellten. Allerdings war dieses Verfahren so aggressiv, dass vielen von ihnen die Haare ausfielen, was, wie der Doktor spöttisch anmerkte, vielleicht durchaus beabsichtigt war, um den Verkauf des Öls anzukurbeln. Falloppio, der im Übrigen ein tüchtiger Arzt und Chirurg gewesen sei, habe der Nasenrekonstruktion stets kritisch gegenübergestanden, da er zeit seines Lebens die *Ars reparatoria* als Eingriff in Gottes Werk verstand und stattdessen die Kunst des Schminkens anzuwenden empfahl. Das vorliegende Buch sei im Großen und Ganzen eine Rezeptsammlung mit praktischem Nutzen, die auch kosmetische Passagen enthielte – somit auch Hinweise, wie ich meine *voglia di vino* überdecken könne.

An der Stelle, wo die Geheimnisse der Schminkkunst erläutert wurden, hatte er ein Lesezeichen eingefügt.

Aber ich wollte nichts lesen, weder das Buch noch irgendwelche Stellen darin, denn ich war viel zu verärgert. Ich klappte es zu und warf es in eine Ecke.

Und ich nahm mir vor, am nächsten Tag nicht zu des Doktors Haus zu gehen.

Natürlich ging ich trotzdem hin. Aber nur, wie ich mir immer wieder selbst versicherte, um dem Doktor gehörig meine Meinung zu sagen. Ich erschien fast zwei Stunden vor dem verabredeten Termin, um ihn zur Rede zu stellen und anschließend sofort wieder zu gehen.

Nachdem Adelmo mich eingelassen und in das Behandlungszimmer unter der Dachterrasse geführt hatte, verlor ich weiter keine Zeit: »Hier habt Ihr Euer Buch zurück, ich brauche es nicht!«, rief ich und schleuderte ihm die *Secreti diversi* entgegen.

Er reagierte im letzten Moment und fing das Buch auf. »Nanu, warum so stürmisch, Carla?«

»Wie konntet Ihr es wagen, mir so ein Schandwerk anzubieten!«

»Schandwerk? Ich hatte die beste Absicht ...«

»Ja, Schandwerk! Oder wie würdet Ihr ein Geschreibsel nennen, das den Frauen allen Ernstes zumutet, Blondierungsmittel zu verwenden, von dem ihnen die Haare ausgehen!«

»Aber die Mittel braucht man doch nicht zu nehmen ...«

»Aber die Schminkutensilien dieses Herrn Falloppio soll ich

mir ins Gesicht schmieren, damit mir die Haut in Fetzen herabfällt, oder wie stellt Ihr Euch das vor!«

»Bitte, Carla.«

»Mag sein, dass Ihr es gut gemeint habt, aber es ist eine Zumutung, mir nur wegen dieses Grafen Schminke ins Gesicht schmieren zu müssen.«

»Carla.« Der Doktor lächelte leicht. »Wir haben uns schon mehrmals geeinigt, erinnert Ihr Euch? Warum soll es uns diesmal nicht auch gelingen? Ich wollte Euch nicht zu nahetreten, wirklich nicht. Ich hielt die Idee, Eure *voglia di vino* abzudecken, für gut, nicht nur wegen des Grafen, sondern generell. Oder wollt Ihr Euer gesamtes weiteres Leben hinter einem Schleier verbringen?«

»Jedenfalls schmiere ich mir nichts von diesem Falloppio ins Gesicht«, sagte ich halbwegs besänftigt.

»Dann werde ich nachher auf Eure Hilfe verzichten müssen.«

Ich schwieg.

»Seht Ihr, das wollt Ihr nun auch wieder nicht.«

»Ich ... ich ...«

»Ja, bitte?«

Ich kämpfte mit mir, ob ich es sagen sollte, denn ich hatte – außer mit Marco – noch nie mit jemandem darüber gesprochen, doch schließlich platzte ich heraus: »Selbst wenn ich es wollte, könnte ich mich nicht schminken, weil es ... weil es mir unmöglich ist, in einen Spiegel zu sehen.«

Er sah mich an und nickte langsam. »Ich verstehe. Ich verstehe Euch sehr gut, Carla, vor allem als Arzt. Ich weiß, dass es Widerstände gibt, die unser Geist nicht überwinden kann. Es sind krankhafte Angstzustände, die nicht nur Ihr, sondern auch andere Menschen täglich erdulden. Manche haben eine unüberwindliche Angst vor dem Meer, andere vor dem Geruch von Knoblauch, wieder andere vor Spinnen oder sonstigem Getier. Allen diesen Menschen ist gemein, dass sie nichts für ihr Verhalten können.«

»Ich will nicht krank sein!«

Er trat auf mich zu und nahm meine Hand. »Wir sind alle mehr oder weniger krank, Carla. Der eine ist krankhaft eifersüchtig auf seinen Nachbarn, der andere hat ständig Angst, seine Haustür nicht abgeschlossen zu haben, der Dritte erzählt immer dasselbe, ohne sich dessen bewusst zu sein. Sie alle haben ihr Schicksal, ihr Leiden, ihr Gebrechen – und in fast allen Fällen können wir Ärzte nicht helfen.«

»Ich kann und will mir keine Schminke ins Gesicht schmieren.«

»Schon gut.« Der Druck seiner Hand wurde stärker. Es war eine warme, kräftige Hand, und ich fühlte mich geborgen. »Kommt mit.«

Er führte mich die Stockwerke hinunter bis in den Bereich des *piano nobile* und hieß mich vor einer Zimmertür warten. Ich stand da und fragte mich, was er mit mir vorhatte, doch schon trat er wieder heraus, lächelte und bat mich hinein.

Das Zimmer wurde dominiert von einem großen Pfostenbett mit üppig gewebtem Baldachin und einem Spiegel. Der Spiegel war nahezu so hoch wie die Pfosten des Betts und mindestens eine Armspanne breit – und ungefährlich. »Ihr seht, der Spiegel kann Euch nichts anhaben. Ich habe ihn mit der Bettdecke verhängt.« In der Tat bedeckte ein großes goldfarbenes Damasttuch auch den letzten Quadratzoll dieses *brutto nemico*, und ich atmete auf.

»Euch kann gar nichts passieren, außerdem bin ich ja da.«

»Und jetzt?«, fragte ich zaghaft.

»Jetzt setzt Ihr Euch auf das Bett und harrt der Dinge, die da kommen.«

Ich setzte mich, sprang aber sogleich wieder auf. »Ich möchte nicht, es schickt sich nicht ...«

Sanft drückte er mich wieder zurück. »Dies ist das Schlafzimmer meiner Mutter. Sie ist die strengste Gouvernante, die sich denken lässt, sogar wenn sie nicht anwesend ist. Es kann also gar nichts passieren.«

»Was habt Ihr vor?«

»Ihr werdet es gleich erfahren.« Er setzte sich neben mich und zog ein kleines Tischchen mit allerlei Behältnissen zu sich heran.

»Was ist das?«

»Gleich. Schließt die Augen.«

Ich gehorchte und merkte, wie er mir das Barett mit dem Schleier abnahm. Dann passierte eine Weile nichts, ich hörte ihn nur geschäftig mit irgendwelchen Tiegeln und Töpfen hantieren, und dann, plötzlich, spürte ich etwas Feuchtes an meinem Feuermal. Ich riss die Augen auf und sah ihn mit einem weißen Wattekissen in der Hand. »Was macht Ihr da?«

»Ich schminke Euch.«

»Nein!« Ich wollte aufstehen, wurde aber erneut zurückgedrängt. »Lasst es doch einfach über Euch ergehen, Ihr werdet erstaunt sein über den Effekt.«

Ich gehorchte widerstrebend. »Was ist das, was habt Ihr da?«

»Bleiweiß. Gleichmäßig aufgetragen, verleiht seine Deckkraft eine makellose Blässe. Ihr werdet sehen, es trocknet schnell und ist darüber hinaus sehr angenehm auf der Haut.«

»Woher wisst Ihr das alles?«

»Von meiner Mutter. Ihr gehören diese Utensilien. Ich gebe zu, ich kenne mich damit nicht sehr gut aus, aber Bleiweiß ist mir ein Begriff.«

Ich ließ es zu, dass er mir die gesamte linke Gesichtshälfte mit Bleiweiß bestrich, wobei ich, ob ich wollte oder nicht, die Augen schließen musste. Als er mit der linken Gesichtshälfte fertig war, sagte er: »Die rechte Seite muss auch noch behandelt werden, sonst wäre der Unterschied zu der natürlichen Farbe Eurer Haut zu groß.«

»Wie ist denn meine Haut?«

»Wunderschön, Carla. Sie ist rein und faltenlos und hat einen ganz leichten Olivton.« Er strich mit den Fingerspitzen über meine Wange, und ich erschauerte.

»Wunderschön, Carla.«

Wieder streichelte er mich. Nach einer Weile sagte er: »Eigentlich ist Eure Haut viel zu schön, um sie mit Bleiweiß abzudecken«, doch ich hörte seine Worte kaum, denn der Zauber des Augenblicks hielt mich gefangen.

Irgendwann machte er weiter, als wäre nichts gewesen, und als er aufhörte, sagte er: »Nun zu Euren Lippen. Ich habe hier rote Farbe der Koschenille.«

»Koschenille, Dottore?«

»Soviel ich weiß, handelt es sich dabei um eine Schildlaus, die in der Neuen Welt auf Disteln und Kakteen lebt. Getrocknet und in Wasser und Schwefel ausgekocht und kundig weiterbehandelt, liefert sie letztendlich das verführerische Rot für den weiblichen Mund.«

Die Vorstellung, dem Produkt einer Laus ausgesetzt zu sein, war mir nicht sehr angenehm, aber ich ließ es zu, dass er das Rot mit einem feinen Pinsel aus Marderhaaren auf meine Lippen strich. Dann geschah eine Weile nichts, und ich öffnete die Augen wieder. »Was tut Ihr?«, fragte ich.

»Ich schaue Euch an.«

Er musterte mich in der Art, die ich kannte und die mich jedes Mal unruhig machte. Da ich nichts anderes zu tun wusste, schloss ich wieder die Augen und sagte: »Gewiss stehen Bleiweiß und Koschenille auch in dem Buch *Secreti diversi*?«

»Gewiss«, sagte er.

»Dann ist beides sicher auch giftig?«

»Ja.«

»Dann will ich nicht ...« Ich wollte weitersprechen, aber es ging nicht, denn er küsste mich. Er drückte seine Lippen auf die meinen, und er tat es sanft und bedächtig, und ich dachte, so müsse Honig schmecken. Dann fiel mir ein, dass Honig bei weitem nicht süß genug war für das, was ich empfand, und ich grübelte, was süßer sei, aber mir fiel nichts ein. Ich konnte mich nicht konzentrieren, konnte keinen klaren Gedanken fassen, denn immerfort küsste er mich, und es war mir, als ströme das Glück in alle meine Glieder, warm und wohlig und nie gekannt. Endlich löste er seine Lippen von mir und sagte: »Bleiweiß ist nur ein bisschen giftig.« Und wieder küsste er mich.

»Dann ist es gut«, sagte ich.

Graf Paolo Emilio Boschetti von Modena kam auch an diesem Tag zu früh und hätte uns um ein Haar nicht angetroffen, denn nach dem, was zwischen uns geschehen war, bedurfte es der ganzen Kunst Gaspares, mich neu zu schminken. Es gelang uns gerade noch, vor dem Adligen in das Behandlungszimmer zu schlüpfen und so zu tun, als hätten wir ihn schon erwartet.

»Ich hoffe, die Behandlung schlägt baldmöglichst an«, näselte er, nachdem er Gaspare begrüßt und mich mit einem kurzen Blick gestreift hatte.

»Das liegt in Gottes Hand, Graf, was ich dazutun kann, das soll geschehen. Geduldet Euch ein paar Augenblicke, dann stelle ich Euch einen wesentlichen Bestandteil Eurer Behandlung vor.« Gaspare klingelte mit dem Glöckchen, woraufhin Adelmo wie immer prompt erschien. Der Diener bekam leise ein paar Anweisungen, nickte und erschien kurz darauf wieder, in den Händen eine Zinnschüssel haltend. Das, was sich in der Schüssel befand, sah wenig einladend aus, es war rot, blutig und schlingenförmig.

»Was ist das?«, begehrte der Graf zu wissen.

»Das sind die Gedärme des Schafs. Sie sind von einem frisch geschlachteten Tier und deshalb noch warm. Ihr werdet ab jetzt täglich Euren gesamten Unterarm samt Ellbogen in diese Eingeweide legen, und zwar für eine Stunde. Ihr dürft vorher nichts gegessen haben, um die Wirkkraft des Gekröses nicht zu mindern. Nach einer Stunde soll der Arm für die Hälfte der vorherigen Zeit in ein heißes Bad gelegt werden, dessen Ingredienzien aus vielen Drogen bestehen. Danach soll er mit warmem Wein gewaschen und anschließend getrocknet werden.

Was folgt, sind Armübungen, die ich Euch zeige und die Ihr fortan selbsttätig durchführen müsst. Abschließend soll der Arm mit einem *unguentum* eingerieben werden, das ich extra für die Regeneration Eurer Nerven komponiert habe.«

Der Graf sagte daraufhin nichts, aber sein Gesichtsausdruck verriet, dass er beeindruckt war. Doch schnell kehrte seine Blasiertheit zurück. »Gedärme des Schafs für meinen Arm?«, näselte er. »Seid Ihr sicher, damit die richtige Medikation gefunden zu haben?«

»Es ist immerhin das, was Cardano, Aldrovandi, Sacchi und andere Meisterärzte empfehlen, Graf. Wollen wir nun mit der Behandlung beginnen? Noch sind die Gedärme warm.«

Widerstrebend ließ der Graf es geschehen, dass ich ihm den Ärmel hochschob und seinen Arm in die rote Masse tauchte.

»Sehr schön«, sagte Gaspare. »Fasst Euch in Geduld, lieber Graf. Geduld, sage ich immer, ist schon die halbe Genesung. Und nun entschuldigt Schwester Carla und mich, wir schauen in einer Stunde wieder nach Euch.«

Ohne die Antwort seines hochnäsigen Patienten abzuwarten, nahm er mich beim Arm und führte mich hinaus. »Der Herr kann ruhig für eine Weile mit sich und seiner Krankheit allein sein.« Er grinste. »Das hat den Vorteil, dass auch wir allein sein können.« Er umschlang mich mit seinen kräftigen Armen und küsste mich.

»Aber ... Gaspare«, sagte ich zögernd, denn sein Vorname wollte mir noch nicht recht über die Lippen, »ist es nicht unhöflich, den Grafen so lange allein zu lassen?«

»Das ist es«, bestätigte er fröhlich. »Lassen wir ihn ein bisschen in der eigenen Arroganz schmoren. Oh, ich sehe gerade, dass deine Schminke ein wenig der Nachbesserung bedarf. Wir sollten noch einmal in das Schlafzimmer meiner Mutter gehen.«

Obwohl mir der Vorschlag gefiel, wandte ich ein: »Aber wenn deine Mutter uns ...«

»Du meinst, wenn sie uns beim Schminken erwischt? Keine

Sorge, sie kommt nicht, denn ihr Zimmer ist unbewohnt. Sie zog 1564 aus, nachdem mein Vater gestorben war. Sie hielt es nicht aus, allein in einem Haus weiterzuleben, in dem sie so viele glückliche Jahre mit ihrem Mann verbracht hatte.«

»Aber ihr Zimmer ...«

»Musste so bleiben, wie es war. Darauf bestand sie, als sie auszog. Manchmal besucht sie mich und überzeugt sich, ob alles noch an seinem Platz steht.«

»Dann könnte sie heute also auch kommen. Sollten wir nicht vorsichtiger sein?«

»Nein, ganz entschieden nicht!« Er lachte. »Mutter ist eine vielbeschäftigte Frau. Sie handelt mit Grundstücken, und das sehr erfolgreich. Heute weilt sie in einem Städtchen namens Bazzano, um dort Land zu kaufen. Sie ist bestimmt nicht vor heute Abend wieder in Bologna.«

Ich stellte mich auf die Zehenspitzen und küsste ihn. »Das ist eine gute Nachricht«, flüsterte ich.

Den nächsten Monat, in dem der Graf von Modena täglich erschien, verbinde ich mit den angenehmsten Erinnerungen. Mein Leben spielte sich ab zwischen dem Hospital der Nonnen, dem Behandlungszimmer unter der Dachterrasse und dem Schlafzimmer von Signora Tagliacozzi.

Ich lernte, dass Gaspare nicht nur ein guter Arzt, sondern auch ein aufmerksamer und nimmermüder Liebhaber war. Ich bewunderte und vergötterte ihn, denn bald nach den ersten Behandlungen des Grafen ließ er mir völlig freie Hand, was mich mit großem Stolz erfüllte. Ich sorgte dafür, dass täglich frisches Schafsgedärm herbeigeschafft wurde, achtete darauf, dass der Graf seinen Arm tief genug hineintauchte, und badete ihn anschließend in einem heißen Sud, den ich auf das Genaueste nach Gaspares Wünschen zubereitet hatte. In dem Rezept hieß es:

Nimm dreißig Pfund alte Lauge, sechs Handvoll Malvenwurzeln und sechs Handvoll Wurzeln wilder Gurken, zusammen mit der Hälfte eines gespaltenen Schafschädels. Koche diese Mischung zu einem Drittel ein, sodann gebe jeweils zwei Handvoll der purpurn blühenden Betonie, frischer Mauerminze, milder Kamille und süßen Klees hinzu, bringe das Ganze wieder zum Kochen und benutze es, während es noch heiß ist.

Wie vorgeschrieben, wusch ich des Grafen Arm danach in warmem Wein und trocknete ihn mit weißen Tüchern ab. Es folgte eine Reihe von Übungen, die der Graf widerstrebend unter meiner Anleitung durchführte, und das Verreiben des salbenartigen *unguentums*. Sein blasiertes und häufig sauertöpfisches Gehabe, das er dabei an den Tag legte, prallte an mir ab, denn ich dachte nur an Gaspare.

Was ich mit ihm erlebte, war so überwältigend, so unerhört, so sündhaft schön, wie ich es mir niemals zuvor ausgemalt hatte. Das Glücksgefühl beherrschte mich und füllte meinen gesamten Körper mit Heiterkeit aus, oder, wie Gaspare es ausgedrückt hätte, es sorgte dafür, dass meine Säfte im vollkommenen Einklang standen. Am liebsten hätte ich ein großes Schild vor mir hergetragen, mit der Aufschrift: Ich bin glücklich! Aber natürlich tat ich das nicht. Stattdessen bemühte ich mich, es dem Grafen gegenüber nicht an der nötigen Höflichkeit mangeln zu lassen, und setzte überdies alles daran, meinen Dienst bei den frommen Schwestern nicht zu vernachlässigen.

Gaspare, der in dieser Zeit besonders viel unterwegs war, lobte mich in den höchsten Tönen und stellte mich einmal sogar seiner Mutter vor. Sie hieß Isabeta Quaiarina und war eine Frau in den Fünfzigern, schlank und von strenger Schönheit. Ihre Augen blickten kurz auf mein mit Bleiweiß geschminktes Gesicht und wanderten dann gelangweilt weiter. Doch berührte mich diese Nichtachtung wenig, denn ich stellte mir vor, wie es wäre, wenn sie wüsste, dass ich für ihren Sohn nicht nur die kleine Hospitalschwester Carla war und dass ich mich in ihrem Schlafzimmer recht gut auskannte.

Einmal, als wir angenehm erschöpft in ihrem großen Pfostenbett lagen, sagte ich zu Gaspare: »Was ist eigentlich der Unterschied zwischen Drachenblut und Schafsblut?«

Er stutzte. »Wie kommst du denn darauf?«

»Ich musste gerade an den Grafen denken und an seine Abneigung gegen Schafsgedärm.«

»Du solltest an ganz andere Dinge denken.« Er küsste mich in die Halsbeuge.

»Was ist der Unterschied? Ich meine, es muss doch einen Grund haben, warum das Geschlinge des Schafs das Kammerwasser in den Sehnen und Muskeln zurückdrängt, Drachenblut dagegen als getrocknetes Pulver in Heilsalben Verwendung findet. Es muss da doch Unterschiede geben, und wenn ja, welche sind es?«

»Ach, mein kleines Bleiweißmädchen.« Er küsste mich abermals. »Wenn du mich so fragst, komme ich mir vor wie in der *Scuola d'Aranzio*.«

»Tun wir so, als wären wir dort.«

»Nun gut, ich kann dir ohnehin nichts abschlagen. Wisse also: Die Unterschiede liegen in der Wirkweise, und die Kenntnis um die Wirkweise ergibt sich aus der Erfahrung, die sich wiederum auf Beobachtungen stützt.«

»Und warum taugt das Gedärm eines jeden beliebigen jungen Schafs zur Behandlung von Kammerwasser, wenn dagegen das Drachenblut für Heilsalben ein ganz bestimmtes sein muss?«

»Die Antwort ist dieselbe: Erfahrung.« Gaspare bemerkte meinen zweifelnden Gesichtsausdruck und erklärte weiter: »Beim Drachenblut hat sich die Erkenntnis erhärtet, dass *Drago di Santo Janni*, eine Eidechsenart, die auf der Insel Santo Janni im Tyrrhenischen Meer lebt, das wirksamste Drachenblut liefert.«

»Aber warum?«

»Weil es so ist, mein Bleiweißmädchen.« Wieder küsste er mich, und ich kam nicht mehr dazu, weiterzufragen.

Ein andermal brachte ich zur Sprache, warum es guten und schlechten Eiter gebe, aber eine befriedigendere Auskunft, als Marco sie mir seinerzeit gegeben hatte, wusste Gaspare auch nicht. Er sagte nur: »Erfahrung.«

Die Antwort genügte mir nicht, denn ich dachte, wenn man, statt Erfahrungen und Beobachtungen zu sammeln, die Ursachen für etwas wüsste, wäre das Verständnis für die Zusammenhänge in der Medizin weitaus besser. Aber ich sagte nichts und strich Gaspare über seine lange Nase, die in der Mitte einen kleinen Höcker aufwies. »Deine Nasenmodelle aus Terrakotta sind sehr schön«, sagte ich.

»Hm.« Er schlief schon halb.

»Aber sind sie nicht überflüssig?«

»Wie meinst du das?« Jetzt war er wach und blickte mich stirnrunzelnd an.

»Du hast doch gesagt, die Modelle dienen als Vorlage für die späteren *tectoria,* ich meine, für die bronzenen Schablonen?«

»Ja, sicher. Und?«

»Wenn es nur zwölf Modelle für die späteren Schablonen gibt, dann gibt es ja auch nur zwölf unterschiedliche Schablonen?«

»Das hast du messerscharf erkannt.«

»Und wenn die Schablonen identisch mit den Modellen sind, frage ich mich, warum du sie dem Patienten nicht gleich zeigst. Anhand der Schablonen könnte er seine gewünschte Nasenform doch genauso erkennen, und du hättest einen Arbeitsschritt gespart?«

»Nun, in der Theorie mag das stimmen.«

»Und warum setzt du das nicht in die Praxis um? Es wäre doch einfacher?«

Gaspare seufzte in komischer Verzweiflung. »Ich liege hier im Bett mit einer wunderschönen jungen Frau, die einen makellosen Körper hat, für den die Figur der Venus Vorbild gewesen sein könnte, doch auf diesem Körper sitzt ein Kopf, der sich viel zu viele Gedanken macht.« Er küsste mich. »Du bist nicht nur mein Bleiweißmädchen, du bist auch eine Warumfragerin. Warum fragst du nur so viel?«

»Weil ich neugierig bin. Neugier ist die Triebfeder aller Forschung, das hat irgendwann ein Mann gesagt. Ich finde das richtig, und ich finde, ich als Frau habe genauso ein Recht auf Neugier wie die Männer.«

»Natürlich.« Gaspare hielt das Gespräch für beendet und wollte sich umdrehen, um noch ein wenig zu schlummern, bis der Graf zur Behandlung eintraf, aber ich ließ es nicht zu. Ich streichelte seine Wange und suchte seinen Blick. »Ich finde, es gibt kluge Männer, so wie dich, und es gibt dumme, so wie den Grafen, dasselbe gilt meiner Meinung nach gleichermaßen für Frauen. Sie stehen Männern in nichts nach, sie sind genauso intelligent, und ich finde es höchst ungerecht, dass ihnen das Studium am Archiginnasio verwehrt ist, ich ...«

»Ach, darauf wolltest du hinaus.«

»Ja, genau darauf. Die Männer beanspruchen in jeder Hinsicht alle Rechte für sich, sie wollen eben beide Enden des Riemens für sich haben!«

»Sag mal, was ist das für ein seltsamer Satz? Ist der etwa von dir?«

»Nein, er ist von einer gewissen Christine de Pizan, einer Venezianerin, die später in Frankreich lebte. Sie schrieb das Buch *Die Stadt der Frauen,* in dem sie für die Rechte der Frauen eintritt.«

Gaspare runzelte die Stirn. »Christine de Pizan? Nie gehört.«

»Vielleicht solltest du sie kennen. Ihr Vater war immerhin Tommaso di Benvenuto da Pizzano, der bis 1356 als Professor für Astrologie an der hiesigen Universität wirkte.«

»Ach so.« Gaspare schien jetzt doch beeindruckt. »Trotzdem, lassen wir die Dame ruhen. Und wir sollten dasselbe tun.«

»Christine de Pizan sagt, Frauen seien von Natur aus den

Männern nicht unterlegen, ihnen würden nur nicht die gleichen Möglichkeiten eingeräumt. Und ich teile ihre Meinung.«
»Tu das nur. Und nun lass mich noch ein wenig schlafen.«

Bei einer seiner letzten Behandlungen fragte der Graf von Modena: »Was ist, wenn keine weitere Verbesserung mit meinem Arm eintritt, Dottore? Ich bin nicht gewillt, mich mit dem bisher Erreichten abzufinden.«

Gaspare presste die Lippen aufeinander, eine Eigenart, die mir sagte, dass er verärgert war. »Ich habe Euch von Anfang an gesagt, Graf, dass eine völlige Wiederherstellung Eures Arms nicht möglich ist. Wenn Ihr jedoch nichts unversucht lassen wollt, empfehle ich Euch einen Aufenthalt in Padua, um dort Schlammbäder zu nehmen. Auch mag ein regelmäßiges Baden im Brei der Traube Euren Arm stärken.«

»Ist das alles?«

»Ja, mit allen weiteren Wünschen richtet Euch bitte an Gott.«

»Wie Ihr meint, Dottore.«

Es waren die letzten Worte, die wir von dem Grafen vernahmen, denn er kam nie wieder.

Die Viper
La vipera

Ich war nach wie vor verliebt. Als der Frühling kam, begann auch die Zeit der Theriak-Herstellung, eines Abschnitts im Jahr, dessen Bedeutung nur von der alljährlich stattfindenden Seiden-Messe auf der Piazza Maggiore übertroffen wurde.

Einer der wichtigsten Männer bei der Gewinnung dieses *panacea* oder *antidotum* genannten Allheilmittels, das unter anderem Wunder gegen die Pest und gegen Vergiftungen bewirken sollte, war Gaspare. Er war ein Meister in der Aufbereitung des wichtigsten Stoffes im Theriak, dem Vipernfleisch. Er führte in seinem Haus eine Sektion des Schlangenkörpers durch, an der ich zu meiner größten Freude teilnehmen durfte. Um meine Anwesenheit vor den Studenten zu rechtfertigen, erklärte er ihnen, was er auch schon dem Grafen von Modena gesagt hatte: Ich sei Schwester Carla aus dem Hospital der Nonnen von San Lorenzo. Zudem sei ich sehr erfahren im Umgang mit Heilsäften. Die jungen Männer, von denen mir einige durch meine Beobachtungen im Archiginnasio bekannt waren, streiften mich nur mit kurzen Blicken, denn Nonnen galten in ihren Kreisen als langweilig und geschlechtslos. Aber das war mir nur recht.

Gaspare hatte im Raum unter der Dachterrasse einen Tisch und Gestühl aufbauen lassen und hielt zur Begrüßung seiner *Studiosi* zwei tote Vipern hoch. »Sieht einer der Herren einen Unterschied?«

Die Antwort fiel wie erwartet aus, und er erklärte: »Bevor eine Sektion beginnt, sollte man stets wissen, mit welcher Art Körper man es zu tun hat. Wisset also: Die linke Viper ist aus mehreren Gründen für die Herstellung des Theriaks unbrauchbar. Es handelt sich um ein schwangeres weibliches Exemplar, ein Zustand, der allein schon ausreichen würde, das Tier auszusondern. Außerdem haben wir es hier mit einer sogenannten Seeviper von der Küste bei Ravenna zu tun, die überdies nicht im Frühling, wie vorgeschrieben, sondern während der Frostperiode gefangen wurde. Gute, verwendbare Vipern, das merkt Euch, stammen stets aus den Bergen und werden getötet, wenn die Sonne im Taurus steht. Theriak, der aus Seevipern hergestellt wird, erzeugt großen Durst bei jedem, der ihn trinkt.«

»Großer Durst ist nicht das Schlimmste«, rief ein Spaßvogel dazwischen, doch Gaspare hob die Hand, und augenblicklich kehrte wieder Ruhe ein. »Ferner sollen Vipern nicht gefangen werden, sobald sie aus ihren Höhlen kommen, denn während sie im Winter unter der Erde verweilen, speichern sie in ihrem Körper all jene giftigen und schädlichen Stoffe, die sie an anderer Stelle ausstoßen. Sie müssen nach dem Verlassen ihrer Höhle für einige Zeit allein gelassen werden, damit sie herumkriechen und die Luft genießen können. Und sie sollten Dinge fressen, die sie gewohnt sind. Alles in allem ist zu sagen, dass sie frisch gefangen am besten geeignet sind. Ist so weit alles klar, liebe *Studiosi*?«

Beifälliges Gemurmel war die Antwort.

»Dann legen wir die schwangere Schlange beiseite und widmen uns der anderen. Sie erfüllt alle Voraussetzungen, um in den Kessel für einen guten Theriak zu wandern.«

Sparsames Gelächter.

»Schwester Carla wird mir bei der Sektion assistieren und die notwendigen Instrumente anreichen, nicht wahr?«

»Ja«, sagte ich ein wenig verlegen.

»Fangen wir an.« Gaspare legte die Viper ausgerollt auf den Tisch und dozierte: »Eine Länge von ungefähr vier Dita ... ach, weiß jemand, wie breit ein Dito ist?«

»Ungefähr so breit wie ein kleiner Finger, Dottore.«

»Richtig, also eine Länge von ungefähr vier Dita, jeweils vom

Kopf und vom Schwanz gemessen, sollte von der Viper abgetrennt werden – im Falle, dass sie lang ist. Diese ist lang, also tun wir es. Schwester, gebt mir bitte das größere der beiden Skalpelle. Danke. Das zu verwendende Skalpell, liebe *Studiosi,* sollte sehr scharf sein, weil sonst das zähe Gebein der Schlange nicht durchschnitten werden kann. Die abgeteilten Enden sollen fortgeworfen werden, da sie hart sind und wenig Fleisch haben und weil sie die giftigsten Teile des gesamten Körpers sind. Es muss außerdem beachtet werden, dass die besten Vipern sich nach dem Abtrennen von Kopf und Schwanz noch eine Weile bewegen und zudem viel Blut verlieren. Das allerdings ist hier nicht der Fall, da unser Exemplar schon eine Weile tot ist. Bitte gebt jetzt besonders acht, ich entferne die Eingeweide und das Fett und enthäute den Körper.«

Gaspare arbeitete in der ihm eigenen Weise schnell und geschickt, während die Studenten lange Hälse machten. Auch ich verfolgte gespannt seine Handgriffe, denn nie zuvor hatte ich eine derartige Sektion gesehen.

»Der Rest der Viper soll dreimal sorgfältig gewaschen werden, worum ich Schwester Carla hiermit bitte.«

Ich nahm ihm den glitschigen Körper ab, was mich einige Überwindung kostete, und tauchte ihn wie gewünscht in einen Holzzuber. Danach gab ich ihn zur vorübergehenden Aufbewahrung in ein weiteres Gefäß, welches, wie Gaspare verkündete, mit reinem Quellwasser gefüllt war.

An dieser Stelle machte er eine Pause, um den Studenten Gelegenheit für Fragen zu geben. Sie machten von dieser Möglichkeit regen Gebrauch und schrieben eifrig mit.

Danach erklärte Gaspare die Lektion für beendet, beantwortete aber noch die Frage, woran er die Schwangerschaft der ersten Viper erkannt habe. Er grinste und hielt ein Ei aus dem Leib der Schlange hoch. »Daran, meine Herren. Und nun wünsche ich Euch einen guten Heimweg. Die nächste Lektion erfolgt morgen im Freien, genauer gesagt, im Hof meines Anwesens. Bitte seid pünktlich.«

Als die jungen Männer fort und die für die Lektion notwendigen Utensilien verstaut waren, wollten wir wie üblich ein Glas Wein im Kaminzimmer nehmen, trafen aber überraschend Gaspares Mutter darin an. »Ich habe auf dich gewartet«, sagte sie kühl.

»Mamma, du? Schön, dass du dich einmal wieder sehen lässt! Warum hast du dich nicht angekündigt, ich hätte doch etwas vorbereiten können! Schwester Carla ...«

»Schwester Carla hat sicher noch im Kloster zu tun. Ich muss wichtige Dinge mit dir besprechen. Gehen wir in die kleine Bibliothek im Mezzanin.«

Gaspare blickte mich an, zuckte mit den Schultern und flüsterte, bevor er seiner Mutter folgte: »Bis heute Abend, Bleiweißmädchen?«

»Bis heute Abend«, flüsterte ich zurück.

Als wir am Abend nebeneinanderlagen und zu dem Baldachin über dem Pfostenbett hinaufschauten, sagte ich zu Gaspare: »Ich glaube, deine Mutter mag mich nicht.«

»Aber nein, sie kennt dich nur nicht, das ist alles.«

»Offenbar möchte sie mich auch nicht kennenlernen.«

»Bitte, kleines Bleiweißmädchen, keine ernsten Gespräche. Küss mich lieber.«

Ich küsste ihn, wie ich es mir angewöhnt hatte: Erst auf den kleinen Höcker seiner Nase, dann auf den Mund.

»Das ist schon besser. Nimm's meiner Mutter nicht übel, wenn sie etwas kurz angebunden ist. Das ist ihre Art. Sicher wird sie mit dir noch näher bekannt werden.«

»Sie ist eine sehr erfolgreiche Frau, das muss ich anerkennen, auch wenn sie mich wie Luft behandelt. Sie ist der beste Beweis dafür, dass Frauen genauso viel können und genauso viel wert sind wie Männer.«

»Wenn du es sagst.«

»Bei Vipern scheint es sich nicht so zu verhalten.«

»Wie meinst du das jetzt wieder?«

»Weibliche Vipern sind nicht gut genug zur Herstellung des Theriaks, das hast du selbst gesagt.«

»Oh, daher also weht der Wind! Dann lass dir sagen, dass es gerade umgekehrt ist: Die weiblichen Vipern sind die geeigneten, nicht die männlichen.«

»Aber die weibliche Viper war …«

»Schwanger, genau, und deshalb untauglich.«

»Und die andere …?«

»War ebenfalls weiblich, aber nicht schwanger, deshalb war sie tauglich, zumal sie alle anderen Bedingungen erfüllte.«

Gaspare zog mich an sich, aber sosehr mir seine stürmische Art sonst gefiel, an diesem Tag war mir nicht danach zumute, und ich fragte ihn: »Was sagt eigentlich deine Mutter dazu, dass Männer angeblich alles besser können?«

»So etwas interessiert sie nicht. Meine Mamma ist etwas Besonderes. Sie ist eine Frau, die Geld hat.«

»Aha. Heißt das, wer Geld hat, ist grundsätzlich klüger, sogar als Frau?«

Gaspare lachte. »Vielleicht, vielleicht auch nicht.«

»Und was musste sie vorhin mit dir besprechen?« Eigentlich hatte ich die Frage nicht stellen wollen, aber ich gestehe, dass meine Neugier ziemlich groß war.

»Was bekomme ich, wenn ich es dir sage?«

»Das ist Erpressung.«

»Nenn es, wie du willst.«

»Nun gut.« Ich küsste ihn auf seinen Nasenhöcker.

»Das reicht nicht.«

Ich zierte mich und sagte: »Wenn ich dein kleines Bleiweißmädchen bin, bist du mein kleiner Nimmersatt.« Dann küsste ich ihn auf den Mund.

»Das wurde aber auch Zeit«, sagte er vergnügt.

»Und?«

»Was und?«

»Was musste deine Mutter unbedingt mit dir besprechen?«

»Nun, sie hat mir etwas geschenkt, das sie dank ihrer klugen Verhandlungen günstig erwerben konnte.«
»Und was ist das?«
»Ein eigenes Haus.«

Am nächsten Tag, rechtzeitig vor drei Uhr, dem üblichen Beginn der Nachmittagslektion, hatte Gaspare in der Mitte des Hofs einen Haufen Holzkohle aufschütten und einen Kessel mit Quellwasser darüberhängen lassen. Die am Vortag präparierte Viper befand sich bereits darin. Als die Studenten vollständig versammelt waren, begrüßte er sie, entzündete eigenhändig das Feuer und sagte: »Heute, liebe *Studiosi,* wollen wir unseren kleinen Exkurs über die Herstellung des wichtigsten Theriak-Bestandteils wieder aufnehmen. Natürlich können wir die Kunst des Ansetzens nicht in allen Einzelheiten behandeln, aber ich denke, es ist auch so genug.«

Er drehte sich zu Adelmo, der abwartend in der Nähe stand, und rief ihm zu. »Verteile die Blasebälge an die jungen Herren, sie sollen sich tüchtig betätigen, damit das Feuer Temperatur gewinnt. Auf diese Weise mögen ihre geistigen Muskeln ebenfalls geübt werden. *Mens sana in corpore sano,* wie es so schön heißt.«

Alsbald nahmen einige *Studiosi* Aufstellung um das Feuer und bearbeiteten nach Kräften die Blasebälge, bis die Glut ihre Farbe von Dunkelrot über Rot, Hellrot bis hin zu einem gleißenden Gelb verändert hatte.

»Bemerkt Ihr etwas, Ihr jungen Herren?«
»Das Feuer wird wärmer, Dottore«, rief einer.
»Richtig, aber das meine ich nicht.«
Die Studenten steckten die Köpfe zusammen und rätselten herum, kamen aber nicht auf das, was Gaspare meinte, und auch ich fragte mich, worauf er hinauswollte. Doch wir sollten nicht lange im Ungewissen bleiben, denn er sagte: »Das Feuer gewinnt seine Temperatur ohne jegliche Rauchentwicklung

dank der Verwendung von Holzkohle, ein Umstand, der für die Herstellung des Theriaks besonders wichtig ist. Der beste Brennstoff jedoch ist das Geäst von Weinreben.«

Die Studenten schrieben mit, und Gaspare setzte die Lektion fort, indem er frisches Salz in den Kessel gab und anschließend einige Bund grünen Dills, welcher am selben Tag gepflückt sein musste. »Doch nicht immer ist frisches Salz in den Kessel zu geben«, schränkte er ein, »nämlich dann, wenn die Vipern an trockenen Plätzen in der Nähe des Meers oder von salzigen Seen gefangen wurden.«

Dann mussten wir warten, bis das Wasser kochte, und Gaspare nutzte die Zeit, um die Dinge abzufragen, die er gestern behandelt hatte. Als schließlich das Wasser mit dem Vipernfleisch zum Sieden gekommen war, sagte er: »Nun muss ein Guss kalten Wassers hinzugegeben werden.« Er bat mich, es zu tun.

Einer der jungen Herren lachte. »Warum, Dottore, bringt Ihr das Wasser zum Kochen, nur um es dann wieder abzukühlen?«

Gaspare tat, was alle guten Lehrer von Zeit zu Zeit machen: Er gab die Frage an die Lernenden zurück, damit sie selbst auf die Antwort kommen konnten. Und es dauerte nicht lange, bis einer rief: »Wahrscheinlich darf das Wasser nur kurz aufkochen, Dottore?«

»Genauso ist es«, bestätigte Gaspare zufrieden. »Weiß jemand, woran man erkennt, dass die Viper zur weiteren Behandlung bereit ist?« Diesmal gab er die Antwort gleich selbst und sagte: »Daran, dass ihr Fleisch leicht vom Rückgrat zu entfernen ist – so, als solle es gegessen werden. Es ist große Sorgfalt darauf zu verwenden, liebe *Studiosi,* dass beim Abtrennen keine kleinen Knochen im Fleisch zurückbleiben. Sollte das der Fall sein, müssen sie herausgeholt werden. Wir jedoch haben unsere Viper mit der richtigen Temperatur gekocht, und deshalb wird dieser Fehler bei uns nicht auftreten.«

Die jungen Herren nickten.

»Noch etwas, liebe *Studiosi:* Wisset, dass die heutige Zubereitung nur der Demonstration dient, zum richtigen Ansetzen des Theriaks gehören viele Vipern in den Kessel, was häufig zur Folge hat, dass manche größer und manche kleiner sind. In diesem Fall müssen natürlich die kleineren zuerst herausgenommen werden, sonst würde ihr Fleisch auseinanderfallen und sich mit den Knochen vermischen, während die großen sich noch im Garprozess befinden. Ihr seht, dem kunstvollen Kochen kommt eine entscheidende Bedeutung zu. Die Vollkommenheit – oder die Unvollkommenheit – des späteren Ergebnisses hängt davon ab.«

Gaspare wartete eine Weile und ließ die jungen Herren ihre Aufzeichnungen machen, während er über den Frühling im Allgemeinen und über die Luft im Besonderen dozierte. Er sagte, der Luft käme neben dem Feuer und dem Wasser eine entscheidende Bedeutung bei der Herstellung des Theriaks zu. Die Erde jedoch sei von allen vier Elementen das Wichtigste, da in ihr die Vipern heranreiften, ohne die ein Theriak nicht denkbar sei.

Mittlerweile war das Schlangenfleisch ausreichend lange im Kessel verblieben, und Gaspare nahm es mit einer hölzernen Zange heraus. Er legte das blass verfärbte Tier auf einen großen, ausgedienten Mühlstein, damit seine *Studiosi* gut verfolgen konnten, wie er das Fleisch ohne jegliche Rückstände vom Skelett trennte. Als das geschehen war, erhob er seine Stimme: »Ich habe hier einen Mörser, in dem ich das Herausgelöste zerkleinere. Danach füge ich gut gekochtes Brot hinzu. Das Brot muss aus dem reinsten und frischesten Mehl gebacken und gut fermentiert sein. Hat jemand dazu Fragen?«

Gaspare schaute seine jungen Herren erwartungsvoll an, aber niemand ergriff das Wort. »Nun gut, weiß jemand, wie viel Brot genommen werden soll? Ihr könnt es nicht wissen, liebe *Studiosi,* denn selbst die Gelehrten streiten darüber. Einige geben eine Menge dazu, die der des Fleisches entspricht, andere nehmen etwas weniger, wieder andere nur ein Drittel. Galen, der von uns so hochgeschätzte alte Meisterarzt, fügte manchmal nur ein Viertel oder sogar nur ein Fünftel hinzu, je nachdem, welche Menge er als ausreichend ansah. Genau diese Brotmenge, nämlich nur ein Fünftel, nimmt man seit alters in Bologna, wie mir Messer Luca Ghino, mein verehrungswürdiger Lehrer, einmal versicherte. Crito wiederum, ein griechischer Arzt, der in Rom wirkte, nahm, wie Galen anmerkt, nur eine Unze Brot für das Fleisch von zehn Vipern.

Doch genug der Zahlen, zurück zum Brot und seiner Beschaffenheit. Es muss ebenfalls sehr sorgfältig gekocht und danach getrocknet werden, weil sonst der Theriak zu sauer geraten könnte. Ich habe hier ein paar solch vorbehandelter Stücke.«

Gaspare hielt sie hoch, aber ich konnte an ihnen nichts Besonderes erkennen. »Das Brot darf auf keinen Fall zusammen mit dem Fleisch zerkleinert werden, deshalb machen wir dies gesondert.« Er nahm eine kleine Reibe, stellte mit ihrer Hilfe eine mittlere Menge pulverförmiges Brotmehl her und vermischte es mit dem zerkleinerten Fleisch. »Wenn alles innig verquickt ist, liebe *Studiosi*, nehmen wir die Paste und machen daraus die sogenannte *compressa*, also eine Art kleine Tablette.«

Er deutete auf mehrere flache Förmchen und forderte mich auf, die helle Masse dort vorsichtig hineinzustreichen. Ich tat es mit einem kleinen Spatel, und als ich fertig war, dozierte er weiter: »Die *compressa* soll sehr dünn sein, damit sie rasch und sicher trocknet. Der Dörrvorgang erfolgt am besten auf einem Dachboden, der nach Süden liegt, damit die *compressa* den größten Teil des Tages Sonne bekommt. Aber Achtung: Die Sonnenstrahlen sollen sie nicht direkt treffen, und damit sie nicht vollständig austrocknet, soll sie oft gewendet werden. Wenn sie gut getrocknet ist, soll sie im selben Raum mehrfach umgelagert und dabei von der einen Seite auf die andere gedreht werden. Das Ganze fünfzehn Tage lang. Aëtius, den wir als fähigen griechischen Arzt schätzen, war allerdings der Auffassung, auch der Norden sei für die Ausrichtung des Raums vertretbar.

Nun, sei es, wie es sei: Wenn die *compressa* gut getrocknet ist, wird sie mit Opobalsam eingeölt, welches der Balsam des Gilead-Baums ist, eines Gewächses, das wir in *Asia minor* antreffen. Durch das Einölen soll die *compressa* vor dem Faulen geschützt werden. Aëtius empfahl, sie schon nach dem Formen einzuölen, und die Doktoren unserer schönen Vaterstadt hielten sich fleißig daran.

Danach soll sie in einem Gefäß aus Zinn, Glas, Gold oder sehr feinem Silber aufbewahrt werden, wobei Zinn sich nicht eignet, wenn es mit Silber vermischt ist, weil diese Legierung gewöhnlich eine Art Fäulnis hervorruft, die der *compressa* eine schlechte Qualität verleiht. In jedem Fall ist es am besten, den Theriak sofort nach der Fertigung der *compressa* anzusetzen. Immerhin, wenn sie gut verwahrt wird, kann sie drei Jahre oder länger gelagert werden, vorausgesetzt, der weiße Schimmel, der sich nach einiger Zeit auf ihr absetzt, wird mit einem ebenfalls weißen Tuch abgewischt.«

Nach dieser langen Rede lächelte Gaspare und sagte: »Liebe *Studiosi*, einigen von Euch mag die Herstellung der *compressa* höchst aufwendig vorkommen. Ihnen sei gesagt, dass sie in Wahrheit noch viel komplizierter ist, und ich will außerdem betonen, dass sie zwar das Herz eines jeden wirksamen Theriaks ist, aber letzten Endes auch nur ein Ingredienz unter Dutzenden anderer. Zur Vertiefung des heute Gesehenen und Gehörten empfehle ich Euch die Lektüre eines Handbuchs zur Herstellung von Theriak für die Apotheker von Neapel. Es wurde vor zwei Jahren von meinem Freund Marc Antonio Ulmi in Venedig herausgebracht. So weit, so gut. Nachdem Ihr nun in die Geheimnisse der Theriak-Herstellung eingeweiht seid, mögt Ihr der eigentlichen Gewinnung im Hof des Archiginnasios umso leichter folgen können. Am kommenden Sonntag findet die Zeremonie offiziell statt, und ich erwarte, dass jeder von Euch daran teilnimmt. Da sie wie immer öffentlich ist, steht einer Begleitung durch Eure Eltern oder durch Verwandte nichts im Wege. Die Lektion ist für heute beendet. Wir sehen uns morgen früh um neun Uhr zur Vormittagsstunde in der *Scuola d'Aranzio* wieder.«

Am Tag vor dem Sonntag saß ich mit Gaspare im Kaminzimmer und sagte zu ihm: »Wo sind eigentlich die zwölf Nasenmodelle, die auf dem Sims standen?«

»Ich habe sie fortgenommen.« Die Antwort klang etwas einsilbig.

»Und warum?«

»Weil du mich von ihrer Entbehrlichkeit überzeugt hast.«

»Oh, das wusste ich ja gar nicht.«

»Dann weißt du es jetzt.«

»Gut«, sagte ich und erkannte, dass er sein Eingeständnis als Niederlage empfand. Ich wollte ihm sagen, dass er das nicht müsse, spürte aber, dass ich es ihm damit nur schwerer machen würde. Darüber wunderte ich mich, denn ich verstand noch nichts von Männern und ihrem Hang, immer recht haben zu müssen. Also sagte ich: »Glaub mir, ich fand die Modelle trotzdem sehr, sehr schön.«

»Waren sie das?«

»Ja, wirklich.«

»Lieb, dass du das sagst, mein Bleiweißmädchen.«

Wir schwiegen eine Weile, dann nahm ich das Gespräch wieder auf: »Du ... Gaspare?«

Er konnte schon wieder schmunzeln. »Wenn du mich so ansprichst, willst du etwas von mir. Was ist es?«

»Wo du mich gerade wieder Bleiweißmädchen nennst: Ich muss manchmal daran denken, dass du gesagt hast, der Stoff wäre giftig.«

»So giftig nun auch wieder nicht. Warum fragst du?«

»Weil ich ... weil ich ...«

»Nur heraus mit der Sprache.« Er nahm mir das Glas aus der Hand, um mich besser an sich drücken zu können. »Was bewegt dich, meine kleine Warumfragerin?«

»Ich wollte dich bitten, mich von meiner *voglia di vino* zu befreien.«

Er runzelte die Stirn. »Du meinst, ich soll dein Feuermal operativ entfernen?«

»Ja, bitte.«

»Offen gesagt habe ich mit dieser Frage schon seit einiger Zeit gerechnet.«

»Und ... was sagst du?«

Er seufzte. Dann, plötzlich, fing er an zu lachen. »Es ist dein Feuer, das sich in diesem Mal zeigt, mein Bleiweißmädchen, deine Hingabe, deine Leidenschaft! Warum sollte ich etwas entfernen, dem ich so viel Genuss verdanke?« Er küsste mich, doch ich fühlte mich verwirrt und verletzt. Alles hätte ich erwartet, nur nicht diese Antwort. Ich musste an den unglücklichen Marco denken, meinen Verlobten, der einst sagte, er sehe nicht nur das Mal in meinem Gesicht, sondern die Schönheit dahinter, die innere Schönheit. Gaspare hingegen begrenzte unsere Liebe auf das rein Geschlechtliche. Ich versteifte mich.

»Meinst du das im Ernst?«

Er lächelte. »Oh, da habe ich wohl etwas Falsches gesagt? Aber eigentlich war es nur als Kompliment gedacht.«

»Hilfst du mir?«

Er wurde wieder ernst. »Selbst wenn ich es wollte, es gelänge nicht. Du weißt, niemand versteht mehr vom Heraustrennen der Haut als ich. Ich weiß von alten indischen Abbildungen, wie es aussieht, wenn man eine Nase mit Hilfe eines Lappens aus der Stirn rekonstruiert. Ganz davon abgesehen, dass der Lappen um die eigene Achse gedreht werden muss, um heruntergeklappt an den aufgefrischten Nasenstumpf genäht zu werden, und ebenfalls außer Acht gelassen, dass dieses Bemühen im Resultat mehr als mangelhaft aussieht, hinterlässt ein solcher Eingriff eine tiefe dreiecksförmige Narbe auf der

Stirn. Ähnlich tief wären die Spuren auf deiner gesamten linken Gesichtsseite. Glaub mir, du würdest am Ende nur ein Feuergesicht für ein Narbengesicht eintauschen. Nein, du solltest beim Bleiweiß bleiben. Es ist probat und wirkt vornehm und« – sein Lächeln wurde breiter – »ich habe mich daran gewöhnt.«

Ich schluckte, um meine aufkommenden Tränen zurückzuhalten. Das, was Gaspare gesagt hatte, klang leider nur zu überzeugend. Der Strohhalm, an den ich mich geklammert hatte, seitdem ich ihn kannte, war zerbrochen. Er konnte mir nicht helfen. Ich konnte mir nur selbst helfen, indem ich mir versicherte, ich könne nicht alles im Leben haben und müsse zufrieden sein, von einem so gutaussehenden, erfolgreichen Mann geliebt zu werden. Dennoch schienen die Tränen ein Eigenleben zu entwickeln, kümmerten sich nicht um mich und meine Tapferkeit, sondern rannen und rannen, während Gaspare mich hielt und tröstende Worte für mich fand. »Weißt du was?«, sagte er und sprach weiter, ohne meine Antwort abzuwarten. »Wir gehen morgen zusammen zur Theriak-Zeremonie. Ich nehme dich mit ins Archiginnasio, denn es ist ein Ereignis, an dem auch Frauen teilnehmen dürfen.«

»Würdest du das wirklich tun?« Ich schniefte und merkte, wie der verlockende Gedanke meine Trauer vertrieb. Wieder musste ich an Marco, meinen armen Marco, denken, der mir das Geschehen im Hof des Archiginnasios in so glühenden Farben geschildert hatte.

»Ja, das würde ich. Meine Mutter ist übrigens auch da.«

»Deine Mutter …?«

»Keine Angst, wir gehen nicht zusammen hin. Sie wird das Ereignis nutzen, um sich mit einigen Geschäftsfreunden zu besprechen. Aber treffen werden wir sie bestimmt. Zieh dir also etwas Hübsches an.«

»Ja«, sagte ich, »das werde ich.«

Gaspare und ich standen in einem Meer aus Menschen, hoch oben in der Hofloggia des Archiginnasios, und blickten hinab auf das geschäftige Treiben unter uns, wo es genauso bunt und laut zuging, wie Marco es mir beschrieben hatte. Nur dass diesmal die Gerüche hinzukamen. Sie rührten von den zahllosen Kräutern her, die auf den mit Girlanden geschmückten Karren im Hof standen, von den Drogenschwaden, die dampfend aus den großen Kesseln aufstiegen, und von den verschwenderisch nach Veilchen, Jasmin, Rosen, Lavendel, Bergamotte, Sandelholz oder Zeder duftenden Parfumkugeln, Duftbeuteln oder Riechkissen, die von den Damen gegen Schweißgeruch getragen wurden. Auch ich hatte ein solches Utensil unterhalb meines Dekolletés verborgen, wenn auch sein Duft ungleich weniger aufdringlich war. Aus Geldmangel hatte ich mir selbst eine Mischung aus Gartensalbei, Thymian und Moos hergestellt und kam mir mit meinem hausgemachten Duft recht armselig vor, aber Gaspare meinte, das Aroma würde ausgezeichnet zu mir passen. Ich war so sehr in Festtagslaune, dass ich ihm sogar glaubte.

Ich konnte mich nicht sattsehen an den Wappen und Fahnen, den übergroßen Büsten von Hippokrates und Galen, die in ihren Händen zwei Majolika-Vasen hielten, riesige Behältnisse, in die der Theriak nach seiner Zubereitung gefüllt werden sollte. Überall war Lachen, Rufen, Singen zu hören. Das Läuten von *la scolara*, der großen Glocke von San Petronio, klang beständig herüber, und das unablässige Gemurmel aus Hunderten von Mündern erinnerte mich an das Summen der Bienen, das ich vor vielen Jahren zu Hause in der Strada San Felice zu hören glaubte.

Ein Traum war für mich in Erfüllung gegangen. Ich war im Archiginnasio, im Allerheiligsten des Wissens, der Forschung und der Lehre, und ich war an der Seite eines hochgeachteten Mannes.

Irgendwann sagte Gaspare zu mir: »Komm, wir gehen hinunter in den Hof. Dort können wir alles hautnah erleben.«

Angesichts der vielen Pedelle und Ordner fragte ich: »Dürfen wir das denn?«

Er lachte stolz. »Vergiss nicht, Bleiweißmädchen, du befindest dich an der Seite des Doktors der Medizin, Gaspare Tagliacozzi.«

Er sollte recht behalten. Unten vor der Absperrung genügte ein kurzer Wink von ihm, und wir wurden durchgelassen. Wir betraten den mit karmesinrotem Damast ausgelegten Hof, der mir vorkam wie eine Arena. Alles war hier noch viel intensiver: der Lärm, die Gerüche, die Rufe und die Befehle. »Professore, darf ich Euch Schwester Carla vom Hospital der Nonnen von San Lorenzo vorstellen?«, hörte ich Gaspare plötzlich an meiner Seite rufen. Vor uns stand ein etwa fünfzigjähriger Herr, dessen schlohweißer Bart in seltsamem Gegensatz zu seinen noch jugendlichen Gesichtszügen stand. Er war kostbar gekleidet und trug trotz der frühlingshaften Temperaturen einen Kragen mit breitem Fuchsbesatz. »Ulisse Aldrovandi«, sagte er und deutete eine Verbeugung an.

»Ich freue mich«, sagte ich verlegen. Niemals hätte ich zu träumen gewagt, einem so berühmten Mann Auge in Auge gegenüberzustehen.

»Doktor Tagliacozzi hat mir von Eurem Geschick in medizinischen Dingen erzählt und Euch in den höchsten Tönen gelobt.« Aldrovandi lächelte.

»Das habe ich«, bestätigte Gaspare.

»Danke«, sagte ich. »Sehr freundlich.« Mir fiel ein, was Marco über den Professor erzählt hatte, von seiner ausgeprägten Sammelwut, seiner Vorliebe für absonderliche Exponate, seiner Leidenschaft für den Anbau und die Kultivierung von Heilkräutern. Als hätte er meine Gedanken erraten, sagte er: »Die Kräuter für den Theriak sind dieses Jahr gut bis sehr gut, leider nicht hervorragend, davon konnte sich jedermann die letzten Tage im Garten und im Obstgarten von San Salvatore überzeugen, wo sie von den Apothekern wie immer für die Öffentlichkeit ausgestellt wurden.«

»Der Professor gehört auch dieses Jahr wieder zu den auserwählten Protomedici, die für die Begutachtung und Freigabe der Kräuter zuständig sind«, erklärte Gaspare.

»So ist es«, sagte Aldrovandi, und seine Stimme klang keineswegs glücklich dabei. »Auserwählt von den geschätzten Kollegen der Universität – von den Apothekern Bolognas dagegen am liebsten zum Teufel gejagt. Die Herren Farmacisti lieben es nun einmal nicht, wenn man ihre Herbarien bewertet und ihnen bei der Zubereitung der Heildroge über die Schulter schaut.«

Ich sagte höflich: »Eure Arbeit ist sicher sehr wichtig, Professore.«

»Wie man's nimmt. Einerseits ist sie es in der Tat, weil der Preis für die Unze Theriak dieses Jahr auf zwanzig Baiocchi festgelegt wurde, was bei einer erwarteten Menge von fünfhundert Pfund einen unvorstellbar hohen Erlös bedeutet, andererseits hält mich die Arbeit von meiner geliebten Sammelei und Gärtnerei ab. In meinem Kräutergarten im Palazzo Publico reifen *amomum* und *costus* in diesem Jahr besonders gut heran.«

Ich muss ihn wohl fragend angesehen haben, denn der Professor fühlte sich aufgefordert, ein paar erklärende Sätze anzufügen: »*Amomum,* verehrte Schwester, ist eine seltene Droge, ähnlich dem Kardamom, *costus* wiederum ist ein Sammelbegriff für einige Pflanzen mit hohem Gehalt an *aromatica.* Der Wert beider Drogen für die Zubereitung des Theriaks kann nicht hoch genug eingeschätzt werden. Leider sind die Herren Farmacisti da ganz anderer Ansicht. Sie würden mich, wie gesagt, am liebsten zum Teufel jagen, ich wiederum wünsche mir manchmal, man möge sie steinigen.«

Gaspare lächelte amüsiert, der Streit zwischen den Apothekern und Aldrovandi wegen seiner zwei Kräuter war ihm bekannt.

»Jeder kann wütend werden, Professore, das ist einfach. Aber wütend auf den Richtigen zu sein, im richtigen Maß, zur richtigen Zeit, zum richtigen Zweck und auf die richtige Art – das ist schwierig.«

»… sagt Aristoteles, ja, ja, ich weiß. Ihr seid ein wandelndes Nachschlagewerk, lieber Dottore.« Aldrovandi schien die Bemerkung nicht übelzunehmen. »Nun ja, gesundheitlich jedenfalls geht es mir gut.«

»Das freut mich zu hören.«

»Ich muss nun weiter. Die Beigabe der Kräuter erfolgt in Kürze, da darf ich nicht fehlen. Es hat mich gefreut, Euch zu sehen, und es war mir eine Freude, Euch kennenzulernen, Schwester Carla.« Aldrovandi nickte verbindlich, steuerte auf eine Ansammlung grün gekleideter Diener zu und verschwand.

Ich brauchte einige Augenblicke, um zu begreifen, was mir gerade widerfahren war: Einer der berühmtesten Ärzte und Naturforscher Italiens, Inhaber des Lehrstuhls für Medizin und Kräutermedizin am Archiginnasio, hatte soeben versichert, es sei ihm eine Freude, mich kennengelernt zu haben! War es nur reine Höflichkeit gewesen, eine der üblichen Floskeln, oder hatte es daran gelegen, dass ich mich in Begleitung von Gaspare befand?

Während mir all das durch den Kopf ging, wurde ich mit einem weiteren Herrn bekannt gemacht, der sich als Cristoforo Colberti vorstellte, seines Zeichens Farmacista und Besitzer der Apotheke Del Monte in der Nähe des Mezzo della Citta, des Mittelpunkts der Stadt. Signore Colberti war von der Statur her ein Mann, der mich stark an Alberto Dominelli, den Bewunderer, Bewahrer und Sammler kleiner Dinge erinnerte. Nur war er jünger und bunter gewandet. Er hatte keine Runzeln im Gesicht, aber eine wahre Löwenmähne auf dem Kopf. Seine grauen Haare quollen unter dem Barett hervor und standen ab wie Draht. »Ich liefere mitunter Kräuter an das Kloster«, sagte er, nachdem er erfahren hatte, wer ich war. »Auch solche gegen die Rückenschmerzen von Schwester Arianna. Wie geht es ihr?«

»Leider nicht sehr gut«, antwortete ich.

»Sie müsste zusätzlich Dehn- und Streckübungen machen, das wirkt manchmal Wunder.«

»Ja, vielleicht«, sagte ich, weil mir nichts anderes einfiel.

»Oder sie versucht es mit einer Einreibung des diesjährigen Theriaks«, schaltete Gaspare sich ein.

»Das wäre eine Idee«, sagte Colberti.

Bevor die Unterhaltung ganz einschlief, machte ich einen Versuch, sie zu beleben. »Sind denn dieses Jahr die Heilkräuter *amomum* und *costus* darin? Professor Aldrovandi scheint große Stücke auf diese Drogen zu halten.«

Colberti fuhr sich durch seine Mähne. »Da habt Ihr den Finger in die Wunde gelegt, Schwester! Diese Drogen sind ein ewiger Zankapfel zwischen ihm und uns Apothekern. Er will unbedingt, dass sie beigegeben werden, und wir wollen es verhindern.«

»Aber warum denn?«

»Die Antwort ist einfach: Weil diese beiden Kräuter noch niemals in einen Theriak gelangten, und das wird, Gott sei Dank, auch dieses Jahr wieder so sein.«

Ich schwieg daraufhin, denn ich wollte mich nicht in einen schwelenden Streit einmischen. Colberti aber fuhr fort: »Ich schätze Professor Aldrovandi sehr, seine Qualitäten als Wissenschaftler sind über jeden Zweifel erhaben, ebenso wie ich einsehe, dass er als Protomedico die Autorität der Universität wahren und ihre Rechte verteidigen muss. Aber, wenn die Bemerkung gestattet ist: Gerade weil er für die althergebrachten Rechte streitet, sollte er nicht an ihnen rütteln und sie durch neue Kräuterbeigaben aufzuweichen versuchen.«

»Ich bin sicher, der Professor hat gute Gründe für seinen Vorschlag«, sagte Gaspare beschwichtigend.

»Das mag sein, aber der Professor ist, bei allem Respekt, nur ein Inspizient. Die eigentliche Arbeit machen wir, die Apotheker, und wir dürfen dafür nicht einmal den Preis des Gebräus festsetzen, weil der Gonfalonier und die Ältesten diesen Anspruch für sich erheben. Ich bin nur ein Farmacista, der nicht die Künste studiert hat, aber ich frage mich, warum ein Professor wie Ulisse Aldrovandi, der sich nur nach Tatsachen richten will und die unvoreingenommene Prüfung der Natur auf seinen Schild hebt, plötzlich zwei neue Kräuter in den Jahrestheriak werfen will. Es muss doch sonst bei den Rezepturen immer alles beim Alten bleiben. Was meint Ihr, Dottore, habe ich nicht wenigstens ein bisschen recht?«

»Hat nicht auch Aldrovandi ein bisschen recht, wenn er etwas Neues ausprobieren will?«

»Nun, Dottore ...«

»Wenn beide Seiten ein bisschen recht haben, haben beide Seiten auch ein bisschen unrecht. So viel steht fest.«

»Ist das wieder eine Eurer aristotelischen Weisheiten, Dottore?«

Gaspare lachte. »Nein, es ist nur der Versuch, Euch deutlich zu machen, dass Schwester Carla und ich die Falschen für Eure Klagen sind. Professor Aldrovandi ist mein Freund, und zwischen Euch und mir besteht ebenfalls ein gutes Verhältnis. Lasst mich also aus diesem Zwist heraus. Vielleicht ergibt sich ja irgendwann eine Lösung.«

»Ja, vielleicht, Dottore.« Colberti fuhr sich durch seine Löwenmähne und blickte mich an. »Manch einem mag diese Auseinandersetzung vielleicht lächerlich vorkommen, Schwester, aber es geht immerhin um den wirksamsten Trank, den die Medizin je hervorgebracht hat. Der Theriak ist *panacea, antidotum, arcanum, electuarium, mithridatum* und *balsamum vitalis* in einem, nichts kommt seiner Bedeutung gleich – auch in wirtschaftlicher Hinsicht. Ohne den Verkauf des Theriaks könnte ich meine Apotheke schließen.«

»Natürlich, Signore«, sagte ich, obwohl ich das Gefühl hatte, nicht mitreden zu können.

»Der Verkauf meiner Vipern lief auch nur schleppend. Nun ja, ich muss wieder zurück zu meinem Stand neben dem rechten Kessel. Es war schwierig genug, ihn zu erobern. Noch ist nicht aller Tage Abend, und vielleicht findet sich ja doch ein Käufer für meine übrige Ware.«

Colberti grüßte und verschwand in der Menge.

Wenig später war auch Gaspare plötzlich verschwunden. Ich bekam einen furchtbaren Schreck, ermahnte mich aber, ruhig zu bleiben. Ich hatte niemandem etwas getan, und niemand würde mir etwas tun. Eine Zeitlang streifte ich ziellos über den karmesinroten Damastgrund, bis ich Gaspare entdeckte. Er stand wieder an der Stelle in der Hofloggia, von der aus wir anfangs das turbulente Treiben verfolgt hatten, und unterhielt sich mit seiner Mutter.

Einen Augenblick zögerte ich, dann fasste ich mir ein Herz und kämpfte mich durch das Gedränge nach oben in die Loggia. Als ich die beiden erreicht hatte, wartete ich, bis sich eine Pause in ihrem Gespräch ergab, und trat schüchtern vor. »*Buongiorno,* Signora«, sagte ich. »Ich hoffe, ich störe nicht. Ich wollte nur kurz guten Tag wünschen.«

»*Buongiorno.*« Gaspares Mutter musterte mich. In ihren Augen lag etwas Abschätzendes, als prüfe sie, ob ich es wert sei, sie anzusprechen. Wie das Ergebnis ihrer Begutachtung ausfiel, wusste ich nicht, da sie keine Miene verzog.

»Nun, Signora«, sagte ich, meine aufkommende Mutlosigkeit bekämpfend, »Gaspare ... ich meine, Euer Sohn, sagte mir, dass Ihr heute hier sein würdet. Ihr tragt wieder das salamandergrüne Atlaskleid, das ich schon einmal an Euch bewundert habe, und deshalb ... nun deshalb habe ich ein Geschenk für Euch.« Ich öffnete meinen Weidenkorb, den ich die ganze Zeit bei mir getragen hatte, und zog ein großes Schultertuch hervor. Es war ebenfalls grün, aber heller abgestuft, und harmonierte deshalb mit dem Kleid der Signora aufs Trefflichste. Ich hatte die ganze Nacht darauf verwandt, es herzustellen, und mir zudem als Verzierung etwas Besonderes ausgedacht. »Wie Ihr seht, Signora, habe ich das Tuch mit einem Motiv bestickt, das Herkules beim Tragen des Himmelsgewölbes zeigt, während Atlas, der Titanensohn, für ihn die drei goldenen Äpfel der Hera holt. Ich dachte mir, die Stickerei und die Geschichte würden gut zu einem Atlaskleid wie dem Euren passen.«

»Wofür gebt Ihr mir das?« Signora Tagliacozzi zog die Brauen hoch. Es war die gleiche Angewohnheit, wie ich sie von ihrem Sohn kannte.

»Nun, Signora ...« Ich suchte nach Worten. Dann beschloss ich, es einfach mit der Wahrheit zu versuchen. »Nun, Signora, ich ... ich möchte, dass Ihr mir gewogen seid.«

»So, so.« Gaspares Mutter nahm das Tuch, betrachtete es kurz und legte es sich über den Arm. »Sehr freundlich von Euch, vielen Dank.« Sie blickte mich an, als wollte sie fragen: Ist noch etwas?, und ich verstand. »Ich ... ich gehe dann wieder hinunter«, sagte ich.

»Tu das nur«, sagte Gaspare. »Ich komme gleich nach.«

Wenig später hatte er mich in dem Gewimmel erspäht und legte mir den Arm um die Schultern. »Ich muss nach Hause, Bleiweißmädchen«, sagte er, »meine Mutter bat mich, dort noch einige Dinge für sie zu erledigen.«

»Ja, gewiss«, sagte ich und spürte Enttäuschung, denn ich wäre noch gern geblieben. Gemeinsam drängten wir zum Ausgang, was sich als äußerst schwierig erwies, da immer mehr Menschen ins Archiginnasio strömten, angezogen von der unmittelbar bevorstehenden Beigabe der geheimen Kräutermischung in den Theriak. Doch Gaspare war ein kräftiger Mann. Es gelang ihm, sich einen Weg zu bahnen und uns heil durch die Menge zu schleusen. Kurz danach wurde für einen Augenblick die Sicht frei, und ich erkannte, wo wir waren. Wir befanden uns am Fuß der großen Treppe, die hinauf in die Hofloggia führte. Und auf einem der Treppenpfeiler sah ich es liegen, das Schultertuch, das ich Minuten zuvor Signora Tagliacozzi geschenkt hatte. Es konnte kein Zweifel daran bestehen, dass es mein Schultertuch war, denn es wies deutlich die Herkules-Stickerei auf.

»*Caspita!*« Gaspares Lachen klang etwas künstlich. »Was ist das denn? Da scheint meine Mutter das schöne Tuch verloren zu haben. Ich will es mitnehmen und ihr zurückgeben.«

»Ja«, sagte ich.

Und im selben Moment war mir klar, dass sie das Tuch nicht verloren hatte.

Den Abend dieses ereignisreichen Tages verbrachte ich nicht in Gaspares terrakottafarbenem Haus, sondern in meinem eigenen.

Ich wollte für mich sein, um über den Vorfall mit dem Tuch nachzudenken und meine Schlüsse daraus zu ziehen. Außerdem wollte ich noch etwas anderes: eine Viper sezieren. Während Gaspare mit seiner Mutter gesprochen hatte, war ich zum Stand von Signore Colberti gegangen und hatte ihm eine seiner Schlangen abgekauft. Glücklicherweise hatte er nicht gefragt, wofür ich das Tier brauchte, sondern nur versichert, dass es sich um gute, frische Ware handele.

Nun lag der Vipernwurm vor mir auf dem großen Schneidertisch, daneben drei Skalpelle, die ich mir ebenfalls besorgt hatte. Ich rief mir die von Gaspare gehaltene Lektion ins Gedächtnis und ging genauso vor, wie er es seinen *Studiosi* gezeigt hatte. Ab und zu zog ich meine Aufzeichnungen zu Rate, während ich die ersten Schnitte machte. Obwohl die Tätigkeit für mich neu und ungewohnt war, kam sie mir doch vertraut vor, vielleicht, weil ich sie im Geist schon hundertmal durchgeführt hatte.

Und sie beruhigte mich. Das Erlebnis mit dem Schultertuch hatte mich sehr verletzt. Ich hatte nur das Beste gewollt und war aufs Gröbste zurückgewiesen worden. Wenn ich es recht bedachte, hatte Gaspares Mutter das Tuch wahrscheinlich mit voller Absicht dort »verloren«, so dass ich es in jedem Fall entdecken musste. Ein klares Zeichen, dass sie mich und mein Geschenk verachtete.

Ich präparierte die Eingeweide der Viper heraus, betrachtete die Organe des Tiers und versuchte, sie zu erkennen und zuzuordnen.

Warum wies Signora Tagliacozzi mich so schroff ab? Ich hatte ihr nichts getan, im Gegenteil, ich war immer freundlich zu ihr gewesen, sogar ein Geschenk hatte ich ihr gemacht. War es die Angst aller Mütter, den Sohn an eine jüngere Frau zu verlieren? Ich konnte es mir nicht vorstellen, zumal Gaspare nicht ihr einziges Kind war. Er hatte noch einen Bruder, Francesco, und fünf Schwestern, von denen Giulia und Giovanna als Nonnen im Kloster San Bernardino e Marta lebten.

Ich legte die Geschlechtsorgane der Schlange frei und erkannte an dem Doppelpenis, dass es sich um ein männliches Exemplar handelte. Danach breitete ich sämtliche Sektionsteile vor mir aus, betrachtete die winzigen Organe, das weißliche Fleisch und das wirbelige Skelett und fragte mich, was von alledem den Theriak untauglich machte. Nichts davon sah krank oder abnorm aus. Ich war mir sicher, es mit einem gesunden Tier zu tun zu haben. Das Dogma, nach dem nur weibliche Tiere geeignet sein sollten, erschien mir willkürlich und überholt.

Ich merkte, dass ich mit meinen Überlegungen nicht weiterkam, und fragte mich, warum ich so vieles von dem anzweifelte, was von der Wissenschaft als absolute Erkenntnis gelehrt wurde. Warum war das so? Warum war überhaupt vieles so, wie es war?

Warum mochte Signora Tagliacozzi mich nicht?

Vielleicht würde ich den Grund niemals erfahren.

Ich beschloss, meine Lehrstunde zu beenden, und ging zu Bett.

Gaspare vermisste ich an diesem Abend nicht.

»Du hast eigenhändig eine Viper seziert?«, fragte Gaspare mich am nächsten Abend. Er lag nackt neben mir in Signora Tagliacozzis Bett und sah mich amüsiert an. »Warum?«

»Weil ich es können möchte.«

»Aber wozu?«

»Wozu geht die Sonne auf? Wozu legen Vögel Eier? Wozu weht der Wind? Es ist einfach so, dass ich es können möchte. Du wolltest es doch auch einmal lernen, und hast es getan. Genauso ergeht es mir.«

»Aber Bleiweißmädchen, sei doch nicht gleich so verstimmt. Ich wollte nur sagen, dass es für eine Frau recht untypisch ist, was du da gemacht hast.«

»Ich möchte nicht nur Vipern sezieren, ich möchte eine ganze Nasenrekonstruktion machen.«

»Wie bitte?«

»Du hast richtig gehört. Ich möchte eine Nasenrekonstruktion mit allen sieben Akten machen, und du sollst mir dazu verhelfen.«

»Das geht nicht. Dieser Eingriff ist Ärzten vorbehalten, und du bist keine Ärztin.«

»Weil ihr Männer mich nicht studieren lasst.«

Gaspare seufzte. »Fängst du schon wieder an?« Dann begann er mir lang und breit zu erklären, warum Männer diese und Frauen jene Aufgaben im Leben hätten, dass es schon immer so gewesen sei, dass Gott es so wolle, der Papst, die Kirche und überhaupt.

Doch ich gab nicht nach. Ich sagte: »Du hast den Landvermesser Badoglio hier in deinem Haus privat behandelt, und ich habe dir geholfen. Warum können wir das nicht wiederholen?«

»Weil es etwas völlig anderes wäre, denn du würdest selbst das Skalpell führen und es nicht nur anreichen. Außerdem würde jedermann sofort erkennen, dass er von einer Frau behandelt wird, und ich käme in Teufels Küche.« Gaspare wollte das Thema beenden und mich an sich drücken, aber ich ließ es nicht zu und sagte: »Nein, nicht jedermann.«

Er runzelte die Stirn. »Wie meinst du das?«

»Ein Blinder würde mich nicht erkennen. Er würde denken, meine Hände wären deine.«

»Verzeih, aber der Gedanke ist lächerlich.«
»Es ist mir ernst. Ich will es unbedingt versuchen. Ich werde Conor, den Bettler, fragen, ob er einen blinden Kollegen mit einem *curtus* an der Nase kennt. Wenn ja, werde ich ihm sagen, dass der berühmte Doktor Tagliacozzi diesen Kollegen umsonst von seiner Verstümmelung heilen werde, zu Studienzwecken. Niemand wird auf diese Weise erfahren, dass in Wahrheit ich operiere.«
»Nein, das geht nicht.«
»Wie du willst.« Obwohl es mir schwerfiel, mich entschlossen zu zeigen, stand ich auf und begann, mich anzukleiden. Ich ließ mir absichtlich Zeit dabei, um Gaspare Gelegenheit zum Einlenken zu geben, doch ich hörte kein einziges Wort von ihm. Schließlich, ich war schon fast an der Tür und dachte, alles wäre umsonst gewesen, kam es doch, das Wort.
»Warte!«, sagte er.

Zwischen dem Einlenken Gaspares und dem ersten Behandlungstag sollten noch zwei Monate ins Land gehen. Es bedurfte großer Hartnäckigkeit, mancher Träne und einer Engelsgeduld, bis es so weit war, dass ein kleiner, verkrüppelter, blinder Mann vor uns auf dem Stuhl saß. Er war durch Conors Vermittlung zu uns gekommen, hatte sich als »Fabio, der Dauerweiner«, vorgestellt und gleichzeitig verraten, dass die Jünger seiner Kunst sich *allacrimanti* nennen. Er war einer der hässlichsten Männer, die ich jemals gesehen hatte, und gleichzeitig einer der sympathischsten – immer dann, wenn sein schiefes Gesicht sich zu einem ansteckenden Lachen verzog. Zur Ausübung seiner Kunst, die ihm Erfüllung und Broterwerb zugleich war, musste er stets viel Wasser trinken. »Ohne Wasser keine Flüssigkeit, ohne Flüssigkeit keine Träne, ohne Träne kein Geschäft, Schwester«, erklärte er spitzbübisch grinsend. »Nur wenn die Tränen unablässig fließen, bemitleiden mich die Menschen und lassen ein paar Paoli springen.«

Fabio war einer der vielen rechtlosen Bolognesi, die im Schatten der Reichen lebten. Einer, der zur Zunft der Bettler und Überlebenskünstler zählte, wertlos und unwichtig in den Augen der Obrigkeit, und vielleicht gerade deshalb hatte Gaspare ihn als »seinen« neuen Patienten akzeptiert.

Welch großes Herz Fabio hatte und welch wichtige Rolle er dereinst in meinem Leben einnehmen würde, ahnte ich damals noch nicht. »Wie hast du deine Nase verloren?«, fragte ich ihn während der Vorbereitung zum Ersten Akt.

Er wandte mir seinen Kopf mit den blinden Augen zu und antwortete: »Das ist eine Geschichte, die man besser nicht erzählt, Schwester. Wenn man wie ich aussieht, schaut man oft in die Abgründe der menschlichen Seele, und die Erfahrungen, die sich mit diesen Abgründen verbinden, schlagen nur allzu leicht aufs Gemüt. Ich kenne Euch noch nicht gut genug, um zu wissen, wie viel Ihr von der Wahrheit vertragt.«

Statt meiner antwortete Gaspare: »Du verstehst dich auszudrücken, Fabio. So etwas lernt man nicht auf der Straße. Woher kommst du?«

»Ihr habt es richtig gesagt, Dottore, ich bin ein Kind der Straße. Einunddreißig Jahre habe ich auf ihr verbracht, mit einer Unterbrechung von vier Jahren. In dieser Zeit schwitzte ich in einer Lateinschule, konjugierte und deklinierte und ritt meinen Cäsar und Ovid.«

»Und warum bist du nicht auf der Lateinschule geblieben?«

»Das ist eine Geschichte, die man besser nicht erzählt, Dottore. Wenn man wie ich aussieht, schaut man oft in die Abgründe der menschlichen Seele, und die Erfahrungen, die sich mit diesen Abgründen verbinden, schlagen nur allzu leicht aufs Gemüt. Ich kenne Euch noch nicht gut genug, um zu wissen, wie viel Ihr von der Wahrheit vertragt.«

Diese Antwort kam Gaspare und mir bekannt vor. Sie sagte uns, dass Fabio noch nicht genug Vertrauen zu uns hatte, um mehr aus seinem Leben zu erzählen. Immerhin hatte er uns die

Abfuhr mit einem so schelmisch-gewitzten Gesichtsausdruck erteilt, dass wir ihm nicht böse sein konnten.

»Nun gut«, sagte ich, »Angst vor den kommenden Operationsschritten scheinst du jedenfalls nicht zu haben. Wie du siehst...«

»Ich sehe nichts, Schwester.«

»Oh, Verzeihung, ich vergaß ... nun gut, du hast sicher gespürt, dass dein linker Oberarm mit Umschlägen aus Essig und Kräutern behandelt wurde, um die Blutung während des Ersten Akts zu verringern. Die notwendigen Instrumente liegen ausgebreitet auf einer Schale, und die Verbände wurden vorsorglich in Eiweiß, Rosenwasser, Drachenblut und Siegelerde getränkt. Normalerweise würde ich jetzt deine Augen verbinden, um dir den Anblick des Skalpells zu ersparen, aber das ist bei dir natürlich nicht nötig.«

»Da habt Ihr recht, Schwester. Aber ganz blind bin ich nicht, denn vieles sehe ich mit den Ohren.«

Ich brauchte einen Augenblick, um zu begreifen, was er meinte, und sagte dann: »Wenn du bereit bist, wird der Doktor jetzt den Hautlappen mit dem Skalpell herausarbeiten.«

»Ist recht, Schwester. Ich habe keine Angst. Dottore, legt ruhig los.«

Den Ersten Akt, so hatte ich es mit Gaspare abgesprochen, sollte noch er vornehmen, um von Anfang an keinen Zweifel bei Fabio aufkommen zu lassen, wer die einzelnen Schritte durchführte. »Bleibe ganz ruhig und entspannt, Fabio«, sagte Gaspare, »Schwester Carla wird mir assistieren, während ich das Skalpell ansetze.«

»Nur zu«, sagte Fabio. Sein Arm ruhte ausgestreckt auf der mit geometrischen Mustern geschmückten Blumensäule. Ich begann und hob die Haut an der Operationsstelle mit Hilfe einer Zange an. Diese Zange ist das wichtigste Instrument bei einer Nasenrekonstruktion, weshalb ich ihre Besonderheit hier erwähnen will: Sie mündet in zwei breite Greifbacken, die einen querstehenden, rund fünf Zoll langen Schlitz aufweisen.

Sie wird am Bizeps offen angesetzt und dann so zusammengepresst, dass ihre Backen auf ganzer Breite ein gutes Stück Haut packen und eine steile Falte herausdrücken.

Und genau das tat ich. Während Fabio keine Miene verzog, griff Gaspare zu einem zweischneidigen Skalpell von der Form eines schmalen, spitz zulaufenden Blattes und stieß es in den Schlitz der einen Backe. Er durchdrang die Hautfalte und gelangte durch den Schlitz der anderen Backe wieder nach außen. Durch die Schlitze geführt, bewegte er das Skalpell in beide Richtungen und erweiterte auf diese Weise die Einstichstelle. Dann zog er das Instrument heraus und sagte zu mir: »Ihr könnt die Zange jetzt öffnen, Schwester.«

Ich tat es, die Hautfalte glättete sich, und ein brückenförmiger Hautlappen entstand, der oben und unten noch mit der Armhaut verbunden war.

»So weit der operative Eingriff«, sagte Gaspare. »Hast du große Schmerzen, Fabio?«

»Ich hatte schon größere, Dottore.«

»Du bist sehr tapfer. Nicht alle Patienten sind das.« Gaspare ließ sich von mir eine Sonde reichen, hob mit ihrer Hilfe den Hautlappen an und zog einen Leinenstreifen durch die entstandene Öffnung.

»Was macht Ihr jetzt, Dottore?«

»Unterhalb des Hautlappens soll eine gutartige *inflammatio* entstehen, die wiederum eine gutartige Eiterung zur Folge hat. Das Fleisch der Haut wird so auf die spätere Verpflanzung vorbereitet.« Gaspare verknotete den Leinenstreifen und verkündete: »Dieses war der Erste Akt, sechs weitere mögen folgen. Doch bis zum nächsten Akt müssen noch vierzehn Tage vergehen, um das Fleisch des Lappens heranreifen zu lassen.«

Wir hatten Hochsommer, als ich den Zweiten Akt einleitete. Über den Dächern von Bologna flirrte die Hitze, es war so heiß, dass selbst Gesunde unter den Temperaturen litten. Doch

Fabio hatte die ersten zwei Wochen seiner Behandlung mit Gleichmut, um nicht zu sagen, mit heiterer Gelassenheit ertragen, und auch die Hitze schien ihm nichts auszumachen. So verkrüppelt sein kleiner Körper war, so widerstandsfähig schien er zu sein. Jedes Mal, wenn Gaspare oder ich ihn fragten: »Hast du große Schmerzen?«, antwortete er: »Ich hatte schon größere. Wenn ich öfter weine, dann nicht wegen der Beschwerden, sondern weil ich als *allacrimanto* in Übung bleiben muss.«

Um ihn nicht merken zu lassen, dass ein Wechsel in der Behandlung stattgefunden hatte, richteten wir es so ein, dass Gaspare zunächst ein paar Worte mit ihm sprach, dabei ein paar Handgriffe tätigte und sich dann lautlos einige Schritte entfernte, während ich ebenso lautlos herantrat und so tat, als sei ich er. Wir schwiegen beide, damit Fabios feines Gehör nichts davon bemerkte. Auf diese Weise erledigte ich während der nächsten Wochen sämtliche komplizierten Aktionen, vom Auftrennen des Lappens über das Ausschneiden bis hin zum Annähen an den Nasenstumpf.

In der Zeit zwischen den einzelnen Behandlungen erzählte Gaspare viel Wissenswertes über die Entwicklung der *Curtorum cirurgia,* wie er die Chirurgie der Verstümmelungen nannte. Er berichtete, dass schon im alten Indien derartige Eingriffe vorgenommen worden waren, allerdings mit mäßigem Erfolg, da das Ergebnis sehr zu wünschen übrig ließ. Die Kunst des »Pfropfens« von Fleisch auf Fleisch habe sich dann über Jahrhunderte hinweg zunächst bis nach Sizilien und danach in ganz Italien verbreitet.

Ein Mann, der stets Branca, der Ältere, genannt werde, und sein Sohn Antonio hätten die Kunst der formenden Chirurgie schon in der ersten Hälfte des 15. Jahrhunderts in Catania ausgeübt.

Es gebe einige Aufzeichnungen über die Operationen der Brancas, und aus diesen Aufzeichnungen gehe hervor, dass der Vater das Fleisch zur Reparatur aus dem Gesicht des Verstümmelten nahm, der Sohn dagegen von den Muskeln des Arms, damit keine Entstellung des Gesichts verursacht werde. In den aufgeschnittenen Arm, direkt in die Wunde, habe er den Stumpf der Nase gedrückt und ihn dort so fest fixiert, dass der Patient nicht einmal mehr den Kopf schütteln konnte. Diese Vorgehensweise, so führte Gaspare aus, sei natürlich völliger Unsinn, da ein zerstörter Muskel keine Nasenspitze ersetzen könne. Ähnlicher Unsinn sei es, aus der Haut des Schweins eine Nase rekonstruieren zu wollen, obwohl einige Besserwisser immer wieder behaupteten, es ginge.

Andrea della Croce, ein Arzt mit ähnlich zweifelhaften Ansichten, verdamme sogar gänzlich die formende und aufbauende Chirurgie. Er empfehle, das abgetrennte Stück Nase sofort wieder anzunähen und ein lebendes junges Küken oder eine Taube daraufzulegen, um die Auskühlung während des Anwachsens zu verhindern.

Anders dagegen verhalte es sich mit der Familie Vianeo aus Tropea, ihre Mitglieder seien keine *ciarlatani*. Die Brüder Pietro und Paolo hätten schon vor Jahrzehnten alles richtig gemacht, im Wesentlichen jedenfalls. Allerdings hätten sie es versäumt, ihre Kunst in allen Einzelheiten zu dokumentieren, und die wahre Kunst läge sowieso im Detail und in der Schönheit des Ergebnisses. Das sei auch die Meinung des großen Giulio Cesare Aranzio.

Gleiche Anerkennung wie die Vianeos verdiene Heinrich von Pfolspeundt, ein deutscher Arzt, der eine Anweisung darüber geschrieben habe, was bei einer vom Hunde komplett verschlungenen Nase zu tun sei. Pfolspeundt hätte jedoch statt der *tubuli* etwas anderes empfohlen, nämlich mit Wachs gefüllte Federkiele.

Mangelhafte oder gar fehlende Ergebnisse, das müsse ebenfalls erwähnt werden, hätten so bekannte Ärzte wie Ambroise Paré, Borgarucci, Daza Chacon und sogar Vesalius vorzuweisen. Entweder, weil von ihnen niemals eine derartige Operation vorgenommen worden sei – weshalb sie eigentlich gar nicht mitreden dürften – oder weil sie eine fehlerhafte Ausführung empfohlen hätten.

Ob sich Fabio während dieser oft recht weitschweifenden Erklärungen langweilte, war nicht zu erkennen – er saß stets mit freundlicher Miene in seinem Bett, lachte an manchen Stellen und weinte gleichzeitig, um seine Tränenkanäle geschmeidig zu halten.

Ich dagegen hörte Gaspare mit großem Interesse zu und merkte mir jeden Namen und jedes Wort.

Anfang November des Jahres 1574 rückte endlich der große Augenblick heran: Ich vollzog den Sechsten Akt und händigte Fabio das *tectorium* für die nächtliche Nasenformung und die *tubuli* für die Bildung der Nasenlöcher aus. »Nun möge der Siebte und letzte Akt beginnen«, sagte ich.

»Ich danke Euch, Schwester.«

»Ich danke dir auch, Fabio. Du warst ein sehr angenehmer Patient, der niemals über Schmerzen geklagt hat.«

»Ich hatte schon größere.«

»Ja, ich weiß, du sagtest es. Ich nehme an, sie hängen mit den Abgründen der menschlichen Seele zusammen, in die du oftmals hineinschauen musstest. Kennst du mich inzwischen gut genug, um mir die Wahrheit über diese Abgründe anvertrauen zu können?«

Fabio schaute mich mit seinen blinden Augen an. »Ja, ich glaube schon, Schwester. Ihr seid eine bemerkenswerte junge Frau. Ich sage immer, es gibt dreierlei Arten von Schmerzen: Beschwerden, Leiden und Torturen. Die Torturen sind die schlimmsten. Ich musste sie unter der Folter der Inquisition ertragen. Die Häscher warfen mich auf eine Streckbank und banden meine Füße hoch, dann strichen sie mir Salz auf die Sohlen und holten mehrere Ziegen. Die leckten das Salz ab. Es kitzelte ein wenig wegen ihrer rauhen Zungen, mehr nicht. Als das Salz abgeleckt war, wurde es erneuert, und wieder leckten die Ziegen. Aus dem Kitzeln wurde ein Kratzen und aus dem Kratzen ein Raspeln. So leckten sie mir die Haut von den

Füßen und nach der Haut das Fleisch, sie leckten und leckten, bis ihre unermüdlichen Zungen schließlich auf den blanken Knochen landeten. Seitdem humpele ich.«

Ich musste an mich halten, um mich nicht zu übergeben. Das, was ich gehört hatte, war so widerwärtig, so ungeheuerlich, dass ich es kaum glauben mochte. Aber ich kannte Fabio mittlerweile gut genug, um zu wissen, dass er nicht log.

»Sie taten es, weil ich denunziert worden war. Die Verleumder hatten leichtes Spiel, denn wer aussieht wie ich, dem traut man ohne weiteres zu, ein Ketzer zu sein. Dabei hatte ich bei der ganzen Sache noch Glück, da sie mich irgendwann laufen ließen. Ich war wohl ein zu kleines Licht, zu unwichtig, als dass sie sich länger mit mir beschäftigen wollten.«

Ich schwieg, denn ich dachte an mein Feuermal und an den Hexenjäger Girolamo Menghi, vor dem meine Mutter mich so eindringlich gewarnt hatte.

»Nanu, Schwester, geht Euch die Geschichte aufs Gemüt? Das wollte ich nicht. Ich dachte ...«

»Schon gut«, sagte ich heftiger, als ich eigentlich wollte. »Ich hoffe, die Nasenrekonstruktion hat wenigstens etwas von dem dir zugefügten Unrecht wiedergutmachen können.«

»Das hat sie, Schwester, das hat sie. Ich spüre, dass die Nase sehr schön geworden ist. Ihr habt, wenn Ihr so wollt, eine Schönheitsoperation gemacht.«

»Nicht ich, Fabio, ich habe nur assistiert«, sagte ich und schämte mich für meine Lüge.

Gleichzeitig blickte ich mich nach Gaspare um. Aber dieser hatte den Raum verlassen.

Fabio grinste. »Schwester, machen wir uns nichts vor. Ich habe gleich nach dem Ersten Akt bemerkt, dass eigentlich Ihr es wart, die mich behandelte. Ich habe es genau gesehen.«

»Gesehen?«, fragte ich. »Ich dachte, du seist blind?«

»Ja, aber ich sehe trotzdem. Erinnert Ihr Euch, dass ich Euch am Anfang sagte, ich könne mit den Ohren sehen? Ich kann auch mit der Nase sehen oder mit dem Spürsinn. Es sind

Wahrnehmungen, die mir sagen, ob und wo sich jemand im Raum befindet.«

»Und was willst du jetzt tun?«, fragte ich hilflos.

»Nichts, natürlich. Mich herzlich bei Euch bedanken und Euch sagen, dass ich mich irgendwann erkenntlich zeigen werde. Geld habe ich zwar nicht, aber es gibt immer Umstände im Leben, wo der eine den anderen braucht. Solltet Ihr einmal Hilfe brauchen, werde ich zur Stelle sein.«

»Danke, Fabio«, sagte ich. Mir schwirrte der Kopf, denn das Gespräch hatte eine Wendung genommen, die mich beunruhigte und mir Angst einflößte. »Danke«, sagte ich nochmals, »ich hoffe, das mit der Operation …«

»Bleibt natürlich unter uns. Was sollte ich auch gegen eine Frau einwenden, die so gut operiert? Frauen haben sowieso die geschickteren Hände. Es gibt viele, die Ihr operieren könntet, Schwester.«

»Wer sollte das sein?«

»Die Entrechteten, die Hungernden, die Überlebenskünstler, die Bettler, die Armen, die Unterdrückten. Es gibt von ihnen mehr als zehntausend in Bologna, und alle haben irgendein Gebrechen.«

»Ja«, sagte ich, »Conor hat mir damals etwas Ähnliches erzählt. Aber ich glaube nicht, dass ich Zeit finden werde, ihnen zu helfen, ich bin jeden Tag im Hospital der Nonnen von San Lorenzo.«

»Natürlich. Ihr könnt es Euch ja noch überlegen, Schwester. Lebt wohl.«

»Leb wohl, Fabio.«

Er machte tatsächlich eine Verbeugung vor mir, was wegen seiner geringen Größe und seines Buckels lustig aussah, sagte noch einmal »Lebt wohl« und verließ rasch das Behandlungszimmer.

Während ich das Bett abzog und die Instrumente forträumte, fragte ich mich, wo Gaspare sein mochte. Seine Anwesenheit beim Siebten und letzten Akt wäre nur natürlich, mehr noch, sogar notwendig gewesen. Da mich die Grübelei nicht weiterbrachte, scheuchte ich die Gedanken fort und machte mich auf den Weg, Gaspare zu suchen. Ich vermutete, dass er sich wie so oft im Kaminzimmer aufhielt, und stieg die Treppen hinunter. Als ich im Mezzanin an der Bibliothek vorbeikam, hörte ich Stimmen: Gaspares und die seiner Mutter.

Meine erste Reaktion war, einfach weiterzugehen und im Kaminzimmer auf ihn zu warten, doch ich entschied mich anders. Ich wollte mich nicht an seiner Mutter vorbeistehlen, dafür war ich zu stolz. Außerdem hatte sie mein Geschenk verschmäht. Ich wollte wissen, wie sie diese Ungehörigkeit überspielen würde, wenn ich vor ihr stand.

Ich ging zu der angelehnten Tür und verharrte kurz davor, um meine Frisur zu richten und mein Kleid glattzustreichen. Vielleicht brauchte ich auch einen Augenblick, um allen meinen Mut zusammenzunehmen. Ohne es zu wollen, hörte ich, was gesprochen wurde.

»Ich möchte eigentlich hier wohnen bleiben«, sagte Gaspare.

»Sei kein Narr, das neue Haus liegt in der Gemeinde San Giacomo de' Carbonesi, viel näher am Archiginnasio als dieses. Dein Weg dorthin wäre viel kürzer als jetzt.«

»Es gefällt mir aber hier.«

»Ich kann mir denken, warum.«

Als ich diese Worte hörte, straffte ich mich. Es konnte kein Zweifel daran bestehen, dass Signora Tagliacozzi mit dieser Bemerkung mich meinte. Ich wollte hineingehen, aber die Signora sprach schon weiter: »Ich will dir keine Vorträge halten, mein Sohn, aber du weißt, dass du deinen aufwendigen Lebenswandel nur mir und meinen kaufmännischen Fähigkeiten verdankst. Von deinen hundert Libbre im Jahr könntest du nicht leben.«

»Erinnere mich nicht ständig an meine Armut.«

»Wenn du nicht selber daran denkst! Vergiss nicht, dass du noch kein ordentlicher Professor bist wie Giulio Cesare Aranzio und andere, die Hunderte von Libbre verdienen. Immer wieder habe ich dich finanziell unterstützt, zuletzt im August vor über einem Jahr, als das Kind von Isabella de' Sementi und dir geboren wurde. Es hat mich eine gehörige Summe gekostet, die Affäre zu vertuschen. Ohne meine Hilfe hättest du eine Frau heiraten müssen, deren Mitgift dem Besitz einer Kirchenmaus gleichgekommen wäre.«

»Mamma, bitte, lass doch die alten Geschichten ...«

»Ich bin noch nicht fertig. Begreife endlich, dass ich nur dein Bestes will. Wenn es mir gutgeht, geht es auch dir gut. Ich kann dieses Haus zu einem hervorragenden Preis verkaufen, und ich brauche das Geld, um damit das neue Haus zu bezahlen. Im Übrigen weiß ich, dass es auch Giulia sehr gefällt.«

Giulia?, fragte ich mich. Das Gespräch nahm immer rätselhaftere Formen an. Gaspare hatte mir gegenüber nie von Liebschaften gesprochen, und ich hatte ihn auch niemals danach gefragt. Vielleicht, weil ich Angst hatte, im Nachhinein eifersüchtig zu werden, was natürlich lächerlich war. So gesehen mochte es nicht weiter schlimm sein, dass er vor unserer Liebe offenbar Vater eines Kindes geworden war, welches er mit einer gewissen Isabella gezeugt hatte.

Aber wer war Giulia? Ich sollte mit meiner Frage nicht lange allein gelassen werden, denn schon redete Signora Tagliacozzi weiter.

»Es ist jetzt fast einen Monat her, dass du sie geheiratet hast, und ich finde, es wird höchste Zeit, dass ihr beide Euer neues Domizil bezieht ...«

Was ich soeben gehört hatte, konnte ich kaum glauben. Ich hatte das Gefühl, jemand zöge mir den Boden unter den Füßen fort. Ich taumelte und suchte Halt an der Wand.

»Ich weiß gar nicht, worauf du noch wartest. Sie hat eine stattliche Mitgift in die Ehe eingebracht, davon habe ich mich zuvor mehrmals überzeugt, und du liebst sie, das hast du mir selber gesagt ...«

Ich konnte nicht mehr an mich halten. Ich stolperte in die

Bibliothek, wo ich Signora Tagliacozzi in einem roten Kleid erblickte. Ich wollte etwas sagen, aber kein Wort drang über meine Lippen. Dafür hörte ich die Signora mit ihrer harten Stimme wie von ferne auf Gaspare einreden, und jedes ihrer Worte war für mich wie ein Hammerschlag: »Ihr beide seid füreinander geschaffen, nicht nur ich denke so, sondern auch Giulias Eltern. Giuliano Carnali und seine Verwandten gehören zu den angesehensten Familien Bolognas. Geld, Grundbesitz und Glück sind hier in segensreicher Verbindung zusammengekommen. Du liebst Giulia doch?«

»Ja, sicher, Mamma, ich ...«

Den Rest von Gaspares Rede hörte ich nicht mehr, denn das rote Kleid von Signora Tagliacozzi änderte sich plötzlich in seiner Form, es wurde groß und größer, verwandelte sich in eine rote Wolke, breitete sich im ganzen Raum aus und flog rauschend auf mich zu.

Ich schrie auf und riss die Hände hoch, um mich des Angriffs zu erwehren, aber es war vergebens. Ich war machtlos.

Die Wolke traf mich und warf mich um.

Ich fiel in tiefe Bewusstlosigkeit.

Die Briefe
Le letteri

ch wachte auf und blickte in Gaspares Gesicht. Er schaute ernst auf mich herab, keine Spur von seinem amüsierten Lächeln war zu sehen. Über seinem Kopf sah ich die verblassten Fresken an der Decke meines Hauses, Adam, Eva, die Schlange und den Apfel. Das verstand ich nicht. Bis mir klarwurde, dass ich in meinem Bett lag und Gaspare sich über mich beugte.

Dann kam die Erinnerung zurück.

»*Grazie a Dio!* Du bist wach«, sagte er.

Ich fühlte, wie ich innerlich erstarrte, und drehte den Kopf zur Seite, um ihn nicht sehen zu müssen.

»Ich habe mir große Sorgen um dich gemacht.«

Ja, dachte ich bitter, während du in Gedanken bei deiner Giulia warst, die du hinter meinem Rücken geheiratet hast und mit der du die Ehe vollzogen hast, ohne dass ich es wusste, mit der du was weiß ich alles gemacht hast, während du so tatest, als liebtest du mich, und mich dein Bleiweißmädchen nanntest.

»Bleiweißmädchen, ich weiß nicht, was du von dem Gespräch mitbekommen hast …«

Ich schwieg. Ich wollte nicht mit ihm reden. Ich wünschte mir nichts sehnlicher, als dass er ginge, und gleichzeitig wollte ich, dass er bliebe, denn ich spürte: Wenn er mich verließe, wäre es für immer.

»Also doch, du hast alles mit angehört. Nun gut, aber es ist ganz anders, als du denkst. Eine Heirat in meinen Kreisen hat nicht unbedingt etwas zu bedeuten.«

»Es ist ein Vertrauensbruch, den ich dir niemals verzeihen werde!«

»Glaub mir, eine solche Ehe ist nicht mehr als ein formaler Vertrag, der von den Familien oder durch eine dritte Person arrangiert wird. Mit Liebe hat das nichts zu tun ...«

Das, was Gaspare mir mit beschwörender Stimme versicherte, stimmte sogar in vielen Fällen. Der Ablauf war gewöhnlich so, dass die künftige Braut, von ihren weiblichen Verwandten begleitet, ein paar Wochen vor der Heirat einen formellen Besuch bei der Mutter des Bräutigams machte, damit man einander näher kennenlernen konnte.

War der große Tag da, genossen die geladenen Gäste Musik, Spiele und Getränke im Haus der Braut, bevor die religiöse Feier stattfand und der von einem Notar aufgesetzte Ehevertrag im Beisein von Zeugen unterschrieben wurde. Einer der Kernpunkte des Vertrags waren stets die Vereinbarungen für die Mitgift.

Später gab es Erfrischungen und Tanz, und gegen Mitternacht wurde das Paar von zwei Gästen ins Bett gebracht und mit guten und mehr oder weniger anzüglichen Wünschen allein gelassen.

Manchmal zog die Braut erst ein oder zwei Wochen darauf in das Haus ihres Ehemannes ein. Neben Geld und Einrichtungsgegenständen brachte sie gewöhnlich eine reiche Aussteuer mit in ihr neues Heim, darunter Kleider, Pelze und Juwelen, aber auch Teppiche, Tischwäsche, Silberbesteck, kostbare Gläser, Teller und Kannen, dazu Bettwäsche, Decken, Bezüge und andere Dinge des täglichen Bedarfs.

Ob das alles auch bei Gaspare und Giulia Carnali so gewesen war, wusste ich nicht, und ich wollte es auch nicht wissen. Aber ich erfuhr später, dass sie eine Mitgift von fünftausend Libbre in die Ehe gebracht und dadurch seine finanzielle Lage erheblich verbessert hatte.

Dass Gaspare sie nicht liebte, glaubte ich nicht, obwohl ich es gerne glauben wollte. »Du liebst sie«, sagte ich.

»Bitte, Bleiweißmädchen ...«

»Nenne mich nicht Bleiweißmädchen.«

»Gut, Carla, ich kann deinen Zorn verstehen, aber glaube mir, diese Ehe wurde von meinen Eltern arrangiert. Es ist eine Ewigkeit her, mein Vater lebte damals noch, er war mit Giuliano Carnali befreundet, die beiden hatten über viele Jahre Geschäfte miteinander gemacht.«

»Das ist keine Antwort.«

»Also gut: Ich liebe dich, nur darauf kommt es an. Giulia ist nichts weiter als eine wunderschöne junge Frau.«

Damit hätte ich mich zufriedengeben können, wenn ich nicht Gaspares Gesichtsausdruck beobachtet hätte. Seine Miene sagte mir, dass er sehr wohl etwas für seine Ehefrau empfand. Und das genügte mir.

»Verlasse mein Haus«, sagte ich.

»Bleiweißmädchen, ich ...«

»Verlasse sofort mein Haus.«

Als er gegangen war, presste ich den Kopf in die Kissen und weinte hemmungslos.

Ich weiß nicht, wie ich die Nacht verbrachte, ich weiß nur noch, dass ich mehrmals das Küchenmesser an meine Pulsader setzte, doch jedes Mal davor zurückschreckte, mir das Leben zu nehmen. Nicht, weil Gott es verbietet, sich selbst zu töten, sondern weil ich, um bei der Wahrheit zu bleiben, einfach zu feige dafür war.

Umso elender fühlte ich mich. Ich war schwach und fieberte, als es gegen Mittag an meine Haustür klopfte. Ein Schauer lief mir über den Rücken, denn ich dachte, es könne Gaspare sein. Ein Schauer aus Angst und Hoffnung.

Ich zog die Decke über den Kopf und hätte mich am liebsten in Luft aufgelöst.

Doch es war nicht Gaspare. Es war Schwester Marta. »Ich habe mich gewundert, dass du nicht im Hospital erschienen bist«, sagte sie, nachdem sie mir das *Pax tecum* entboten hatte. »Ich wollte nach dir sehen, weil ich mir dachte, es könnte etwas ähnlich Schlimmes vorgefallen sein wie damals der Tod deines Verlobten.«

»Nein«, sagte ich, »es ist niemand zu Tode gekommen.«

»*Laudetur Jesus Christus*«, sagte Marta und schlug das Kreuz.

»*In aeternum*«, gab ich mechanisch zur Antwort.

»Aber irgendetwas stimmt nicht mit dir. Es muss doch einen Grund haben, warum du heute Morgen nicht gekommen bist?«

»Ich ... ich fühle mich nicht gut.«

»Das sehe ich.« Martas energische Art brach sich Bahn. »Am besten, du bleibst im Bett und schwitzt. Dass du Fieber hast, sieht ein Blinder. Ich mache dir Wadenwickel, die wirken Wunder. Und gegen deine Verzagtheit bekommst du einen Glühwein mit Honig. Du wirst sehen, der stärkt die Sinne und das Gemüt.«

Sie lief geschäftig zwischen mir und der Küche hin und her und beruhigte mich allein schon durch ihre Anwesenheit.

Als sie alles getan hatte, was zu tun war, sprach sie noch ein Bittgebet an meinem Bett und empfahl sich dann. »Ich muss jetzt gehen, Carla, die Mutter Oberin fragt sich bestimmt schon, wo ich bleibe. Ich werde ihr sagen, dass du fieberst und einige Tage das Bett hüten musst. Ich werde wieder nach dir sehen. Gott befohlen.«

»Gott befohlen«, erwiderte ich, bevor sie mir die Stirn küsste und mit energischen Schritten verschwand.

Es dauerte sieben Tage, bis ich so weit genesen war, dass ich meinen Dienst im Hospital wieder aufnehmen konnte. Gleich am Morgen rief mich Mutter Florienca, die Oberin, zu sich. »Ich freue mich, dass es dir bessergeht«, sagte sie zur Begrüßung. Wie immer saß sie klein und unscheinbar hinter ihrem Schreibtisch und musterte mich aus klugen Augen, während ihre Hand sacht über die Madonnenfigur mit dem Jesuskind strich.

»Danke, Ehrwürdige Mutter.«

»Die Krankheit steht dir noch immer ins Gesicht geschrieben, oder ist es ... der Kummer?«

Ich fragte mich, wie viel die hellsichtige Oberin von mir und Gaspare wusste, denn man hatte uns außer bei der Theriak-Zubereitung ein paarmal in der Öffentlichkeit gesehen. Rasch überdachte ich, wer von unserem Liebesverhältnis etwas wissen konnte, doch außer Adelmo und vielleicht Signora Tagliacozzi fiel mir niemand ein, und bei beiden war ich mir sicher, dass sie – allein schon Gaspares wegen – nicht geplaudert hatten. Die Frage der Mutter Oberin musste eher allgemeiner Natur sein. »Es geht mir gut, Ehrwürdige Mutter.«

»Wenn ich eben deinen Kummer ansprach, Carla, dachte ich dabei auch an dein schlechtes Gewissen.«

Sie wusste es also doch! Ich schlug die Augen nieder und erwartete das Schlimmste, doch die Mutter Oberin fuhr fort: »Mir ist zu Ohren gekommen, dass du Doktor Tagliacozzi öfter in seinem Haus bei Operationen assistiert hast. Nun, das ist eine segensreiche Tätigkeit und geht uns nichts an, zumal der Doktor einen untadeligen Ruf genießt. Bedenklicher ist allerdings, dass er dich einige Male in der Öffentlichkeit mit ›Schwester Carla‹ vorgestellt hat, was er zweifellos im guten Glauben tat. Dein Versäumnis, Carla, ist es, den Doktor nicht über deinen wahren Rang aufgeklärt zu haben. Du warst eitel und hoffärtig. Du hättest ihm sagen müssen, dass du nur eine Hilfsschwester bist.«

»Ja, Ehrwürdige Mutter«, sagte ich und versuchte, mir meine grenzenlose Erleichterung nicht anmerken zu lassen.

»Dann bete zur Buße drei Ave Maria und nimm danach deine Arbeit wieder auf. Melde dich bei Schwester Marta. Sie weiß, was am dringlichsten zu tun ist.«

Ich verbeugte mich und eilte hinaus.

Der Dienst im Hospital half mir über die folgende Zeit hinweg. Ich stürzte mich in Arbeit und Gebet und verbrachte täglich viel mehr Stunden im Klosterhospital, als von mir erwartet wurde. Ich ging sogar so weit, dass ich dem Psalmwort *Siebenmal am Tag singe ich Dein Lob, und nachts stehe ich auf, Dich zu preisen* Genüge tat, indem ich mit den anderen Schwestern die Stundengebete verrichtete. Laudes, Prim, Terz, Sext, Non, Vesper und Komplet in ihrem vierundzwanzigstündigen Gleichklang lenkten mich ab und gaben mir Kraft. Sie halfen mir, nicht an Gaspare zu denken, der mich so sehr enttäuscht hatte und der es nicht wert war, jemals wieder in mein Leben zu treten.

In der wenigen Zeit, die mir blieb, vervollständigte ich meine Aufzeichnungen über die von mir durchgeführten Operationen, schilderte meine Erfahrungen, erwähnte Schwierigkeiten und stellte Überlegungen für Verbesserungen an.

Und wieder begann ich zu lesen. Ich beschäftigte mich mit den Prinzipien der Pathologie und mit den Heilmethoden der verschiedensten Krankheiten. Ich las die Texte aller Autoren, derer ich habhaft werden konnte, studierte das *Regimen* von Maimonides, repetierte den *Kanon* von Avicenna und die *Aphorismen* des Hippokrates, vertiefte mich in die Werke von Averroës, einem spanisch-arabischen Philosophen und Arzt, der auch unter dem Namen Ibn Rušd bekannt ist, las *Colligiet* und *De Medicinis Simplicibus* und befasste mich mit seinen Kommentaren zu den Werken des Aristoteles.

Daraufhin beschäftigte ich mich mit Aristoteles' Überlegungen zu Logik, Wissenschaft, Rhetorik und Naturlehre und erfuhr Erstaunliches. So lernte ich seine These kennen, nach der kristalline Sphären die Planeten auf ihren Bahnen halten und dabei wie Schalen einer Zwiebel sind, die sich um die Erde legen. Mehr als ein Mal schaute ich deshalb in den sternenklaren winterlichen Himmel Bolognas, konnte aber nichts dergleichen entdecken. Ein wenig enttäuscht legte ich daraufhin Aristoteles beiseite.

Im Frühling des Jahres 1575, als das ganze Universitätsviertel nach den Kräutern für den neuen Theriak duftete, kam Wehmut in mir auf. Nie wieder würde ich Gelegenheit haben, das bunte Treiben im Hof des Archiginnasios zu erleben. Meine Melancholie verstärkte sich noch, als ich eines Tages feststellte, dass meine Gesichtshaut juckte und brannte. Ein paar Tage lief ich herum und unternahm nichts, denn einen Blick in *brutto nemico* brachte ich nicht über mich. Schließlich kam ich darauf, dass die Bleiweißschicht, die ich mir jeden Tag ins Gesicht salbte, schuld daran sei. Sie hatte meine Haut vergiftet. Ich versuchte daraufhin, die Beschwerden zu beheben, indem ich Kamillendampfbäder nahm, doch es stellte sich keine deutliche Besserung ein. Auch die tüchtige Schwester Marta, der ich mich anvertraute, wusste keinen Rat.

Meine Gemütslage war ziemlich verzweifelt, als der Tag der Theriak-Herstellung anbrach und alle Bilder des vergangenen Jahres wieder in mir hochstiegen. Ich dachte mit einer Mischung aus Trauer und Wut an Gaspare, aber auch an Professor Aldrovandi und an Cristoforo Colberti, den Farmacista und Besitzer der Apotheke Del Monte.

Als ich mit meinen Gedanken bei Cristoforo Colberti angekommen war, schoss mir eine Idee durch den Kopf. Vielleicht kann er mir helfen?, fragte ich mich. Ich beschloss, ihn aufzusuchen.

Ich hatte Glück und traf ihn gleich beim ersten Mal in seinem Laden an. »*Buongiorno*, Signore«, sagte ich, versteckt hinter meinem Schleier, »ich weiß nicht, ob Ihr Euch an mich erinnert?«

Colberti fuhr sich mit der Hand durch seine Löwenmähne, musterte mich und sagte dann: »Wenn mich nicht alles täuscht, seid Ihr die junge Dame, die ich letztes Jahr an der Seite von Doktor Tagliacozzi kennenlernte, stimmt's?«

»Ihr habt ein gutes Gedächtnis, Signore.«

»Worauf ich mir nicht wenig einbilde.« Colberti gestattete sich ein Lächeln. »Ihr habt mir im Hof des Archiginnasios eine

Viper abgekauft, eine männliche, wenn ich mich nicht irre. Vermutlich für Doktor Tagliacozzi, den Meister der Zergliederungskunst.«

»Ja«, sagte ich, »so ist es.«

»Was führt Euch zu mir?«

Ich erzählte ihm von der Bleiweißvergiftung und zeigte ihm notgedrungen mein Gesicht mit der *voglia di vino*.

»Deshalb also tragt Ihr den Schleier, ich fragte mich schon, warum. Was habt Ihr selbst schon gegen das Leiden unternommen?«

»Ich habe es mit Kamillendampfbädern versucht, Signore. Leider mit wenig Erfolg.«

»Und hat Euch Doktor Tagliacozzi etwas Zusätzliches empfohlen?«

»Nein, nichts.«

»Das wundert mich, aber es geht mich nichts an. Nun, mit der Intoxikation durch Bleiweiß ist nicht zu spaßen. Die Haut verträgt dieses Kosmetikum ebenso wenig wie Quecksilber. Ich empfehle Euch, das Übel von zwei Seiten anzupacken. Nehmt einerseits apulisches Olivenöl, es ist das Beste, was man kriegen kann, besonders, wenn es südlich von Bari stammt. Die Früchte sollen durch Auskämmen mit der Hand geerntet werden, wobei über jeden Finger ein Ziegenhorn gestülpt sein muss. Dieses Öl massiert Ihr täglich in Eure Gesichtshaut ein. Das apulische Öl beruhigt und besänftigt die Oberfläche. Andererseits rate ich zur Beschleunigung des Heilprozesses durch Akzeleration des Blutflusses unter der Haut. Eine geschmeidige Salbe auf Wollfettgrundlage mit untergemischtem Pfeffermehl mag hier das Mittel der Wahl sein.«

»Und Ihr seid sicher, dass die Arzneien wirken?«

»Aber Schwester Carla!« Colberti wirkte leicht gekränkt.

»Bitte, nennt mich nicht Schwester.«

»Nanu, warum denn nicht?«

»Es ... es klingt so förmlich. Sagt einfach Carla oder Signorina zu mir, wenn es Euch recht ist.«

»Natürlich. Hier, nehmt Eure Medikamente. Der Weg zur Gesundung Eurer Haut wird im Übrigen kein kurzer sein. Kommt deshalb in regelmäßigen Abständen zu mir, damit ich prüfen kann, ob die Arzneien verändert oder verstärkt werden müssen.«

»Ja, Signore.«

»Ihr werdet für die Therapie bezahlen müssen, doch vergesst nicht, dass dies keine ärztliche Behandlung ist. Ich gebe Euch einen guten Rat, mehr nicht. Anderenfalls käme ich mit den strengen Gesetzen meiner Zunft in Konflikt.«

»Ja, sicher, Signore.«

»Und grüßt mir Doktor Tagliacozzi, wenn Ihr ihn seht.«

Ich wollte antworten, dass ich ihn nie wieder sehen würde, aber ich sagte nichts, bezahlte stattdessen und murmelte: »*Arrivederci.*«

»*Arrivederci,* Signorina.«

Ich ging während der kommenden Monate noch ein paarmal zu Signore Colberti, und immer waren es recht angenehme Gespräche, die ich mit ihm führte, zumal sich der Zustand meiner Haut allmählich besserte. Das Einzige, was ich als unangenehm empfand, war, dass er mich häufig auf Gaspare ansprach, denn er nahm an, ich sei nach wie vor mit ihm bekannt.

»Wie ist eigentlich Doktor Tagliacozzis Meinung zu Aldrovandis unerhörtem Verhalten?«, fragte er mich einmal.

»Wovon sprecht Ihr, Signore?«

»Aldrovandi hat in diesem Jahr seine Absicht in die Tat umgesetzt und die beiden Kräuter *amomum* und *costus* eigenmächtig dem Theriak beigemischt.«

»Oh, davon weiß ich nichts«, antwortete ich wahrheitsgemäß.

»Nun, dann wisst Ihr vielleicht auch nicht, dass Professor Aldrovandis Verhalten höchsten Ärger unter den Mitgliedern der Farmacisti ausgelöst hat. Wir hatten ihn eindringlich vor diesem Schritt gewarnt, aber irgendwann während der zwei Tage des Mischens, Kochens und Abwiegens muss es ihm gelungen sein, die überflüssigen Pflanzen in den Kessel zu werfen. Nun ist das Produkt schon seit einiger Zeit fertig, und wir sind dazu verdammt, eine Ware zu verkaufen, von deren Qualität wir nicht überzeugt sind.«

»Ja«, sagte ich, weil mir nichts anderes darauf einfiel. »Es tut mir leid, ich bin etwas in Eile und muss jetzt gehen. *Arrivederci*, Signore.«

»*Arrivederci*, Signorina.«

Ein anderes Mal erzählte er mir, dass er und einige Kollegen seit kurzem ihren eigenen Theriak verkaufen würden – zubereitet nach der guten alten Methode. Die ehrenwerten Professoren Alberghini, Zibetti und Beato in ihrer Eigenschaft als Prior sowie Professor Aldrovandi als Protomedico seien deshalb in aller Form ersucht worden, die Herstellung der notwendigen Vipern-*compressi* zu billigen. Doch Aldrovandi habe die Genehmigung unter Angabe von fadenscheinigen Gründen verhindert. Er habe behauptet, die weiblichen Vipern für die *compressi* seien schwanger gewesen, einige Vipern sogar männlich, und überdies sei die Jahreszeit für die Tötung keinesfalls die richtige gewesen.

»Ja«, sagte ich wieder und suchte nach einer neutralen Antwort, »meine Haut ist schon um einiges besser dank Eurer Arzneien.«

»Das freut mich«, sagte er.

»*Arrivederci*, Signore«, sagte ich.

»*Arrivederci*, Signorina.«

Auch bei meinem dritten Besuch, man schrieb mittlerweile schon Oktober, konnte er von seinem Thema nicht lassen. Er erzählte lebhaft und sich dabei mehrfach durch die Haare streichend, dass er und seine Kollegen sich über Aldrovandis Verhalten bei der Akademieleitung beschwert hätten: Der von ihnen gebraute Theriak sei nach alter Väter Sitte gebraut und damit einwandfrei. Ganz im Gegensatz zu dem Trank des Professors Aldrovandi, der ohne offizielle Genehmigung mit *amomum* und *costus* verfälscht worden sei.

Aldrovandi jedoch habe nicht aufgegeben. Es sei ihm leider gelungen, seinen eigenmächtigen Schritt mit den bekannten falschen Begründungen zu verteidigen und den Trank der Apotheker verbieten zu lassen, nicht zuletzt, weil er ihnen Missgunst unterstellt habe. Daraufhin hätten er und seine Kollegen mehrere Bittbriefe an die Akademieleitung geschrieben, um ihren eigenen Theriak weiter brauen zu dürfen. Ohne Erfolg allerdings. Dann, sozusagen als letzten Versuch, hätten sie beschlossen, persönlich vorstellig zu werden – mit dem ebenso überraschenden wie erfreulichen Ergebnis, dass ihnen endlich Gerechtigkeit widerfahren sei. Sogar das Stadtoberhaupt, den hochzuverehrenden Gonfalonier, hätten sie von ihrer Meinung überzeugen können.

»Da wart Ihr sicher sehr froh, Signore«, sagte ich, um Höflichkeit bemüht, obwohl mir das nicht enden wollende Gezänk erwachsener Männer um zwei Kräuter ziemlich kindisch vorkam.

»Das kann man wohl sagen! Das ausschlaggebende Argument war, dass es keine einzige Koryphäe in Italien gibt, die den Gebrauch von *amomum* und *costus* empfiehlt!«

»Was Ihr nicht sagt.«

»Wie geht es überhaupt Eurer Haut, Signorina? Ich rede und rede und vergesse darüber ganz, warum Ihr hier seid.«

»Ich glaube, meine Haut ist wieder gesund.«

»Das höre ich gern, Signorina! Lasst einmal sehen. Ja, tatsächlich, wunderbar. Hoho, niemand soll sagen, die Apotheker Bolognas verstünden nichts von Medizin!«

»*Arrivederci,* Signore.«

»*Arrivederci,* Signorina.«

Anfang Dezember erhielt ich einen Brief. Er wurde mir ausgehändigt von dem Boten, dessen Livree ich nur zu gut kannte. Es war der Bote von Gaspare, weshalb ich den Brief zunächst nicht annehmen wollte, mir dann aber sagte, ich könnte ihn immer noch fortwerfen, nachdem ich ihn gelesen hatte. Ich ging ins Haus, erbrach das Siegel und las, was Gaspare mit seiner steilen Handschrift zu Papier gebracht hatte:

Liebe Carla,
wie langsam vergeht doch ein Jahr, wenn man einander nicht sehen kann! Ich hoffe, Dein Zorn ist verraucht.
Ich lebe mein Leben wie zuvor, aber Du fehlst mir sehr.

An dieser Stelle wollte ich den Brief ins Feuer werfen, denn ich spürte, wie sehr mich die Zeilen aufwühlten, aber ich musste weiterlesen. Ich konnte nicht anders.

Ich würde Dich gerne wiedersehen, Bleiweißmädchen, und sei es auch nur, um Dir die Dinge zurückzugeben, die sich noch in meinem Haus befinden.
Es sind einige Kleidungsstücke und eine Hutnadel.
Immer der Deine
                                                    Gaspare

Was hatte Gaspare da geschrieben? Er habe noch eine Hutnadel von mir?
 Ich fühlte, wie ich am ganzen Körper zu zittern begann, und tat das, was ich normalerweise niemals tat: Ich trank einen großen Schluck Wein auf nüchternen Magen.
 Doch das Zittern blieb.
 Konnte es sein, dass Gaspare meine Hutnadel besaß?
 Natürlich ist das möglich, antwortete ich mir selbst. Du hast doch gesehen, wie er Marco die Nadel aus der Hand nahm und die Vermutung äußerte, sie sei womöglich von der Decke der *Scuola d'Aranzio* herabgefallen. Außerdem hast du genau ge-

hört, wie er von der Hutnadel einer Frau sprach. Es liegt nahe, dass er die Nadel behalten hat.

Langsam ließ das Zittern nach. Halbwegs beruhigt, überlegte ich weiter: Liegt es auch nahe, dass er sie mit mir in Verbindung bringt?

Ich rief mir Marcos tödlichen Unfall ins Gedächtnis und kam zu der Überzeugung, dass Gaspare nicht dabei gewesen war. Er konnte mich nicht gesehen haben.

Also gab es keine zwingende Verbindung zwischen mir und der Hutnadel. Aber gab es einen Verdacht? Vielleicht, weil ich stets ein Barett trug, das der Befestigung durch eine solche Nadel bedurfte? Oder weil ich mich glühend für alles, was mit Medizin zu tun hatte, interessierte?

Und wenn es einen Verdacht gab, warum hatte er ihn mir gegenüber nie geäußert?

Fragen über Fragen, die ich alle nicht beantworten konnte.

Ich sagte mir, dass mir nichts anderes übrigblieb, als der Sache auf den Grund zu gehen, und trat vor die Tür, wo Gaspares Bote noch auf mich wartete, und sagte zu ihm: »Bestelle deinem Herrn, dass ich ihn morgen Abend gegen sechs Uhr aufsuchen werde.«

Als am nächsten Tag die sechste Nachmittagsstunde näher rückte, wünschte ich mir, ich hätte niemals meinen Besuch in dem terrakottafarbenen Haus angekündigt. Aber ich hatte es getan, und ich konnte nicht mehr zurück.

Mit klopfendem Herzen stand ich vor der Tür und wartete auf Einlass. Ein Jahr war vergangenen, und vieles war seitdem geschehen.

Wie Gaspare wohl aussah? Was er wohl trug? In meine Gedanken hinein erklang eine Stimme: »*Buonasera,* Signorina Carla.«

Es war Adelmo, der mich begrüßte, und ganz offenbar freute er sich, mich wiederzusehen. Er ging mir trippelnden Schrittes voraus, führte mich ins Kaminzimmer, fragte mich, ob ich etwas wünsche, nickte, als ich verneinte, und verschwand.

Ich schaute mich um und stellte fest, dass alles noch genauso war, wie ich es kannte. In der Mitte stand nach wie vor der ebenholzfarbene Tisch mit den hochlehnigen Stühlen, und die Wände waren behängt mit dem rundumlaufenden Teppich, der die Seidenherstellung in Bologna darstellte.

Ich setzte mich. Gaspare würde gleich kommen und mich begrüßen. Ich spürte, wie mein Herz klopfte. Meine Blicke glitten über den Tisch und über den Kaminsims, auf dem einst seine Nasenmodelle gestanden hatten. Irgendetwas lag darauf, es sah aus wie eine Nadel. Ich sprang auf und wollte den Gegenstand aus der Nähe betrachten, doch in diesem Augenblick näherten sich Schritte.

In der Tür erschien eine junge Frau. Sie war kostbar gewandet und aufwendig geschminkt, gerade so, als sei sie auf dem Weg zu einem Fest oder einem Bankett. Sie trug ein lindgrünes Kleid aus Seidensamt, mit hochgesetzter Taille, schulterfreiem Dekolleté und sehr weiten gebauschten Unterärmeln. Das Mieder zierten arabeske Lilienmotive in zwei unterschiedlichen Goldtönen. Alle Farben harmonierten wunderbar mit ihrem dunkelblonden Haar, das sie zu einer Hochfrisur aufgesteckt hatte.

Sie war eine wirkliche Schönheit, und diese Schönheit kam lächelnd auf mich zu und sagte: »Ich bin Signora Tagliacozzi, Ihr seid sicher Signorina Carla, die meinem Mann öfter bei seinen Operationen assistiert hat?«

»Ja, die bin ich«, sagte ich, ebenfalls um Freundlichkeit bemüht, obwohl es in meinen Ohren seltsam klang, dass diese junge Frau, die kaum älter war als ich, sich als Signora Tagliacozzi vorstellte.

»Mein Mann wird gleich kommen. Er bittet Euch um einen Moment Geduld.«

»Natürlich, gewiss«, sagte ich.

»Nun«, sagte sie nach einer Weile des Schweigens, in der wir uns unauffällig abzuschätzen versuchten, »es dauert wohl doch etwas länger.«

»Es hat den Anschein«, sagte ich.

Sie lächelte scheu.

Ich weiß nicht, warum, aber plötzlich fühlte ich mich ihr überlegen, vielleicht, weil sie ganz offensichtlich keine Ahnung davon hatte, dass zwischen Gaspare und mir etwas gewesen war, und weil sie vergebens die souveräne Hausherrin spielen wollte. Vielleicht tat sie mir auch einfach nur leid, weil sie so einen Drachen von Schwiegermutter bekommen hatte.

»Ich muss mich noch um einiges kümmern. Darf ich Euch etwas bringen lassen?«

»Nein danke, ich habe alles«, sagte ich und schielte zum Kaminsims.

»Dann lasse ich Euch jetzt allein.« Sie klang erleichtert und verließ den Raum.

Als sie fort war, ging ich zum Kaminsims und betrachtete den Gegenstand näher. Es war tatsächlich eine Hutnadel. Und ganz ohne Zweifel war es meine.

Wieder fragte ich mich, ob Gaspare mir meine heimlichen Beobachtungen im Archiginnasio nachweisen konnte, und wieder kam ich zu dem Schluss, dass dies nicht der Fall war. Nein, sagte ich mir, die Sache mit der Hutnadel war nicht mehr als ein Versuch, wieder mit mir in Kontakt zu kommen. Zumal ich keinerlei persönliche Habe bei ihm zurückgelassen hatte.

Und wenn er mir nun doch etwas nachweisen konnte? Dann war die Nadel das *Corpus delicti*. Und sie musste verschwinden. Kurz entschlossen nahm ich sie und warf sie ins Feuer. Es gab ein kurzes Aufflackern der Flammen. Ich sah, wie sie sich verfärbte, sich krümmte und Augenblicke später nichts weiter mehr war als rote Glut.

»Verzeih, dass ich dich warten ließ.« Da stand Gaspare, und mein Herz tat einen Sprung. Er sah aus wie immer, in teures schwarzes Tuch gekleidet, dessen würdiger Eindruck nur von dem weißen gefältelten Spitzenkragen und den violetten Ärmelfalten unterbrochen wurde. Und wie so häufig hatte er sein amüsiertes Lächeln aufgesetzt.

Es war das Lächeln, das mich gleichermaßen anzog und verunsicherte. »Deine ... deine Frau ist sehr schön«, sagte ich, weil mir nichts anderes einfiel.

»Ja, das ist sie.« Sein Lächeln verschwand. Ich merkte, dass er nicht über sie sprechen wollte.

»Seid ihr glücklich?«

»Was heißt glücklich. Wie du weißt, ist eine Ehe in meinen Kreisen häufig nicht mehr als ein Arrangement. Ein Zweckbündnis sozusagen. Eine finanzielle Union.«

»Ich finde, sie sollte an unserem Treffen teilnehmen. Sie ist sehr nett.«

»Meine Ehe ist ein Arrangement.«

»Ja, du sagtest es schon.« Ich fragte mich, ob er im letzten Jahr auch über mich so geredet hatte.

»Komm, Carla, was ist das für ein Gespräch! Fangen wir noch einmal von vorn an: Ich freue mich, dass du gekommen bist. Ich freue mich wirklich! Setz dich, ich bestelle uns etwas zu trinken.« Er rief nach Adelmo und orderte eine Kanne unseres Lieblingsweins. Nachdem wir getrunken hatten, sagte er: »Und nun erzähle, wie es dir ergangen ist.«

Erst stockend, dann zunehmend flüssiger berichtete ich von meinen Schwierigkeiten mit dem Bleiweiß, und er hörte mir aufmerksam zu, entschuldigte sich, da die Idee der Verwendung von ihm gekommen war, und stellte die eine oder andere medizinische Frage. »Hat Colberti dir eine gute Arznei empfohlen?«

Ich schilderte die Beschaffenheit der Mittel.

»Das hört sich überzeugend an, und gottlob bist du ja auch genesen, wie man sieht. Ja, Colberti ist ein tüchtiger Farmacista, seine Apotheke gehört zu den besten der Stadt. Manchmal allerdings ist er etwas eigenwillig, aber vielleicht müssen Farmacisti so sein.«

Dann kamen wir auf die Operationen zu sprechen, die er in

den letzten Monaten durchgeführt hatte, und wie immer lauschte ich gebannt seinen Worten. Er hatte nicht nur eine Nasenrekonstruktion durchgeführt, sondern auch eine Rekonstruktion der Oberlippe und eine der Unterlippe. Das Verfahren war im Prinzip dasselbe gewesen. Bei allen Prozeduren war er von zwei *ministri* unterstützt worden, einem, der den Kopf des Patienten hielt, und einem, der die Instrumente anreichte. Doch beide hätten sich bei weitem nicht so geschickt angestellt wie ich ...

Die Zeit verging, und es war fast wieder so wie früher. Trotzdem lag eine Spannung zwischen uns, die nicht nur daher rührte, dass seine Frau sich im selben Haus aufhielt und sich vielleicht fragte, was wir miteinander zu bereden hatten. Es war noch etwas anderes, und ich wusste auch, was, denn immer wieder bemerkte ich, wie sein Blick zum Kaminsims ging, wo er die Hutnadel vermutete.

Schließlich sagte ich: »Ich muss jetzt gehen, Gaspare, es ist Zeit für die Abendmahlzeit.«

»Bleib doch noch ein wenig, es ist so schön, mit dir zu plaudern.«

Das fand ich auch. Um ehrlich zu sein, fand ich es sogar sehr schön, und der Gedanke daran, dass Giulia Carnali, seine zweifellos sehr freundliche Ehefrau, das Privileg genoss, mit ihm zu Abend speisen zu können und danach vielleicht noch ganz andere Dinge mit ihm tun zu dürfen, während ich mich allein auf den Weg zurück in die Strada San Felice machen musste, erfüllte mich mit Eifersucht. »Es geht nicht. Oder bin ich bei Euch zum Essen eingeladen?«

Er lachte verlegen. »Nun, das wäre keine schlechte Idee, nur heute ist es leider nicht möglich. Vielleicht ein andermal.«

»Ja, vielleicht«, sagte ich, stand rasch auf und ging zur Tür.

»Warte einen Moment.«

»Was ist denn noch?«, fragte ich scheinheilig.

»Komm einmal zum Kamin.«

»Zum Kamin? Warum das, ich wollte doch gerade ...«

»Es ist kalt draußen, wärme dich kurz auf, bevor du auf die Straße gehst.«

»Wenn du meinst.« Ich folgte ihm zum Kamin und hatte alle Mühe, ein gleichmütiges Gesicht zu ziehen, während er suchend mit der Hand über den Sims fuhr. Dabei murmelte er etwas, das ich nicht verstand.

»Sagtest du etwas?«

»Ja, wärm dich nur auf.« Er bückte sich und forschte vergebens zwischen dem Scheitholz.

»Suchst du etwas?«

Er richtete sich auf. Ein Lächeln erschien auf seinem Gesicht, ein Lächeln der Erkenntnis. »Du hast sie schon gefunden«, sagte er.

»Wovon sprichst du?«

»Ach, Carla, du weißt doch genau, dass ich von deiner Hutnadel spreche.«

»Hutnadel, was für eine Hutnadel?«

»Du musst sie an dich genommen haben. Sie lag auf dem Kaminsims, ich weiß es genau. Schließlich wollte ich sie dir zurückgeben.«

»Verzeih, aber du redest in Rätseln. Ich besitze nur eine Hutnadel, und das ist die, die du kennst.« Ich deutete auf mein Barett, wo die Nachfolgerin der verlorenen Nadel saß.

»Bist du ganz sicher?«

»Natürlich.« Rasch richtete ich mir den Schleier und vermied es auf diese Weise, dass er mir ins Gesicht blicken konnte. Er hatte mich also tatsächlich verdächtigt, jene Unbekannte gewesen zu sein, die heimlich die Lektionen in der der *Scuola d'Aranzio* verfolgt hatte. Und er hatte mir eine Falle gestellt.

Wenn ich in sie hineingetappt wäre, wäre ich ihm für alle Zeiten ausgeliefert gewesen.

War es der Wunsch, mich zu besitzen, der ihn dazu verleitet hatte? Oder nur das Streben nach Wissen, das ihm als Gelehrtem in Fleisch und Blut übergegangen war?

Fest stand jedenfalls, dass er mit seiner Falle keinerlei Risiko eingegangen war, denn jetzt, wo es nicht geklappt hatte, konnte er immer noch sagen, das Ganze sei nur der Versuch gewesen, mich endlich wiederzusehen.

Und genau das tat er.

Er lachte auf und nahm mich so rasch in die Arme, dass ich es nicht verhindern konnte. »Aber versteh doch! Ich brauchte einen Grund, dich hierherzulocken. Auf weibliche Neugier ist immer noch Verlass, stimmt's? Du bist gekommen, und das ist die Hauptsache.«

»Bitte, lass mich los.«

Er tat es, wenn auch widerstrebend. »Bevor du gehst, wollte ich dir sagen, dass ich dich noch immer …«

»Leb wohl, Gaspare«, sagte ich und eilte hinaus.

Eine ereignisreiche Woche verging. Wie immer in der nassen und kalten Jahreszeit hatte ich sehr viel im Hospital zu tun. Die Arbeit half mir, nicht an Gaspare zu denken, nicht an seinen Versuch mit der Hutnadel und auch nicht an seinen Versuch, mich beim Abschied seiner Liebe zu versichern. Immer wieder sagte ich mir, dass er ein glücklich verheirateter Mann sei, der eine wunderschöne, dazu freundliche und begüterte Frau hatte, ein Mann, der für alle Zeiten vergeben sei, ein Mann, der in meinem Leben nichts zu suchen hätte.

Doch dann, kurz vor Weihnachten – ich hatte mein seelisches Gleichgewicht halbwegs zurückerlangt –, stand der livrierte Bote schon wieder vor meiner Tür. Er übergab mir einen Brief seines Herrn und wartete wie üblich auf Antwort. Gaspare schrieb:

Liebe Carla,
sicher wunderst Du Dich, dass ich Dir nochmals schreibe,
aber der Anlass für diese Zeilen ist von größter Dringlichkeit und bedarf äußerster Diskretion. Bitte bestätige dem

Boten, dass Du mich heute Abend um acht in meinem Haus zu einem gemeinsamen Essen aufsuchen wirst.
Immer der Deine

Gaspare

Mein erster Impuls war, nicht hinzugehen, denn die vergangene Woche hatte mir gezeigt, wie viel ich noch für Gaspare empfand. Das Treffen mit ihm würde mich nur in ein neues Wechselbad der Gefühle stürzen. Die Sache war abgeschlossen. Ich atmete tief durch und sagte dem Boten: »Richte deinem Herrn aus, dass ich heute Abend verhindert bin.«

Ich schalt mich wankelmütig und schwach, und ich haderte mit mir, aber am selben Abend stand ich vor Gaspares Haus und ließ mir von Adelmo öffnen. Er nahm mir die Zimarra ab und geleitete mich in einen Raum im Erdgeschoss, der zuvor als Schreibzimmer genutzt worden war, jetzt aber im Schein Dutzender Kerzen erstrahlte. Die Kerzen standen auf einem für drei Personen festlich gedeckten Tisch, an dem Gaspares Frau saß. Wieder war sie ausstaffiert, als wolle sie auf einen Ball gehen. Zudem hatte sie sich an diesem Tag, der Mode entsprechend, den Haaransatz gezupft, um ihre Stirn höher und schöner erscheinen zu lassen.

Als sie meiner angesichtig wurde, erhob sie sich und kam mir entgegen. Sie reichte mir die Hand und sagte: »Ich wusste nicht, ob Ihr nach Eurer Absage doch noch kommen würdet, Signorina, aber ich hatte es gehofft und deshalb alles vorbereiten lassen. Leider weiß ich nicht, warum Ihr hier seid, denn mein Mann machte ein großes Geheimnis daraus, aber immerhin werden wir drei vorher zusammen speisen.«

»Vielen Dank, Signora.«

»Als ich heiratete, habe ich meinen Eltern Luigi Baptisto abgeschwatzt. Er ist ein wahrer Meisterkoch und gehört gewissermaßen zu meiner Mitgift. Heute Abend wird er für uns am

Herd stehen.« Giulia Carnali lächelte verschmitzt und wirkte zum ersten Mal in meiner Gegenwart nicht scheu.
»Danke, ich esse gerne gut, Signora.«
»Dann lasst Euch überraschen, was es gibt.«
Wir setzten uns, und wenig später erschien auch Gaspare, der an diesem Tag überraschenderweise nicht Schwarz, sondern Dunkelblau trug. Sein spitzenbesetzter Kragen leuchtete zitronengelb und bildete einen kräftigen Kontrast zu dem Blau. »Wie du siehst, habe ich mein Versprechen wahrgemacht und dich zum Essen eingeladen«, rief er und ließ sich nieder. »Es gibt …«
»Pst!« Giulia Carnali legte ihm die Hand auf den Arm. Es war eine Geste, die vertraut wirkte. »Was es gibt, soll eine Überraschung sein. Ich habe Signorina Carla schon von Luigi Baptisto vorgeschwärmt.«
»Zu Recht, meine Liebe, zu Recht.« Gaspare klatschte in die Hände, und mehrere mir unbekannte Bedienstete erschienen. Offenbar hatte Giulia Carnali sie mit in die Ehe gebracht. Sie trugen Schüsseln und Tabletts auf und servierten so köstliche Dinge wie Salate, die in *pinzimonio,* einer scharfen Tunke aus Öl, Pfeffer und Salz, eingelegt waren, Wachteleier mit gebackenen Pflaumen, *ravioli* nach Genueser Art mit einer Füllung aus Kalbfleisch, Schweinebrust, Kalbshirn, Ei, Brotkrumen, Parmesan, Mangold und Gewürzen, Fasanenbrüste mit *frutta candita,* ein *risotto* mit getrockneten Steinpilzen, Safran und Salbei, ferner gewärmte, mit Myrtenbeeren gewürzte Mortadella und feinen Gorgonzola.
An dieser Stelle erzählte Gaspare, der die ganze Zeit aufs Unterhaltsamste geplaudert hatte, die Legende von der Erfindung des Gorgonzola, nach der ein junger Melker während des Abendmelkens Besuch von einer verführerischen Magd bekam, die ihn von seiner Arbeit abhielt und bis zum frühen Morgen so beschäftigte, dass er todmüde die frische Milch vom Morgen mit der geronnenen des Vorabends zusammenschüttete, woraus ein völlig neuartiger Käse geboren wurde,

den die Freunde des Melkers in Anspielung auf die geraubte Nachtruhe den »Müden von Gorgonzola« nannten, *Stracchino di Gorgonzola*.

Nachdem Giulia Carnali und ich die Geschichte gebührend gewürdigt hatten, gab es abschließend Gebäck und Süßspeisen. Zu alledem waren dreierlei Sorten Wein serviert worden, rubinrot schimmernd und vollmundig schmeckend, außerdem Most und parfümiertes Wasser.

Es war eine ungeheure Verschwendung, die sich vor uns dreien aufgetan hatte, und einmal mehr der Beweis dafür, warum Bologna oftmals auch *la grassa,* »die Fette«, genannt wurde. Wir konnten nicht mehr, als von jeder Speise nur ein wenig kosten. Doch das Wenige, was ich aß, gehörte zum Feinsten, was ich jemals zu mir genommen hatte.

»*Salute.*« Gaspare hob zum wiederholten Mal sein Glas, um mit mir und seiner Frau anzustoßen. »Es geht doch nichts über ein üppiges Mahl. Aber irgendwann ist auch der hungrigste Magen gefüllt, und der Ernst des Lebens beginnt erneut.«

Er blickte seine Frau an, und Giulia Carnali verstand. »Ich merke schon, ich soll euch allein lassen«, sagte sie lächelnd. »Ich hoffe, es hat geschmeckt, Signorina?«

»Das hat es«, bestätigte ich. »Bitte richtet Eurem Koch meine Empfehlung aus. Er ist ein Meister seines Fachs.«

»Oh, das könnt Ihr ihm gleich selbst sagen, da kommt er gerade zur Tür herein. Sicher möchte er wissen, ob alles zu Eurer Zufriedenheit war.«

Luigi Baptisto war ein älterer Mann von überraschend hagerer Gestalt. Er wirkte eher wie ein Künstler denn ein Koch und sagte, nachdem er meine Komplimente mit würdiger Miene zur Kenntnis genommen hatte: »Ich danke Euch, ich danke Euch sogar vielmals, Signorina, denn ein guter Koch ist gleichzeitig Dichter, auf dass er Verse singe, um der Langeweile und der Ermüdung zu entgehen, Landvermesser, um die runden, eckigen, hellen und dunklen Köstlichkeiten genau ausrichten und anrichten zu können, je nach Gericht und Platte, Mathematiker, um sich beim Zählen seiner Schüsseln und Töpfe nicht zu irren, Maler, um seinen Braten, Saucen und Tunken die richtige, appetitliche Färbung zu geben, Arzt, um das Leichtvon dem Schwerverdaulichen zu unterscheiden und in der richtigen Reihenfolge zu servieren, Chirurg, um die Kunst des Tranchierens zu beherrschen, Philosoph, um das Wissen über die Natur der Speisen, der Jahreszeiten und der mehr oder weniger starken Feuerelemente zu haben. Kurzum, ein guter Koch muss vieles sein. Er sei heiter wie seine Kunst, bitter und süß zugleich.«

Es tat Luigi Baptisto sichtlich gut, seine Qualitäten herausstellen zu können, und ich vermutete, man musste ihm öfter die Gelegenheit dazu geben – gewissermaßen als Lohn für seine Künste.

Der Koch verschwand mit einer Verbeugung, und auch die Hausherrin schickte sich an zu gehen. »Ich wünsche Euch noch einen angenehmen Abend, Signorina«, sagte sie freundlich.

Nachdem sie fort war, räusperte sich Gaspare. »Nun, Carla, ob es ein angenehmer Abend für dich werden wird, weiß ich nicht. In jedem Fall aber einer der wichtigsten deines Lebens.« Er schaute mich ungewohnt ernst an.

»Um was geht es?«

Er trank einen Schluck. »Um ehrlich zu sein, weiß ich nicht recht, wie ich anfangen soll. Vielleicht ist es am besten, ich falle mit der Tür ins Haus. Ich möchte dich im Namen von Professor Aldrovandi bitten, einen Geheimauftrag auszuführen.«

»Wie bitte?«

»Ja, du hast richtig gehört, ich bitte dich, in geheimer Mission nach Venedig zu Doktor Maurizio Sangio zu reisen. Er ist ein hochbegabter Mediziner und eine weit über Italien hinweg anerkannte Koryphäe für die Herstellung des Theriaks.«

»Aha.« Je mehr Gaspare redete, desto weniger verstand ich.

»Lass mich dir die Hintergründe schildern. Vielleicht erinnerst du dich, dass wir letztes Jahr im Hof des Archiginnasios nacheinander Professor Aldrovandi und den dir mittlerweile gut bekannten Apotheker Colberti trafen. Beide Herren sind von angenehmem Wesen. Sie stehen nur auf verschiedenen Seiten, wie du vielleicht bemerkt hast. Während Aldrovandi seine Kräuter *amomum* und *costus* dem Theriak unbedingt beifügen will, tun Colberti und seine Farmacisti alles, um das zu verhindern. Der Streit schwelt seit Monaten vor sich hin. Mal sah Aldrovandi wie der Sieger aus, als es ihm dieses Jahr gelang, seine Kräuter beizumischen, mal obsiegten die Apotheker, indem sie sich persönlich an den Gonfalonier wandten. Im Augenblick haben sie die Nase vorn. Der von Aldrovandi in seiner Eigenschaft als Protomedico angesetzte Theriak darf nicht verkauft werden, jener der Apotheker aber sehr wohl.«

»Das ist ja alles gut und schön«, sagte ich, »natürlich habe ich von dem Zank gehört. Aber was habe ich mit der ganzen Sache zu schaffen? Und vor allem: Was hast du damit zu tun?«

»Professor Aldrovandi ist mein Freund, denn er gehörte zu meinen wichtigsten Unterstützern und Fürsprechern, als ich graduiert werden sollte. Ihm verdanke ich es größtenteils, im Jahre 1570 mit Buch, Ring und Hut zum Doktor der Medizin ernannt worden zu sein. Außerdem hat er in diesem Jahr meine Graduierung in Philosophie befürwortet.«

»Das verstehe ich, aber warum fährt der Professor nicht selbst nach Venedig, wenn das Ganze für ihn so wichtig ist?«

»Wie sollte er? Er kann seine Lektionen doch nicht für ein oder zwei Wochen unterbrechen, und selbst wenn er es täte: Die Apotheker würden sofort Wind davon bekommen und Gegenmaßnahmen ergreifen.«

»Dann muss er eben einen seiner Diener zu diesem Doktor, äh, wie hieß er noch gleich?«

»Sangio.«

»… zu diesem Doktor Sangio schicken. Welche Rolle spielt er überhaupt dabei?«

Gaspare lächelte halb amüsiert und halb entsagend. »Ich

wusste, dass du viele Fragen stellen würdest. Aber es ist natürlich dein gutes Recht, da von dir ein sehr schwerer Gang erbeten wird. Wisse also: Ein Diener oder Vertrauter Aldrovandis kommt nicht in Frage, weil auch sein Verschwinden sofortiges Misstrauen auslösen würde. Außerdem wäre er ungeeignet, da er kein medizinisches Wissen hätte. Nein, nein, es muss jemand fahren, der ärztlichen Verstand hat und der, wenn ich das so sagen darf, von niemandem vermisst werden würde.«

»Und da hast du an mich gedacht. Allerdings würde auch ich vermisst. Du vergisst wohl, dass ich Hilfsschwester im Hospital der Nonnen von San Lorenzo bin.«

»Das habe ich nicht vergessen. Du könntest die Mutter Oberin bitten, dir zwei Wochen freizugeben, um die Schwester deiner Mutter in Padua zu besuchen.«

»Woher weißt du, dass ich dort eine Tante habe?«

»Weil du es mir selbst erzählt hast.«

Was er da sagte, stimmte. Irgendwann hatte ich es einmal erwähnt. »Ich soll also für dich lügen und für Professor Aldrovandi, mit dem ich überhaupt nichts zu schaffen habe, nach Venedig reisen?«

»Tu es für mich«, sagte Gaspare leise. Er beugte sich vor und ergriff meine Hand.

Ich entzog sie ihm hastig. Ich hatte schon genug damit zu kämpfen, unter seinen Blicken hart zu bleiben. Um die Mauer meiner Ablehnung zu stärken, sagte ich mir, dass er die Sache mit der Hutnadel aus reiner Berechnung angezettelt haben mochte. »Nein, ich tue es nicht.«

»Bitte.«

»Was hat denn dieser Doktor Sangio so Großartiges in seinem Besitz, das Professor Aldrovandi es unbedingt benötigt?«

»Wissen, Carla.« Wieder ergriff er meine Hand, und diesmal ließ ich sie ihm. »Sangio hat Erfahrung mit den Kräutern *amomum* und *costus* im Theriak. Er ist der Einzige, der ihre Wirkung wissenschaftlich belegen kann. Eine Tatsache, die den wenigsten bekannt ist, auch nicht unseren Farmacisti, denn Sangio gehört zu jener Spezies Mensch, die um ihre Person kein Aufhebens macht. Er ist ein Mann, dessen Stimme Gewicht hat, vielleicht sogar das alles entscheidende Gewicht, denn er hat in seiner Jugend hier studiert und kennt aus jenen Zeiten noch den Generalvikar und den Gonfalonier. Sie waren Kommilitonen, auch wenn der Gonfalonier in den Augen der Mediziner nur Jura studierte. Wenn Mauricio Sangio ein Papier aufsetzen würde, das die zusätzliche Wirkung vom *amomum* und *costus* bezeugt, würde Aldrovandi sich aller Wahrscheinlichkeit nach durchsetzen. Sein Ruf, der schon um einiges gelitten hat, wäre wiederhergestellt.«

»Und was hätte ich von der ganzen Sache? Außer einer mühevollen und obendrein gefährlichen Reise?«

»Ich würde dir zwei Stadtwachen mitgeben. Sie sind Söldner und fragen nicht lange, warum und wohin, wenn es um eine Reise geht. Dir könnte also gar nichts passieren. Ich würde dir ein Empfehlungsschreiben für Doktor Sangio mitgeben, und er würde dich mit offenen Armen empfangen.«

»Aber warum ich, ausgerechnet ich?«

»Ich habe die Gründe schon genannt, Carla. Außerdem bist du eine Frau. Mit einer Frau, die Aldrovandi zu Hilfe kommt, würde niemand rechnen.«

Ich musste an Cristoforo Colberti denken, meinen Apotheker, der mir bei meiner Bleiweißvergiftung geholfen hatte. Ihm eine Niederlage in der Theriak-Frage beizubringen wäre undankbar. Andererseits hatte er gut an meinen Arzneien verdient ... »Und wenn ich nun nein sage?«

»Tu es für mich«, sagte Gaspare wieder, und ich musste zur Seite sehen, sonst wäre ich ihm um den Hals gefallen, so sehr fühlte ich mich zu ihm hingezogen.

»Mich stört an der ganzen Sache auch, dass der Professor mich nicht persönlich gefragt hat. Er hätte wenigstens bei dieser Unterredung dabei sein können.«

»Bitte, Carla ...«

»Vielleicht, nun, vieleicht mache ich es.«

»Großartig, du bist großartig!« Seine Augen leuchteten. Ohne dass ich es verhindern konnte, zog er mich an sich und küsste mich.

Ich befreite mich, atemlos, und wich zurück. Ich musste an seine Frau denken, die freundlich war und von alledem nichts ahnte. Sie hatte nicht verdient, was soeben geschehen war.

»Gut, ich mache es. Aber nur, wenn ein solcher Vorfall sich nicht wiederholt!«

»Großartig, du bist großartig!« Er setzte sich und blickte mich an. »Ich wusste, dass die Aufgabe dich reizen würde. Es gibt nichts, was du nicht schaffen könntest. Ich bin so stolz auf dich.«

»Das brauchst du nicht zu sein.«

»Wie du meinst. Hauptsache, wir sind uns einig. Ich werde alles in die Wege leiten, damit du im Januar nach Venedig reisen kannst. Allerdings … etwas ist da noch, das du wissen solltest.«

»Was denn?«

»Nun, in Venedig herrscht die Pest.«

Die Venusmaske
La maschera di Venere

ch weiß nicht, was mich bewegte, Wort zu halten und die Reise nach Venedig anzutreten. Ich muss verrückt gewesen sein, mich freiwillig auf den Weg in eine pestverseuchte Stadt zu wagen. Und dennoch tat ich es. Vielleicht, weil ich glaubte, es mir selbst schuldig zu sein. Vielleicht aber auch, weil ich insgeheim dachte, Gaspare müsse mich für alle Zeiten lieben, wenn ich für ihn eine derart bedrohliche Reise auf mich nähme.

So kam es, dass ich an einem Morgen im späten Januar 1576 in Begleitung zweier Soldaten den Ritt nach Venedig antrat. Mein Pferd war ein gutmütiger Wallach mit mächtigem Kopf, weshalb er auf den Namen Capo hörte. Capo trug einen Damensattel, auf dem ich in mehr oder weniger guter Haltung saß, denn niemals zuvor war ich geritten. Die Soldaten waren wortkarge Buschen, die sich Luca und Manuel nannten, finster dreinblickten und an keinerlei Unterhaltung mit mir interessiert schienen.

Wir ritten durch die Porta Mascarella zur Stadt hinaus nach Norden, weiße Atemwolken vor dem Mund, denn es war sehr kalt. Luca machte den Anfang. Er war der Ältere von beiden, ein ungeschlachter Kerl mit einer feuerroten Narbe quer über der Stirn. Ich kam an zweiter Stelle, und Manuel, ein drahtiger Bursche mit struppigem Bart, bildete den Schluss. Begleitet wurden wir von zwei Eseln, die Waffen, Zelte, Nahrung und weitere Ausrüstungsteile trugen. Darunter auch ein paar Bücher von mir, denn ich gedachte, die auf fünf Tage angesetzte Reise zur Lektüre medizinischer Schriften zu nutzen.

Auf meine wiederholten Fragen, warum wir nicht nebeneinander ritten, die Straße sei doch breit genug, bequemte sich Luca endlich zu einer Antwort: »Diese Formation ist am sichersten, Signorina, einer vorneweg, einer hinterher, die beiden Esel links und rechts und Ihr in der Mitte.«

Zu weiteren Äußerungen war er nicht bereit, gab seinem Gaul die Sporen und ritt wieder an die Spitze.

Unser erstes Ziel war Malalbergo im Nordosten, ein Städtchen, von dem ich noch nie gehört hatte. Ich drehte mich nach hinten und fragte Manuel, wie lange wir unterwegs sein würden, in der Hoffnung, er wäre etwas gesprächiger als sein Kamerad, aber seine Antwort fiel genauso knapp aus: »Sieben Stunden oder siebzehn Stunden, Signorina, wer weiß das schon genau.«

»Aber es muss doch bekannt sein, wie weit die Entfernung ist?«

»Mal ist sie lang, mal ist sie kurz, kommt immer drauf an, welchen Weg man nimmt.«

Ich machte einen weiteren Versuch: »Und warum nehmen wir nicht den kürzesten Weg?«

»Weil der längere manchmal der kürzere ist und der kürzere manchmal der längere.«

»Das verstehe ich nicht.«

»Das braucht Ihr auch nicht. Verlasst Euch nur auf uns.«

Eine weitere Unterhaltung schien nicht möglich. Ich presste die Lippen zusammen wegen der unbefriedigenden Antwort, sagte aber nichts, denn ich wollte nicht schon zu Beginn der Reise die Stimmung trüben.

Stattdessen reimte ich mir zusammen, dass Manuel wohl gemeint hatte, ein Umweg sei manchmal schneller als der direkte Weg. Dass ich mit meiner Vermutung recht hatte, erwies sich noch am selben Vormittag. Durch starke Regenfälle waren die Straßen morastig geworden und viele Gefährte stecken geblieben. Sie versperrten den Weg, ein Durchkommen war nirgendwo möglich.

»Seht Ihr, der längere Weg ist manchmal der kürzere«, sagte

Manuel wichtigtuerisch zu mir. Fast schien er froh darüber, dass seine Weisheit Wahrheit geworden war.

Der Abwechslung halber schwieg diesmal ich und begnügte mich damit, Luca auf die Umgehungsstraße zu folgen. Gegen Mittag beschloss ich, das allgemeine Schweigen zu brechen, und sagte: »Wir sind jetzt fünf oder sechs Stunden unterwegs, ich möchte rasten.«

»Wir haben noch kaum was geschafft, Signorina.« Luca machte keine Anstalten anzuhalten, aber ich war die Unhöflichkeiten meiner Begleiter leid und sagte: »Ich habe Hunger. Ich möchte rasten, und ich werde rasten. Denkt daran, dass ihr eine gute Summe Geldes eingestrichen habt, um mich heil nach Venedig zu bringen. Sorgt also dafür, dass es mir gutgeht. Macht sofort halt!«

Sie blickten sich an und gaben klein bei. »Wie Ihr meint, Signorina.« Sie saßen ab, sicherten die Tiere und hängten ihnen mit Hafer gefüllte Säcke vors Maul. Dann holten sie ihre Wegzehrung hervor, breiteten eine Pferdedecke aus und begannen zu essen.

Mich beachteten sie nicht weiter.

»Ich wäre euch dankbar, wenn ihr meinen Proviant abladen würdet, damit auch ich etwas essen kann«, sagte ich mühsam beherrscht.

Wieder blickten sie sich an, und Manuel erwiderte: »Ich will's tun, Signorina, aber fürs Abladen und Füttern haben wir die Moneten nicht gekriegt, das sag ich Euch.«

Ich sagte dazu nichts, sondern wartete, bis er das Gewünschte erledigt hatte, setzte mich auf meine eigene Decke und aß mein eigenes Essen. Wenn ich nicht so wütend auf die beiden Holzköpfe gewesen wäre, hätte ich sicher geheult. Aber diesen Triumph wollte ich ihnen nicht gönnen.

Am Nachmittag begann mich die Eintönigkeit des flachen Landes zu ermüden. Das Grün der Wiesen und Weiden, das im Sommer für fettes, gesundes Vieh sorgte, war einem tristen Grau gewichen. Immer wieder erwies die Straße sich als morastig, und mehr als ein Mal wurden wir aufgehalten. Erst spät am Abend, ungefähr eine Stunde vor Mitternacht, erreichten wir Malalbergo, ein Nest, dessen einzige Bedeutung sich aus der Tatsache ableitet, dass es auf der Straße nach Ferrara liegt. Ich war hungrig und müde, und mir tat alles weh vom stundenlangen Reiten.

Die Einwohner lagen schon in tiefem Schlaf, doch Luca scherte sich nicht darum. Mit einer Fackel leuchtete er in jedes Haus hinein, bis er eine Herberge gefunden hatte. Sie hieß *L'ostello per la sosta*. Das klang verheißungsvoll, bewahrheitete sich aber nicht, denn der verschlafene Wirt war misstrauisch. Er ließ sich erst mein Geld zeigen, bevor er etwas zugänglicher wurde und uns und die Tiere leidlich versorgte. Das Zimmer, das er mir zuwies, hatte dennoch einen Makel. Es befand sich in unmittelbarer Nähe des Abtritts, dessen Gestank es mir trotz meiner Müdigkeit kaum möglich machte, Schlaf zu finden.

Am anderen Morgen brachen wir in aller Herrgottsfrühe auf, nachdem wir eine dünne, lauwarme Suppe zu uns genommen hatten. Luca und Manuel waren auch an diesem Tag nicht gesprächiger, doch hatten wir wenigstens mit der Straße Glück. Sie war die letzten Meilen vor Ferrara gepflastert, was uns ein besseres Fortkommen ermöglichte. Meine Begleiter gaben sogar ihre bisher strikt eingehaltene Formation auf, sie ritten zu zweit an der Spitze. Ich konnte sie ein paarmal sogar lachen hören. Den Wortfetzen, die hin und wieder an mein Ohr drangen, entnahm ich, dass sie sich in Ferrara einen vergnügten Abend mit anschließendem Bordellbesuch machen wollten.

Mir war das gleichgültig. Ich hatte mich inzwischen damit abgefunden, dass die Reise kein Vergnügen war, und malte mir aus, dass es in Venedig wahrscheinlich noch viel weniger angenehm werden würde. Wenigstens die Herberge in Ferrara war sauber, und auch das Essen, das man uns an den Tisch brachte, war gut. Ich bestellte *tortelli di zucca* mit einer Füllung aus

Kürbis, Mandeln, und kandierten Senffrüchten, darüber ließ ich mir *parmigiano reggiano* streuen. Dazu aß ich etwas *salama da sugo,* eine köstliche Wurstspezialität der Gegend. Insgesamt war es ein einfaches, aber köstliches Mahl, das mich für manche Entbehrung entschädigte, zumal auch der Wein, ein Lambrusco Mantovano, mit seinen Aromen nach Früchten und Gewürzen hervorragend mundete.

Der Weg nach Rovigo am nächsten Tag gestaltete sich angenehmer, nicht nur, weil die Sonne hin und wieder durchbrach, sondern auch, weil mir die Kehrseite nicht mehr so weh tat. An Lucas und Manuels Schweigsamkeit hatte ich mich mittlerweile gewöhnt, an diesem Tag schienen die beiden mir allerdings besonders einsilbig. Vielleicht, weil sie einen kapitalen Kater hatten, vielleicht aber auch, weil der Bordellbesuch nicht ihren Erwartungen entsprochen hatte. In der Herberge Rovigos, der einzigen am Platz, kam ich am Abend zum ersten Mal dazu, etwas von meiner mitgeführten Literatur zu lesen. Galen, der Vielzitierte, machte es sich in seinen Ausführungen über die Pest vergleichsweise leicht, er riet: *Cito longe fugas et tarde redeas,* was nichts anderes heißt, als dass man bei ihrem Ausbrechen flugs Reißaus nehmen und möglichst spät zurückkehren möge. Diese Empfehlung fand ich wenig hilfreich, denn ich hatte das genaue Gegenteil vor.

Mehr versprach ich mir von der Lektüre einer erst vor acht Jahren in Deutschland erschienenen Dissertation mit dem Titel *De vera curandae pestis ratione* von Johannes Pistorius dem Jüngeren. Seine Vorschläge zur rechten Art, die Pest zu behandeln, waren vielfältig und ausführlich. Mich interessierte besonders die Verarztung der mit dieser Krankheit einhergehenden Beulen, vom Fachmann Bubonen genannt, weshalb ich mir einige Stichwörter aufschrieb, um sie mit Doktor Sangio besprechen zu können. Ich stellte ihn mir als einen blassgesichtigen, freundlichen Bücherwurm vor, mit vom Lesen und Schreiben schwachen Augen und einem Körper, der altersbedingt aus dem Leim gegangen war.

Gaspare hatte mir versichert, Sangio sei ein sehr hilfsbereiter Mensch, jedenfalls, so weit ihm bekannt sei, denn er hätte noch nicht das Glück gehabt, ihm persönlich zu begegnen. Umso gespannter sei er auf meinen Bericht. »Ich bin mir gewiss, Bleiweißmädchen, dass der berühmte Doktor dir helfen wird«, hatte er gesagt – und damit wohl eher gemeint, dass Sangio Professor Aldrovandi helfen würde –, bevor er mir das Empfehlungsschreiben und einen persönlichen Brief des Professors überreichte.

Ich las bis in die tiefe Nacht hinein, und irgendwann verschwammen die Bilder von Gaspare, Professor Aldrovandi, Doktor Sangio und Johannes Pistorius vor meinen Augen, die Buchstaben begannen zu tanzen, und ich sank in einen unruhigen Schlaf.

Von Padua und seinen Sehenswürdigkeiten – der Basilika des heiligen Antonius, dem Prato della Valle, dem Reiterstandbild des Gattamelata oder der Capella degli Scrovegni mit ihren wunderschönen Freskenmalereien von Giotto – bekam ich am nächsten Tag ebenso wenig mit wie von der berühmten Universität. Wir durchquerten zügig die abendlichen Straßen, bevor wir in einer Locanda nahe der Stadtmauer speisten und übernachteten.

Am anderen Morgen brach unser letzter Reisetag an. Nur wenige Meilen, nachdem wir Padua verlassen hatten, begegneten wir Menschen auf der Straße, die sich anders gebärdeten als alle, die wir bisher gesehen hatten. Sie waren weder Reisende noch Händler, weder Bauern noch Kuriere – sie waren Fliehende. Fliehende vor der Pest. Angst und Panik standen ihnen ins Gesicht geschrieben, ihre Augen waren schreckgeweitet, während sie ihre wenige Habe zu Fuß, zu Pferd oder auf holprigen Gefährten zu retten versuchten. »Kehrt um!«, riefen sie uns entgegen. »Kehrt um, wenn euch euer Leben lieb ist! Venedig stirbt, es gibt Dutzende und Aberdutzende von Toten!«

Je weiter wir ritten, desto höher wurde die Zahl der Toten, die man uns zurief. Aus Dutzenden wurden Hunderte, aus

Hunderten Tausende. Und mit jeder neuen Zahl spürte ich, wie meine beiden wortkargen Begleiter unruhiger wurden.

Am Nachmittag befanden wir uns zehn Meilen vor Venedig. Man konnte das Meer schon riechen und – den Tod. Der Seewind wehte den Geruch heran. Ich hatte ihn noch nie wahrgenommen, aber ich wusste, es war der Odem der Verwesung.

»Wir sollten hier rasten und übernachten, Signorina«, sagte Luca.

»Aber wir sind doch nur noch wenige Meilen von Venedig entfernt«, wandte ich ein.

»Ob wir heute oder morgen da sind, der Pest ist's einerlei«, sagte Manuel. »Wir sollten hier rasten.«

Widerstrebend lenkte ich ein. Wenn ich ehrlich war, drängte es mich auch nicht, in die vom Schwarzen Tod regierte Stadt zu kommen. Wir banden die Tiere an und richteten ein Lager ein. Luca und Manuel halfen mir, luden für mich ab und bauten mir ein Zelt auf. Ich wunderte mich über ihre ungewohnte Hilfsbereitschaft, dachte aber nicht weiter darüber nach. Ich bat beide, mir ein Feuer zu entfachen, und auch das taten sie, ohne zu murren.

Nach einem einfachen Mahl aus Brot und Käse vertiefte ich mich wieder in meine Lektüre, denn es schien mir die beste Methode, Venedig und die kommenden Schrecknisse für einige Zeit zu vergessen. Ein kleiner Schluck Lambrusco, dachte ich, würde die ablenkende Wirkung noch verstärken. Ich erhob mich und ging zu dem Esel, der meine Habseligkeiten trug, doch mein Wein war in keiner der Packtaschen zu finden. Ich begriff, warum Luca und Manuel so hilfsbereit gewesen waren. Sie hatten die Gelegenheit genutzt, um mich zu bestehlen. Zornig blickte ich zu ihnen hinüber, wo sie in einiger Entfernung am Feuer lagen. Wie ich vermutete, tranken sie Wein, wahrscheinlich meinen. Ich wollte zu ihnen laufen und sie zur Rede stellen, aber dann unterließ ich es. Sie würden natürlich abstreiten, dass es mein Wein war, und ich würde nur dumm dastehen, weil ich ihnen nichts beweisen konnte. Nein, es war besser, nichts zu unternehmen. Überdies war ich sie morgen sowieso los. Ich las noch eine Weile in meinem Pistorius und schlief dann trotz allen Ärgers und aller Sorgen ein.

Irgendwann in der Nacht wachte ich auf, weil ich ein menschliches Regen verspürte. Statt des Weins hatte ich Wasser getrunken, vielleicht zu viel. Ich erhob mich leise und schlug mich ins Gebüsch. Während ich mich erleichterte, hörte ich, wie sich die beiden mit schwerer Zunge unterhielten.

»Die Schleiereule ist gelehrt«, hörte ich Luca sagen, »sehr gelehrt.«

»Gelehrt und weise wie alle Eulen.« Manuel kicherte.

»Sehr weise …«

»Ja, sehr weise.«

»Sehr weise und sehr gut bei Kasse. Hab's selbst gesehen.«

»Ja, ja, hicks.« Manuel unterdrückte ein Aufstoßen. »Seit wann brauchen Eulen Geld, hicks?«

»Hoho, die brauchen kein Geld, die nicht!«

Ich konnte mit dem Geschwätz erst wenig anfangen und wollte mich gerade zurückziehen, als mir plötzlich klarwurde: Sie meinten mich! Mit »Schleiereule« meinten sie mich, weil ich stets den Schleier trug!

Das änderte die Situation grundlegend. Ich beschloss, zu bleiben und zu lauschen, denn ich musste wissen, was sie vorhatten.

»Wir nehmen ihr die Kröten ab, und dann – krrr.« Manuel fuhr sich mit einer unmissverständlichen Handbewegung an die Kehle. Mir lief ein Angstschauer über den Rücken, aber schon entgegnete Luca: »Meinst du, wir sollten sie hopsgehen lassen? Vielleicht merkt's jemand in Bologna, und wir sind die Angeschissenen? Lass uns lieber ein bisschen Spaß mit der Schleiereule haben, sie ist ein appetitliches Vögelchen, auch wenn sie das Sündenmal hat.«

»Spaß ja, warum nicht, aber abmurksen auch, damit sie später nicht quatschen kann. Wenn uns jemand fragt, sagen wir einfach, in Venedig hätt die Pest sie erwischt. Wir machen sie kalt, nehmen ihr die Kröten ab und verschwinden. Nur ein Idiot geht freiwillig nach Venedig.«

»Ja, ja, nur ein Idiot. Aber lass uns vorher noch einen saufen und ein Nickerchen machen, zur Stärkung sozusagen, hoho, und im Morgengrauen besorgen wir's ihr.«

»Hicks, warum so lange warten, Bruder?«

Luca grunzte in wohliger Erwartung. »Ich will ihre Titten bei Licht sehen, Bruder, alle beide, und ihre kleine schwarze Höhle. Es macht einfach mehr Spaß, wenn du was dabei siehst, verstehst du?«

»Verstehe.«

»*Salute.*«

»*Salute.*«

»Hoho, auf die Weiber!«

»Auf die Weiber ...«

Sie redeten noch eine Weile so weiter, doch irgendwann schnarchten sie endlich vor sich hin. Mit steifen Gliedern, vor Kälte und Angst am ganzen Körper zitternd, ging ich zurück zu meinem Feuer. Ich schürte die Glut und hielt die Hände über die Flammen, und während die Wärme sich langsam in meinem Körper ausbreitete, versuchte ich, Ruhe zu bewahren. Ich bemühte mich, klar zu denken, und merkte, wie meine Angst allmählich nachließ. Solange die Halunken schliefen, sagte ich mir, konnten sie mir nichts tun.

Aber was konnte ich tun?

Fliehen, mich dem großen Strom der Flüchtlinge anschließen, mich unter sie mischen, unsichtbar werden und auf diese Weise nach Bologna zurückkehren?

Nein, das kam nicht in Frage. Ich hatte mein Versprechen gegeben, den Auftrag auszuführen, und wollte es auf jeden Fall halten.

Was konnte ich sonst tun? Mich sofort auf den Weg nach Venedig machen? Das war riskant. Wenn es mir überhaupt gelang, unbemerkt loszureiten, würden die beiden Schurken spätestens morgen früh die Verfolgung aufnehmen und mich noch vor der Lagunenstadt abfangen. Und vergewaltigen. Und töten.

Wieder spürte ich tiefe Niedergeschlagenheit, fast hätte ich geweint in meiner Verzweiflung, aber ich wollte nicht weinen. Ich war kein kleines Kind mehr, ich war nicht mehr die kleine Carla, die man demütigen und herumstoßen konnte. Ich wollte mich wehren. Ich wollte der Situation Herr werden.

Und ich würde der Situation Herr werden..

Ich nahm meine Bücher und etwas Mundvorrat, packte es in eine Tasche und schlich damit zu Capo, der angebunden an einen Baum auf mich wartete. Ich strich ihm über den Hals, sprach beruhigend auf ihn ein, auch wenn ich selbst alles andere als ruhig war, und hängte ihm die Tasche um. Er antwortete mir mit dem Spiel seiner Ohren. Ich war ihm dankbar, denn ein Teil seiner Gelassenheit ging auf mich über. »Warte hier, Capo«, sagte ich. »Ich bin gleich zurück.«

Ich ging hinüber zu den Eseln, wo Teile der Ausrüstung und andere Gerätschaften am Boden lagen, und stöberte möglichst leise darin herum. Dann hatte ich gefunden, was ich suchte. Es war eines der Ersatzhufeisen. Das kühle Metall wog schwer in meiner Hand, als ich weiterschlich, geradewegs zu den Halunken. Sie lagen auf dem Rücken, das Schwert griffbereit neben sich, und schnarchten mit offenen Mündern. Ich trat an sie heran, mein Herz klopfte wie wild. Ich wusste nicht, ob ich es können würde, aber ich musste es tun. Ich holte aus und schlug zuerst Luca das Eisen an den Kopf. Er gab ein Röcheln von sich, zuckte, drehte sich auf die Seite und schnarchte nicht mehr.

Hatte ich ihn …? Ich mochte den Gedanken nicht zu Ende denken. Ich wollte keinen Mord auf dem Gewissen haben. Vorsichtig beugte ich mich zu seinem Kopf hinab. Saurer Weindunst umnebelte mich. Ich spitzte die Ohren. Ja! *Grazie a Dio,* ich hörte leises, flaches Atmen. Ich hatte ihn nicht getötet, ich hatte ihn nur bewusstlos geschlagen. Genau das, was ich erreichen wollte.

Einige Herzschläge später, und schon um einiges mutiger, wiederholte ich die Prozedur bei Manuel. Auch er verstummte, nachdem er einen ächzenden Laut ausgestoßen hatte.

Ich nahm die Waffen der beiden Lumpen und warf sie in einen nahe gelegenen Bach. Anschließend ging ich zu ihren Pferden und den beiden Eseln. Nacheinander band ich die Tiere los und gab ihnen einen kräftigen Klaps auf die Flanke. Die Pferde verharrten einen Augenblick, als wollten sie ihre neue Freiheit nicht annehmen, aber dann trabten sie in die Nacht davon. Die Esel folgten ihnen in einigem Abstand. Nur Capo stand noch da, seelenruhig und mit den Ohren spielend. »Komm, Capo«, sagte ich.

Ich nahm ihn beim Zügel und ging die wenigen Schritte zu der breiten Straße, die schon von den Römern angelegt worden war. Damals hieß sie Via Aemilia und hatte einem ganzen Landstrich ihren Namen gegeben. Doch daran dachte ich nicht. Schritt für Schritt tastete ich mich vorwärts und bedauerte meine körperliche Schwäche, die es mir unmöglich gemacht hatte, den schweren Damensattel aufzulegen.

Capo und ich kamen nur langsam voran. Ich schätzte, zwischen uns und den beiden Schandbuben lagen zwei oder drei Meilen, als es langsam zu dämmern begann. Es war die Zeit, zu der Luca mich hatte vergewaltigen wollen. *Va' a ramengo!*

Vor mir zur Rechten tauchte ein Baumstumpf auf. Eine Idee kam mir. »Brrr, Capo!« Gehorsam hielt der Wallach an. Ich dirigierte ihn, bis er direkt neben dem Baumstumpf stand, kletterte hinauf und schwang von dort ein Bein über seinen breiten Rücken. Ich hatte beschlossen, ohne Sattel weiterzureiten, breitbeinig wie ein Mann. Was die Entgegenkommenden darüber denken würden, kümmerte mich nicht, wahrscheinlich würden sie überhaupt nicht denken, denn sie hatten ganz andere Dinge im Kopf.

In den späten Vormittagsstunden befand ich mich nur noch wenige Meilen von meinem Ziel entfernt. In den Geruch des vom Meer heranwehenden Windes mischte sich mehr und mehr der Gestank nach Tod. Die ersten Leichen lagen am Wegrand. Capo passierte sie mit stoischem Schritt, während ich versuchte, angesichts des Elends und der Hoffnungslosigkeit, die mir allerorten entgegenschlugen, die Fassung zu bewahren. Und während wir weitergingen, stieg die Zahl derer, die auf der Flucht von der Pestilenz eingeholt worden waren. Wie ein Krake mit tausend Armen hatte sie sich die Fliehenden gegriffen, zu Boden geworfen und mit ihrer alles verderbenden Kraft getötet. Ich sah Menschen, die mitten in der Bewegung erstarrt zu sein schienen, Menschen, die nur zu schlafen schienen, wenn nicht die Ausdünstungen gewesen wären, die ihren faulenden, aufgeblähten Körpern entwichen. Ich sah Menschen in Lumpen, in kostbaren Gewändern und in völliger Nacktheit. Menschen mit gebrochenen Augen, hilfesuchend emporgereckten Händen und offenen Mündern, als sängen sie ihr eigenes Todeslied. Doch sie sangen nicht, sie würden nie mehr singen.

Capo schritt unerschütterlich weiter, als wisse er, wohin er mich bringen sollte. Ich war ihm dankbar dafür. Wenn er nicht gewesen wäre, hätte ich vielleicht doch noch die Flucht ergriffen.

Ich sagte mir, dass ich ohnehin nicht vor der Seuche fliehen konnte. Wo ich auch war, sie würde mich kriegen, und wenn sie mich hatte, würde sie mich töten oder – im Glücksfalle – ungeschoren lassen. Es war völlig gleich, ob ich weiterritt oder nicht, völlig gleich ...

Mit derlei Gedanken im Kopf setzte ich nach Venedig über und war erstaunt, dass ich keinerlei Wachen auf den Straßen sah. Es gab sie nicht. Stattdessen bemerkte ich einige ärmlich gekleidete Männer, die Särge auf einen Kahn verluden. Das erschien mir seltsam, deshalb fragte ich einen von ihnen: »Wohin bringt ihr die Särge?«

»Zur Friedhofsinsel.«

»Und dort werden die Toten begraben?«

»So ist es, Signorina. Und wenn Ihr nicht auch dort begraben werden wollt, macht Euch lieber davon. Venedig ist zur Zeit kein gutes Pflaster.«

Ich ging nicht auf seinen gutgemeinten Rat ein und fragte ihn: »Weißt du, wo Doktor Sangio wohnt? Er soll einer der bekanntesten Ärzte der Stadt sein.«

»Das ist er, das ist er. Er wohnt ganz im Osten von Dorsoduro.« Der Mann wies mir den Weg und beschrieb das Haus. »Ihr habt Glück, Signorina, dass Ihr nicht den Canal Grande überqueren müsst, in diesen Tagen ist es schwer, eine Gondel aufzutreiben.

»Danke, und Gott befohlen.« Ich ritt in die angegebene Richtung und erkannte nach einer geraumen Weile das Haus des Doktors. Es erinnerte mich von der Farbe her an Gaspares terrakottafarbenes Haus, doch es wirkte schmaler und ein wenig verwittert. Mit seinen prächtigen Friesen und der aufwendigen Freskenmalerei mochte es einmal bessere Tage gesehen haben. Ich stieg ab und band Capo an eine schmale Säule. Dann trat ich unter die Lünette des Hauptportals und betätigte den löwenköpfigen Klopfer. Eine Zeitlang geschah nichts. Gerade wollte ich nochmals klopfen, da öffnete sich die Tür. Ein Diener erschien, musterte mich und sagte: »Ja, bitte?«

»Mein Name ist Carla Maria Castagnolo, ich möchte zu Doktor Sangio.«

»Doktor Sangio kann zurzeit niemanden empfangen.« Der Diener wollte die Tür schließen, aber ich sagte hastig: »Ich komme extra aus Bologna. Ich habe ein Empfehlungsschreiben von Doktor Tagliacozzi und einen Brief von Professor Aldrovandi für deinen Herrn. Hier sind sie.« Ich hielt die versiegelten Schriftstücke hoch und hoffte, sie würden den Diener überzeugen.

»Ich fürchte, Doktor Sangio kann Euch trotzdem nicht empfangen. Gebt mir die Briefe, ich werde sie ihm zukommen lassen.«

»Nein, die Briefe gebe ich nicht aus der Hand. Sie sind von höchster Dringlichkeit.«

Wieder musterte er mich. Er schien unschlüssig. »Nun gut, wenn Ihr in so wichtiger Mission hier seid, tretet ein. Bitte folgt mir.« Er ließ mich ein, geleitete mich in den Innenhof und führte mich über eine Freitreppe in die oberen Stockwerke. Im dritten Geschoss blieb er stehen. »Hier links ist eines der Gästezimmer. Macht es Euch bequem, aber erhofft Euch nichts. Ich weiß wirklich nicht, ob Doktor Sangio Euch empfangen wird.«

»Ich habe einen weiten Weg hinter mir. Ich werde so lange warten, bis er Zeit für mich findet.« Unaufgefordert setzte ich mich auf einen der Stühle neben dem Bett. Da ich annahm, dass der Doktor einen wichtigen Patienten in seinem Haus versorgte, fragte ich: »Wann, glaubst du, wird er die Behandlung abgeschlossen haben?«

»Ich fürchte, ich darf Euch keine Auskunft geben.«

»Dann werde ich Doktor Sangio später selbst fragen.«

Daraufhin sagte der Diener nichts. Er ging im Zimmer auf und ab, schlug die Bettdecke zurück, schüttelte die Kissen auf und goss Wasser in die Waschschüssel.

»Was machst du da?«

Wieder antwortete er nicht. Er fuhr in seiner Tätigkeit fort und sagte dann: »Ich werde Euch eine leichte Mahlzeit bringen, und auch Euer Pferd will ich versorgen. Dies ist ein gastliches Haus. Zu normalen Zeiten jedenfalls.« Er verließ mich und kam wenig später mit einem Tablett zurück. Er schien etwas zugänglicher, denn während er das Essen richtete, sagte er: »Verzeiht, Signorina Carla, dass ich mich Euch nicht gleich vorstellte, mein Name ist Daniele. Ich werde mich um Euch kümmern, solange Ihr wartet. Wenn etwas nicht gleich klappen sollte, zürnt mir nicht.«

»Warum sollte ich dir zürnen?«

»Ich bin allein im Haus, alle anderen Diener sind von der Geißel gemeuchelt worden.«

Ich brauchte einen Moment, um zu begreifen, dass er mit »Geißel« die Pest meinte. Die tödliche Krankheit hatte also selbst vor dem Haus eines Arztes nicht haltgemacht. Aber war das verwunderlich? Der Schwarze Tod scherte sich nicht darum, ob einer klug oder dumm, reich oder arm, jung oder alt war. Er raffte wahllos alle dahin. »Das tut mir leid, Daniele.«

»Danke, Signorina. Wie ich sehe, habt Ihr Bücher zum Lesen dabei. Das ist gut, denn es kann dauern, bis Doktor Sangio Euch empfängt. Wenn er Euch überhaupt empfängt.«

»Was sollte ihn davon abhalten?«

»Ich fürchte, ich darf Euch keine Auskunft geben.«

Diese Antwort hatte ich schon einmal gehört, deshalb fragte ich nicht weiter nach. Ich spürte, dass ich Daniele, der ein umgänglicher Mensch zu sein schien, damit in Verlegenheit bringen würde. Ich aß etwas von dem einfachen Mahl, das aus ein paar Oliven, etwas Wurst und einigen Scheiben Brot bestand. Daniele erriet wohl meine Gedanken und sagte entschuldigend: »Die Pest lähmt alles, Signorina. Handel und Wandel sind fast vollständig zum Erliegen gekommen. Auf den Plätzen herrscht Leere und auf den Märkten Mangel. Jeder nimmt sich, was er braucht, und die Obrigkeit schaut hilflos zu. Venedig, unsere geliebte *Serenissima,* hungert und stirbt.«

Ich hatte schon häufiger gehört, dass die Venezianer ihre Vaterstadt *Serenissima* nannten, und wusste, dass der Beiname sich von lateinisch *serenus* ableitet, was heiter, fröhlich, ruhig bedeutet. Keines dieser Merkmale traf im Moment zu. Ich hatte es mit eigenen Augen gesehen.

»Ich lasse Euch jetzt allein, Signorina, der Abend bricht bald an. Solltet Ihr noch etwas brauchen, klingelt nur. Ich habe gute Ohren und komme sofort.«

»Du scheinst anzunehmen, ich müsse hier übernachten?«

»Wo solltet Ihr sonst schlafen, Signorina? Es gibt kaum eine Herberge in der Stadt, die noch geöffnet hat.«

Daran hatte ich noch gar nicht gedacht. Der Gedanke, uneingeladen in fremder Umgebung nächtigen zu müssen, war mir wenig angenehm. »Ich will mich nicht aufdrängen. Ich kann für die Übernachtung zahlen.«

»Das wäre Doktor Sangio keinesfalls recht. Wie ich schon sagte, dies ist ein gastliches Haus.«

»Nun gut, ich danke dir. Dann sehe ich Doktor Sangio morgen.«

»Vielleicht morgen, Signorina, vielleicht auch nicht.«

Er verschwand und ließ mich mit meinen Grübeleien allein. Ich konnte mir keinen Reim auf das Verhalten des Hausherrn machen. Offenbar war er anwesend, wollte aber trotzdem nicht gestört werden. Warum, verstand ich nicht. Es wäre eine Sache von wenigen Augenblicken gewesen, meine Botschaften zu lesen und mir eine Antwort zu geben.

Irgendetwas stimmte da nicht, ich wusste nur nicht, was. Ich aß die Speisen auf und trank den Valpolicella. Dann legte ich mich ins Bett, entzündete eine Kerze und studierte meinen Pistorius.

Irgendwann in der Nacht wachte ich auf, denn die Kerze war heruntergebrannt und verlosch zischend. Dunkelheit umgab mich, und ich brauchte eine Weile, bis mir einfiel, wo ich war. Ich versuchte, wieder einzuschlafen, aber es gelang nicht. Die Geräusche der Nacht in diesem Haus waren mir fremd. Ich hörte das Knacken des Gebälks, das Pfeifen des Windes und das Fauchen eines Katers. Irgendwann glaubte ich sogar, ein Schluchzen zu hören. Ich versuchte, meine Ohren zu verschließen, versuchte mit aller Macht, wieder einzuschlafen, doch je mehr ich mich bemühte, desto wacher wurde ich. So wälzte ich mich bis zum Morgen von einer Seite auf die andere und war froh, als endlich die ersten blassen Strahlen der winterlichen Sonne mein Zimmer erhellten.

Ich stand auf und wusch mich, wie ich es jeden Morgen zu tun pflegte. Ich wusste, dass die meisten Menschen die Ansicht vertraten, Wasser übertrage ansteckende Krankheiten. Gerade in Zeiten der Pest war daher das Waschen des Körpers verpönt. Ich aber kümmerte mich nicht darum. Ich fühlte mich wohler und frischer, wenn ich sauber war.

Nachdem ich mich angekleidet hatte, wollte ich mit dem

Glöckchen nach Daniele klingeln, doch ein Klopfen an der Tür kam mir zuvor.

»Komm herein, Daniele«, sagte ich entschlossen, denn ich hatte mir vorgenommen, mich nicht noch einmal vertrösten zu lassen. Ich wollte Doktor Sangio sprechen, noch in dieser Stunde, am besten sofort. »Höre, Daniele ...«

Ich stutzte. Vor mir stand nicht der Diener, sondern ein stattlicher Mann in den Fünfzigern, jeder Zoll ein Herr. Er war von fester Statur, ohne Bauch, und in feines schwarzes Tuch gekleidet, genau wie Gaspare. Sein Kopf erinnerte an den eines römischen Imperators, nur dass in seinem Blick nichts Heldenmütiges lag, sondern eher ein Anflug von Trauer. »Ich bin Doktor Sangio«, sagte er. »Und Ihr seid sicher Signorina Carla. Willkommen in meinem Haus. Verzeiht, dass ich erst jetzt Zeit finde, Euch zu begrüßen.«

»Ihr hattet sicher triftige Gründe dafür«, sagte ich, um Höflichkeit bemüht.

»Die hatte ich.«

Ich wollte ihn fragen, welche das waren, doch irgendetwas hielt mich davon ab, und deshalb sagte ich nichts.

Er sah mich abschätzend an, wobei sein Blick für einen Moment auf meinem Schleier verweilte. »Ich hoffe, Ihr hattet eine angenehme Nacht?«

»Vielen Dank, Dottore.«

Unser Gespräch drohte zu versickern, denn der Doktor schien plötzlich mit seinen Gedanken in weiter Ferne zu sein. Starr blickte er an mir vorbei, und ich sah, wie es in seinem Gesicht arbeitete. Dann aber sprach er mit seiner tiefen Stimme weiter: »Darf ich fragen, was Euch zu mir führt? Daniele sagte mir, Ihr hättet ein Empfehlungsschreiben von Doktor Tagliacozzi?«

»So ist es, Dottore.« Ich überreichte ihm Gaspares Schreiben, und er erbrach das Siegel. Gespannt beobachtete ich ihn, während er las, doch nichts in seinem Gesicht verriet mir seine Gedanken.

»Kennt Ihr den Inhalt des Briefs?«, fragte er mich.

»Nein, Dottore. Ich weiß nur, dass es um zwei zusätzliche Kräuter im alljährlichen Theriak geht.«

»Das ist richtig. Doktor Tagliacozzi schreibt hier, dass es einen zweiten Brief von Professor Aldrovandi gibt, in dem dieser mich um ein schriftliches Gutachten bittet?«

»Hier ist er, Dottore.«

»Danke.«

Doktor Sangio las auch den zweiten Brief, ohne eine Regung zu zeigen. »Aldrovandi bittet mich um eine schriftliche Stellungnahme zur Notwendigkeit, *amomum* und *costus* im Theriak zu verwenden. Nun, ich will sehen, was ich machen kann.«

»*Grazie*, Dottore. Ich habe den Auftrag, Euer Gutachten persönlich nach Bologna zurückzubringen.«

»Ich weiß, auch das erwähnte Tagliacozzi in seinem Schreiben. Fühlt Euch wie zu Hause, Signorina, und habt etwas Geduld. Leider kann ich …« Er hielt inne. »Leider muss ich …« Er fuhr sich mit der Hand über die Augen. »Bitte, verzeiht, verzeiht mir …« Mit raschen Schritten verließ er das Zimmer.

Ich blickte ihm nach. Sein Verhalten wurde für mich immer rätselhafter.

»Signorina Carla, ich bringe das Frühstück.« Daniele blickte mit ernster Miene seinem enteilenden Herrn nach. »Ich freue mich, dass der Doktor so schnell Zeit für Euch gefunden hat. Nach der letzten Nacht war das nicht zu erwarten.«

»Was meinst du damit?«

Daniele verteilte die Morgenspeisen auf einem kleinen Tisch. »Wie Ihr seht, Signorina, habe ich für Euch ein Ei gekocht. Ein Glücksfall. In der Nachbarschaft laufen ein paar herrenlose Hühner herum, eines von ihnen konnte ich überreden, sein Ei in unsere Küche zu legen.«

»Danke, Daniele. Was meintest du mit deiner Bemerkung eben?«

Der Diener schaute auf. »Der Doktor hat schwere Stunden

hinter sich, Signorina. Und, wenn die Bemerkung gestattet ist, ich auch.«

»Was ist passiert, Daniele? Ich möchte endlich wissen, was hinter deiner Geheimniskrämerei steckt.«

»Ich verstehe Euch, Signorina. Gut, warum soll ich es Euch nicht sagen, jetzt, wo Ihr den Doktor gesehen habt und sicher noch einige Tage in seinem Haus verweilen werdet. Die Frau des Doktors, Signora Ginevra, ist letzte Nacht an der Pest gestorben.«

Das war es also! Ich brauchte eine Weile, um die Tragweite von Danieles Worten zu ermessen. Des Doktors Frau war der Pest erlegen. Er hatte die ganze Zeit am Sterbebett seiner Gemahlin gesessen, sie gewiss getröstet, gepflegt, umsorgt, während ich ihn mir als kleinen, unhöflichen Bücherwurm vorgestellt hatte, dem seine Arbeit wichtiger war als seine Besucherin. Vor Scham wäre ich am liebsten im Boden versunken.

»Das tut mir sehr, sehr leid«, brachte ich schließlich hervor.

»Nun wisst Ihr es, Signorina.«

»Ich glaube, ich habe keinen Appetit mehr.«

»Ich lasse Euch die Speise trotzdem da. Wenn es Euch recht ist, komme ich später wieder und räume ab. Der Doktor bat mich, nach einem Priester Ausschau zu halten, damit die Herrin der Sterbesakramente teilhaftig werden kann. Leider gibt es in diesen Tagen kaum noch Priester, denn auch vor ihnen und ihren Gebeten macht die Geißel nicht halt.« Und mehr zu sich selbst fügte er an: »Mein Gott, wo soll das alles enden.«

Dann zog er sich rasch zurück.

Ich blieb allein mit meinem Frühstück, hatte keinen Hunger und wusste nichts mit mir anzufangen. Schließlich aß ich das Ei und stellte fest, dass es sehr gut war, nicht zu hart und nicht zu weich. Nachdem ich es gegessen hatte, starrte ich auf den Rest der Speisen, doch ich sah sie nicht, ich hatte immer nur das Bild vor Augen, wie Doktor Sangio am Bett seiner sterbenden Frau saß. Ob er alles Menschenmögliche unternommen hatte, sie zu retten? Sicher, natürlich hatte er das. Es musste furchtbar für ihn sein, neben der Trauer um seine Frau auch noch die ärztliche Niederlage zu ertragen. Wie konnte ich ihm helfen? Konnte ich ihm überhaupt helfen? Wohl kaum, lautete die ernüchternde Antwort. Ich konnte ihm nur mein Beileid aussprechen. Jetzt gleich.

Ich stand auf, richtete mir das Kleid und die Haare, rückte Barett und Schleier zurecht und machte mich auf die Suche nach ihm. Ich schaute in viele leere Zimmer, bis ich ihn schließlich in einem kleinen, hellen Raum fand, von dem man einen herrlichen Blick hinaus auf den Canal Grande und den Dogenpalast hatte. Er saß am Rand des Totenbetts und betete mit geschlossenen Augen. Dann küsste er das wächserne Gesicht seiner toten Frau, stand auf und schritt zu einer offenen Kleidertruhe.

»Dottore, störe ich?«

Er schien nicht überrascht, dass ich gekommen war, und sagte mit müder Stimme: »Nein, nein, tretet nur näher, Signorina.«

»Dottore, wenn Ihr gestattet, möchte ich etwas klarstellen. Als ich gestern vor Eurer Tür stand, wusste ich nicht, dass Eure Frau im Sterben liegt. Wenn ich es gewusst hätte, wäre ich wieder gegangen. Bitte nehmt mein aufrichtiges Beileid entgegen, möge Gott Euch Kraft und Zuversicht schenken.« Ich schlug das Kreuz und wollte mich entfernen, aber er sagte: »Danke für Eure Worte. Bitte, bleibt doch. Es gibt nicht mehr viele, die mir ihr Beileid aussprechen können. Fast alle meine Freunde und Bekannten sind tot.«

»Das muss schrecklich sein.«

»Das ist es. Aber noch viel schrecklicher ist, dass ich jetzt keine Familie mehr habe.«

»Ihr seid ganz allein?«, fragte ich mitfühlend.

»Ja, auch meine Kinder sind tot. Sie starben schon vor vielen Jahren. Nicht an der Pest, sondern an der *Febris immobilis,* einer hochkontagiösen Krankheit.« Er starrte in die Truhe, als suche er darin etwas, dann redete er weiter: »Die *Febris immobilis* beginnt, ähnlich wie die Pest, mit auffälligen Geschwülsten, doch sitzen sie nicht in der Leiste oder der Achsel, sondern an Händen und Füßen und sind Vorboten einer nahezu gänzlichen Unbeweglichkeit des Patienten ...«

Wieder machte er eine Pause, aber ich sagte nichts, denn ich hoffte, er würde weiterreden und sich auf diese Weise ein wenig von seinem Schmerz ablenken.

»Der Unbeweglichkeit folgen plötzliches Erbrechen und hohes Fieber, bis zum schnellen Tod. Die Wissenschaft ist machtlos gegen diese Strafe Gottes, wie gegen so viele andere Leiden. Nördlich der Alpen, an der *Alma Mater* in Wien, wird dieses Fieber auch Frieselfieber genannt.«

»Ich habe von diesem Leiden noch nie etwas gehört, Dottore.«

»Niemand kann alles wissen. Ihr aber seid, wie ich dem Schreiben von Doktor Tagliacozzi entnommen habe, eine sehr geschickte Chirurgin. Darf ich fragen, wie es dazu kam?«

»Das ist eine lange Geschichte, Dottore«, sagte ich ausweichend, aber er gab sich mit der Antwort zufrieden.

»Eine meiner drei Töchter wollte auch Chirurgin werden, genauer gesagt, eine Medica. Sie wollte werden, wie die großen Heilerinnen von Salerno es einst waren.« Ein Lächeln der Erinnerung glitt über sein Gesicht. »Das Interesse an der Medizin hatte sie wohl von ihrem Vater. Nun, das Verweigern der Immatrikulation, das Kopfschütteln der gelehrten Herren, das Stirnrunzeln, das Gerede über eine junge Frau, die sich erdreistet, eine akademische Ausbildung anzustreben – all das blieb ihr erspart, denn sie verstarb vorher. Wenigstens etwas, wofür das verfluchte Fieber gut war.«

»Das tut mir sehr, sehr leid.« Was der Doktor da erzählte, war mir nur zu vertraut. Ich fühlte eine tiefe Verbundenheit.

»Ihr großer Wunsch ging nicht in Erfüllung. Wünsche scheinen in dieser höllischen Zeit überhaupt nicht mehr in Erfüllung zu gehen.« Wieder starrte er in die Truhe. »Das grüne Kleid dort hat meine Frau immer besonders geliebt. Ihr letzter Wunsch war, in ihm begraben zu werden.«

»Das wird sich gewiss einrichten lassen, Dottore.«

»Oh, nein.« Er lächelte schmerzlich. »Meine Frau trug das Kleid als junges Mädchen. Es dürfte heute kaum mehr passen. So wird ihr Schlafgewand wohl auch ihr Totenhemd sein.«

Bevor ich antworten konnte, rief Daniele vom Hauseingang her: »Dottore, ich habe einen Priester mitgebracht, sein Name ist Pater Ernesto!«

Der Doktor trat ans Fenster und rief zurück: »Vielen Dank, Pater, dass Ihr Zeit für mich gefunden habt. Bitte wartet, ich komme sofort.« Dann wandte er sich mir wieder zu: »Wenn Ihr wollt, könnt Ihr mich gern begleiten.«

»Nein danke, Dottore«, sagte ich, »Ich habe etwas anderes zu tun.«

Nachdem ich die zweite Nacht in seinem Haus verbracht hatte, lud der Doktor mich morgens zu einem gemeinsamen Frühstück ein.

Er sah besser aus als bei unserer ersten Begegnung, vielleicht, weil er am Vortag endlich einmal Gelegenheit gehabt hatte, sich auszuschlafen. Dennoch sprach er den Speisen kaum zu, was mich dazu verleitete, ebenfalls nur wenig zu essen. Unser Gespräch drehte sich hauptsächlich um seinen Kampf gegen die Pestilenz, den er, wie er meinte, auf ganzer Linie verlor.

»Wisst Ihr«, sagte er, »ich habe oft daran gedacht, nicht mehr hinauszugehen und den Kranken zu helfen, denn sie sterben so oder so. Aber dann sage ich mir wieder, wer nicht wenigstens versucht, ein Leben zu retten, der ist es nicht wert, Arzt genannt zu werden. Also bemühe ich mich immer aufs Neue, und manchmal, ganz selten nur, gelingt es mir, der Pest ihr Opfer zu entwinden.«

»Ich verstehe Eure Resignation, Dottore, aber ich beneide Euch trotzdem. Ich würde die Misserfolge aller Ärzte dieser Welt in Kauf nehmen, nur um einmal selbst Ärztin sein zu dürfen.«

»Sagt so etwas nicht.« Er lächelte. »Nehmt lieber von den Speisen. Ihr habt ja noch gar nichts gegessen.«

»Genauso wie Ihr.«

»Bei mir ist es etwas anderes. Ich bin ein alter Mann, ich brauche nicht mehr viel. Außerdem steht mir die Beerdigung meiner Frau bevor, und ich weiß nicht einmal, ob unser Familiengrab auf der Friedhofsinsel noch existiert.«

»Warum sollte es nicht mehr da sein, Dottore?«

»Ich weiß es nicht. Manchmal denke ich, in Venedig bleibt kein Stein mehr auf dem anderen, und wenn die Geißel Pest ihre Schläge endlich eingestellt hat, wird unsere Stadt gänzlich neu entstehen müssen. Aber nun entschuldigt mich, ich will noch einmal nach meiner Frau sehen, bevor die Träger sie fortbringen.«

»Darf ich Euch begleiten?«

»Aber natürlich.«

Wir gingen zu dem Raum mit der herrlichen Aussicht, in dem die Tote aufgebahrt lag, und der Doktor wirkte sehr gefasst. Doch als wir eintraten, änderte sich das. Auf seinem Gesicht zeigte sich Staunen, dann Zweifel und schließlich große Freude. Seine Frau lag in ihrem grünen Lieblingskleid da und sah wunderschön aus. »Das ist ja nicht zu glauben«, murmelte er. »Wer hat das fertiggebracht?«

»Ich«, sagte ich lächelnd. »Es war ganz einfach, ich habe einmal das Schneiderhandwerk erlernt, müsst Ihr wissen. Der richtige Schnitt, etwas ausgelassener Stoff, ein paar gut gesetzte Nähte, und der letzte Wunsch Eurer Frau konnte in Erfüllung gehen.« Ganz so einfach, wie ich es darstellte, war es allerdings nicht gewesen. Ich hatte mein ganzes Können einsetzen müssen, dazu mein gutes Augenmaß und letztlich auch die schiere Kraft. Anderenfalls wäre es mir trotz Danieles Hilfe nicht gelungen, die vom *Rigor mortis* steifen Glieder der Toten in das Kleid zu zwängen. Aber das alles musste der Doktor nicht wissen.

Er sagte nichts, aber er ging mit leuchtenden Augen auf mich zu und drückte mich an sich. »Ihr könnt gar nicht ermessen, was Ihr für mich getan habt.«

Ich lachte verlegen. »Nun wisst Ihr wenigstens, warum ich eine leidliche Chirurgin bin, Dottore.«

An der Beerdigung auf der Friedhofsinsel nahm ich nicht teil. Ich fand es passender, mich nicht aufzudrängen. Der Doktor sollte die letzten Augenblicke mit seiner Frau allein sein. Wie richtig meine Entscheidung gewesen war, merkte ich, als er mir anschließend versicherte, die stille Zwiesprache mit ihr hätte ihm sehr viel Kraft gegeben. Er habe mit ihr über vieles gesprochen: über den Tag ihres Kennenlernens, die Hochzeit, die Kinder, die schönen Tage der Vergangenheit. Nun sei er bereit, den Kampf gegen die Pestilenz erneut aufzunehmen.

»Ihr solltet Euch noch etwas schonen, Dottore. Hinter Euch liegt eine schwere Zeit.«

»Und vor mir liegt viel Arbeit. Oder wollt Ihr für mich auf die Straßen gehen, wo die Kranken in ihrem Elend liegen?«

Seine Frage war zweifellos rhetorisch gemeint, aber ich sagte: »Ja, ich will Euch begleiten. Wenn ich eine Ärztin sein will, muss ich Euch begleiten.«

»Das kommt überhaupt nicht in Frage. Ihr seid jung und schön – trotz Eurer *voglia di vino*. Ihr habt das ganze Leben noch vor Euch.«

»Ihr habt mein Feuermal bemerkt?«

»Ich habe die Augen eines Arztes. Und als Arzt sage ich Euch: Ein Feuermal ist nicht das Schlimmste, man kann damit ohne gesundheitliche Einschränkung leben. Es ist nichts gegen einen verkrüppelten Fuß oder einen Tumor in der Brust. Nein, nein, Ihr bleibt schön in meinem Haus, denn hier seid Ihr in Sicherheit.«

»Ich bestehe darauf, Euch zu begleiten.«

»Tut Ihr das wirklich?«

»Ja, Dottore.«

Er seufzte. »Ihr seid genauso hartnäckig, wie meine Tochter es war. Der konnte ich auch nichts abschlagen. Aber bevor ich ja sage, will ich Euch die Ausrüstung des Pestarztes zeigen. Sie ist schwer, einengend und schweißtreibend. Wenn Ihr sie seht, überlegt Ihr es Euch vielleicht noch einmal.«

Er führte mich in seinen Behandlungsraum, blieb vor einem hohen Schrank stehen und öffnete ihn. »Hier seht Ihr den vielleicht wichtigsten Teil des Pestanzugs, die Maske.«

Es war ein seltsamer Apparat, den ich erblickte, eine Maske mit zwei Augenlöchern und einem schnabelartigen Fortsatz, der in seiner Form an eine Rabenkrähe erinnerte. In dem Fortsatz steckte, wie er demonstrierte, unter den Atmungslöchern ein Knäuel aus den verschiedensten Kräutern. »Die Kräuter bilden eine Abwehr vor den angreifenden Stoffen aus der Luft, wobei jeder Pestarzt auf seine eigene Mischung schwört«, erklärte er mir. »Ich für meinen Teil nehme Lorbeer, Wacholder, Pinie, Lärche und Tanne. Das Mischungsverhältnis beträgt bei Lorbeer und Lärche jeweils ein Eintel Teil, bei den drei anderen Pflanzen jeweils zwei Eintel Teile. Die Verbindung aller Kräuter muss sehr innig sein, wobei ich das gesamte Knäuel noch einmal in Fruchtwasser tauche, es trocknen lasse und erst dann in den Schnabel stopfe.«

»Fruchtwasser, Dottore?«, fragte ich verwundert.

»Richtig, es ist das Fruchtwasser von verstorbenen, pestkranken Frauen. Ich habe die Föten aus dem Mutterleib herauspräpariert und sie auf Merkmale der Seuche untersucht, doch bei keinem von ihnen fand ich die charakteristischen Bubonen. Daraus schloss ich: Die Pest kann zwar die Mutter niederringen, nicht aber ihr Kind. Warum? Ich denke, es liegt an dem Wasser, in dem der Fötus ruht. Die Flüssigkeit wirkt wie eine undurchdringliche Schutzmauer. Eine Eigenschaft, die ich mir zunutze mache.«

»Führt Ihr darauf Euer bisheriges Überleben zurück?«

Der Doktor zuckte mit den Schultern. »Wenn Gott will, dass ich lebe, werde ich leben, wenn nicht, wird er mich zu sich nehmen. Als Arzt ist man in Gottes Hand, vielleicht mehr als jeder andere, denn die Zunft, die während der Pest am meisten Tote zu beklagen hat, ist die unsere.«

Ich roch an den Kräutern und nahm einen intensiven Duft nach Frische, Herbe und Wald wahr.

»Nun zu der Brille, die der Pestarzt trägt: Sie muss mindestens genauso gut abdichten wie die Maske«, fuhr der Doktor fort. »Seht, sie weist deshalb an der Seite Lederstücke auf, die sich eng an die Haut schmiegen.«

»Ich sehe sie«, sagte ich.

Er legte Maske und Brille beiseite und holte ein knapp geschnittenes Lederhemd und eine ebensolche Hose hervor. »Das ist meine Unterkleidung, gut ansitzend, um die Poren der Haut, durch die verderbliche Stoffe eindringen könnten, hermetisch abzudichten. Darüber trage ich diesen langen Überwurf, dazu lederne Handschuhe und den Lederhut. Die Stiefel sind aus demselben Material. So vermeide ich während der Behandlung jegliche Berührung mit der Luft.«

»Es muss sehr anstrengend sein, den ganzen Tag in dieser Kleidung herumzulaufen«, sagte ich. »Nützt sie denn wirklich etwas?«

Der Doktor seufzte. »Ihr glaubt nicht, wie oft ich mir diese Frage schon gestellt habe. Niemand vermag sie abschließend zu beantworten. Doch immerhin ist die Kleidung eine Art Schutzmaterie zwischen der Pest und dem eigenen Körper.«

Er hängte die einzelnen Teile zurück. »Leider muss gesagt werden, dass die alles verderbende Seuche eine Verrohung der Menschen nach sich zieht. Ich habe erlebt, dass eine Mutter es ablehnte, sich an das Krankenbett ihres eigenen Kindes zu setzen, und ich habe gesehen, wie ein Mann seine Frau vor die Tür jagte, weil er annahm, sie sei befallen. Ich habe ohnmächtig dabeigestanden, als Bettler und Herumtreiber durch die Stadt strichen und Todgeweihte bestahlen. Wenn alles stirbt, verrohen die Sitten.«

»Das glaube ich Euch.«

»Nun, wie ist es: Wollt Ihr mich immer noch bei meinen Krankenbesuchen begleiten?«

»Ja«, sagte ich, »das will ich.«

Am nächsten Tag gingen der Doktor und ich los. Er hatte mir einen Lederanzug und eine Schnabelmaske besorgt. Die Maske saß sehr gut, den Anzug jedoch musste ich mir erst zurechtschneidern. Es war ein eigenartiges Gefühl, umhüllt von schwerem Leder durch die schmalen Gassen Venedigs zu streifen und nach Hilfsbedürftigen Ausschau zu halten. Beide trugen wir einen langen Stock, der, wie der Doktor mir erklärte, zweierlei Aufgaben erfüllte: Einmal diente er dazu, die oftmals wie tot daliegenden Kranken anzustoßen, um zu sehen, ob noch Leben in ihnen steckte, zum anderen war er eine Hilfe, allzu aufdringliche Kranke, die sich oftmals wie Trauben an den Arzt hängten, abzuwehren.

Es war ein kalter Tag, Totengräber der Stadt liefen hin und her, hoben die Leichen auf Wagen und transportierten sie zum Kanal. Der Doktor kontrollierte jeden einzelnen der Verstorbenen, ob er auch wirklich tot war, und einmal gebot er den Männern Einhalt. »Dieser Mensch lebt noch«, sagte er mit dumpfer, von der Schnabelmaske verfälschter Stimme, »gebt ihm sauberes Wasser und fahrt ihn in mein Haus. Dort will ich mich später um ihn kümmern.«

»Was habt Ihr mit dem Mann vor, Dottore?«, fragte ich, nachdem sein Befehl ausgeführt worden war.

»Wenn es sein Gesundheitszustand erlaubt, werde ich die Pestbeulen öffnen und die Wunden versorgen. Alles andere liegt in Gottes Hand.«

»Könnt Ihr nicht mehr für ihn tun? In der Dissertation des Johannes Pistorius steht unter anderem, dass der getrocknete Inhalt der Pestbeulen als Grundstoff für eine wirksame Arznei dienen kann.«

»Davon halte ich nichts. Besser ist es, allen Eiter aus der

Beule zu entfernen. Je mehr kranke Säfte den Körper verlassen, desto besser. Ich kenne die Dissertation des Pistorius. In ihr wird auch das mit Rosenblättern eingekochte Fruchtmark erwähnt, auf das ein gewisser Doktor Nostradamus schwört. Meines Erachtens aber ist Fruchtmark nur ein Erzeugnis für Naschkatzen, kein ernstzunehmendes Medikament.«

»Und wie steht es mit der Signaturenlehre des Paracelsus, nach der die Natur durch bestimmte Zeichen in einer Beziehung zur therapeutischen Anwendung steht?«

»Ihr meint die Auffassung, dass Pflanzen mit herzförmigen Blättern gegen Herzkrankheiten helfen, der Saft des Blutwurzes die Krankheiten des Blutes lindert, und die Walnuss, die im Aussehen dem menschlichen Gehirn gleicht, den Kopfschmerz nimmt?«

»Genau, Dottore.«

»Demnach würden Rote Bete, die in Form und Farbe an Bubonen erinnern, auch gegen die Pest helfen. Aber das ist nicht der Fall. Ein Irrglaube, wie meine Erfahrung mich lehrt. Rote Bete, dieses färbekräftige Gemüse, ist in gekochtem Zustand eine gesunde Kost, mehr nicht. Es bleibt also die betrübliche Erkenntnis, dass die Auswahl dessen, was wir Ärzte zur Heilung verordnen können, kümmerlich ist, Signorina. Ein bescheidener Erfolg liegt schon darin, die Ansteckungsgefahr zu mindern.«

»Wie geht Ihr dabei vor, Dottore?«

»Indem ich immer wieder darauf bestehe, dass die Krankenstube gehörig mit Weihrauch bedampft wird, und außerdem die Familie des Kranken dazu anhalte, sich regelmäßig Mund und Hände mit Essig oder Wein zu spülen. Wo wir gerade davon sprechen: In diesem Haus könnten sich noch Patienten befinden.«

»Woran erkennt Ihr das?«

»An dem weißen Kreidekreuz an der Tür. Es zeigt, dass dort schon gestorben wurde. Gleichzeitig warnt es andere Bewohner vor dem Betreten. Doch für uns gilt das nicht. Folgt mir.«

Ich ging hinter ihm her, und tatsächlich fanden wir drinnen einen Vater mit seinem kleinen Jungen vor. Der Junge fieberte stark und klagte über starken Durst. Der Vater schien noch gesund zu sein.

Der Doktor schlug die Decke zurück, besah sich kurz die rötlich schwarzen Pestbeulen, überprüfte dann die Zunge und die Augen, schüttelte unmerklich den Kopf und wandte sich an den Vater: »Stellt Eurem Sohn sauberes Wasser hin, aber nähert Euch ihm nicht zu sehr, die Entfernung soll mindestens eine Armspanne betragen. Und sagt ihm, er soll möglichst laut sprechen, damit Ihr auch sonst nicht zu nahe an sein Lager herantreten müsst.«

»Ja, ja, Dottore«, stammelte der Mann, »ich will alles tun, was Ihr sagt. Die ganze Familie ist mir schon weggestorben, der Junge ist das Einzige, was mir geblieben ist. Er ist mein Leben. Ich flehe Euch an, macht ihn wieder gesund!«

»Was geschehen kann, wird geschehen. Sorgt ferner dafür, dass die Fenster der Krankenstube nur nach der Nordseite geöffnet werden, da der Südwind die gefährlichen Pestmiasmen heranträgt.«

»Ja, Dottore, ja.«

»Dann gehe ich jetzt. Seht zu, dass Ihr selbst gesund bleibt, nehmt nur leichte Kost wie Gemüse und Geflügel zu Euch und wascht Euch anschließend den Mund mit Essigwasser aus. Vergesst nicht, Euer Sohn hat nur noch Euch.«

»Ja, Dottore.«

»Gott befohlen. Ich komme morgen wieder.«

Als wir draußen waren, sagte der Doktor: »Die Hilflosigkeit ist das Schlimmste. Nur der Allmächtige weiß, was ich für ein verlässliches Arzneimittel gäbe.«

»So gibt es also keines?«

»Ich gehöre zu den wenigen meiner Zunft, die zugeben, dass es keines gibt.«

»Und Ihr glaubt, dass an allem die Pestmiasmen schuld sind?«

»Ja und nein, Signorina. Ich benutze den Ausdruck Miasmen nur stellvertretend für das, was zweifellos vom Körper Besitz ergreift. Es dringt in den Leib ein, dieses unerkannte Mysterium, vielleicht durch die Schleimhäute, vielleicht durch die Haut, vielleicht sogar durch die Augen. Es beginnt sofort mit den Organen zu ringen, was sich durch Fieber, schwarzfaulen Zungenbelag und Beulenbildung zeigt, und ringt den Körper innerhalb weniger Tage nieder. Fast immer, jedenfalls. Meiner Schätzung nach überleben nur fünf von hundert Befallenen den Angriff der Pestilenz.«

Wir gingen an diesem Tag noch viele Stunden durch die Stadt und sahen unendliches Leid. Es dauerte nicht lange, da untersuchte ich selbst die von der Seuche Befallenen, sprach mit ihnen, wenn sie noch sprechen konnten, spendete ihnen Trost, ließ ihnen Wasser geben und sorgte dafür, dass wärmende Decken über sie gelegt wurden. Bald merkte ich, dass die Zahl der Kranken auf der Straße höher war als die derjenigen, die im eigenen Bett sterben durften. Der Grund war die alles beherrschende Angst vor der Ansteckung. Dass ein Mann seine kranke Frau vor die Tür jagte, wie der Doktor es geschildert hatte, war beileibe kein Einzelfall. Ganze Familien lagen auf der Straße, weil andere sie aus dem gemeinsamen Haus geworfen hatten. Immer wieder flehten mich Kranke an, ich möge sie zurückbringen lassen, aber ich musste mein Herz verschließen. Die Trennung zwischen Gesunden und Kranken war oberstes Gebot.

Weit nach Sonnenuntergang kehrten wir zurück in des Doktors Haus, wo die ausgewählten Kranken schon auf uns warteten. Es waren insgesamt vier. Sie lagen auf Stroh gebettet in einem ebenerdigen Raum und hatten jeder eine Schale Wasser neben sich stehen. Der treue Daniele hatte dafür gesorgt.

Nach einem kargen, schnellen Mahl begannen wir im Schein mehrerer Laternen mit dem Öffnen der Bubonen. Es war ein ebenso widerwärtiges wie notwendiges Geschäft, bei dem ich mich einmal mehr fragte, warum in der Wissenschaft zwischen gutem und schlechtem Eiter unterschieden wurde. Dieser war zweifellos schlecht.

Wir arbeiteten bis tief in die Nacht hinein, wobei von den vier Elenden drei unter unseren Händen starben, nur eine junge Frau namens Mirjam lebte noch gegen Mitternacht, und der Doktor sagte: »Wenn sie übermorgen um Mitternacht noch immer lebt, hat sie die Schläge der Geißel überstanden.« Er flößte ihr ein fiebersenkendes Mittel ein und bat mich, stärkende Brühe bereitzustellen. Davon sollte sie trinken, wann immer ihre Kräfte es zuließen.

Danach wünschten wir einander gute Nacht und beschlossen, in aller Frühe wieder hinaus auf Venedigs Straßen zu gehen.

Wir gingen an diesem und an den folgenden Tagen hinaus und kümmerten uns um die Verlorenen. Wenn wir glaubten, ein Kranker habe Aussicht, die Seuche zu besiegen, ließen wir ihn in des Doktors Haus schaffen, denn die Hospitäler Venedigs waren hoffnungslos überfüllt. Nachts operierten wir, bis uns die Augen zufielen, und am nächsten Morgen erhoben wir uns wieder, um den Kampf erneut aufzunehmen.

Und mit jedem Tag, den wir hinausgingen, wurde es schlimmer, denn die Totengräber waren mittlerweile selber tot, und die wenigen, die noch da waren, schafften ihre Arbeit nicht mehr. Die Fahrten zur Friedhofsinsel wurden eingestellt. Bald quollen die Straßen über vor Leichen, jedes Haus schien welche auszustoßen, und wer von den Bedauernswerten noch lebte, den sperrte man oft genug in den eigenen Mauern ein, wartete, bis er tot war, und verscharrte ihn dann unter den Dielen seiner Behausung.

Aber nicht nur dort, auch am Wegrand, an Kreuzungen, an Uferbefestigungen – es gab keinen Platz, an dem nicht gestorben worden wäre, keinen Platz, an dem nicht Leichen lagen, die darauf warteten, begraben zu werden. Und war es endlich so weit, wurden sie sang- und klanglos in hastig ausgehobene Erdlöcher geworfen. Andere, und das waren die Glücklicheren, erhielten die Sterbesakramente und fanden in Massengräbern ihre letzte Ruhe.

Der mehrfach zu benutzende Sarg, dessen herunterklappbare Bodenplatte es ermöglichte, den Toten einfach in die Grube fallen zu lassen, hatte längst ausgedient – es gab keine Sargträger mehr.

Es war eine grausame Zeit. Zahllose Palazzi waren herrenlos geworden und luden förmlich zum Diebstahl ein, doch insgesamt wurde nur wenig entwendet. Jedermann, selbst die übelsten Langfinger, schien wie gelähmt in jenen Tagen.

Trotz aller Bemühungen breitete die Seuche sich immer weiter aus, nicht zuletzt, weil niemand die verordneten Maßnahmen kontrollierte. Selbst die strenge Anweisung, nur sauberes Trinkwasser zu verwenden, wurde tagtäglich tausendfach missachtet, obwohl jedermann in der Bevölkerung wusste, dass bestimmte Brunnen, wie die beiden neben der Kirche Sant'Angelo Raffaele liegenden, extra zu diesem Zweck gegraben worden waren.

Quacksalber und Scharlatane erlebten eine Blütezeit. Sie nutzten die Angst der Menschen schamlos aus, versprachen Heilung über Nacht und verkauften den Verzweifelten für teures Geld nutzlose Amulette und falsche Reliquien.

Alles in allem war es die Apokalypse jeglichen Lebens in der einstigen *Serenissima*, denn nicht nur Menschen, auch Pferde, Hunde, Katzen, Hühner und Ratten starben. Ja, ich habe sogar Stimmen gehört, die ernsthaft behaupteten, Bäume seien von der Pest getötet worden.

Dass ich selbst zu den Überlebenden zählte, ist für mich heute noch ein Wunder. Ebenso groß wie das Wunder, das der Allmächtige an Mirjam vollbrachte, jener jungen Frau, die wir am ersten Abend behandelt hatten. Sie gehörte zu den wenigen, die es schafften.

»Warum hat sie überlebt, Maurizio?«, fragte ich den Doktor, denn wie selbstverständlich waren wir irgendwann zum Du übergegangen. Das Elend um uns herum hatte uns zusammengeschweißt.

»Ihre Abwehrkräfte waren stärker als die Gier der Pest, eine andere Erklärung gibt es nicht. Außer, dass Gott sie noch nicht zu sich nehmen wollte. Es ist erstaunlich, wie rasch sie sich erholt, nachdem sie den Angriff der Seuche überstanden hat. Sie sagte mir, sie wolle bei uns bleiben und uns bei der Pflege der Kranken helfen, denn sie habe sonst niemanden mehr auf der Welt.«

»Das ist eine gute Nachricht. Wir können jede Hilfe brauchen.«

»Ja, Carla, das können wir.«

Wie wertvoll Mirjams Hilfe war, sollte sich wenige Tage später erweisen, als Maurizio eines Morgens nicht aufstehen konnte, weil er einen Schwächeanfall hatte. Der tägliche Einsatz auf den Straßen, die stundenlangen nächtlichen Operationen, die hastig hinuntergeschlungenen Mahlzeiten, das alles war zu viel für ihn gewesen. »Bleib bei mir, Carla«, sagte er, nachdem ich ihn untersucht und gottlob keine Anzeichen der Seuche festgestellt hatte. »Für dich wäre es auch gut, einmal ausschlafen zu können. Außerdem möchte ich nicht, dass du allein auf die Straßen gehst.«

»Würdest du an meiner Stelle hierbleiben?«

»Carla, bitte.«

Ich nahm seine Hand. »Du weißt, dass ich gehen muss. Mirjam wird nach dir sehen. Morgen oder übermorgen geht es dir besser, dann kannst du wieder draußen auf mich aufpassen.«

»Carla, du bist unverbesserlich.«

»Ja, das bin ich wohl.«

Ich verließ ihn und brach auf. Ich hatte eine bestimmte Strecke, die ich jeden Tag abging, doch an diesem Tag nahm ich einen anderen Weg. Er führte mich durch Straßen, die ich noch nicht kannte, und durch Gassen, die eher Pfaden glichen, kaum breiter als die Schultern eines ausgewachsenen Mannes. Es war eine Gegend, die sich mir freundlich darstellte, denn ausnahmsweise sah ich keinen einzigen Toten. An einer Ecke saß ein ungeschlachter Mann auf dem nackten Stein. Seine Unförmigkeit erinnerte an die eines Kloßes, was durch seinen kahlgeschorenen Kopf und den weißen Überwurf, den er trug, noch unterstrichen wurde.

Ich ging auf ihn zu, denn ich wollte sehen, ob er von der Seuche geschlagen war, aber er schien nur zu schlafen. »Geht es dir gut?«, fragte ich ihn.

Er schreckte auf und starrte mich an. Ich sah, dass er viel jünger war, als ich angenommen hatte, vielleicht zwanzig oder zweiundzwanzig Jahre. Und ich sah, dass er entstellt war. Die Nasenspitze fehlte ihm.

»Wie kann es jemandem gehen, den es in diese Stadt verschlagen hat«, antwortete er mit heller, leicht quäkender Stimme. »Ich habe Hunger und Durst, Dottore.«

»Ich bin kein Arzt«, sagte ich.

»Warum tragt Ihr dann die Montur des Pestarztes?«

»Das soll dich nicht kümmern«, erwiderte ich schroffer als beabsichtigt.

»Ihr seid eine Frau, nicht wahr?«

»Das hast du richtig erkannt. Etwas zu essen habe ich nicht bei mir, wie du dir denken kannst. Kann ich sonst etwas für dich tun?«

Wieder schaute er mich an. »Ja«, sagte er langsam. »Ich wüsste da etwas.«

»Sag es mir.«

»Ich brauche eine Herrin.«

»Wie bitte?«

»Ich brauche eine Herrin, sagte ich. Nehmt mich als Euren Diener, Herrin, ich bin sicher, Ihr werdet gut zu mir sein. Genauso, wie ich gut zu Euch sein werde.«

»Bist du nicht ganz bei Sinnen?« Der Gedanke, ich könne

die Herrin dieses fettleibigen Jünglings werden, erschien mir aberwitzig. Ich musste lachen.

»Seht Ihr, ich habe Euch zum Lachen gebracht. Ein guter Diener bringt seine Herrschaft zum Lachen. Nehmt Ihr mich nun?«

»Nein. Ich muss weiter.«

»Wartet, Herrin. Es ist mir ernst mit meinem Angebot.«

»Das mag sein.« Der Dicke wurde mir allmählich lästig. Wenn man von seiner Fettleibigkeit absah, war er offenbar völlig gesund. Ich konnte nichts mehr für ihn tun. »Leb wohl.«

»Bitte, Herrin! Ihr habt ein gutes Herz, das spüre ich. Geht nicht weiter, und wenn Ihr schon weitergehen müsst, dann nehmt mich wenigstens mit. Ich möchte auf keinen Fall allein in der Pesthöhle Venedig bleiben und appelliere an Euer Mitleid.«

»Leb wohl.«

»Ich heiße Latif, was ›ein Geschöpf Allahs‹ bedeutet, und bin ein Eunuch aus dem Harem des Sultans Murad III. Vielleicht kennt Ihr Euch unter den osmanischen Sultanen nicht so gut aus, Herrin, aber die meisten sind grausam. Unter Selim II., Murads Vorgänger, genannt ›der Trunkene‹, bin ich als Vierjähriger entmannt worden. Das war, wenn ich richtig rechne, im Christenjahr 1559. Durch eine Intrige wurde ich angeklagt und des Diebstahls für schuldig befunden. Wie die Strafe ausfiel, seht Ihr an meinem Gesicht. Danach konnte ich über das Meer fliehen, doch ein grausames Schicksal verschlug mich nach Venedig. Bitte helft mir, Herrin.«

Ich muss zugeben, seine lange Rede blieb nicht ohne Eindruck auf mich, doch dann sagte ich mir, dass sie allzu glattzüngig geklungen hatte und deshalb wahrscheinlich erfunden war. »Es geht nicht«, sagte ich. »Selbst wenn ich dich nehmen würde, ich könnte dich nicht bezahlen.«

»Herrin …«

Ich riss mich endgültig von ihm los und eilte in die nächste Gasse. Hier gab es kleine verlassene Werkstätten, in denen zu besseren Zeiten Töpfe und Pfannen gefertigt, Seifen gesiedet oder Wolle gewickelt worden waren. Eine Manufaktur stach mir besonders ins Auge. Es war ein Laden, in dem die unterschiedlichsten Masken für die Karnevalszeit hergestellt wurden. Mir fiel ein, dass die närrische Zeit demnächst wieder beginnen würde, aber an *carnevale* war in Venedig natürlich nicht zu denken. An der Fassade stand *La maschera,* und ich ging hinein.

Wie nicht anders zu vermuten, erwartete mich drinnen keine Menschenseele. Die Pest hatte auch hier ihre Opfer gefordert. Dafür sah ich umso mehr Masken. Es waren künstliche Gesichter jeglicher Art, in einer Vielfalt, wie ich sie nie zuvor erblickt hatte – darunter nicht nur die mir bekannte Schnabelmaske, die ich selber trug, auch Stabmasken, Halbmasken oder Bartmasken in allen Farben dieser Welt. Sie grinsten, lachten, weinten, schmollten oder drohten, aber eine von ihnen überstrahlte alle. Sie lag in einer Ecke und leuchtete mir von dort golden entgegen. Es war eine Venusmaske, benannt nach der Göttin der Liebe, des Verlangens und der Schönheit.

Staunend nahm ich sie in die Hand. Sie fühlte sich kühl und glatt an, keineswegs kalt, und ich merkte, wie die Berührung meine Sinne auf unerklärliche Weise beruhigte und inspirierte. Ich konnte nicht anders, ich nahm Hut, Maske und Brille ab und setzte sie auf. Sie schmiegte sich an mein Gesicht, als gehöre sie dorthin. »Sie ist wunderbar«, flüsterte ich. »Es ist, als sei sie extra für mich gemacht.«

Doch dann war der Augenblick der Verzauberung vorbei. Betrübt nahm ich sie ab und legte sie zurück, denn sie gehörte nicht mir. Stattdessen zwängte ich mich wieder in das Leder des Pestarztes und verließ das Geschäft.

Den ganzen Tag musste ich an sie denken, auch abends noch, als ich Maurizio wiedersah. Aus seinen Augen war die Müdigkeit verschwunden, er wirkte ausgeschlafen und erholt. »Ich bin wieder ganz der Alte«, sagte er munter. »Was ein bisschen Ruhe doch ausmacht!«

»Ja, du siehst viel besser aus.«

»Ich kann wieder Bäume ausreißen.«

»Bitte übertreib nicht. Du solltest dich noch ein paar Tage schonen.«

»Kommt nicht in Frage. Operieren wir heute Abend nicht? Du hast mir überhaupt keine Kranken ins Haus schicken lassen.«

»Es hat sich nicht ergeben.« Ich begann die Lederkleidung abzulegen und stellte Stock und Arzttasche beiseite. Am Nachmittag hatte ich auf offener Straße zwei Kranke operiert. Ich hatte es in der Anonymität meiner Pestmaske getan und ihnen die Bubonen aufgeschnitten. Es war ein letzter und vergeblicher Versuch gewesen, ihre Lebensgeister zu erhalten. Dass ich sie wegen Maurizios Zustand nicht in sein Haus hatte schaffen lassen, musste er nicht unbedingt wissen.

»Dann lass uns zu Abend essen. Ein Freund aus Parma hat mir Schinken geschickt. Ein Wunder, dass die Köstlichkeit angekommen ist. Daniele wird sie gleich servieren.«

»Iss lieber nicht zu viel davon, und nimm auch von dem Gemüse und den Oliven«, sagte ich, als Daniele uns wenig später die aromatischen Scheiben auf einem Zinnteller servierte. »Das belastet den Magen sonst zu sehr.«

»Du redest fast schon wie meine Frau.«

»Ach, Unsinn.« Zufrieden registrierte ich, dass er zum ersten Mal unbefangen seine Frau erwähnt hatte. Er machte Fortschritte.

»Was hast du erlebt, gab es wieder so viele Tote?«

»Ja«, sagte ich wahrheitsgemäß. »Es werden, so scheint es, noch immer täglich mehr.«

Dann wechselte ich das Thema, um ihn auf andere Gedanken zu bringen, und berichtete von der Manufaktur *La maschera* und der Venusmaske.

»Masken sind Ausdruck der Seele und der Gefühle«, sagte er. »Eine Venusmaske würde gut zu dir passen, denn auch du strahlst Schönheit aus.«

»Unsinn«, sagte ich abermals und versuchte, mir meine Freude über das Kompliment nicht anmerken zu lassen. »Ich habe sie wieder an ihren Platz gelegt. Sie gehörte mir nicht, und ich mochte sie nicht einfach mitnehmen.«

»Das verstehe ich. Vielleicht hättest du es trotzdem tun sollen.«

»Nun ist es zu spät.«

Wir plauderten noch eine Weile und begaben uns zum ersten Mal seit Tagen früh zur Ruhe.

Am anderen Morgen versuchte ich vergeblich, Maurizio davon abzuhalten, mich auf die Straße zu begleiten. »Ich bin wieder gesund«, sagte er. »Glaub mir, ich habe meinen ganzen Körper nach Anzeichen der Seuche abgesucht, aber nichts gefunden.«

Ich wollte antworten, er solle trotzdem zu Hause bleiben, aber ich kam nicht dazu, denn Daniele erschien und meldete: »Verzeiht, Signorina Carla, da steht ein Fettkloß vor der Tür, der zu Euch möchte.«

Maurizio fragte: »Was für ein Fettkloß?«

Daniele hob hilflos die Hände. »Er sagt, er heißt Latif, und er möchte unbedingt zu der Pestärztin.«

»Hol ihn herein«, sagte Maurizio, bevor ich Einwände erheben konnte.

Es war tatsächlich Latif, der Eunuch, der den Weg zu Maurizios Haus gefunden hatte. Wie er so vor uns stand, ungeschlacht und die Tür fast ausfüllend, sah ich erst, mit welchem Riesen ich es gestern zu tun gehabt hatte.

»Ich grüße Euch, Herrin, und auch Euch, Dottore«, sagte er mit seiner hellen Stimme.

»Herrin?«, fragte Maurizio verwundert. »Sagtest du ›Herrin‹ zu Signorina Carla?«

»Er möchte mein Diener sein«, erklärte ich.

»Dein Diener?«

»Ja, aber ich brauche keinen. Außerdem kann ich mir so etwas nicht leisten, das habe ich ihm ...«

»Halt, nicht so schnell.« Maurizios Miene wurde nachdenklich. Er legte die Fingerspitzen aneinander, überlegte eine Weile und sagte dann: »Ein Diener ist nicht das Schlechteste für eine alleinstehende junge Frau. Höre, Latif: Das Wort Diener kommt von dienen, und dienen tut man nicht unbedingt für Geld. Man tut es gern, oder man lässt es. Habe ich recht?«

»Dottore, Ihr seid ein weiser Mann!« Latifs Kulleraugen leuchteten. »Natürlich habt Ihr recht. Aber ein Diener, der ohne Lohn arbeitet, ist ein Sklave. Wollt Ihr mich zum Sklaven meiner Herrin machen?«

Ich fuhr dazwischen: »Du bist weder mein Diener noch mein Sklave, Latif, und du wirst es auch niemals sein.«

»Dann muss ich den Doktor bitten, ihm dienen zu dürfen, doch zuvor erlaubt mir, Euch ein Geschenk zu überreichen. Ich denke, es wird Euch bekannt vorkommen.« Er griff mit großer Geste unter sein wallendes weißes Gewand und holte die goldene Venusmaske hervor.

»Wie bist du an sie gekommen?«, fragte ich, überrascht und verwundert zugleich.

Latif grinste und zuckte vielsagend die Schultern. »Ich bin, wie ich Euch schon sagte, ein Geschöpf Allahs, und Allah ließ mich wissen, ich solle die Maske zu Euch tragen. Macht Ihr mich nun zu Eurem Diener?«

Ich schaute zu Maurizio hinüber, und mein Blick muss ziemlich hilflos gewesen sein, denn er schmunzelte und sagte: »Erfülle ihm doch seinen Wunsch.«

»Aber ich habe kein Geld!«

Latif trat schnell einen Schritt vor, was die Dielen unter seinen Füßen ächzen ließ. »Das lasst nur meine Sorge sein, Herrin! Ich bin sehr geschäftstüchtig. Wenn Ihr mich zum Diener macht, habt Ihr auch immer Geld. Hier, nehmt Eure Maske.«

Er drückte sie mir, ehe ich es verhindern konnte, in die Hand und verbeugte sich tief.

»Danke«, stotterte ich.

»Latif kann die Kammer neben der von Daniele haben«, sagte Maurizio. »Solange du willst, Carla.«

»Aber irgendwann muss ich zurück nach Bologna, Maurizio, du weißt doch, warum.«

»Ich weiß, und in dem Fall wäre es gar nicht schlecht, einen so beeindruckenden Begleiter wie Latif zu haben. Wo wir gerade von Bologna reden: Ich habe den gestrigen Tag genutzt, um das Gutachten für Professor Aldrovandi zu schreiben. Es ist ein ziemlich umfangreiches Schriftstück geworden. Ich wollte es schon lange erledigen, aber du weißt ja selbst, was in der letzten Zeit zu tun war.«

»Ja«, sagte ich, »das weiß ich.« In der Tat hatte ich mich schon manches Mal gefragt, wann Maurizio endlich zur Feder greifen würde, aber ich hatte ihn nicht drängen wollen. Dass er es nun so rasch getan hatte, war mir auch wieder nicht recht. »Warum sind die Kräuter *amomum* und *costus* eigentlich so unerlässlich im Theriak?«, fragte ich. »Um ihre Notwendigkeit ist in Bologna fast ein Glaubenskrieg entstanden.«

»Das überrascht mich nicht«, antwortete Maurizio. »Ich habe mein halbes Leben lang mit beiden Kräutern experimentiert, bis das Ergebnis eindeutig war: Ohne die Drogen ist der Theriak wirksam, mit ihnen jedoch wirksamer. Eine ganz einfache Erkenntnis. Es ist wie mit der Hefe: Bier und Kuchen wären ohne sie genießbar, doch mit ihr werden sie erst zu dem, was sie sind. Ähnlich habe ich es auch in meinem Gutachten ausgedrückt. Natürlich sehr viel wissenschaftlicher, damit es die Zweifler beeindruckt und seinen Zweck erfüllt.« Er lächelte. »Der Mensch neigt nun einmal dazu, Einfaches für simpel und Kompliziertes für klug zu halten. *Meno dici, meno sbagli.*«

»So ist es.« Ich nickte verständnisvoll und spürte gleichzeitig Wehmut. »Dann werde ich wohl morgen, spätestens übermorgen heimreisen müssen.«

Maurizio legte seine Hand auf meine. »Verstehe mich nicht

falsch. Wenn es nach mir ginge, würdest du überhaupt nicht reisen, du würdest hierbleiben und mich mit deinem Anblick weiter erfreuen. Aber ich kenne dich: Es wäre zwecklos, dich dazu überreden zu wollen. Genauso gut könnte ich versuchen, Wasser den Fluss hinaufzuleiten. Also halte ich dich nicht auf und lasse dich, wenn auch schweren Herzens, gehen. Doch bevor du mich verlässt, haben wir beide einer Einladung zu folgen.«

»Einer Einladung, wir beide?«

»Am kommenden Sonntag, also in drei Tagen, erwartet uns der Doge von Venedig nach der Messe in seinen Privatgemächern.«

»Du meinst Alvise Mocenigo I.?«

»Genau den meine ich.«

»Aber was will er denn von uns?«

Maurizio zuckte die Schultern. »Ich habe keine Ahnung. Aber ich denke, das wird er uns noch früh genug sagen. Bis dahin müssen wir unserer Arbeit nachgehen. Mach dich bereit, Carla. Und du, Latif, geh zu Daniele und lass dir deine Kammer zuweisen.«

»Jawohl, Herr.« Latif verbeugte sich und verschwand.

Bald darauf streiften wir wieder durch die Straßen, und das Elend, das wir dort sahen, ließ uns die Einladung des Dogen vergessen.

Am Sonntag, dem 25. Februar 1676, ließen Maurizio und ich uns in unseren besten Kleidern über den Canal Grande rudern. Meine Befürchtungen, wir könnten zu diesem Zweck keine Gondel bekommen, hatte mein väterlicher Freund lachend zerstreut: »Höre, Carla, wenn der Doge etwas befiehlt, kommt das einem Gottesgebot gleich. Nur die Anordnungen des Papstes oder die der höchsten Kaiser und Könige haben ähnliches Gewicht.«

Es war ein schöner Tag, kleine, gluckernde Wellen umspielten die Gondel, und ein frischer Wind vom Meer reinigte den Körper und die Seele. So kam es, dass wir mit erwartungsfrohen Gedanken am Anleger des Markusplatzes festmachten und zum Palast des Dogen hinübergingen. Wir durchquerten den Innenhof, jene Stätte, wo seit Urzeiten das prachtvolle Zeremoniell der Dogenkrönung stattfindet, erklommen die *Scala dei Giganti* genannte Treppe zu den Innenräumen, passierten die beiden kolossalen Skulpturen des Merkur und des Neptun als Verkörperung von Macht und Reichtum der *Serenissima,* wurden von einer Wache gegrüßt und durch mehrere große Räume geleitet.

Jeder einzelne dieser Säle war mit ungeheurem Prunk ausgestattet. Feuriges Rot, sattes Grün und intensives Blau unter üppigen Goldornamenten verwöhnten und verwirrten das Auge. Teppiche von beispielloser Schönheit grüßten von den Wänden. Bilderrahmen unter den Decken fassten die Kunstwerke der berühmtesten Maler Italiens ein, allesamt Motive zeigend, die einzig und allein der Glorifizierung Venedigs dienten.

Schließlich endete unser Weg vor der Tür des Kartenraums, wo die Wache nochmals grüßte und uns mit einer einladenden Geste aufforderte hineinzugehen.

Drinnen wartete eine Überraschung auf uns, denn wir waren keineswegs die einzigen Gäste. Elf Herren saßen in ihren prächtigsten Kleidern da, hüstelten, scharrten mit den Füßen und unterhielten sich leise. Sie schienen auf den Dogen zu warten. Auch uns wurde ein Platz zugeteilt, nachdem Maurizio seine Einladung vorgewiesen hatte. Wir setzten uns, und Maurizio flüsterte mir zu: »Es sind Kollegen. Ein erlauchter Teil der Ärzteschaft Venedigs ist hier versammelt.«

»Was hat das zu bedeuten?«, wisperte ich.

»Ich weiß es nicht. Aber wir werden es gleich erfahren. Da kommt der Doge.«

Ein streng aussehender Herr in purpurfarbenem Umhang mit Hermelinkragen und auffallend großen goldenen Knöpfen betrat gemessenen Schrittes durch eine Seitentür den Raum. Auf dem Kopf trug er als Zeichen seiner Würde den Corno, eine steife Kappe mit einer nach hinten ragenden, hornartigen Spitze, darunter eine Mütze aus feinem weißem Leinen, die bis über seine Ohren reichte. Ich hatte einen so seltsamen Aufzug noch nie gesehen und starrte den Dogen unverwandt an.

Ein kleiner Stoß von Maurizio erinnerte mich an die gebotene Schicklichkeit. Ich wandte meinen Blick von dem Dogen ab und betrachtete sechs in schlichtes Schwarz gekleidete Bedienstete. Ihr Gesichtsausdruck war feierlich, ihre Haltung steif, jeder von ihnen hielt zwei dunkelblaue Brokatkissen in den Händen.

Messer Alvise Mocenigo I., der hochzuverehrende 85. Doge der *Serenissima Repubblica di San Marco,* Vornehmster der Vornehmen und Sieger der Seeschlacht von Lepanto, ging zur Stirnseite des Raums, wo er auf einem goldenen Stuhl vor einer wandfüllenden Seekarte Platz nahm. Seine Augen wanderten über die Sitzreihen, er schien zufrieden mit dem, was er sah. Er nickte den an den Türen stehenden Dienern zu, sie zu schließen, und räusperte sich. »*Buongiorno, professores e dottores*«, sagte er. »Ich freue mich, dass Ihr meiner Einladung gefolgt seid. Da Ihr alle darüber informiert wurdet, was der Anlass für diese Versammlung ist, will ich mir lange Vorreden ersparen.«

Ich blickte Maurizio fragend an, aber der zuckte mit den Schultern. Offenbar hatte er nur die Einladung bekommen, keine weiteren Erklärungen.

»Venedig, unsere geliebte *Serenissima,* hat die schwersten Stunden seit der alles vernichtenden Pest von anno 1348 zu erdulden. Wie damals, als die Seuche, vom Schwarzen Meer im Osten kommend, über uns herfiel, sind Tausende von Toten zu beklagen. Die Lebensadern unserer Stadt drohen zu versiegen, kein Schiff darf mehr hinausfahren, keines mehr unseren Hafen anlaufen. Die Landwege sind versperrt, keine Nahrung erreicht uns mehr. Das Wenige, was wir noch haben, sind die dürftigen Vorräte in den Speichern und das Meeresgetier in der Lagune. Mit jedem Tag, den Gott werden lässt, fällt es uns schwerer, zu widerstehen.«

Er redete noch eine Weile so weiter und beschrieb die hoffnungslose Lage der Stadt, die wir alle nur zu gut kannten. Schließlich, als schon der eine oder andere Zuhörer zu ermüden begann, wurde seine Stimme wieder lauter, und er sagte: »Aber auch diesmal wird es eine Zeit nach der Seuche geben, und auch diesmal wird unsere *Serenissima* ihren Namen früher oder später wieder zu Recht tragen. Bis es so weit ist, mögen noch Wochen oder Monate vergehen, aber unser Venedig ist stark. Die *Serenissima* ist die Königin der Meere, denn sie ist ein Schiff aus Tapferkeit und Ausdauer, unsinkbar seit über tausend Jahren.«

Er machte eine Pause und redete weiter: »Dass Venedig unsinkbar ist, verdanken wir alle auch Euch, den Medici der Stadt, die täglich um das Überleben unserer Bürger kämpfen. Männer wie Euch gilt es zu ehren, um ein Zeichen zu setzen, auf dass der Mut und der Wille, zu bestehen, uns alle nicht verlasse. Der Rat der Zehn und ich haben deshalb im Beisein des *Avogado di comun* beschlossen, Euch eine Dankesmedaille und eine Urkunde zu überreichen. Das soll nun geschehen.«

Abermals öffnete sich die Seitentür, diesmal, um einige der Nobelsten des venezianischen Adels einzulassen. Es waren samt und sonders Männer, deren Familienname untrennbar mit dem Glanz der Stadt verbunden war. Nacheinander nahmen sie jeweils eine der Medaillen auf, übergaben sie dem Dogen, woraufhin dieser den Namen des zu Ehrenden aufrief und ihm anschließend die Auszeichnung um den Hals hängte. Nachdem der Geehrte die Medaille empfangen hatte, nahm er die Urkunde entgegen und setzte sich wieder auf seinen Platz.

Maurizio wurde als einer der Letzten aufgerufen, ging nach vorn und empfing seine Würdigung. Danach setzte er sich wieder zu mir, ein Lächeln im Gesicht, und flüsterte: »Der

Doge bat mich während der wenigen Worte, die er mit mir wechselte, ich möge nach der Feierlichkeit noch einen Moment bleiben – zusammen mit meiner Begleiterin.«

»Was hat das zu bedeuten?«

»Ich weiß es nicht.«

Wir mussten noch einige Zeit warten, denn nach der Vergabe der Medaillen ließ der Doge es sich nicht nehmen, mit den Doktoren noch ein wenig zu plaudern, ihnen alles Gute zu wünschen, vor allem natürlich Gesundheit und Widerstandskraft gegen die Seuche.

Endlich war auch das letzte Wort gesagt, und Maurizio und ich gingen zum Dogen, der noch immer auf seinem goldenen Stuhl saß und uns huldvoll heranwinkte. »Dottore«, sagte er, »wie Ihr vielleicht schon gelesen habt, trägt Eure Medaille die Aufschrift *Fortitudine et Constantia pro Venetia, Anno 1576*, doch wie mir zu Ohren kam, habt nicht nur Ihr in diesen Tagen Tapferkeit und Ausdauer für Venedig bewiesen, Eure Assistentin hat sich auf die gleiche Weise hervorgetan.« Er wandte sich direkt an mich und fragte mit ernster Feierlichkeit: »Wie ist Euer Name, Signorina?«

»Carla Maria Castagnolo, Eure Exzellenz«, antwortete ich mit klopfendem Herzen. Ich trug nur eines der einfachen Kleider, die ich auf die Reise nach Venedig mitgenommen hatte, und schämte mich in diesem wichtigen Augenblick dafür.

»Signorina Carla, vielleicht wundert Ihr Euch, dass ich zwar um Eure Verdienste weiß, nicht aber Euren Namen kannte. Nun, seid versichert, unter normalen Umständen würde ich alles über Euch wissen, aber die Zeiten sind nicht danach. Immerhin drang über das gemeine Volk bis zu mir die Kunde von Eurem unermüdlichen Einsatz an der Seite unseres berühmten Doktor Sangio. Ich bedaure, Euch keine Medaille geben zu können, aber ich darf es nicht. Ihr seid eine tüchtige Chirurgin, aber kein Arzt. Und Ihr seid eine Frau. Doch Venedig möchte sich erkenntlich zeigen, nehmt deshalb diesen Beutel mit hundert Scudi d'Oro an Euch – zehn Scudi für jeden Finger Eurer segensreichen Hände.«

Er nahm einen ledernen Beutel von einem der Bediensteten entgegen und gab ihn mir. »Es ist nur Geld, aber Geld kann viel bewegen, gerade in der heutigen Zeit. Venedig weiß seine Freunde zu schätzen, Signorina Carla.«

»Danke, Eure Exzellenz«, hauchte ich.

»Kann ich sonst noch etwas für Euch tun?«

»Nein«, sagte ich.

»Vielleicht doch«, meldete sich Maurizio hinter mir. »Verzeiht, Exzellenz, wenn ich mich einmische, aber Signorina Carla will in den nächsten Tagen zurück in ihre Vaterstadt Bologna reisen. Sie braucht eine Sondererlaubnis, um Venedig verlassen zu dürfen.«

»Ich werde das veranlassen.«

»Sie wird von ihrem Diener Latif begleitet werden, einem osmanischen Eunuchen, der grausam im Gesicht entstellt wurde und vor den Häschern Murads III. fliehen musste. Könnte die *Serenissima* ihn vor möglicher Verfolgung bewahren?«

»Ich bin kein Freund der Osmanen. Alles, was von ihnen kommt, ist von Übel. Zusammen mit den Spaniern und den Päpstlichen habe ich sie bei Lepanto geschlagen. Keine fünf Jahre liegt das zurück, und schon wieder dehnen sie ihren Machtbereich aus. Die vielköpfige Hydra ist harmlos gegen sie.«

»Natürlich, Exzellenz.«

»Andererseits ist jeder Feind der Osmanen unser Freund. Auch wenn es sich nur um einen Diener handelt. Ich will deshalb dafür sorgen, dass besagter Latif ein beglaubigtes Schriftstück erhält, das ihm bescheinigt, der Diener von Signorina Carla zu sein und überdies ein Freund der *Serenissima Repubblica di San Marco*. Das mag ihm bei Gelegenheit helfen.«

»*Sissignore,* Exzellenz«, sagten Maurizio und ich wie aus einem Munde.

Alvise Mocenigo I. lächelte dünn. »Venedig liegt am Boden,

aber es versteht noch immer, zu danken. Ihr dürft jetzt gehen. Ich wünsche Euch Gottes Segen.«

»*Parimenti*, Exzellenz.« Wir verbeugten uns tief und verließen den Kartenraum.

Schon zwei Tage später rückte der Zeitpunkt des Abschieds heran. Wir standen im Innenhof von Maurizios Haus und kämpften mit unseren Gefühlen. »Ich habe ein schlechtes Gewissen«, sagte ich. »Was ich auch tue, es ist das Falsche. Gehe ich jetzt, lasse ich dich im Stich, bleibe ich, erfülle ich nicht meinen Auftrag.«

»Du lässt mich nicht im Stich«, sagte Maurizio. »Du hast mir viel mehr gegeben, als ich jemals erwarten durfte.«

»Bitte, sag so etwas nicht.«

»Es ist die Wahrheit.«

Daniele, der Capo und ein riesiges Maultier am Zügel hielt, nickte heftig. »Der Dottore hat recht, Signorina. Wollt Ihr es Euch nicht noch einmal überlegen und hierbleiben?«

»Nein«, sagte ich forscher als beabsichtigt. »Ich muss zurück, es hilft nichts. Ihr kommt auch ohne mich zurecht, jetzt, wo Mirjam euch zur Seite steht.«

Dieses Argument konnten weder Daniele noch Maurizio abschwächen, ohne Mirjam, die mit in unserer Runde stand, zu verletzen. Stattdessen meldete sich Latif, der schnaufend neben dem für ihn vorgesehenen Maultier stand. »Und ich werde der Herrin zur Seite stehen und darauf achten, dass ihr die hundert Scudi d'Oro des Dogen nicht gestohlen werden.«

»Nanu«, sagte ich, »woher weißt du, dass der Doge mir Geld geschenkt hat?«

»Ein guter Diener muss alles wissen, Herrin.«

»Ein guter Diener weiß vielleicht alles, aber er sagt es nicht«, korrigierte Maurizio.

»Ein guter Diener kann schweigen«, sagte Daniele. »Ich muss es wissen.«

»Tugend beginnt mit Schweigen«, sagte Mirjam.

»Ja, ja, ja, hackt nur alle auf mir herum.« Latif blickte in komischer Verzweiflung zum Himmel. »Aber der Amboss ist an die Schläge des Hammers gewöhnt, das sage ich euch. In jedem Fall kann die Herrin sich auf mich verlassen. Wann geht es denn endlich los?«

Wir lachten, und Maurizio sagte: »Auf ein letztes Wort, Carla, komm bitte in meinen Behandlungsraum.« Er ging vor, und ich folgte ihm mit gemischten Gefühlen. »Was gibt es denn?«, fragte ich.

»Hier, für dich.« Er gab mir eine lederne Tasche, deren Gewicht mich überraschte. »Was ist denn darin?«

»Lass dich überraschen.«

Ich öffnete die Tasche und erblickte eine Reihe von blitzenden Instrumenten: Skalpelle, Sonden, Haken, Sägen, Scheren und Nadeln. »Ein chirurgisches Besteck«, sagte ich erstaunt. »Das kann ich nicht annehmen!«

»Das musst du sogar annehmen. Oder willst du mir den Abschied noch schwerer machen, als er ohnehin schon ist?« Maurizio lächelte.

»Nein, natürlich nicht.« Ich nahm die Instrumente heraus und prüfte ihre Schärfe und Beschaffenheit. »Sie gehören zu dem Besten, was ich jemals gesehen habe. Was macht dich eigentlich so sicher, dass ich sie in Bologna benutzen können werde? Bologna ist nicht Venedig, es herrscht kein Ausnahmezustand dort.«

»Wer so mit Leib und Seele Ärztin ist wie du, der wird sicher Mittel und Wege finden.«

»Danke, Maurizio.«

»Ich danke dir auch – für alles.«

Eine Pause entstand, in der wir beide unsere Verlegenheit zu überspielen versuchten, indem wir angelegentlich die Instrumente betrachteten. Dann machte Maurizio den Anfang: »Es hilft nichts, Carla, ich fürchte, du musst jetzt gehen. Wenn du jetzt nicht gehst, wirst du niemals gehen.«

»Ja, Maurizio«, sagte ich, »das glaube ich auch.«

»Komm her.« Er stand auf und umarmte mich. »Es mag seltsam klingen, aber es war eine glückliche Zeit mit dir. In dir ist meine Tochter wieder auferstanden, jedenfalls für eine kurze Zeit. Du hast mir mein Gleichgewicht wiedergegeben. Dafür bin ich dir unendlich dankbar.«

Ich schwieg, denn Tränen traten mir in die Augen.

»Pass auf dich auf, ich möchte nicht noch einmal einen lieben Menschen verlieren.«

»Das verspreche ich, Maurizio.«

»Dann ist es gut.« Mit einer raschen Bewegung küsste er mich auf den Mund. »Leb wohl, Carla, lass von dir hören, wenn du Bologna heil erreicht hast. Leb wohl.«

»Leb wohl, Maurizio.«

Wir lösten uns scheu voneinander und gingen wieder hinaus zu den anderen, jeder in seine eigenen Gedanken vertieft.

Draußen wünschten Daniele und Mirjam mir eine gute Reise, während Latif schon das Maultier erklommen hatte.

»Danke«, sagte ich, »Gottes Segen über euch, und möge die Seuche euch verschonen.«

»Ebenso wie Euch, Signorina Carla.«

»Komm, Latif, es geht los.«

»Endlich, Herrin, endlich!«

Die Erde
La terra

Ich brauchte nicht mehr als vier Tage, um nach Bologna zu gelangen. So beschwerlich meine Hinreise nach Venedig gewesen war, so glatt verlief der Weg zurück. Latif erwies sich während der ganzen Zeit als ein lebhafter, wenn auch manchmal etwas vorwitziger Begleiter, der seine Pflichten als Diener alles in allem sehr ernst nahm.

Nachdem wir am ersten Tag dank des Passierscheins von Alvise Mocenigo I. ohne Probleme aus Venedig hinausgekommen waren, sagte er zu mir: »Jetzt ist das Schlimmste überstanden, Herrin, die Pesthöhle liegt hinter uns. Lasst uns von nun an jeden Tag genießen.« Er streckte seinen massigen Leib, gab seinem Maultier einen aufmunternden Klaps und blickte vergnügt aus seinen schwarzen Kulleraugen. Die Leichen, die am Wegrand lagen, schien er nicht wahrzunehmen. »Warum nehmt Ihr nicht den Schleier ab, Herrin? Ich habe Euer Gesicht noch niemals richtig gesehen.«

Ich antwortete nicht.

»Herrin?«

»Ich zeige mein Gesicht nicht gern.«

»Aber warum denn nicht? Das Gesicht spiegelt die Seele wider, und Ihr habt eine gute Seele, das habe ich gleich gemerkt, obwohl Ihr bei unserer ersten Begegnung die grässliche Pestmaske trugt.«

Ich seufzte. Angesichts der Tatsache, dass ich mein Leben von nun an mit ihm verbringen würde, war es wohl nur eine Frage der Zeit, bis er mein Feuermal entdeckte. Da konnte ich es ihm auch gleich zeigen.

Ich nahm das Barett mit dem Schleier ab und blickte ihn an.

»Bei Allah, Ihr habt ein, äh, ungewöhnliches Gesicht, Herrin!«

»So kann man es auch nennen.«

»Oh, versteht mich nicht falsch. Ich finde es hübsch, es hat eine Rubinseite und eine Kristallseite. Nicht jede Frau trägt eine solche Zier.«

Da ich ihn noch nicht gut kannte, hielt ich es für möglich, dass er mir nur schmeicheln wollte, auch wenn ich den Vergleich mit den Edelsteinen sehr fantasievoll fand. Ich setzte mein Barett wieder auf und sagte: »Ich bin mit dem Feuermal geboren. Du aber bist sicher nicht mit einer verstümmelten Nase auf die Welt gekommen. Wie ist das geschehen?«

»Im Topkapı-Palast geschieht viel, Herrin, und nichts davon dringt an die Außenwelt.«

»Was ist das für ein Palast?«

»Der Sitz des Sultans in Konstantinopel. Er wird Yeni Sarayı genannt. Die Anlage ist eine eigene Stadt für sich, sein Herz ist der Harem. Hunderte von Frauen leben dort.«

»Erzähl mir mehr davon.«

»Gern, Herrin, aber nicht jetzt. Bitte, entschuldigt mich.«

Latif hielt sein Maultier an und glitt ächzend aus dem Sattel. Dann prüfte er den Stand der Sonne und verschwand hinter einem kleinen Hügel. Ich starrte ihm verwundert nach und hörte plötzlich einen seltsamen, kehligen Singsang: »*Allah akbar ... ashadu annaha lahilaha illa'llah ... lahila il Allah Mohammad ressul Allah ... anna ... illa'llah ...*«

Ich konnte mir keinen Reim darauf machen und fragte Latif nach seinem seltsamen Gebaren, nachdem er zu mir zurückgekehrt war.

»Ich habe gebetet, Herrin. Ich bin muslimischen Glaubens und deshalb angehalten, Allah, den Erbarmer, den Barmherzigen, fünfmal am Tag anzurufen und zu preisen.«

»Das wusste ich nicht.«

»Nun wisst Ihr es. Betet Ihr nicht regelmäßig?«

»Doch, meistens schon.« Ich dachte an die Stundengebete der frommen Schwestern von San Lorenzo und daran, dass ich diesem Ritual nicht viel abgewinnen konnte. Ich fand, dass man an alles Mögliche dachte, während man die Glaubensformeln herunterleierte, nur meistens nicht an Gott. Und das wurde ihm nicht gerecht. Ich betete lieber, wenn ich wirklich das Bedürfnis dazu hatte.

»Wie ist Bologna, Herrin?«

Ich überlegte. Noch nie war ich aufgefordert worden, meine Vaterstadt zu beschreiben. »Nun, Bologna hat alle Stärken und Schwächen eines Menschen. Die Stadt wird *la grassa,* ›die Fette‹, gerufen, weil man in ihren Mauern so üppig speist, oder *la dotta,* ›die Gelehrte‹, weil sie die älteste Universität Europas beherbergt. Man könnte sie aber genauso gut *la brada,* ›die Wilde‹, *la splendida,* ›die Prächtige‹, oder *la iniqua,* ›die Ungerechte‹, nennen. Es sind die Menschen in ihrer Unterschiedlichkeit, die sie prägen.«

»Das klingt, als könne dort jedermann machen, was er will?«

»Manchmal, viel zu oft, ist es auch leider so.«

»Macht Euch trotzdem keine Sorgen, Herrin, denn jetzt bin ich an Eurer Seite.«

Abends schlug Latif zwei Zelte auf, ein kleines für mich, ein großes für sich, und verkündete, das Geld für eine Herberge könnten wir uns sparen. Er wolle ein schönes Feuer machen und die Suppe erhitzen.

»Welche Suppe?«, fragte ich überrascht, denn wir führten nur Brot, Käse und etwas Wein als Wegzehrung mit uns.

»Die Suppe, die ich vorhin in dem kleinen Dorf besorgt habe.«

Ich erinnerte mich, dass wir ein paar Stunden zuvor einen Marktflecken durchquert und dort eine Rast eingelegt hatten. »Davon habe ich gar nichts bemerkt.«

»Das solltet Ihr auch nicht, Herrin. Ich wollte Euch überraschen. Die Suppe habe ich einer alten Bäuerin abgekauft. Sie hat gefeilscht, als hinge ihre Seele davon ab, aber letztendlich habe ich einen guten Preis für uns herausgeschlagen.«

»Hattest du denn Geld?«

»Aber ja, das wisst Ihr doch, Herrin. Die hundert Scudi d'Oro des Dogen.«

»Was? Du hast mein Geld genommen, um Suppe zu bezahlen?«, rief ich empört. »Wie konntest du das tun!«

»Aber Herrin.« Latif wirkte erschreckt. Dann blickte er mich treuherzig an. »Ich habe das Geld doch für uns ausgegeben, war das etwa nicht richtig?«

»Nun, ja.« Ich suchte nach Worten. »Dass du für uns beide etwas zu essen gekauft hast, war sicher nicht falsch. Aber die hundert Scudi gehören mir. Du hättest mich fragen müssen, bevor du etwas davon nahmst.«

»Ja, Herrin. Es tut mir leid.«

»Wie viel hast du denn für die Suppe bezahlt?«

»Nur fünfzehn Scudi, Herrin.«

»Was? Sag das noch einmal!«

»Fünfzehn Scudi …«

»Bist du von Sinnen? Weißt du eigentlich, was ein einziger Scudo d'Oro wert ist? Davon könntest du Monate, ach, was rede ich, wahrscheinlich sogar ein halbes Jahr lang jeden Tag für uns Suppe kaufen! Du hast dich übers Ohr hauen lassen von der Alten!« Ich wurde mit jedem Satz wütender, und mit jedem Satz schien Latif mehr in sich zusammenzusinken. Er stand da wie ein riesiges Häufchen Elend. Er wirkte so zerknirscht, dass er mir schon fast leidtat. »Es scheint, als sei es mit deiner Geschäftstüchtigkeit, von der du vollmundig sprachst, doch nicht so weit her.«

»Ich habe im Haus der Glückseligkeit nur ein geringes Pantoffelgeld bekommen, Herrin.«

»Pantoffelgeld?«

»So nennt man im Harem das Taschengeld, weshalb mein Wissen um den Wert einer Münze vielleicht nicht ganz so groß ist. Aber beim nächsten Mal, das schwöre ich bei Allah, dem Gerechten, dem Unbestechlichen, der die Alte mit seinem Zorn strafen möge, mache ich es besser!«

»Mache erst einmal die Suppe«, sagte ich.

Einige Zeit später, nachdem Latif vergeblich versucht hatte, mit Stahl und Stein Feuer zu schlagen und sich daraufhin Glut von einem nahe gelegenen Gehöft besorgen musste, setzten wir uns nieder und aßen.

Es war die teuerste Suppe meines Lebens.

Am zweiten Tag unserer Reise brachte ich das Gespräch wieder auf den Topkapı-Palast, denn mich interessierte, was Latif dort erlebt hatte. »Ach, Herrin«, sagte er, »das Haus der Glückseligkeit, wie der Harem genannt wird, birgt gar nicht so viel Glückseligkeit. Jedenfalls nicht für einen unbedeutenden Eunuchen, wie ich einer war. Ich stand am unteren Ende der Rangordnung, meine Aufgabe war es, einer der Lieblingskonkubinen des Sultans die Arme mit Rosenöl zu massieren. Diese Kadine, wie sie genannt werden, war sehr zänkisch und machte mir das Leben zur Hölle. Sie hieß Afet, was ›hübsche Frau‹, aber auch ›Naturkatastrophe‹ bedeutet. Beides traf in hohem Maße auf sie zu.«

»Du musstest dieser Afet nur die Arme massieren?«, vergewisserte ich mich.

»Ja, für die Beine war ein anderer Eunuch zuständig, für den Körper ein dritter und für den Kopf wiederum einer. Der Kopfmasseur musste besonders behutsame Hände haben, denn schon bei der geringsten Ungeschicklichkeit lief er Gefahr, ausgepeitscht zu werden. Es gibt für alles und jedes im Haus der Glückseligkeit einen Diener, nicht nur bei der Körperpflege der Kadinen.«

»Das muss ein seltsames Haus sein.«

»Wenn Ihr darin lebt, ist es völlig normal. Die Hierarchie geht einem in Fleisch und Blut über, meistens jedenfalls.«

»Was meinst du damit?«

»Nun, Herrin« – Latif grinste –, »es ist wohl so, dass ich nicht immer so demütig war, wie der Kizlar Ağası es gern gesehen hätte. Um Eurer Frage zuvorzukommen: Der Kizlar Ağası ist der Oberste der Schwarzen Eunuchen. Er konnte mich nicht gut leiden, ebenso wie Afet.«

»Hast du den beiden die Verstümmelung deiner Nase zu verdanken?«

»Nun, Herrin, fest steht, dass ich Euch meine Errettung aus der Pesthöhle Venedig verdanke. Doch entschuldigt mich bitte, es ist Zeit, Allah zu preisen.« Er brachte sein Maultier zum Stehen, saß ächzend ab und griff unter sein weites Gewand. Zu meiner Überraschung holte er ein starkes, bunt gemustertes Tuch hervor und erklärte, als er meinen fragenden Blick sah: »Das ist mein Gebetsteppich, Herrin. Ich trage ihn immer am Körper, eng um den Leib gewickelt, damit er mir auf keinen Fall abhandenkommt.« Dann suchte er sich wieder eine geeignete Stelle im Gelände, richtete den Teppich nach Osten aus und verrichtete sein Gebet.

Als er fertig war, sagte er: »Ich glaube, dies ist ein guter Ort zum Rasten. Lasst mich eine Pferdedecke ausbreiten, damit wir essen können.«

Aber es ist doch noch gar nicht Mittagszeit?«

»Das macht nichts, Herrin. Wenn es ums Essen geht, folge ich immer dem Befehl meines Magens.«

»Aber mein Magen sagt mir, dass es noch nicht so weit ist.«

Latif legte den Kopf schief. »Vielleicht sollten unsere Mägen das allein ausfechten, Herrin? Eurer schweigt, aber meiner knurrt. Ich glaube, er hat die besseren Argumente.«

Ich lachte.

»Seht Ihr, da habe ich Euch zum Lachen gebracht. Ein guter Diener bringt seine Herrschaft zum Lachen.«

»Das hast du schon einmal gesagt.«

»Das kann schon sein, Herrin. Rasten wir nun?«

»Wenn du es unbedingt willst, ja.«

Am Nachmittag erzählte er wieder von seinem Leben im Harem. Er sprach über die feinen und fremdartigen Speisen, deren Außergewöhnlichkeit an die Dekadenz römischer Festmähler erinnerte, über die Kunst der Kalligraphie, des Gesangs und des Tanzes, über die Badegewohnheiten von Murad III. und seinen erlesenen Geschmack, was Frauen anbetraf, über die Architektur des Topkapı-Palastes, seine Gebäude, seine vier Höfe und die dazugehörenden Tore, über die prachtvollen Moscheen Istanbuls, von denen besonders die Süleyman-Moschee mit ihren sechs Minaretten hervorzuheben sei, und schließlich über die Lehre des islamischen Glaubens sowie über die Zufriedenheit und Geborgenheit, die dieser Glaube vermittle.

Ich entgegnete, der christliche Glaube vermittle all das im selben Maße, und wir stellten fest, dass die Unterschiede zwischen beiden Religionen gar nicht so groß sind, wie immer behauptet wird, zumal es sich bei dem Allmächtigen und bei Allah um ein und dieselbe Göttlichkeit handelt.

Dann sprach er über die Kleider, die am Hofe des Sultans getragen werden, und entführte mich in eine neue Welt der Formen, Farben und Schnitte. Er schilderte alles auf das Lebhafteste und beließ es nicht nur bei der Theorie, sondern bestand tatsächlich darauf, mir zu zeigen, wie man kunstvoll einen Turban wickelt. »Es gibt verschiedene Techniken, Herrin«, sagte er, »je nachdem, ob man einen oder mehrere Stoffstreifen verwendet. »Darf ich?«

Er wickelte mir eine rosafarbene Stoffbahn um den Kopf und klatschte vor Vergnügen in die Hände, als er das Resultat seiner Bemühungen betrachtete. »Wartet, Herrin«, sagte er, »ich habe einen kleinen Spiegel, eine polierte Messingscheibe, dabei. Ihr werdet staunen, wie gut Euch die Kopfbedeckung steht.«

Er wollte zu seinem Maultier gehen, aber ich hielt ihn auf. »Lass nur, Latif, bleib hier. Erzähle mir mehr über Turbane.«

»Wie Ihr wünscht, Herrin. Aber es ist schade, dass Ihr Euch

nicht betrachten wollt. Ich versichere Euch, Ihr seid noch schöner als Schehrezâd.«

»Wer ist das?«

»Schehrezâd? Ach, das könnt Ihr ja nicht wissen. Es handelt sich dabei um die junge Erzählerin von *Alf laila waleila*. Ihr Zuhörer war der König Schehrijâr, der die grausame Angewohnheit besaß, sich jeden Tag aufs Neue mit einer Jungfrau zu vermählen und sie am nächsten Tag enthaupten zu lassen, da er ihrer bereits nach einer Nacht überdrüssig geworden war. Die kluge Schehrezâd indessen verstand es, mit ihrer Erzählkunst den König so zu fesseln, dass er sie nicht tötete. Listig, wie sie war, ließ sie stets das Ende des Märchens offen und versprach, es am nächsten Abend zu erzählen. Auf diese Weise kamen tausendundeine Nacht zusammen. Danach zeigte Schehrezâd dem König die drei Söhne, die sie ihm in dieser Zeit geboren hatte. Schehrijâr war daraufhin höchst entzückt, bewunderte ihre Klugheit und ließ ihr das Leben.«

»Eine hübsche Geschichte über eine Geschichtenerzählerin«, sagte ich.

»Nicht wahr! Wenn Ihr wollt, gebe ich einige ihrer Märchen zum Besten. Ich bin darin, bei aller Bescheidenheit, recht geübt.«

Da ich keine Einwände machte, erzählte er aus *Alf laila waleila* die lehrreiche »Geschichte von dem Frommen und seinem Butterkrug«, die »Geschichte von dem Kaufmann und dem Papageien« und die »Geschichte von dem Geizigen und den beiden Broten«. Als er damit fertig war, sagte er beziehungsvoll: »Was haltet Ihr von einer kleinen Rast, Herrin?«

»Nichts«, sagte ich, und diesmal ließ ich mich nicht erweichen.

Am dritten Tag unserer Reise war mir klar, dass Latif nicht über die Ursache seiner Nasenverstümmelung sprechen wollte, denn als ich ihn fragte, was Afet und der Kızlar Ağası damit zu tun gehabt hätten, wich er aus und erläuterte lang und breit die Hierarchie des Topkapı-Palastes. »An erster und oberster Stelle steht natürlich der Sultan, Herrin«, erklärte er, während wir langsam die Straße nach Süden entlangritten. »Dann folgt die Mutter des Sultans, die Valide Sultan, deren Einfluss ungeheuer groß ist, denn sie sucht die Ikbals für das Schlafgemach ihres Sohnes aus.«

»Ikbals, sind das ... Huren?«, fragte ich.

Latif lachte. »Verzeiht, Herrin, wo denkt Ihr hin. Ikbals sind Haremsdienerinnen, wofür natürlich nur die erlesensten und schönsten Jungfrauen in Frage kommen. Sie stammen nicht aus dem Osmanischen Reich, wie Ihr glauben mögt, sondern aus allen Ländern dieser Welt. Ich habe Mädchen mit roten Haaren aus England gesehen, Blonde aus den skandinavischen Landen und Schwarzhaarige von der Barbareskenküste. Ich habe Kraushaarige gesehen und Glatthaarige, Kurzhaarige und Langhaarige, es gibt nichts, was ich an Haaren nicht gesehen hätte, und das gilt nicht nur für den Kopf.«

Ich wollte das Thema nicht weiter vertiefen und fragte: »Und wer steht unter der Sultan-Mutter?«

»Die Prinzessinnen, Herrin. Vorausgesetzt, sie sind osmanischen Geblüts. Sie werden als Sultanas bezeichnet und führen ein Leben, das an Langweiligkeit nicht zu überbieten ist, wenn man von dem verschwenderischen Luxus, der sie umgibt, einmal absieht. Doch auch Luxus kann langweilig sein, glaubt mir. Stellt Euch vor, es gäbe nichts mehr, was Ihr selber machen müsstet. Nichts, gar nichts, bis hin zu den privatesten Verrichtungen, die täglich vorgenommen werden wollen.«

Auch darüber mochte ich nicht reden, sondern fragte: »Und wie geht es weiter?«

»Dann kommt die Erste Hauptfrau, die Haseki. Sie ist besonders wichtig, denn sie gebärt den Thronfolger. Alle Nachkommen des Sultans sind übrigens legitim, aber es gibt nur einen Thronfolger. Durch ihn wird seine Mutter eines Tages selbst zur Valide Sultan. Sich mit ihr gutzustellen ist klug und weise. Leider habe ich nicht immer danach gehandelt.«

»Was hast du dir denn zuschulden kommen lassen?«

»Ach, es ist nicht der Rede wert, Herrin. Hört lieber, wie es weitergeht: Nach der Ersten Hauptfrau folgen die Konkubinen, die wir, wie gesagt, Kadinen nennen, dann die Euch schon bekannten Haremsdienerinnen, Ikbals, dann die Haremsschülerinnen, die als Palastsklavinnen arbeiten. Sie werden in vielerlei Fertigkeiten unterrichtet, lernen Türkisch lesen und schreiben, dazu häufig Italienisch oder Spanisch, erwerben Geschick in der Herstellung von Näh- und Stickarbeiten, üben Tanzen, Singen und Musizieren. Wenn ihre Ausbildung beendet ist, werden sie an hohe Würdenträger verheiratet, sofern sie nicht im Harem bleiben. Unter ihnen rangieren nur noch die Arbeitssklavinnen, die ebenfalls aus den Ländern der Ungläubigen kommen, weil es verboten ist, Muslime zu versklaven.«

»Und wie steht es mit den Eunuchen?«

»Sie sind geschlechtslos, wie Ihr wahrscheinlich wisst, weshalb sie die einzigen Männer sind, die das Frauenhaus betreten dürfen. Von ihnen geht keine sinnliche Gefahr aus. Ihr Körper ist weich, ihre Seele friedlich. Von Ausnahmen einmal abgesehen. Der Kizlar Ağası ist der Oberste von allen. Er kommt in seiner Bedeutung einer Kadine gleich, allerdings mag das von Sultan zu Sultan verschieden sein. Die meisten Eunuchen sind von schwarzer Hautfarbe, ich hingegen bin weiß.« Latif grinste etwas mühsam. »Ich war, wenn Ihr so wollt, das weiße Schaf unter den Kastraten Murads III.«

»Allmählich kann ich mir deine Rolle vorstellen.« Ich lächelte und sagte: »Du sprachst eben von friedlichen Eunuchen und davon, dass es Ausnahmen gäbe. Auch sagtest du, du hättest dich mit der Valide Sultan nicht gutgestellt. Was meintest du damit?«

»Darüber möchte ich nicht sprechen.«

»Hast du etwa ein Geheimnis vor deiner Herrin?«

»Nein, nein, es ist viel zu unwichtig, als dass es ein Geheimnis sein könnte. Viel wichtiger ist, dass der Magen nach einer Speise ruft. Der Tag neigt sich, wir sollten einen Lagerplatz suchen.«

»Nun gut, es sei, wie du vorschlägst«, sagte ich.

Auch am vierten Tag unserer Reise mochte Latif nicht näher über seine Schwierigkeiten im Harem Murads III. reden, und ich beließ es dabei. Einerseits, weil ich mir sagte, früher oder später würde er ohnehin darüber sprechen, andererseits, weil wir meiner Vaterstadt zusehends näher kamen und meine Gedanken mir vorauseilten. Wir ritten eine Zeitlang parallel zum Reno und zur Savena, die Bologna so reich mit Wasser versorgen, beobachteten, wie das flache Land immer öfter von Häusern und Gehöften unterbrochen wurde, spürten schon von ferne die Betriebsamkeit der großen Stadt, erspähten die ersten ihrer hohen Türme und erreichten sie schließlich, indem wir am frühen Abend an der Porta Mascarella haltmachten, jenem Tor, durch das ich schon bei meiner Hinreise geritten war. Die Posten standen kurz vor dem Wachwechsel, weshalb ihr Interesse an uns eher gering ausfiel. Sie winkten uns durch, und ich lenkte den treuen Capo geradewegs zur Via delle Lame, wo Gaspare in seinem terrakottafarbenen Haus sicher schon voller Sorgen auf mich wartete.

Ich saß ab und befahl Latif, er möge warten und auf die Reittiere aufpassen. Adelmo erschien in der Haustür, näherte sich trippelnden Schrittes und verbeugte sich tief vor mir. »Ich freue mich, dass Ihr gesund aus dem pestverseuchten Venedig zurück seid, Signorina Carla! Ich hoffe, Ihr hattet eine angenehme Reise?«

»Danke, Adelmo.« Der Diener musste nicht unbedingt wissen, wie es mir ergangen war. Eine ausführliche Schilderung meiner Erlebnisse wollte ich mir für Gaspare aufheben. Ich war gespannt auf seinen Gesichtsausdruck, wenn ich ihm das

Gutachten, das ich unter so vielen Mühen und Gefahren besorgt hatte, überreichen würde. »Bitte melde mich bei Doktor Tagliacozzi an.«

Adelmo verzog bedauernd das Gesicht. »Der Doktor ist leider zurzeit nicht anwesend, Signorina. Nur seine Gemahlin. Soll ich Euch …?«

»Nein danke.« Ich hatte Mühe, mir meine Enttäuschung nicht anmerken zu lassen, sagte mir aber, dass es die normalste Sache der Welt sei, Gaspare nicht anzutreffen. Schließlich konnte er nicht jeden Abend zu Hause sitzen und darauf warten, dass ich vielleicht aus Venedig zurückkehrte. Rasch überlegte ich, was am besten zu tun sei. Dann sagte ich: »Bitte richte dem Doktor meine Empfehlung aus, ich wäre seit heute wieder in Bologna und hätte ihn leider nicht angetroffen. Morgen Abend würde ich es noch einmal versuchen. Sollte er dann auch verhindert sein, möge er mir rechtzeitig Bescheid geben.«

»Gewiss, Signorina Carla.«

»Capo und das Maultier meines Dieners bleiben hier.«

»Äh, natürlich.« Wenn Adelmo sich darüber wunderte, dass ich neuerdings einen Diener hatte, so zeigte er es jedenfalls nicht. »Was soll mit dem Gepäck geschehen, Signorina?«

»Es bleibt ebenfalls hier. Es ist zu schwer, als dass Latif es tragen könnte. Sende es mir morgen früh mit einem Wagen in mein Haus.«

»Natürlich, Signorina, gern Signorina.«

Adelmo verschwand mit einer Verbeugung, und alsbald erschien ein Knecht, der den unerschütterlichen Capo und das Maultier zum Stall hinter dem Haus führte. Ein zweiter Bediensteter erschien und schleppte unser Gepäck fort, das Latif ihm mit einladender Geste überließ. »Was geschieht jetzt, Herrin?«, fragte er.

Ich starrte auf Maurizios kostbares Gutachten, das ich selbstverständlich nicht aus der Hand gegeben hatte, und sagte: »Jetzt gehen wir zur Strada San Felice. Dort steht mein

Haus. Aber ich warne dich: Erwarte nichts Hochherrschaftliches. Ich bin zwar eine Bürgerin Bolognas, doch nicht sonderlich begütert.«

»Ihr vergesst die fünfundachtzig Scudi d'Oro des Dogen, Herrin. Wenn ich es recht verstanden habe, ist das eine Unmenge Geld.«

Das war es in der Tat. Aber ich ging nicht auf seinen Hinweis ein, sondern führte ihn eine Abkürzung entlang über die Felder zu meiner Straße. »Der Lärm der Stadt wird geringer«, stellte Latif schnaufend fest. Er hatte Schweißperlen auf der Stirn, denn er war es nicht gewohnt, mehr als hundert Schritte auf einmal zu tun.

»Ja«, sagte ich, »die Geräusche erinnerten mich früher immer an Bienengesumm.«

»Das ist ein hübscher Vergleich, Herrin. Wo wir gerade von Bienen reden: Leider kann ich nicht fliegen. Könntet Ihr nicht etwas langsamer gehen?«

Ich ging etwas langsamer, und das Schnaufen an meiner Seite ließ nach. Nach ein paar Schritten nahm Latif die Unterhaltung wieder auf: »Ist Bologna immer so laut, Herrin?«

»So laut und noch viel lauter. Wir haben heute den zweiten März, in vier Tagen ist Veilchendienstag, *martedi' grasso*, wie wir sagen, dann ist hier Karneval, und die ganze Stadt steht kopf. Danach beginnt mit dem Aschermittwoch die Fastenzeit.«

»Bitte sprecht nicht vom Fasten, ich bin fast verhungert, und mir tun die Füße weh!«

»Darf ich dich daran erinnern, dass du darauf bestanden hast, mein Diener zu werden?«

»Besser nicht, Herrin, ich wüsste darauf keine gescheite Antwort.«

Wir gingen schweigend weiter, bis wir vor meinem Haus ankamen. »Das ist es«, sagte ich. »Hier wirst du mit mir wohnen.«

Latif blieb stehen, schnaufte und kullerte mit den Augen.

Dann sagte er mit dem Brustton der Überzeugung: »Wahrhaftig, Herrin, Ihr seid nicht begütert.«

Am nächsten Morgen – Latif hatte in der kleinen Kammer neben dem Raum für die Hausgerätschaften geschlafen – zeigte ich ihm mein Haus. So stolz ich sonst auf mein kleines Domizil war, so armselig kam es mir an diesem Tag vor, wahrscheinlich, weil ich es ungewollt mit der unermesslichen Pracht des von Latif in den glühendsten Farben geschilderten Topkapı-Palastes verglich. Ich zeigte ihm die vier unteren Räume mit der Küche, dem Werkstattzimmer und dem Abtritt, erklärte ihm die Funktion des Ofens und der Fenster und erläuterte ihm die Bedeutung der altersschwachen Genesis-Abbildungen an den Decken.

»Im Koran gibt es die Schöpfungsgeschichte ebenfalls«, meinte er dazu.

Darüber lagen drei weitere Räume, die von einer nachträglichen Aufstockung des Hauses herrührten. Hier gab es auch einen schmalen Balkon, der nach hinten zum verwilderten Garten hinauswies. Im Garten selbst befand sich der einzige Luxus, mit dem mein Haus aufwarten konnte: ein eigener Brunnen mit kühlem, quellklarem Wasser.

Latif besah sich alles auf das Genaueste, prüfte die Bequemlichkeit der Sitzmöbel, begutachtete Töpfe, Geschirr und Besteck, strich mit den Händen über die wollenen Teppiche, besah sich die Bilder in den schmucklosen Rahmen, befühlte die Kleiderstoffe im Werkstattzimmer und fasste seine Eindrücke schließlich in dem Satz zusammen, den er schon am Vorabend geäußert hatte: »Wahrhaftig, Herrin, Ihr seid nicht begütert.«

Damit hatte er zweifellos recht. Trotzdem verstimmte mich seine Äußerung. »Ich habe auch nie etwas anderes behauptet.«

»Bei Allah, dem Vergebenden, dem Verzeihenden! Natürlich nicht, Herrin. Mein Platz ist an Eurer Seite. Wie könnte ich Euch im Stich lassen in dieser gefährlichen Stadt!«

»So gefährlich ist sie nun auch wieder nicht. Deshalb werde ich mich jetzt allein zum Kloster der frommen Schwestern von San Lorenzo aufmachen. Ich glaube, ich hatte dir erzählt, dass ich dort im Hospital arbeite. Dabei soll es vorerst auch bleiben. Wann ich zurück bin, weiß ich noch nicht. Nimm für mich das Gepäck entgegen, das Adelmo nachher schicken wird, und verstaue die Dinge dort, wo ich es dir gezeigt habe. Kaufe etwas zu essen ein, Brot, Käse, Wurst und Gemüse. Das mag fürs Erste genügen. Aber sieh zu, dass du für alles nicht mehr als ein paar Baiocchi ausgibst. Stadteinwärts findest du in dieser Straße entsprechende Geschäfte.«

»Ja, Herrin, alles soll sein, wie Ihr wünscht.«

Ich ging los, um mich bei der Mutter Oberin zurückzumelden und meinen Dienst wiederaufzunehmen. Der Weg durch die Stadt war mühsam, denn überall strömten die Menschen zusammen, lachten, scherzten, tranken und sangen aus voller Brust. Gaukler waren in die Stadt gekommen, Possenreißer, Feuerschlucker, Jongleure und Antipodisten, die ihre Künste an jeder Ecke darboten. Garküchen waren wie Pilze aus dem Boden geschossen, Maskenverkäufer standen in den Arkaden und boten ihre Ware feil.

Es war schon fast Mittag, als ich meine Arbeit im Hospital aufnehmen konnte, nachdem ich der Mutter Oberin einen kurzen Bericht der in Venedig erlebten Schrecknisse gegeben hatte. Sie dankte Gott dafür, dass er mich hatte überleben lassen, und beglückwünschte mich. Dann hieß sie mich, Schwester Marta im Krankensaal zu helfen.

Am Nachmittag wurden immer mehr Patienten eingeliefert. Sie hatten auf den überfüllten Straßen Brüche und Verstauchungen davongetragen und bedurften jeder freien Hand. Erst am frühen Abend konnte ich meinen Dienst beenden. Da ich Maurizios Gutachten bei mir hatte, beschloss ich, nicht erst nach Hause zu gehen, sondern Gaspare direkt aufzusuchen. Wieder drängte ich mich durch die Menschenmenge. Die ganze Stadt schien mittlerweile auf den Straßen zu sein und die

Nacht zum Tage machen zu wollen. Verschwitzt und erschöpft erreichte ich schließlich das terrakottafarbene Haus. Ein Mann ließ mich ein, den ich erst bei näherem Hinsehen als Adelmo erkannte, denn er trug ein Harlekinkostüm. »Der Herr Doktor und seine Gemahlin geben heute Abend ein kleines Fest«, erklärte er. »Ein paar der erlauchten Professoren des Archiginnasios sind zu Gast. Ich weiß nicht, ob ich jetzt stören darf.«

»Hast du dem Doktor nicht von meiner gestrigen Ankunft berichtet?«, fragte ich erstaunt.

»Aber natürlich, Signorina. Er freut sich, dass Ihr wohlbehalten zurück seid. Nur konnte er deshalb nicht das Fest absagen.«

»Ich möchte ihn sprechen.«

»Signorina Carla, ich weiß nicht ...«

»Ich möchte ihn sprechen, sofort.«

»Gewiss, gewiss.« Adelmo verschwand und ließ mich verärgert zurück. Ich fand, es passte irgendwie nicht zusammen, dass Gaspare feierte, während ich für ihn in Venedig mein Leben aufs Spiel gesetzt hatte. Andererseits, das musste ich einräumen, war das Fest sicher schon seit langem geplant gewesen. Ich beschloss, mir die Laune nicht vergällen zu lassen, und überlegte, als was er sich wohl verkleidet hatte. Ich sollte nicht lange im Ungewissen bleiben, denn er erschien als Faun, als altlatinischer Gott der wilden Natur. Er hatte sich eine blonde Lockenperücke auf den Kopf gesetzt, ansonsten war er nackt bis auf einen knappen Schurz aus Bärenfell. Sein Oberkörper war rasiert und mit Symbolen der Lüsternheit, Phalli und Vulven, bemalt. In der rechten Faust hielt er eine zehnsaitige Laute. »Sei mir gegrüßt, Bleiweißmädchen!«, rief er munter. »Hast du dabei, um was ich dich gebeten habe?«

»Ja«, sagte ich, »das habe ich.«

»Gib es mir.«

Er wollte es studieren, aber ich sagte: »Das Gutachten soll Professor Aldrovandi entlasten, deshalb fände ich es richtiger, wenn er es als Erster liest.«

Gaspare lachte sein amüsiertes Lachen. »Ich bin sein Freund. Freundschaft, das ist eine Seele in zwei Körpern, wie Aristoteles sagt. Ulisse vertraut mir, sonst hätte er sich in dieser Angelegenheit nicht an mich gewandt. Ich will sehen, ob brauchbar ist, was Doktor Sangio schreibt.«

»Natürlich ist es brauchbar!«

»Nanu, warum denn so energisch? Hast du es gelesen?«

»Nein, aber ich bin sicher, dass seine Arbeit exzellent ist.«

Er antwortete nicht, und ich hatte Gelegenheit, ihn eingehend zu betrachten, während er las. Ich fragte mich, was mich an seinem Aufzug störte, aber ich konnte es nicht genau sagen. Wahrscheinlich war es seine Nacktheit, die einst nur mir gehört hatte und die er nun aller Welt offenbarte.

»Das Gutachten wird seinen Zweck erfüllen«, sagte er nach einiger Zeit. »Mein Freund Aldrovandi kann damit zufrieden sein. Es ist die Waffe, die ihm fehlte, um die Apotheker zu schlagen.«

»Ich würde ihm das Schriftstück gern selbst geben«, sagte ich.

»Aber warum denn, Bleiweißmädchen?«

»Vielleicht möchte ich, dass er mir persönlich dankt. Ich finde, das ist das Mindeste, was er tun kann.«

Gaspare schüttelte nachsichtig den Kopf. »Nun bist du aber zu streng, Bleiweißmädchen. Du hast ihm einen Gefallen getan, und damit mir. Ich danke dir. Ich danke dir sogar sehr, das muss dir genügen.«

Ich dachte an die Gefahren, die ich im pestverseuchten Venedig durchgestanden hatte, an das tausendfache Sterben und das grenzenlose Elend, das ich gesehen hatte, die Not, die Trauer, die Verzweiflung, nur um jetzt mit einem kurzen Dank abgefertigt zu werden. »Du meinst, es passt nicht, wenn ich dazukomme?«

Er lachte. »So kann man das nicht sagen. Aber überlege doch einmal. Da drinnen wird ausgelassen gefeiert, und du kämst in Straßenkleidung hinein, gingst schnurstracks zu Ulisse und wolltest einen offiziellen Dank. Das passt doch nicht zusammen, das geht doch nicht.«

»Dann hol ihn her.«

»Bleiweißmädchen, versetz dich bitte in meine Lage. Ich bin der Gastgeber und muss alles dafür tun, damit Ulisse einen gelungenen Abend verlebt, zumal ich ihn als Förderer zur Aufnahme in das hochangesehene Kollegium für Medizin und Philosophie brauche. *Manus manum lavat,* du verstehst?«

Ich verstand gar nichts. Ich verstand nur, dass ich an jenem Abend nicht willkommen war, ein fünftes Rad am Wagen, und ich spürte, wie der Ärger in mir hochstieg. »Ich habe verstanden«, sagte ich. »Leb wohl.«

Ich machte auf dem Absatz kehrt und eilte nach Hause.

Meine Laune wurde auch nicht besser, als ich heimkam und feststellte, dass Latif zwar eingekauft, aber nichts für das Abendessen vorbereitet hatte. »Was hast du eigentlich den ganzen Tag gemacht?«, fuhr ich ihn nicht eben freundlich an.

»Ich habe eingekauft, Herrin.«

»Das sehe ich. Und sonst?«

»Gebetet.«

»Soviel ich weiß, musst du nur fünfmal am Tag beten. Was hast du in der restlichen Zeit gemacht?«

»Ich habe die Händler und die Nachbarn kennengelernt und mit einer Menge anderer Menschen gesprochen. Sie waren alle sehr nett, nachdem ich ihnen gesagt hatte, dass wir vom Dogen Venedigs reich beschenkt wurden und nicht unvermögend sind.«

»Was, du hast ihnen auf die Nase gebunden, dass wir …?«

»Aber natürlich, Herrin. Wer Geld hat, hat Ansehen. Und ich möchte der angesehensten Signorina von ganz Bologna dienen.«

Er sagte das so feierlich ernst, dass ich unwillkürlich lachen musste. »Du bist unmöglich, Latif.«

»Das kann schon sein, Herrin. Aber ich habe Euch zum Lachen gebracht. Ein guter Diener bringt seine Herrschaft zum Lachen.«

Am anderen Tag war Sonntag, der siebte Tag der Woche, an dem die Arbeit ruhen sollte. Aber niemand in Bologna dachte an Ruhe, denn *carnevale* beherrschte die Stadt. *Carnevale* ist ein menschlicher Ausnahmezustand und in allen Lebensbereichen das genaue Gegenteil grauer Arbeitstage – die Zeit im Jahr, in der Verschwendung statt Sparsamkeit regiert, die Zeit der Unmäßigkeit, nicht nur bei leiblichen Genüssen, sondern auch bei Begierden sündiger Art. Das Wort Karneval kommt von *carne*, was Fleisch bedeutet und gleichermaßen die Esslust wie die Fleischeslust meint, mit anderen Worten: Sinnesfreuden und Sinnestaumel, die ihre Buße in der darauffolgenden Entsagung finden.

Das alles erklärte ich Latif, und er sagte: »Auch wir Muslims kennen eine Zeit des Entsagens, Herrin, den Fastenmonat Ramadan. Doch leider geht ihm kein tolles Treiben voraus. Allah hat uns verpflichtet, das ganze Jahr über mäßig zu essen und keinen Alkohol zu trinken und in der Morgendämmerung, sobald ein weißer von einem schwarzen Faden unterschieden werden kann, mit dem Fasten zu beginnen.«

»Das kannst du gerne weiter so halten«, antwortete ich, »aber wenn du in Bologna lebst, solltest du auch den Karneval kennen. Du musst ihn dir vorstellen wie ein großes Spiel, bei dem das Unterste zuoberst gekehrt wird. Die Straßen und Plätze werden zu Bühnen, die Innenstadt zu einem öffentlichen Theater, und die Bolognesi, Darsteller wie Zuschauer, beobachten die Narreteien von den Balkonen der angrenzenden Häuser aus.«

»Oh, Herrin, wollt Ihr damit sagen, dass wildfremde Menschen in unser Haus kommen und von unserem Balkon aus das Geschehen verfolgen werden?«

»Wohl kaum.« Ich musste ob seiner Bestürzung lächeln. »Wir wohnen in unmittelbarer Nähe der Stadtmauer, wohin die großen Umzüge niemals kommen. Hier ist es ruhiger, erst nach ein paar hundert Schritten stadteinwärts belebt sich die Strada San Felice.«

»Allah, dem Weltenklugen, sei Dank!«

»Auch ich bin froh darüber, denn ich müsste sonst die Eindringlinge durch das Bewerfen mit faulen Eiern an ihrem Vorhaben hindern. Natürlich nur halbherzig, wie es der Brauch verlangt.«

»Ihr müsstet halbherzig mit faulen Eiern werfen? Verzeiht, Herrin, aber die Italiener sind ein seltsames Volk.«

»Wenn du Lust hast, mische dich nachher ruhig unter das seltsame Volk. Du wirst wilde Ballspiele sehen und Hetz- und Fangwettkämpfe, außerdem Possen und Parodien und vielerlei mehr. Du wirst Spiele mit vertauschten Rollen erleben, bei denen das Tier zum Menschen wird, die Frau zum Mann oder der Sohn zum Vater. Du kannst einem besonderen Karnevalsgericht beiwohnen, das durch eine ›Regierung‹ und eine ›Missregierung‹ verkörpert wird. Die Regierung tritt dabei in Form eines fetten, rotgesichtigen Tölpels auf, der sich mit einer dürren, sauertöpfischen Frau, der Missregierung, streitet. Die sauertöpfische Frau repräsentiert dabei die kommende Fastenzeit, außerdem den Ausklang des Karnevals am Dienstagabend und die Fastenzeit von Aschermittwoch bis Ostern. Das alles solltest du dir einmal ansehen.«

»Nein, Herrin, lieber nicht. Ich möchte nicht vom Pöbel umgerannt werden.«

»Das verstehe ich. In diesem Fall könntest du die Regale in der Küche ausräumen und dahinter fegen. Du könntest die Zinnteller und Zinnbecher mit Sand scheuern, und du könntest den Herd einmal gründlich von oben bis unten reinigen.«

»Ja, Herrin.« Latifs Stimme klang wenig begeistert. Er ging im Raum hin und her, einen Staubwedel in der Hand, und wischte damit lustlos über die Gegenstände.

Ich tat so, als würde ich nicht auf ihn achten, und beugte mich über mein Frühstück, das an diesem Morgen aus Krustenbrot, Olivenöl und einer mit Salz und Rosmarin gewürzten Eierspeise bestand. Dazu trank ich frisches Wasser aus dem Brunnen hinter dem Haus.

»Wenn ich es recht bedenke, Herrin«, sagte Latif und unterbrach sein rastloses Hin und Her, »ist der Bologneser Karneval sicher ein Stück ganz eigener Kultur.«

»Da hast du wohl recht.«

»Niemand soll sagen, ich würde mich nicht für Kultur interessieren.«

»Nein, niemand.« Ich ahnte, worauf das Ganze hinauslief.

»Vielleicht sollte ich doch in die Stadt gehen, um mir den Trubel anzusehen.«

»Aber eben warst du doch ganz und gar dagegen?«

»Das müsst Ihr falsch verstanden haben, Herrin. Ich war nur ein bisschen dagegen, mehr nicht.«

»Nun gut, dann geh.«

Eine Weile verstrich, in der Latif weiter Staub aufwirbelte.

»Ich werde es tun, Herrin«, verkündete er schließlich. »Aber nur, wenn Ihr mich begleitet.«

»Das kommt nicht in Frage.«

»Warum nicht?«

»Weil, nun, weil …«

»Weil Ihr Angst habt, die Rubinseite Eures Gesichts könnte im Gedränge entdeckt werden?«

So viel Feinfühligkeit hatte ich Latif gar nicht zugetraut. Ich war überrascht. »Vielleicht hast du recht.«

»Natürlich habe ich recht, Herrin.« Er setzte sich zu mir und lächelte schief. »Ich habe meistens recht. Aber Ihr braucht keine Angst zu haben. Denkt an die goldene Venusmaske, die ich Euch in Venedig schenkte. Die könnt Ihr aufsetzen und als Göttin der Schönheit gehen.«

»Nein.«

»Das ist ein bisschen schade, Herrin. Ich wäre stolz gewesen, eine so gutaussehende junge Frau wie Euch begleiten zu dürfen.«

»Unsinn.« Ich aß meine Eierspeise auf und schob den Teller beiseite.

»Wirklich schade.«

»Das sagtest du schon.«

»Sehr, sehr schade.«

»Latif, bitte!«

»Wollt Ihr es Euch nicht noch einmal überlegen, Herrin?«

»Nein.«

»Die Maske steht Euch wirklich gut.«

»Komm mir nicht mit Schmeicheleien. Doch immerhin, äh, vorausgesetzt, ich würde sie tragen, als was würdest du denn gehen?«

Latif lächelte strahlend. »Als das, was ich bin, Herrin: als Eunuch – fett, glatzköpfig und hellstimmig. Jedermann wird mich sofort als solchen erkennen und sich fragen, wie ich in eine so perfekte Verkleidung schlüpfen konnte.«

»Das mag schon sein.«

»Gehen wir nun?«

»In Gottes Namen, ja.«

Das, was ich Latif über den Karneval berichtet hatte, kannte ich größtenteils nur aus Schilderungen, weshalb ich viele der Fragen, die er mir auf dem Weg in die Stadt stellte, nicht beantworten konnte. Aber das fiel nicht weiter auf. Zu groß war das Gedränge um uns herum, zu laut das Stimmengewirr in unseren Ohren. Wir ließen uns mit der Menge treiben und achteten darauf, uns nicht aus den Augen zu verlieren. Eine Weile ging das gut, dann hörte ich Latif plötzlich japsen: »Herrin, bitte, ich kann nicht mehr, ich muss mich setzen!«

Wir befanden uns gerade auf der Piazza Maggiore, und ich rief ihm zu: »Lass uns hinüber zur *Fontana del Nettuno* gehen, da kannst du dich auf dem Brunnenrand ausruhen!«

Es gelang uns tatsächlich, dorthin zu gelangen, doch der Brunnenrand war voll besetzt, und niemand dachte daran, für einen dicken Eunuchen Platz zu machen. Da ließ Latif sich einfach auf den Boden plumpsen, wo er wie ein Fels in der Brandung dem Ansturm der Massen trotzte. Ich jedoch hatte dem Menschenstrom weniger entgegenzusetzen, weshalb ich alsbald fortgerissen wurde und vor dem Palazzo del Podestà landete, wo unter großem Gejohle das Aufknüpfen jener zwei unglücklichen Männer nachgespielt wurde, die dort im Jahre 1538 ihrer gerechten Strafe zugeführt worden waren, weil sie Geheimnisse der Seidenherstellung verraten hatten. Um die drakonische Strafe und ihre alljährliche Wiederholung besser zu verstehen, muss man wissen, dass Bolognas Seidenerzeugung eine der gewinnbringendsten Einnahmequellen der Stadt ist, mit rund dreißigtausend Arbeitern, die jedes Jahr mehr als dreihunderttausend Pfund dieses kostbaren Produkts herstellen.

Natürlich waren die Menschen weit davon entfernt, an derlei Hintergründe zu denken, sie ergötzten sich vielmehr an der gespielten Qual der Sünder, die unter anfeuerndem Geschrei ständig aufs Neue gehängt wurden, dabei grässliche Laute und Flüche ausstießen und obendrein noch deftige Zoten zum Besten gaben.

So schauerlich ich das Treiben zunächst fand, so unterhaltsam erschien es mir nach einiger Zeit. Die Menschen waren froh, den Ärger des Alltags vergessen zu können, und mir erging es ganz genauso. Ich ertappte mich dabei, wie ich über Dinge lachte, die ich sonst keineswegs witzig fand, und ich staunte über mich selbst, wie bedeutsam mir plötzlich jede Banalität erschien. Über alledem hatte ich Latif völlig vergessen, aber ich sagte mir, er würde auch ohne mich zurechtkommen und allein nach Hause finden.

An der Rückseite von San Petronio, schräg gegenüber vom Archiginnasio, erblickte ich ein durch die Luft gespanntes Seil, auf dem ein *acrobata* stand. Er hielt eine lange Stange quer vor sich, um das Gleichgewicht besser halten zu können, und setzte sich mit winzigen Schritten in Bewegung. Die Leute brüllten auf vor Begeisterung, während er mit immer sicherer werdenden Schritten über das Seil balancierte. Es sollte ihn direkt zu einem der großen Fenster hoch oben in der Mauer von San Petronio führen.

Sein ohnehin gewagter Auftritt wurde noch gefährlicher durch einige Burschen unter Tier- und Dämonenmasken, die sich einen Spaß daraus machten, ihn von unten mit Kieseln zu bewerfen. Einige trafen ihn sogar, was begeistertes Gebrüll zur Folge hatte, doch er fiel nicht. Er wurde immer schneller und landete schließlich wohlbehalten am geöffneten Fenster, in das ihn hilfreiche Hände hineinzogen.

Die Burschen unter den Masken heulten vor Enttäuschung, weil ihnen das Wild entkommen war, während die meisten Zuschauer hörbar aufatmeten und sich gleich darauf anderen Attraktionen zuwandten.

Schon nahten die tanzenden Masken der Gegensätzlichkeit, deren Träger vielerlei Allegorien darstellten: den Tod und das Mädchen, Feuer und Wasser, Engel und Teufel, Nymphe und Bacchus, Melancholie und Ausgelassenheit. Sie posierten und agierten und musizierten auf die ausgelassenste Weise und wurden immer wieder von leichtbekleideten Blumenmädchen getrennt, die sich zwischen sie drängten, um sie mit Blüten und Kränzen zu bewerfen. Weitere Paare kamen näher: Arlekino und Columbine, Himmel und Erde, Sonne und Mond ...

Ich konnte mich nicht sattsehen an der bunten Vielfalt der Sinnbilder und kam mir mit meiner Venusmaske eher schlicht vor. Doch das Gefühl, sie zu tragen, war unvergleichlich. Sie schmiegte sich kühl und glatt an mein Gesicht und gab mir Sicherheit. Ich begann, mit den Maskierten um mich herum zu scherzen und zu singen und mit ihnen zu tanzen, wobei ich zu meiner Überraschung immer wieder männliche Stimmen vernahm, die mir Komplimente zuriefen, wie *»Bella donna!«*, *»Sventola!«* oder *»Donna affascinante!«*.

Ich spürte, wie ich rot wurde, fühlte mich aber im Schutz meiner Maske herrlich geborgen. Ich wurde mutiger, ja, sogar frech, und gab kecke Antworten, wurde umfasst und auf die Maske geküsst, und nicht nur auf die Maske, auch auf andere, heiklere Stellen. Ich lachte und ließ es geschehen, ich lachte und lachte, denn ich war wie im Rausch.

Ich sah, wie Sonne und Mond sich unterhakten und auf Himmel und Erde zugingen, ich sah, wie die vier Gestirne sich betrachteten, sich bewegten und miteinander sprachen. Ich sah, wie Himmel und Mond alsbald ein neues Paar bildeten, eines, das nicht zusammengehörte, sich aber nicht darum scherte, und ich sah, dass Sonne und Erde im Gegensatz dazu nicht miteinander harmonierten, denn sie bedrohten und beschimpften einander. Ich lachte darüber, denn ich dachte, es gehöre zum Spiel. Auch als beide ihre Schwerter zogen, dachte ich noch, es sei ein Spiel, und ich lachte und hörte, wie die Erde erbost brüllte: »Los, beweg deinen Hintern, dreh dich!«, und einen Ausfall machte.

Die Sonne parierte leichtfüßig und rief: »Dreh du dich doch selbst, ja, kreise um mich!«

»Niemals, willst du die gottgewollte Ordnung in Frage stellen und die Heilige Schrift der Lüge zeihen?«

»Ich will, dass du mich umkreist, kleine Erde!«, höhnte die Sonne unter ihrer Maske.

»Die Sonne geht über der Erde auf und unter, und auch du wirst jetzt untergehen!« Die Erde schlug eine Finte, um die Sonne zu treffen, doch diese wich aus und griff ihrerseits an. Sie stieß ihr Schwert in die Schulter ihres Kontrahenten. Die Erde stöhnte auf; augenblicklich begann Blut zu fließen.

Die zahllosen Gaffer, die der Meinung waren, alles sei nur eine Posse, brüllten begeistert und lachten über das Missgeschick der Erde.

Ich jedoch lachte nicht mehr. Ich hatte gesehen, wie aus einem Wortgefecht ein handfester Streit geworden war, und ich hatte erkannt, dass die Verletzung der Erde ernst genommen werden musste. Während die Zuschauer noch immer lachten und dann langsam weiterzogen, lief ich zu der Erde, die keuchend am Boden kauerte und sich die Schulter hielt. Sie trug eine tellerflache Maske und ein grünbraunes Gewand, aus dem das Blut stetig hervorquoll. Ein Blick genügte mir, um zu wissen, dass rasche Hilfe vonnöten war. Ich schaute mich um. »Der Mann ist verletzt!«, rief ich, so laut ich konnte. »Ich brauche Hilfe!«

Ein paar betrunkene junge Männer näherten sich mir. Es waren die Steinewerfer von vorhin. Ihre Masken waren heruntergerutscht und hingen über der Brust, sie grölten das berühmte Karnevalslied, das in allen Städten Norditaliens mit Inbrunst gesungen wird:

Quant'è bella giovinezza
Che si fugge tuttavia:
Chi vuol esser lieto, sia,
di doman non c'è certezza!

Doch ich hatte anderes im Sinn, als mir Lieder über die Jugend anzuhören, selbst wenn sie aus der Feder des berühmten Lorenzo di Medici, »il Magnifico«, stammten. Ich rief den Burschen zu: »He, kommt her, ich brauche ein paar starke Hände.«

Einer von ihnen, ein vierschrötiger Kerl mit Pockennarben im Gesicht, antwortete anzüglich: »Ich habe starke Hände, *bella*, wo willst du sie spüren?«

»Der Mann muss fortgeschafft werden, bitte, helft.«

»Hilf dir selbst, so hilft dir Gott.«

Die Burschen wankten vorbei, und ich machte einen letzten Versuch: »Ich wette, ihr Kerle könntet diesen Mann keine hundert Schritte weit tragen, so besoffen, wie ihr seid.«

»Hoho, das Täubchen wird frech«, tönte der Vierschrötige. »Habt ihr das gehört?«

»Haben wir, Luca, haben wir.« Die anderen lachten blöde.

»Was kriegen wir, wenn wir's tun?«, fragte Luca, der plötzlich nicht mehr so betrunken wirkte.

»Jeder einen Kuss.«

»Das hört sich gut an, hoho, aber ohne Maske, wenn ich bitten darf.«

»Äh, ja.«

»Sicher?«

»Sicher.«

»Na gut, fasst mal mit an, Männer.« Er sorgte dafür, dass zwei seiner Kumpane mit den Fäusten einen Tragestuhl bildeten und forderte die Erde auf, sich hineinzusetzen. »Wohin, *bella?*«

Die Frage hatte ich mir schon die ganze Zeit gestellt und mich dazu entschlossen, die Erde zu mir nach Hause bringen zu lassen. Es war die einzige Lösung, da alle Hospitäler der Stadt vor Patienten überquollen. »Strada San Felice«, sagte ich und befahl der Erde, ihre Hand mit aller Kraft auf die Wunde zu pressen.

»Strada San Felice, das ist weit«, maulte einer der beiden Träger.

»Schaffst du das nicht?«, fragte ich ihn. »Wenn nicht, sag es lieber gleich, dann springe ich für dich ein.«

Natürlich ging er weiter, und ich grinste insgeheim.

Mit vereinten Kräften gelangten wir zu meinem Haus, wo die Erde auf ein rasch bereitetes Krankenlager aus Stroh gebettet wurde.

»Jetzt wollen wir den Kuss«, sagte Luca, »oder wir holen ihn uns.«

»Ja«, kicherte einer der Träger außer Atem, »den Kuss und noch ein bisschen mehr.«

»Ihr sollt ihn kriegen«, sagte ich und stellte mich vor sie hin. »Jetzt gleich.« Ich riss mir die Maske herunter und starrte sie unverwandt an.

Sie sperrten die Münder auf und sahen dabei aus wie blökende Schafe. Fast hätte ich über sie gelacht, aber die Situation war zu ernst.

»Das Mal der Sünde«, stieß einer heiser hervor, »das Mal des Teufels, *voglia di diavolo.*« Ernüchtert wich er zurück.

»Wollt Ihr immer noch einen Kuss?«, fragte ich.

Sie wollten nicht.

Sie gingen rasch, ich setzte die Maske wieder auf und trat an das Bett, in dem die Erde stöhnend lag. »Wer seid Ihr?«, fragte ich.

»Und wer seid Ihr?«, kam es in herrischem Ton zurück.

»In meinem Haus stelle ich die Fragen, also: Wer seid Ihr?«

Die Erde nahm mit dem gesunden Arm ihre Maske ab, und das teigige Gesicht eines ungefähr vierzigjährigen Mannes wurde sichtbar. »Ich bin Helvetico, geweihter Priester des *Ordo fratrum Praedicatorum,* des Prediger- oder Dominikanerordens, wenn Ihr das besser versteht, rechte Hand und Protokollführer des Inquisitors Seiner Heiligkeit, Baldassare Savelli.«

Ich spürte den Stolz und die Arroganz in seiner Stimme, und das allein hätte schon genügt, um mich unsicher zu machen, doch das Stichwort Inquisitor ließ mich innerlich erzittern. Die Worte meiner Mutter, die mich auf dem Sterbebett so eindringlich vor dem Hexenverfolger Girolamo Menghi gewarnt hatte, fielen mir ein.

»Jetzt, wo Ihr wisst, wer ich bin, gebt Euch endlich zu erkennen. Wer seid Ihr?«

»Ich bin Venus, die Göttin der Schönheit, und ich helfe Euch. Das muss genügen.«

»Ihr scheint medizinische Kenntnisse zu haben. Gehört Ihr einem Orden an oder seid Ihr eine Heilerin?«

»Ich bin Venus, wie Ihr an meiner Maske seht.« Meine Stimme klang nur scheinbar fest, denn innerlich focht ich einen Kampf aus, ob ich einem Inquisitor wie Helvetico überhaupt helfen sollte. Tausend Gedanken auf einmal schossen mir durch den Kopf, bis hin zum Verlassen meines Hauses und zur Flucht aus Bologna, aber dann sah ich, wie das Blut immer noch unter Helveticos Hand hervorquoll, und das brachte mich in die Wirklichkeit zurück.

Ebenfalls sehr wirklich war das Stöhnen, das ich fast zur gleichen Zeit von der Tür her vernahm. Latif schleppte sich herein, machte große Augen, als er den Fremden sah, und ließ sich erst einmal am Tisch nieder.

»Du kannst gleich wieder aufstehen, Latif«, sagte ich, »und mir eine Schere, Leinen und eine Schüssel mit heißem Wasser holen.«

»Das geht nicht, Herrin«, sagte er tonlos. »Ich bin tot.«

»Du bist sehr lebendig und wirst sofort tun, was ich dir sage!«

»Jawohl, Herrin!« Latif sprang erschreckt auf und watschelte kopfschüttelnd in die Küche. Noch nie hatte er mich mit so großer Bestimmtheit reden hören.

Als ich das Gewünschte erhalten hatte, schnitt ich Helvetico das Kostüm auf und untersuchte seine Wunde. Die Armschlagader schien verletzt, was kein gutes Zeichen war. Ich konnte versuchen, sie zu nähen, aber der Erfolg war ungewiss. Sicherer war es, die Wunde auszubrennen. Doch womit?

Sollte ich nicht doch besser nähen? Schließlich war ich Schneiderin und verstand mein Handwerk. Außerdem war vor kurzem von Ambroise Paré, einem französischen Chirurgen, eine Ligatur entwickelt worden, die sich bei Amputationen bewährt hatte.

Was sollte ich tun? Wenn ich eine gute Ärztin sein wollte, durfte ich nicht zögern, ich musste rasch handeln. Der Blutverlust von Helvetico war ohnehin schon groß. »Latif«, sagte ich, »geh in die Küche und stecke den Feuerhaken umgekehrt in die Glut. Bringe den eisernen Griff zum Glühen, indem du den Blasebalg kräftig drückst.«

»Ich weiß nicht, ob ich das kann, Herrin.«

»Du kannst es.«

Helvetico meldete sich mit schwacher Stimme. »Was habt Ihr vor?«

»Ihr ahnt es sicher schon, Hochwürden. Ich werde Euch die Wunde ausbrennen.«

»Nein, bitte!«

»Habt Ihr etwa Angst? Ich muss das Kautereisen benutzen, es gibt keine andere Möglichkeit. Es sei denn, Ihr wollt langsam verbluten.«

Helvetico schwieg, während das Leben immer weiter aus ihm herausfloss.

Ich betete lautlos, Latif möge sich beeilen, denn lange konnte ich nicht mehr warten. Endlich erschien er mit dem rotglühenden Feuerhaken. Ich nahm ein Küchenbrett und gab es Helvetico. »Darauf könnt Ihr beißen, wenn der Schmerz zu groß wird.«

»Ihr seid grausam.«

»Ich tue, was getan werden muss.« Ich hieß Latif, eine Laterne anzuzünden und den Arm des Priesters mit aller Kraft festzuhalten. Dann drückte ich mit entschlossenem Schwung den glühenden Griff in die Wunde. Helvetico stieß einen dumpfen Schrei aus, es zischte und qualmte und roch nach verbranntem Fleisch, doch allem Anschein nach blutete die ausgebrannte Wunde nicht mehr.

Helvetico wimmerte und sagte irgendetwas, aber ich verstand ihn nicht, denn er hatte das Küchenbrett noch zwischen den Zähnen. »Es ist überstanden«, sagte ich so ruhig wie möglich. »Die Blutung steht. Nehmt das Brett aus dem Mund, damit ich Euch etwas *laudanum* einflößen kann. Das wird die *eucrasia* Eurer Säfte wiederherstellen, den Schmerz nehmen und Euch schlafen lassen.«

Helvetico antwortete nicht, aber er gehorchte.

Ich gab ihm einen Löffel von der Opiumtinktur und strich die gekauterte Stelle mit Wundsalbe ein. Dann verband ich ihn sorgfältig. Ich stellte fest, dass ich ihm nicht gerne half, und ich schalt mich dafür. Aber ich konnte nicht anders.

Kurz darauf zog ich mich in mein Zimmer zurück und warf mich auf mein Bett. Die Anspannung fiel von mir ab. Ich ließ meinen Gefühlen freien Lauf und heulte wie ein Kind, allerdings so leise wie möglich, wobei ich hoffte, Latif würde es nicht hören. Ganz sicher aber war ich mir nicht, denn einmal glaubte ich ein Schnaufen an meiner Tür zu vernehmen.

Ein Schnaufen, das sehr nach Latif klang.

Die Pflegebedürftigkeit meines Patienten führte nicht nur dazu, dass ich am folgenden Montag und Dienstag dem Karneval fernbleiben musste, sie zog auch mehrere unangenehme Gespräche nach sich. So fragte Helvetico mich immer wieder, wer ich sei, und immer wieder gab ich ihm dieselbe Antwort: »Ich bin Venus, Ihr seht es an der Maske, die ich trage.«

Ich war mir bewusst, dass es früher oder später ein Leichtes für ihn sein würde, meinen richtigen Namen herauszufinden, aber ich wollte seiner herrischen Art die Stirn bieten. Außerdem hatte ich große Angst, er könne mein Feuermal sehen.

Einmal, während ich vorsichtig seinen Verband wechselte, fragte ich ihn, warum er sich so heftig mit der Sonne gestritten habe, und er antwortete: »Die Erde ist eine Scheibe, das hat dieser Dummkopf abgestritten. Deshalb musste ich ihn züchtigen.«

»Hattet Ihr keine anderen Argumente als das Schwert?«

»Meine Argumente stehen in der Heiligen Schrift. Schon im Buch der Könige heißt es: ... *und Er wird Seine Engel senden mit hellen Posaunen, und sie werden Seine Auserwählten sammeln von den vier Winden, von einem Ende des Himmels bis zum anderen.*«

»Das klingt für mich eher nach den Himmelsrichtungen als nach einer Scheibe.«

»Maßt Euch nicht an, die Bibel auslegen zu wollen! Oder habt Ihr Theologie studiert?«

»Nein, das habe ich nicht. Und ich bin mir keineswegs sicher, ob ich als Frau dies gedurft hätte.« Ich verknotete abschließend die Leinenstreifen seines Verbandes.

»Meine Frage war rein rhetorisch gemeint. Die Erde ist eine Scheibe, und die Sonne umkreist sie.«

»Aristoteles war da anderer Meinung.«

»Was wisst Ihr schon von Aristoteles! Seine These war, dass die Erde den Mittelpunkt des Alls darstellt, woraus wie von selbst resultiert, dass sich alle anderen Himmelskörper um sie drehen.«

»Da habt Ihr sicher recht, Hochwürden.« Ich räumte das Verbandszeug fort und merkte, wie ich mich einmal mehr über meinen Patienten ärgerte. Deshalb sprach ich weiter, obwohl es vielleicht besser gewesen wäre, zu schweigen. »Aber in seiner Schrift *Über die Himmel* sagt Aristoteles auch, dass die Erde als Mittelpunkt rund ist.«

»Woher wollt Ihr das wissen?«

»Ich habe es gelesen.«

»Ihr könnt griechisch lesen?«

»Ich kenne eine lateinische Übersetzung.«

»Wer seid Ihr?«

»Das habe ich Euch schon zur Genüge beantwortet. Und ich sage Euch, dass Aristoteles zwei gute Beweise für die Kugelform der Erde anführte: Erstens die Tatsache, dass der Erdschatten bei einer Mondfinsternis stets rund erscheint, und zweitens, dass bei einem am Horizont auftauchenden Schiff immer zuerst die Segel sichtbar werden – bedingt durch die Erdkrümmung.«

»Das sind Fantastereien. Ich will darüber nicht länger diskutieren, sonst würde ich mich Euch nicht mehr verpflichtet fühlen. Ihr seid eine seltsame Frau, hinter deren Identität ich noch kommen werde. Ebenso, wie ich den Namen der Sonne feststellen lassen werde, die den Inhalt der Heiligen Schrift *ad absurdum* führen will. Ich werde diese Sonne der Inquisition übergeben, so wahr ich Helvetico heiße.«

»Wie Ihr meint, Hochwürden«, presste ich hervor, und die Angst schnürte mir fast die Kehle zu, denn ich musste an Fabio, den *allacrimanto,* und an die Folter mit den Ziegen denken.

Rasch verließ ich den Raum.

Ein andermal, als Helvetico herausgefunden hatte, dass Latif Muslim ist, machte er eine abfällige Bemerkung über die von Mohammed gestiftete Religion, und mein Diener rief empört: »Ihr macht es meiner Herrin und mir schwer, gute Gastgeber zu sein. Ich muss Euch daran erinnern, dass Ihr zwar ein bedeutender Mann sein mögt, aber gegen die Größe Mohammeds nicht mehr als ein Staubkorn im Wind seid.«

»Was erdreistest du dich, Diener! Mohammed war auch nur ein Mensch.«

»Aber er war ein Prophet, er schenkte uns die Erleuchtung, Herr! Er lehrte uns, Allah, den Alleinregierenden über Himmel und Erde, zu preisen.«

Helvetico war während der letzten Worte immer zorniger geworden. Jetzt wandte er sich an mich: »Sagt Eurem vorlauten Handlanger, dass es unter meiner Würde ist, mit ihm über etwas zu streiten, von dem er nichts versteht. Der allein seligmachende Glaube ist der katholische.«

»Natürlich«, sagte ich, um ihn zu beruhigen. Doch ich konnte mir nicht verkneifen, mit Unschuldsmiene hinzuzufügen: »Ich finde, man darf Mohammed nicht vorwerfen, er sei nur ein Mensch gewesen, schließlich wird auch Jesus in der Bibel als Menschensohn bezeichnet.«

»Jesus von Nazaret ist der Sohn Gottes und damit selbst göttlich, alles andere ist Scharlatanerie, wie sie auch dieser Martin Luther verbreitet hat. Ein übler Ketzer war er, mehr nicht, ein Verblendeter, der auf den Scheiterhaufen gehört hätte, denn er schrieb unserem Heiland folgende Attribute zu: *humanitas, infirmitas, stultitia, ignominia, inopia, mors, humilitas ...* also: Menschlichkeit, Schwachheit, Torheit, Unwissenheit, Unvollkommenheit, Sterblichkeit, Niedrigkeit.« Helvetico blickte Latif herausfordernd an. »Aber es mag sein, dass alle diese Eigenschaften im Koran als erstrebenswert erscheinen.«

Es hätte nicht viel gefehlt, und Latif wäre mit den Fäusten auf den Priester losgegangen, aber ich konnte ihn gerade noch davon abhalten. »Lass es gut sein, Latif«, sagte ich. »Und Ihr, Hochwürden, solltet jetzt etwas schlafen, damit Ihr rasch gesund werdet.«

Ich dachte, ich hätte endgültig für Ruhe zwischen den beiden gesorgt, doch ich irrte mich, denn später am Tag wurden meine Schlichtungsfähigkeiten nochmals auf eine harte Probe gestellt, als Latif, der sonst seine Gebete im Garten hinter dem Haus verrichtete, diesmal seine Gewohnheit durchbrach und direkt vor dem Lager Helveticos seinen Teppich ausrollte. So kam es, dass mein Patient, weiß vor Wut, die Lobpreisung Allahs unmittelbar neben sich mit anhören musste. »*Allah akbar ... ashadu annaha lahilaha illa'llah ...*«

Als dies geschah, befand ich mich gerade im oberen Stockwerk und kam erst dazu, als Latif schon mitten im Gebet war. Ein Blick genügte mir, um die Situation zu erfassen, aber ich konnte und wollte meinen Diener nicht bei seiner Zwiesprache mit Allah unterbrechen. Es wäre nicht richtig gewesen, das spürte ich.

Lange Augenblicke vergingen, bis er endlich fertig war und sich anschickte, mit scheinheiligem Gesicht seinen Teppich einzurollen. Helvetico holte tief Luft, doch bevor er Gift und Galle spucken konnte, was die Situation zweifellos noch weiter verschärft hätte, drängte ich Latif aus dem Raum. »Wie kannst du nur so etwas tun!«, fauchte ich ihn an.

»Er ist ein Mann mit einer hässlichen Seele, Herrin. Er hat den Koran beleidigt.«

»Das hat er zweifellos. Aber ist es darum richtig, Gleiches mit Gleichem zu vergelten? Es gibt in eurem Heiligen Buch doch sicher eine Stelle, die das verbietet? Geh jetzt in die Küche und mach deine Arbeit. Ich bin sehr ärgerlich auf dich!«

Langsam dämmerte Latif die Tragweite seines Verhaltens, und er schlug die Augen nieder. »Ich wollte Euch nicht verärgern, Herrin, aber wir Muslims haben ein Recht darauf, unseren Glauben zu verteidigen.«

»Das will ich nicht bezweifeln, aber das, was du dir eben

geleistet hast, ging entschieden zu weit. Nun mach dich in der Küche nützlich.«

»Ja, Herrin.«

Ich ging zum Lager Helveticos und sagte zu ihm: »Ich möchte, dass Friede in meinem Haus herrscht. Latif wurde soeben von mir gemaßregelt. Ich hoffe, die Sache ist damit erledigt.«

»Ich verlange, dass der Diener eine empfindliche Strafe bekommt.«

»Gewiss, Hochwürden.« Ich überprüfte Helveticos Verband und sagte, um ihn abzulenken: »*Deo gratias,* Ihr habt sehr viel Glück gehabt. Die Wunde war tief, aber nicht groß. Deshalb konnte ich sie gut kauterisieren. Der Heilungsverlauf ist zufriedenstellend, von einer *inflammatio* keine Spur, selbst Wundwasser scheint sich nirgendwo zu bilden.«

Er grunzte irgendetwas, noch immer nicht besänftigt.

Ich nahm seinen Arm und beugte und streckte ihn und stellte fest, dass er in alle Richtungen zu bewegen war, auch wenn Helvetico dabei vor Schmerz aufstöhnte. »Ich denke, morgen, am Aschermittwoch, seid Ihr so weit wiederhergestellt, dass Ihr Euren Dienst bei Seiner Eminenz Baldassare Savelli wieder aufnehmen könnt«, sagte ich.

»Das ist ja wenigstens etwas.«

»Ich finde, das ist eine ganze Menge.«

»Nun gut, wenn Ihr es sagt.«

Am späten Vormittag des nächsten Tages war es so weit. Hochwürden Helvetico erhob sich und ließ sich von mir in sein Karnevalskostüm helfen. Mit einiger Mühe und zusammengebissenen Zähnen gelang es ihm, und er fragte: »Was ist damit geschehen? Ich erkenne es kaum wieder.«

»Ich habe es geflickt und gewendet«, antwortete ich. »Das war notwendig, sonst müsstet Ihr weiter als Mutter Erde über die Straßen wandeln.«

»Sehr umsichtig«, antwortete er humorlos. Auf die Idee, mir zu danken, kam er nicht. Stattdessen schien er nach Worten zu suchen, vielleicht hielt er auch Ausschau nach Latif. Doch wohlwissend um die Feindschaft der beiden, hatte ich meinen Diener losgeschickt, um Besorgungen zu erledigen.

»Nun ja«, hob Helvetico schließlich an, »womöglich habt Ihr Euch gewundert, dass ich während der Zeit in Eurem Haus keine Boschaften mit Seiner Eminenz ausgetauscht habe.«

Das hatte ich in der Tat, aber ich sagte nichts.

»Es ist so, äh, dass Seine Eminenz nicht unbedingt etwas von dem, was mir passiert ist, erfahren muss. Wenn Ihr versteht, was ich meine.«

»Ich kann Euch folgen.«

»Das ist erfreulich.« Er räusperte sich. »Ich werde jetzt gehen und einen Vetter von mir besuchen, der zufällig in Bologna wohnt. So kann ich wahrheitsgemäß sagen, ich sei bei ihm gewesen, falls mich jemand nach meinem Verbleib fragen sollte. Habt Ihr auch das verstanden?«

»Ich denke schon«, sagte ich und verkniff mir, ihm zu sagen, dass auch die halbe Wahrheit einer Lüge gleichkommt, und dass *mendacium*, die Lüge, vielerorts als achte Todsünde angesehen wird. Aber ich wusste, es würde zwecklos sein.

»Ich verlasse mich auf Eure Diskretion. Es würde dem Bild der Kirche nicht guttun, sollte etwas von dem, äh, Zwischenfall an die Öffentlichkeit dringen. Ebenso wenig, wie es Euch guttun würde, solltet Ihr über meinen Aufenthalt bei Euch zu anderen sprechen.«

»Ja, Hochwürden«, sagte ich und schämte mich für meine Feigheit. Warum nur hatte ich nicht den Mut, ihm ins Gesicht zu schleudern, wie billig und verachtenswert sein Verhalten war!

»Das gilt im Übrigen auch für Euren Diener, diesen verirrten Ungläubigen.«

Ich schwieg und ballte die Hände zu Fäusten. Jemand wie dieser Priester war mir noch niemals begegnet, von Pater Edoardo vielleicht abgesehen. »Wenn das alles ist, Hochwürden, dann geht mit Gott.«

»Nein, das ist noch nicht alles.« Er musterte mich kühl. »Ihr seid mir noch immer die Antwort schuldig, wer Ihr seid.«

»Ich bin Euch gar nichts schuldig.«

»Ebenso verschweigt Ihr mir noch immer, woher Eure medizinischen Kenntnisse stammen.« Er hob abwehrend die Hand. »Ich weiß, ich weiß, Ihr habt mir erzählt, Ihr würdet als Hilfskraft in einem Hospital arbeiten, aber diese Erklärung genügt mir nicht, zumal Ihr eine Arzttasche mit vielen Instrumenten Euer Eigen nennt. Ich habe den Verdacht, dass Ihr heimlich als Medica tätig seid. Mir fehlen die Beweise dafür, aber wenn ich wollte, könnte ich sie mir leicht beschaffen. Vergesst das nicht.«

»Was habt Ihr nur für ein schändliches Gebaren!« Ich konnte nicht mehr an mich halten, ich musste meiner Empörung Luft verschaffen. »Ja, ich habe als Ärztin gearbeitet! Ja, ich habe sogar heimlich als Ärztin gearbeitet! Und wisst Ihr, bei welcher Gelegenheit das war? Als ein gewisser Helvetico, nach eigenen Angaben geweihter Priester des Dominikanerordens, rechte Hand und Protokollführer des Inquisitors Seiner Heiligkeit, Baldassare Savelli, von einem Schwertstreich getroffen am Boden lag und zu verbluten drohte. Was hättet Ihr an meiner Stelle gemacht, Hochwürden? Wäret Ihr einfach weitergegangen? Wäret Ihr kein barmherziger Samariter gewesen? Ich jedenfalls bin nicht weitergegangen, denn ich denke einfach und menschlich, und ich halte es mit Dante Alighieri, der da sagte: *Wer eine Not erblickt und wartet, bis er um Hilfe gebeten wird, ist ebenso schlecht, als ob er sie verweigert hätte.*«

»Ich gebe zu, dass Ihr mir geholfen habt.«

»Ich habe Euch das Leben gerettet! Wenn ich nicht gewesen wäre, würdet Ihr nicht hier stehen. Und das Einzige, was Euch dazu einfällt, ist, einzuräumen, ich hätte Euch geholfen?«

»Nun gut, wenn Ihr es unbedingt hören wollt: Ihr tatet ein

gottgefälliges Werk, indem Ihr mich, Seinen Diener auf Erden, behandelt habt. Doch gleichzeitig habt Ihr Euch gegen Ihn versündigt, weil Ihr einen Dienst tatet, der Chirurgen oder Medici vorbehalten ist. Betet zu Ihm, er möge das Für und Wider bei seinem Ratschluss erwägen, auf dass er Euch nicht allzu hart strafe.«

»Wie bitte? Meint Ihr das wirklich im Ernst?« Ich konnte nicht glauben, was ich da eben gehört hatte.

»Betet«, sagte Helvetico nur. Dann schlug er flüchtig das Kreuz und schritt zur Tür hinaus.

Nach diesem Vorfall brauchte ich mehrere Tage, um mein inneres Gleichgewicht wiederzufinden, eine Zeit, in der ich viel an meinen väterlichen Freund, den tapferen, selbstlosen Maurizio, denken musste. Gegen das, was ich mit Helvetico erlebt hatte, kam mir die schwere Zeit im pestverseuchten Venedig harmonisch und schön vor.

Doch zum Glück war da Latif. Er wich kaum von meiner Seite und bemühte sich immer wieder, mich mit seiner fröhlichen, zuversichtlichen Art aufzuheitern.

Dennoch ereignete sich kurz darauf etwas, das mein Gemüt abermals belastete.

Ein Buch fiel mir in die Hände, ein Werk des gnadenlosen Hexenjägers Girolamo Menghi, das kurz zuvor von dem Buchhändler und Drucker Giovanni Rossi herausgebracht worden war. Es war in Italienisch verfasst und trug den Titel: *Compendio dell' arte essorcistica, et possibilita delle mirabili, & stupende operationali delli demoni, e dei malefici. Con li remedij opportuni alle infirmata malefici.*

Die Lektüre dieses Kompendiums über die Kunst des Exorzismus versetzte mich erneut in Schrecken. Und als wäre meine Verfassung nicht schon schlimm genug gewesen, eröffnete mir Latif ein paar Tage später, er hätte das Gefühl, unser Haus stünde unter Beobachtung. Ich wollte es zunächst nicht glauben, doch es stimmte: Zwei unbekannte Männer strichen mehr oder weniger auffällig darum herum, verschwanden mitunter auch für einige Stunden, tauchten aber mit großer Hartnäckigkeit immer wieder auf.

Von Beginn an stand für mich fest, dass ich ihre Anwesenheit niemand anderem als dem abscheulichen Helvetico zu verdanken hatte. Tage und Nächte verbrachte ich in höchster Angst, traute mich nicht ans Fenster, wähnte mich schon verhaftet, verhört und auf dem Scheiterhaufen stehen, und wenn Latif nicht gewesen wäre, hätte ich in dieser Zeit wohl den Verstand verloren.

»Herrin«, sagte er, »nach allem, was Ihr mir über den Mann mit der hässlichen Seele erzählt habt, hat er ein großes Interesse daran, seine Verletzung und den Aufenthalt in unserem Haus geheim zu halten. Er kann Euch deshalb gar nicht denunziert haben, jedenfalls nicht offiziell. Und selbst wenn er es getan hat, wird es so gewesen sein, dass er nur über Dritte ein paar Verleumdungen ausstreuen ließ. Gerade so viele, dass die Behörden reagieren mussten. Mehr nicht.«

»Aber er weiß mittlerweile bestimmt, wie ich heiße und wer ich bin«, sagte ich verzweifelt.

»Na und? Soll er es doch wissen! Was nützt ihm das, solange wir hier friedlich leben und kein Wässerchen trüben? Nichts. Er kann Euch nichts beweisen, höchstens, dass er von Euch ärztlich behandelt wurde, aber – wie gesagt – er wird sich hüten, das an die große Glocke zu hängen. Nein, nein, Herrin, der Mann mit der hässlichen Seele hat nichts gegen Euch in der Hand. Er ist nur kleingeistig und rachsüchtig.«

»Ich wünschte, du hättest recht«, sagte ich und seufzte.

»Ich habe recht, Herrin. Vertraut mir.«

Die Beobachtung durch die zwei Unbekannten dauerte an. Es war, wie ich zugebe, eine Zeit, in der ich es Latif schwermachte, mit mir unter einem Dach zu leben. Mal war ich voller

Angst vor der Zukunft, weinte und haderte mit meinem Schicksal, mal war ich stumm wie eine Wand und teilnahmslos. Immer aber unausstehlich.

Doch Latif war hartnäckig. Unermüdlich sprach er mir Mut zu, wobei er sehr viel Einfallsreichtum an den Tag legte. »Wisst Ihr, Herrin«, sagte er eines Morgens zu mir, »dass mittlerweile fast ein Monat verstrichen ist, seit mir die beiden Schnüffler zum ersten Mal auffielen?«

Ich antwortete nicht und starrte Löcher in die Luft.

Latif ließ sich nicht beirren, sondern machte am nächsten Morgen einen neuen Versuch: »Wieder ist ein Tag vergangen, ohne dass Euch ein Haar gekrümmt worden wäre.«

Und am übernächsten Morgen sagte er: »Abermals nichts, Herrin. Ich habe die beiden Kletten unter die Lupe genommen, ohne dass sie es gemerkt hätten. Sie machten Gesichter, als fragten sie sich, was das Ganze solle. Von denen droht keine Gefahr mehr. Der Spuk ist bald vorbei, glaubt mir.«

So ging es ein paar Tage weiter, bis ich zu ihm sagte: »Es ehrt dich, Latif, dass du mir Mut machen willst, aber es ist zwecklos. Solange ich das Feuermal trage, werde ich immer in Lebensgefahr schweben.«

»Herrin«, entgegnete Latif ernst, »vor einer Woche seid Ihr vierundzwanzig Jahre alt geworden, ein Freudentag, an dem Euch leider nicht zum Feiern zumute war. Doch Allah, der Erhabene, der Gerechte, wird dafür sorgen, dass Ihr auch die nächsten vierundzwanzig Jahre lebt.«

»Wenn ich das nur glauben könnte.«

»Hand aufs Herz: Habe ich mich schon einmal geirrt?«

Ich zuckte mit den Schultern.

»Seht Ihr. Ich muss jetzt fort, ein paar Dinge erledigen. Spätestens gegen Mittag bin ich zurück.«

»Du bist in letzter Zeit ständig unterwegs.«

»Das stimmt, Herrin, ich bin manchmal in der Stadt. Aber vergesst nicht: Die frommen Schwestern von San Lorenzo erwarten regelmäßig Auskunft, wie es Euch geht, um für Euch beten zu können, und außerdem muss dies und das an Speisen eingekauft werden, damit wir etwas zu beißen haben.«

»Natürlich, du hast ja recht.«

Wiederum ein paar Tage später kam Latif frühmorgens in der Küche auf mich zu, von einem Ohr bis zum anderen grinsend, und bat darum, mich unterhaken zu dürfen.

»Warum das, Latif?«

»Fragt nicht, Herrin, kommt mit.« Er führte mich zum Fenster und forderte mich auf hinauszublicken. »Na, was seht Ihr?«

Ich schaute ihn verständnislos an. »Ich weiß nicht, was du meinst.«

»Ihr seht nichts, Herrin, stimmt's?« Triumph lag in seiner Stimme. »Und das liegt daran, dass unsere beiden Bewacher verschwunden sind.«

Ich schlug die Hände vor den Mund. »*Per Dio!* Es scheint, du hast recht.«

»Nicht wahr? Und das Schönste, Herrin: Sie werden niemals wiederkommen.«

»Woher willst du das wissen?«

»Weil ich persönlich dafür gesorgt habe.«

»Du sprichst in Rätseln.«

Statt einer Antwort goss Latif mir ein Glas Wein ein. »Wenn ich kein Muslim wäre, Herrin, würde ich jetzt mit Euch anstoßen, aber so müsst Ihr allein trinken.«

Ich nahm das Glas und stellte es wieder ab. »Sag mir erst, was los ist. Du hältst etwas hinter dem Berg, ich kenne dich doch.«

»Erst müsst Ihr auf mich trinken.«

»Nun gut. *Salute,* auf dich, Latif. Und jetzt heraus mit der Sprache.«

»So höret, Herrin: Es ist mir gelungen, die Auftraggeber unserer beiden lästigen Beobachter ausfindig zu machen. Das war gar nicht so leicht und kostete mich viele Nachforschungen und Laufereien. Ich bin, wie Ihr Christen sagen würdet, von Pontius zu Pilatus gelaufen, aber schließlich fand ich sie im Palazzo del Podestà. Es sind ein paar fragwürdige Beamte, die sicher ein nettes Sümmchen bekommen haben, damit sie uns bespitzeln ließen. Ich habe mich mit ihnen unterhalten, und sie waren dumm genug, mir zu verraten, dass Ihr unter dem Verdacht standet, eine häretische Tätigkeit als Ärztin auszuüben. Nun, von mir haben die Herren etwas mehr in ihre klebrigen Finger bekommen, damit sie den Verdacht ein für alle Mal vergessen. Letztendlich war es eine ganz einfache Sache.«

»Heißt das, du hast sie bestochen?« Ich griff erneut zum Glas, denn diesmal brauchte ich tatsächlich einen Schluck.

»Aber natürlich, Herrin.« Latif strahlte.

»Und woher hattest du das Geld? Es war doch sicher nicht ganz billig, den Sinneswandel bei den Beamten herbeizuführen?«

»Ganz recht, Herrin. Aber zum Glück war da noch das restliche Geld vom Dogen. Ich habe es dafür eingesetzt.«

»Was, mein Geld?«

»Unser Geld, Herrin.«

»Ich habe dir schon mehrfach gesagt, dass es mir gehört. Du kannst nicht einfach darüber verfügen!«

»Ja, Herrin.« Latif tat zerknirscht. »Verzeiht mir. Sicher wäre es Euch lieber gewesen, weiter beobachtet zu werden.«

»Du weißt genau, dass es nicht so ist.« Ich musste lachen. »Du Schlitzohr!«

»Seht Ihr, Herrin, da habe ich Euch zum Lachen gebracht. Ein guter Diener bringt seine Herrschaft zum Lachen.«

Das Ohrläppchen
Il lobulo

Ich war wie umgewandelt, nachdem sich herausgestellt hatte, dass die Spione tatsächlich nicht wiederkamen. Die Angst um mein Leben war verschwunden, und ich setzte meine Arbeit bei den frommen Schwestern mit Eifer fort. Mutter Florienca, die gütige Oberin, nahm meine Hände in die ihren und sagte: »Wir haben alle für dich gebetet, Carla. Ich danke dem Erhabenen, dass es Ihm gefallen hat, dich von dem bösen Brustfieber zu befreien.«

Fast hätte ich gefragt, welches Brustfieber sie meine, doch zum Glück fiel mir rechtzeitig ein, von wem sie ihre Informationen wahrscheinlich hatte. So nickte ich nur und senkte den Kopf in Demut.

»Du siehst blass aus. Lass dir von Schwester Marta eine nicht zu schwere Arbeit geben.«

»Ja, Ehrwürdige Mutter.«

»Die weiche Frühlingsluft wird dir guttun.«

»Ja, Ehrwürdige Mutter.«

Der Mai kam und mit ihm die Zeit der Feste und Feierlichkeiten. Immer wenn es mein Dienst erlaubte, ging ich im Schutz von Barett und Schleier auf die Straßen und genoss das bunte Treiben der lebensfrohen Bolognesi. Die Seidenmesse auf der Piazza Maggiore fand wie jedes Jahr statt, ebenso die hochwichtige Herstellungsprozedur des Theriaks im Archiginnasio. Ich hatte nicht damit gerechnet, als Frau Einlass in das Gebäude zu finden, doch das Glück war mir hold. Ich traf Signore Cristoforo Colberti, den Betreiber der Apotheke Del Monte, und in seiner Begleitung wurde mir gestattet, den weiten, mit karmesinrotem Damast ausgelegten Hof zu betreten. Es herrschte wie üblich große Geschäftigkeit, alles war schon für das Ansetzen des heilkräftigen Universaltranks vorbereitet. »Wir haben uns lange nicht gesehen, Signorina«, sagte Colberti freundlich, während er mit mir an seinen Stand trat. »Braucht Ihr wieder eine Viper? Die Ware ist in diesem Jahr besonders gut.«

»Nein, vielen Dank, ich bin rein zufällig hier.«

Colberti schien meine Reserviertheit nicht zu bemerken, denn er fuhr seufzend fort: »Die Qualität der weiblichen Vipern ist leider das einzig Erfreuliche in diesem Jahr. Der Ärger mit Professor Aldrovandi und seinen beiden überflüssigen Kräutern *amomum* und *costus* nimmt kein Ende. Wie kann ein einzelner Mann nur so viel Verdruss bereiten! Stellt Euch vor, uns Farmacisti ist zu Ohren gekommen, er habe sich von einem gewissen Doktor Sangio ein Gutachten über die Notwendigkeit seiner Drogen erstellen lassen, und dieser Doktor Sangio sei die größte Koryphäe auf dem Sektor der Theriak-Zubereitung.« Colberti schüttelte den Kopf und fuhr sich mit der Hand durch seine Mähne. »Aber das glaube ich nicht, denn niemals zuvor habe ich von diesem Mann gehört. Und wisst Ihr, was das Seltsamste ist?«

»Nein«, sagte ich.

»Dieses absonderliche Gutachten soll aus Venedig herbeigeschafft worden sein. Wenn es nicht so traurig wäre, könnte man darüber lachen, denn in Venedig wütet bekanntlich immer noch die Pest. Wer, bitte schön, wäre so töricht und führe freiwillig dahin, um ein Papier zu holen?«

»Ich weiß es nicht«, sagte ich und war froh, dass der Schleier mein Gesicht verdeckte.

»Niemand, sage ich. Deshalb kann es ein solches Schriftstück auch gar nicht geben. Trotzdem wollen die Gerüchte nicht verstummen, und es heißt, der Generalvikar, der Gonfalonier und der Senat hätten Kenntnis davon. Damit nicht genug, soll Aldrovandi sich sogar an Seine Heiligkeit, Gregor XIII., gewandt haben.« Abermals fuhr er sich durch die Haare und lachte plötzlich. »Aber was rede ich, Signorina, sicher langweile ich Euch mit meinem Gewäsch. Sagt mir lieber, wie es Eurer Haut geht. Gut, hoffe ich?«

»Ja, danke, Signore.« Ich war froh, dass er endlich das Thema wechselte, und griff seine Frage dankbar auf. Ich erzählte ihm, dass ich grundsätzlich kein Bleiweiß mehr nähme und zu Hause häufig eine goldene Maske trüge. Letzteres hätte ich mir während der Karnevalstage angewöhnt und sei überaus angenehm.

»Eine Maske, warum nicht?«, rief er lebhaft, während er die vor ihm liegenden Vipern verkaufsgünstig ausrichtete. »Habt Ihr die Innenfläche auch entsprechend präpariert?«

»Wie meint Ihr das?«, fragte ich.

»Nun, wenn Ihr die Maske von innen – sagen wir, mit Talkum, der pulverisierten Form des Talks – einreiben würdet, könntet Ihr gleichzeitig etwas für die Pflege Eurer Gesichtshaut tun. Talkumpulver ist die Grundlage für besten Puder, wusstet Ihr das nicht?«

»Nein, Signore.«

»Allerdings muss der Talk dem Gotthardmassiv im Land der Eidgenossen entstammen, nur von dort kommt wirklich gute Ware. Ich könnte Euch daraus einen Puder herstellen, der weich und wasserabweisend ist. Auf diese Weise hättet Ihr noch mehr Freude an Eurer Maske.«

»Und wie viel würde der Puder kosten?«

Colberti winkte ab. »Es kommt auf die Menge an, aber in jedem Fall nur ein paar Baiocchi, mehr nicht. Besucht mich morgen oder übermorgen in meinem Laden, dann halte ich das Präparat für Euch bereit.«

»Danke«, sagte ich und schickte mich an zu gehen, denn ich hatte Sorge, Colberti würde die Sprache wieder auf sein Lieblingsthema mit den Kräutern bringen. Außerdem regte sich mein Gewissen, denn durch meine Reise nach Venedig hatte ich ihm und anderen Farmacisti sicher geschadet.

»Ihr wollt mich doch nicht schon verlassen!«, rief er mit gespielter Bestürzung. »Die Geschäfte gehen schlecht, wie Ihr seht, und ich dachte, Eure Anwesenheit würde mir ein wenig Glück bringen. Außerdem erwarte ich jeden Moment Doktor Tagliacozzi hier. Ich nehme an, er wird sich freuen, Euch zu sehen.«

Ich wollte ihm sagen, dass es mir nicht so ergehen würde, und mich mit einem hastigen *Arrivederci* verdrücken, doch es war schon zu spät.

»*Buongiorno*«, hörte ich Gaspares Stimme hinter mir, »wie ich sehe, Signore Colberti, habt Ihr reizenden Besuch an Eurem Stand.«

»So ist es, Dottore, so ist es«, versicherte der Apotheker, »die Signorina wollte gerade gehen, aber als sie hörte, Ihr würdet an meinen Stand kommen, überlegte sie es sich anders, nicht wahr?«

Bevor ich die Sache richtigstellen konnte, sagte Gaspare: »Signorina Carla und ich haben uns einige Zeit nicht gesehen, weil dies und das dazwischengekommen ist, umso dankbarer bin ich dem Zufall, dass er mich zum richtigen Zeitpunkt an den richtigen Ort führte.« Er verbeugte sich höflich vor mir, einen Anflug seines amüsierten Lächelns um den Mund.

Unwillkürlich fragte ich mich, ob es sein Lächeln war, das mich ins Archiginnasio gezogen hatte, aber ich schob den Gedanken rasch beiseite. Gewiss war es nicht so. Gaspare hatte mich wie eine niedrige Magd behandelt, als ich aus Venedig zurückgekommen war, und das konnte ich nicht vergessen.

Doch er lächelte noch immer. »Ich freue mich, Euch zu sehen«, sagte er. »Es liegt lange zurück, dass Ihr mir bei meiner Arbeit assistiert habt. Viel zu lange.«

Ich schwieg und kämpfte mit mir. Einerseits wollte ich augenblicklich gehen, andererseits schienen mich unsichtbare Bande zu halten. Schließlich sagte ich: »Ja, die Zeit vergeht.«

»Sehr wahr! Ach, wo wir gerade davon reden: Hättet Ihr

Zeit, mir am kommenden Sonntag bei einer Operation zu helfen?«

Nein, wollte ich sagen, aber Gaspare redete schon weiter: »Es handelt sich um einen sehr interessanten Fall, einen Fall, wie ich ihn bisher noch niemals hatte. Eure Assistenz wäre mir sehr wichtig.«

»Ich weiß nicht, ob meine Pflichten im Hospital mir das gestatten.«

»Worum geht es denn?«, mischte sich Colberti ein.

»Darüber habe ich Stillschweigen zu bewahren.«

»Ah, ja, natürlich. Darf ich Euch etwas aus meinem Angebot verkaufen, Dottore? Wie Ihr seht, eignen sich die Vipern in diesem Jahr besonders gut zur Sektion vor Euren *Studiosi*. Sie sind frisch, weiblich, keineswegs schwanger und stammen allesamt aus den Bergen.«

»Ja, danke«, sagte Gaspare mit großer Liebenswürdigkeit, »ich nehme drei. Sie müssen aber mindestens zwei Ellen lang sein.« Er suchte die Tiere aus und wandte sich erneut an mich: »Ich bedürfte wirklich Eurer Hilfe, Signorina. Die Operation ist gewagt und der Patient wichtig. Darf ich auf Euch zählen?«

»Ich fürchte, das geht nicht«, sagte ich steif.

Natürlich fand ich mich am darauffolgenden Sonntag doch in dem terrakottafarbenen Haus ein, wartete mit klopfendem Herzen in der Empfangshalle und versicherte mir selbst, ich wäre lediglich wegen der geheimnisvollen Operation gekommen.

Wie naiv ich doch war!

Ich wollte Gaspare wiedersehen, nichts anderes, denn sein Zauber hielt mich noch immer gefangen.

Und er machte es mir leicht. Er begrüßte mich freundlich, plauderte über das Wetter, die Mode, die Preise und den neuesten Klatsch und tat die ganze Zeit über so, als wäre niemals ein Misston zwischen uns aufgetreten. »Die Operation«, sagte er ernst, »ist kein vorgeschobener Grund, um dich sehen zu können. Ich brauche dich tatsächlich.«

»Worum geht es?«

»Es geht um ein Ohr.«

»Ein Ohr?«, fragte ich verständnislos.

Er grinste. »Wenn du so guckst, siehst du besonders reizend aus, das hatte ich ganz vergessen. Ja, es geht tatsächlich um ein Ohr, allerdings nicht um ein normales, sondern um ein, nun, sagen wir, hochwürdiges Hörorgan.«

Da ich ihn noch immer fragend ansah, fuhr er fort: »Genauer gesagt, handelt es sich um das fehlende Stück eines Ohrs, das ich rekonstruieren soll, und zwar bei Seiner Exzellenz, dem Generalvikar, der gleichzeitig Kanzler und höchste Instanz für alle Professoren, Doktoren und Studenten des Archiginnasios ist.«

»Was ist denn passiert?«

»Seine Hochwürdigste Exzellenz ist überfallen worden. Es war in einem Waldstück, zwei oder drei Meilen vor der Porta Mascarella, als ein paar gottlose Strauchdiebe seine Kutsche anhielten und die Eskorte mit ein paar Schüssen töteten. Sie zerrten ihn heraus und forderten Schmuck und Geld. Offenbar ist Seine Exzellenz diesem Wunsch nicht rasch genug nachgekommen, denn einer von den Halunken ergriff ihn bei den Haaren und schnitt ihm ein Ohrläppchen ab. Nachdem sie ihn ausgeraubt hatten, ließen sie ihn laufen. Unter großen Schmerzen erreichte er die Stadt, wo die Wunde sofort versorgt wurde.«

»Das ist eine schwer zu glaubende Geschichte«, wandte ich ein. »Von einem derartigen Überfall habe ich nie gehört, ganz Bologna hätte doch darüber gesprochen.«

»Der Vorfall wurde vertuscht. Seine Exzellenz ist nicht uneitel, er möchte gern als starke, unantastbare Gottesperson dastehen, und dazu passt der Verlust eines Ohrläppchens nicht. Offiziell ist er vor ein paar Tagen nach Rom gefahren, um vorübergehend die Stelle des Zweiten Päpstlichen Sekretärs zu übernehmen, inoffiziell aber befindet er sich in meinem Behandlungszimmer unterhalb der Dachterrasse. Ich würde gerne gleich mit dem Ersten Akt der *Ars reparatoria* beginnen, wenn es dir nichts ausmacht.«

»Doch, es macht mir etwas aus«, sagte ich. »Ich möchte zuerst wissen, was ich tun soll, denn bei einer solchen Operation war ich noch nie dabei. Im Übrigen frage ich mich, warum das Ganze überhaupt sein muss. Man würde das fehlende Ohrstück doch gar nicht bemerken, wenn Seine Exzellenz die Haare lang trüge.«

»Das tut er sogar. Aber wie gesagt: Er ist recht eitel und hasst einen mangelhaften Körper. Außerdem fürchtet er den Spott seiner Neider. Zu deiner Frage nach der Operation lass dir sagen, dass sie im Prinzip so abläuft wie bei einer Nasenrekonstruktion, nur dass die Haut nicht aus dem Oberarm entnommen wird, sondern aus der Region hinter dem Ohr.«

»Erkläre mir die einzelnen Schritte«, forderte ich.

Er seufzte. »Ich ahnte, dass du darauf bestehen würdest. Komm mit in das Kaminzimmer, dort will ich dir alles erklären.«

Er führte mich zu dem Raum, in dem wir früher so oft gesessen hatten, bot mir Wein an und skizzierte auf einem Blatt Papier die einzelnen Schritte der Operation. »Um ehrlich zu sein«, sagte er, »habe ich die Prozedur noch niemals eigenhändig durchgeführt, aber in der Theorie ist alles sehr einfach. Beim Herausschneiden des Hautlappens hinter dem Ohr ist nur darauf zu achten, dass die große Arterie nicht verletzt wird. Falls es mir doch passieren sollte, musst du die Blutung sofort mit einer Eiweißkompresse zum Stillstand bringen.«

»Ja«, sagte ich, »aber da ist noch etwas, das ich nicht verstehe: Wenn du die Haut heraustrennst, musst du die Fläche größer anlegen, als du hier aufgezeichnet hast, etwa doppelt so groß, damit sie später zu einem Ohrläppchen umgeklappt werden kann. Ein Ohrläppchen steht frei, es hat eine vordere und eine hintere Seite.«

Gaspare stutzte, schaute mich an und schlug sich dann mit der Hand an die Stirn. »Dass ich daran nicht gedacht habe! Da siehst du, wie wichtig es ist, dass du mir hilfst.« Er wollte mich küssen, aber ich drehte den Kopf zur Seite. Etwas ernüchtert sagte er: »Ich bin sicher, ich wäre bei der Operation noch darauf gekommen, aber so ist es natürlich besser. Je genauer ein Eingriff im Voraus geplant wird, desto sicherer der Erfolg. Aber nun komm, ich möchte die Sache hinter mich bringen.« Er wollte mich beim Arm nehmen, doch ich blieb sitzen. »Weiß Seine Exzellenz überhaupt, dass ich dir assistiere?«, fragte ich.

»Nein.« Gaspare lächelte schon wieder. »Das ist auch nicht nötig, weil ich ihn in Schlaf versetzen werde.«

»Wie soll das geschehen?«

»Mit der *Spongia somnifera*.«

»Ist das der Schlafschwamm, von dem man in letzter Zeit so viel hört?«

»Genau der.«

»Erzähl mir davon.«

»Carla, Carla!« Gaspare schaute mit gespielter Verzweiflung zur Decke. »Du willst immer alles ganz genau wissen, wie? Also höre: Der Schwamm, der möglichst aus dem Meer zwischen den Inseln der griechischen Kykladen stammen sollte, wird in eine Mischung aus Opiumsaft, Schierling, Maulbeersaft, Mandragora und Bilsenkraut getaucht und an einen sonnigen Platz zum Trocknen gelegt. Danach ist er einsatzbereit. Soll er verwendet werden, wird er gewässert und entwickelt dabei berauschende Dämpfe, die den Patienten in Schlaf versetzen.«

»Warum lässt man den Schwamm erst trocknen, man könnte ihn doch sofort nach dem Eintauchen verwenden?«

»Das könnte man, aber nicht immer ist genügend Zeit, die Mixtur anzusetzen, zum Beispiel bei einem Notfall. Da ist es besser, ihn vorher präpariert zu haben.«

»Das leuchtet ein.«

Gaspare blickte mich spöttisch an. »Wenn die Dame keine weiteren Fragen hat, könnten wir jetzt hinauf zu Seiner Exzellenz gehen?«

Wir gingen hinauf, und kurz vor der Tür zum Krankenzimmer bat Gaspare mich, ein paar Minuten zu warten. Wenn der Patient erst schliefe, würde er mich holen. Ich nickte, konnte jedoch nicht umhin, neugierig durch den Türschlitz zu blicken und heimlich das Geschehen zu verfolgen.

Der Generalvikar, ein ernster Mann mit bereits ergrautem Haar, saß kerzengerade im Bett, hielt die Augen geschlossen und murmelte ein Gebet. Gaspare wartete höflich, bis er fertig war, und richtete dann das Wort an ihn. Ich sah, wie Seine Exzellenz nickte und sich mit ängstlichem Gesichtsausdruck in die Kissen zurücksinken ließ. Gaspare ergriff nun den bereitliegenden feinporigen Schlafschwamm, tauchte ihn in eine Schüssel mit Wasser, drückte ihn aus und wartete eine Weile. Als die Dämpfe sich voll entwickelt hatten, hielt er ihn seinem Patienten direkt unter die Nase und hieß den Generalvikar, ein paarmal tief einzuatmen. Schon beim fünften oder sechsten Atemzug erschlaffte sein Körper. Gaspare wirkte zufrieden und drehte den Kopf mit dem verletzten Ohr zum Licht. Dann richtete er sich auf und sagte: »Komm jetzt herein, Carla, du stehst doch bestimmt hinter der Tür?«

Ich ersparte mir die Antwort, ging zu ihm und überprüfte mit geübtem Blick die vorbereiteten Instrumente. Alles lag an seinem Platz. Gaspare begann mit der Prozedur, und ich reichte ihm, jeden seiner Schritte vorausahnend, stets das richtige Werkzeug. Die Operation bestand an diesem Tag aus dem Heraustrennen des Hautlappens, der Auffrischung des verletzten Bereichs, dem Zurechtfalten und Zurechtschneiden des Lappens sowie seiner Vernähung am richtigen Ort. Als Gaspare zu diesem Zweck Nadel und Faden zur Hand nahm, sagte ich zu ihm: »Ich habe mir überlegt, wie eine besonders saubere Wundrandzusammenfügung entstehen könnte, und ich denke, mit der Rückstichtechnik dürfte das gelingen.«

»Du willst eine neue Nahttechnik anwenden? Jetzt, wo es so sehr darauf ankommt? Nein, lieber nicht.«

»Bitte, lass es mich versuchen. Du weißt, ich bin gelernte Schneiderin, ich verstehe etwas von Nähten. Die Rückstichtechnik ist besser als die bisher eingesetzte unterbrochene Naht.«

»Die *Sutura interscissa* war bisher immer gut genug, und sie wird es auch heute sein.«

»Bitte, lass mich nur ein oder zwei Stiche machen, dann wirst du sehen, dass ich recht habe.«

Gaspare gab nach, und ich zeigte ihm, was ich meinte.

»*Caspita*, das ist gut«, sagte er. »Warum zeigst du mir das erst heute?«

»Vielleicht, weil ich im Herzen eine kleine Schneiderin geblieben bin und mich nicht traute.«

Gaspare lachte. »Diese Rückstichtechnik ist wirklich sehr gut. Darf ich sie meinen Studenten beibringen?«

»Natürlich«, sagte ich und war sehr stolz.

»Dann darfst du jetzt die Naht fertig machen.«

Während des gesamten Geschehens zeigte Seine Exzellenz kaum eine Regung, atmete ruhig und schien nichts zu spüren. Als alles vorüber war, sagte ich: »Wenn das der Erste Akt sein sollte, was kommt danach? Ich meine, die Rekonstruktion ist doch so gut wie vollzogen?«

Gaspare streckte sich, denn wir hatten die ganze Zeit mit gebeugtem Rücken gearbeitet. »Der Zweite Akt natürlich. Er besteht im Ziehen der Fäden, welches nach einer Woche erfolgt. Der Dritte Akt sieht die endgültige Heilungsphase vor, die etwa ein halbes Jahr dauert. In diesen Monaten soll der Patient strenge Diät halten und körperliche Anstrengungen vermeiden. Anschließend sollte die Haut des neu gestalteten *lobulo* sich in nichts mehr von der seiner Umgebung unterscheiden.«

»Darf ich ihm die Fäden ziehen?«, fragte ich.

Gaspare schien einen Augenblick zu überlegen. »Ja«, sagte

er dann, »aber nur unter der Bedingung, dass wir uns danach öfter sehen.«

»Das ist Erpressung.«

»Natürlich.« Er grinste.

»Ich glaube, der Patient kommt zu sich«, sagte ich, um das Gespräch in weniger verfängliche Bahnen zu lenken.

Gaspare hob ein Augenlid des Schlafenden. »Nein, er ist nicht bei Bewusstsein.«

»Wie lange wird sein Zustand noch anhalten?«

»Genau lässt sich das schwer sagen. Die Flüssigkeit in der *Spongia somnifera* hat ihre Tücken. Ist sie zu schwach, schläft der Patient nicht richtig ein, ist sie zu stark, schläft er vielleicht für immer ein. Ganz davon abgesehen, können bei falscher Dosierung Herz- und Atembeschwerden auftreten. Aber um deine Frage zu beantworten: Die Bewusstlosigkeit wird so lange anhalten, bis ich sie aufhebe. Ich werde dazu ebenfalls einen Schwamm benutzen, diesmal aber einen, der mit Weinessig getränkt ist. Die Dämpfe von Weinessig in der Nase vermögen selbst Tote aufzuwecken.«

Er setzte seine Ausführungen in die Tat um. Der Generalvikar begann alsbald zu keuchen und zu husten. Seine Augenlider flatterten, und Gaspare sagte: »Rasch, verlasse jetzt den Raum. Ich werde dafür sorgen, dass Seine Exzellenz deine Anwesenheit duldet, wenn du zum Fädenziehen wiederkommst.«

»Ja«, flüsterte ich und stahl mich hinaus. Alles war sehr schnell gegangen, aber es störte mich nicht, denn mein Herz jubelte.

Ich würde Gaspare wiedersehen.

»Doktor Tagliacozzi hat viel Gutes über Euch berichtet«, sagte der Generalvikar am nächsten Sonntag zu mir, während Gaspare ihm half, sich im Bett aufzusetzen. »Er war des Lobes voll über Eure Frömmigkeit, Euer Geschick in der Behandlung von Kranken und über Eure – Verschwiegenheit.«

Ich versank in einem tiefen Knicks. »Eure Exzellenz können sich auf mich verlassen«, hauchte ich.

»*Benissimo*. Davon, dass ich von Eurem Gesicht nichts sehen würde, sagte Doktor Tagliacozzi allerdings nichts.«

»Verzeihung, ich, ich ...«

Gaspare versicherte hastig: »Die Signorina wird das Barett mit dem Schleier sofort abnehmen.«

Es blieb mir nichts anderes übrig, als seinem Befehl zu folgen. Ich tat es, zögernd und voller Scham, und meine rechte Gesichtshälfte errötete dabei so stark, dass sie fast der linken Hälfte mit dem Feuermal glich.

Seine Exzellenz stutzte einen Augenblick, dann schlug er gewohnheitsmäßig das Kreuz. »Wie ich sehe, seid Ihr entstellt. Doch hadert nicht mit Eurem Schicksal, Gott hat es so gewollt, ebenso, wie es sein Wille war, mich ans Krankenbett zu fesseln. Nun, äh, wird das Ziehen der Fäden lange dauern?«

In seiner Stimme sollte Festigkeit liegen, aber ich hörte Unsicherheit heraus. Das half mir, meine Befangenheit zu überwinden, und ich sagte: »Lasst mich zuerst die Stelle sehen.« Vorsichtig nahm ich den Verband ab und betrachtete eingehend Gaspares Werk. Das Ohrläppchen war leicht angeschwollen und rötlich, aber zweifelsohne richtig angewachsen. »Es steht alles zum Besten«, sagte ich, »die Fäden werden keine Schwierigkeiten machen; das operierte Ohr wird sich schon bald in nichts von dem anderen unterscheiden.«

»Wirklich?« Seine Exzellenz sah Gaspare fragend an.

Es verdross mich, dass er Gaspares Bestätigung brauchte, um meinen Worten zu glauben, aber ich ließ mir nichts anmerken und sagte: »Lasst mich nun die Fäden ziehen. Es wird kaum weh tun.«

»Mit Gottes Hilfe«, murmelte Seine Exzellenz und schloss die Augen.

Wenig später war das Werk vollbracht. Seine Exzellenz wollte sein neues Ohrläppchen befühlen, aber ich bat ihn, es zu unterlassen. »Ich bin noch nicht ganz fertig«, sagte ich.

Wieder sah Seine Exzellenz Gaspare fragend an, und dieser nickte unmerklich. »Ihr müsst Euch noch etwas gedulden«, bat er, »aber Ihr könnt schon einen Blick auf das werfen, was wir Ärzte *Lobulus auricularis* nennen. Bitte sehr.«

Seine Exzellenz nahm einen Spiegel entgegen und schaute hinein. »In der Tat, recht hübsch«, lautete sein Urteil nach einer Weile. »Gott hat meine Gebete erhört.« Dann gestattete man mir weiterzumachen. Ich trug eine Heilsalbe auf und legte einen neuen, leichteren Verband an.

Nachdem ich fertig war, sagte Seine Exzellenz: »Ich danke Euch, Dottore, ich danke Euch sehr für Eure Künste.«

»Es war mir ein Vergnügen, hochwürdigste Exzellenz, betrachtet mich als Euren Diener«, antwortete Gaspare mit einer tiefen Verbeugung.

Ich presste die Lippen zusammen und räumte die Reste des Verbandszeugs fort.

Seine Exzellenz räusperte sich und winkte Gaspare zu sich heran. Mit gesenkter Stimme sprach er: »Wie ich weiß, haben vor kurzem, ich glaube, es war am sechzehnten Mai, einige hochrangige Bürger feierlich beeidet, dass Ihr ein ehelich geborener Sohn Bolognas seid. Somit habt Ihr auch die letzten Voraussetzungen erfüllt für die Ernennung zum Hochschul-Doktor der Medizin und Philosophie und für Eure Aufnahme in den erlauchten Kreis der Kollegen beider Grade. Nach meiner Kenntnis wird es voraussichtlich Ende November so weit sein.«

Gaspare strahlte. Dann verbeugte er sich tief – etwas zu tief, wie ich fand – und rief: »Exzellenz, mit dieser Information macht Ihr mich zum glücklichsten Mann Bolognas!«

»Das bleibt aber unter uns.«

»Selbstverständlich, Exzellenz, ich weiß von nichts.«

»Schön. Um offen zu sein, habe ich meine Zustimmung zu Eurer Ernennung gern gegeben, zumal so untadelige Herren wie Ludovicus de Rofini, Matheus de Ocelli, Augustinus de Bargelinis und ein paar andere für Euch gesprochen haben.

Nicht zu vergessen natürlich Professor Ulisse Aldrovandi, der seinen Streit mit den Apothekern endlich beendet zu haben scheint. Nun, es wurde auch langsam Zeit, nachdem er und die Gegenpartei im März von Seiner Heiligkeit in Rom höchstselbst zum Einlenken ermahnt wurden.«

»Ich bin ganz Eurer Meinung, Exzellenz.« Gaspare schob dem Patienten ein Kissen in den Rücken und fragte: »Darf ich Euch eine Erfrischung bringen lassen?«

»Das wäre schön.«

Gaspare bedachte mich mit einem auffordernden Blick. Aber nun reichte es mir. Die Herren hatten mich die ganze Zeit behandelt, als gäbe es mich nicht. Über meinen Kopf hinweg hatten sie sich unterhalten, ein Neutrum war ich für sie gewesen, ein bedeutungsloses Nichts, obwohl meine Leistung nicht unwesentlich zum Gelingen der Rekonstruktion beigetragen hatte.

Ich musste meiner Verärgerung, die sich von Mal zu Mal mehr aufgestaut hatte, Luft machen. »*Arrivederci*«, stieß ich hervor und eilte aus dem Raum. Mochte der hochgelobte Herr Doktor die Erfrischung für Seine Exzellenz doch selbst holen! Ich war nicht sein Lakai!

Zornbebend verließ ich das terrakottafarbene Haus und rannte im Sturmschritt nach Hause.

»Was ist mit Euch, Herrin?«, fragte Latif mich eine Stunde später. Er war vom Einkaufen zurück und sah mir meinen Gemütszustand an der Nasenspitze an.

»Nichts«, sagte ich und vergrub mich in meine Bücher.

Latif trat näher. »Wenn Ihr lest, Herrin, sehe ich es, und wenn Ihr nicht lest, sehe ich es auch. Im Moment lest Ihr nicht, obwohl Ihr ein aufgeschlagenes Buch in der Hand haltet. Ich kenne das. Die Buchstaben sind da, aber sie werden von den Bildern, über die man sich ärgert, verdrängt. Sagt mir, was ist geschehen?«

»Nichts«, sagte ich wieder.

Latif kullerte mit den Augen und verschwand in der Küche. Ich versuchte weiterzulesen, aber es war genauso, wie mein Diener gesagt hatte. Ich sah die Buchstaben, und ich sah sie doch nicht. Deshalb legte ich das Buch, es handelte sich um ein Werk der Hildegard von Bingen mit dem Titel *Causae et curae*, aus der Hand und wollte zu ihm gehen, um ihm zu sagen, dass er recht hatte. Doch auf dem Weg in die Küche wurde ich unterbrochen. Es klopfte kräftig an der Tür. »Lass nur, Latif, ich gehe selbst!«, rief ich und öffnete.

Draußen stand Gaspare. Halb hatte ich ihn erwartet, halb wieder nicht, denn noch niemals zuvor war er zu mir in die Strada San Felice gekommen. Ohne Umschweife begann er mit ernster Miene: »Ich habe dich aufgefordert, Seiner Exzellenz eine Erfrischung zu holen, und darüber warst du erbost. Niemand bereut das mehr als ich, denn ich hätte Adelmo damit beauftragen müssen.«

»Das hättest du in der Tat«, sagte ich kühl.

»Es war ein Fehler. Bitte, verzeih mir. Die Information über meine Ernennung zum Doktor zweier Grade war unerhört wichtig für mich und meine Karriere. Die ganzen letzten Jahre habe ich darauf hingearbeitet, und nun klappt es endlich.«

»Meine Gratulation.«

»Danke. Zu meinem Glück fehlt mir nur noch eine versöhnte Carla.«

Doch ich war noch nicht versöhnt und sagte: »Wenn ich ein Mann wäre, hättet ihr mich nicht so behandelt. Es ist eine schreiende Ungerechtigkeit.«

»Ja, wahrscheinlich hast du recht.«

Ich schwieg und kämpfte mit mir. Dass Gaspare mir halbwegs zustimmte, besänftigte mich etwas.

»Bitte.« Nun lächelte er. »Ich will meinen Fehler wiedergutmachen und bringe dir meinerseits eine Erfrischung.« Mit großer Geste holte er unter seinem schwarzen Wams einen bunten, mit Perlen bestickten Stoffball hervor.

»Eine Parfumkugel?«, fragte ich.

»Mit sehr erfrischendem Duft! Riech nur, wie sich die Aromen von Lavendel, Bergamotte und Zitrone zu einer unnachahmlichen Komposition vereinigen.«

Er hielt mir die Kugel unter die Nase, und mir blieb nichts anderes übrig, als daran zu schnuppern.

»Nun, wie riecht sie? Nach Versöhnung?«

Ich musste lachen. »Ja, ein bisschen.« Gaspares Idee, mir eine Erfrischung in Form einer Parfumkugel zu schenken, gefiel mir. Die Geschehnisse in seinem Haus erschienen mir plötzlich nicht mehr so schlimm. Wahrscheinlich war ich zu empfindlich gewesen, vielleicht auch zu unbeherrscht, in jedem Fall aber nicht souverän genug, das Gebaren der beiden Herren zu übergehen.

»Darf ich eintreten? Ich wollte dein Haus schon immer einmal sehen.«

»Nun gut, komm herein.« Ich trat beiseite und führte ihn an den Esstisch. »Nimm Platz.«

»Schön hast du es hier«, sagte er, bevor er sich setzte. Wir sahen uns an und wussten beide, dass mein Haus im Gegensatz zu seinem nur eine armselige Hütte war, aber ich nahm ihm die Übertreibung nicht übel, denn sie war gut gemeint. »Latif!«, rief ich und sagte, als mein Diener den Kopf aus der Küchentür steckte: »Doktor Tagliacozzi ist gekommen, ich werde mit ihm zusammen die Mahlzeit einnehmen.«

»Doktor Tagliacozzi? Ach, ja.« Latif wollte sich zurückziehen, aber ich hielt ihn auf. »Mach uns etwas Gutes, der Herr Doktor ist zum ersten Mal hier.«

»Ich weiß nicht, ob's für zwei Personen reicht.«

»Dir wird schon etwas einfallen.«

»Ja, Herrin.«

Während wir auf das Ergebnis von Latifs Kochkünsten warteten, floss unser Gespräch nur träge dahin. Ich war, wie ich zugeben muss, verlegen, denn nach Marcos Tod hatte ich nie wieder Besuch von einem Mann gehabt. Überdies musste ich ständig daran denken, dass Gaspare verheiratet war. Es schickte sich nicht, mit ihm allein zu sein. Als er nach meiner Hand griff, fragte ich: »Wie geht es deiner Frau?«

»Giulia? Ich denke, gut. Wir sehen uns selten. Sie hat ihre Freundinnen, und ich habe meine Arbeit.« Widerstrebend gab er meine Hand frei. Seine Stimme klang gleichgültig.

»Habt Ihr schon Kinder?«

»Kinder?« Er lachte freudlos. »Wie denn? Wir teilen schon lange nicht mehr das Bett.« Wieder ergriff er meine Hand und drückte sie.

»Die Suppe, Herrin!« Gaspare und ich fuhren wie ein ertapptes Liebespaar hoch. Latif hatte sich auf leisen Sohlen genähert, eine große Terrine in den Händen haltend.

»Was bringst du uns denn Schönes?«, fragte Gaspare gönnerhaft. Er musterte meinen Diener von oben bis unten und fügte hinzu: »Du hast eine interessante Nase – oder vielmehr das, was davon übrig ist. Ansonsten scheinst du ein Freund von reichhaltiger Speise zu sein.«

Latif schien ihn nicht zu hören und sagte zu mir: »Ich war nicht auf Besuch eingestellt, Herrin. Deshalb habe ich nur eine Suppe aus Resten kochen können.«

»Das macht nichts«, mischte sich Gaspare ein. »Sie wird uns bestimmt schmecken, nicht wahr, Bleiweißmädchen?«

»Ich denke schon.«

Latif runzelte die Stirn und füllte Gaspares Teller bis zum Rand. »Hoffen wir's, Dottore.«

Gaspare lachte. »Nur keine falsche Bescheidenheit. Was für eine Suppe ist es denn?«

»Sie hat keinen bestimmten Namen, ich habe sie aus Resten vom Rind gemacht.«

Gaspares Miene verdüsterte sich für einen Moment. Zweifellos war er edlere Kost gewohnt. Aber dann rief er: »Sicherlich hast du etwas sehr Delikates gezaubert, wenn auch der Anblick nicht gerade einladend ist.«

In der Tat sah die Suppe nicht sehr appetitlich aus. Noch nie hatte Latif mir so etwas angeboten. Ich wollte ihm sagen, er solle sie wieder abtragen, aber Gaspare kam mir zuvor. »Lass nur«, sagte er scherzend, »ich werde den Vorkoster spielen.« Schwungvoll griff er zum Löffel und probierte. »Hm, das schmeckt etwas, äh, ungewöhnlich, recht breiig, scharf und säuerlich.«

»Ganz recht, Dottore«, sagte Latif, und in seinen Augen sah ich etwas, das mir nicht gefiel. »Es sind nicht nur Fleischreste drin, sondern auch gemahlene Knochen.«

»Wie?«

»Dazu Knorpel, Sehnen, Schwarten und Hufe. Aber die Augen, Dottore, die werden Euch besonders munden, sie sind das Beste.«

Nun war es genug. Ich fuhr Latif an: »Was fällt dir ein, uns einen solchen Abfall aufzutischen! Trag das Zeug sofort zurück und mach uns etwas anderes!«

»Ja, Herrin!«, rief Latif erschreckt. Er wandte sich um, kam dabei ins Stolpern und verschüttete den gesamten Inhalt der Terrine. Die heiße Brühe ergoss sich auf die seidenen Beinlinge meines Gastes. Gaspare sprang hoch und rief: »Was hast du gemacht, du Tölpel!«

Latif verbeugte sich. »Wie es scheint, habe ich Euch mit Suppe übergossen, Dottore. Nur Allah, der Verstehende, der Allwissende, kennt das Maß meines Bedauerns.«

»Verschwinde, Latif!«, schimpfte ich, während ich mich bemühte, Gaspares Hose mit einem Tuch von dem ekligen Zeug zu befreien. Es gelang mehr schlecht als recht, und es war mir äußerst unangenehm. Doch Gaspare hatte sich schon wieder gefangen. »Am liebsten würde ich das Beinkleid ausziehen«, sagte er amüsiert, »damit es gründlich gereinigt werden kann. Du hast doch nichts dagegen?«

»Nein, äh, das heißt, doch! Ich habe keine Ersatzhose für dich.«

»Das ist schade, Bleiweißmädchen. Nun gut, dann entschuldige mich bitte.« Er verließ den Raum, und ich blieb sitzen, wo ich war. Latif ließ sich ebenfalls nicht blicken, doch nach einiger Zeit hörte ich ihn in der Küche rumoren. Ich rief hinüber: »Wie konntest du mir das nur antun! Erst kochst du dieses widerwärtige Zeug, dann gießt du es dem Doktor über die Kleider, und dann entschuldigst du dich nicht einmal dafür!«

»Tut mir leid, Herrin«, sagte er mit völlig veränderter Stimme. Ich sah ihn kommen und erkannte, dass Latif gar nicht Latif war, sondern Gaspare, der sich in eines der wallenden Gewänder meines Dieners gehüllt hatte.

»Was soll das nun wieder?«, fragte ich entgeistert.

Gaspare grinste. »Gefalle ich dir? Zugegeben, das Kleidungsstück ist etwas zu groß für mich, es böte Platz für einen Elefanten, aber ich wusste mir nicht anders zu helfen.«

Sein Anblick war so ungewöhnlich, um nicht zu sagen lächerlich, dass mir die Worte fehlten. Wo war seine Würde geblieben, die er sonst stets auszustrahlen suchte? Er schien sich völlig verändert zu haben. Schließlich stotterte ich: »U... und Latif? Was sagt der dazu?«

Gaspare lachte. »Ich weiß es nicht, ich habe ihn fortgeschickt. Dein Diener soll ein paar Zutaten für eine anständige *minestrone* kaufen und nicht vor dem Abend wiederkommen.« Er setzte sich zu mir, direkt neben mich, und legte den Arm um meine Schulter. »Nach diesem Augenblick habe ich mich seit Monaten gesehnt.«

Ich rückte von ihm ab, obwohl es mir ganz genauso ergangen war. »Erzähl mir, was du so treibst«, sagte ich.

»Da gibt es nicht viel zu erzählen. Ich arbeite hart, versuche, meinen Studenten die Geheimnisse der Medizin näherzubringen, und betrinke mich des Öfteren mit ihnen.«

»Du betrinkst dich mit ihnen?«

Gaspare kam wieder näher. »Was bleibt mir anderes übrig! Zu Hause blase ich nur Trübsal.«

Natürlich stimmte das nur zum Teil, denn er hatte zahllose Verpflichtungen, traf sich regelmäßig mit seinen Doktorkollegen, ging zu Banketten und Jubiläen, zu Versammlungen und

Festen jeglicher Art, aber ich wollte gerne glauben, was er sagte, und deshalb glaubte ich ihm. Ohne dass ich merkte, wie die Stunden vergingen, plauderten wir über die alten Zeiten, die, wenn man es recht bedachte, noch gar nicht so lange zurücklagen. Wir sprachen darüber, wie wir uns kennengelernt hatten, und über die chirurgische Kunst, Verstümmelungen durch Aufpfropfen von Haut zu beseitigen, wir redeten über die von mir entworfene Kapuzenweste, die mittlerweile allgemein Verwendung fand, über Vipernsektionen im Allgemeinen und den Theriak im Besonderen und immer wieder über meine erste eigene Nasenrekonstruktion, die ich erfolgreich an Fabio, dem Dauerweiner, vorgenommen hatte. Das Einzige, worüber wir nicht redeten, war die Geschichte mit der Hutnadel.

Und während wir über all das sprachen, kamen wir uns näher und näher, und die warme, prickelnde Sehnsucht, die ich so lange nicht gespürt hatte, wurde übermächtig und ergriff von mir vollends Besitz. Ich konnte mich nicht dagegen wehren und wollte es auch nicht. Ich wollte glücklich sein, wollte die Nähe eines Mannes spüren, seinen Körper, seinen Geruch und seine Kraft ...

Irgendwann küssten wir uns leidenschaftlich, und Gaspare flüsterte mir ins Ohr: »Bleiweißmädchen?«

»Ja?«, flüsterte ich zurück.

»Ich teile wirklich nicht mehr das Bett mit meiner Frau.«

Es begann eine Zeit des Glücks und der Erfüllung für mich. Gaspare besuchte mich regelmäßig in meinem Haus, aß und trank mit mir, lachte und scherzte mit mir und blieb nicht selten über Nacht. Ich glaube, wir waren beide ziemlich närrisch, in einer Art, wie es nur Verliebte sein können. Manchmal fragte ich mich am Morgen, wenn Gaspare neben mir aufwachte, ob es immer so weitergehen könne, aber ich wollte die Antwort gar nicht wissen. Wir lebten nur in der Gegenwart, genossen das gute Essen, das ich für uns beide kochte, bestellten zu unserer Erbauung Musikanten ins Haus oder sprachen über die neueste Mode, wobei Gaspare im Brustton der Überzeugung behauptete, die Farbe der Liebe sei Schwarz, schließlich trüge er Schwarz, und er sei in mich verliebt. Ich wiederum bestand auf Rot, denn Rot war die Farbe meines neuen Kleides, das ich mir geschneidert hatte, einen Traum mit gewagtem Dekolleté, gefertigt aus kostbarer Seide, die Gaspare mir geschenkt hatte.

Über derlei glücklichen Belanglosigkeiten verging der Sommer, der Herbst kam, und unsere Liebe war nach wie vor so innig wie am ersten Tag.

Am 26. November war es so weit, Gaspare wurde offiziell zum Doktor beider Grade erklärt und sein neuer Status im *Libro confidenziale* des Archiginnasios festgehalten. Seiner Inauguration, die einen ganzen Tag lang dauerte und unter dem dröhnenden Geläut von *la scholara* zelebriert wurde, folgten Feste und Bälle mit größtem Gepränge. Er bat dazu nur die ersten Familien Bolognas in sein Haus, und fast alle folgten seiner Einladung. Es wurde getanzt, musiziert, deklamiert und auf das Üppigste getafelt. Seine neuen Professoren-Kollegen, allen voran Aranzio und Aldrovandi, schenkten ihm einen kostbaren Fuchspelz, den er zum Zeichen seiner neuen Würde von nun an bei jeder Vorlesung tragen sollte.

Es war eine wundervolle Zeit, die nur einen kleinen Missklang aufwies: Die Teilnahme an sämtlichen Feierlichkeiten blieb mir versagt, denn an Gaspares Seite stand ausschließlich Giulia, seine schöne Gemahlin.

Doch ich sagte mir, alles im Leben hat seinen Preis, und fügte mich in die Situation.

Auch Latif bereitete mir einigen Kummer, denn immer, wenn Gaspare in meinem Haus weilte, zeigte er sich von seiner unverträglichsten Seite. Er war einsilbig und bockig, gab Widerworte oder erschien erst gar nicht, wenn man ihn rief. Zur Begründung führte er stets an, er müsse sein Gebet verrichten. Ich sei zwar seine Herrin, aber Allah, der Alleswissende, der Allessehende, sei der Herr aller Herren, und wenn Er ihn zum Gebet riefe, müsse er gehorchen.

Ich nahm Latifs Erklärung hin, doch an manchen Tagen hatte ich das Gefühl, er würde statt fünfmal mindestens zehnmal seinen Teppich gen Mekka ausrollen. Darauf angesprochen, erwiderte er, er zähle nicht mit, wie oft Allah ein Gebet verlange, das müsse ich verstehen.

Ich verstand es nicht. Ebenso wie ich nicht verstand, warum er Gaspare nicht mochte. Nach ein paar Versuchen, bei ihm einen Sinneswandel herbeizuführen, beließ ich es notgedrungen dabei und verkroch mich, wenn die Zeit es erlaubte, in meine Bücher. Wer zu lesen vermag, dem eröffnet sich mit jeder Seite eines Buches eine neue Welt. Hildegard von Bingen wurde zu einer meiner Lieblingsschriftstellerinnen. Ich bewunderte ihre Erfahrung, ihr Wissen und ihre Lebensklugheit.

Auch Trotula, die berühmte Ärztin der einstigen Schule von Salerno, berührte mich mit ihren Werken aufs Tiefste. Mit heißem Herzen las ich *Passionibus Mulierum Curandorum*, eine umfangreiche Abhandlung über die Tätigkeit der Heilkunst an Frauen, in der ich zum ersten Mal etwas über die Einteilung in fruchtbare und unfruchtbare Tage während des weiblichen Zyklus erfuhr.

Ein Plan reifte daraufhin in mir heran, ein kühner Plan, nach dessen Gelingen ich Gaspare mit dem Ergebnis überraschen wollte. Es war ein Sonntagnachmittag, ein windiger Tag im Dezember. Wir hatten ein von mir mit viel Liebe zubereitetes Mahl eingenommen, saßen Hand in Hand am Tisch, und Gaspare sagte, während er das Mundtuch fortlegte: »Du machst ein Gesicht, so glücklich, als hättest du nicht nur einen *agnello al forno* mit Auberginengemüse gegessen, sondern das gesegnete Manna des Herrn gleich mit.«

Ich schloss die Augen und sagte: »Küss mich.«

Er küsste mich. »Was hast du denn? Du wirkst auf einmal so feierlich?«

»Der Herr hat nicht nur das Manna gesegnet«, sagte ich und bekam vor Rührung feuchte Augen. »Auch meinen Leib. Stell dir vor, ich bin schwanger!«

»Du bist …?«

»Ja, ich bin ganz sicher. Küss mich noch einmal.«

Als der Kuss ausblieb, schlug ich die Augen auf und sah in Gaspares betroffenes Gesicht. »Das muss ich erst einmal verkraften«, sagte er.

»Freust du dich nicht? Wir werden ein Kind haben!«

»Doch, natürlich, im Prinzip freue ich mich. Aber ich denke an die Folgen. Du weißt doch, ich bin ein Mann, der in der Öffentlichkeit steht.«

Ernüchtert sagte ich: »Sicher, aber wir werden für alles eine Lösung finden. Die Hauptsache ist doch das Kind.«

»Gewiss, du hast recht.« Endlich küsste er mich und sagte: »Dann muss es an Giulia liegen.«

»Was meinst du?«

»Dass unsere Ehe bislang kinderlos blieb.«

Ich lachte. »Aber das ist doch kein Wunder, wenn du nicht mehr das Bett mit ihr teilst.«

»Natürlich, du hast recht«, sagte er abermals. »Bist du wirklich ganz sicher, schwanger zu sein?«

»Aber ja! Eine Frau spürt so etwas. Außerdem ist meine Regel ausgeblieben.« Ich hielt es nicht für wichtig, Gaspare zu sagen, dass ich Trotulas Wissen genutzt hatte, um gesegneten Leibes zu werden. »Möchtest du noch Nachtisch? Ich habe süßen Kuchen mit kandierten Früchten.«

»Nein danke, ich bin satt.«

»Was meinst du, wird es ein Junge oder ein Mädchen? Ich glaube, es wird ein Junge. Du als Vater eines Mädchens, das kann ich mir nicht vorstellen.«

»So, kannst du das nicht?« Gaspare wirkte etwas abwesend.

»Nein, stell dir vor, es wäre ein Mädchen, und es bekäme deine Nase.«

»So hässlich ist meine Nase doch gar nicht.«

»Das habe ich auch nicht gesagt. Aber sie ist sehr markant.« Ich hauchte einen Kuss darauf und begann, den Tisch abzuräumen, denn Latif ließ sich wieder einmal nicht blicken. »Möchtest du noch etwas Wein?«

»Ja, danke.« Gaspare hielt mir sein Glas hin, und ich goss ihm nach. »Ich wüsste zu gern, was es wird«, sagte ich. »Schon allein wegen des Namens. Ich habe mir schon den Kopf zerbrochen, wie wir unseren Sohn nennen sollen. Was hältst du von Giancarlo? Ich finde, Giancarlo klingt hübsch, drei unterschiedliche Vokale stecken darin.«

»Ja, recht hübsch«, sagte Gaspare.

»Massimo gefällt mir auch, ich finde, ein schöner Jungenname muss mindestens drei unterschiedliche Vokale haben. Was meinst du?«

»Ich weiß nicht. Ich glaube nicht, dass Vokale so wichtig sind.« Gaspare trommelte mit den Fingern auf dem Tisch. »Es tut mir leid, aber ich muss gehen.«

»So plötzlich?«

»Sagte ich es nicht vorhin schon? Leider ist es so. Morgen habe ich eine wichtige Lesung, auf die ich mich vorbereiten muss. Das verstehst du doch?«

»Natürlich«, sagte ich und versuchte, mir meine Enttäuschung nicht anmerken zu lassen. »Willst du nicht doch noch bleiben und etwas Kuchen essen?«

»Nein, wirklich nicht.« Gaspare trank sein Glas aus und erhob sich. »Dass wir ein Kind bekommen, ist wunderbar, aber es sollte zunächst unser Geheimnis bleiben. Jedenfalls so lange, bis wir alle Fragen geklärt haben. Einverstanden?«

»Ja«, sagte ich. »Hauptsache, du freust dich auch.«

»Das tue ich. Man sieht es mir nur nicht so an. Bis bald, mein Bleiweißmädchen.« Er küsste mich, setzte sein Barett auf und ging.

Mehrere Tage verstrichen, in denen ich nichts von Gaspare hörte. Aber ich machte mir keine Sorgen deswegen, denn das war schon öfter vorgekommen. Außerdem erfüllte mich nur ein einziger Gedanke: das winzige Leben, das in meinem Körper heranreifte. Giancarlo sollte der Junge heißen, so viel stand für mich inzwischen fest. Immer wieder tastete ich meinen Leib ab, um ihn zu spüren, doch er war noch zu klein. Da begann ich, mit ihm zu sprechen, ähnlich, wie ich als Kind mit meiner Puppe Bella gesprochen hatte. »Giancarlo, mein Kleiner«, flüsterte ich, »kannst du mich hören? Hier ist deine Mamma, wir beide müssen uns jetzt Mühe geben, damit du groß wirst und gesund auf diese Welt kommst, nicht wahr?«

Natürlich bekam ich keine Antwort – nur einen kleinen Stoß, wie ich mir einbildete –, und ich sprach weiter mit ihm, und als Latif dazukam, erzählte ich ihm von meiner Schwangerschaft. Er riss die Augen auf und sagte: »Herrin, das ist eine gute Nachricht, denn Allah liebt alle Kinder, ganz gleich, wer der Vater ist. Doch von nun an müsst Ihr Euch besonders schonen. Ich will Euch einen Trank brauen, wie ich ihn aus dem Yeni Sarayı kenne. Er wird Euch stärken.«

»Danke, Latif.« Ich setzte mich bequem auf mein Bett und wartete, während ich ihn geschäftig in der Küche hantieren hörte. Als er mit der dampfenden Flüssigkeit hereinkam, fragte ich: »Was ist denn darin?«

»Die Extrakte der Zimtrose, Herrin, und noch ein paar Dinge mehr.«

Ich nahm den Becher und versuchte einen Schluck.

»Schmeckt es Euch, Herrin?«

»Der Trank ist noch ein bisschen heiß, aber würzig und kräftig, und« – ich blickte Latif an – »er scheint zum Glück keine Fleischreste zu enthalten.«

Er lachte verlegen. »Glaubt nicht, Herrin, dass ich zum Verräter am Salz werden wollte.«

»Zum Verräter am Salz? Was soll das nun wieder bedeuten? Du sprichst in Rätseln, Latif.«

»Aber wieso, Herrin? Jeder weiß doch, dass damit ein Verräter an der Gastfreundschaft gemeint ist. Ich aber habe nur versehentlich die falschen Zutaten gewählt, als Doktor Tagliacozzi bei uns zu Gast war.«

»So kann man es auch ausdrücken. Jedenfalls hast du mich in eine sehr peinliche Situation gebracht. Ich möchte, dass sich so etwas nicht wiederholt.«

»Ja, Herrin, ich werde zu Allah, dem Gütigen, dem Verzeihenden, beten, damit er mir die Hand künftig besser führt.«

Ich trank einen weiteren Schluck und spürte wenige Augenblicke später, wie eine angenehme Müdigkeit von mir Besitz ergriff. Schläfrig ließ ich mich in die Kissen sinken und schlummerte ein.

Ich erwachte, als Latif mich sanft an der Schulter berührte und mir eröffnete, dass an der Tür ein Bote stehe. »Er hat eine Nachricht, Herrin, die er nur Euch mitteilen will«, rief er.

»Sag ihm, ich komme gleich.«

Der livrierte Bote erwies sich als jener, den ich schon kannte. Er kam von Gaspare und richtete mir aus, ich möge am Abend in die Trattoria *Da Paolo* kommen, wo sein Herr mich zur siebten Stunde erwarte.

»Worum geht es?«, fragte ich.

»Das weiß ich nicht.«

»Nun gut, richte deinem Herrn aus, dass ich pünktlich da sein werde.«

Am Abend ging ich in die Trattoria, die ich noch aus den Zeiten, als mein braver Marco lebte, kannte. Paolo, ein kleiner, dicker Wirt mit schneeweißer Schürze, empfing mich mit großer Herzlichkeit und tat so, als wären wir die ältesten Freunde. »Der gnädige Herr Doktor sitzt ganz hinten in dem kleinen Nebenraum«, sagte er und kniff vielsagend ein Auge zusammen. »Er wirkt, mit Verlaub, ein wenig aufgeregt. Ich glaube, er hat Euch Wichtiges zu sagen.«

»Danke, Paolo.« Ich ging zu Gaspare, der mich mit ernster Miene erwartete.

»Ist etwas passiert?«, fragte ich. »Warum treffen wir uns hier und nicht bei mir zu Hause?«

»Lass uns erst etwas essen.« Gaspare küsste mich und half mir, mich zu setzen, dann bestellte er eines von Paolos leckeren Teiggerichten. »Es sind gedrehte Nudeln, die wie Spiralen aussehen«, sagte er, »etwas ganz Besonderes, wie mir der Wirt versicherte. Dazu reicht er zarten, gedünsteten Kohl, den er mit dem frisch geriebenen Pulver der Muskatnuss würzt. Hast du schon einmal Muskatnuss probiert?«

»Nein. Warum treffen wir uns hier?«

Paolo nahte mit dem Essen, und Gaspare sagte: »Erst einmal *buon appetito*, Bleiweißmädchen.«

Wir aßen mit Genuss und tranken dazu einen strohgelben Frascati.

»Was sagst du zu dem Geschmack der Muskatnuss?«, fragte Gaspare.

»Sehr würzig und aromatisch«, antwortete ich und schaute ihn wieder fragend an.

»Nun«, sagte er, »ich merke schon, du willst unbedingt wissen, warum wir hier sind. Um ehrlich zu sein, ich hielt diesen Ort für am geeignetsten, um das Gespräch zu führen.«

»Welches Gespräch? Worum geht es, nun sag doch endlich, was los ist!«

»Pst, nicht so laut, Bleiweißmädchen. Also, es geht um dein Kind.«

»Unser Kind.«

»Natürlich, verzeih.« Gaspare trank einen kleinen Schluck Frascati und schickte Paolo, der ihm nachschenken wollte, fort. »Glaube bitte nicht, dass ich mich über deine Schwangerschaft nicht freue …«

»Giancarlo geht es gut. Und mir auch.«

»Giancarlo?«

»Erinnerst du dich nicht? Wir sprachen doch über Jungennamen. Wenn du einverstanden bist, soll unser Kleiner so heißen.« Ich nahm Gaspares Hand und drückte sie. »Ist alles in

Ordnung mit dir, du wirkst so angespannt? Du freust dich doch auch auf unser Kind?«

»Sicher, ja. Ich freue mich, schließlich bin ich der Vater ... nicht wahr?«

»Willst du etwa bezweifeln ...?«

»*Sant'Iddio*, natürlich nicht. Ich will alles tun, damit es, äh, Giancarlo an nichts fehlt.«

»Gott sei Dank, und ich hatte schon gedacht ...« Mir kamen die Tränen. »Was du da eben gesagt hast, macht mich sehr glücklich. Sehr, sehr glücklich. Weißt du eigentlich, wie oft ich in der letzten Zeit gern an deiner Seite gewesen wäre? Aber natürlich ging es nicht. Ich sagte mir dann immer: Wenn ich schon nicht seine Frau werden kann, will ich wenigstens ein Stück von ihm, ein Stück von seinem Fleisch und Blut! Und nun ist es so weit, und du willst alles für unseren Sohn tun. Ich liebe dich. Nein: Wir lieben dich!« Ich beugte mich vor und küsste Gaspare auf den Mund.

Er räusperte sich und sagte: »Ich freue mich auch. Dann nimmst du also das Geld an?«

»Das Geld?«

»Für die Erziehung und Ausbildung. Ich werde dir monatlich eine ausreichende Summe für den Kleinen zukommen lassen, damit er standesgemäß aufwachsen kann.«

»Das ist sehr lieb von dir. An Geld hatte ich bisher überhaupt nicht gedacht.«

»Ich glaube, zwölf Scudi werden genügen.«

»Zwölf Scudi, das ist viel zu viel.«

»Lieber ein bisschen mehr als zu wenig. Denk daran, dass du vielleicht nicht mehr zu den Nonnen von San Lorenzo gehen können wirst.«

Ehe ich antworten konnte, näherte sich wieder Paolo, der Wirt, und diesmal durfte er nachschenken. Auch mir wollte er weiteren Wein eingießen, aber ich lehnte ab. Ich musste an Giancarlo denken.

Gaspare leerte sein Glas auf einen Zug und sagte: »Schön,

dann wäre ja alles geklärt. Allerdings ist da noch eine Sache, bei der ich dich um dein Verständnis bitte. Ich möchte, dass du Stillschweigen darüber bewahrst, wer der Vater des Kindes ist. Auch das Kind selbst, ich meine, Giancarlo, soll darüber nicht informiert werden.«

»Das kann nicht dein Ernst sein!«

»Oh, doch, selten war mir etwas ernster. Denk bitte an meine Stellung in der Gesellschaft. Es wäre meinem Ruf in höchstem Maße abträglich, wenn herauskäme, dass ich der Vater eines unehelichen Kindes bin. Außerdem darf auch Giulia nichts davon wissen. Es wäre nicht gut für unsere, äh, Gemeinschaft. Bitte versteh das.«

»Nein, das verstehe ich nicht.« Ich konnte nicht glauben, was Gaspare gerade gesagt hatte. »Das verstehe ich überhaupt nicht. Du wärst nicht die einzige hochgestellte Persönlichkeit mit einem *bastardo*. Mir ist niemand bekannt, dessen Karriere darunter gelitten hätte. Gaspare, Lieber, bitte: Stehe zu deinem Sohn, erkenne deine Vaterschaft an.«

»Ich fürchte, das kann ich nicht.«

»Bitte, es müsste ja nicht an die große Glocke gehängt werden. Soll Giancarlo wirklich ohne Wissen, wer sein Vater ist, aufwachsen? Mir selbst ist es auch so ergangen, vergiss das nicht. Ich weiß bis heute nicht, wer damals meine Mutter schwängerte. Bitte, erspare das unserem Sohn.«

»Es geht nicht.«

»Es geht nicht?« Mein Entsetzen wandelte sich langsam in Wut.

»Du hast richtig gehört. Ich habe in den letzten Tagen viel darüber nachgedacht. Ich will es nicht, und dabei bleibt es.«

»Ist das dein letztes Wort?«

Gaspare zögerte, und für einen kurzen Augenblick glomm die Hoffnung wieder in mir auf. Doch dann sagte er: »Es gäbe noch eine andere Lösung. Es wäre am einfachsten und ließe das ganze Problem erst gar nicht entstehen.«

»Nein!«

»Bitte, schrei nicht so laut. Die anderen Gäste könnten uns hören. Es wäre wirklich das Einfachste, wenn du einen Trank aus den Wurzeln des Sadebaums zu dir nehmen würdest. Dieser Trank ist ein zuverlässiges, seit Jahrhunderten bewährtes Mittel. Die Dosis darf nur nicht zu stark sein. Ich könnte dir ...«

»Nein, nein, nein!«

»Carla, bitte! Es käme auch scharfer Zitronensaft in Frage. Die Applikation des Safts ist etwas beschwerlich ...«

»Nein, nein, nein!« Ich schrie meine ganze Wut, Verzweiflung und Enttäuschung heraus. »Du Feigling, du kleiner, mieser Feigling!«

»Jetzt ist es aber genug!« Gaspare sprang auf und hielt mir den Mund zu. »Willst du wohl schweigen, du närrisches Weib! Was ist an einer Abtreibung so schlimm. Sie geschieht täglich dutzendfach in Bologna, hundertfach in Italien, tausendfach auf der ganzen Welt, und da kommst du und machst so ein Geschrei darum.«

»Nein«, sagte ich. Ich sagte es ganz leise, denn plötzlich hatte mich alle Kraft verlassen. Schwindel ergriff mich, und ich sah wieder die große rote Wolke auf mich zufliegen, wie damals im Werkstattzimmer unseres Hauses, als Signora Donace meine Mutter anschrie, und die rote Wolke kam näher und näher, sie füllte den ganzen Gastraum aus, drohte mich zu ersticken und begrub mich unter sich.

Dann schwanden mir die Sinne.

Teil 3
Latif

Das Schilfrohr
La canna

ch schlug die Augen auf und blickte in das besorgte Gesicht von Latif. »Allah sei Dank!«, rief er. »Ihr seid wieder bei Euch, Herrin.«
»Was ist geschehen?«, flüsterte ich. »Wo bin ich?«
»In Eurem Bett, Herrin.« Latif richtete sich auf und gab den Blick frei auf die vertrauten Szenen der Schöpfungsgeschichte an der Decke meines Schlafzimmers. Das beruhigte mich, denn tief in meinem Innern spürte ich eine starke Anspannung. Ich versuchte zu ergründen, woher sie rührte, aber ich kam nicht darauf. Irgendetwas war passiert, aber ich wusste nicht, was. »Ich habe Durst«, sagte ich.

»Das ist kein Wunder, Herrin«, antwortete Latif. »Ihr wart drei Tage im Land hinter den Träumen. Aber jetzt, Allah, dem Gnädigen, dem Huldreichen, sei Dank, seid Ihr endlich aufgewacht. Ich wollte schon Doktor Valerini holen oder Schwester Marta von San Lorenzo, aber so ist es besser, denn wie Ihr wisst, bin ich schlecht zu Fuß. Ich habe Euch den Zimtrosen-Trank gemacht, den sollt Ihr jetzt trinken.«

Ich schlürfte vorsichtig den brühheißen Aufguss, den er mir an die Lippen hielt, und spürte seine stärkende Wirkung. »Du sagst, ich hätte drei Tage geschlafen, Latif?«, fragte ich.

»Ja, Herrin, genauer gesagt, zwei Tage und drei Nächte. Der dritte Tag beginnt gerade. Ich danke Allah, dass Er Euch noch nicht zu sich gerufen hat.«

»Warum hätte er das tun sollen?«

»Das habe ich Ihn auch gefragt. Ich habe Ihn immer wieder angerufen und Ihm erklärt, was für ein guter Mensch Ihr seid, auch wenn Ihr manchmal etwas zum Geiz neigt und meine

Kochkünste nicht zu schätzen wisst. Das war sehr anstrengend, Herrin, denn jedes Mal musste ich meinen Gebetsteppich ausrollen und anschließend wieder einrollen, und das Knien und Vorbeugen beim Beten fällt mir doch so schwer. Aber ich denke, Allah hat meine Worte verstanden, sonst hätte es Ihm nicht gefallen, Euch wieder wach werden zu lassen. Wollt Ihr noch mehr von dem Zimtrosen-Trank?«

»Nein danke. Sag mir jetzt, wie ich in mein Bett gekommen bin, denn daran kann ich mich nicht erinnern.«

Latif kullerte mit den Augen. »Es war abends, Ihr wart fortgegangen, und ich wartete auf Euch. Dann kam dieser Wirt, Paolo heißt er, mit einem Karren, und auf dem Karren lagt Ihr. Ihr wart bewusstlos, und Paolo sagte, Ihr hättet Streit mit Doktor Tagliacozzi gehabt, so schrecklich laut, dass man es bis auf die Straße hören konnte, aber der Doktor hätte gesagt, es ginge Euch gut, obwohl Ihr immerfort geschrien und am ganzen Körper gezuckt habt. Der Doktor hätte ihm ein Trinkgeld gegeben und darum gebeten, dass Ihr nach Hause gebracht werdet. Das hat dieser Paolo dann auch getan. Und seitdem sitze ich hier an Eurem Bett und mache mir Sorgen, Herrin.«

»Danke, Latif«, murmelte ich. »Es ist gut.«

»Was habt Ihr, Herrin, warum wendet Ihr Euch ab?«

Ich antwortete nicht. Die Erinnerung war jählings wiedergekommen und hatte mich wie ein Schlag getroffen. Sie tat mir so weh, dass ich kein weiteres Wort hervorbrachte.

Ich lag den ganzen Tag im Bett, aß nichts, trank nichts und sprach auch nicht mit Latif. Ich war so teilnahmslos, dass mein armer Diener schier verzweifelte. »Ich wünschte, ich hätte Haare, Herrin!«, rief er. »Dann hätte ich wenigstens etwas, das ich mir raufen könnte. Was soll ich nur tun, um Euer Schweigen zu brechen?«

Was er auch sagte, ich antwortete nicht. Schließlich tat er etwas Erstaunliches. Er ging in den Nebenraum und holte den kleinen Hausaltar, vor dem meine Mutter immer so innig mit ihrem Schöpfer Zwiesprache gehalten hatte. Er stellte ihn vor mich hin und sagte: »Allah, der Wissende, der Kenntnisreiche, vermochte Euch aus dem Drei-Tage-Schlaf zu erwecken, Herrin, vielleicht ist der Christengott in der Lage, Euch zum Reden zu bringen? Bitte, versucht es mit einem Gebet.«

»Nein, nicht nötig«, murmelte ich kaum hörbar.

»Oh, Herrin!« Latif klatschte vor Freude in die Hände. »Ihr könnt ja doch noch sprechen! Wer hätte gedacht, dass der Gott der Christen so schnell Wunder vollbringt? Was ist geschehen, dass es Euch heute Morgen auf einmal die Sprache verschlug?«

Ich blickte ihn an und las in seinem Gesicht Freude, Sorge und – Treue. Noch nie hatte ich diesen Ausdruck bei ihm bemerkt. Ich richtete mich auf und beschloss, ihm alles zu erzählen, denn er hatte es verdient, obwohl er nur mein Diener war. »Ich konnte mich auf einmal wieder erinnern«, sagte ich. »Jemand hat von mir verlangt, Giancarlo, meinen kleinen Sohn, abzutreiben.«

»Was?« Latif riss vor Schreck den Mund auf. »Wer hat das von Euch verlangt?«

»Doktor Tagliacozzi. Er … er ist der Vater des kleinen Giancarlo.«

»Dieser Ungläubigste aller Ungläubigen! Äh, verzeiht, Herrin, aber dieser Mann ist sehr böse. Ich weiß, dass er in unserem Haus aus und ein ging, und ich weiß auch, dass Ihr mit ihm … aber das ist jetzt gleichgültig. Jedenfalls hat er sich versündigt. Wie schwer, das weiß nur Allah allein, denn Mohammed sagt, dass der Leibesfrucht des Weibes bereits nach vierzig Tagen die Seele eingehaucht wird, und zwar von einem Engel. Euer Kleiner hat bestimmt schon eine Seele, Herrin, allein deshalb ist ein Abbruch der Schwangerschaft unmöglich.«

»Ich würde lieber sterben, als abzutreiben. Ich liebe Giancarlo.«

»Allah liebt alle Kinder, das sagte ich schon, und ich liebe Allah, also liebe auch ich alle Kinder, Euren Kleinen inbegriffen.«

»Danke, Latif.«

»Ihr müsst essen, Herrin, Ihr fallt sonst vom Fleisch. Ich habe Brot, Schinken und schwarze Oliven. Das hole ich jetzt.«

Er brachte die Speisen, und ich nahm sie zu mir, obwohl ich keinen Hunger verspürte. Latif wollte mir mehr holen, aber ich lehnte ab. »Bring mir lieber meine Bücher«, sagte ich. »Die Werke der Hildegard von Bingen und der Trotula von Salerno.«

»Warum gerade die, Herrin? Ihr habt doch so viele Bücher?«

»Hildegard und Trotula waren starke, gelehrte und unabhängige Frauen, und genau so möchte ich auch sein.«

»Ja, Herrin. Ich finde, gelehrt seid Ihr schon heute.«

Zwei Tage danach feierte man in Bologna das Weihnachtsfest. Wie jedes Jahr strebte jedermann in die Kirche zur Christmette, ich aber blieb mit Latif zu Hause. Er hatte mir verboten, längere Wege zu gehen, und kümmerte sich auch sonst wie eine Glucke um mich.

Obwohl er mir kaum von der Seite wich, war mir seine Gesellschaft doch angenehm, denn er war lustig und lebhaft, und er brachte mich auf andere Gedanken. Genau wie ich hatte er sich angewöhnt, mit Giancarlo zu sprechen. Er tat es häufig, und was er dabei sagte, brachte mich manches Mal zum Schmunzeln.

»*Buonasera*, mein Kleiner«, sagte er am Abend des vierundzwanzigsten Dezember, »du denkst, ich kann dich im Bauch nicht sehen, aber da irrst du dich, denn ich hab genau mitgekriegt, wie du vorhin deiner Mamma eine Grimasse geschnitten hast, weil sie mich wegen des misslungenen Kuchens tadelte. Man schneidet seiner Mamma keine Grimassen, hörst du, auch wenn der Tadel vielleicht ein bisschen unnötig war.«

Ich drohte Latif scherzhaft mit dem Finger. »Der Kuchen war wirklich nicht sehr gut, Latif. Besser, du kaufst noch schnell irgendwo einen. Wir wollen ihn essen und dann gemeinsam Weihnachten feiern, obwohl du ein Muslim bist.«

»Ich weiß nicht, ob Allah das gutheißen wird, Herrin.«

»Roll deinen Teppich aus und frage ihn.«

»Ja, Herrin.«

Spät am Abend saßen wir beieinander, aßen den gekauften Kuchen und hörten das unablässige Geläut von Bolognas Kirchen. Ich hatte ein paar Kerzen entzündet und übte auf der Gambe eine kleine Melodie, denn ich dachte, sie würde dem Kleinen in mir gefallen. Als ich fertig war, sagte Latif mit vollem Mund: »Weihnachten ist sehr stimmungsvoll, Herrin. Man sollte es ruhig öfter feiern. Ich danke Allah, dass er mir die Teilnahme an diesem Fest erlaubt hat.«

»Warum sollte er nicht? Auch im Koran kommt unser Herr Jesus vor, nur dass er dort *Isa bin Maryam* genannt wird, *Jesus, Sohn der Maria.*«

»Ihr wisst sehr viel, Herrin.«

»Ich lese viel.«

Latif verdrückte das letzte Stück Kuchen und trank dazu mit Rosmarin aromatisiertes Wasser. »Ich weiß, Ihr habt ein neues Buch angefangen. Wie heißt es noch?«

»*De humano foeto.* Es handelt vom menschlichen Fötus und ist von Professor Aranzio geschrieben worden. Ein sehr interessantes Werk, von dem ich hoffe, dass vieles darin meinem kleinen Giancarlo zugutekommt.«

»Das hoffe ich auch, Herrin.«

»Ich habe beschlossen, mich nur auf die Schwangerschaft und die kommende Geburt zu konzentrieren. Alles andere will ich vergessen.«

»Ich verstehe, Herrin.«

»Gleich Anfang des Jahres will ich zur Oberin von San Lorenzo gehen und sie um einen längeren Urlaub bitten. Ich werde ihr sagen, dass ich eine Zeit der inneren Einkehr brauche, um mit mir ins Reine zu kommen. Ich will ein neues Leben beginnen, ein Leben, das ruhig und stetig dahinfließt, denn der Enttäuschungen bin ich leid.«

»Auch ich habe viele Enttäuschungen in meinem Leben hinnehmen müssen, Herrin. Lasst mich deshalb an Eurer Seite sein.«

Das neue Jahr 1577 begann so, wie ich es geplant hatte. Ich regelte die Dinge, die ich regeln wollte, und lebte zurückgezogen mit Latif in der Strada San Felice. Zu meinem Erstaunen entwickelte mein Diener, der nach wie vor wenig Begabung für Küche und Hausarbeit zeigte, ein beachtliches Maß an handwerklichem Geschick. Eines Tages überraschte er mich, indem er schnaufend eine Wiege in mein Schlafzimmer schleppte. »Die ist für Giancarlo, Herrin«, sagte er. »Ich habe sie selbst gebaut.«

Ich betrachtete die Wiege von allen Seiten. Sie war aus Pinienholz getischlert, hatte gute Proportionen und war mit lustigen, bunten Figuren bemalt. »Sie ist wunderschön«, sagte ich. »Giancarlo wird sich freuen.«

Latif stellte die Wiege neben mein Bett. »Wann ist es eigentlich so weit, Herrin?«

»Du meinst die Geburt? Mitte Juli dürfte mein Kleiner das Licht der Welt erblicken.«

»Hoffentlich erschrecke ich ihn nicht.«

»Wie meinst du das?«

Latif tippte sich vielsagend an seinen Nasenstumpf.

»Ach, das meinst du. Es wird ihm nichts ausmachen. Ein Kind unterscheidet nicht zwischen hässlich und schön.«

»Seht Ihr, Herrin, da sagt Ihr es selbst: Ich bin hässlich!«

»Unsinn.« Ich suchte nach Worten. Ich hatte Latif keinesfalls beleidigen wollen, deshalb sagte ich: »Ich für meinen Teil bin ja auch entstellt.«

Latif blickte mich traurig an. »Bei Euch ist es etwas anderes, Herrin. Ihr habt eine Kristallseite und eine Rubinseite im Gesicht, ich dagegen habe nur einen Krater. Könntet Ihr nicht versuchen, mich zu operieren?«

Natürlich hatte ich schon öfter daran gedacht, eine Nasenrekonstruktion an ihm vorzunehmen, war aber immer wieder davor zurückgeschreckt. Einerseits wegen seiner großen Leibesfülle, andererseits wegen seines Hangs zum Jammern und Zetern. Ich beschloss, ihm keine direkte Antwort zu geben, und sagte stattdessen: »Wie ist es eigentlich zu der Verstümmelung deiner Nase gekommen? Ich habe dich das schon ein paarmal gefragt, aber du hast dich immer um die Antwort herumgedrückt.«

»Ach, Herrin.« Latif schaute komisch verzweifelt. »Das ist das traurigste Kapitel meines Lebens. Muss ich wirklich darüber sprechen?«

»Ich denke, es ist Zeit. Der Arzt, der operiert, muss alles über seinen Patienten wissen, besonders aber, wie es zu seinem Krankheitsbild kam. Nur dann kann er auch wirksam helfen.«

»Ja, Herrin. Ich will darüber sprechen, aber es ist kein Ruhmesblatt in meinem Leben. Ich habe mich sehr dumm benommen und bin dafür bitter bestraft worden.«

»Setz dich, Latif, und nimm dir Zeit. Ich höre.«

Latif wuchtete seine Massen auf einen kräftigen Stuhl und begann: »Wie Ihr wisst, Herrin, war ich ein unbedeutender Eunuch im Yeni Sarayı von Sultan Murad III. Der Sultan selbst ist von erträglichem Wesen, was aber leider nicht für seine Erste Hauptfrau, die Haseki, gilt. Sie ist empfindlich wie eine Mimose und gefährlich wie eine Hornisse. Und ungeduldig! Ihre Augen schießen Blitze, wenn bei der Erfüllung ihrer Wünsche auch nur die kleinste Verzögerung eintritt. Normalerweise hatte ich mit ihr überhaupt nichts zu tun – dafür war ich ein viel zu kleines Licht –, aber an einem heißen Augusttag im vorletzten Jahr ereilte mich das Pech, denn ich musste ihren persönlichen Wedelschwenker vertreten.«

»Was ist ein Wedelschwenker?«, fragte ich.

»Ich erzählte Euch doch, Herrin, dass es im Yeni Sarayı für alles und jedes eine Extrahand gibt, so auch eine, die der Haseki kühle Luft zufächelt. Meine Hand indes war wenig geübt in dieser Kunst, weshalb ich den Wedel aus Straußenfedern bei den ersten Schlägen noch recht unbeholfen und langsam führte. Dann kam es, wie es kommen musste. Sie fuhr mich an, ich solle schneller wedeln, und ich antwortete in meinem Wahn: »Jawohl, große, erlauchte Herrscherin. Ich tue, was ich kann, aber das Gras wächst nicht schneller, wenn man daran zieht.«

»Das Gras wächst nicht schneller, wenn man daran zieht? Was ist das für ein seltsamer Satz?«

»Es ist ein arabisches Sprichwort, Herrin. Es bedeutet, dass alles seine Zeit braucht. Im Abendland gibt es einen ähnlichen Spruch, ich glaube, er heißt: Gut' Ding will Weile haben. Der Gedanke, der darin liegt, ist von großer Weisheit, nur war ich dumm genug, ihn zum falschen Zeitpunkt der Haseki gegenüber auszusprechen. Meine Äußerung war in höchstem Maße *haram,* was so viel wie ›verboten‹ oder ›unzulässig‹ bedeutet. Umso mehr, als mir der Satz bei einem öffentlichen Auftritt der Haseki entschlüpfte, und einige der Umstehenden ihn hörten und hinter der vorgehaltenen Hand kicherten.«

Latif unterbrach sich, schnaufte und trank einen großen Schluck Wasser, um sich den Gaumen anzufeuchten.

»Nimm ruhig von meinem Wein«, sagte ich freundlich. »Wein löst die Zunge besser als Wasser, besonders bei heiklen Themen.«

»Nein, Herrin, keinen Wein! Als Muslim ist es mir verboten, Alkohol zu trinken. Ich will lieber weitererzählen. Nun, nach meiner unerhörten Entgleisung geschah zunächst nichts. Ein paar Tage dachte ich, ich würde ungestraft davonkommen, aber natürlich hatte ich mich geirrt, denn die Haseki rächte sich grausam. Allerdings tat sie es nicht selbst, sondern schickte dazu zwei ihr besonders vertraute Handlanger vor. Es waren die von mir schon erwähnte Afet, eine der Lieblingskonkubinen des Sultans, und der Kizlar Ağası, der Oberste der Schwarzen Eunuchen. Beide stellten mir eine Falle, in die ich blindlings hineintappte. Drei Tage nachdem ich mir die unziemliche Bemerkung gegenüber der Haseki erlaubt hatte, richtete Afet es so ein, dass ich ihr nach einem Schönheitsbad die Arme mit Rosenöl einreiben musste. Das war nichts Ungewöhnliches, denn ich tat es jeden Tag, doch müsst Ihr wissen, dass es sehr unterschiedliche Qualitäten bei Rosenöl gibt, und an diesem Tag sollte ich das kostbarste Öl verwenden, das es im gesamten Palast gibt. Es wird nur aus blutroten Rosen gewonnen, und viele Wagenladungen extra verlesener Blüten sind notwendig, um wenige Tropfen daraus zu gewinnen. Mit entsprechender Ehrfurcht benutzte ich das Öl. Während ich es behutsam in Afets zarte Haut einmassierte, erschien der Kizlar Ağası und meldete, der Sultan wünsche die Konkubine Afet zu sprechen. Afet verneigte sich in Ehrfurcht und kam dem Befehl umgehend nach. Im Hinausgehen gebot sie mir, das kostbare Öl in ihr Schlafgemach zu tragen, wo ich auf sie warten sollte.

Ich nahm also das Öl in seinem goldenen Behältnis und trug es in ihr Schlafgemach. Dort angekommen, wies mich einer ihrer Diener an, es in den Gesellschaftsraum der Konkubinen zu bringen. Wieder gehorchte ich und musste das Öl von dort in die Lagerräume für Öle, Salben und Essenzen tragen. Von dort ging es abermals weiter und dann noch einmal und noch einmal. Es war wohl das, was Ihr eine Odyssee nennen würdet, nur war es mir keineswegs bewusst, obwohl ich mich mehr und mehr wunderte. Meine Reise endete schließlich vor einem der großen Zufahrtstore, wo der Kizlar Ağası zu meiner Überraschung auf mich zutrat. ›Wo willst du so eilig hin, Latif?‹, fragte er zuckersüß. ›Du willst doch nicht etwa unerlaubt das Palastgebiet verlassen?‹

Spätestens zu diesem Zeitpunkt ahnte ich, dass man mir übel mitspielen wollte. Hastig verneinte ich und stammelte etwas von einem Irrweg durch die verschiedenen Gebäude, doch der Kizlar Ağası schien meine Worte gar nicht zu hören, sondern fragte: ›Was trägst du da für ein goldenes Gefäß unter dem Gewand?‹

Ich erklärte, es sei das Salböl von Afet, und begann aufs Neue, mich zu rechtfertigen, aber der Kizlar Ağası schüttelte den Kopf und sagte: ›Niemals zuvor habe ich so dreiste Lügen gehört. Ich will dir sagen, was passiert ist: Du hast das kostbare Öl gestohlen, wolltest es aus dem Palast schmuggeln und im Bazar verkaufen, um dein Pantoffelgeld aufzubessern. Schande über dich, du bist es nicht wert, ein Diener der edlen Afet zu sein! Wache!‹

Sofort waren zwei grimmig aussehende Palastsoldaten zur Stelle, packten mich und warfen mich in den tiefsten Kerker des Palastes. Ich schrie und heulte, ich schwor, ich sei unschuldig, doch sie lachten nur und sperrten hinter mir ab. Da saß ich nun in einem lichtlosen, kalten Raum und hämmerte in meiner Verzweiflung gegen die Wände, doch die Einzigen, die mein Flehen hörten, waren die Ratten.

Ich will Euch nicht mit weiteren Einzelheiten langweilen, Herrin, nur so viel: Am dritten Tag meines Leidens teilte man mir mit, ich hätte mein Leben verwirkt, ich solle vom Pöbel Konstantinopels gesteinigt werden, was eine große Gnade sei, denn normalerweise würden Diebe wie ich mit dem Foltertod bestraft. Doch am Abend vor meiner Steinigung muss Allah Erbarmen mit mir gehabt haben, denn er richtete es so ein, dass meine Bewacher sich betranken und mich mit der Mutwilligkeit, die nur Bezechten zu eigen ist, aus meiner Zelle zerrten, um mit mir ›Hinrichtung‹ zu spielen. Sie warfen Steine auf mich, doch waren die Steine nur klein und zudem schlecht gezielt, so dass sie mir kaum etwas anhaben konnten. Das verdross sie, und einer zog sein Schwert und lallte, er wäre jetzt mein Scharfrichter, und ließ die Waffe mehrmals direkt vor meinem Gesicht niedersausen. Das gefiel den anderen, und sie taten es ihm nach, während ich stocksteif mit dem Rücken zur Wand dastehen musste. Nun, Herrin, Ihr könnt Euch denken, was dann passierte. Als meine Nasenspitze zu Boden fiel, brüllten sie auf vor Lachen, schlugen sich auf die Schenkel und tranken weiter, während mir das Blut über das Gesicht rann. Doch wie gesagt: Allah war auf meiner Seite. Er sorgte dafür, dass die Höllenhunde weitertranken und irgendwann bewusstlos zu Boden sanken. Das gab mir die Möglichkeit zu fliehen. Allah, der Erbarmer, der Barmherzige, leitete mich, und es gelang mir trotz meiner Verletzung, zum Hafen zu laufen und mich dort auf einem Schiff zu verstecken, das am nächsten Morgen nach Venedig auslief. Venedig ist eine schöne, lebensfrohe Stadt, wie Ihr wohl wisst, aber bald nachdem ich sie erreicht hatte, zeigte sie sich als Sterbende, denn die Pest nahm sie in ihren Todesgriff. Auch ich wäre gewiss der Seuche erlegen, wenn Ihr nicht gekommen wäret, Herrin. Dafür werde ich Euch immer dankbar sein.«

Ich dachte daran, dass ich am Anfang keineswegs begeistert war, ihn zu meinem Diener zu machen, aber ich sprach den Gedanken nicht aus und sagte: »Ich bin froh, dass du mir alles erzählt hast. Es war sicher nicht leicht für dich. Wenn ich deine Nase operiere, wird es ebenfalls nicht leicht für dich werden, das solltest du wissen. Die Korrektur einer verstümmelten Nase ist eine langwierige Prozedur, sie dauert Monate. Wer sie überstehen will, muss großen Willen und viel Geduld mitbringen. Und er muss Schmerzen ertragen können. Traust du dir das zu?«

»Große Schmerzen, Herrin?«

»Es wäre zwecklos, darum herumreden zu wollen, ja.«

»Oh, Herrin, ich glaube, meine Entstellung ist doch nicht so schlimm, wie ich immer annahm.«

»Dann ist es ja gut. Geh jetzt wieder an deine Arbeit.«

Am nächsten Tag schien Latif tief in Gedanken versunken zu sein. Er strich um mich herum wie eine Katze um den heißen Brei, und als ich ihn fragte, was mit ihm los sei, antwortete er: »Ich habe die Sache mit der Operation noch einmal überschlafen, Herrin. Ich glaube, ich würde sie wagen, wenn ich wüsste, wie groß die Schmerzen sind, die mich erwarten.«

»Das kann dir niemand genau beantworten. Aber wenn du willst, erzähle ich dir etwas über die Tücken des Schmerzes.«

»Ja, Herrin, das wäre vielleicht von Vorteil.«

Ich legte meine Näharbeit zur Seite und sagte: »Der Schmerz ist ein *phaenomenon,* das die Gelehrten bis heute nicht richtig verstehen, denn er ist weder sichtbar noch tastbar, hörbar oder riechbar, und dennoch gibt es ihn ganz zweifellos. Gewöhnlich geht er mit einer Verletzung einher. Es gibt aber auch Schmerzen, die ohne erkennbaren Grund ständig vorhanden sind oder nur von Zeit zu Zeit auftreten – wie der bohrende Kopfschmerz. Manche Wissenschaftler jedoch bestreiten, dass es sich dabei um echten Schmerz handelt, sie behaupten, wahre Pein setze das Vorhandensein einer Wunde voraus. Ich gehöre nicht zu dieser Gruppe. Fest steht, dass der Schmerz vielfältig ist und sehr von der Persönlichkeit des Gepeinigten abhängt. Er kann dumpf, spitz, stechend, wild oder brennend sein. Er gelangt, so die Meinung vieler Gelehrter, vom Ort der Verletzung über die Fäden der Nerven zur Zirbeldrüse im Gehirn. Der Vorgang ist vergleichbar mit der Arbeit des Küsters im Kirchturm: In dem Augenblick, wo er am Seil zieht, ertönt am anderen Ende die Glocke.«

Latif nickte. Er hatte mir wie gebannt zugehört. »Und je schlimmer die Wunde, desto heftiger das Geläute, Herrin?«

»So ungefähr. Ich allerdings glaube nicht an diese These, denn ich habe schon kleine, unscheinbare Verletzungen gesehen, die ungleich schmerzhafter waren als deutlich größere. Und ich habe von Soldaten gehört, die weiterhin unter Schmerzen litten, obwohl ihre Wunden längst verheilt waren. Sogar abgetrennte Gliedmaßen können noch weh tun, zum Beispiel bei einer Wetteränderung. Wie gesagt, der Schmerz ist ein *phaenomenon.*«

»Ja, Herrin. Es könnte also sein, dass die Glocken während meiner Operation nicht allzu stark läuten?«

»Es könnte so sein. Aber es ist nicht wahrscheinlich. In jedem Fall würde ich dir lindernde Medikamente geben.«

»Ja, Herrin. Gesetzt den Fall, Ihr würdet in den nächsten Tagen den Küster spielen, wann wäre meine Nase dann wieder ansehnlich?«

Ich überlegte. »In der Regel dauern die sechs Akte der Prozedur vier bis fünf Monate. Spätestens Mitte Juni solltest du alles überstanden haben.«

Latif kratzte sich am Kopf. »Das würde ja hinkommen.«
»Was meinst du damit?«
»Ich meine, das würde zeitlich hinkommen, Herrin. Ihr habt gesagt, Giancarlo erblickt im Juli das Licht der Welt. Ich könnte ihn dann mit einer neuen Nase begrüßen. Ein angenehmer Gedanke! Ich glaube, Allah, der Verständige, der Einsichtige, findet das auch. Wann operiert Ihr mich?«

So schnell, wie Latif es sich vorstellte, ging es natürlich nicht. Einerseits lag das an der riesigen Kapuzenweste, die ich extra für ihn anfertigen und an mehreren Stellen besonders verstärken musste, andererseits an den besonderen Instrumenten, die der Eingriff bei ihm erforderlich machte. Ich besorgte mir deshalb den Namen eines Pinzetten- und Werkzeugmachers. Der Mann hieß Salvatore Pestini und wohnte in einem altersschwachen Haus, das mir von außen sehr bekannt vorkam. Ich stand davor und wusste plötzlich, warum. Hier hatte einst Alberto Dominelli sein Geschäft gehabt, jener schmächtige alte Mann, der mir Eva, mein geliebtes Anatomiepüppchen, verkauft hatte. Doch das Schild *Corpus in perfectio natura* war entfernt worden und hatte einem anderen Platz gemacht. *Instrumenti et machinae* stand darauf zu lesen.

Ich ging hinein und wurde von einem dickleibigen Mann mit vorstehenden Augen begrüßt. Alles an ihm war fleischig, bis auf die Hände: Sie waren zierlich und klein und offenbar sehr geschickt, denn die Produkte seiner Kunst, die auf Regalen und Vitrinen lagen, sahen perfekt aus. Ich fragte nach Alberto Dominelli, und er erklärte unwillig, er könne die Frage nicht mehr hören. Jedermann wolle wissen, was aus dem alten Männchen geworden sei, dabei wisse inzwischen doch alle Welt, dass er vor einem Jahr das Zeitliche gesegnet habe.

Ich entschuldigte mich für mein Unwissen und erklärte, ich müsse demnächst bei einer Nasenpfropfung assistieren und hätte den Auftrag, eine spezielle Zange mit querlaufenden Schlitzen in den Greifbacken zu besorgen.

»Ja, so etwas habe ich«, antwortete er.

»Ich fürchte, nein«, sagte ich. »Mir fällt während des Ersten Aktes die Aufgabe zu, die Zange am Oberarm anzusetzen und zusammenzudrücken, damit der brückenförmige Hautlappen herausgeschnitten werden kann. Das Problem ist nur, dass der Patient besonders dicke Arme hat und ich nur eine schwache Frau bin. Ich brauchte eine große Zange mit Griffen, die am Ende eine Art fixierbaren Schließmechanismus haben, damit meine Hand während des Haltens entlastet wird.«

»Ich verstehe«, sagte Meister Pestini, »aber so etwas gibt es nicht.«

»Deshalb bin ich hier. Vielleicht könntet Ihr so eine Zange bauen? Der ausführende Operateur dachte an einen mehrstufigen Schließmechanismus, etwa in dieser Art.« Ich zog ein Blatt Papier hervor, auf dem ich mit Rötel eine Skizze angefertigt hatte.

»Wer ist denn der Operateur?«

Diese Frage hatte ich befürchtet. Ich sagte: »Darüber darf ich nicht sprechen, der Patient ist stadtbekannt und besteht auf äußerster Diskretion.«

»Ach, nun wird mir auch klar, warum Ihr den Schleier tragt. Ich soll Euch nicht erkennen, stimmt's?«

»So ist es«, sagte ich und schämte mich für meine Lüge. Pestini jedoch schien nichts zu bemerken und beugte sich über die Zeichnung: »Hm, das ließe sich wohl machen, aber der Verschluss ist sehr ungewöhnlich.«

»Bitte fertigt ein solches Instrument an.« Ich erklärte ihm die Größe und die einzelnen Maße, die ich wollte, und am Schluss willigte er ein, das Werkzeug in einer Woche für mich bereitzuhalten, vorausgesetzt, ich würde eine Anzahlung leisten. Das tat ich und verabschiedete mich bald darauf. Im Hinausgehen hörte ich ihn nochmals brummen: »In der Tat, sehr ungewöhnlich, das Instrument, sehr ungewöhnlich.«

Über die sechs Akte, die ich im Rahmen der Rekonstruktion an Latif vornahm, gibt es nicht viel zu berichten, außer, dass mein Diener sich überraschend tapfer zeigte. Das von mir befürchtete Jammern und Stöhnen über die Beschwerlichkeiten der Behandlung blieb weitgehend aus. Latif thronte wie ein mächtiger Buddha in seinem Bett, trug die extra-verstärkte Kapuzenweste mit großer Würde und sagte: »Der kleine Giancarlo wird kaum merken, dass ich eine neue Nase habe, nicht wahr, Herrin?«

»Er wird, wie alle Säuglinge, in der ersten Zeit nur Wärme, Milch und Geborgenheit suchen«, gab ich lächelnd zur Antwort, »später aber wird ihm in deinem Gesicht nichts Ungewöhnliches auffallen. Wenn alles gutgeht, natürlich.«

»Meint Ihr, dass es so sein wird, Herrin, obwohl ich nicht in der Lage bin, meinen Teppich auszurollen und die vorgeschriebenen Gebete zu sprechen?«

»Immerhin habe ich dein Bett nach Mekka ausgerichtet und deinen Teppich am Fußende ausgebreitet.«

»Das habe ich Allah auch erklärt.«

»Es wird schon alles gut werden.«

Eine Schwierigkeit allerdings ergab sich zu Anfang des Zweiten Aktes, als Latif das Bett nicht mehr verlassen durfte und kurz danach ein menschliches Regen verspürte. Es war eine Situation, wie ich sie tausendmal im Hospital der frommen Schwestern erlebt hatte, weshalb ich kein Aufhebens darum machte, sondern einen flachen, metallenen Topf holte, ihn mit einiger Mühe unter seinen Leib schob und den Raum verließ, um etwas anderes zu erledigen. Später kam ich zurück, holte den Topf hervor und sah, dass er noch leer war.

Latif saß da und kullerte mit den Augen.

»Nanu«, sagte ich, »brauchst du ein purgierendes Mittel?

Das wäre nicht weiter schlimm. Jeder kann einmal Verstopfung haben.«

»Das ist es nicht, Herrin.«

»Was denn?«

Latif, sonst selten um ein Wort verlegen, druckste herum.

»Nun sag schon.« Ich gab mich betont forsch und fügte hinzu: »Vergiss, dass ich deine Herrin bin, denk einfach, ich wäre die Schwester, die dich pflegt.«

»Ja, Herrin«, sagte er leise. »Könntet Ihr mir mein Schilfrohr holen?«

»Dein Schilfrohr? Ich wusste gar nicht, dass du so etwas besitzt. Wofür brauchst du den Halm denn?«

»Bringt ihn mir einfach, Herrin. Bitte.«

Kopfschüttelnd verließ ich den Raum und fand nach einigem Suchen das Gewünschte. Latif nahm es sichtlich erleichtert entgegen und bat mich, vor die Tür zu gehen. Ich hatte Verständnis für sein Schamgefühl, doch machte es nicht viel Sinn, denn die Produkte seines Stoffwechsels würde ich früher oder später ohnehin zu sehen bekommen. Aber ich sagte nichts.

Nach ein paar Tagen fiel mir das Schilfrohr wieder ein, und ich fragte Latif: »Was wolltest du eigentlich mit dem Halm neulich?«

»Ach, nichts, Herrin.«

»Nichts? Komm schon, was ist damit? Ein Patient darf keine Geheimnisse vor seinem Arzt haben.«

»Ich, ich …«

»Ja?«

»Ich bin Eunuch, wie Ihr wisst.«

Das war in der Tat keine Neuigkeit für mich, aber ich schwieg und ließ Latif Zeit.

»Wir Eunuchen sind alle kastriert, Herrin.«

»Ja, natürlich.« Auch das war mir bekannt. Die Kastration bestand, soviel ich wusste, im Entfernen der Hoden. Was das mit dem Schilfrohr zu tun haben sollte, verstand ich nicht.

»Ich ... ich brauche den Halm zum Wasserlassen.«
Ich verstand noch immer nicht.

Latif kämpfte mit sich, dann sagte er: »Irgendwann werdet Ihr es ja doch erfahren, Herrin. Also kann ich es auch gleich sagen. Bei mir ... ist da unten nichts mehr. Gar nichts. Man hat bei der Kastration alles entfernt, sozusagen mit Stumpf und Stiel. Deshalb brauche ich zum Wasserlassen das Schilfrohr.«

Ich war schockiert und zugleich seltsam berührt. Niemals hätte ich gedacht, dass mein flinkzüngiger Diener unter einem so menschenunwürdigen Problem litt. Ich suchte nach Worten, um ihm über die Verlegenheit hinwegzuhelfen, aber mir fiel nichts ein. Schließlich sagte ich: »Meine Rubinseite und meine Kristallseite machen mir auch Kummer. Ich weiß nicht, ob ich es dir erzählt habe, aber es gab eine Zeit, in der ich sie regelmäßig mit Bleiweiß abdeckte, um in der Öffentlichkeit nicht aufzufallen. In den letzten Tagen jedoch jucken beide Gesichtshälften so stark, als hätte ein Schwarm Mücken mich gestochen.«

»Und Ihr meint, das rührt von diesem Bleiweiß her?«

»Ich vermute es. Bleiweiß ist giftig, es könnte sich um eine Nachwirkung handeln.«

»Wusstet Ihr das denn nicht vorher, Herrin?«

»Doch, schon. Um offen zu sein, habe ich es auch wegen Doktor Tagliacozzi benutzt.«

»Dieser abscheuliche Mann! Allah gebe, dass ihm die Hand abfalle. Ihr tut mir sehr leid, Herrin, aber als Ärztin wisst Ihr doch sicher ein Mittel gegen den Reiz?«

»Talkum soll sich bewährt haben, aber ich habe im Augenblick keines.«

Latif überlegte. Plötzlich begann sein Gesicht zu strahlen. »Doch!«, rief er. »Ihr habt mir erzählt, dass Ihr Eure goldene Maske mit Talkum eingerieben habt, damit sie verträglicher für die Haut ist. Ihr solltet sie tragen.«

»Ich weiß nicht.«

»Bitte, Herrin, tut es. Ihr würdet gleichzeitig mein Herz erfreuen, denn wie Ihr Euch bestimmt erinnert, ist die Maske ein Geschenk von mir.«

»Nun gut, ich will es versuchen.«

Fortan trug ich die Maske, zunächst aus den genannten Gründen, später, als der Juckreiz nachließ, weil ich mich mehr und mehr an sie gewöhnte. Ein Scherz kam zwischen Latif und mir auf, denn jedes Mal, wenn ich in der Früh an sein Bett trat, sagte er: »Guten Morgen, liebe Venus!«

Es war eine Anrede, die einem Diener eigentlich nicht zustand, aber unser Verhältnis war seit meiner Schwangerschaft sehr viel vertrauter geworden, und deshalb hatte ich nichts dagegen. Außerdem war Latif der einzige Mann, mit dem ich Kontakt hatte, und es tat mir gut, täglich ein kleines Kompliment zu hören.

»Guten Morgen, liebe Venus!«, sagte er einmal während des dritten Behandlungsaktes zu mir. »Wie geht es Euch und dem kleinen Giancarlo?«

»Giancarlo geht es gut, nur scheint er auf das Schlafbedürfnis seiner Mutter nicht viel Rücksicht nehmen zu wollen, denn nachts ist er besonders lebhaft. Er stößt und rumpelt so sehr in meinem Bauch, dass ich häufig kaum Ruhe finde.«

»Soll ich mal mit ihm reden, Herrin?«

Ich lachte. »Meinst du, das hilft?«

Latif blickte verschmitzt. »Wer weiß, Giancarlo und ich verstehen uns gut. Seinetwegen habe ich auch versucht abzunehmen. Ich möchte nicht, dass er vor einem so großen, dicken Mann wie mir Angst bekommt.«

Ich staunte. »Du hast abgenommen? Wo denn?«

»Ich habe es versucht, Herrin, und der Versuch ist noch nicht abgeschlossen. Wenn es Allah gefällt, werde ich demnächst schlanker sein. Allerdings hat es ihm bisher noch niemals gefallen, mich schlanker zu machen, trotz meiner zahllosen Bemühungen.«

»Warst du schon immer so dick?«

»Bewahre, Herrin! Als Kind war ich gertenschlank und hatte eine Haut wie Rahm. Vielleicht ist es Allah entgangen, dass ich im Yeni Sarayı über viele Jahre hinweg die Speisen des Sultans vorkosten musste. Das war noch zu Zeiten Selims II., des ›Trunkenen‹, wie er richtigerweise genannt wurde. Seine größte Sorge war, im Rausch vergiftet zu werden. Deshalb ließ er immer ein Dutzend Vorkoster probieren, bevor er den ersten Bissen zu sich nahm. Um ganz sicherzugehen, waren darunter Männer und Frauen jeden Alters, aber auch Kinder. Eines der Kinder, die alle nur ›Taygun‹, also ›Kind‹, gerufen wurden, war ich.«

»Und weiter?«, fragte ich.

»Nun, Herrin, seitdem bin ich, äh, so korpulent, trotz meiner vielen Bemühungen, abzunehmen. Denn wer einmal von stattlichem Gewicht ist, der bleibt es sein Leben lang. Da mag er so wenig essen, wie er will.«

»Heißt das, du willst für alle Zeiten so dick bleiben?«

»Oh, nein, Herrin, das nun auch wieder nicht. Gleich morgen will ich mit einer Hungerkur beginnen.«

Natürlich nahm Latif kein einziges Gran ab, was ihn aber nicht weiter zu belasten schien, im Gegenteil, er war stets ausgesprochen guter Laune, denn die Zeit der Schmerzen war weitgehend vorbei und der Heilungsverlauf sehr zufriedenstellend. Umso überraschter war ich, als er am Morgen vor dem Vierten und Fünften Behandlungsakt mit Grabesstimme »Guten Morgen, Herrin« zu mir sagte, und das, obwohl ich meine Maske trug.

»Wo bleibt deine übliche Begrüßung?«, fragte ich.

»Guten Morgen, liebe Venus«, verbesserte er sich. Doch er leierte die Worte herunter wie ein Schüler, der ein Gedicht aufsagt.

»Was ist los?«, fragte ich. »Hast du schlecht geschlafen?«

»Nein.«

»Hast du Schmerzen?«
»Nein.«
»Hast du Hunger?«
»Nein, nein, Herrin. Es ist nichts.«

Ich setzte mich zu ihm auf die Bettkante und tat erst einmal das, was ich immer frühmorgens tat: Ich prüfte den Sitz der Binden und Bänder in seinem Gesicht, fühlte ihm den Puls, sah mir die Zunge an und kontrollierte das, was er über Nacht in den metallenen Topf gemacht hatte. Dann sagte ich: Deinem Körper geht es gut, es muss dir also etwas im Kopf herumspuken, das dich belastet. Heraus mit der Sprache. Was ist es?«

»Ihr seid eine sehr gute Chirurgin, Herrin.«
»Danke. Aber das wolltest du mir wohl nicht sagen.«
»Nein, äh, doch.«

Ich wartete.

Nach einer Weile machte Latif einen neuen Anlauf: »Es ist die Sache mit dem Schilfrohr, Herrin. Ihr wisst schon, warum ich es brauche.«

»Ja, natürlich.«

»Nun, ich dachte, es wäre schön, wenn ich es nicht mehr benutzen müsste. Ich meine …« Er machte eine inhaltsschwere Pause.

»Du brauchst nicht weiterzusprechen. Ich verstehe, was du möchtest.« Latif hatte eine naheliegende Überlegung angestellt. Er hatte sich gesagt, wenn eine Nase rekonstruiert werden kann, müsste es bei einem Glied vielleicht auch gehen. Doch leider war das, nach allem, was ich wusste, nicht möglich. »Das ist leider nicht …«, hob ich an – und brach ab, denn Latif sah mich so bittend an, so voller Hoffnung, dass ich es nicht fertigbrachte, ihn zu enttäuschen. »… so einfach«, ergänzte ich deshalb. »Ich weiß nicht, ob es überhaupt geht. Aber ich will meine Bücher zu Rate ziehen und dir dann Bescheid geben.«

»Ja, Herrin. Danke!« Latifs Augen leuchteten.

»Nun wollen wir uns aber deiner Nase zuwenden.« Mit

großer Behutsamkeit trennte ich den Lappen vom Arm und befreite Latif von seinen starren Verbänden. Zwanzig Tage hatte er im Bett mit angewinkeltem Arm gesessen, jetzt konnte er ihn endlich herunternehmen. Ich half ihm dabei, denn die Muskulatur war schwach, sie hatte sich durch die mangelnde Bewegung stark zurückgebildet. Anschließend besah ich mir die Operationsstelle nochmals genau und stellte zufrieden fest, dass der Hautlappen überall gut angewachsen war und ein gutes Stück über den Nasenstumpf hinausragte. »Es steht alles zum Besten«, sagte ich. »Ich werde jetzt den Nasenstumpf und die Unterseite des überstehenden Lappens mit einem raspelähnlichen Instrument aufrauhen.«

Ich tat es und fragte: »Sind die Schmerzen erträglich?«

»Ja, Herrin.« Latif wollte seinen frei gewordenen Arm auf und ab bewegen, aber ich verbot es ihm, denn ich musste mich konzentrieren. Als ich fertig war, sagte ich: »Damit ist der Vierte Akt vollzogen, der Fünfte möge beginnen. Es folgt die Modellierung der Nase.«

»Endlich, Herrin! Möge Allah Euch die Hand führen.«

Ich drückte das überstehende Stück Nasenlappen mehrmals probehalber auf die Oberlippe und war nun endgültig sicher, dass daraus später das *septum* und die Nasenlöcher gebildet werden konnten. Vorsichtig vernähte ich den überstehenden Lappen, was Latif anscheinend unbeteiligt über sich ergehen ließ. Dann fixierte ich alles mit Hilfe von Binden, die ich am Hinterkopf zusammenknotete. Ich achtete darauf, dass sie fest, aber nicht zu fest saßen.

»Seid Ihr fertig, Herrin?«

»Für heute, ja. Bis zur Anheftung des *septums*, dem Sechsten Akt, werden noch zehn oder zwölf Tage vergehen.«

»Und ich dachte, ich wäre schon heute fertig?«

»Geduld, Latif, Geduld.«

Zehn Tage musste Latif noch warten, bis der überstehende Lappen gut angewachsen war. Ich nutzte die Zeit, um meine Literatur nach Operationsbeispielen für einen Gliedaufbau *per insitionem*, also durch Aufpfropfung, zu durchsuchen, was meistens nachts geschah, wenn ich ohnehin nicht schlafen konnte, weil Giancarlo in meinem Bauch rumorte.

Doch ich fand keine einzige Beschreibung eines solchen Eingriffs. Latif, der mich hin und wieder fragte, wie der Stand der Dinge sei, wurde von mir stets vertröstet. Ich sei noch dabei, die Möglichkeiten zu prüfen, sagte ich und kam mir ziemlich heuchlerisch dabei vor. Um mein Gewissen zu erleichtern, tat ich das, was ich schon seit Monaten hatte tun wollen: Ich schrieb an Maurizio, meinen tapferen, väterlichen Freund, der so heroisch gegen die Pest in Venedig gekämpft hatte. Ich schilderte in groben Zügen, wie es mir in der Zwischenzeit ergangen war, ohne jedoch näher auf das von ihm erstellte Gutachten über die Kräuter *amomum* und *costus* einzugehen, drückte meine Hoffnung aus, dass er wohlauf sei, und stellte abschließend die Frage, ob er Näheres über die Rekonstruktionsmöglichkeiten bei einem männlichen Penis wisse. Es ginge um Latif, meinen Diener, an den er sich gewiss erinnere. Mit herzlichen Grüßen und allen guten Wünschen für die Zukunft beendete ich das Schreiben und schickte es ab.

Wer nach Venedig schrieb, hatte normalerweise innerhalb von sechs oder acht Tagen Antwort, aber von Maurizio hörte ich nichts. Weder in der Zeit bis zum Beginn des Sechsten Akts noch irgendwann danach. Ich sollte nie wieder ein Lebenszeichen von ihm erhalten. Doch das wusste ich damals noch nicht und machte mir deshalb auch keine Gedanken.

Nach zehn Tagen erlöste ich Latif von seiner Ungeduld und leitete den Sechsten Akt ein. Ich arbeitete die Nasenlöcher seines neuen Riechorgans heraus und nahm die Anheftung des *septums* vor. Mit der Bildung der neuen Nasenscheidewand war der operative Teil der Gesamtprozedur abgeschlossen. Ich steckte *tubuli* aus Holz in die Nasenlöcher und setzte ein formendes *tectorium* auf die neue Nase. Dann forderte ich ihn auf, ins Werkstattzimmer zu gehen und in *brutto nemico* zu sehen.

»Ich bin sehr aufgeregt, Herrin!«, sagte er. »Bitte begleitet mich.«

»Nein«, erwiderte ich. »Das musst du allein machen. Ich kann nicht in einen Spiegel sehen.«

»Ach ja, ich glaube, das habt Ihr mir schon einmal erzählt. Mit Allahs Hilfe wird es auch so gehen.«

Er stapfte mit schweren Schritten in den Nebenraum und blieb stehen. Unwillkürlich spitzte ich die Ohren, aber ich hörte nichts. »Du musst die *tubuli* und das *tectorium* abnehmen, sonst siehst du nichts«, rief ich hinüber, obwohl das eigentlich selbstverständlich war.

Wieder nichts. Und dann ein Aufschrei. »Allah hat ein Wunder vollbracht! Ein Wunder! Ein Wunder! Ein Wunder …«

Immer wieder rief Latif dieses eine Wort. Es war erst meine zweite eigene Rekonstruktion, aber sie schien perfekt gelungen.

»Herrin!« Latif stürmte zurück ins Zimmer. »Verzeiht, wenn ich Euch eben vergessen habe. Natürlich habt auch Ihr ein Wunder vollbracht. Mit Allahs Hilfe, wenn ich das so sagen darf. Danke, ich danke Euch!«

»Ich habe es gern getan, Latif. Zwei Jahre musst du noch nachts die Nasenformer tragen, dann wirst du im Gesicht wieder ganz der Alte sein.«

»Allah, der Herr der Ka'aba, möge Euch ein langes Leben schenken, Herrin!«

»Ich bin glücklich, wenn du glücklich bist. Aber bedenke: Wo Licht ist, ist auch Schatten, wo ein Berg ist, ist ein Tal, und wo das Glück ist, ist auch Leid.«

»Oh, Herrin, wie meint Ihr das?« Latif kullerte mit den Augen.

»Ich sage es dir nicht gern, aber jetzt scheint mir der richtige Zeitpunkt gekommen: Du hast mich gefragt, ob die Aussicht besteht, irgendwann das Schilfrohr nicht mehr benutzen zu müssen, und die Antwort lautet nein. Es gibt für den Aufbau eines männlichen Glieds aus vorhandenem Gewebe keine Vergleichsbeispiele, was ein klarer Hinweis auf die Unmöglichkeit eines solchen Eingriffs ist. Ein Fünkchen Hoffnung besteht aber noch, denn ich habe an Doktor Sangio in Venedig geschrieben. Er ist nicht nur Pestarzt und Kräuterkundler, sondern auch ein kenntnisreicher Anatom. Vielleicht weiß er von einer solchen kühnen Operation.«

Latif schloss die Augen. »Ja, Herrin, vielleicht.« Dann blickte er wieder auf und sagte: »Aber wir sind uns einig, dass es sehr, sehr unwahrscheinlich ist, nicht wahr?« Da ich nicht antwortete, fuhr er fort: »Der Mensch sollte zufrieden sein mit dem, was er hat, und ich habe eine neue Nase. Außerdem soll man die Güte Allahs nicht allzu sehr auf die Probe stellen.«

»Ja«, sagte ich, »das gilt auch für den Christengott.«

Stillschweigend begruben wir das Thema für immer.

Latif war sehr stolz auf seine neue Nase. Schon wenige Tage nachdem er sie in *brutto nemico* zum ersten Mal gesehen hatte, drängte es ihn, sie in der Öffentlichkeit zu zeigen. Ich bestärkte ihn darin und sagte: »Geh nur, die frische Luft wird dazu beitragen, dass die rekonstruierte Haut sich der anderen angleicht.« Außerdem war ich froh, allein mit Giancarlo zu sein. Man schrieb erst Anfang Juni, aber ich hatte schon mehrere Male in meinem Unterleib ein kräftiges Ziehen gespürt, das wellenförmig auftrat, und ich fragte mich, ob das bereits die Wehen waren. Um zu verhindern, dass mein Kleiner schon vor der Zeit die Geborgenheit meines Schoßes verließ, lag ich viel und schonte mich, wo es ging. Ich aß nur leichte, gut verdauliche Kost, las angenehme Lektüre, spielte auf der Gambe und dachte mir Melodien aus, von denen ich glaubte, dass sie Giancarlo gefielen.

Und ich sprach mit ihm. »*Cocco mio*«, sagte ich, »lass dir ein wenig Zeit, es ist noch nicht so weit. Wenn du jetzt kämst, wärst du noch nicht ganz fertig, hörst du?«

Als ich Latif von meiner Befürchtung erzählte, erschrak er sehr und meinte, ich müsse mich unbedingt in ärztliche Obhut begeben. Doktor Valerini wäre zwar inzwischen ein alter Mann, aber es wäre besser, ihn zu holen.

»Nein«, sagte ich, »ich mag Doktor Valerini nicht besonders. Er ist jemand, der das Geld des Patienten zu sehr schätzt.«

»Dann hole ich eine Hebamme, Herrin.«

»Hol mir lieber ein Glas Wasser, und lass mich hier in Ruhe liegen. Ich habe Durst.«

Latif holte das Wasser und sagte: »Herrin, ich mache mir wirklich Sorgen um Euch, Euer Bauch ist so dick, als wären zwei Giancarlos darin. Sollte ich nicht doch …?«

»Das ist nur das Fruchtwasser«, beruhigte ich ihn. »Wenn du etwas tun willst, dann bleib bei mir.«

Er setzte sich zu mir, fasste sich alle Augenblicke an seine neue Nasenspitze und fragte: »Herrin, wie geht es Euch?«

Ich seufzte innerlich und dachte, dass Männer als Begleiter bei einer Schwangerschaft wahrlich keine große Hilfe darstellten, und sagte: »Wenn du noch etwas tun willst, dann rühre mir einen sedierenden Trank an. Der wird mich und den Kleinen beruhigen.«

Er sprang auf, rannte, so schnell ihn seine Beine trugen, in die Küche und kam genauso schnell zurück. »Herrin, wie macht man das?«

»Indem man ein Sedativ in Pulverform nimmt und es in warmem Wasser auflöst. Das Sedativ besteht aus Alraune, Kamille und Hopfen. Du findest beides im Regal mit dem medizinischen Besteck.«

»Ja, Herrin.«

Ich trank die von ihm präparierte Flüssigkeit mit kleinen Schlucken und lehnte mich bequem im Bett zurück. Latif setzte sich abermals zu mir und fuhr fort, mich ständig zu fragen, wie es mir ginge.

»Bring mir bitte das Buch *De humano foeto* von Professor Aranzio«, sagte ich.

»Wollt Ihr darin etwas nachschlagen, Herrin?«

»Ja, das will ich. Und wenn du es mir gebracht hast, lass mich ein wenig lesen und dann schlafen. Es wird schon alles gut werden.«

Er ging, holte das Buch und verschwand danach, halb besorgt und halb beleidigt. Aber ich brauchte meine Ruhe. Ich schlug Aranzios Werk auf und suchte nach dem Kapitel, in dem er seine Erfahrungen mit Frühgeburten schildert. Ich versprach mir nicht viel davon, denn ich hatte das Buch – schon allein Giancarlos wegen – wieder und wieder studiert, doch ich fand zwei Hinweise, die mir bisher entgangen waren. Sehr viel Fruchtwasser, so schrieb er, stehe nicht selten im Zusammenhang mit einer Frühgeburt, ebenso wie eine Infektion im Vaginalbereich. Seine Ausführungen trugen nicht gerade zu meiner Beruhigung bei, zumal ich seit einigen Tagen an einer leichten *inflammatio* im Geburtskanal litt.

Mach dich nicht verrückt, sagte ich mir, was versteht ein Mann schon vom Kinderkriegen. Er ist zwar Professor, aber auch nur ein Mann.

Meine Gedanken glitten ab und wanderten von Aranzio zu seinem besten Schüler, zu Gaspare Tagliacozzi, und bei dem Gedanken an ihn, der meinen kleinen Giancarlo hatte abtreiben wollen, obwohl er sein eigen Fleisch und Blut war, zog sich mir das Gedärm zusammen. Das starke Ziehen setzte wieder ein, regelmäßig und so schmerzhaft, dass ich kaum atmen konnte. Ich war mir mittlerweile sicher, dass es sich um Geburtswehen handelte, und stieß ein Gebet hervor, in dem ich Gott den Allmächtigen um Beistand bat. Mühsam erhob ich mich und schleppte mich zu dem Gebärstuhl, den ich vor einiger Zeit angeschafft hatte. Ich rief mehrmals nach Latif, doch er kam nicht. Wo war er nur? Ich saß in dem unbequemen Stuhl, die Beine halb angezogen, schmerzerfüllt, und versuchte, mich abzulenken, indem ich mit Giancarlo sprach. »Mein Kleiner«, stöhnte ich, »warum hast du es nur so eilig? Warum lässt du dir nicht ein bisschen mehr Zeit? Die Welt, die auf dich wartet, ist laut, schmutzig und ungerecht.« Natürlich bekam ich keine Antwort, aber darum scherte ich mich nicht, sondern sprach weiter: »Wenn du unbedingt willst, dann komm jetzt, ich helfe dir, ich werde pressen, wenn es so weit ist, ich werde dir helfen, ja, das werde ich, und ich will stark sein für dich, nur für dich, mein Kleiner.«

Dieses und Ähnliches murmelte ich vor mich hin, während ich immer wieder nach Latif rief, von Mal zu Mal verzweifelter, denn ich wollte nicht mehr allein sein. Ein Gedanke kam mir, den ich zuvor schon manches Mal gehabt, aber immer wieder beiseitegeschoben hatte: Würde mein kleiner Giancarlo ebenso wie ich von einem Feuermal entstellt sein? »Latif!«, rief ich, »Latif! Wo bleibst du nur?«

»Hier bin ich, Herrin.« Mein Diener stand im Türrahmen, fast so schwer atmend wie ich, und seine helle Stimme klang vor Aufregung noch heller: »Ich war bei Doktor Valerini, Herrin, aber er kann nicht kommen, er ist gestern gestorben, wie mir die Nachbarn erzählten. Das Herz sei es gewesen, so hieß es. Ich suchte nach einem anderen Arzt im Viertel, aber ich fand keinen.«

»Lass nur, es ist nicht so wichtig«, ächzte ich und versuchte, meinen bloßen Unterleib zu bedecken. Flüchtig musste ich daran denken, wie sich die Situationen doch glichen: Noch vor wenigen Tagen während der Nasenrekonstruktion war Latif es gewesen, der seine Scheu vor mir überwinden musste, und nun erging es mir ebenso.

Latif tat taktvoll so, als sehe er meine Nacktheit nicht, und rief: »Herrin, ich wollte unbedingt einen Arzt für Euch auftreiben. Ich bin zu dem terrakottafarbenen Haus von Doktor Tagliacozzi gelaufen, denn ich dachte, der Doktor als Vater unseres kleinen Giancarlo wäre der Erste, der Euch helfen müsste. Aber als ich dort war, erfuhr ich, dass er mit seiner Frau in der Gemeinde San Giacomo de' Carbonesi ein neues Haus bezogen hat, aber wo genau, das wusste keiner. Da bin ich zurückgeeilt, um eine Hebamme aufzutreiben, aber auch das ist mir nicht gelungen.« Er schlug die Hände vors Gesicht. »Oh, Herrin, ich bin ein Versager.«

»Das bist du nicht, hole mir ...« Ich wollte Latif um sauberes Leinen bitten, aber eine Flut warmer Flüssigkeit lief plötzlich an mir hinunter, und ich wusste, dass meine Fruchtblase geplatzt war. Gleichzeitig setzte ein stechender Schmerz ein, von einer Stärke, wie ich sie niemals zuvor erlebt hatte. Die Sinne schwanden mir fast. »Latif«, keuchte ich, »Latif!«

»Macht Euch keine Sorgen, Herrin«, rief er, »ich werde versuchen, ein Doktor zu sein. Ich kann nichts versprechen, aber ich war manches Mal dabei, wenn eine der Haremsdienerinnen ein Kind bekommen hat.«

Ich hörte kaum hin, so stark war der Schmerz, aber Latif redete weiter: »Ihr müsst ganz schnell atmen, Herrin, hecheln müsst ihr, und immer wieder die Luft anhalten und pressen. Beim Pressen kommt es darauf an, dass Ihr Eure ganze Kraft im Unterleib zusammenballt. Versucht es, während ich heiße, saubere Tücher besorge.«

Wie durch einen Nebelschleier sah ich ihn verschwinden, während ich mich bemühte, seine Anweisungen in die Tat umzusetzen. Ich presste und hechelte und presste wieder, und irgendwann sah ich ihn mit vielen Utensilien hereinkommen, nahm wahr, wie er hin und her eilte, den Boden wischte, auf mich einredete und mir seine großen Hände auf den Bauch legte. »Da ist es!«, rief er nach einer kleinen Ewigkeit. »Da ist das Köpfchen von Giancarlo! Jetzt kann nichts mehr passieren, Herrin, denn das Kind liegt richtig, und irgendwann wird es schon herauskommen.«

Seine Zuversicht gab mir neuen Mut. Ich presste und hechelte und presste nach seinen Anweisungen, und wenn ich heute daran zurückdenke, erschien es mir wie eine Ewigkeit, bis ich plötzlich eine ungeheure Erleichterung spürte, ein plötzliches Nachlassen der gewaltigen Anspannung, und den Jubelruf von Latif vernahm: »Herrin, es ist tatsächlich ein Junge, ein kleiner Giancarlo!«

»Ist er … hat er …?«, keuchte ich.

»Nein, Herrin, er hat keine Rubinseite im Gesicht, wenn Ihr das meint. Er ist sehr klein, aber wohlgeraten.« Er nahm meinen Sohn an den winzigen Beinchen, hielt ihn in die Höhe und gab ihm einen Klaps auf den Po. Die Antwort war ein Plärren, das mir wie Musik vorkam. Tränen traten mir in die Augen. »Oh, Gott, ich danke Dir so …«

»Lungen hat er auch, wie Ihr hören könnt, Herrin!«, rief Latif fröhlich. »Es ist alles dran an unserem Kleinen, auch das, was einen Knaben ausmacht. Ich will die Nabelschnur durchtrennen und ihn dann säubern und wickeln.«

»Danke, Latif«, flüsterte ich. »Du bist wunderbar.«

Und das war er in der Tat. Er sorgte für mich und den Kleinen, als hätte er nie etwas anderes gemacht, kümmerte sich um die Plazenta, die ein wenig später kam, reinigte mich, gab mir zu trinken und half mir zurück in mein Bett. Ich fühlte mich zu Tode erschöpft, als er mir endlich das winzige Menschlein in den Arm legte und ich voller Seligkeit wieder und wieder seinen Namen flüsterte: »Giancarlo, Giancarlo, Giancarlo …«

Dann weinte ich vor Glück.

Und Latif weinte mit.

Was ich nun berichten muss, ist das Traurigste, was mir in meinem ganzen Leben widerfuhr. Ich erwähnte schon, dass Giancarlo zu früh auf die Welt kam, aber das war es nicht, was mir Sorgen machte, denn es ist gar nicht so selten, dass ein Kind vier oder sechs Wochen vor der Zeit geboren wird. Was mich beunruhigte, war seine Winzigkeit. Er war um einiges kleiner als normale Kinder und von Anfang an recht schwach.

Ich wunderte mich darüber, denn in meinem Leib hatte er sich manches Mal kräftig bewegt – kräftiger und häufiger, als mir lieb war. Der Gedanke tröstete mich etwas, und ich sagte mir, dass er schnell wachsen und in seiner Entwicklung rasch aufholen würde. Auch Latif, der mir nicht von der Seite wich, war dieser Ansicht. »Gebt ihm nur tüchtig zu trinken, Herrin«, sagte er. »Dann wird er schon wachsen.«

»Giancarlo, *cocco mio*«, flüsterte ich, »hast du gehört, was Latif gesagt hat? Du musst tüchtig trinken. Dann wirst du groß und stark und machst deiner Mamma Freude.«

Das Problem war nur, dass Giancarlo wenig Kraft zum Saugen hatte. Er verschluckte sich ständig, würgte und hustete, und seine winzigen Finger spreizten sich dabei, als wolle er Hilfe herbeiwinken. Doch was sollte ich machen? Was sollte ich tun bei einem Kind, das zu schwach war, um genügend Milch zu trinken?

Ich betete zu Gott, er möge sich meines Kleinen annehmen, er möge ihm Kraft geben, um von dem zu saugen, was ich so reichlich bereithielt. Latif rief unterdessen Allah an und bat auf seine Art um dasselbe. Anschließend rieb er den Kleinen mit Stroh ab, um seine Lebensgeister zu stärken. Ich selbst versuchte es mehrmals mit einer schwachen Kampferlösung und kreisenden Bewegungen auf der Brust. Doch beide Versuche erwiesen sich als nutzlos.

Eine herbeigerufene Wehmutter besah sich mein Söhnchen, hörte sein Herz mit einem Holzrohr ab, prüfte seine Reaktionen und betastete seinen Leib – Maßnahmen, die ich alle selbst schon vorgenommen hatte. Sie kam zu dem Schluss: »Euer Sohn hat wenig Willen zu leben. Wenn er trinkt, wird alles gut, wenn nicht …«

Ein Arzt, den Latif aus der Gemeinde San Salvadore herbeibat, befragte mich eingehend nach meiner Schwangerschaft und deren Verlauf, zog sorgenvoll die Brauen hoch und dozierte mit wichtiger Miene über die Stärke des Lebensstrahls im Allgemeinen und über seine Beschaffenheit bei Neugeborenen im Besonderen. Was zu tun sei, um meinem Kleinen zu helfen, sagte er nicht.

Währenddessen wurde Giancarlo immer schwächer. In meiner Ratlosigkeit fiel mir Marta ein, die energische, erfahrene Schwester aus dem Hospital von San Lorenzo. Vielleicht wusste sie einen Weg? Ich schickte Latif zum Kloster, und Marta erschien noch in derselben Stunde. Sie begrüßte mich mit dem Kreuzzeichen und war taktvoll genug, mich nicht auf die Sünde anzusprechen, die ich mit der unehelichen Zeugung Giancarlos auf mich geladen hatte. Sie stellte keine Fragen, sondern besah sich meinen Kleinen und untersuchte ihn gründlich. Dann fiel sie vor dem Hausaltar meiner Mutter auf die Knie und faltete die Hände, denn mehr konnte auch sie nicht tun. Sie flehte Gott um Beistand an, auf dass er dem kleinen Leben Kraft geben möge. Ihr Gebet war lang und inbrünstig, und ich war ihr außerordentlich dankbar dafür. Doch bewirken tat es nichts.

»Was soll ich nur tun, Latif?«, fragte ich verzweifelt, und genauso verzweifelt antwortete er: »Ich weiß es nicht, Herrin, wir können nur hoffen, dass es Allah, dem Erretter, dem Erlöser, gefällt, unseren Kleinen am Leben zu lassen.«

Am dritten Tag nach der Geburt erschien jemand, mit dem ich niemals gerechnet hätte: Es war Pater Edoardo von der Gemeinde San Rocco, jener Gottesmann, der vor vielen Jahren die Teufelsaustreibung an mir vorgenommen hatte. Als ich ihn sah, schrak ich zusammen, und die Kehle schnürte sich mir zu, aber dann bemerkte ich, dass er alt geworden war, ein alter, ergrauter Mann, von dem keine Gefahr mehr ausging. »Ich höre, der Herr stellt dich auf eine harte Probe, meine Tochter«, sagte er und musterte mich.

»Ja, Hochwürden«, sagte ich beklommen.

»Du bist eine erwachsene Frau geworden.« Seine Stimme klang fast ein wenig enttäuscht. »Nun hast du ein Kind der Sünde zur Welt gebracht, eines, das nicht leben will und ungetauft zu sterben droht. Ich will es taufen, damit es Jesu Christi gleichgestaltet ist, damit es mit ihm in eine Gemeinschaft tritt und ihm angehört. Denn das ist meine Pflicht.«

»Ja, Hochwürden.«

»Zuvor aber schicke deinen Diener hinaus, denn ich höre, er ist kein Anhänger des allein seligmachenden Glaubens.«

Nachdem Latif mit vorwurfsvollen Blicken gegangen war, leitete Pater Edoardo umständlich die Zeremonie ein. Er redete viel von Gottes Gnade und dem heiligen Sakrament der Taufe, predigte lange und hingebungsvoll, bespritzte das winzige Köpfchen mit geweihtem Wasser, taufte meinen Sohn im Namen der Dreifaltigkeit auf den Namen Giancarlo, sang danach mit leicht brüchiger Stimme ein *In dulci jubilo* und kam nach einem weiteren Gebet mit einem langgezogenen Amen zum Schluss.

»Ich danke Euch, Hochwürden«, sagte ich und leistete ihm insgeheim Abbitte. Sosehr ich seine lüsterne Art früher verabscheut hatte, so hoch rechnete ich ihm an, dass er in dieser Situation zu mir gekommen war. »Ich danke Euch, auch im Namen von Giancarlo.«

»Danke nicht mir, danke dem Herrn, der meine Schritte in dein Haus leitete, meine Tochter.« Er streckte die Hand aus, um mich zu berühren, aber ich wich zurück, so dass er seine Absicht ändern musste. Er schlug das Kreuz und sagte: »Ich habe dein Kind mit Freuden getauft. Nicht zuletzt deiner armen Mutter wegen, die zeit ihres Lebens eine gottesfürchtige Frau war. Was aber dich betrifft, meine Tochter, so solltest du deine Sünden beichten und deine Seele reinwaschen. Danach wirst du wieder eins mit Gott dem Herrn sein, denn er ist freundlich und seine Güte währet ewiglich.«

»Ja, Hochwürden.« Ich deutete einen Knicks an.

»Mit dem Segen des Allmächtigen wird Giancarlo leben – oder sterben. Sein Wille geschehe.«

Er schlug abermals das Kreuz und ging.

Schon zwei Tage später sah ich Pater Edoardo wieder. Er kam, weil mein kleines, zartes, mein über alles geliebtes Söhnchen seinen allerletzten Atemzug getan hatte. Ich war blind vor Tränen, trauerte, wie noch keine Mutter zuvor getrauert hatte, schrie meinen Schmerz hinaus, wütete im Haus, trommelte gegen die Wände und verfluchte die Ungerechtigkeit des Lebens. Augenblicke später fiel ich kraftlos in mich zusammen, wimmerte nur noch, klagte, zuckte, nur um kurz darauf wieder erneut zu wüten. Ich war eine Verrückte, Rasende, ich trauerte bis zur völligen Erschöpfung, so lange, bis keine Kraft mehr in mir war.

»Dein Diener hat mich geholt, meine Tochter«, sagte Pater Edoardo. »Des Herrn Wille ist geschehen, er hat entschieden, Giancarlo zu sich zu nehmen. Aber er ist nicht tot, das sei dir zum Trost gesagt. Er lebt. Er geht nur auf der anderen Seite des Weges. Eines Tages, wenn auch du die Straße kreuzt, wirst du wieder mit ihm vereint sein.«

Ich antwortete nicht. Ich war nicht in der Lage dazu. Mit leerem Blick saß ich auf meinem Bett, teilnahmslos.

»Giancarlo ist als Christ gestorben, meine Tochter. Der Christ, der sein Sterben mit dem Sterben Jesu vereint, versteht den Tod als ein Kommen zu Jesus und als den Eintritt in das ewige Leben.«

»Ja«, hauchte ich.

»Bete mit mir, meine Tochter, bevor ich deinen Giancarlo salbe und ihm die Sterbesakramente gebe.

Brich auf, christliche Seele, von dieser Welt,
im Namen Gottes, des allmächtigen Vaters,
der dich erschaffen hat,
im Namen Jesu Christi, des Sohnes des einzigen Gottes,
der für dich gelitten hat,
im Namen des Heiligen Geistes,
der über dich ausgegossen ist:
Heute noch sei dir in Frieden deine Stätte bereitet
und deine Wohnung bei Gott im heiligen Zion ...«

Pater Edoardo betete weiter und weiter, und seine Worte rauschten an mir vorbei wie die Wasser des Reno und der Savena. Er salbte meinen Kleinen und brannte Weihrauch ab, redete eintönig und wirkte emsig, doch bei alledem sah ich ihn nicht. Ich sah nur meinen kleinen Giancarlo, mein Herzblatt, mein süßes Söhnchen, und irgendwann sah ich ihn nicht mehr, denn die Zeremonie war vorbei, und vor das Gesichtchen Giancarlos schob sich ein anderes, das groß war und dick und eine schöne neue Nase hatte.

Latif sagte: »Er ist fort, Herrin. Der Priester des Unglaubens ist fort, aber bevor er ging, sah er sich genötigt, mit mir zu sprechen, denn Ihr wart nicht in der Lage dazu. Er fragte mich, was mit unserem Kleinen geschehen solle, und ich sagte ihm das, was wir besprochen hatten: Giancarlo, das Licht unserer beiden Herzen, soll neben Eurer Mutter seine letzte Ruhe finden. Er war damit einverstanden, doch als ich ihm sagte, Ihr würdet Euch nicht in der Lage fühlen, an der Beisetzung teilzunehmen, war er ganz und gar nicht erbaut. Immerhin: Ein paar gute Argumente aus unserem Geldbeutel für seinen Opferstock wussten ihn aufzuheitern. Ich soll Euch ausrichten, dass der Christengott in Euch ist, solange Ihr aufrechten Herzens betet. Er wird Euch den Schmerz nehmen über die Dauer der Zeit. Und wenn der Schmerz gewichen ist, sollt Ihr zu Giancarlos Grab gehen und dort ein ewiges Licht entzünden und drei Ave Maria beten. Das alles soll ich Euch sagen.«

»Danke, Latif«, murmelte ich.

»Schlaft ein wenig, Herrin.«

»Ich will es versuchen. Aber die Glocke von San Pietro läutet heute besonders laut. Es ist, als würde mir jeder Schlag direkt ins Herz dringen.«

Einen Tag später erfuhr ich, warum die Glocke von San Pietro so laut und anhaltend geläutet hatte. Ein Säugling war dort getauft worden, ein Mädchen namens Isabetta. Es war das erste Kind von Gaspare Tagliacozzi und seiner Frau Giulia.

Das Plagiat
Il plagio

ch möchte meine Maske wieder tragen, Latif«, sagte ich.

Mein Diener kullerte mit den Augen. »Juckt die Rubinseite oder die Kristallseite Eures Gesichts, Herrin?«

»Keine von beiden. Mit meiner Haut ist alles in Ordnung. Ich möchte die Maske und ihre beruhigende Wirkung einfach nur wieder spüren, nachdem ich sie im Kindbett nicht …« Ich hielt inne. Alles, was mit Giancarlos Tod zusammenhing, kam mir noch immer schwer über die Lippen.

»Ich bin schon unterwegs, Herrin.« Latif brachte mir das goldene Schmuckstück. Ich setzte es auf und spürte sogleich die kühle, sanfte Glätte, die mir so viel Geborgenheit gab. »Das tut gut«, sagte ich und erwartete das übliche »Guten Morgen, liebe Venus« von ihm. Doch es blieb aus. Latif schien genau zu spüren, dass mir nach derlei Scherzen nicht zumute war.

Stattdessen sagte er: »Wenn es nach mir ginge, müsstet Ihr die Maske nicht immer tragen, Herrin, obwohl sie ein Geschenk von mir ist. Erstens mag ich es lieber, wenn ich Euch ins Gesicht sehen kann, und zweitens heißt es im Arabischen: Die Knospe soll die Schönheit der Blüte nicht verhüllen.«

»Nanu, das war ja ein Kompliment?«

»Natürlich, Herrin.« Latif wirkte etwas verlegen. »Und drittens wollte ich Euch heute ausführen.«

»Du wolltest mich ausführen? Wohin willst du denn mit mir gehen?«

»Das ist ein Geheimnis, Herrin.«

»Verrate es mir.«

»Nur wenn Ihr Barett und Schleier aufsetzt und wir gemeinsam losgehen. Bedenkt, dass Ihr seit langem keinen Schritt mehr vor die Tür gesetzt habt und es allmählich wieder Zeit dafür wird.«

»Das stimmt. Vielleicht hast du recht. Ich weiß aber nicht, ob ich schon weite Wege gehen kann.«

»Darüber macht Euch keine Gedanken, Herrin. Notfalls werde ich Euch stützen.«

Wir verließen das Haus und gingen die Strada San Felice in Richtung Innenstadt. Es war ein herrlicher Sommermorgen, die Vögel zwitscherten in den Bäumen, und die Sonne lachte von einem wolkenlosen Himmel herab. Wohin ich auch schaute, überall sah ich nur frohe Mienen. Die Menschen schwatzten und lachten und strahlten Zufriedenheit aus. Es schien mir, als wolle Gott mir mit alledem zu verstehen geben, dass das Leben doch lebenswert sei.

Am Palazzo Publico standen einige Bettler, aber weder Fabio noch Conor waren darunter. Sie grüßten Latif, und Latif grüßte zurück. »Kennst du die Männer?«, fragte ich.

»Ich kenne mittlerweile viele«, antwortete Latif unbestimmt.

Wir bogen rechts ab zur Piazza Maggiore, und auch hier nickten mehrere Männer Latif zu.

»Was hat das alles zu bedeuten? Wohin führst du mich?«

»Nur Geduld, Herrin. Wir sind gleich da.«

Wir passierten den großen Neptunbrunnen und sahen linker Hand das Archiginnasio mit seinem großen Eingangstor. Ich dachte, er würde mich dorthin bringen, aber er ging geradeaus, immer weiter nach Süden, aus der Innenstadt hinaus. Wir gelangten in ein Viertel, in dem nicht wenige Häuser altersschwach und zum Teil verfallen waren, und vor einem dieser Gebäude blieb er schließlich schnaufend stehen. Es war ein zweistöckiger Palazzo, der seine besten Tage hinter sich hatte. Die Fassade war bröckelig, die Tür hing in den Angeln, und die Sonnensegel über den Balkonen waren eingerissen. Kein Mensch schien hier zu wohnen. Nur ein verwittertes Schild mit der Aufschrift *Banco dei pegni* verriet, dass sich eine Pfandleihe im Erdgeschoss befand.

»Was soll ich hier?«, fragte ich.

»Kommt mit, Herrin.«

Zögernd folgte ich meinem Diener, der sich bestens auszukennen schien. »Wir nennen das Haus Casa Rifugio, Herrin.«

»Wer ist ›wir‹? Und was hat das Haus mit einer Zuflucht zu tun?« Ich blinzelte, denn es wurde zusehends dunkler. Latif stieg vor mir eine knarrende Stiege in den Keller hinab. Plötzlich hörte ich ein lautes Krächzen direkt neben meinem Ohr. Ich schrak zusammen und wäre fast gefallen, aber Latif lachte.

»Man scheint sich zu freuen, dass Ihr kommt, Herrin.«

Er stieß eine Tür auf, und ein schwach erleuchteter, saalähnlicher Raum tat sich vor mir auf. Mehrere Gestalten saßen an einem langen Tisch. Die unterschiedlichsten Gesichter waren darunter, verhärmte, blasse, gezeichnete, entstellte und hässliche, doch in einem glichen sich alle: in dem wachen Blick, mit dem sie mich musterten. Keines der Gesichter kam mir bekannt vor, außer einem.

»Willkommen im Königreich der Bettler«, sagte Conor. Massimo, der auf seiner Schulter saß, schlug mit den Flügeln und krächzte.

Ich muss ziemlich fassungslos, um nicht zu sagen, einfältig dreingeblickt haben, denn hier und da war ein Kichern zu hören. »Deine Nase sieht gut aus«, brachte ich schließlich hervor.

Conor grinste. »Sie ist damals gut verarztet worden. Es war eine gewisse Schwester Carla, die das gemacht hat. Ich bin ihr heute noch dankbar dafür.«

»Was machst du hier?«, fragte ich.

»Ich warte auf Euch, ebenso wie Massimo, der Euch schon ankündigte, und meine Freunde.«

Ich schaute mich um und entdeckte außer dem langen Tisch noch weitere Möbelstücke im Raum. An der hinteren Wand standen drei strohgepolsterte Bettgestelle, auf denen allerdings niemand lag, seitlich befand sich eine Kochstelle mit Zangen und Schürhaken, an der sich ein knochiger Alter zu schaffen machte, dahinter standen mehrere Vorratsfässer, ein Regal mit Töpfen, Schüsseln und Pfannen und rechter Hand ein dreibeiniges Kohlebecken, ein Kleiderständer, an dem ein paar zerschlissene Jacken und Hosen hingen, und ein stabiler, mit einem siebenarmigen Leuchter erhellter Beistelltisch.

An dem Beistelltisch blieb mein Blick hängen, denn auf ihm lag ein komplettes chirurgisches Besteck. Hinter dem Tisch befand sich eine zweite, kaum sichtbare Tür, die sich in diesem Augenblick öffnete.

Fabio, der Dauerweiner, trat ein. Nur weinte er nicht, sondern strahlte über das ganze Gesicht. »Es war meine Idee, Euch hierherzubitten, Schwester«, sagte er und setzte sich neben Conor. Seine Bewegungen waren dabei so sicher, als könne er sehen wie alle anderen.

»Nenn mich nicht ›Schwester‹«, bat ich, »sag lieber ›Signorina‹ oder ›Signorina Carla‹ zu mir.«

Fabio stutzte. »Wie Ihr wünscht, äh, Signorina Carla. Nun, bestimmt fragt Ihr Euch, warum Ihr hier seid und was das alles zu bedeuten hat, und natürlich sollt Ihr es erfahren. Aber bitte nehmt zunächst Platz. Das gilt auch für dich, Latif.«

Latif und ich setzten uns.

»Gestattet mir jetzt, Euch die Anwesenden vorzustellen. Neben mir sitzt Conor, den Ihr natürlich schon kennt. Er ist der Erste unserer Gemeinschaft, und wir nennen ihn König. Das wird Euch vielleicht erstaunen, aber Conor selbst erzählte Euch einst, dass wir Bettler einen König haben. Bis vor kurzem war es ein anderer, aber als dieser starb, wählten wir ihn. Er hat einerseits große Erfahrung in allen Arten der Bettelkunst – und ist andererseits jung und stark genug für diese wichtige Aufgabe.«

»So ist es«, sagte Conor mit ungewohntem Ernst. »Aber wir wollen nicht übertreiben. Ich bin ein Gleicher unter Gleichen. Außerdem gibt es mehrere Könige in Bologna. Mein Gebiet ist die Innenstadt, und die ist zum Betteln am besten.«

Fabio fuhr fort: »Der König bestimmt alle wesentlichen Dinge unseres Zusammenlebens, und er entscheidet auch, wer Zutritt zur Casa Rifugio haben darf. In Eurem Fall war er sofort einverstanden, Euch einzuladen, nicht wahr, Conor?«

»Genauso ist es.«

»Worum geht es eigentlich?«, fragte ich.

»Geduld, Signorina. Nehmt Ihr ein Glas Wein?«

»Danke, nein, es ist noch ziemlich früh am Tag. Aber vielleicht einen Becher Wasser.«

Fabio winkte, und das Gewünschte wurde vor mich hingestellt. Er selbst trank ebenfalls einen Schluck, und mir fiel ein, dass er immer reichlich Flüssigkeit zu sich nehmen musste, um seinen Beruf als *allacrimanto* ausüben zu können. Dann fuhr er fort: »Neben dem König gibt es den Rat der Bettler. Es war Conors ausdrücklicher Wunsch, ihn Euch der Reihe nach vorzustellen. Beginnen wir also. Da haben wir als Erstes Ludovico, den Schminker. Er versteht es, so kunstvoll mit Puder, Farben und Tierblut umzugehen, dass jedermann glaubt, er wäre soeben Opfer eines Überfalls geworden – und sich barmherzig zeigt.«

Ludovico schien ein fröhlicher Geselle zu sein, denn er kniff ein Auge zu und nickte.

»Es folgt Salvatore, unser Mann mit der Klauschürze. Ein Kleidungsstück, das die Summe der erbettelten Münzen auf beträchtliche Art erhöhen hilft. Wisst Ihr, was eine Klauschürze ist, Signorina?«

»Nein«, sagte ich.

»Salvatore, erkläre es.«

»Nichts leichter als das.« Salvatore hatte eine Stimme wie rostiges Eisen. »Wie Ihr seht, Signorina, trage ich eine verwaschene blaue Latzschürze ohne jede Tasche. Stimmt's?«

»Ja«, sagte ich.

»Falsch.« Salvatore deutete unter den Latz. »Hier sitzt eine. Niemand würde sie dort vermuten, geschweige denn ertasten können, aber sie ist da – und sie enthält sogar etwas. Bitte sehr.« Er übergab mir eine Brosche, die ich sofort als die meine erkannte.

»Nun kennt Ihr den Vorteil einer Klauschürze, Signorina. Oder, wenn Ihr so wollt, auch den Nachteil. Es kommt auf den Standpunkt an.«

Salvatore setzte sich unter allgemeinem Gelächter.

Fabio lachte mit. »Es folgt Latus, wie ich ihn auf Lateinisch nenne, weil er, wenn man ihn nicht bremst, zu weitschweifiger Rede neigt. Nicht wahr, Latus?«

Der so Angesprochene war noch jung an Jahren und hatte ein pausbäckiges Gesicht. »Ich bin sehr mitteilsam«, sagte er grinsend. »Aber nicht mit dem Mund.«

»Wir nennen ihn ›Latus, der Flatus‹«, klärte Fabio mich auf. »Er ist Kunstfurzer und vermag dank seines Könnens die verschiedensten Melodien zum Besten zu geben. Besonders einträglich ist sein Geschäft natürlich zur Karnevalszeit, wenn er *Quant'è bella giovinezza* furzt, aber auch sonst lässt sich mit dieser Art geblasener Luft gut der eine oder andere Baioccho verdienen.«

»Eine Kostprobe gefällig, Signorina?«, fragte Latus.

»Nein danke«, sagte ich hastig.

»Dann haben wir da noch Teofilo, den Tanzmäuser. Teofilo ist der Freund aller Mäuse, sie fressen ihm aus der Hand, und sie tanzen für ihn in kleinen, bunten Kostümen, die den Gegensätzlichkeiten wie Feuer und Wasser, Engel und Teufel, Tag und Nacht und so weiter nachempfunden sind. Los, Teofilo, lass deine Schar heraus.«

Der Tanzmäuser öffnete einen vor ihm stehenden, intarsiengeschmückten Ebenholzkasten und stieß dazu einen zarten Pfiff aus. Kaum war dieser verklungen, erschien ein spitzes rosa Näschen in der Öffnung. Es folgte die ganze Maus im Kostüm eines Engels, und nach ihr kamen weitere Mäuse. Neun oder zehn kleine, possierliche Nager waren es am Schluss, und alle bewegten sich nach der Melodie, die der Tanzmäuser pfiff. Mit etwas Fantasie konnte man einen Springtanz, eine Gagliarda, in dem Ganzen erkennen. Nachdem die Mäuslein in ihre Behausung zurückgepfiffen worden waren, zählte Fabio weiter auf: »Das ist Sberleffo. Wir nennen ihn so, weil er wie kein zweiter Grimassen schneiden kann. Seine Kunst ist es, entweder das Gesicht so zu verziehen, dass jedermann lachen muss, oder so, dass jedermann den Tränen nahe ist. Letzteres hilft der Spendenwilligkeit besonders auf die Sprünge. Komm, Sberleffo, zeig, was du kannst.«

Das ließ Sberleffo sich nicht zweimal sagen. Im Nu veränderte er sein Gesicht, als würden unsichtbare Hände es falten. Er stülpte die Lippen vor wie ein Fisch, weiter und weiter, bis zu einem aberwitzigen Ausmaß, und nahm dann, als wäre es die normalste Sache der Welt, seine Nase in den Mund. Es sah so verrückt aus, dass ich tatsächlich lachen musste.

»Seht Ihr, Signorina Carla, es funktioniert.«

»In der Tat, Fabio.«

Sberleffo, der bis auf seine lange Nase ein völlig normales, nichtssagendes Gesicht hatte, produzierte weitere Grimassen, die aber niemand mehr beachtete.

»Dann haben wir da noch Giuseppe, er ist Beutelschneider, was nichts anderes heißt, als dass er Reichen den Geldbeutel unbemerkt vom Gürtel schneidet, und Alfonso, der als Feuerspeier und Feuerschlucker arbeitet. Ich denke, einen Beweis ihres Könnens müssen sie hier nicht zeigen.«

»Nein, das wird nicht nötig sein«, sagte ich.

»Damit kennt Ihr alle Anwesenden, Signorina. Alle, bis auf einen. Es ist der alte Mann, der dort hinten die Suppe über der Kochstelle rührt. Sein Name ist Itzik Rosenstern. Er ist Jude und betreibt der Form halber die Pfandleihe oben zur Straße hin. Itzik, komm mal her.«

Da der Alte nicht gleich kam, rief Fabio noch einmal lauter: »Itzik, kommst du mal?«

Schlurfend näherte sich der Alte, während Fabio zu mir sagte: »Er ist schwerhörig. Doch wenn das sein Hauptleiden wäre, hätten wir Euch nicht hergebeten.«

Bevor ich fragen konnte, was er mit der Bemerkung meine, redete Fabio weiter: »Itzik hat früher als Bettler und Hausierer gearbeitet, aber seitdem die Beine nicht mehr so wollen, macht er sich hier im Haus nützlich. Außerdem gibt er, wie ich schon erwähnte, seinen Namen für die Pfandleihe her. Als Jude nimmt man ihm einen solchen Broterwerb gut ab. Bitte, seht Euch einmal seinen Rücken an. Er klagt über eine Geschwulst an der rechten Seite, die ihm höllische Schmerzen bereitet.«

»*Shalom*, so isses«, nuschelte Itzik, der inzwischen vor mich hingetreten war.

»Habt Ihr mich deshalb von Latif herbringen lassen?«, fragte ich.

Latif antwortete für Fabio: »Herrin, ich dachte, wer wie Ihr eine Rubinseite und eine Kristallseite im Gesicht trägt, hat am ehesten Mitleid mit den Armen und Unterdrückten dieser Stadt.«

»Du sprichst, als wärest du einer von ihnen?«

Conor mischte sich ein: »Irgendwie stimmt das sogar, Signorina. Wir haben Latif ein bisschen geholfen, als er rauskriegen wollte, wer Euer Haus damals beschattet hat, und er hat uns dafür an kalten Tagen Arme und Beine massiert. Er ist ein guter Masseur.«

Latif winkte ab, freute sich aber offensichtlich über das Lob.

»Itzik«, sagte ich, »zieh dein Hemd aus, damit ich mir die Geschwulst ansehen kann.« Nachdem ich meine Aufforderung lauter wiederholt hatte, gehorchte der alte Jude und sagte: »Oj, oj, hab den Schlamassel am Rücken schon lange.«

»Wie lange denn?«

»Wenn ich sagen würd, ein halbes Jahr, wär's übertrieben, wenn ich sagen würd, einen Monat, wär's untertrieben.«

Ich gab mich mit der Antwort zufrieden und forderte den alten Mann auf, sich auf die Bank zu setzen. Dann ließ ich so viele Laternen wie möglich herbeischaffen und besah mir die Quelle seines Leidens. Es war, wie ich rasch erkannte, ein Stielabszess, der in Höhe des rechten Schulterblatts saß. Da

Itziks Wirbelsäule im oberen Bereich nach außen gekrümmt war, geriet die Stelle bei jeder Bewegung leicht in Kontakt mit Gegenständen, die im Wege waren, was jedes Mal starke Schmerzen verursachte.

Der Abszess selbst war dick geschwollen, die Haut im Umfeld stark gerötet, warm und gespannt. Er war in der Mitte offen, doch die Gifte in Form von Eiter entwichen nur spärlich – dem Wesen des Abszesses entsprechend. Es würde eines scharfen Instruments oder einer guten Sonde bedürfen, um bis hinunter zum Anfangspunkt des Stiels zu gelangen und die kranken Säfte vollends zu beseitigen.

Ich verkündete meine Diagnose, und Conor sagte mit Würde: »Wir haben uns schon gedacht, dass es was Ernstes ist und Ihr gute Instrumente braucht, Signorina, und haben alles besorgt.« Er wies auf den Tisch mit den metallenen Werkzeugen. »Die sind aus dem Ospedale della Vita, weil Itzik das gerne wollte. Die Sachen aus dem Ospedale della Morte findet er schlecht, und genauso verhält sich's mit den Sachen aus der Farmacia della Morte, schon wegen dem Todesnamen, versteht Ihr?«

»Ja, ich verstehe«, sagte ich. Denn ich wusste, dass die Rivalität zwischen dem Hospital des Todes und dem Hospital des Lebens fast so lange bestand wie die Krankenstationen selbst, wobei es keine verheerende Seuche vergangener Tage war, der das Ospedale della Morte seinen Namen verdankt. Die Entstehung beider Namen geht vielmehr auf die Bezeichnung der zwei Orden zurück, die seinerzeit die Hospitäler gründeten. Die frommen Brüder der *Arciconfraternita di Santa Maria della Morte* besuchten regelmäßig die Gefängnisse, um die zum Tode Verurteilten zu trösten und sie zum Galgen zu begleiten. Sie taten es erstmals im Jahre 1336, zu einem Zeitpunkt, als die Mitglieder der *Confraternita della Vita* ihr Hospital schon sechzig Jahre lang betrieben. Man sagt, das Della Vita habe seinen Namen, weil sich die Patienten dort mit bemerkenswerter Schnelligkeit von allen Krankheiten, sogar von den schwerwiegenden, erholen. Kein Wunder also, dass Itzik lieber mit Instrumenten aus dem Hospital des Lebens operiert werden wollte.

Ob Conor und die Seinen die Instrumente gekauft hatten oder nicht, wollte ich lieber nicht fragen. Ich begutachtete sie und befand, dass ihr Zustand für meine Zwecke nicht gut genug war. »Höre, Conor«, sagte ich, »wenn ich mit diesem Besteck operieren soll, muss es gereinigt werden. Und das nicht nur, weil Massimo sich auf dieser Zange hier verewigt hat.«

»Die Instrumente, mit denen Signorina Carla operiert, müssen immer blitzsauber sein, das weiß ich noch von meiner eigenen Rekonstruktion.« Fabio tippte sich bestätigend an seine Nase.

»Das stimmt«, bestätigte auch Latif, »bei meiner Nase mussten sie es ebenfalls sein.«

»Dann reinigt jetzt die Teile«, sagte ich. »Es geht übrigens am besten mit heißem Wasser und Scheuersand. Viele Chirurgen meinen zwar, das Säubern der Instrumente sei überflüssig, weil sie bei der Operation sowieso schmutzig würden – ein Grund, warum die Herren vorher ihre Hände meist nicht waschen –, aber meine Erfahrungen sagen mir, dass Wunden besser heilen, wenn sie nicht mit Schmutz in Berührung kommen.«

Es geschah, wie ich wollte. Ich verlangte noch mehr Kerzen, denn es war das erste Mal, dass ich nicht bei Tageslicht operierte, und als die Geschwulst mit dem Abszess genügend erhellt war, griff ich zum Skalpell.

»Ich wünsch Euch ein gutes Händchen und viel Glück und mir auch«, sagte Itzik, dessen Stimme gepresst klang, weil er sich krumm machen und vorbeugen musste. Ich sagte: »Ich habe das schärfste Skalpell ausgewählt, denn je schärfer die Klinge, desto schmerzloser der Schnitt.«

»Oj, oj.«

Ich öffnete den Abszess und wählte dann ein langes, schlankes Instrument mit scharfrandigen Enden, mit dem ich tief in die Entzündung eindrang und den Kanal freilegte. Sowie der

Druck vom Eiterherd genommen war, quoll die gelbe Flüssigkeit mit Macht hervor, was ich durch seitliches Drücken noch unterstützte. Als ich sicher war, dass alle Gifte den Abszess verlassen hatten, legte ich eine leichte Kompresse auf die Wunde und drückte sie fest.

Der alte Mann, der während der gesamten Prozedur »viel Glück, Itzik, viel Glück, Itzik«, vor sich hin genuschelt hatte, fragte: »Isses überstanden?«

»Ja, fürs Erste«, sagte ich. »Es kann sein, dass noch etwas Eiter abgeht, aber das Schlimmste ist vorbei.«

»Des Himmels Segen über Euch.«

»Es wäre gut, wenn jemand in zwei Tagen noch einmal nach der Wunde sehen und den Verband wechseln würde.«

Conor streichelte Massimo, der auf seiner Schulter saß, und sagte mit gewichtiger Miene: »Es wär gut, wenn Ihr das machen könntet, Schwester, äh, ich meine Signorina.«

Ich zögerte.

»Es wär überhaupt gut, wenn Ihr unsere Ärztin sein könntet, Signorina. Wir haben viele Krankheiten, weil wir viel auf der Straße sind. Und Fieber und andere Seuchen haben wir auch. Und Verletzungen von Raufereien, in die wir reingeraten, manchmal ganz böse Verletzungen.«

Alle Augen ruhten auf mir.

»Was meint Ihr?«

Da ich noch immer zögerte, sagte Conor: »Wir würden Euch eine Art Krankenstation hier einrichten mit allem, was Ihr so braucht.«

Der Gedanke, ein eigenes kleines Hospital zu haben – wenn auch unter einfachsten Bedingungen – und als Ärztin arbeiten zu können, hatte durchaus etwas Reizvolles. Endlich würde ich mein erworbenes Wissen anwenden können, ganz so, wie ich es schon immer gewollt hatte, und niemand würde mich davon abhalten, denn meine Tätigkeit würde sich im Verborgenen, im Untergrund abspielen. »Ich muss Bedenkzeit haben«, sagte ich.

»Natürlich.« Conor wirkte etwas enttäuscht, obwohl er sich nichts anmerken lassen wollte.

Fabio ergriff das Wort: »Ihr habt recht, Signorina. Es wäre ein neuer, vielleicht auch gewagter Schritt für Euch, unsere Ärztin zu werden, aber bedenkt auch, welche Vorteile sich für Euch damit verbänden: Es gäbe niemanden, der Euch in die Behandlung hineinreden würde, Ihr wäret gewissermaßen Euer eigener Herr der Medizin. Eure begnadeten Hände könnten das tun, was sie schon immer wollten – und Ihr hättet Patienten, die Euch mehr als dankbar wären.«

»Ja, Fabio«, sagte ich.

»Überlegt es Euch, Signorina. Und vergesst nicht: Wahre Freunde sind wie Melonen, unter hundert findet man nur eine gute. Wir alle sind Euch sehr gewogen.«

»Das stimmt«, sagte Conor.

»So isses«, sagte der alte Itzik.

Die anderen nickten.

»Ich möchte mich jetzt verabschieden. Mir geht sehr viel im Kopf herum, aber ich verspreche, mich bald zu entscheiden.«

»*Arrivederci*, Signorina«, sagte Conor, und die anderen grüßten ebenso.

Fast eine Woche war vergangen, und ich zögerte noch immer. Sollte ich die Ärztin der Bettler werden oder nicht?

Das Angebot schmeichelte mir, und die damit verbundenen Vorteile in der Ausübung meiner Kunst leuchteten mir ebenfalls ein. Ich fragte mich, warum ich zauderte, denn am Geld lag es gewiss nicht. Es kam mir nicht darauf an, reich zu werden. Geld hatte mir noch nie sehr viel bedeutet. Es lag auch nicht an der Gefahr, der ich mich aussetzen würde, wenn ich als Frau eine den Männern vorbehaltene Tätigkeit ausübte. Nein, es lag an etwas anderem, wie ich schließlich erkannte: Meine Tätigkeit und die damit verbundenen Leistungen würden niemals an die Öffentlichkeit dringen. Die Anerkennung, die ich mir als Frau so sehr wünschte, würde mir versagt bleiben.

Latif, der sich von Tag zu Tag neugieriger zeigte, platzte irgendwann heraus: »Herrin, es ist allmählich Zeit, Buchstaben mit Punkten zu machen.«

»Was meinst du damit?«

»Ihr solltet Nägel mit Köpfen machen, wie man hierzulande sagt. Ihr habt ein Allah wohlgefälliges Werk an Itzik getan, obwohl er nicht dem wahren Glauben angehört, und zwei Tage später habt Ihr noch einmal nach ihm gesehen, aber eine Entscheidung habt Ihr noch immer nicht gefällt.«

»Ich bin mit meinen Überlegungen zum Abschluss gekommen.«

»Oh, das erfreut mein Herz! Und wie lautet dieser Abschluss?«

Ich erklärte ihm die Gründe, warum ich das Angebot der Bettler ablehnen musste.

Latif kullerte mit den Augen. »Aber Herrin! Wo bleibt Euer Gewissen als Ärztin!«

»Sag mal, wie redest du eigentlich mit mir?«

»Verzeiht, Herrin, aber ich glaube, Ihr habt Euch die Sache nicht richtig überlegt. Bedenkt, was die arabische Weisheit sagt: Wer alles will, verliert alles.«

»Was ich will, ist wenig genug, um nicht zu sagen, selbstverständlich. Ich will Anerkennung für meine Leistungen. Die von einer Frauenhand operierte Stelle verheilt genauso gut wie die von einer Männerhand operierte. Das hast du selbst am eigenen Leibe erfahren.«

»Bei Allah, dem Erbarmer, dem Barmherzigen, wie könnte ich das jemals vergessen, Herrin! Verzeiht mir, wenn ich hartnäckig bin. Die Bettler um Conor sind zwar allesamt ungläubig, aber sie sind auch Menschen, gute Menschen, die Euch verehren. Niemals würden sie Euch wegen Eurer Rubinseite im Gesicht brandmarken, ebenso, wie sie niemals auf den Gedanken kommen würden, mich kastrieren zu lassen. Ob es der Inquisitor des Papstes ist oder der Oberbeschneider im Topkapı-Palast – immer sind es Männer, die das Böse veranlassen. Und bei solchen Kreaturen des Teufels sucht Ihr Anerkennung?«

Du bist doch selbst ein Mann, wollte ich antworten, aber mir fiel ein, dass Latif sich vielleicht gar nicht als Mann fühlte. Vielleicht war er einfach nur Latif. »Du bist hinter meinem Rücken zu den Bettlern gegangen«, sagte ich vorwurfsvoll. »Wie konntest du nur.«

»Oh, Herrin, bei Allah, dem Erkennenden, dem Listenreichen, das habe ich nie getan.«

»Wie meinst du das? Willst du mich veralbern?«

»Aber nein, bei allen Dschinn-Dämonen der Wüste, das würde mir niemals einfallen, Herrin! Aber gestattet mir eine Frage: Würdet Ihr mir, Eurem treuen Diener, jemals den Rücken kehren?«

Ich dachte daran, dass Latif trotz seiner vorwitzigen und manchmal selbstherrlichen Art ein ergebener, zuverlässiger, in vielerlei Hinsicht sogar angenehmer Diener war, und antwortete: »Natürlich nicht.«

»Da seht Ihr, Herrin. Selbst wenn ich wollte, könnte ich nichts hinter Eurem Rücken tun.«

»Latif, du bist ein Wortverdreher.«

»Da mögt Ihr recht haben, Herrin. Haltet Ihr Eure Entscheidung aufrecht?«

»Ja«, sagte ich.

Und dabei blieb es.

Kurze Zeit später fing ich wieder bei den frommen Schwestern von San Lorenzo an, und der Alltag nahm seinen gewohnten Lauf. Ein mehr oder weniger ereignisloses Jahr verging, in dem ich um meinen kleinen Giancarlao trauerte und regelmäßig sein Grab aufsuchte. Ebenso regelmäßig lenkte Latif seine Schritte zu Conor, Fabio und ihren Genossen in den Untergrund. Allerdings tat er es nicht mehr heimlich. Anschließend erzählte er mir unaufgefordert, wie es seinen Freunden erging, und erwähnte manches Mal wie nebenbei, dass dieser oder jener an einer Krankheit litt. Dabei schaute er mich mit seinen Kulleraugen fragend an. Ich aber schaute weg, tat so, als interessierten mich seine Berichte nur am Rande, und erzählte meinerseits von belanglosen Begebenheiten im Klosterhospital der hilfreichen Nonnen.

Schwester Marta, die Tüchtige, Resolute, begann in jener Zeit zu kränkeln. Sie neigte zu Schwindel und Schweißausbrüchen und unerklärlichen Fieberschüben. Niemand vermochte eine genaue Diagnose zu stellen, während sie trotz bester Pflege und vieler Gebete immer schwächer wurde. Kurz bevor es mit ihr zu Ende ging, bat Mutter Florienca, die gütige Oberin, mich zu sich. »Es sieht so aus, als würde Gott der Herr unsere Schwester Marta bald in sein Himmelreich rufen«, begann sie das Gespräch mit mir. »Das Hospital braucht eine Nachfolgerin für sie. Marta selbst hat dich, Carla, als ihre Nachfolgerin vorgeschlagen.«

»Das ehrt mich sehr«, sagte ich.

»Ich habe Marta gesagt, dass ich mir keine Bessere als dich vorstellen könnte.«

Ich schwieg, denn ich ahnte, was kommen würde.

»Der Takt verlangt es, dass wir warten, bis Marta heimgegangen ist, doch danach könntest du die neue Verantwortung sofort übernehmen. Es wäre allerdings schön, wenn du – nachdem du schon so viele Jahre bei uns bist – zu diesem Zweck die Gelübde ablegen und eine von uns werden würdest. Als Nonne müsstest du natürlich einen neuen Namen annehmen. Ich dachte an Schwester Habilita, von lateinisch *habilis*, geschickt, weil du in allen Dingen sehr anstellig bist.«

»Danke für das Vertrauen, Ehrwürdige Mutter«, sagte ich, mich in Demut verneigend. Aber so demütig, wie ich mich gab, war mir nicht zumute. Ich dachte vielmehr, dass es ein gewaltiger Einschnitt in mein Leben wäre, wenn ich das Angebot annehmen würde. Ich würde mein Haus aufgeben müssen, dazu einen großen Teil meiner Freiheit und – nicht zuletzt – auch Latif, meinen Diener, denn einen Muslim im Kloster, das würde selbst die gütigste Oberin nicht gestatten.

»Darf ich um Bedenkzeit bitten, Ehrwürdige Mutter?«

»Natürlich, mein Kind. Ich werde für dich beten, dass Gott dich die richtige Entscheidung treffen lässt, und ich werde für die liebe Marta beten, dass Gott ihr einen gnädigen Tod beschert. Möge sie friedlich entschlafen und in seine Arme sinken. Er wird sie erlösen aus des Todes Gewalt.«

»Gewiss, Ehrwürdige Mutter«, sagte ich und entfernte mich.

Zu Hause beim Mittagsmahl erzählte ich Latif von der neuen Wendung in meinem Leben, aber bevor ich die Einzelheiten schildern konnte, unterbrach er mich und fasste sich ans Herz. »Herrin!«, rief er. »Das geht nicht! Wollt Ihr meinen Tod auf dem Gewissen haben?«

Ich musste lächeln wegen seines theatralischen Gehabes und erwiderte: »Ich möchte an niemandes Tod schuld sein, schon gar nicht an deinem.«

»Aber Ihr werdet eine Nonne sein, das habt Ihr eben selber gesagt.«

»Ich habe gesagt, ich soll es mir überlegen. Die Mutter Oberin hat es mir nahegelegt, um die Nachfolge von Schwester Marta antreten zu können.«

»Das heißt, Ihr müsst es nicht tun?«

»Nein, ich muss es nicht tun.«

»Nehmen wir einmal an, Herrin, Ihr tätet es nicht, dann könntet Ihr Euch vielleicht das Angebot der Bettler noch einmal überlegen? Es besteht nach wie vor.«

»Du bist in dieser Sache sehr beharrlich.«

»Es wäre ein guter Zweck, Herrin, und Allah sehr wohlgefällig. Denn es ist wichtiger, ernsthafte Krankheiten zu operieren und zu heilen, als jedem Schnupfenpatienten im Hospital den Puls zu fühlen. Außerdem gilt das Leben eines Bettlers genauso viel wie das eines jeden anderen – auch wenn seine Seele ungläubig ist.«

»Setz dich zu mir, Latif.« Ich deutete auf den Stuhl gegenüber.

»Was hat das nun wieder zu bedeuten, Herrin?« Ächzend ließ er sich nieder.

»Hör zu: Es ehrt dich, dass du dich so für die Bettler verwendest, aber ich habe meine Entscheidung getroffen, und sie gilt nach wie vor. Bitte lass mich künftig mit weiteren Fragen danach zufrieden. Ich möchte darüber nicht mehr reden.«

»Jawohl, Herrin, aber …«

»Kein Aber. Was die Möglichkeit angeht, demnächst ein Leben als Nonne zu führen, so habe ich mich ebenfalls entschieden, und zwar dagegen. Ich will, dass alles beim Alten bleibt.«

»Oh, Herrin, ist das wirklich wahr?«

»Ja, ich bleibe bei dir.«

Latif wuchtete seine Körpermassen hoch und beugte sich mit leuchtenden Augen vor. »Das ist die schönste Nachricht seit langem! Darf ich Euch küssen?«

»Nein«, sagte ich.

Und es blieb tatsächlich alles beim Alten. Ich verrichtete meinen Dienst bei den Nonnen, und Latif verrichtete seinen Dienst in meinem Haus. Nur ein Mal, im August dieses Jahres 1578, wurde mein seelisches Gleichgewicht gestört, als ich erfuhr, dass Gaspare zum zweiten Mal Vater geworden war. Das Kind, ein Mädchen, wurde am zehnten August in der Kathedrale San Pietro getauft.

Tags darauf sagte Latif zu mir: »Die Handwerker werden nachher eintreffen, Herrin.«

»Handwerker, was für Handwerker?«, fragte ich verständnislos.

»Die Handwerker, die ich bestellt habe, um unser Haus zu verschönern, Herrin. Ich dachte mir, eine angenehmere Umgebung würde Eure Gedanken von dem schändlichen Mann, der abtreiben lassen wollte, ablenken.«

»Ich denke kaum an ihn, er ist mir gleichgültig. Aber was ist mit den Handwerkern? Ich habe keine bestellt.«

»Sie werden das Dach flicken und eine Terrasse daraufsetzen, Herrin. Sie werden die Mauern ausbessern und einen neuen Abzug für die Feuerstelle bauen. Sie werden die Fresken an Decken und Wänden ausbessern und in neuem Glanz erstrahlen lassen.«

»Bist du von Sinnen? Hast du dir schon einmal überlegt, wer das alles bezahlen soll?« Wieder einmal ärgerte ich mich über Latifs Eigenmächtigkeit, auch wenn der Grund dafür berechtigt sein mochte.

»Wir werden es bezahlen können, denn wir führen ein bescheidenes Leben, Herrin. Da hat sich der eine oder andere Scudo angesammelt.«

»Woher willst du das wissen? Ich verwahre mein Geld an einem unbekannten Ort.«

»Ich weiß, Herrin, in dem alten Schränkchen, ganz hinten in der obersten Schublade, wo ich es regelmäßig zähle. Glaubt mir, es reicht für die Verschönerungen.«

»Wie kommst du dazu, mich und mein Geld zu kontrollieren? Was nimmst du dir eigentlich heraus?« Allmählich wurde ich wütend.

Latif schnaufte beleidigt. »Einer muss sich um das Geld kümmern. Davon, dass es in dem Schränkchen liegt, hat niemand etwas. Wir können das Ganze auch lassen, vorausgesetzt, es ist Euch lieber, dass ich weiter in der winzigen Kammer neben dem Raum für die Hausgerätschaften hause. Die Kammer ist so klein, dass ich mir selbst schon wie eine Gerätschaft vorkomme. Es wäre sehr schön gewesen, wenn ich durch einen kleinen Anbau endlich ein eigenes, meinen Körpermaßen angemessenes Zimmer bekommen hätte. Aber sicher meint Ihr, ich hätte es nicht verdient.«

»Nein, das habe ich nicht gemeint, und das weißt du auch ganz genau. Es ist nur, dass ich mein Geld zusammenhalten möchte.«

»Aber wofür denn, Herrin? Ich habe einen weisen Sinnspruch in Eurem Land gelernt, er lautet: Das letzte Hemd hat keine Taschen. Man kann nichts mitnehmen, wenn Allah uns zu sich ruft, da ist es doch besser, die Ersparnisse vorher auszugeben?«

Ich merkte, wie Latif es wieder einmal gelang, mich umzustimmen, und ich ärgerte mich darüber. Andererseits hatte er recht, das Geld lag tatsächlich nutzlos in dem Schränkchen herum. Seine Vorschläge, meine Barschaft in ein Bankhaus zu tragen und es dort mit einem guten Zins zu vermehren, hatte ich stets abgelehnt. »Nun, ja«, sagte ich, »die Kammer ist tatsächlich recht klein.«

»Ihr sagt es, Herrin.«

»Auch bist du – trotz deiner vielen Bemühungen – im letzten Jahr nicht gerade schlanker geworden. Vielleicht könnte man tatsächlich über einen kleinen Anbau nachdenken.«

»Ich wusste, Ihr würdet mich verstehen, Herrin.«

Es kam, wie es kommen musste: Während ich meinen Dienst bei den frommen Schwestern verrichtete, holte Latif die Handwerker in mein Haus. Und natürlich beließ er es nicht bei einem kleinen Anbau, um seine Kammer zu vergrößern. Neben Maurern und Steinmetzen beschäftigte er auch Zimmerer, Fliesenleger, Freskenmaler und eine Reihe anderer Handwerker. Dazu Stuckateure, die jede Hauswand sorgfältig mit ockerfarbenem Kratzputz verschönerten. Natürlich blieb mir das alles nicht verborgen, und manches Mal fragte ich mich bang, ob mein Geld ausreichen würde, aber ich sagte nichts, denn ich hatte meine Freude daran.

Das Haus war schon immer mein Lieblingsort gewesen, nun aber wurde es so schön, dass ich es nur noch verließ, um zum Hospital der frommen Schwestern zu gehen. Die spärlichen Kontakte, die ich zur Nachbarschaft pflegte, erstarben fast ganz, und von Gaspare, der bei den wenigen Malen, die wir über ihn sprachen, von Latif stets als »der schändliche Mann, der abtreiben lassen wollte«, bezeichnet wurde, hörte ich in dieser Zeit ebenfalls nichts.

Doch am 6. Oktober des Jahres 1580 läuteten die Glocken von San Pietro abermals, um eine besondere Taufe anzuzeigen: Giovanni Andrea, der erste Sohn von Gaspare Tagliacozzi und seiner Frau Giulia, empfing das heilige Sakrament, welches ihn in die Gemeinschaft der Christen aufnahm. Die Taufe, so hieß es, wurde mit großem Pomp gefeiert. Mitglieder der besten Familien stellten sich zum Fest im Haus der Tagliacozzis ein, darunter natürlich auch die Pateneltern, deren hoher Rang ein Hinweis darauf war, welch herausragende Bedeutung der Hausherr mittlerweile unter den Honoratioren der Stadt erlangt hatte. Es waren Seine Hoheit Giovanni, Herzog von Slutsk in Litauen, sowie seine Gemahlin, Madame Maddalena Marescotti, eine Tochter der gleichnamigen hochgeachteten Senatorenfamilie.

Die Nachrichten taten mir weh, ich spürte Neid, aber ich dachte an den Satz, den Latif einmal zu mir gesagt hatte: »Wer alles will, verliert alles.« Und ich sagte mir, dass ich nichts von dem, was ich hatte, verlieren wollte.

So genoss ich weiterhin mein schönes Haus, vergrub mich in meine Bücher und nähte mir zwei neue Kleider: eine weite Robe in Türkis mit Stehkragen-Oberteil und eingewebtem Rosenmuster sowie ein sienafarbenes Gewand mit enger Taille und beiderseitigem Hüftpolster, welches die Pariser Mode seit ein paar Jahren vorschrieb. Außerdem stand ich häufig am Herd, um meine Kochkünste zu verbessern. Ich erfand raffinierte Risottos mit Trüffelraspeln und geriebenem Parmesan, buk Goldbrassen in mit Thymian angereicherter Salzkruste oder übte mich in der Herstellung von Schmorgerichten wie dem *ossobuco*. Denn eines hatte sich immer wieder gezeigt: Trotz seiner zweifellos vorhandenen Qualitäten würde aus Latif niemals ein guter Koch werden.

Die Zeit ging ins Land, man schrieb das Jahr 1581. Latif und ich lebten nach wie vor in meinem Haus – nebeneinander, wie Herrin und Diener, aber auch ein wenig miteinander, wie Frau und Mann –, und ich hatte meinen Frieden mit mir gemacht. Doch im Spätsommer fiel mir ein Traktat mit prächtig gestaltetem Frontispiz in die Hände, ein Werk namens *De Instrumentis pro Arte reparatoria*. Es machte viel von sich reden in der Gelehrtenwelt, und sein Autor war niemand anders als Gaspare Tagliacozzi.

Gespannt schlug ich das Buch auf, denn alles Medizinische fesselte meine Aufmerksamkeit nach wie vor. Doch je länger ich las, desto bekannter kam mir sein Inhalt vor. »Die Instrumente für die Kunst der Reparatur«, deren Beschaffenheit und Anwendung ausführlich beschrieben wurden, bestanden aus gebogenen Nadeln von Gold oder anderem Metall, verschiedenen Nahttechniken, darunter einer neuen, der Rückstichnaht, welche die alte *Sutura interscissa* ablösen sollte, ferner aus Schneid- und Greifwerkzeugen, von denen eine Neuentwicklung, die zweischlitzige Greifzange mit stufenlosem Schließmechanismus, besonders hervorgehoben wurde, ebenso wie die spezielle Weste mit eingenähten Stützen aus Fischbein, Kapuzenweste genannt, die dem Patienten während der Nasenrekonstruktion deutlich mehr Halt bieten sollte.

Spätestens an dieser Stelle schlug mein aufkeimender Ärger in helle Empörung um. Die Instrumente oder Techniken, die Tagliacozzi beschrieben hatte, waren samt und sonders Hilfsmittel, die ich erdacht hatte. Gewiss, manches davon war im Gespräch zwischen ihm und mir entstanden, aber die Initiative dazu war jedes Mal von mir ausgegangen. Er aber hatte meinen Beitrag mit keinem Wort erwähnt, sondern tat vielmehr so, als hätte er alles ersonnen. Er hatte mein geistiges Eigentum gestohlen und für seine Zwecke verwendet, er war ein Plagiator.

»Herrin, was habt Ihr? Ihr seht aus wie ein feuerspeiender Drache?«

»Vielen Dank für das Kompliment, du warst schon liebenswürdiger!«

»Verzeiht, Herrin. Der Vergleich trifft natürlich nicht zu. Ich hatte Sand in meinen Augen, Ihr habt die Anmut von Schehrezâd aus 1001 Nacht.«

»Veralbere mich nicht. Ich bin in der Tat zornig und habe auch allen Grund dazu.« Ich zeigte Latif die fragwürdigen Stellen in Tagliacozzis Werk und erklärte ihm, welche Anmaßung der »schändliche Mann, der abtreiben lassen wollte«, sich damit erlaubt hatte. »Verstehst du mich jetzt?«, fragte ich ihn.

»Ja und nein, Herrin. Ich verstehe Euch, weil der Sachverhalt so klar ist, wie eins und eins zwei ergibt. Und ich verstehe Euch nicht, weil Euch das Wissen um die eigene Leistung genügen sollte. Der Mann, der sich mit den Federn eines anderen schmückt, ist ein armer Mann.«

»Diese Erkenntnis genügt mir nicht.«

Latif kullerte mit den Augen. »Ist es denn noch immer so, dass Ihr die Anerkennung der Öffentlichkeit sucht, Herrin?«

»Unsinn, natürlich nicht.«

Latif lächelte sanft. »Was ist es dann?«

»Nun, ich ... ich denke, du hast noch einiges in der Küche zu tun.«

Zwei Tage später, man schrieb den 11. September 1581, erfuhr ich, dass Tagliacozzis Frau Giulia einen weiteren Sohn namens Ippolito zur Welt gebracht hatte. Und als wäre das nicht schon provozierend genug, ertönten kurze Zeit später wiederum die Glocken von San Pietro. Jeder Schlag, den ich vernahm, vertiefte die Wunden, die mir zugefügt worden waren, und schließlich brach es aus mir hervor: »Gaspare Tagliacozzi, du schäbiger Lügner! Du hast mir damals mit treuem Hundeblick erzählt, du würdest seit langem nicht mehr mit deiner Frau das Bett teilen, und ich war dumm genug, dir das zu glauben. Inzwischen bist du vierfacher Vater! Ein vierfacher Vater und vierfacher Lügner! Du Betrüger, du! Du Plagiator! Du spielst mit meinen Gefühlen, als wäre ich eine Puppe, du verhöhnst mich, verspottest mich, gibst mich der Lächerlichkeit preis, oh, wie ich dich hasse!«

»Herrin, bitte, regt Euch nicht auf.« Latif stand vor mir.

»Wo kommst du auf einmal her?«

»Aus der Küche, Herrin. Euer Kopf scheint vor Zorn zu glühen, das ist nicht gut! Gebt acht, dass die Flammen Euch nicht ersticken.«

»Was redest du da! Dieser Kerl hat mich belogen und betrogen, er hat mich benutzt wie ein Paar Schuhe, das man nach dem Gebrauch einfach wegstellt!«

»Redet Ihr von dem schändlichen Mann …?«

»Genau von dem rede ich. Aber jetzt ist Schluss, jetzt werde ich ihn zwingen, ein paar Dinge geradezurücken, und wenn es das Letzte ist, was ich auf dieser Welt tue!«

»Was meint Ihr damit, Herrin?« Latifs Stimme klang ganz klein.

»Ich werde zu ihm gehen und ihn zur Rede stellen.«

»Macht das lieber nicht, Herrin.«

»Wer sollte mich davon abhalten, du?«

»Herrin, bitte …«

Aber Latifs Einwände waren vergebens. Ich hatte mir schon das Barett mit dem Schleier aufgesetzt und rannte wild entschlossen aus dem Haus. Erst vor Tagliacozzis Haus in der Gemeinde San Giacomo de' Carbonesi kam ich wieder zur Besinnung, denn ich erkannte, dass in dem Haus eine große Feier stattfand, offenbar das Fest anlässlich der Taufe. Kutschen und Pferde standen davor, Diener eilten geschäftig hin und her. Ich sah Adelmo und winkte ihn heran. »Ich muss sofort Doktor Tagliacozzi sprechen.«

»Signorina Carla, verzeiht, ich habe überhaupt keine Zeit, ich muss …«

»Du musst gar nichts! Hast du nicht gehört, was ich gesagt habe? Melde mich sofort bei deinem Herrn an.«

»Signorina, verzeiht, aber es geht wirklich nicht.« Adelmo stand mit hängenden Armen vor mir.

»Das werden wir ja sehen. Ich gehe jetzt hinein und stelle mich in die Empfangshalle. Dort werde ich das ganze Haus zusammenschreien, sollte der Herr Doktor nicht geruhen, mich zu empfangen. Wenn du das verhindern willst, dann laufe unverzüglich zu ihm.«

»J... ja, Signorina.« Sichtlich verstört eilte Adelmo davon, und ich ging ins Haus, vorbei an Paaren in prächtigen Kleidern und Duftwolken von schwerem Parfum. Ich stellte mich mitten in die Halle und wartete, während um mich herum hohe Betriebsamkeit herrschte. Ich sah bekannte Persönlichkeiten, hohe Staatsdiener und erlauchte Honoratioren – und ich sah durch sie hindurch. Meine Augen suchten einzig und allein Gaspare Tagliacozzi.

Endlich kam er, mit angespanntem Gesicht, krampfhaft nach allen Seiten lächelnd. »Was willst du hier?«, fragte er. »Du bist nicht eingeladen.«

»Ich will Gerechtigkeit!«

»Pst, nicht so laut!«

»Du hast wohl Angst, dass deine feinen Gäste durch meine Anwesenheit gestört werden? Aber das ist mir einerlei. Ich will Gerechtigkeit!«

»Bist du nicht ganz gescheit, hier so herumzuschreien?« Er packte mich beim Arm und zog mich in einen kleinen Raum neben der Garderobe. Hier waren wir vor neugierigen Blicken sicher, was ihn sehr zu beruhigen schien. »Sag mir, was du willst, und dann geh bitte.«

»Zunächst möchte ich dir zu deinem vierten Kind gratulieren, ich hoffe es ist gesund?«

»Es ist gesund. Was willst du noch?«

»Es muss ein Wunder geschehen sein, dass Giulia schwanger wurde, nachdem du seit Jahren nicht mehr das Bett mit ihr teilst. Oder bist du am Ende gar nicht der Vater?« Meine Stimme triefte vor Ironie.

»Zum letzten Mal: Was willst du?«

»Ich sagte schon, ich will Gerechtigkeit. Ich habe ein Buch

gelesen, es heißt *De Instrumentis pro Arte reparatoria,* ein sehr interessantes Buch, in dem sehr viel Wahres steht. Nur die Autorenangabe ist falsch, oder sagen wir: nicht vollständig. Der Name Carla Maria Castagnolo fehlt.«

Tagliacozzi setzte sein amüsiertes Lächeln auf. »Darum geht es also.«

»Ja, genau darum geht es.«

»Nun gut, dann lass dir sagen, dass ich dieses Buch ganz allein geschrieben habe, es bestand also kein Grund, deinen Namen zu erwähnen.«

»Ich habe wesentliche Erkenntnisse zum Inhalt beigetragen, die Kapuzenweste, die Rückstichnaht, den Schließmechanismus der Greifzange, ich habe …«

Tagliacozzi unterbrach mich. »Unsinn, das sind alles Dinge, die ohne die Zusammenarbeit mit mir, ohne den Hintergrund meiner Erfahrung, ohne mein Wissen als Arzt nie entstanden wären.«

Angesichts dieser ungeheuerlichen Antwort verrauchte ein Teil meines Zorns und ließ Fassungslosigkeit zurück. »Das ist nicht dein Ernst. Das kann dein Ernst nicht sein.«

»Nie habe ich etwas ernster gemeint.«

»Aber du hast mein Gedankengut als deines ausgegeben! Erinnerst du dich nicht? Die Kapuzenweste ist meine Erfindung. Der stufenlose Schließmechanismus …«

»Alles Dinge, die es vorher schon gegeben hat oder dank meiner wissenschaftlichen Forschung entwickelt wurden. Es kann sein, dass wir über das eine oder andere einmal gesprochen haben, aber was heißt das schon. Das Buch ist über fünfhundert Seiten stark, es ist mein Werk.«

»Ich … ich …« Mir fehlten die Worte. Eine solche Dreistigkeit war mir im Leben noch nicht widerfahren. »Aber …«

»Du solltest jetzt gehen. Es würde mir leidtun, wenn ich dich hinauswerfen lassen müsste. Du bist nur eine kleine Hilfsschwester, die mir ein paarmal vor Studenten zur Hand ging, mehr nicht. Ich kenne dich kaum, vergiss das nicht.«

»Du bist der Vater von Giancarlo«, flüsterte ich, »und da behauptest du, mich nicht zu kennen?«

»Der Name Giancarlo sagt mir nichts.«

»Er war dein Sohn. Du redest nur so, weil er tot ist. Wahrscheinlich warst du sogar froh, als du davon erfuhrst.«

Tagliacozzi richtete sich zu voller Größe auf. »Signorina Carla, ich muss Euch bitten, mein Haus unverzüglich zu verlassen. Ihr habt meine Zeit lange genug in Anspruch genommen.«

»Ich verstehe«, murmelte ich. »Ich verstehe. Ich gehe schon.«

»Bitte durch den Nebeneingang.«

Ich weiß nicht mehr, wie ich nach Hause kam, ich weiß nur noch, dass ich in meinem Schlafgemach zusammenbrach und hemmungslos schluchzte. Ich konnte, ich wollte nicht begreifen, was Tagliacozzi mir angetan hatte. Wie konnte ein Mensch nur so abgrundtief schlecht sein? Stundenlang fragte ich mich das, immer wieder, aber ich fand keine Antwort. Irgendwann trat Latif in mein Zimmer, setzte sich an mein Bett und ergriff meine Hand. Er sagte nichts, und ich ließ es geschehen. Es tat gut, seine Nähe zu spüren, sie wirkte vertraut und beruhigend auf mich.

Irgendwann muss ich trotz meiner Verzweiflung eingeschlafen sein, denn als ich wieder erwachte, schien die Sonne durch das Fenster, und ich erkannte, dass es Morgen war.

Ein Schnaufen unterbrach meine Gedanken. Latif lag vor meinem Bett, massig, unerschütterlich – schlafend. »Latif«, sprach ich ihn an. »Was machst du hier?«

Er wachte auf, rieb sich die Augen und sagte: »Ich bewache Euch, Herrin.«

»Das hättest du nicht müssen.«

»Verzeiht, Herrin, aber manchmal wisst Ihr nicht, was notwendig ist und was nicht. Es war zum Beispiel nicht notwendig, gestern zu dem schändlichen Mann, der abtreiben lassen wollte, zu gehen. Ihr hättet auf mich hören sollen, aber auf mich hört ja keiner. Soll ich Euch jetzt ein Frühstück machen?«

»Ich habe keinen Hunger.«

»Das wusste ich. Ich mache Euch trotzdem etwas. Von der Forelle gestern ist noch ein Filetstück da, das solltet Ihr essen. Ich habe jede Gräte einzeln mit einer Eurer Pinzetten herausgezogen.«

Was blieb mir anderes übrig, als ihm zu gehorchen. Wenig später aß ich die Forelle mit gewärmtem Brot und trank dazu verdünnten Wein. Die Speise stärkte mich, während Latif in der Küche geschäftig hin und her lief und einige Male das Wort an mich richtete.

Ich aber hörte ihm nicht zu, denn meine Gedanken kreisten wieder um die Geschehnisse in Tagliacozzis Haus. Und je mehr ich darüber nachdachte, desto größer wurde abermals mein Zorn. Tagliacozzis Verhalten war eine Unverfrorenheit, eine Schamlosigkeit gewesen, die ich so nicht hinnehmen konnte. Er hatte mich behandelt wie eine niedere Dienstmagd und mir am Ende sogar die Tür gewiesen. Ich hatte eine Niederlage eingesteckt, eine schwere Niederlage, aber auch ich hatte meinen Stolz.

»Ich habe auch meinen Stolz!«, rief ich laut.

Latif erschien, eine Schale mit schwarzen Oliven in der Hand. »Natürlich, Herrin. Aber was regt Ihr Euch so auf? Geht es schon wieder um den schändlichen …?«

»Genau um den geht es. Und es geht um die Ungerechtigkeit, die mir widerfahren ist. Ich werde die Sache geraderücken, koste es, was es wolle. Es gibt schon viel zu viele Ungerechtigkeiten auf dieser Welt.«

»Aber Herrin, da kommt es auf diese eine doch auch nicht mehr an. Beruhigt Euch, und esst noch etwas.«

»Ich will nichts mehr essen! Wie kannst du jetzt an Essen denken!«

»Herrin, bitte, denkt an den Satz, der da heißt: Spielst du mit dem Feuer, verbrennst du dir die Hand.«

»Und wenn schon. Es heißt auch: Eine Stunde Gerechtigkeit ist mehr als siebzig Jahre Gebet.«

»Aber was wollt Ihr denn tun, Herrin?« In Latifs Augen flackerte Angst.

»Ich werde zum Generalvikar gehen, dem Kanzler aller Professoren und Studenten, und ihm sagen, dass er die Wiederherstellung seines Ohrläppchens keineswegs nur der Kunst Tagliacozzis zu verdanken hat, sondern mindestens ebenso der meinen. Ich werde Tagliacozzi dadurch bloßstellen. Ich werde ihn von seinem Thron des alleswissenden und alleskönnenden Arztes herunterstoßen, ich werde ihn zum Gespött Bolognas machen!«

»Herrin, verzeiht, aber Ihr wollt Euch nur rächen.«

»Und wenn schon. Nenn es, wie du willst. Es wird höchste Zeit, dass ich gehe.«

»Herrin, bitte, bleibt! Denkt doch daran, wie sehr Ihr Euch schaden würdet. Ihr seid eine Frau, Ihr dürft gar nicht als Ärztin arbeiten. Ihr habt etwas getan, das Euch vor das Tribunal der Inquisition bringen kann.«

»Ach was!«

»Und denkt an Eure Rubinseite! Viele nennen so etwas *voglia di peccato,* das ›Mal der Sünde‹. Bitte, denkt an Euch ... denkt an mich.«

»Ach was!«, wiederholte ich, denn ich war taub für seine Bitten und steigerte mich immer mehr in eine sinnlose Wut hinein. »Ich will Gerechtigkeit und Genugtuung, und ich werde beides bekommen. Zu deiner Beruhigung lass dir gesagt sein, dass ich mein Barett mit Schleier tragen werde und dass niemand mich erkennen wird.«

»Aber wie wollt Ihr Genugtuung erlangen, wenn niemand weiß, dass Ihr sie einfordert?«, fragte mein listiger Diener.

»Komm mir nicht mit solchen Spitzfindigkeiten. Du kannst sagen, was du willst, du wirst mich nicht aufhalten!« Ich griff zu meinem Barett und setzte es auf. *»Arrivederci!«*

»Halt!«, donnerte Latif, und seine sonst so helle Stimme

klang scharf wie ein Schwert. Ich hatte ihn noch nie so laut brüllen hören und blieb widerwillig stehen. »Was ist denn noch?«

»Bitte, bleibt, Herrin.«

»Nein!« Wieder setzte ich mich in Bewegung, doch ein erneuter Ruf Latifs hielt mich auf. »Herrin, wenn Ihr unbedingt in Euer Verderben rennen wollt, muss ich Euch die Wahrheit sagen, denn Allah, der Erhellte, der Erleuchtete, scheint es zu wollen.«

»*Arrivederci!*«, rief ich nochmals und öffnete die Haustür, um hinauszustürmen.

»Halt, geht nicht, Herrin! Der schändliche Mann, der abtreiben lassen wollte, ist Euer Bruder!«

Ich tat noch zwei Schritte und hielt dann inne. »Mein Bruder? Du machst Witze. So wirst du mich nicht aufhalten.«

Latif kam mir nach. »Ich habe es aus sicherer Quelle, Herrin, wirklich! Ich weiß es von den Beamten, die ich damals bestach, damit die Beobachtung unseres Hauses aufhörte. Und ich weiß es von Conor und seinen Bettlern, die ihre Augen und Ohren überall haben.«

»Das glaube ich nicht«, sagte ich – und merkte, dass ich es zu glauben begann. Doch ich schob den Gedanken beiseite. Er war zu ungeheuerlich, als dass es wahr sein konnte.

Latif sah mir meine Zweifel an, denn er fuhr rasch fort: »Es stimmt, Herrin, in Euch fließt das Blut der Tagliacozzis!«

»Nein«, murmelte ich und ließ es zu, dass Latif mich bei der Hand nahm und zum Esstisch zurückführte. Er schob mir einen Stuhl unter das Gesäß, und ich setzte mich. »Nein«, murmelte ich wieder, »das darf nicht wahr sein, das will ich nicht.«

Latif brachte ein großes Glas mit unverdünntem Wein, und ich trank es leer, ohne es zu merken.

»So ist es recht, Herrin. Wein glättet die Seele. Es ist so, dass Eure Mutter, von der Ihr mir so häufig erzählt habt, mit dem Vater des schändlichen Mannes, der abtreiben lassen wollte, im Christenjahr 1551 eine kurze, heftige Liebesbeziehung hatte.

Als das Kind im März 1552 zur Welt kam, verlangte Eure Mutter von Giovanni Andrea, dem Vater des schändlichen Mannes, dass er sich scheiden ließe, um sie heiraten zu können. Doch Giovanni Andrea dachte nicht daran, denn er liebte seine Frau Isabeta Quaiarina, die ihm schon mehrere Kinder geschenkt hatte. Da bat Eure Mutter ihn, wenigstens dafür zu sorgen, dass seine Familie Euch an Kindes statt annehme, damit Eure Zukunft gesichert sei. Aber die Tagliacozzis lehnten ab wegen der Rubinseite in Eurem Gesicht. Sie wollten, so hieß es, eine derart entstellte Person nicht in ihrer Mitte haben.«

»Nein«, flüsterte ich zum wiederholten Mal, als könne ich mich dadurch gegen die Wahrheit wehren.

»Besonders die Frauen fürchteten die gefährlichen Auswirkungen der *voglia di peccato*. Sie überredeten Giovanni Andrea, für Eure Mutter ein Haus zu kaufen und ihr eine Summe Geldes zu geben, damit sie ihre Forderungen zurücknahm. Das tat sie auch, denn sie hatte begriffen, dass ihr Kind – also Ihr, Herrin – in der Tagliacozzi-Familie niemals glücklich werden würde.«

Latif machte eine Pause. Vielleicht wollte er mir Gelegenheit geben, mich zu äußern. Aber als ich schwieg, fuhr er fort: »Das Geld, das Eure Mutter von der Familie bekam, hielt nicht lange vor, so dass sie sich gezwungen sah, ihren Lebensunterhalt mit Schneiderarbeiten zu verdienen.«

»Ja«, sagte ich langsam, »ich verstehe.«

Und ich verstand tatsächlich. Eines fügte sich zum anderen, und mir wurde klar, warum meine Mutter mich niemals so geliebt hatte, wie eine Mutter ihr Kind lieben soll. Wahrscheinlich hatte sie sich sogar manchmal vor mir und meinem Feuermal gefürchtet, so abergläubig und bigott, wie sie gewesen war.

»Glaubt Ihr mir nun, Herrin?«

»Ja, ich glaube dir.« Ich saß wie ein Häufchen Elend am Tisch und dachte an nichts anderes, als dass ich eine Halbschwester von Gaspare Tagliacozzi war. Ich fühlte dabei keinen Stolz und keine Scham, aber Erinnerungen stiegen in mir auf. Ich musste daran denken, wie kühl und abweisend Tagliacozzis Mutter mich immer behandelt hatte, was plötzlich einen ganz anderen Sinn bekam. Und ich musste an meine eigene Mutter denken. Ob beide Frauen wohl jemals aufeinandergetroffen waren? Mir fiel die kostbare Brosche ein, die meine Mutter *Fleur-de-lis* genannt hatte und deren Perlen von Doktor Valerini zu einem fiebersenkenden Mittel verarbeitet worden waren. Die Blumen in der Brosche erinnerten an das Wappen der Tagliacozzis, doch das war mir niemals aufgefallen, denn außer den Blumen war darin noch ein Springbrunnen abgebildet. Hatte Gaspares Vater meiner Mutter die Brosche zum Zeichen seiner Liebe geschenkt?

Auch Mutter Florienca, die gütige Oberin, fiel mir ein, die bei unserer ersten Begegnung »armes Kind, armes Kind« zu mir gesagt hatte, was ich auf meine Entstellung durch das Feuermal zurückführte. Dabei hatte sie nur den Makel meiner unehelichen Geburt gemeint.

Meine Gedanken drehten sich weiter, und ich kam zu der Erkenntnis, dass viele Menschen um meine Herkunft wussten, viel mehr, als ich jemals vermutet hätte, und dass Pater Edoardo, der mich als Kind unsittlich berührt und sich danach zum Guten gewandelt hatte, wahrscheinlich auch dazugehörte. Und ich kam zu einer weiteren, noch viel erschreckenderen Erkenntnis: dass ich mit meinem eigenen Bruder ein Kind gezeugt hatte. Ich schämte mich dafür in Grund und Boden, obwohl es unwissentlich geschehen war. Wie aus weiter Ferne hörte ich Latifs Stimme an mein Ohr dringen: »Werdet Ihr nun zum Generalvikar gehen, Herrin?«

»Nein«, sagte ich, »ich will sterben.«

Die Schmähschrift
Il libello

ch starb nicht, obwohl mein Zustand dem des Todes ziemlich nahekam. Ich schien wie gelähmt, geistig wie körperlich, aß und trank kaum und lag teilnahmslos in meinem Bett. Zwei lange Jahre ging das so, zwei Jahre, in denen Latif getreu an meiner Seite blieb. Er tat alles Menschenmögliche, um die Mauer meines Schweigens zu durchbrechen, aber es war vergebens. Er erzählte mir Geschichten aus seiner Zeit im Topkapı-Palast, heitere, lustige, alberne Geschichten, aber ich verzog keine Miene. Er berichtete von Ereignissen in der Stadt, von Festen, Umzügen und Musikveranstaltungen, schilderte gestenreich das Wetter, das draußen herrschte, klagte lauthals über die hohen Marktpreise, schnitt Grimassen wie Sberleffo, der Bettler, um mich aufzuheitern, besorgte mir Bücher verschiedenster Art und las mir stundenlang daraus vor. Doch ich hatte an alledem kein Interesse.

Er massierte mir kundig Arme und Beine mit Olivenöl, versuchte mehr schlecht als recht, meine Lieblingsgerichte zu kochen, drückte mir Nadel und Faden in die Hand, weil er hoffte, ich würde wieder zu schneidern beginnen, sang mir Liebeslieder aus Konstantinopel vor, brachte mir Bella, die Puppe, die in meinen Kindheitstagen sprechen konnte, und Eva, das Anatomiepüppchen von Alberto Dominelli, dem verstorbenen Sammler aller Dinge, die klein sind.

Er bot mir roten Lambrusco aus Friaul zur Erhellung meiner Sinne an, besorgte Wildschweinpastete aus der Lombardei zur Stärkung meiner Leber, schwenkte Duftkissen und Duftkugeln vor meiner Nase, um mir eine Reaktion zu entlocken, versuchte, meine Gleichgültigkeit durch laute Geräusche zu verjagen, tanzte und tollte vor meinem Bett in den unmöglichsten Verrenkungen, flehte zu Allah, dem Erbarmer, dem Barmherzigen, er möge mich heilen – und tat noch vielerlei mehr.

Doch es nützte alles nichts.

Ein hinzugezogener Arzt untersuchte mich mit der gebotenen Diskretion und kam zu dem Schluss, dass ich an unheilbarer Schwermut litt. »Du wirst dich darauf einrichten müssen, deine Herrin bis an das Ende ihrer Tage zu betreuen«, sagte er zu Latif.

»Wenn es so sein soll, werde ich es tun, Dottore«, antwortete mein Diener.

Aber Gott der Allmächtige hatte anderes mit mir vor, denn eines Morgens hörte ich vor meinem Fenster ein Kind weinen, und dieses Weinen sollte der Grund für meine Rettung werden.

»Wer weint da, Latif?«, fragte ich.

Latif eilte hinaus. »Ein kleines Mädchen aus der Nachbarschaft, Herrin«, meldete er. »Oh, Herrin, warum fragt Ihr? Interessiert Euch wirklich, wer da weint? Wartet, ich will nochmals vor die Tür und herausfinden, warum die Kleine so traurig ist.«

Wieder stürmte er fort, um wenig später eifrig zu berichten, dass er mit der Mutter des Mädchens gesprochen habe und dass die Kleine an einem Bruch leide, der ihr Schmerzen verursache.

Ich schwieg und verfiel wieder in Teilnahmslosigkeit.

Latif fuhr fort: »Die Mutter sagt, ihre Kleine würde nicht nur wegen des Wundschmerzes weinen, sondern auch, weil sie wegen des Bruchs nicht mit den anderen Kindern spielen kann. Sie wäre immer allein, sie würde ständig gehänselt.«

»Gehänselt?«, fragte ich.

»Ja, Herrin. Weil der Bruch so groß und wulstig aus ihrer Leiste hervorquillt. Kleine Kinder können oftmals sehr grausam sein.«

»Ja«, sagte ich. Dass Kinder grausam sein können, wusste ich aus eigener Erfahrung nur zu gut. »Lass mich jetzt weiterschlafen.«

Aber Latif dachte nicht daran, mich schlafen zu lassen, denn wenig später stand er wieder an meinem Bett und sagte: »Starrt nicht immer gegen die Wand, Herrin, da ist nichts. Schaut lieber zu mir. Wir haben Besuch.«

Ich reagierte nicht, aber ein winziges Stimmchen piepste: »*Buongiorno,* Signorina Carla.«

Ich drehte mich um und erblickte ein kleines Mädchen in einem vielfach geflickten Kleid. Die Kleine war sichtlich verlegen, wohl auch wegen meines Feuermals, knetete die Hände und blickte zu Boden.

»Sag Signorina Carla, wie du heißt«, forderte Latif sie auf.

»Teresa«, wisperte die Kleine.

»Und wie alt bist du?«

»Fünf.«

»Und wo wohnst du?«

Diesmal gab Teresa keine Antwort. Hastig wandte sie sich um und rannte hinaus.

»Sie ist etwas schüchtern«, erklärte Latif.

Ich antwortete nicht und drehte mich zur Wand.

Am anderen Tag hörte ich das Weinen wieder. Es drang wie ein Lichtstrahl durch meinen Trübsinn und verlangte nach meiner Aufmerksamkeit. Ich rief Latif und sagte zu ihm: »Schick das Kind weg. Das Weinen stört mich.«

»Ja, Herrin, Ihr scheint ein Herz aus Stein zu haben.«

»Ich habe kein Herz aus Stein.«

»Wie Ihr meint, Herrin.«

Nach einem weiteren Tag herrschte draußen Ruhe. Ich kann nicht sagen, dass mich die Ruhe störte, aber sie war ungewöhnlich, etwas fehlte mir, und ich fragte Latif: »Wieso weint das Kind nicht?«

»Ich weiß es nicht, Herrin, aber ich werde sofort nachforschen.«

Als er wieder da war, sagte er: »Teresa ist zu Hause bei ihrer Mutter geblieben, denn die Nachbarskinder waren heute Morgen besonders hässlich zu ihr. Sie haben sie ›Krüppel‹, ›Ungeheuer‹ und sogar ›Hexe‹ gerufen. Sie weint und ist verzweifelt.«

Ich schwieg und stellte mir Teresa vor, wie sie zu Hause in einer Ecke saß, schluchzend, den Kopf in ihren kleinen Händen vergraben.

Latif sagte: »Ich habe eine Holzpuppe geschnitzt, die werde ich ihr gleich bringen, damit sie auf andere Gedanken kommt. Soll ich ihr etwas von Euch ausrichten, wenn ich drüben bin?«

»Nein«, sagte ich. »Aber du könntest die Mutter fragen, wie groß der Bruch ist.«

»Ja, Herrin!«, rief Latif begeistert. »Ich danke Allah, dass er Euch wieder mit Neugier segnet!«

»Ich bin nicht neugierig«, sagte ich.

Wenig später stand er wieder vor mir, kurzatmig vom schnellen Laufen, aber mit fröhlicher Miene: »Die Mutter sagt, der Bruch sitzt rechts, Herrin, und er ist so groß wie ein Apfel.«

»Hol die Mutter her, und bring Teresa gleich mit.«

Die Mutter war eine noch junge Frau mit verhärmten Gesichtszügen, in denen der Hunger saß. Sie trug einen Arbeitskittel und hatte rote, rissige Hände. »*Buongiorno*, Signorina«, sagte sie leise. »Wie ich sehe, liegt Ihr noch im Bett, ich will nicht lange stören …«

»Ihr stört nicht.«

»Verzeiht meinen Aufzug, aber ich war gerade bei der Wäsche. Die vornehmen Damen, für die ich arbeite, warten nicht gern.«

»Signora Mezzini ist Wäscherin«, erklärte Latif.

Ich ging nicht darauf ein und fragte: »Wisst Ihr, wie der Bruch bei Teresa entstanden ist?«

»Beim Seilspringen, glaube ich. Ja, beim Seilspringen, nicht wahr, Teresa?«

»Ja«, piepste die Kleine.

»Wie lange ist das her?«

»Oh, vielleicht ein halbes Jahr.«

Ich sagte nichts. Es war nicht selten, dass bei Kindern Brüche auftraten. »Leidet Ihr oder jemand aus Eurer Verwandtschaft ebenfalls unter einem Bruch?«

»Nein, Signorina. Soviel ich weiß, nicht.«

»Es ist gefährlich, einen Bruch nicht zu behandeln. Ihr solltet Teresa ein Bruchband anfertigen lassen. Das soll sie tragen, damit die Eingeweide in die Bauchhöhle zurückgeschoben werden.«

»Ja, Signorina, äh, es ist nur …« Signora Mezzini blickte verlegen zu Boden.

Latif sagte: »Die Signora hat viele reiche Kundinnen, aber nicht alle zahlen immer pünktlich.«

»Ich verstehe«, sagte ich. Das Problem kannte ich von meiner eigenen Mutter.

»Wenn Ihr einverstanden seid, Herrin, werde ich das Geld für ein solches Band erst einmal vorstrecken.«

Ich nickte.

Signora Mezzini strich ihrem Töchterchen übers Haar. »Ihr seid eine gute Nachbarin, wenn ich das sagen darf, Signorina. Teresa und ich danken Euch sehr, nicht wahr, Teresa?«

»Jaha«, sagte die Kleine.

Mehrere Tage gingen ins Land, meine Teilnahmslosigkeit kehrte zurück, obwohl Latif die üblichen Anstrengungen unternahm, um sie zu durchbrechen. Es gelang ihm nicht. Doch nach einer Woche hörte ich morgens wieder das Weinen. Es war zweifellos Teresa, die da schluchzte, und ich fragte Latif: »Was hat das zu bedeuten?«

»Teresa wird wieder gehänselt, Herrin.«

»Warum?«

»Weil sie das Bruchband trägt. Es ist ein schönes neues Band aus Leder, ich habe es extra bei einem Sattler in der Nähe anfertigen lassen, aber es zeichnet sich unter dem Kleid ab, und die Kinder zeigen mit dem Finger darauf und machen sich darüber lustig.«

»Sie sollen das lassen«, sagte ich müde.

Latif hob beschwörend die Hände. »Wer bin ich, dass ich das ändern könnte, Herrin! Wenn ich die Rangen zur Rede stelle, lachen sie genauso über mich.«

»Ja«, sagte ich.

»Möchtet Ihr, dass die Bande weiterlacht?«

»Nein«, sagte ich.

»Dann tut etwas für Teresa. Durch den Bruch ist die Kleine genauso entstellt wie ... wie andere Kinder.«

»Ja«, sagte ich, und etwas regte sich in meinem Hirn. »Vielleicht sollte man Teresa operieren.«

Latifs Augen leuchteten. »Wie recht Ihr habt, Herrin! Wann werdet Ihr es machen?«

»Ich weiß nicht, ob ich es noch kann.«

»Natürlich, Herrin, natürlich könnt Ihr es!«

Der folgende Tag war ein herrlicher Sommertag. In der Nacht zuvor hatte es ausgiebig geregnet, so dass die Luft frisch und rein duftete. Noch am Morgen hatte ich gezögert, ob ich in der Lage wäre, die Operation durchzuführen, aber Latif war mit der Venusmaske in mein Zimmer gekommen und hatte gesagt: »Setzt sie auf, Herrin. Sie wird Euch beruhigen und Euch Kraft geben.« Ich hatte es getan und tatsächlich gefühlt, wie ein Großteil der Hemmungen von mir wich.

Nun stand ich auf der Dachterrasse meines Hauses im gleißenden Sonnenlicht. Neben mir ein Holztisch, auf dem mein chirurgisches Besteck blitzte, und vor mir ein extra von Latif heraufgeschafftes Bett, auf dessen Rand Signora Mezzini mit ihrem Töchterchen saß. Beide waren sichtlich aufgeregt, aber ich sagte ihnen, dass dies normal sei, allen Patienten erginge es so. Deshalb würde ich die goldene Maske der Venus tragen, der Göttin der Schönheit. Und schön und gesund würde auch Teresas kleiner Leib nach der Operation wieder werden.

Meine etwas mystische Erscheinung verfehlte ihre Wirkung nicht. Mutter und Kind beruhigten sich, und ich leitete die ersten Schritte ein, die ich mir durch Nachschlagen in der Literatur noch einmal eingeprägt hatte. Nachdem Teresa sich hingelegt hatte, tastete ich vorsichtig die apfelgroße Erhebung in der Leiste ab. Unwillkürlich fühlte ich mich an die Pest-Bubonen erinnert, die ich Jahre zuvor in Venedig behandelt hatte. Gottlob waren die Heilungsaussichten hier sehr viel besser. Ich tastete weiter und glaubte ein leises Rumpeln zu spüren – verursacht durch Bewegungen im Darm. Ein typisches Zeichen bei diesem Krankheitsbild.

»Es scheint ein ganz normaler Bruch zu sein. Die Wissenschaft spricht auch von einer Hernie«, sagte ich.

»Wie entsteht so etwas denn?«, fragte Signora Mezzini leise.

»Der Bruch entsteht, wenn Eingeweide oder ein Stück Darm aus einem Loch in der Bauchwand hervortreten. Ein solches Loch nennt man Bruchpforte. Das Hervorgetretene, also das, was als Geschwulst fühlbar ist, sowie das Bauchfell darum nennt man Bruchsack.«

Signora Mezzini nickte, aber ich sah, dass sie meinen Ausführungen nicht ganz folgen konnte. Deshalb schwieg ich und machte weiter. Ich rieb die Stelle mit Weinessig ein und fragte Teresa, wie sie die Holzpuppe von Latif fände. Sie antwortete, das Püppchen sei hübsch, aber ziemlich hart, und ich sagte: »Ich habe hier auch etwas Hartes. Es ist ein Skalpell. Damit mache ich das dicke Ding da unten weg, das geht ganz schnell. Am besten, du siehst nicht hin und denkst an etwas Schönes.«

Teresa versprach es, wenn auch ein wenig unsicher.

»Du wirst kaum etwas spüren.« Vorsichtig durchtrennte ich die Haut über dem Bruchsack und fragte: »Tut das weh?«

»N... nein.«

»Du bist sehr tapfer.« Nachdem ich den Schnitt getan hatte, erweiterte ich die Bruchpforte mit einer kleineren Klinge und schob daraufhin den Bruchsack in die Bauchhöhle zurück. Ich ging sehr langsam und sorgfältig vor, bis ich sicher war, dass alles wieder an seinem angestammten Platz saß. Danach griff ich zu Nadel und Faden und nähte die Bauchwand auf ganzer Länge zu.

Die Operation dauerte keine halbe Stunde, und als ich sie beendet hatte, war ich genauso erleichtert wie meine kleine Patientin und ihre Mutter. »Ich lege jetzt noch einen zusammenziehenden Verband an«, sagte ich zu Teresa. »Den musst du fünfzehn Tage tragen. Aufstehen darfst du während dieser Zeit nur, um auf den Abtritt zu gehen. Und du darfst nur leichte Sachen essen, damit du keine Schwierigkeiten auf dem Abtritt hast. Meinst du, du schaffst das?«

»Jaha.«

»Schön. Alle drei Tage will ich zu dir kommen und den Verband wechseln. Und wenn du keinen Verband mehr brauchst, will ich dafür sorgen, dass du ein schönes rundes Polster über der Stelle trägst. Das Polster ist gelb und hat ein Gesicht wie die Sonne, wenn sie lacht. Allerdings ist an der Sonne ein Gurt aus Leinen, damit sie nicht herunterfällt, aber das stört dich nicht, oder?«

Teresa schaute fragend ihre Mutter an, und diese schüttelte den Kopf. »Nein«, sagte Teresa.

»Das ist fein. Du brauchst die Sonne auch nur ein paar Monate zu tragen, dann geht sie sowieso unter, und deine Stelle ist endgültig wieder gut.«

Signora Mezzini schaute ihr Töchterchen an und fragte: »Wie sagt man jetzt?«

»Danke, Signorina Carla.«

»Nichts zu danken.« Ich war gerührt. Zumal Signora Mezzini plötzlich eine prächtige Pfauenfeder hervorzog und sie mir mit einem scheuen Lächeln überreichte. »Ihr wisst ja,

Signorina, dass ich nicht viel habe, aber diese Feder möchte ich Euch dennoch schenken. Sie würde gut zu einem Barett passen.«

»Ihr sollt mir nichts schenken«, sagte ich, aber ich nahm die Gabe gerne an. Um meine aufkommende Verlegenheit zu überbrücken, rief ich nach Latif, der aus Gründen des Anstands unten im Haus gewartet hatte. Als er kam, sagte ich ihm, er solle meine kleine Patientin nach Hause tragen, aber bitte recht vorsichtig und ohne hektische Bewegungen.

»Ja, Herrin!«, rief er. »Allah hat ein Wunder vollbracht!«

Später saßen wir beide am Esstisch, und Latif schenkte mir ein Glas Wein ein. »Der Große Prophet sagt, Alkohol ist *haram*, Herrin, aber weil Ihr ungläubig seid, ist er für Euch nicht zuständig, und deshalb mag es angehen, dass Ihr ein Schlückchen trinkt. Ihr habt es Euch wahrhaftig verdient.«

»Danke, Latif.« Ich prostete meinem Diener zu und merkte, wie die Anspannung langsam von mir abfiel. Nach zwei Jahren geistiger Abgeschiedenheit war die Operation eine große Herausforderung für mich gewesen.

»Wie es scheint, Herrin, seid Ihr wieder ganz die Alte.«

»Ja, vielleicht.«

»Bitte, bleibt so.«

»Ich will mich bemühen.«

»Ich habe mich auch bemüht, Herrin. Zwei Jahre lang, doch ich fürchte, ich war kein guter Arzt. Kein einziges Mal ist es mir gelungen, Euch zum Lachen zu bringen.«

Ich nahm Latifs Hand und drückte sie. »Du hast viel mehr für mich getan, als mich zum Lachen zu bringen.«

»Danke, Herrin.«

Ich trank meinen Wein aus und wollte mich daranmachen, meine chirurgischen Instrumente zu säubern, denn diese Tätigkeit überließ ich niemals einem anderen. Aber Latif sagte: »Erinnert Ihr Euch noch an Ludovico, den Schminker, Herrin?«

»Ja, wieso?«

»Er hat einen gebrochenen Finger.«

Ich stand auf und begann, meine Instrumente in einen Bottich mit heißem Wasser zu legen.

»Er hat Schmerzen, Herrin.«

»Das tut mir leid.«

»Er hatte sich wie das Opfer eines Überfalls geschminkt, war blutüberströmt und lag in gekrümmter Haltung am Fuße des Asinelli-Geschlechtertums, wo ein guter Ort zum Betteln ist. Sein Hut war ihm anscheinend vom Kopf geflogen und lag in einem Schritt Abstand neben ihm. Die Menschen, die an ihm vorbeigingen, erschraken gewaltig bei seinem Anblick, aber einen Augenblick später erkannten sie den Sachverhalt, bewunderten seine kunstvolle Erscheinung und spendeten in seinen Hut. Nur einer der Umstehenden machte sich einen Spaß. Er rief: ›Um Gottes willen, ist der Ärmste etwa tot?‹ Dann trat er Ludovico mit aller Kraft auf die Hand. Und als dieser mit einem Schmerzensschrei hochfuhr, rief der Spaßvogel: ›Gottlob, er lebt!‹, und machte sich davon.«

Die Instrumente waren eingeweicht. Ich begann das Blut von den Skalpellen zu wischen. »Und nun möchtest du, dass ich mir Ludovicos Finger einmal ansehe?«

»Herrin, Ihr habt einen scharfen Verstand.«

Wie sich herausstellte, hatte Ludovico sich sogar zwei Finger gebrochen. Es waren der Mittelfinger und der Ringfinger der rechten Hand. Da er Rechtshänder war, hatte das zur Folge, dass er sich nicht mehr schminken konnte und auf normale Weise weiterbetteln musste, was einen erheblichen Verlust seiner Einkünfte mit sich brachte.

Conor, der König, schlug der Gemeinschaft vor, Ludovico bis zu seiner Genesung eine Pause zu gönnen und so lange für seinen Lebensunterhalt mitzusorgen. Seine Empfehlung wurde – wie meistens in solchen Fällen – angenommen, und es war an mir, mich der gebrochenen Finger anzunehmen.

Ich tat es, nachdem ich mit mir selbst zu Rate gegangen war. Ich überprüfte alle meine Handlungen und Ziele der Vergangenheit, und ich erkannte, dass ich Fehler begangen hatte. Die Anerkennung in der Öffentlichkeit, nach der ich einst so sehr gestrebt hatte, kam mir nach zwei Jahren Krankheit völlig unwichtig, ja, sogar überflüssig vor. Wie hatte ich jemals so denken können! Was war das lobende Wort eines Aldrovandi gegen das dankbare Lächeln der kleinen Teresa? Nichts! Ihr Lächeln war zehnmal mehr wert. Hundertmal, tausendmal.

Ich hatte Mutter und Kind geholfen, nur darauf kam es an. Künftig, das schwor ich mir, wollte ich immer so handeln.

Ich erklärte Ludovico, dass gebrochene Finger am besten behandelt würden, indem man sie schiente. Das Schienen wiederum ließ sich am besten machen, indem man sie zusammenband und an einem gesunden Finger fixierte. Ich wählte dazu den kleinsten, weil Ludovico auf diese Weise noch mit Daumen und Zeigefinger greifen konnte. Seine Frage, wie lange der Heilungsprozess dauern würde, konnte ich allerdings nicht genau beantworten. »Höre, Ludovico«, sagte ich, »es kommt immer ganz auf die Art des Bruchs an und darauf, welcher Knochen betroffen ist. Ein Schienbein beispielsweise braucht länger, um wieder zusammenzuwachsen, als ein Schlüsselbein. Außerdem ist die Zeit der Heilung von Mensch zu Mensch sehr unterschiedlich. Bei Jüngeren jedoch ist sie generell kürzer.«

»Ja, Signorina Carla.«

»Nicht zuletzt spielt eine Rolle, ob der Bruch fachmännisch ruhiggestellt wird und welche Kost der Kranke zu sich nimmt. Mit bekömmlicher, leicht verdaulicher Nahrung wie Suppen und Gemüse macht man niemals etwas falsch. Alkohol ist zu meiden, und wenn, dann nur als leichter Schlaftrunk einzunehmen.«

»Ja, Signorina Carla.«

»Sag einfach nur Carla. Das andere klingt so förmlich. Um dennoch eine Prognose zu wagen, schätze ich, dass du deine

Finger in spätestens zwei Monaten wieder gut bewegen kannst.«

»Das ist eine lange Zeit ... Carla.«

»Es ist nur der sechste Teil eines Jahres, und du hast noch viele Jahre vor dir.«

»Danke, Carla.«

Ludovico blieb nicht der Einzige, der meine ärztliche Fürsorge in Anspruch nahm, denn als sich einmal herumgesprochen hatte, dass Conor und seiner Gemeinschaft jederzeit eine Ärztin zur Verfügung stand, kamen auch andere Bettler zur Casa Rifugio, dem Haus der Zuflucht, um sich behandeln zu lassen. Conor war das am Anfang nicht recht, er hatte Einwände, aber ich sagte ihm, ich wolle eine Ärztin für alle Armen und Unterdrückten sein – und nicht nur für ein paar Auserwählte. Das müsse er akzeptieren.

So kam es, dass ich bald darauf mehr Zeit in der Via Urbana verbrachte als in der Strada San Felice, was mir allerdings wenig ausmachte – wenn da nicht Latif gewesen wäre.

»Herrin«, sagte er eines Abends, »als ich Euch bat, Conor und seinen Bettlern mit Eurer Kunst zu helfen, ahnte ich nicht, dass Ihr kaum noch zu Hause sein würdet. Nie weiß ich, ob Ihr kommt und wann Ihr kommt. Nie weiß ich, ob ich die Speisen für uns beide gekocht habe oder ob ich sie am Ende allein essen muss. Seht mich an, ich werde immer dicker. Es ist heute schon schlimmer als damals, als ich Vorkoster zu Zeiten Selims II., des ›Trunkenen‹, war.«

»Entweder ich mache etwas ganz oder gar nicht, Latif«, entgegnete ich.

»Oh, Herrin, das klingt gut. Das verstehe ich sogar.« Latif kullerte mit den Augen. »Aber könntet Ihr in Zukunft die Dinge nicht ein kleines bisschen weniger ganz machen? Ich meine, es wäre doch nicht recht, dass ich erst platzen müsste, damit Ihr wieder Zeit für mich habt?«

»Das möchte ich natürlich nicht. Aber du musst einsehen, dass ich einen Kranken, der zu mir kommt, nicht einfach wegschicken kann.«

»Ja, Herrin, aber vergesst nicht: Ihr habt auch ein Zuhause. Man kann nicht immer nur arbeiten. Wer zu viel arbeitet, wird müde. Und gerade Ihr als Ärztin dürft niemals müde sein, sonst könnten die Patienten darunter leiden.«

»Du hast recht. Und deshalb gehe ich jetzt zu Bett. Gute Nacht, Latif.«

»Werdet Ihr in Zukunft abends wieder öfter zu Hause sein, Herrin?«

»Ich will mir Mühe geben.«

Doch trotz allen guten Willens kam ich in der folgenden Zeit meist so spät nach Hause, dass ich Latif schon schlafend vorfand. Ich fiel völlig erschöpft in mein Bett und stand morgens in aller Frühe wieder auf, um den Weg zur Casa Rifugio anzutreten. Ich tat es aus Verantwortungsgefühl meinen Kranken gegenüber, aber auch – wenn ich ehrlich bin –, um Latif aus dem Weg zu gehen.

Die Operation der kleine Teresa war der Anstoß gewesen, der mich aus meiner Starre erlöst hatte, danach schien es für mich kein Halten mehr zu geben. Als wolle ich nachholen, was mir so viele Jahre versagt geblieben war, behandelte ich einen Fall nach dem anderen. Nachdem ich Ludovicos Finger gerichtet hatte, kümmerte ich mich um den Tanzmäuser und seinen verkürzten Arm, der an einer alten Bruchstelle wieder zu Entzündungen neigte. Danach um das offene Bein eines Gauklers aus der Gemeinde San Rocco, das ich mit Kräuterkissen aus Rosskastanie, wilder Malve, Arnika und Steinklee behandelte, danach um einen Färber, dessen Hände und Arme aufgrund seiner Arbeit durch einen hässlichen Ausschlag verunstaltet waren, danach um drei Obdachlose, die vor einer Schänke in eine Rauferei geraten waren und erhebliche Blessuren davongetragen hatten, danach um die Erblindung eines Greises aus der Gemeinde San Mamolo, dem ich durch den Starstich einen Teil seiner Sehkraft wiedergeben konnte, danach um mehrere geprellte Rippen, die Fabio sich bei einem Sturz zugezogen hatte, danach um die Vergiftung eines Bettlerkindes, das aus Langeweile Oleanderblätter und -blüten gegessen hatte, danach um die Entfernung eines eitrigen Zahns bei einer Lumpensammlerin, danach um die Gürtelrose, unter der ein Verwandter von Sberleffo litt ... und so weiter und so weiter. Bei alledem ging ich ohne viel Aufhebens vor, denn für mich zählte nur das Resultat meiner Bemühungen – und nicht die blumige Rede, wie bei vielen anerkannten Doktoren.

Ich schnitt Warzen heraus, renkte Glieder ein, behandelte Hühneraugen, ich verordnete Heilsäfte aus Weidenrinde, Tinkturen aus Opium und Beruhigungstropfen aus Baldrian und Melisse. Ich zeigte, wie man Verbände anlegt und Leinen zerrupft, um Scharpie für die Wundversorgung herzustellen.

Dies alles tat ich und noch viel mehr, und die drei Strohlager im Saal der Bettler mussten bald um weitere ergänzt werden. Monat um Monat verging auf diese Weise, und ich arbeitete wie im Rausch. Was ich dafür bekam, war weitaus mehr als Geld. Ich bekam es in überwältigender Menge, und ich bekam es jeden Tag: Es waren Achtung, Freundschaft, ja, sogar Liebe. Wenn ich operierte, trug ich stets meine goldene Maske. Zunächst aus Scheu vor unbekannten Gesichtern, später aus Gewohnheit. Das Gesicht der Venus zu meinem eigenen zu machen, das wurde mir zur Selbstverständlichkeit, ebenso wie ein Satz unter den Armen und Verlorenen zur Selbstverständlichkeit wurde. Er hieß: »Bist du krank, geh zu Carla, der Medica.«

Die Verehrung der Bettler genoss ich in vollen Zügen. Ich fühlte mich wohl und wichtig und dachte wenig an Latif. Weil ich mich immer seltener in meinem Haus sehen ließ, sagte er eines Tages zu mir: »Herrin, ich bin damals zu Euch gekommen, weil ich spürte, dass Ihr mich braucht. Gewiss, ich wollte auch der Pesthöhle Venedig entfliehen, aber ohne mich hättet Ihr es vielleicht nicht geschafft. Seitdem war ich immer an Eurer Seite, und ich konnte immer etwas für Euch tun. Jetzt kann ich nichts mehr für Euch tun. Ihr braucht keinen Diener mehr. Es wird das Beste sein, wenn ich mir eine neue Herrin suche.«

»Was sagst du da?« Seine Worte trafen mich wie ein Schlag. Mir war nicht klar gewesen, wie sehr er an mir hing. Natürlich hatte ich hier und da sein trauriges Gesicht bemerkt, wenn wir uns wieder einmal mehrere Tage lang nicht gesehen hatten, aber dass er so sehr unter unserer Trennung litt, war mir völlig entgangen. »Das tut mir sehr, sehr leid.« Ich ergriff seine dicke, fleischige Hand. »Das musst du mir glauben.«

»Ich glaube es Euch, Herrin. Aber was nützt das? Solange Ihr Ärztin in der Casa Rifugio seid, könnt Ihr nicht hier in unserem Haus sein – und braucht auch keinen Diener.«

»Was du sagst, stimmt.« Ich überlegte, wie ich ihn versöhnlich stimmen konnte, und fuhr fort: »Ich sehe, dass du nichts zum Abendessen vorbereitet hast, weil du nicht wusstest, ob ich komme. Deshalb werde ich heute für uns beide kochen. Mal sehen, was ich für uns zaubere.«

»Herrin, bitte, gebt Euch keine Mühe. Da ist nichts zu zaubern. Es ist nichts im Haus. Wozu auch.«

»Natürlich«, sagte ich und kam mir ziemlich hilflos vor. »Aber was kann ich denn tun?«

»Nichts, Herrin. Die Kranken sind offenbar wichtiger als ich.«

»Sag so etwas nicht. Zugegeben, in dem Moment, wo ich die Kranken behandele, sind sie wichtiger. Ansonsten aber bist du natürlich wichtiger.«

»Wenn Ihr nichts anderes mehr tut, als Kranke zu heilen, nützt mir das nichts, Herrin. Ich bin auch krank, meine Seele ist krank, und um wieder gesund zu werden, muss ich gehen. Ich habe lange zu Allah, dem Erbarmer, dem Barmherzigen, gebetet, dass er mich erleuchte, und er hat mir gesagt, dass ein

Ort wie dieser, der keine Begegnung mehr kennt, ein schlechter Ort ist.«

»Weißt du was?« Mir war etwas eingefallen. Eine Lösung, die so einfach schien, dass ich mich fragte, warum ich nicht schon früher darauf gekommen war. »Wir ziehen zusammen ins Haus der Bettler. In der Casa Rifugio bist du immer in meiner Nähe und kannst wieder mein Diener sein.« Ich war so froh über meinen guten Einfall, dass ich ihn in die Arme nahm.

Doch zu meiner Überraschung machte er sich los und sagte: »Das geht nicht, Herrin. Unser Haus wäre verwaist, es wäre unbeaufsichtigt, und jedermann könnte einbrechen und unser Hab und Gut stehlen. Nein, ich muss hier bleiben.« Und mit einem schweren Seufzen fügte er hinzu: »Oder gehen.«

Ich schluckte. »Latif, rede nicht so. Ich mag das nicht. Du gehörst zu mir.«

»Das klingt süß wie das Harfenspiel des Engels Gabriel. Aber wenn Ihr ...«

»Kein Aber, Latif«, sagte ich fest. »Ich will alles tun, um in Zukunft wieder häufiger zu Hause zu sein.«

»Oh, wirklich, Herrin?«

»Ja, wirklich.«

Latifs Augen leuchteten. »Darf ich Euch küssen, Herrin?«

»Nein«, sagte ich, und als ich sein enttäuschtes Gesicht sah, tat es mir fast leid, seinen Wunsch abgelehnt zu haben.

Doch ich blieb dabei.

In der Folgezeit gab ich mir redlich Mühe, häufiger zu Hause bei Latif zu sein, aber die Wahrheit ist, dass es mir kaum gelang. Die Arbeit in der Casa Rifugio nahm mich so in Anspruch, dass ich unser Gespräch bald vergessen hatte. Es erschien mir selbstverständlich, dass Latif immer da war – und ich wunderte mich, als ich ihn eines Abends nicht antraf. Ich lief durch alle Räume meines Hauses und rief lauter und lauter nach ihm. Aus meiner Verwunderung über seine Abwesenheit wurde Angst. Wo war er nur? Ihm war doch nichts passiert? »Latif!«, rief ich. »Wo bist du? Hast du dich versteckt? Mach keine Späße mit mir, komm hervor!«

Doch Latif war nicht da. Ich musste es einsehen, nachdem ich jeden Quadratzoll meines Hauses durchsucht hatte. Er war und blieb fort.

Ich wurde immer unruhiger und schenkte mir ein Glas Rotwein ein. Doch ich wurde nicht ruhiger. Da seine Sachen noch alle da waren, musste ihm etwas zugestoßen sein. Vielleicht beim Einkaufen. Vielleicht war er auch überfallen worden. Manche Halunken töteten schon um ein paar Baiocchi willen. Oder er war unter eine Kutsche gekommen, wie damals meine Mutter …

Es hielt mich nicht länger auf meinem Stuhl. Ich sprang auf und warf das Glas dabei um, aber das kümmerte mich nicht. In fliegender Hast setzte ich mir wieder das Barett auf und verließ das Haus. Ich wollte die Wachtposten an der Porta di San Felice fragen, ob sie ihn gesehen hatten. Doch sie schüttelten den Kopf, sie hatten keine Ahnung, wo er war. Ich wurde immer aufgeregter, lief herum wie ein aufgescheuchtes Huhn, forschte hier, fragte da und stolperte am Ende fast über ihn, als er mir in einer Seitengasse entgegenkam. Ich hatte mir vorgenommen, ihm gehörig die Meinung zu sagen und ihn zu fragen, wie er dazu komme, so lange das Haus zu verlassen, ohne eine Nachricht hinterlegt zu haben. Doch als ich ihn sah, war ich so grenzenlos erleichtert, dass ich nichts sagte, sondern ihm einfach nur in die Arme fiel.

»Wo warst du nur so lange?«, fragte ich.

»Aber Herrin, habt Ihr mich etwa gesucht?«, fragte er zurück.

»Natürlich. Ich habe mir die größten Sorgen gemacht!«

»Oh, Herrin, das tut mir sehr leid. Aber ein klein wenig freut es mich auch. Ich war bei der kleinen Teresa und habe ihr ein Schaukelpferd aus Pinienholz gebracht. Ich habe es selbst hergestellt. Sie hat sich sehr gefreut. Wenn ich gewusst hätte, dass Ihr heute Abend zum Essen kommt, hätte ich etwas vorbereitet, aber ich wusste es nicht – wie immer.«

Ich trat einen Schritt zurück. »Bitte, Latif, mach mir jetzt kein schlechtes Gewissen. Es ist schon schwer genug für mich, beiden Seiten gerecht zu werden.«

»Ja, Herrin, aber andere Ärzte haben auch viel zu tun und sind trotzdem abends zu Hause. Allah, der Gerechte, der Unbestechliche, ist mein Zeuge. Könntet Ihr Conor und die Seinen zukünftig nicht bei uns in der Strada San Felice behandeln?«

Diesen Einfall hatte ich auch schon gehabt, aber ich hatte ihn sofort wieder verworfen, denn schon einmal war ich beobachtet worden – auf Anweisung des undankbaren Helvetico, der rechten Hand des Inquisitors Seiner Heiligkeit, Baldassare Savelli. »Das geht nicht, Latif, und du weißt auch, warum. Denk an die beiden Spione, die unser Haus über Monate nicht aus den Augen gelassen haben.«

»Ja, Herrin. Ihr habt recht. Aber auch ich habe ein bisschen recht, das müsst Ihr zugeben. Außerdem knurrt mir der Magen. Teresas Mutter hat mir etwas von ihrer Abendspeise angeboten, aber da war so wenig auf dem Tisch, dass ich ihr und dem Kind nichts wegessen wollte. Ihr kennt ja meinen großen Appetit.«

»Wo du gerade davon sprichst: Wir könnten zu Paolo gehen und dort etwas zu uns nehmen.«

»Oh, fein, Herrin! Ich lade Euch ein.«

»Das kommt nicht in Frage. Es schickt sich nicht für einen Diener, seine Herrin einzuladen.«

»Und wenn ich heute Abend ausnahmsweise einmal nicht Euer Diener wäre?«

»Nun ja.« Ich zögerte. »Dann wäre es vielleicht etwas anderes.«

Weitere Monate vergingen. Es gelang mir mehr schlecht als recht, die Zeit meiner Anwesenheit zu gleichen Teilen zwischen der Via Urbana und der Strada San Felice aufzuteilen. Um ehrlich zu sein, verbrachte ich mehr Stunden bei den Bettlern als bei mir zu Hause. Latif sagte dazu nichts. Ein paarmal versuchte er, mich abermals ins *Da Paolo* einzuladen, doch es kam immer etwas dazwischen.

Das Jahr 1584 brach an, und ich machte einen Besuch bei Mutter Florienca, der gütigen Oberin des Klosters von San Lorenzo. Sie saß wie immer hinter ihrem Schreibtisch mit der Madonnenfigur und streckte mir zur Begrüßung ihre Hand entgegen. Ich küsste die runzligen Finger, und sie sagte: »Geht es dir wieder besser, mein Kind? Zwei Jahre im Krankenbett sind eine lange Zeit. Aber wir haben dich regelmäßig in unsere Stundengebete eingeschlossen, und unser Flehen ist erhört worden. Der Allmächtige in Seiner Gnade hat dich gesund werden lassen. Es muss sehr schwer für dich gewesen sein, nach so vielen Jahren zu erfahren, wer dein Vater ist.«

»Ja, Ehrwürdige Mutter.« Ich blickte zu Boden.

»Die Tagliacozzis gehören zu den einflussreichsten und begütertsten Familien Bolognas, ihre Zuwendungen für Kirche und Klöster sind beträchtlich.« Mutter Florienca seufzte. »Zumindest waren sie es, als dein Vater Giovanni Andrea noch lebte. Auch die frommen Schwestern von San Lorenzo bekamen von ihm eine größere Spende, und Mutter Serafina, die damalige Oberin, gab dafür das Versprechen, dass seine Vaterschaft niemals durch uns öffentlich gemacht werden würde.«

Wieder seufzte die alte Frau. »Tja, so war das. Als ich die Nachfolge von Mutter Serafina antrat, konnte ich selbstverständlich ihr Wort nicht brechen.«

»Ich verstehe«, murmelte ich und war entsetzt. Nach dem, was ich gerade gehört hatte, machte die Korruption in der Stadt nicht einmal vor den allseits geachteten Schwestern halt.

»Vielleicht kann ich unsere Verfehlung wiedergutmachen, indem ich dir etwas über die Herkunft deiner Mutter erzähle, denn ich bin sicher, dass du sie nicht kennst. Sie war in ihrer Jugend eine ausgesprochene Schönheit und, nun ja, von leichtem Blute. Man sagt, dein Vater wäre nicht ihr erster Mann gewesen. Immerhin war er der erste, von dem sie schwanger wurde. Die Schwangerschaft bewirkte eine grundlegende Änderung bei ihr. So leichtlebig sie vorher gewesen war, so sehr sehnte sie sich als werdende Mutter nach einer Familie. Doch Giovanni Andrea dachte nicht daran, sich scheiden zu lassen, er hielt an seiner Frau Isabeta Quaiarina fest, und für deine Mutter brach eine Welt zusammen. Fortan lebte sie nur noch für sich und ihr Kind, und sie wurde das, was sie zuvor nicht war: eine gläubige, gottesfürchtige Kirchgängerin. Wir alle haben für ihr Seelenheil gebetet, als sie durch den tragischen Unfall starb. Ich bin sicher, der Allmächtige hat ihr alle Sünden vergeben, und sie ruht in Frieden immerdar.«

»Ja, Ehrwürdige Mutter«, flüsterte ich. Ich überdachte das, was die alte Frau mir eröffnet hatte, und wunderte mich, dass es mich weder besonders traf noch besonders überraschte. Nur ein leises Gefühl der Erleichterung spürte ich, weil ich nun alles wusste.

»Ich werde für dich beten, mein Kind, damit du weiter deinen Weg gehen kannst. Ach, wo ich gerade davon spreche: Was machst du eigentlich in der letzten Zeit?«

»Ich tue Gutes, Ehrwürdige Mutter«, antwortete ich ausweichend.

»Und? Magst du mir auch sagen, was das ist?«

»Nicht im Einzelnen, aber ich tue Gutes für die Armen und Verlorenen.«

»Das soll mir genügen.« Sie musterte mich mit ihren klugen Augen. »Aber solltest du irgendwann den Wunsch verspüren, dich und dein Wirken ganz dem Allmächtigen zu verschreiben, zögere nicht und klopfe an meine Tür.«

»Das verspreche ich.«

»Gott segne dich, mein Kind.« Sie schlug mit zitternder Hand das Kreuz, und ich entfernte mich.

So begann das Jahr 1584, das für mich das einschneidendste meines ganzen Lebens werden sollte. Doch zunächst fand ich weiterhin große Erfüllung im Dienst an den Armen der Stadt, und erst im April geschah es, dass ich einen folgenschweren Fall zu behandeln hatte.

Eine entfernte Verwandte des Bettlerkindes, das aus Langeweile Oleanderblätter gegessen hatte, klopfte an die Tür zur Casa Rifugio und bat um Einlass. Da niemand sie kannte, wurde sie Conor vorgeführt, dem sie ihr Leid klagte. Sie sei unheilbar krank, sie habe eine letzte Hoffnung, und die sei die Medica. Conor wollte sie trotz ihrer Not fortschicken, denn ihr Gesicht gefiel ihm nicht, aber ich kam hinzu und sagte: »Wenn jemand krank ist, dann ist es meine Berufung, ihn zu heilen, ohne Ausnahme.«

Conor zögerte und gab dann nach.

Ich führte die Frau zu der kleinen Ecke im Bettlersaal, die mir als Gesprächsort diente, und begann: »Sag mir, wie du heißt, wie du zu uns gefunden hast und unter welchen Beschwerden du leidest.«

Die Frau, eine ältere Person mit spitzem Gesicht, die wie eine Bettlerin gekleidet war, sagte: »Ich heiße Constanzia.«

»Ich habe dich noch nie gesehen. Aus welchem Viertel kommst du, Constanzia?«

»Ich bettele noch nicht lange, ich bin aus der Gemeinde San Vitale.« Die Antwort der Fremden kam schnell und sicher. »Durch widrige Umstände habe ich alles verloren. Zu allem Unglück hat mich noch eine Krankheit geschlagen, die niemand heilen kann, nicht einmal die besten Ärzte. Durch einen Zufall erfuhr ich von dir und deinen Heilkünsten. Wenn du mir nicht helfen kannst, kann es niemand.«

»Bei welchen Ärzten warst du bisher?«

»Bei keinem, ich bin schließlich Bettlerin und kann mir keinen Doktor leisten.«

Ich nickte. Constanzias Schmeichelei – ich gebe es zu – fiel bei mir auf fruchtbaren Boden, anderenfalls wäre mir der

Widerspruch in ihren Aussagen aufgefallen. »Was fehlt dir genau?«

»Ich habe unerträgliche Kopfschmerzen.« Constanzia deutete an ihre linke Schläfe. »Immer hier, auf dieser Seite. Hier pocht es, als schlüge jemand von innen mit einem Hammer dagegen.«

Bei diesen Symptomen, das wusste ich, hatte die Patientin kaum Aussichten auf Heilung. Doch ich ließ mir nichts anmerken und fragte sie sorgfältig aus. Ich erkundigte mich nach der Häufigkeit der Schmerzen, der Tageszeit, der Dauer und ob ein Zusammenhang mit der Monatsregel bestand, forschte nach Sehschwierigkeiten, Übelkeit und Schwindel, überlegte sorgfältig und fasste abschließend zusammen: »Wie du mir erzählt hast, kündigt sich die Tortur stets einige Zeit vorher an. Das ist nichts Ungewöhnliches, weil es den meisten deiner Leidensgenossinnen so ergeht. Versuche, zu ruhen und zu entspannen, schließe die Augen oder dunkle den Raum ab. Ich gebe dir etwas *laudanum*. Das ist ein sehr starkes Schmerzmittel, denn es enthält den Saft der Mohnkapsel. Nimm es nur in Maßen, niemals mehr als einen halben Fingerhut voll. Spüle das *laudanum* mit viel Wasser hinunter und dann vertraue auf seine Wirkung.«

»Das will ich tun.«

»Leider kann ich das Übel nicht an der Wurzel packen, sondern nur seine Auswirkungen bekämpfen, denn die Wurzel ist unbekannt. Wenn dir meine Dienste etwas wert sind, gib Conor ein wenig Geld. Es käme uns allen zugute.«

»Das will ich tun.« Constanzia bedachte mich mit einem starren Blick. »Ich höre, du arbeitest nicht nur als Heilerin, sondern auch als Ärztin?«

»Das ist richtig«, sagte ich.

»Man nennt dich Medica, hast du denn ein Studium absolviert?«

»Nein«, sagte ich und hätte das Gespräch an dieser Stelle beenden sollen, aber die Eitelkeit packte mich, und ich sprach weiter, obwohl meine Rede so unnötig war wie der Kropf an einem Hals: »Ich habe zwar nicht den Grad eines Doktors und bin auch nicht mit seinen Insignien ausgestattet, ich kann nicht den Hut zum Zeichen meiner Verdienste vorweisen und auch nicht den goldenen Ring als Emblem meiner engen Verbindung zur päpstlichen Doktrin und zur akademischen Gemeinschaft, ebenso wenig wie ich mich brüsten kann, den *osculum pacis*, den Kuss zum Zeichen des Friedens und des Vertrauens durch meine Doktorkollegen erhalten zu haben, doch eines kann ich dir versichern: Ich nehme es jederzeit mit den Herren Akademikern auf.«

»Ich glaube dir jedes Wort«, sagte Constanzia und reichte mir eine sehr gepflegte Hand zum Abschied.

»*Laudanum* ist teuer«, sagte ich. »Du wirst es dir von den Erträgen deines Bettelns wahrscheinlich nicht leisten können, versuche deshalb, sooft es geht, mit einem Sud aus Weidenrinde auszukommen.«

»Das werde ich«, sagte sie.

Die Begegnung mit der Bettlerin Constanzia beschäftigte mich nicht lange, da sofort nach ihrem Verschwinden andere Kranke auf mich warteten, die meine ganze Aufmerksamkeit erforderten. So verging der April, der Mai kam, und meine Aufmerksamkeit wurde jäh in eine andere, höchst unerfreuliche Richtung gelenkt. Am Samstag, dem zwölften des Monats, war es, als der nimmermüde Hexenverfolger Girolamo Menghi mit großem Aufwand ein neues Hetzwerk publik machen ließ. Es hieß *Fustis daemonum,* und allein sein Titel, der so viel wie »Dämonenknüppel« bedeutet, ließ mich erzittern.

Ich befand mich zu jenem Zeitpunkt in der Casa Rifugio, und Fabio, der an diesem Tag nicht als *allacrimanto* arbeitete, spürte sofort, dass etwas mit mir nicht stimmte. »Was hast du, Carla?«, fragte er. Sein hässliches Gesicht, das so sympathisch lächeln konnte, legte sich in sorgenvolle Falten.

Ich erzählte ihm von dem neuesten Machwerk des Hexenjägers.

»Aber du weißt ja noch gar nicht, was darin steht«, versuchte er mich zu beschwichtigen.

»Ich kenne seine früheren Traktate. Es sind Streitschriften, um nicht zu sagen Schmähschriften, die nur ein Ziel haben: alle Andersdenkenden oder anders Aussehenden als Abtrünnige zu brandmarken und in die Fänge der Inquisition zu treiben. Wer wie ich eine *voglia di peccato* im Gesicht trägt, steht immer mit einem Bein auf dem Scheiterhaufen. Es heißt, dass Menghi zurzeit in der Stadt weilt, da sein Werk bei dem Drucker und Buchhändler Giovanni Rossi erschienen ist. Seine Spitzel und Häscher sind vermutlich überall. Meine Mutter hat mir auf dem Sterbebett erzählt, dass er in Rom eine rothaarige Häretikerin gnadenlos verbrennen ließ. Wer weiß, wen er noch alles auf dem Gewissen hat.«

»Dich kriegen sie nicht.« Fabio legte mir die Hand auf den Arm. »Bei uns bist du in Sicherheit. Dies ist nur ein baufälliges Haus mit einer Pfandleihe, die von einem alten Juden betrieben wird, mehr nicht. Niemand würde dich hier vermuten – vorausgesetzt, er würde dich überhaupt suchen. Aber das wird nicht der Fall sein.«

Allmählich gelang es ihm, mich zu beruhigen, zumal auch die anderen Bettler mir auf die gleiche Weise Mut zusprachen. Doch am Abend wurde ich abermals unruhig, und Fabio sagte: »Ich weiß, was in dir vorgeht. Du willst nach Hause und nach Latif sehen, aber sei unbesorgt, es geht ihm gut.«

»Woher willst du das wissen?«, fragte ich.

Fabio lächelte. »Vergiss nicht, dass wir Bettler sind und in der ganzen Stadt unserem Gewerbe nachgehen. Wir hören die Flöhe an der Wand husten. Es gibt kaum etwas, das uns entgeht. Also, noch einmal: Latif ist wohlauf. Er sagte, er fühle sich einsam in einem Haus ohne Herrin, aber dies sei sicher eine Prüfung durch Allah, den Gestrengen, den Gerechten. Er lässt dich herzlich grüßen.«

»Danke«, sagte ich, und ein Stein fiel mir vom Herzen. »Aber spätestens morgen muss ich wieder nach Hause. Latif ist zwar sehr gläubig, aber auch sehr hilflos. Er braucht jemanden, der sich um ihn kümmert.«

»Natürlich, Carla.«

Eine Woche verging. Jeden Tag wollte ich nach Hause, um nach Latif zu sehen, und jedes Mal hielt mich Fabio zurück. Conor unterstützte ihn dabei. Er sagte: »Latif ist gewitzt, der kommt schon zurecht. Seinetwegen brauchst du nicht zu gehen. Aber wenn du gehen willst, sag Bescheid. Dann sollen unsere Leute sich mal umhorchen, ob noch irgendwelche Häscher unterwegs sind.«

»Danke«, sagte ich, »das wäre gut, denn ich mag keinen Tag länger warten.«

Am nächsten Morgen verkündete Conor: »Es sieht aus, als wäre die Luft rein, aber eine Garantie können meine Leute nicht übernehmen. Nicht jedem Häscher sieht man seinen Auftrag an der Nasenspitze an.«

»Ich will es trotzdem wagen«, sagte ich. »Ich komme mir langsam albern vor mit meiner Ängstlichkeit.«

»Wer nicht wagt, der nicht gewinnt, und wer schläft, fängt keine Fische. *Chi dorme non piglia pesce.*«

Ich lachte unsicher, nahm meine goldene Maske ab und setzte mein Barett mit dem Schleier auf. An dem Barett steckte die Pfauenfeder von Teresas Mutter, denn ich glaubte, sie würde mir Glück bringen. »*Arrivederci*, Freunde«, sagte ich und stieg die steile Treppe nach oben, wo mich der lichte Tag empfing.

Ich schritt durch die Innenstadt und ertappte mich immer wieder dabei, wie ich mich kleinmachte und an den Arkadenwänden entlangdrückte, aus Sorge, erkannt zu werden. Mein Herz klopfte wie wild. In jedem Gesicht, das mir begegnete, glaubte ich, einen der Handlanger Menghis oder der Inquisition zu erkennen. Aber nichts geschah. Je weiter ich ging, desto mehr begriff ich, dass kein Mensch sich für mich interessierte. Ich war eine ganz normale Fußgängerin, und genau das wollte ich sein.

Auf einem kleinen Markt an der Via del' Poggiale kaufte ich ein paar Auberginen sowie kleingehacktes Lammfleisch und Zwiebeln zur Füllung der Früchte. Dazu Brot, Käse und Oliven, weil ich sicher war, dass Latif während meiner Abwesenheit keine vernünftige Mahlzeit zu sich genommen hatte. »Latif, ich bin's«, rief ich beim Betreten meines Hauses. »Ich habe uns etwas zu essen besorgt. Hast du Lust auf ein paar gefüllte Auberginen?«

Ich ging in die Küche und legte die Speisen ab. Ein Blick in den Ofen zeigte, dass die Glut darin erloschen war. Nur graue Asche starrte mir entgegen. »Latif?«

Ich spürte, wie sich ein Eisenring um meine Brust legte. »Latif?« Ich rannte in sein Zimmer. »Latif?« Ich rannte in das Werkstattzimmer. »Latif?« Ich rannte nach oben. »Latif, wo steckst du? Latif? Latiiif!«

Ich brauchte eine geraume Weile, bis ich mir eingestand, dass er nicht da war. Nun gut, das muss nichts bedeuten, versuchte ich mich zu beruhigen. Schließlich weiß er nicht, dass ich komme. Aber wo könnte er sein?

Ich holte frisches Anmachholz vom Hof und entfachte das Feuer. Bis der Ofen genug Hitze entwickelt hatte, wusch ich die Auberginen, schälte sie und höhlte sie aus. Dann würfelte ich die Zwiebeln. Ich briet die Auberginen von allen Seiten in feinem Olivenöl an und stellte sie beiseite. Es folgten das Hackfleisch und die Zwiebeln, die ich verknetete und ebenfalls briet, und das Würzen mit Salz und Pfeffer. Nachdem ich die Auberginen mit der Hackfleischmasse gefüllt hatte, streute ich noch geriebenen Parmesan darüber. Ich war sicher, dass die Mahlzeit Latif schmecken würde. »Latif?«

Noch immer war er nicht da, obwohl ich sicher schon mehr als eine Stunde auf ihn wartete. »Latif?«

Wieder legte sich der Eisenring um meine Brust, und diesmal blieb er. Ich wurde immer unruhiger. Schließlich hielt es mich nicht mehr in meinem Haus. Ich eilte die wenigen hundert Schritte hinüber zu Teresa und ihrer Mutter, Signorina Mezzini. Doch beide waren nicht da.

Auch sie waren nicht da.

Das konnte doch kein Zufall sein!

Ich war den Tränen nahe, zitterte am ganzen Körper und brauchte alle Kraft, um einen klaren Gedanken zu fassen. Ich musste weitersuchen, alles andere ergab keinen Sinn. Ich lief von Haus zu Haus, sprach mit Nachbarn und Bekannten und stellte gebetsmühlenhaft meine Frage nach Latif, einem großen, dicken, kahlköpfigen Mann in einem wallenden weißen Gewand. Aber niemand hatte ihn gesehen.

In meiner Ratlosigkeit suchte ich sogar Marcos Mutter auf, die alte Signora Carducci, die mittlerweile taub und blind war, doch als ich ihr meine Frage stellte, sah sie mich nur verständnislos aus ihren trüben Augen an.

»Ich bin Carla!«, schrie ich ihr ins Ohr. »Ich war einmal mit Marco verlobt!«

»Ach, Marco?«, krächzte sie. »Er kommt gleich wieder, mein Marco … gleich wieder.«

Ich sah ein, dass es keinen Zweck hatte, weiter in sie zu dringen, wünschte ihr noch einen guten Tag, obwohl sie das sicher nicht mitbekam, und verließ das Haus, in dem Marco einst gelebt hatte. Ich setzte gedankenverloren einen Fuß vor den anderen und machte mir die schwersten Vorwürfe. Latif war fort, und ich war schuld. Wenn ich nicht eine Woche ängstlich bei den Bettlern ausgeharrt hätte, wäre ich bei ihm gewesen und hätte auf ihn aufpassen können. Alles wäre gut, alles …

»Signorina Carla!« Wie aus weiter Ferne hörte ich ein Stimmchen. Es gehörte Teresa. Sie lief neben ihrer Mutter her und hielt die Holzpuppe von Latif in der Hand. »Signorina Carla, Mamma und ich waren ganz weit weg in einem Haus, wo es ganz dunkel war, aber nun sind wir wieder da. Guckt mal, wie meine Sonne scheint.« Sie hob ihr Kleidchen, und ich sah das Bruchband, das ich ihr nach der geglückten Operation verordnet hatte.

»Schön«, sagte ich mühsam, »sie scheint wunderschön, deine Sonne.«

Signora Mezzini sagte: »Hör mal, Teresa, du bist doch schon ein großes Mädchen?«

»Jaha?«

»Meinst du, du kannst schon vorlaufen und das Essen warm stellen? Signorina Carla und ich haben noch etwas zu besprechen.«

»Ja, kann ich.« Die Kleine schwenkte fröhlich ihr Püppchen und hüpfte davon. Signora Mezzini blickte ihr nach, länger als notwendig, und ich ahnte, warum sie das tat. Sie mochte mir nicht ins Gesicht sehen.

»Sagt, was geschehen ist. Ihr wisst doch etwas?«, presste ich hervor.

»Ja, Signorina, ich weiß etwas, denn ich habe etwas Furchtbares mit ansehen müssen, ohne es ändern zu können.«

»Latif?«

»Ja.«

»Was ist mit ihm, sprecht schon!«

»Sie haben ihn verhaftet. Zwei Männer haben ihn gefesselt aus Eurem Haus geführt. Ich sah es zufällig, weil ich gerade Wäsche austrug. Die Kerle waren bärenstark, sie mussten es auch sein, denn Euer Diener wehrte sich nach Kräften. ›Lasst mich in Ruhe!‹, brüllte er immer wieder. ›Bei Allah, dem Allessehenden, dem Allesstrafenden, lasst mich in Ruhe! Ich weiß nicht, wo meine Herrin ist, ich weiß es nicht, und wenn ihr mich dafür auf die Streckbank legt!‹ Aber sie lachten nur, und einer rief: ›Wenn wir die Kurpfuscherin nicht kriegen, nehmen wir eben ihren Lakai. Du wirst schon noch verraten, wo sie steckt, Dicker. Wenn der hochwürdigste Priester Helvetico zusammen mit Girolamo Menghi foltern lässt, hat bisher noch jeder die Wahrheit hinausgeschrien.‹«

»*Sant'Iddio*, der Herr sei ihm gnädig«, sagte ich fassungslos und schlug das Kreuz. Alle Kraft schien auf einmal von mir abzufallen, ich fühlte mich wie eine leere Hülle, wie abgestorben. Ich sank auf einen Eckstein am Straßenrand und starrte vor mich hin. Das, wovor ich mein halbes Leben lang Angst gehabt hatte, war eingetreten. Die Inquisition suchte nach mir.

Signora Mezzini hob hilflos die Hände. »Glaubt mir, Signorina Carla, ich konnte nichts tun. Was hätte ich tun können gegen zwei so starke Burschen. Ich fühle mit Euch, denn ich weiß, wie sehr Ihr an Eurem Diener hängt.«

»Ja«, sagte ich, »ja, ja.« Der Name Menghi allein klang schon bedrohlich für mich, doch in Verbindung mit Helvetico bekam er den kalten Beigeschmack des Todes. »Helvetico«, murmelte ich vor mich hin, »du Undankbarster aller Undankbaren. Solange du Sorge hattest, dir ins eigene Fleisch zu schneiden, hast du nichts gegen mich unternommen, aber nun scheint die Sache anders zu sein. Irgendjemand muss dir von meiner geheimen Tätigkeit als Ärztin berichtet haben, das ist die einzige Erklärung, die mir einfällt.«

Signora Mezzini legte mir besorgt die Hand auf die Schulter. »Signorina Carla, was sagt Ihr da? Ich verstehe Euch nicht, ist alles in Ordnung?«

»Ja, ja, macht Euch keine Sorgen.«

»Dann will ich rasch zu Ende erzählen. Nachdem die Kerle Euren Diener fortgeführt hatten, fragte ich mich, wie ich Euch warnen könnte, aber ich wusste nicht, wo ich Euch suchen sollte. Da fiel mir ein, dass Latif sich vor drei oder vier Wochen einmal verplapperte. Er sprach davon, dass Ihr in der Via Urbana Gutes tätet, indem Ihr Kranke heilt. Als er seinen Fehler bemerkte, musste ich schwören, niemals auch nur ein Sterbenswörtchen darüber zu verlieren, und natürlich habe ich meinen Schwur gehalten. Nun ja, in jedem Fall fiel mir diese Adresse ein, und ich beschloss, Euch dort zu suchen.«

»Es ist sehr anständig von Euch, dass Ihr mir helfen wolltet.«

»Ihr habt meinen Augenstern, meine kleine Teresa, gerettet, die Einzige, die mir nach der Fieberseuche vor einem Jahr noch geblieben ist. Ich würde noch viel mehr für Euch tun, Signorina! Doch hört, wie es weiterging. In der Via Urbana haben wir uns durchgefragt, aber niemand kannte Euch. Schließlich landeten wir in einer Pfandleihe bei einem alten Juden. Wieder fragte ich nach Euch, und ich erzählte dem Alten, Ihr hättet meine Kleine operiert. Ich musste es ein paarmal wiederholen, denn er scheint schwerhörig zu sein. Aber als er es verstanden hatte, sagte er: ›Oj, oj, sie hat gesegnete Hände, die Medica. Auch mich hat sie einmal operiert, das verbindet uns.‹ Er führte mich und Teresa hinab zu den Bettlern und zu Conor, ihrem König, und ich erzählte, was ich wusste. Alle machten sich große Sorgen, und Conor meinte, das Beste wäre, ich würde sofort umkehren, denn womöglich hätten sich unsere Wege gekreuzt, und wir hätten uns verpasst. Für den Fall, dass ich Euch treffe, soll ich Euch sagen, Ihr sollt Euch verstecken, am besten bei einer Nachbarin.«

»Vielleicht hat Conor recht.«

»Natürlich schlaft Ihr heute Nacht bei mir, Signorina.«

»Ja«, murmelte ich, »danke.«

»Ihr sollt warten, bis Conor und die Seinen die Lage erkundet haben. Wenn die Gefahr vorüber ist, wird er es Euch wissen lassen.«

»Und Latif?«

Signora Mezzini nahm meine Hand, und ich verstand. Für Latif konnte niemand mehr etwas tun.

Im Haus von Signora Mezzini kam ich mir vor wie auf einem anderen Stern, obwohl sie sich die größte Mühe gab, eine gute Gastgeberin zu sein. Sie bot mir von ihrem einfachen Essen an und schenkte mir billigen Wein ein. Teresa, die genau merkte, wie es um mich stand, plapperte auf mich ein und meinte altklug, ich müsse essen. Essen hielte Leib und Seele zusammen.

Als ich keine Anstalten dazu machte, versuchte sie es mit einem Märchen, *La favola del paese di Cuccagna,* das sie mir lispelnd erzählte. Doch auch die Geschichte vom Schlaraffenland vermochte meinen Appetit nicht zu wecken.

Als es Zeit war, brachte Signora Mezzini ihre Kleine zu Bett, nachdem diese sich brav von mir verabschiedet und mir eine gute Nacht gewünscht hatte. Ich hörte beide im Nebenraum beten, dann kam die Mutter zurück, setzte sich zu mir und sagte: »Was kann ich nur tun, Signorina, um Euch zu helfen?«

»Nichts«, sagte ich. »Es gibt keine Hoffnung.«

»Oh, doch, es gibt immer Hoffnung. Denkt daran, dass morgen am Sonntag das Pfingstfest gefeiert wird. Fünfzig Tage nach der Auferstehung des Herrn. Er hat uns Menschen damit Trost und Hoffnung geben wollen, denn er ist gestorben, damit wir leben. Auch Latif wird leben, ich spüre es.«

»Danke, Signora«, sagte ich. »Ihr findet gute Worte, um mich aufzurichten, aber wenn Ihr erlaubt, würde ich mich gern schlafen legen. Zeigt mir nur irgendwo einen Platz, ich will Euch keine Umstände machen.«

Sie wies mir eine geschützte Stelle in der Nähe des Feuers zu und händigte mir einige Schaffelle aus. »Ich hoffe, das genügt Euch?«

»Gewiss, gute Nacht.«

»Gute Nacht, Signorina Carla.«

Sie entfernte sich, und ich hörte sie noch einige Zeit im Haus hin und her laufen, bis Ruhe einkehrte. Voll bekleidet legte ich mich hin und deckte die Schaffelle über mich. Sie waren sehr warm. Ich begann zu schwitzen und schob sie beiseite. Kaum hatte ich sie fortgelegt, wurde mir kalt. Abermals bedeckte ich mich mit ihnen, und dasselbe wiederholte sich. Ich haderte mit mir, dass ich in einer Situation wie dieser keine anderen Sorgen zu haben schien als ein unbequemes Lager. Ich betete zu Gott und bat Ihn um Verzeihung dafür. Ich sprach lange mit Ihm und schüttete Ihm mein Herz aus, ich gestand meine Fehler und Versäumnisse ein und erflehte Seine Barmherzigkeit. Immer wieder bat ich Ihn, er möge alles zum Guten wenden, und als ich mein Amen endlich gesagt hatte, fühlte ich mich etwas erleichtert.

Doch schlafen konnte ich nicht. Zu vieles ging mir im Kopf herum. Ständig dachte ich an Latif. Ich fragte mich, ober er noch am Leben sei, wie es ihm erging und was er wohl gerade machte. Ich wälzte mich auf dem ungewohnten Lager hin und her und hörte die Geräusche der Nacht. Ich betete wieder und versuchte erneut, einzuschlafen. Doch je mehr ich mich darum bemühte, desto wacher wurde ich. Ich lag nur da und war ein menschliches Bündel aus Angst und Not.

Gegen Morgen fasste ich einen Entschluss. Ich musste fort. So gut Signora Mezzini es mit mir meinte, ich hielt es bei ihr nicht länger aus.

Da sie eine fleißige Frau war, hörte ich sie bereits auf dem Hof hantieren. Den plätschernden Geräuschen nach holte sie Wasser aus dem Brunnen herauf. Wahrscheinlich würde sie es jeden Moment hereintragen, um es über dem Feuer zu erhitzen und eine Morgensuppe zu kochen.

Dann wollte ich fort sein.

Ich hätte der guten Frau gern eine Nachricht hinterlassen, aber ich war sicher, dass sie weder lesen noch schreiben konnte. »Verzeiht mir, Signora«, murmelte ich, während ich mich leise aus der Tür stahl. »Wahrscheinlich liegt es an mir, aber ich finde keine Ruhe in Eurem Haus. Ich kann nicht bleiben. Macht Euch nicht allzu viele Sorgen um mich.«

Als ich auf die Straße trat und die frische Morgenluft einatmete, fühlte ich mich gleich besser. Die dunklen Gedanken der Nacht hellten sich mit dem Tageslicht auf, und alles sah ein wenig rosiger aus.

Latif war findig, sagte ich mir. Er konnte reden, bis einem der Kopf schwindelig wurde. Vielleicht gelang es ihm auf diese Weise, seine Harmlosigkeit überzeugend darzustellen. Außerdem war er ein Muslim. Konnte ein Muslim überhaupt ein Ketzer sein? Und selbst wenn: War nicht auch ein gewisser

Martin Luther in der deutschen Stadt Worms als Ketzer bezeichnet und anschließend gerettet worden?

Solche und ähnliche Gedanken schossen mir durch den Kopf, während ich meine Schritte zur Strada San Felice lenkte. Erst kurz vor meinem Haus wurde mir bewusst, wohin ich gegangen war, aber ich sagte mir, es könne nicht schaden, nach der durchwachten Nacht die Kleider zu wechseln.

Andererseits war Latif erst gestern in meinem Haus verhaftet worden.

Ich schaute auf die mir so vertrauten Mauern und hatte Mühe, mir das vorzustellen, denn mir bot sich ein Bild des Friedens dar. Ein Hund döste unter der Pinie zur Linken, und Spatzen zwitscherten im Efeu der Fassade. Ich trat ein und schaute mich um. Alles war an seinem Platz. Nichts schien auf die Entführung Latifs hinzudeuten.

Doch dann sah ich ihn: den Gebetsteppich Latifs.

Er war rot, schwarz und ockerfarben, und er lag in der Ecke, wo er immer lag, wenn mein Diener Zwiesprache mit Allah hielt. Der Teppich war ein nach allen Regeln der Kunst verzierter Kelim aus Bursa, dessen wichtigster Teil eine Abbildung jener besonderen Nische ist, die in der Moschee die Richtung nach Mekka weist. Verziert war das Prachtstück mit umlaufenden Rosenornamenten und zwei Wasserkannen als Symbol der Reinheit.

Latif hatte mir einmal erzählt, jedes Gebet drohe ungültig zu werden, wenn es durch Unreinheiten auf dem Boden befleckt würde. Ein ausgerollter Teppich dagegen, auf dem der Betende Allah anrufe, würde das verhindern. Im Freien wiederum brauche man keinen Teppich, da im Islam die Erde als reinigend gelte. Er allerdings würde auch draußen in der Natur stets seinen Kelim ausbreiten, denn man könne nie wissen, ob ein Tier an der betreffenden Stelle seine Losung verloren hätte.

Dass der Teppich Latif gehörte, stand zweifellos fest, denn sein Name war am unteren Rand in arabischer Schrift eingewebt.

Und noch etwas stand zweifellos fest: Die Häscher hatten ihn beim Beten gestört und verhaftet, denn niemals trennte er sich von seinem kostbaren Stück. Stets trug er es um den eigenen Leib gewickelt, aus Sorge, er könne es verlieren.

Ich bückte mich und betrachtete den Teppich, und irgendwie war es mir, als könne mir jede Schlinge seines Webstoffs Kraft geben. Ich sah den Teppich, und ich sah Latif, und ich wusste, was zu tun war.

Langsam zog ich mich aus und warf meine Kleider in eine Truhe. Dann wusch ich mich und trocknete mich ab. Ich wusste nicht, ob irgendeine Formel zu sprechen war, als ich den Teppich um meine nackte Haut schlang, aber es musste auch so gehen. Dann zog ich ein neues Gewand darüber. Ich wählte ein Hauskleid von unscheinbarem Schnitt und unauffälliger Farbe, denn ich hatte beschlossen, trotz aller Gefahren zu den Bettlern zurückzugehen. Die Bettler waren meine Freunde, sie würden mir helfen.

Ich setzte mein Barett mit der Pfauenfeder auf und verhüllte mein Gesicht mit dem schützenden Schleier. Dann trat ich vor die Tür.

Die Straßen in meiner Umgebung hatten sich belebt, denn die Bolognesi waren auf dem Weg zur Kirche. Auch ich wollte mich auf den Weg machen, aber ich wurde aufgehalten. Wie aus dem Nichts standen plötzlich zwei Männer vor mir, kräftige Burschen mit Oberkörpern wie Säulen. Einer von ihnen lüftete seine Kappe und sagte: »Sieh da, das Vögelchen ist ja doch zu Hause. Will es etwa ausfliegen?«

Und der andere fügte genüsslich hinzu: »Das sollte es lassen, die Vogelfänger sind unterwegs. Sie haben lange Ruten mit Leim.«

Der Erste lachte meckernd und spitzte die Lippen: »Djü, djü, djü! Wer bist du, kleiner Piepmatz? Du bist Carla Maria Castagnolo, die Ketzerschamanin, stimmt's?«

Und der andere rief: »Zeig uns dein Gesicht!« Er zerrte meinen Schleier zur Seite, blickte mich an – und prallte zurück.

»*Caspita!* Bruder, siehst du das, was ich sehe? Eine *voglia di peccato* – das Sündenmal im Gesicht einer Ketzerin.«

Sie packten mich von beiden Seiten und schoben mich vor sich her zu einer Kutsche, die nur wenige Schritte entfernt wartete.

»Ich habe nichts verbrochen«, rief ich verzweifelt. »Was wollt ihr von mir?«

»Das wird dir Hochwürden Helvetico selbst sagen. Wo hast du deine Maske? Hochwürden sprach von einer Maske, die du ständig trägst.«

»Das geht euch nichts an!«

»Hoho, das Vögelchen wird frech«, höhnte der Erste und wollte mich in die Kutsche stoßen, doch eine Stimme hielt ihn auf.

»Guten Morgen, meine Söhne, ich sehe, ihr seid nicht auf dem Weg zu Gott?«

Die Stimme gehörte Pater Edoardo.

Er schien auf dem Weg nach San Rocco, seiner Kirche, denn er trug schon den vollen liturgischen Aufzug mit violettem Talar, Chorhemd und goldverbrämtem Zingulum. Seine Erscheinung war so eindrucksvoll, dass selbst die hartgesottenen Halunken einen Augenblick innehielten. »Haltet uns nicht auf, Vater«, sagte der Erste. »Wir machen nur unsere Arbeit.«

»Was ist das für eine Arbeit, die euch von eurem Weg zu Gott abhält?« Pater Edoardo streckte beiden gebieterisch seine Rechte entgegen, so dass sie nicht umhinkonnten, von mir abzulassen und seinen Ring zu küssen. Bevor sie antworten konnten, sprach er weiter: »Ihr seid Söhne der Kirche, doch ihr scheint das Haus Gottes zu meiden. Schande über euch.«

»Vater, wir haben Befehl, diese Ketzerin der Inquisition zuzuführen. Der Befehl kommt von Hochwürden Helvetico persönlich, in Absprache mit Girolamo Menghi, den Ihr wohl kennen mögt.«

Pater Edoardo richtete sich zu voller Größe auf. »Ich kenne Gott und die Welt und darf mich rühmen, auch den Genannten schon begegnet zu sein. Uns verbindet der gleiche Glaube und der gleiche Geist. Es ist der Heilige Geist, dessen Symbol der unsichtbare Wind, das fließende Wasser oder das züngelnde Feuer ist. Vergesst nicht: Der Heilige Geist wurde den Jüngern Jesu zuteil, als sie sich fünfzig Tage nach seiner Auferstehung in Jerusalem versammelten. Er verlieh ihnen die Fähigkeit ...«

»Vater, es tut uns leid, aber ...«

»Untersteht euch, mir ins Wort zu fallen! Wollt ihr die unverzeihliche Schuld auf euch laden, einen geweihten Mann Gottes nicht aussprechen zu lassen! Der Heilige Geist also verlieh den Jüngern die Fähigkeit, in fremden Zungen zu predigen, was jeder, der dem allein seligmachenden Glauben anhängt, als Pfingstwunder bezeichnet. Durch das Pfingstwunder wiederum wurde die babylonische Sprachverwirrung aufgehoben, mit der Gott die Menschen für die Hybris des Turmbaus zu Babel strafen wollte. Ja, heute ist Pfingsten, ihr Burschen, das Fest des Heiligen Geistes, welches auch durch die unschuldige Taube symbolisiert wird. Seid ihr sicher, dass die Taube, die ihr in euren groben Händen haltet, an einem Tag wie diesem Schuld auf sich geladen hat?«

»Verzeihung, Hochwürden. Wir haben strikten Befehl ...«

»... diese Frau der Inquisition zuzuführen, ich weiß, ihr sagtet es bereits. Ist euch überhaupt klar, was das Wort bedeutet? Es kommt von dem lateinischen inquisitio, was so viel wie ›Untersuchung‹, ›Erkundung‹ bedeutet – und nicht, wie ihr vielleicht denkt, ›foltern‹ oder ›quälen‹.«

»Vater, mit allem Respekt, wir können ...«

»Richtig, meine Söhne, ihr könnt euch auf mich verlassen. Fahrt mit eurer Kutsche zu der Kirche eures Sprengels und betet um die Erleuchtung durch den Heiligen Geist. Ich will derweil die Gesinnung dieser Taube erkunden. Ich werde herausfinden, ob sie eine Häretikerin ist oder nicht. Ist sie es, so will ich dafür sorgen, dass sie meinem Bruder Helvetico zugeführt wird, ist sie es nicht, will ich meinen Bruder davon in

Kenntnis setzen. Und nun geht, ihr Burschen. Der Herr sei mit euch und gebe euch Frieden.«

Pater Edoardo schlug das Kreuz vor ihnen und nahm mich mit der größten Selbstverständlichkeit beim Arm. Zusammen gingen wir in die andere Richtung. Ich hörte ihn irgendetwas sagen, aber ich verstand ihn nicht, denn meine Sinne waren bis zum Zerreißen gespannt.

Würden die Häscher hinter uns herkommen?

Würden sie es wagen, gegen einen Gottesmann handgreiflich zu werden?

Ich vernahm einige Wortfetzen in meinem Rücken, Füßescharren und dann einen Peitschenknall, der mich zusammenzucken ließ.

Dann hörte ich die Kutsche davonfahren.

Ich blieb stehen und fing an zu weinen, so unendlich erleichtert war ich.

»Es ist vorbei, meine Tochter«, sagte Pater Edoardo und gab meinen Arm frei. »Du kannst gehen, wohin du willst. Danke dem Herrn, deinem Schöpfer, dass er mich zur rechten Zeit dazukommen ließ.«

Ich heulte hemmungslos, schluchzte und bekam einen Schluckauf.

»Na, na, so schlimm wird es nicht sein.« Er klopfte mir behutsam den Rücken. »Geht es wieder?«

Langsam wurde ich ruhiger. »Danke, Hochwürden, danke, danke!«

»Es war ein hartes Stück Arbeit, das ich aber gern für dich erledigt habe.« Er blickte mich ernst an, und ich sah, wie sehr er in den letzten Jahren gealtert war.

»Hochwürden, Ihr werdet Schwierigkeiten bekommen, wenn Ihr mich laufen lasst.«

»Ich? Schwierigkeiten?« Er blickte mich amüsiert an. »Kennst du den Satz von den Krähen? *Cornacchia non mangia cornacchia?* Mir hackt schon keiner ein Auge aus. Im Übrigen ist der Inquisitor Seiner Heiligkeit, Baldassare Savelli, ein entfernter Verwandter von mir. Dich jedoch wird das kaum vor weiterer Verfolgung schützen.«

»Warum tut Ihr das für mich, Hochwürden?«

»Warum ich das für dich tue? Nun, Gott hat es so gefügt. Ebenso, wie er bestimmte, dass deine Mutter eine tiefgläubige Frau war.« Er schlug das Kreuz und blickte mich ernst an. »Und ich ein armer Sünder.«

»Ja, Vater«, sagte ich.

»Geh, jetzt, meine Tochter. Die mir anvertrauten Schafe warten in San Rocco auf mich. Ich muss zu ihnen und mit ihnen die Pfingstmesse feiern.«

»Ja, Vater, Gott segne Euch.«

Ich sah ihn, wie er eilig die Via di Pietralata ansteuerte, auf dem Weg zu seiner schönen Kirche, und schlug meinerseits die Richtung zur Innenstadt ein. Ich ging wie auf Wolken. Ich konnte noch nicht fassen, was geschehen war. Der Priester, vor dem ich als Kind Todesängste ausgestanden hatte, hatte mir soeben das Leben gerettet. Was würde mich heute noch alles erwarten?

Auf der Piazza Maggiore, dort, wo Conor einst mit Hilfe von Massimo gebettelt hatte, hörte ich plötzlich ein zischendes Geräusch an meiner Seite. »Pst!«, machte es. »Carla!«

Ich wandte mich um und erkannte Latus, der im Schatten der Arkaden des Palazzo Pubblico stand. Er näherte sich vorsichtig und bedeutete mir, ihm zu folgen. Ausgerechnet Latus, der Flatus!, dachte ich. Ausgerechnet der Kunstfurzer, dessen Profession ich so befremdlich fand, ist es, den ich hier treffe. Aber ich bin Gott dankbar dafür, unendlich dankbar, denn jetzt weiß ich, dass mir nichts mehr passieren wird.

»Wir stehen an allen Ecken und Enden der Stadt, um dich zu finden«, erklärte er. »Nur Conor und Fabio sind in der Casa Rifugio zurückgeblieben. Sogar Itzik ist unterwegs und hält die Augen offen. Aber nun haben wir die Nadel im Heuhaufen gefunden.«

Er winkte einen Halbwüchsigen heran, dessen Gesicht ich

nicht kannte, und befahl ihm, die frohe Kunde an alle Freunde weiterzugeben. Dann setzten wir unseren Weg fort und gelangten bald darauf an unser Ziel.

Als ich die steile Treppe hinunter zum Saal der Bettler stieg, war es mir, als würde ich nach Hause kommen. Ein warmes Gefühl der Sicherheit umfing mich. Alles war mir so vertraut. Der lange Tisch, die Einrichtung, die rußgeschwärzten Deckenbalken. Und natürlich die kleine Ecke, in der ich meine Behandlungsgespräche zu führen pflegte, die Ecke mit den zwei Schemeln und dem Tisch und nicht zuletzt das chirurgische Besteck aus dem Ospedale della Vita.

Ich setzte mich auf meinen angestammten Platz und merkte plötzlich, wie müde ich war. Latus schien sich in Luft aufgelöst zu haben, ich war allein. Dann, plötzlich, ging die versteckte Seitentür auf, und Conor und Fabio erschienen. Beiden stand die Erleichterung ins Gesicht geschrieben, und Fabio rief: »Carla! Wenn das kein Grund zur Freude ist! Wir sollten gemeinsam ein Gläschen trinken, denn dass du unversehrt wieder in unserer Mitte bist, grenzt an ein Wunder. Conor, bitte, mach du das mit dem Wein, ich habe Angst, etwas zu verschütten.«

Conor ging zu einem der Fässer, während Massimo, der auf seiner Schulter saß, mit den Flügeln schlug und lebhaft krähte. Es sah ganz danach aus, als würde auch er sich über meine Rückkehr freuen.

»Hier.« Conor stellte drei gefüllte Becher auf den langen Tisch. »*Salute*, Carla, du bist zurück. *Grazie a Dio!* Wir dachten schon, du wärst im Folterkerker.«

»*Salute*«, sagte ich. »Ich traf Signora Mezzini, die mich warnte und mir die schreckliche Nachricht von der Verhaftung Latifs überbrachte. Sie sagte mir auch, ich solle sofort zu euch zurückkommen. Ich hatte großes Glück.« Ich zögerte und fügte hinzu: »Und Gottes Beistand.«

»Ja, das hattest du wohl«, sagte Fabio. »Du und wir alle.«

»Carla!« In der Tür stand Ludovico, der Schminker, blutüberströmt, aber über das ganze Gesicht strahlend. »Sie haben dich ja doch nicht erwischt!«

»Nein«, sagte ich, »aber es war knapp. Irgendjemand muss mich verraten haben. Irgendjemand, den ich behandelt habe, denn die Handlanger Helveticos wussten, dass ich heimlich als Ärztin tätig war. Aber ...«

»Ja, ist es denn zu glauben, Carla!« Salvatore mit der Klauschürze trat ein. »Ich renne herum und glotze mir die Augen aus den Höhlen, und du bist längst hier! Carla, Carla, du machst Sachen. Erzähl doch mal!«

»Ich war gerade dabei«, sagte ich und begann noch einmal von vorn. Kurz darauf wurde ich schon wieder unterbrochen, diesmal von Teofilo, dem Tanzmäuser, mit seinem Ebenholzkasten unter dem Arm. Nachdem er wie alle anderen seine Freude über mein Wiederauftauchen kundgetan hatte und gerade noch daran gehindert werden konnte, seine Lieblinge laufen zu lassen, beschlossen wir, meinen Bericht zunächst aufzuschieben, denn noch nicht einmal die Hälfte aller Ausgeschwärmten war zurückgekehrt.

Nacheinander erschienen Sberleffo, der bei meinem Anblick so überrascht war, dass er vergaß, Grimassen zu schneiden, Giuseppe, der Beutelschneider, Alfonso, der Feuerspeier, und noch einige andere, die zwischenzeitlich in den Rat der Bettelbrüder aufgenommen worden waren. Als Letzter schlurfte Itzik Rosenstern, der alte Jude, zur Tür herein. Als er mich sah, zwinkerte er ungläubig mit den Augen. »*Shalom*, Carla, *shalom*. Wenn ich sagen würd, ich freu mich, wär's wahr, wenn ich sagen würd, ich freu mich riesig, wär's untertrieben. Da hat Conor, unser *méjlech*, ja wieder mal recht gehabt. Er hat gesagt, du kommst wieder. *Nebbich*, hab ich gesagt, woher willst du wissen, dass sie heil rauskommt aus dem Schlamassel, aber du bist wiedergekommen, oj, oj, was für ein Glück.«

Erneut fing ich an, meine Geschichte zu erzählen, und diesmal wurde ich nicht mehr unterbrochen.

Ich schilderte alles haarklein, besonders meine Errettung

durch Pater Edoardo, die mir noch immer wie ein Wunder erschien. Am Ende sagte ich: »Vielleicht musste es einmal so kommen, dass mich irgendjemand bei der Inquisition denunziert, aber ich habe keine Vorstellung, wer es gewesen sein könnte. Aus unserem Kreis jedenfalls war es niemand, das steht für mich fest.«

Alle nickten einträchtig bei meinen Worten, und Conor sagte: »Keiner von uns hat dich verraten, Carla, das stimmt. Wenn's so wär, hätten wir ihn längst verbannt. Aber es war keiner von uns, und als König freut mich das.«

Fabio fügte hinzu. »Wir wissen nicht nur, dass es keiner von uns war, wir wissen sogar, wer es gewesen ist.«

»Wer?«, fragte ich. »Wer kann so niederträchtig gewesen sein?«

Fabio grinste. »Die Frage hat uns einiges Kopfzerbrechen bereitet. Um nicht zu sagen: Kopfschmerzen. Unerträgliche, linksseitige Kopfschmerzen!«

»Du meinst doch nicht etwa ...?«

»Doch, genau die meine ich. Es war die angebliche Bettlerin Constanzia, die sich in unsere Reihen geschlichen hatte. Sie hat dich – und uns – nach Strich und Faden belogen. Das Einzige, was von ihrem Lügengebäude stimmt, ist, dass sie aus der Gemeinde San Vitale stammt. Wir haben herausgefunden, dass ihr richtiger Name Chloridia Pinerolo ist. Sie ist die Frau eines reichen Grundstückhändlers, der sein Haus bezeichnenderweise genau neben dem Anwesen eines Dominikaner-Priesters hat. Der Name des Priesters ist Helvetico.«

»Also doch!«, rief ich. »Wenn es noch eines Beweises bedurft hätte, dann ist es dieser ›Zufall‹. Helvetico steckt dahinter, ich war mir nahezu sicher. Mir läuft ein Schauer den Rücken hinunter. Ich muss mich erst wieder fassen.«

»Ja, Carla«, sagte Conor, »das ging uns allen so. Lasst uns darauf trinken, dass du wieder heil in unserer Mitte bist.«

»*Salute!*«

Wir tranken alle. Nachdem wir unsere Becher abgesetzt hatten, ließ Conor sie erneut füllen und fuhr fort: »Nun lasst uns auf unsere letzte Nacht in der Casa Rifugio trinken.«

Auch das taten wir, und ich fragte verwundert: »Warum trinken wir auf unsere letzte Nacht hier? War das ein Scherz?«

Fabio antwortete: »Ich wünschte, es wäre so. Aber es ist die traurige Wahrheit. Wir alle sind zwar nicht so unmittelbar bedroht wie du, Carla, aber Helvetico und seine Gleichgesinnten, allen voran Girolamo Menghi, werden nicht eher ruhen, bis sie deiner habhaft geworden sind. Sie würden – sehr zu Recht – immer wieder hier herumschnüffeln. Wir anderen hätten keine ruhige Minute mehr und stünden ständig mit einem Bein im Kerker, denn nicht alles, was du hier siehst, ist erbettelt, manches ist uns auch, äh, zugeflogen.«

»Ja«, sagte ich, »ich verstehe.« Ich dachte an das herrliche Operationsbesteck aus dem Ospedale della Vita. »Aber wie soll es weitergehen?«

Conor sagte: »Es ist eingetreten, was irgendwann sowieso eingetreten wär. Wir werden zwei oder drei Monate in Hauseingängen oder unter Brücken schlafen, vielleicht auch im Bett des Waldes, bis Gras über die Sache gewachsen ist. Das ist nicht schlimm, wir haben ja Sommer. Und wir haben's auch schon ein paarmal gemacht, wenn die Greifer der Stadt uns zu dicht auf den Fersen waren. Danach ziehen wir in ein neues Haus. Diesmal liegt es an einem versteckten Ort im Norden der Stadt, und nur ich weiß genau, wo. Die anderen werden's noch früh genug erfahren. Bis dahin soll sich keiner verplappern.«

»Aber wo soll ich hin?«, fragte ich, während ich versuchte, die aufkommende Panik in mir zu unterdrücken. »Was soll aus mir werden? Braucht ihr denn keine Ärztin mehr?«

»Mehr denn je, das weißt du«, sagte Fabio.

»Oj, oj, Carla«, fiel Itzik ein. »Seit Helvetico und seine Mischpoke wissen, dass du hier gedoktert hast, sitzen wir auf dem Pulverfass. Wenn er's geklärt hat, dass Pater Edoardo dich laufenließ, nützt uns der innigste *majrew* nix mehr.« Er faltete die Hände und blickte gen Himmel, damit ich verstand, dass er von seinem Abendgebet sprach. »*Halewáj*, dass es nicht so kommt! Und wenn, dann gute Nacht.«

»Ich weiß nicht, ob es eine gute Nacht wird«, sagte ich verzagt. »Ich weiß nicht, ob ich schlafen kann nach alledem. Und dann ist da etwas, über das wir noch nicht gesprochen haben. Was ist mit Latif? Ich mache mir so große Sorgen um ihn. Habt ihr nicht irgendeine Information, wie es ihm geht? Fabio, du hast neulich gesagt, du und deine Freunde, ihr würdet die Flöhe an der Wand husten hören.«

»So, habe ich das?« Fabio grinste, und in sein Grinsen fielen nacheinander alle anderen ein. Sie schwiegen bedeutungsvoll, und nur Itzik machte: »Oj, oj«, und blickte zu der unsichtbaren Tür hinter dem Bestecktisch. Die Tür ging langsam auf, und eine große, mächtige Gestalt erschien, die über das ganze Gesicht strahlte.

Es war Latif.

DER WANDERSTAB
Il bordone

»Ich kann einfach nicht glauben, was meine Augen sehen«, sagte ich überwältigt. »Bist du es wirklich, Latif?«

»Ich bin es, Herrin. Wenn Ihr mir nicht glaubt, fragt ruhig die anderen, die wollten ihren Augen auch nicht trauen.«

»Aber ... aber ich denke, du bist im Kerker?«

»Da war ich auch, Herrin, aber nur für ein paar Stunden, dann mussten die Halunken mich laufenlassen.« Latif setzte sich zu mir und strahlte mich mit seinen Kulleraugen an.

Conor grinste. »Wenn ich's richtig sehe, ist es das erste Mal, dass jemand diesen Hunden entkommen ist. Latif hat sich sehr klug angestellt.«

»Sehr klug?«, fragte ich. »Wie denn?«

»Indem ich den Verrückten spielte, Herrin.«

»Wie bitte?«

»Ihr habt richtig gehört. Ich dachte mir, wer schwachsinnig ist, dem kann nicht vorgeworfen werden, dass er einer Ketzerin dient. Sein Geist ist ja verwirrt. Das Einzige, was Schwachsinnigen passieren kann, ist, dass man versucht, ihnen den Narrenstein aus dem Hirn zu operieren. Diese Gefahr allerdings schien mir im Kerker nicht allzu groß. Jedenfalls kam gleich zu Anfang der Protokollführer des Gerichts und wollte eine Menge von mir wissen. Wie alt ich sei, woher ich käme, wie lange ich schon in Euren Diensten stünde und so fort. Auf jede seiner blöden Fragen fand ich eine noch blödere Antwort.«

Latif hielt inne und grinste. »Jetzt denkt Ihr gewiss, das

dürfte mir nicht schwergefallen sein, oder? Aber Spaß beiseite. So einfach, wie ich es erzähle, war es nicht, denn dieser Schreiberling wurde irgendwann richtig wütend und ließ mich in eine Zelle werfen, in der ich, wie er meinte, bestimmt zur Vernunft käme. Mehrere Stunden ließ er mich dort in stockdunkler Finsternis bei Wasser und Brot schmoren, aber als er in Begleitung eines Wächters wieder auftauchte, erlebte er eine Überraschung, denn ich gebärdete mich wie ein wild gewordener Derwisch. Ich hüpfte durch die Zelle und trommelte mit den Fäusten auf meiner Brust herum. Seltsam hohle Klänge entstanden, denen ich dämlich grinsend mit schiefgelegtem Kopf lauschte. Dann sprang ich abermals herum, fletschte die Zähne und stieß markerschütternde Schreie aus. Der Wächter rief: ›Der Kerl ist verrückt, der springt hier rum wie ein Affe!‹

›Ach was, der tut nur so‹, erwiderte der Schreiberling und versetzte mir einen Fußtritt. ›Wenn er ein Affe wäre, würde er mich jetzt angreifen.‹ Doch kaum hatte er mich getreten, sprang ich tatsächlich auf ihn zu, brachte ihn zu Fall und stieß drohend die fremdartigsten Laute aus: ›*Salam alaikum, as-Salama, as-Salamu alaikum, salam alaikum, as-Salama, as-Salamu alaikum!*‹

Das Komische an der Sache ist, dass diese Laute in Wahrheit eine sehr höfliche, sehr förmliche Begrüßungsfloskel auf Arabisch darstellen, die ich, des besseren Effekts wegen, gleich doppelt ausstieß. Aber das wussten weder der Schreiberling noch der Wächter. Wie alle Menschen schlichten Geistes empfanden sie eine natürliche Scheu vor allem Unerklärlichen. Also ließ ich weiter arabische Sätze aus mir hervorsprudeln, gutturale, scheinbar sinnlose Laute, die jedoch alle von ausgesuchter Höflichkeit waren. Ich sagte ihnen, dass es mir eine außerordentliche Ehre sei, in ihrem Haus weilen zu dürfen, und heulte dazu wie ein Wolf im Mondschein. Ich sagte, dass ich selten so üppig gespeist hätte, und rülpste dazu donnernd, ich sagte, ich hätte noch niemals so großzügige Gastgeber erlebt, und schaute durch sie hindurch, als wären sie Glas. Ich sagte noch vieles mehr, und dazu hüpfte und heulte und rülpste und trommelte ich, bis sie so sehr verwirrt waren, dass ich ihre Köpfe packen und zusammenschlagen konnte. Dann machte ich, dass ich davonkam, denn mir war klar, dass ich einfachen Schreiberlingen und Kerkerwächtern etwas vorgaukeln konnte, nicht aber einem hartleibigen Hexenjäger wie Helvetico. Ich floh aus dem Gefängnis und lief schnurstracks zur Casa Rifugio.«

»Ich bin so froh, dass du hier bist.« Ich nahm seine Hand und kämpfte mit den Tränen.

Conor sagte: »Das geht uns allen so. Wir haben Glück im Unglück gehabt.«

»Ja«, sagte Fabio, »das haben wir. Aber wir sollten den Bogen nicht überspannen.«

»Was meinst du damit?«, fragte ich und ahnte schon, was kommen würde.

»Wir müssen uns trennen, Carla«, sagte Fabio ernst. »Und zwar jetzt gleich. Jeder ist ab jetzt allein auf sich gestellt. Jedenfalls für ein paar Monate, bis Gras über die Sache gewachsen ist. Ihr beide aber, du und Latif, müsst sofort gehen. Marschiert nach Süden bis zu den großen Bergen und dann immer weiter, so lange, bis ihr sicher seid, dass euch niemand verfolgt. Und wenn ihr einen sicheren Hort gefunden habt, lasst uns wissen, wo er liegt.«

»Das ... das geht mir alles zu plötzlich«, stotterte ich.

»Vielleicht sehen wir uns einmal wieder, vielleicht auch nicht. Das Leben ist ein Auf und Ab. Es besteht aus Kennenlernen und Abschiednehmen. Jetzt ist die Zeit des Abschieds gekommen. Lebt wohl, meine Freunde.« Er stand auf, beugte sich zu mir herüber und küsste mich auf beide Wangen. Dann machte er dasselbe bei Latif.

Für einen Augenblick herrschte Schweigen am Tisch, und jeder, ohne Ausnahme, hätte wohl gern die Zeit angehalten. Doch die Zeit eilt, teilt und heilt, so heißt es, und dieser Moment der tiefen Verbundenheit ging vorüber und machte großer Geschäftigkeit Platz. Conor griff unter sich und holte einen kräftigen Stock hervor. »Der ist für dich, Latif«, sagte er. »Es ist ein Wanderstab mit rundem Handgriff, gut zum Marschieren in jedem Gelände, aber auch gut geeignet zur Verteidigung. Lass ihn auf den Rücken deiner Angreifer tanzen, und sie werden Fersengeld geben, das kannst du mir glauben. Versprich mir, dass du immer gut auf unsere Carla aufpassen wirst.«

Latif, mein findiger, fröhlicher, gewitzter Latif, wirkte plötzlich sehr nachdenklich. »Ich verspreche es bei Allah, dem Allessehenden, dem Alleswissenden. Eher sollen mich die Löwen zerfleischen, als dass meiner Herrin etwas geschieht.«

Teofilo, der Tanzmäuser, sagte: »Brav gesprochen, Latif, aber da, wo ihr hingeht, dürfte es kaum Löwen geben.«

Das allgemeine Gelächter löste ein wenig die ernste Stimmung, und Conor ermahnte die Freunde: »Nehmt nur das mit, was ihr auf dem Leib tragen könnt, alles andere lasst hier. Verstreut euch über die Stadt, bleibt nicht zusammen. Die Einzigen, die zusammenbleiben, sind Carla und Latif.«

Alle murmelten Zustimmung, und wohl oder übel musste ich meine wenigen Habseligkeiten packen. Ich suchte ein paar Wäschestücke und Dinge für die tägliche Pflege zusammen, legte meine goldene Venusmaske dazu und hatte mein Bündel schon fast geschnürt, als Conor kam und sagte: »Es wiegt zwar einiges, aber ich würde es in jedem Fall mitnehmen.«

Auf meine Frage, was er damit meine, antwortete er: »Das wertvolle Besteck aus dem Ospedale della Vita. Vielleicht wirst du es einmal brauchen können.«

Latif, der sein Bündel ebenfalls geschnürt hatte, kam dazu und sagte: »Herrin, Conor hat recht. Lasst mich Eure Instrumente tragen.«

»Danke«, sagte ich. »Ich habe auch etwas, das ich für dich trage.«

»Herrin, was meint Ihr?«

»Ich kann es dir nicht zeigen, weil der Anstand es verbietet, aber ich kann dir verraten, was es ist. Es ist dein Gebetsteppich. Ich habe ihn in unserem Haus gefunden und ihn mir, genau wie du es immer tust, um den Leib gewickelt.«

»Herrin!« Trotz seiner Leibesfülle machte Latif einen gewaltigen Luftsprung. »Jetzt wird alles gut! Jetzt kann uns gar nichts mehr passieren! Darf ich Euch küssen?«

»Ja«, sagte ich.

Noch vor Mitternacht war die Casa Rifugio verwaist. Alle Bettler hatten das alte Haus verlassen, auch Latif und ich. Wir waren auf dem Weg zur Porta di San Mamolo, dem südlichsten Tor Bolognas, als plötzlich Pferdegetrappel und laute Rufe an unser Ohr drangen. »Was hat das zu bedeuten?«, fragte ich ängstlich.

»Pst, Herrin, nicht so laut.« Mein Diener zog mich in die nächtliche Schwärze einer Seitengasse. »Ich glaube, das sind Helveticos Bluthunde. Lasst uns hier weitergehen.«

»Aber hier sehe ich nichts.«

»Das braucht Ihr auch nicht. Ich gehe voran, haltet Euch nur an meinem Gürtel fest.«

»Weißt du überhaupt, wohin du uns führst?«

»Natürlich, Herrin, ich kenne Bologna mittlerweile sehr gut. Viel besser als Ihr. Und nun müsst Ihr schweigen, sonst wecken wir noch die ganze Nachbarschaft auf.«

Wir warteten, bis unsere Augen sich an die Finsternis gewöhnt hatten, und tasteten uns dann vorsichtig vorwärts. Wir schlugen mehrere Haken, passierten Winkel und Ecken, bis ich vollständig die Orientierung verloren hatte, aber Latif ging, ohne zu zögern, immer weiter. Irgendwann wich die Dunkelheit, und vor uns tauchten mehrere schwache Lichter auf. Ich erkannte die Porta di San Mamolo und stieß einen Seufzer der Erleichterung aus.

»Wir müssen uns hier bis zum Morgengrauen verstecken, Herrin«, flüsterte Latif. »Das Tor ist über Nacht geschlossen, aber beim ersten Hahnenschrei versuchen wir, die Stadt zu verlassen.«

»Du sagst das, als könnte es schwierig werden?«

»Vielleicht ist es so, vielleicht auch nicht. In jedem Fall wird es besser sein, wenn man uns beim Passieren des Tores nicht sieht.«

Das leuchtete mir ein.

»Der Hinterhof da drüben sieht verlassen aus, Herrin. Lasst uns dort warten.« Wir gingen hinein und setzten uns in der dunkelsten Ecke auf die kalte Erde. Fröstelnd lehnte ich mich an meinen Diener. Zum ersten Mal in dieser Nacht wurde mir die ganze Tragweite unserer Flucht bewusst. »Mir fehlt mein Zuhause«, flüsterte ich.

»Welches meint Ihr, Herrin?«, flüsterte er zurück. »Unser Haus in der Strada San Felice oder die Casa Rifugio?«

»Das ist eine gute Frage.« Ich musste an das Haus der Bettler denken und an die letzten Augenblicke unseres Abschieds. Nacheinander waren die Freunde an mich und Latif herangetreten, und jeder hatte mir ein paar Münzen in die Hand gedrückt. Sogar Itzik, der alte Jude, von dem es hieß, er würde jeden Baioccho lieber dreimal spalten, bevor er ihn ein Mal ausgab. Ich hatte das Geld nicht annehmen wollen, aber Latif hatte gesagt: »Herrin, man soll nehmen, was man kriegen kann. Wir haben einen langen Weg vor uns, das Geld wird uns noch früh genug ausgehen.«

Ein Geräusch riss mich aus meinen Gedanken. Auch Latif hatte es gehört, aber es schien ihn nicht weiter zu beunruhigen. »Das sind nur ein paar späte Zecher aus einer Trattoria«, sagte er. »Die Trattoria heißt sinnigerweise *Porta Mamolo*. Wenn es Euch beruhigt, Herrin, schaue ich nach.«

Noch ehe ich etwas einwenden konnte, war er aufgestanden und in der Dunkelheit verschwunden. Ich wollte ihm hinterherrufen, er solle bleiben, er könne mich nicht einfach allein lassen, aber ich musste still sein, wollte ich nicht Gefahr laufen, entdeckt zu werden.

So wartete ich grollend und frierend auf ihn. Irgendwann nach einer kleinen Ewigkeit kam er zurück und ließ sich ächzend neben mir nieder. »Gute Nachrichten …«, flüsterte er, aber ich ließ ihn nicht weiterreden.

»Wie konntest du mich einfach so verlassen«, schimpfte ich. »Ich dachte schon, du kämst niemals wieder.«

»Aber, Herrin, wie könnt Ihr nur so etwas glauben! Wenn ich Euch verlassen wollte, hätte ich schon hundertfach Gelegenheit dazu gehabt.«

Ich sah ein, dass er recht hatte, und murmelte: »Verzeih. Alles ist so dunkel, so drohend, so ungewiss …«

»Vielleicht wird es bald besser, Herrin.« Latifs Stimme klang so, als grinste er. »In der Trattoria sitzen tatsächlich einige Zecher. Es sind Söldner, denen der Alkohol die Zunge gelockert hat, weshalb jeder Einzelne größten Wert auf die Behauptung zu legen scheint, er hätte von allen die gefährlichsten Abenteuer bestanden. Aber das will ich gar nicht erzählen. Die Kerle in ihrem Suff prahlten nämlich auch, ihr Herr sei einer der reichsten Tuchhändler aus Forli und wolle morgen eine Wagenladung bester Bologneser Seide auf einem großen Wagen dorthin transportieren lassen. Ich sage Euch, Herrin, das ist ein Wink des Schicksals, ein Wink Allahs.«

»Was meinst du damit?«

»Wir werden freie Fahrt durch das Stadttor haben. Ich war schon bei dem Gefährt und habe festgestellt, dass seine Bewacher genau so große Schnapsdrosseln sind wie ihre Kumpane in der Trattoria. Jedenfalls schnarchen sie miteinander um die Wette, was nichts anderes bedeutet, als dass wir ohne Schwierigkeiten unter die Stoffballen kriechen und uns morgen früh aus der Stadt kutschieren lassen können.«

»Das ist mir zu gefährlich, Latif!«

»In diesen Zeiten ist alles gefährlich, Herrin. Es kommt darauf an, den sichersten Weg zu finden. Dieser ist es, glaubt mir.«

Ich glaubte ihm, ließ es mir aber nicht nehmen, schnell noch ein Stoßgebet gen Himmel zu schicken, in dem ich Gottes Beistand für unser Vorhaben erflehte. In der Tat schien der Allmächtige meine Worte vernommen zu haben, denn wenig später hatten wir keinerlei Schwierigkeiten, den Wagen zu erklimmen und uns unter den wärmenden Ballen zu verstecken. Ich fand sogar ein wenig Schlaf, denn als ich aufwachte, war es Tag, wie an den wenigen Lichtstrahlen, die sich ihren Weg zwischen den Ballen hindurch bahnten, zu erkennen war. Der Wagen rumpelte stetig voran, ab und zu hörte ich eine Peitsche knallen, unterbrochen von Pferdewiehern und knappen Befehlen. Wir hatten die Stadt unbemerkt verlassen und waren unterwegs!

Latif schien noch zu schlafen, denn als ich ihn anstieß, gab er nur einen unterdrückten Laut von sich. Dann gähnte er ausgiebig. »Sind wir schon auf dem Weg, Herrin?«

Ich drückte seinen Arm, was so viel wie ja bedeuten sollte. Jedes Wort konnte uns verraten und vielleicht dem Henker ausliefern. So schwiegen wir beide, zur Untätigkeit verdammt. Mit fortdauernder Fahrt wurde mir die Zeit lang, die Gliedmaßen schliefen mir ein, ich verspürte Hunger und das Bedürfnis, mich zu waschen.

Latif neben mir musste es ebenso ergehen, denn ich kannte ihn und seinen Wunsch nach Reinlichkeit. Sicher vermisste er auch die Zwiesprache mit Allah und seinen Gebetsteppich. Mir fiel ein, dass ich den Kelim immer noch um den Leib geschlungen trug, und nahm mir vor, ihn meinem Diener bei nächster Gelegenheit zurückzugeben.

Gegen Mittag blieb unser Gefährt abrupt stehen. Wir hörten Geräusche, denen wir entnahmen, dass die Pferde ausgeschirrt und fortgeführt wurden. Schritte entfernten sich. Irgendeine Stimme verkündete, man sei in San Lazzaro und wolle rasten und ein Mittagsmahl einnehmen.

»Das ist die Gelegenheit, Herrin«, flüsterte Latif an meinem Ohr. »Die Luft ist rein. San Lazzaro liegt ein gutes Stück entfernt von Bologna, wenn auch nicht auf dem direkten Weg nach Süden. Kommt, wir steigen aus.«

Mit pochendem Herzen kletterten wir aus dem Wagen, blickten uns um und gingen dann, als sei es die selbstverständlichste Sache der Welt, zu einem nahe gelegenen Gehölz, um darin unterzutauchen.

Niemand bemerkte uns.

So begann unsere gemeinsame Wanderschaft nach Süden. Wir trugen einfache Kleidung, wie man sie beim Volk sieht: Latif eine derbe Hose und eine große, erdfarbene Jacke über einem Leinenhemd mit Holzknöpfen, ich einen knöchellangen dunklen Wollrock, darüber ebenfalls ein Leinenhemd und darüber ein enggewickeltes Brusttuch. Auf dem Kopf trugen wir beide ein Barett, ohne schmückendes Beiwerk wie Agraffen oder Federn. Mein Feuermal, üblicherweise durch einen Schleier oder meine Maske verdeckt, tarnte ich, indem ich ockerfarbene Schminke auflegte. Es fiel mir nicht immer leicht, die Täuschung aufrechtzuerhalten, ebenso, wie Latif häufig Schwierigkeiten hatte, seinen Gebetsteppich an passender Stelle auszurollen und sich gen Mekka zu verneigen.

Wir gingen fernab der großen Straßen, auf Waldwegen oder Schleichpfaden. Wir mieden Straßen und Dörfer und passierten auf diese Weise Quarto, Frontino, Pianello, Cacciampone und Montesanto.

In Borbona, einem lieblichen kleinen Bergdorf, wagten wir es zum ersten Mal, auf den Marktplatz zu gehen, um uns dort Wegzehrung zu kaufen. Es war ein wunderbares Gefühl, einfach auf das Gewünschte zeigen zu können, nachdem wir uns wochenlang mit dem auf einsamen Bauernhöfen Erbettelten zufriedengeben mussten. Wir erwarben frisches Brot, Käse, Äpfel und köstliche Oliven und setzten uns mit unseren Schätzen auf die Markteinfriedung, um nach Herzenslust zu schmausen.

Niemand beachtete uns, nur ein alter Hund strich hungrig um uns herum. Weil alles so friedlich wirkte, sagte ich nach einer Weile zu Latif: »Wir sind schon Hunderte von Meilen gegangen, Bologna kommt mir inzwischen vor, als läge es weiter entfernt als der Mond. Wollen wir nicht etwas länger bleiben? Ich bin sicher, der Arm des Häschers Helvetico reicht nicht bis Borbona, und die Werke des Hexenjägers Girolamo Menghi dürften hier gänzlich unbekannt sein.«

»Das will gut bedacht werden, Herrin«, sagte Latif. »Ich ... au!« Er riss die Augen auf und starrte auf seine leere Hand. Der alte Hund hatte ihm das Brot weggeschnappt und trabte mit dem Bissen davon. Latif unterdrückte einen Fluch und sprang von der Einfriedung herab, um den Räuber zu verfolgen. Er hätte genauso gut dem Tier seine Beute lassen können, denn es war noch genügend Brot da, aber wenn es um sein Essen ging, reagierte Latif stets sehr eigen.

»Bleib doch hier!«, rief ich, aber es war schon zu spät. Der Hund und Latif liefen in einer Staubwolke davon. Ich schüttelte den Kopf und aß weiter. Es gab Eigenarten an Latif, die ich nie verstehen würde. Wir waren uns noch immer in gewisser Weise fremd, was ich aber in mancherlei Hinsicht begrüßte. Ich legte Wert darauf, meinen eigenen Schlafplatz zu haben, meine eigenen Gebete zu verrichten und mich unbeobachtet waschen zu können – ebenso wie Latif darauf bestand, fünfmal am Tag seinen Gebetsteppich auszurollen und ungestört mit Allah Zwiesprache zu halten.

Ich schluckte das letzte Stück Käse hinunter und spülte mit einem Schluck Wasser nach. Seit Latif die Verfolgung des Hundes aufgenommen hatte, war einige Zeit vergangen. Wo er nur blieb? Ich erhob mich, spähte nach allen Seiten, doch ich sah nur unbekannte Gesichter. Achselzuckend begann ich, unsere Sachen zusammenzupacken, und als ich damit fertig war, hielt ich nochmals nach ihm Ausschau. Latif blieb verschwunden. Wieder verstrich einige Zeit. Ich wurde immer unruhiger und wollte schon die Marktstände abschreiten und die Händler nach einem großen, schwergewichtigen Mann fragen, als er endlich zurückkam – ohne den stibitzten Bissen. Er schnaufte und war sichtlich außer Fassung. »Verzeiht mir, Herrin, ich bin ein törichter Mann, der sein Gehirn in den Beinen hat.«

»Was ist passiert? Du lässt mich hier wegen eines Stückchens Brot warten, und ich mache mir die größten Sorgen!«

»Wir sollten diesen Flecken schnell verlassen, Herrin.« Latif raffte sein Bündel an sich und führte mich auf dem kürzesten Weg aus der Stadt. Erst als wir einige Meilen zurückgelegt hatten, begann er zu sprechen. »Niemals in meinem Leben will ich wieder einen Hund verfolgen, Herrin! Aber ich konnte ja nicht ahnen, was aus der Sache werden würde.« Ein Felsen tauchte am Wegrand auf. Schwer atmend ließ er sich darauf nieder und bedeutete mir, ich solle mich neben ihn setzen.

»Ich möchte lieber stehen«, sagte ich.

»Nun gut, Herrin, wie Ihr wollt. Es war so, dass der alte Köter es darauf angelegt zu haben schien, mich an der Nase herumzuführen, denn immer wenn ich glaubte, ich könnte ihn packen, schlug er einen Haken und lief in eine andere Richtung. Auf diese Weise gelangte ich, ohne es zu merken, zum Pfarrhaus neben der Dorfkirche. Der Hund sprang mit meinem Brot hinein und war verschwunden. Dafür trat ein Mann heraus. Er war schwarz gekleidet und blickte überaus streng, um nicht zu sagen, tückisch. Es war der Dorfpfarrer. ›Ich sehe, du bist fremd hier, mein Sohn‹, sagte er zu mir. ›Wer bist du, und woher kommst du?‹

Nun, wie Ihr vielleicht wisst, Herrin, fehlen mir selten die richtigen Worte, aber diesmal war es so. ›Der Hund hat mein Brot gestohlen‹, brachte ich schließlich hervor.

›Der Hund ist mein Hund‹, sagte der Pfarrer. ›Er hatte, wie du richtig sagst, ein Stück Brot im Maul. Er mag Brot. Du jedoch magst dein Brot nicht teilen, wie unser Herr Jesus es uns vormachte. Teile dein Brot mit den Hungrigen, so heißt es schon bei Tobias! Wer bist du, und woher kommst du, dass deine Rede so hartherzig wie die eines Pharisäers ist?‹

›Ich heiße Latif‹, sagte ich, und im selben Moment merkte

ich, dass ich damit einen Fehler begangen hatte, denn die Reaktion kam prompt. ›Latif‹, fragte der Pfarrer, ›was ist das für ein seltsamer Name? Ist das überhaupt ein christlicher Name?‹

›Ich will nur mein Brot zurück‹, sagte ich. ›Da, wo ich herkomme, nennt man das, was Euer Hund getan hat, Diebstahl.‹

›Jetzt dämmert mir, dass dein Name ein muselmanischer ist!‹, rief der Pfarrer, ohne auf meinen Vorwurf einzugehen. Er breitete die Arme aus und starrte mich an. ›Weh dir, du Ungläubiger! Du bist kein Christensohn! Was hast du in diesem gesegneten Land zu suchen? Was treibst du hier überhaupt? Stehe mir Rede und Antwort, sonst hole ich den Büttel.‹

Seine letzten Worte aber hörte ich kaum noch, denn ich lief, so schnell ich konnte, davon.«

Latif blickte mich anklagend an. »Was ist das für ein seltsames Land, in dem ein Ungläubiger einen Gläubigen wie mich als ungläubig bezeichnen kann? In dem ein Tier Besitz haben darf, der ihm nicht gehört? Es hätte nicht viel gefehlt, und der verrückte Pfarrer hätte mich, den Bestohlenen, noch des Diebstahls bezichtigt.«

Ich ging nicht auf Latifs Gejammer ein, sondern sagte zornig: »Du hast dich sehr dumm verhalten. Gefährlich dumm! Und alles nur wegen eines kleinen Stückchens Brot. Die Kirche und ihre Vertreter sind überall gleich. Wer sich nicht zu dem allein seligmachenden katholischen Glauben bekennt, ist ein Ketzer, zumindest aber ein Sünder und damit ein Kandidat für das Fegefeuer. Ich möchte nicht wissen, was dieser Pfarrer täte, wenn er mein Feuermal sehen würde.«

»Ja, Herrin, Ihr habt sicher recht.« Latif wirkte äußerst kleinlaut.

»Und ich hatte schon in Erwägung gezogen, am Rande von Borbona ein kleines Haus zu beziehen und dort zurückgezogen zu leben. Aber daraus wird jetzt nichts. Wir müssen weiter, ehe dieser Pfarrer dich womöglich suchen lässt.«

»Ja, Herrin.« Latif erhob sich ächzend.

Wenig später hatte der Wald uns verschluckt.

Wir zogen weiter und weiter, hinauf in die Berge des Apennin. Kleine Dörfer, die manchmal wie Adlerhorste an den Hängen klebten, luden ein zur Rast, aber wir waren vorsichtig und umgingen sie. Bauersfrauen, Kräutersammlerinnen und Schafhirten begegneten uns und fragten nach dem Woher und Wohin, wie es üblich ist in den Bergen. Von ihnen ging keine Gefahr aus. Für ihre Fragen hatten wir uns passende Erklärungen zurechtgelegt. Das Woher beantworteten wir stets mit der Nennung des zuletzt passierten Ortes, um dann anzufügen, wir hätten dort Luigi besucht. Da Luigi ein Name ist, der so häufig vorkommt wie Sand am Meer, lagen wir damit niemals falsch.

»Luigi Tozzi?«, fragte einmal eine junge Milchmagd. »Sein Söhnchen sollte doch getauft werden? Ach, es ist zu schade, dass ich nicht dabei sein konnte.«

»Ja, es war eine sehr schöne Feier«, sagte Latif und blickte ergriffen.

»War Randolfo auch da?« Die Magd errötete zart, so dass man kein Hellseher sein musste, um zu erkennen, dass sie in diesen Randolfo verliebt war.

»Ich weiß nicht«, sagte ich, »ist das so ein großer, kräftiger Bursche mit schwarzen Haaren?«

»Nein, er ist rotblond. Wenn er da war, müsstet ihr ihn eigentlich gesehen haben.«

Latif legte den Finger an seine gutgeformte Nase und sagte: »Lass mich überlegen. Wie war noch gleich dein Name?«

»Anna.«

»Anna, richtig! Ich glaube, er hat nach einer Anna gefragt.«

»Wirklich?«

»Ich will tot umfallen, wenn es nicht so war.« Latif kullerte mit den Augen.

»Hier.« Die Milchmagd griff in ihre Kiepe und gab ihm ein handtellergroßes Stück Käse. »Für deine gute Nachricht.«

»Ich danke dir und wünsche dir noch einen schönen Tag und angenehme Gedanken.«

»Danke, danke, und alles Gute für euch.« Freudig ging sie ihrer Wege.

Ein anderes Gespräch fand in der Nähe von Salmaregia statt, einem abgelegenen Dorf über einem fruchtbaren Tal. Ein Messerschleifer war es, der unseren abgelegenen Pfad kreuzte. »*Buongiorno*«, rief er uns entgegen, denn es war noch früh am Tag, und die Nebel an den Berghängen begannen sich eben erst zu lichten. »Was treibt ihr beide hier oben? Ihr seht nicht aus, als kämt ihr von hier?«

»Wir kommen aus Gualdo«, sagte ich.

»Gualdo, da will ich auch hin. Sagt mal, ist Giuseppe immer noch so krank? Als ich das letzte Mal dort war, lag er auf den Tod.«

»Ich weiß nicht«, sagte ich, und Latif ergänzte: »Immerhin haben wir einen langen Beerdigungszug gesehen. Es war sehr feierlich.«

»Wir haben Luigi besucht«, sagte ich. »Luigi war nicht auf der Beerdigung.«

»Hoho, das wundert mich nicht! Er und Giuseppe waren sich ihr Leben lang spinnefeind. Seit Luigi damals, ich glaube, es ist dreißig, nein, einunddreißig Jahre her, dass er Giuseppe die Sofia ausspannte und sie heiratete. Das ganze Dorf summte damals vor Aufregung wie ein Bienenstock, und fast hätte Giuseppe Luigi erschlagen. Na, es ging ja noch einmal gut. Und Giuseppe ist jetzt da, wo Sofia schon lange ist: im Reich unseres Schöpfers. Ja, ja, das Leben geht seltsame Wege. Dank euch, ihr beiden, für die gute Unterhaltung und Gott befohlen.«

Vor Cese begegneten wir zwei verwegen aussehenden Kerlen, die uns misstrauisch beäugten. Sie saßen am Straßenrand, einer knackte Bucheckern, der andere reinigte sich mit der Messerspitze die Nägel. Mit einem kurzen Gruß wollten wir an ihnen vorbeigehen, aber der mit den Bucheckern sagte: »Ihr habt nicht zufällig was Anständiges zu beißen dabei? Immer nur Nüsse, das hält der beste Magen nicht aus.«

Wohl oder übel blieben wir stehen. Latif griff in sein Bündel und holte ein irdenes Gefäß mit Oliven hervor. »Bedien dich, guten Appetit.«

Der mit den Bucheckern sagte: »Immer nur Oliven, das hält der beste Magen nicht aus.«

»Ich habe noch eine Wurst«, sagte ich. »Sie ist hier aus der Gegend und schmeckt köstlich.«

»Immer nur Wurst, das hält der beste Magen nicht aus.«

Latif und ich sahen uns an. Wir spürten, dass die Sache brenzlig wurde.

»Habt ihr nicht was anderes außer Oliven und Wurst?«, fragte der mit dem Messer lauernd. »Habt ihr nicht ein paar schöne Münzen, die ihr entbehren könnt?«

»Wir kommen aus Nocera Umbra«, sagte ich, um ihn abzulenken. »Wir haben dort Luigi besucht. Kennt ihr Luigi?«

»Scheiß auf deinen Luigi!« Der mit den Bucheckern spuckte aus. »Genug gequatscht. Her mit euren Kröten, oder wir blasen euch das Lebenslicht aus. Erst dir, Dicker, und dann dir, meine Schöne, nachdem du uns ein wenig an dir hast naschen lassen.«

Der mit dem Messer lachte hässlich. »Ja, ja, immer schön der Reihe nach.« Er stand auf, und ich sah, dass er fast so groß wie Latif war, aber hager wie ein alter Klepper. »Her mit dem Zaster, Dicker, oder ich hole ihn mir!«

»Natürlich, Signore, natürlich!« Latif legte sein Bündel auf den Boden und schnürte es auf. »Wir haben nicht viel, aber das Wenige, was wir haben, ist hier drin. Wartet.« Er bückte sich umständlich und kramte in seinen Habseligkeiten. Gier flackerte in den Augen der beiden Halunken auf. Sie traten nah an ihn heran, um zu sehen, was er hervorholte. Dann, plötzlich, geschah etwas, mit dem weder sie noch ich gerechnet hatten. Latif schien zu explodieren. Sein schwerer Körper schoss nach oben und riss die beiden Strauchdiebe um. Sie torkelten und suchten nach Halt, doch ehe sie sich gefangen hatten, ließ Latif Conors Wanderstab auf ihren Rücken tanzen. Wieder und wieder schlug er zu, mit einer Kraft, die mich überraschte. Mein findiger, fröhlicher, gewitzter Latif konnte also auch ein ganzer Kerl sein!

Erst als die Halunken um Gnade flehten, hielt er inne. »Bei Allah, dem Zürnenden, dem Strafenden, lasst euch das eine Lehre sein!«, schimpfte er. »Und sucht euch einen ehrbaren Beruf. Los, packt euch.«

Nach dem Vorfall mit den Strauchdieben mussten wir so schnell wie möglich weiterziehen, denn wir wussten nicht, ob sie einer Bande angehörten und vielleicht zurückkämen, um sich zu rächen. Doch Gott sei Dank geschah nichts dergleichen. Der Wanderstab von Conor, dem Bettlerkönig, hatte sich als sehr hilfreich erwiesen.

Unsere nächste Station war San Martino. Doch bevor wir das Bergdorf erreichten, sahen wir einen jungen schwarzgekleideten Mann vor uns auftauchen. Er rastete am Wegrand im Gras und las in einem schweren Buch. Als er unser angesichtig wurde, sagte er: »Gott zum Gruße, ihr zwei. Ihr habt euch einen schönen Tag zum Wandern ausgesucht.«

»Das haben wir, Signore«, sagte Latif.

Der junge Mann erhob sich höflich und stellte sich vor. »Ich bin Bruder Sebastiano und befinde mich auf dem Weg nach San Martino, dort soll ich eine Stelle als Vikar antreten.«

»Schon wieder ein Pfarrer«, murmelte Latif, aber er murmelte es so leise, dass der Vikar ihn nicht verstand.

»Dann wünschen wir Euch alles Gute, Hochwürden«, sagte ich steif und wollte weitergehen, aber Bruder Sebastiano lachte. »Lasst den ›Hochwürden‹ ruhig beiseite, als Vikar bin ich dem örtlichen Pfarrer unterstellt und mithin nicht so wichtig, Signora, äh ...?«

Ich überhörte seine unausgesprochene Frage und sagte: »Wir wollen in San Martino unseren Freund Luigi besuchen.«

»Luigi?« Bruder Sebastiano musterte mich mit freundlichem

Blick. »Ich werde in meiner neuen Pfarre sicherlich eine Reihe Luigis kennenlernen. Wie ist denn der Nachname?«

Ich biss mir auf die Lippen. Das Gespräch hatte eine unerwartete Wendung genommen. Latif rettete mich, indem er sagte: »Luigi hat ein paar Schafe und lebt ein einfaches Leben.« Da die meisten Menschen in der Region ein paar Schafe hielten, hatte er damit nicht gelogen.

»Wenn ich ihn sehe, will ich ihn von euch grüßen. Und wie ist euer Name?«

Nun saßen wir in der Falle. Wir mussten antworten, um uns nicht verdächtig zu machen. Lügen allerdings wollten wir auch nicht, denn der junge Bruder war durchaus sympathisch. So nannte ich meinen zweiten Vornamen.

»Ich heiße Maria«, sagte ich. »Dass wir Luigi besuchen wollen, habe ich Euch ja schon erzählt. Und was hat Euch in die Berge verschlagen?«

»Oh!« Er lachte verlegen. »Die Frage habe ich befürchtet. Nun, sie wird mir sicher auch von meiner Gemeinde gestellt werden, deshalb nützt das Drumherumreden nichts. Es ist so, dass ich, äh, sagen wir, manchmal zu offen sprach, wenn ich in Glaubensdingen anderer Meinung war. Der Bischof hat mir deshalb Gelegenheit gegeben, mich an einem einsamen Ort zu bewähren. Seine Wahl fiel auf San Martino.«

Daraufhin schwiegen Latif und ich, aber wir dachten, dass wir es mit einem sehr ungewöhnlichen jungen Gottesmann zu tun hatten. Dass er so ehrlich zu uns war, sprach für ihn.

»Nun«, sagte er, »so ist das. Aber alles, was uns auf Erden widerfährt, ist Gottes Wille, und Gottes Wille geschehe.« Er klappte das schwere Buch zu – es handelte sich um die Heilige Schrift – und stand auf. Dabei verzog er das Gesicht, als habe er Schmerzen.

»Zwickt Euch irgendetwas, Bruder Sebastiano?«, fragte ich.

»Leider, ja. Ich bin vorhin mit dem Fuß umgeknickt. Es schmerzt höllisch, äh ...« Er lachte. »Das war wohl der falsche

Ausdruck, ich meinte, es tut sehr weh. Aber ich denke, wenn ich noch ein wenig verweile und mich durch die Worte der Schrift erbauen lasse, wird es schon besser werden.«

»Die Lektüre der Bibel hilft nicht immer«, sagte ich entschlossen. »Jedenfalls nicht direkt. In Eurem Fall dürfte ein fester Verband weitaus dienlicher sein. Setzt Euch wieder, ich will sehen, was ich für Euch tun kann.«

Er gehorchte, und ich kniete mich vor ihn hin und untersuchte den Fuß. Die Verletzung war nicht sonderlich schwer. »Es ist nicht mehr als eine Verstauchung«, sagte ich. »So etwas ist in den Bergen nicht ungewöhnlich.« Dann wickelte ich stützende Leinenstreifen um das angeschwollene Gelenk.

»Vergelt's Gott!«

»Gern geschehen. So wird Euch das Laufen leichter fallen. In San Martino solltet Ihr den Fuß kühlen. Stellt ihn einfach für eine Weile in kaltes Wasser. Kälte nimmt die Schmerzen, sogar, wenn sie höllisch sind.«

Bruder Sebastiano lachte. Dann musterte er mich wieder mit seinem freundlichen Blick. »Für eine einfache Bauersfrau, die Ihr der Kleidung nach seid, sind Eure Worte sehr wohlgesetzt. Wer seid Ihr ... Maria?«

Ich antwortete: »Nehmt an, ich bin jemand, der gerne hilft und gut Verbände anlegen kann. Alles andere ist unwichtig.«

»Da habt Ihr wahrscheinlich sogar recht.« Er nickte nachdenklich. »Was zählen schon Namen. Sie sagen nichts über einen Menschen aus. Nehmen wir den von Euch erwähnten Luigi. Es gibt viele Männer dieses Namens, gute und schlechte, junge und alte, arme und reiche. Ein Name besagt deshalb gar nichts.«

»Wir müssen jetzt weiter«, sagte ich. »Wir würden Euch gern unseren Wanderstab geben, damit Ihr Euch darauf stützen könnt, aber die Erfahrung hat gezeigt, dass wir ihn dringend brauchen.«

»Nein«, widersprach Latif, »wir brauchen den Stock zwar

dringend, aber Bruder Sebastiano braucht ihn dringender.« Er übergab ihm den Wanderstab.

»Das kann ich nicht annehmen!«

»Doch, nehmt ihn nur.«

»Danke. Ihr seid ein ungewöhnlicher Mann – nicht nur den Körpermaßen nach.« Wieder blickte uns Bruder Sebastiano in der ihm eigenen freundlichen Art an. »Ich werde für Euch in der Kirche von San Martino beten.«

»Oh, äh, Herr, das wird nicht nötig sein.«

Ich beendete die für Latif peinliche Situation, indem ich abermals sagte, dass wir jetzt gehen müssten.

»So geht mit Gott und nochmals Dank.« Bruder Sebastiano richtete sich zu voller Größe auf und schlug das Kreuz vor uns. Die Situation ließ mich insgeheim schmunzeln. Wer hätte je gedacht, dass mein glaubenstreuer Diener einmal von einem katholischen Gottesmann gesegnet würde!

»Alles Gute für Euch«, sagte ich, »wir müssen weiter.«

Wir verließen ihn und schritten kräftig aus, doch an der nächsten Wegbiegung sah ich zurück und erkannte, dass Bruder Sebastiano uns ebenfalls nachblickte.

Er hob die Hand und winkte.

Als er aus unserem Gesichtsfeld verschwunden war, sagte ich: »Es tut gut zu wissen, dass es auch menschliche Gottesmänner gibt – mit Überzeugungen, zu denen sie stehen.«

»Ja«, sagte Latif, »er war ein freundlicher, wenn auch falschgläubiger Mann. Ich hoffe, Ihr nehmt es mir nicht übel, Herrin, dass ich ihm den Wanderstab überließ?«

»Nein, Latif, doch wir sollten trotzdem nicht nach San Martino gehen, sicher ist sicher.«

»Ja, aber wohin gehen wir dann?«

»Nach Forcella. Es liegt zwar noch höher in den Bergen, aber es ist bestimmt auch einsamer dort.«

»Ich bin an Eurer Seite, Herrin.«

Wir gingen nach Forcella und trafen in der Nähe auf einen reißenden Gebirgsbach namens Nera. An seinem Ufer übernachteten wir, und zum ersten Mal während unserer Flucht froren wir jämmerlich, obwohl wir ein Feuer gemacht hatten und unter Decken und dichtes Laub gekrochen waren. Am anderen Morgen sagte Latif zu mir: »Herrin, so geht es nicht weiter. Es ist schon Oktober, der Winter steht vor der Tür. Wo sollen wir hin, wenn es erst richtig kalt wird? Wir brauchen ein festes Dach über dem Kopf.«

»Ich möchte noch höher in die Berge«, sagte ich. »Dieser Bruder Sebastiano hat uns durchschaut. Er weiß, dass wir keine Bauersleute sind. Je mehr Meilen zwischen ihm und uns liegen, desto besser.«

Latif legte dürre Zweige auf die Reste der Glut und blies hinein, um das Feuer anzufachen.

»Vielleicht ist das so, Herrin, vielleicht auch nicht. Der Mann scheint recht vernünftig zu sein, obwohl er mich gesegnet hat.«

»Willst du darauf vertrauen, dass er seine Begegnung mit uns verschweigt?«

»Warum nicht? Ich könnte uns hier in der Nähe eine Hütte bauen.«

»Und wenn er nachforscht und erfährt, dass ich bis vor wenigen Monaten als Medica gearbeitet habe?«

»Nun ja, Eure Hilfe mit dem Stützverband war vielleicht doch etwas unbedacht, Herrin.«

»Genauso unbedacht war es von dir, den Wanderstab wegzugeben.«

»Ja, Herrin. Die Suppe ist gleich heiß. Soll ich uns etwas Wurst hineinschneiden?«

»Ich denke, du als Muslim isst keine Wurst?«

»Ich esse um die Wurst herum, Herrin.«

Nachdem wir unser karges Mahl beendet und unsere Habe wieder verstaut hatten, fragte Latif noch einmal: »Wollen wir nicht hierbleiben, Herrin?«

»Nein«, sagte ich, »ich will weiter. Außerdem: Wie willst du mit bloßen Händen Bäume fällen und Bretter sägen?«

»Aber wohin wollt Ihr denn, Herrin?«

»Flussaufwärts will ich, zur Quelle der Nera.«

Eine Woche später hatten wir ein armseliges Nest erreicht, das von den Einheimischen Casali genannt wurde. Keine fünfzig Menschen lebten dort, wie wir von einem wandernden Händler erfuhren. Sein Name war Tasco, und er hatte ein Gesicht, das bei jedem Lachen in tausend Fältchen zersprang. »In Casali ist der Hund begraben«, verriet er uns, »die Leute, die dort leben, sind von aller Welt abgeschieden. Aber sei's drum, für mich ist das ganz gut, weil ich ihnen sonst nicht viel verkaufen könnte. Wollt ihr in Casali bleiben?«

»Vielleicht«, antwortete ich unbestimmt. »Was hältst du denn so alles feil?«

Tasco lachte und wies auf sein Grautier, das einen hochbeladenen Wagen hinter sich herzog. »Es gibt nichts, was Tasco Bariello nicht dabeihätte. Was braucht ihr, Leute?«

Latif sagte: »Wir brauchen Handwerkszeug, um ein Haus zu bauen, Holz, Mörtel, Ziegel und vielerlei mehr. Ich glaube kaum, dass du so etwas hast.«

»Wollen wir uns nicht setzen, Leute? Ihr seht aus, als könntet ihr eine kleine Rast vertragen.« Tasco schirrte den Esel aus und hängte ihm einen Futtersack vors Maul. Dann holte er eine Decke vom Wagen, breitete sie aus und ließ sich nieder. Nachdem wir seinem Beispiel gefolgt waren, sagte er zu Latif: »Da hast du recht, mein Freund, Baumaterial habe ich nicht bei mir. Wozu auch? Wer hier wohnt, hat bereits ein Haus, und wer hierherziehen möchte, der nimmt sich eins von den unbewohnten. Doch es zieht niemand hierher, weil hier, wie ich bereits sagte, der Hund begraben ist. Die Alten erzählen, dass vor undenklichen Zeiten ein paar Vertriebene in den Höhlen oben gehaust haben, und es gibt auch ein Märchen, das besagt, eine der Sibyllen hätte sich in der Grotta delle Fata versteckt, nachdem sie aus der Unterwelt vertrieben worden war. Aber das sind sicher nur Hirngespinste. Da oben ist keine Menschenseele mehr. Wenn's anders wäre, müsste ich's wissen, niemand kennt sich hier besser aus als ich.«

»Wie hieß die Höhle, in der die Sibylle gelebt haben soll?«, fragte ich.

»Grotta delle Fata.«

»Feengrotte, das klingt hübsch.«

»Ja, ja, sie soll recht beeindruckend und auch recht groß sein, aber sie ist nicht die einzige, so sagt man. Genau weiß ich es nicht, weil ich noch nie dort war. Warum auch, da oben kreisen nur die Adler, und ein paar wilde Ziegen fristen dort ihr Dasein.«

»Auch das klingt hübsch.«

Tasco sah mich verständnislos an. Dann zersprang sein Gesicht in tausend Fältchen, und er sagte zu mir: »Es scheint dir hier oben in den Bergen zu gefallen. Man nennt sie Monti Sibillini, warum, das habe ich bereits erzählt. Die Luft ist rein wie Seide, und die Kost der Bergbauern ist einfach, aber gesund. Ich habe selbstgemachten Käse und selbstgemachte Wurst aus Casali dabei. Niemand soll sagen, der Händler Tasco Bariello wüsste nicht zu teilen.«

Er stand auf und holte Käse und Wurst vom Wagen. »Lasst es euch schmecken. Mein Vater pflegte zu sagen, man sieht sich immer zweimal im Leben, vielleicht kann ich euch dann etwas verkaufen.«

»Du bist ein weiser Mann, Tasco«, sagte Latif, auf einem Stück Käse kauend.

»So ist es«, pflichtete ich meinem Diener bei. »Du bist weise und wissend. Und deine Schilderungen waren sehr interessant.«

Latif und ich brauchten über eine Woche, um in den Schluchten der Sibillinischen Berge eine geeignete Höhle zu finden. Doch dann, eines Morgens, nach einer bitterkalten Nacht im Freien, war uns endlich das Glück hold. Oberhalb einer Hochwiese war es, als Latif über eine Wurzel am Boden stolperte und im Hinfallen ein paar Büsche unter sich begrub. »Allah, was habe ich nur verbrochen, dass du mich diesen Leidensweg gehen lässt!«, jammerte er laut. »Du hast mir eine Herrin beschert, die lieber nackten Fels über sich will, als ein von ihrem treuen Diener gezimmertes Dach. Allah ...«

»Beruhige dich!«, rief ich. »Schau lieber zur Seite. Siehst du da, was ich sehe?«

»Ei ... eine Höhle, Herrin?«

»Es sieht ganz so aus. Steh auf, wir wollen hineingehen und uns umsehen, vielleicht haben wir gefunden, was wir suchen.«

Nachdem wir uns durch den kaum hüfthohen Einlass in der Gesteinswand gezwängt und einen schmalen, gewundenen Pfad im Halbdunkel hinter uns gelassen hatten, tat sich vor uns ein Felsendom auf, der mindestens fünfzehn Schritt im Durchmesser maß. Stalaktiten und Stalagmiten wuchsen an den Rändern aufeinander zu, und zwischen ihnen führten zwei weitere Gänge hindurch. Da wir kaum noch etwas sehen konnten, gingen wir zunächst den Weg zurück, zündeten einen gut brennenden Ast an und drangen erneut ins Innere vor. Die beiden Gänge, die von dem Felsendom abzweigten, endeten nach fünfzig oder siebzig Schritten jeweils in einer mannshohen Höhle, bevor sie noch tiefer in den Fels hineinführten.

»Es ist sicher nicht die Grotta delle Fata, aber für unsere Zwecke sehr gut geeignet«, sagte ich zu Latif. »Ich denke, hier bleiben wir. Du nimmst die linke Höhle, da sie etwas höher ist, ich nehme die andere. Der Felsendom soll das sein, was in unserem Haus in der Strada San Felice das Esszimmer und die Feuerstelle waren. Siehst du nun, dass ein Dach aus Kalkstein mindestens so gut ist wie eines aus Holz?«

»Ja, Herrin, ich sehe es, aber ich frage mich auch, wie oft ich mir in diesem Labyrinth den Kopf stoßen werde. Wie lange, gedenkt ihr, werden wir hier bleiben?«

Ich blickte mich um und sagte langsam: »Zumindest für den kommenden Winter, vielleicht aber auch für immer.«

»Ja, Herrin. Was Ihr befehlt, ist Allahs Wille.«

»Hör mal, Latif, du bist zwar mein Diener, aber wenn es um dein ganzes Leben geht, mag ich nicht über dich bestimmen. Wenn das Frühjahr kommt, kannst du frei entscheiden, wohin du gehen willst.«

»Ja, Herrin.« Latif kullerte mit den Augen. »Und was soll dann aus mir werden?«

Der erste Winter in der Höhle, die wir, in Anlehnung an das Haus der Bettler in Bologna, Grotta delle Rifugio nannten, war so hart, dass Latif und ich manchmal dachten, wir würden ihn nicht überleben. Und wenn Tasco Bariello, der wandernde Händler, nicht gewesen wäre, wäre es auch so gekommen. Wir trafen ihn mehrere Male, aus Vorsicht immer an einem anderen, vorher abgemachten Ort, und er versorgte uns mit dem nötigsten Hausgerät. Er führte auch Nahrungsmittel bei sich, die er für billiges Geld verkaufte. Als unsere Barschaft zur Neige ging und ich ihm dies eröffnete, sagte er: »Vielleicht kannst du mich anders entlohnen, Maria. Ich habe gesehen, wie geschickt du mit den Händen bist, könntest du dir einmal Bocco, mein Grautier, ansehen?«

»Was fehlt ihm denn?«, fragte ich.

»Hier, schau mal, er hat eine Geschwulst hinter dem linken Ohr. Wenn man dagegenkommt, wandert sie hin und her. Ich glaube nicht, dass sie sehr gefährlich ist. Aber sie stört Bocco ungemein. Alle Augenblicke schüttelt er den Kopf, als wolle er einen Schwarm Bienen abwehren.«

Ich betrachtete die Wucherung unter dem Fell und sagte: »Sie drückt ihn, deshalb versucht er sie abzuschütteln.«

»Genau das meine ich auch. Ich dachte mir, du könntest mir vielleicht helfen, sie aufzuschneiden. Es gibt in Casali zwar einen Bader, den ich auch fragen könnte, aber der Bursche hat Preise wie ein Halsabschneider.«

»Ich werde dir helfen«, sagte ich. »Sei morgen um dieselbe Zeit wieder hier.«

»Aber warum erst morgen?«

»Weil man den Schnitt, den du machen willst, nicht mit einem Küchenmesser vornehmen kann.«

Am anderen Tag öffnete ich Boccos Geschwulst, ein Vorgang, den das Grautier stoisch über sich ergehen ließ, und präparierte die Wucherung mit dem Skalpell heraus. Wie sich zeigte, handelte es sich um eine harmlose Fettgeschwulst, und das sagte ich Tasco auch.

»Ich danke dir, Maria«, meinte er. »Du hast die Sache erledigt, als wäre sie nichts. Es sieht fast so aus, als hättest du so was schon öfter gemacht.«

»Vielleicht ja, vielleicht nein. Hier oben in den Bergen ist so etwas unwichtig.«

»Da hast du recht, ich frage zu viel. Was brauchst du bei unserem nächsten Treff? Du hast was bei mir gut.«

»Lass Bocco Feuerholz für uns herauftragen, daran mangelt es uns am meisten.«

Man sagt, ein Mensch würde eher verdursten als verhungern, aber wie Latif und ich leidvoll erfuhren, kann er auch überaus schnell erfrieren. Die eisigen Tage und Nächte des Winters von 1584 auf 1585 lehrten uns, dass der Kälte nur gemeinsam zu trotzen war. Wir konnten uns keine zwei Feuer leisten, sondern mussten, des geringen Brennmaterials wegen, mit nur einem auskommen. Auch mein anfänglicher Wunsch, unsere Schlafplätze diesseits und jenseits des Feuers einzurichten, ließ sich nicht lange aufrechterhalten. Es war einfach zu kalt. Wir mussten unsere Körper aneinanderdrängen, um uns gegenseitig zu wärmen, wobei Latif mir sicherlich mehr Geborgenheit gab als ich ihm. Dafür rettete ich ihm einmal die Zehen, die nach einer längeren Wanderung nahezu abgefroren waren. Ich hieß ihn, sich auf dem Boden niederzulassen und die Beine vor sich waagerecht in die Luft zu strecken. Dann setzte ich mich ihm gegenüber hin und nahm seine nackten Zehen in die Beuge meiner Achseln – denn die Achseln gehören zu den wärmsten Stellen am ganzen Körper.

Latif litt große Schmerzen, als seine Füße langsam auftauten, aber dank meiner ungewöhnlichen Maßnahme konnte ich alle seine Zehen retten.

Manches Mal, wenn wir eng aneinandergeschmiegt in unseren Decken lagen, fragte ich mich, ob wir ein Paar wären, eine Frau und ein Mann, die einander in Liebe zugetan sind, doch jedes Mal fühlte ich nur eine große Vertrautheit. Ob es bei Latif mehr war als das, weiß ich nicht. Wir sprachen niemals darüber.

Sobald der Frühling die Kraft des Winters gebrochen hatte, traten wir bei jeder sich bietenden Gelegenheit nach draußen und sogen tief die warme, milde Luft ein. Überall grünte und sprießte es jetzt auf den Hochwiesen. Die mächtigen Buchenwälder in der Ferne zeigten die ersten Blätter, und der Nebenarm der Nera, der wenige Dutzend Schritte entfernt zu Tal floss, war endlich eisfrei.

Mensch und Natur atmeten auf. Latif und ich schmiedeten Pläne, wie wir uns auf Dauer einrichten könnten, und die handwerklichen Fähigkeiten meines Dieners kamen zum Einsatz, indem er für uns einfache Tische und Sitzmöbel zimmerte. Sogar ein Bett baute er für mich und für sich. Material und Werkzeug hatte der brave Tasco zu uns heraufgeschafft.

Im Mai grasten in unserer Nähe eine Ziege und ihr Zicklein, die schnell zutraulich wurden und fortan unser Leben teilten. Die Ziege lieferte ein wenig Milch, was eine willkommene Abwechslung auf unserem Speisezettel war.

Wenig später begann ich, Kräuter auf den Wiesen und an

den Waldrändern zu sammeln und daraus Arzneien herzustellen. Die Medikamente benutzte ich, um Nahrung und sonstige Notwendigkeiten bei Tasco einzutauschen. Auf diese Weise lernten wir uns immer besser kennen, unser Verhältnis wurde sehr vertraut, doch wo unser Höhlenversteck lag, verriet ich ihm nie. Andererseits war Tasco ein feinfühliger Mensch, der die Dinge nahm, wie sie waren, und nicht allzu viele Fragen stellte.

Eines Tages jedoch wunderte er sich, als ich ihn bat, bei unserem nächsten Treffen ein paar Säcke mit Linsensamen mitzubringen.

»Nanu, Maria?« Er lachte mit seinen tausend Fältchen. »Wird die Medizinfrau jetzt zur Bauersfrau?«

»So ungefähr«, sagte ich. »Latif hat bei einem seiner Streifzüge eine verlassene Hütte entdeckt, vielleicht drei oder vier Meilen von hier. In der Hütte fand sich nichts Besonderes, nur eine alte, verbogene Pflugschar. Er hat sie mitgebracht, mühsam entrostet, gerichtet und liebevoll an einem Stein geschärft. Nun will er einen Pflug bauen und eine der Wiesen zum Feld machen.«

»Maria, ich staune! Wenn ich ehrlich bin, hätte ich nie gedacht, dass ihr beide es schafft, euch hier oben zu behaupten. Aber das Meinige will ich gern dazu beitragen. Verlass dich auf mich.«

So kam es, dass Latif und ich bald darauf unsere erste Furche durch die Gräser zogen. Er hatte sich vor den Pflug gespannt, und ich ging hinter ihm her und drückte die Pflugschar ins Erdreich. Es war eine mühselige Arbeit, doch mit einer Zähigkeit, die ich ihm nie zugetraut hätte, schritt Latif vorwärts und beackerte das Feld.

Am Abend waren wir beide sehr müde, aber auch sehr glücklich. »Die Linse ist eine einjährige Pflanze, Herrin«, sagte er. »Ich kenne sie aus meinem Heimatland, wo sie sehr verbreitet ist. Als ich hörte, dass die Bauern hier im Hochland ebenfalls Linsen anbauen, beschloss ich, es ihnen nachzumachen. Wir werden, mit Allahs Hilfe, im Herbst köstliche Linsengerichte essen können. Darauf freue ich mich.«

Ich legte etwas Holz auf das Feuer und rührte die Suppe vom Morgen um. Es war eine Kräutersuppe, die ich mit Pilzen angereichert hatte.

Nachdem ich Latif eine Schüssel davon gegeben hatte, sagte ich: »Unser Leben hier oben wird mit jedem Monat besser, und mit jedem Monat fühle ich mich auch sicherer. Ich würde gern noch bleiben. Wir haben im letzten Jahr besprochen, dass wir zunächst nur den Winter überstehen wollen und danach weitersehen, was aus uns wird. Wenn du sagst, du freust dich auf die Linsengerichte im Herbst, heißt das, du willst genau wie ich …?«

Latif lächelte. »Ihr seid eine gute Köchin, Herrin. Ich möchte für immer Eure Suppe essen.«

Der zweite Winter traf uns besser vorbereitet, doch er war noch immer äußerst hart. Im darauffolgenden Jahr lief uns ein Bock zu und sorgte dafür, dass unsere kleine Ziegenherde größer wurde. Wir hatten mehr Milch, als wir trinken konnten, und ich begann, Ziegenkäse herzustellen, was mir anfangs gründlich misslang, weil mir Zutaten fehlten und ich nichts von Säuerung und Milchkulturen verstand. Mit der Zeit jedoch wurde ich erfahrener, und irgendwann war es so weit, dass Latif und ich unseren ersten Käse essen konnten. Er schmeckte noch etwas fad, weil ihm das Salz fehlte, ebenso wie die längere Lagerung, aber er war selbstgemacht, und das wog vieles auf.

Im Herbst war es, als Latif eines Morgens in seiner Höhle blieb. Da wir häufig nur die Mahlzeiten zusammen einnahmen, ansonsten aber unserem eigenen Tagewerk nachgingen, vermisste ich ihn erst gegen Mittag. Ich schaute in seiner Höhle nach und sah ihn auf seinem riesigen Bett liegen. »Was ist mit dir?«, fragte ich.

»Nichts, Herrin. Ich war nur etwas müde und habe deshalb länger geschlafen. Ich komme gleich.«

Ich weiß nicht, was es war, aber etwas in seiner Stimme machte mich stutzig. Ich trat nahe an sein Bett und erkannte, dass sein Gesicht fieberheiß war. »Lass mich mal sehen.« Ich legte ihm die Hand auf die Stirn und erschrak. Latif glühte. »Du bist krank«, sagte ich. »Du musst liegen bleiben, das Fieber ist zu hoch. Es muss runter, wenigstens ein bisschen. Ich werde dir Wadenwickel machen.«

In regelmäßigen Abständen schlug ich ihm kalte Tücher um die Waden und benetzte seine Stirn mit kühlendem Wasser. Das Fieber wich vorübergehend, und ich nutzte die Besserung, um ihn eingehend nach der Entstehung und den Begleiterscheinungen seines Fiebers zu befragen. Aber ich fand die Ursache nicht heraus. Am meisten Sorge hatte ich wegen des Abends, denn das ist die Zeit, in der die Hitze besonders stark im kranken Körper wütet. Ich sagte deshalb zu Latif, ich müsse für eine Weile fort, und verließ seine Höhle. Ich wollte mich auf die Suche nach Enzian machen, denn seit alters dient diese Bergpflanze nicht nur zur Herstellung von Schnäpsen, sondern auch zur Fiebersenkung.

Durch die Arzneiherstellung hatte ich ein geschultes Auge für die Pflanzenwelt der Berge erworben, aber es nützte mir in diesem Fall nichts. Ich fand keinen Enzian. Ich ging weiter und weiter und rief mir mein gesamtes Kräuterwissen ins Gedächtnis. Ich wusste, dass viele Gewächse in dem Ruf standen, Fieber senken zu können, wie Holunder, Himbeere, Brunnenkresse, Esche, Linde, Minze oder Thymian, aber nichts von alledem fand ich bei meiner Suche. Ich wollte meine Bemühungen schon abbrechen, als mir plötzlich Tasco über den Weg lief. »Das ist aber ein Zufall, Maria!«, rief er. »Wir sind doch nicht verabredet, oder?«

»Nein«, antwortete ich und erklärte ihm, warum ich unterwegs war. »Leider habe ich kein Finderglück«, schloss ich. »Nicht auszudenken, wenn Latif sterben würde.«

»Das sind in der Tat schlechte Nachrichten«, sagte Tasco kummervoll. »Ich habe, wie du weißt, tausenderlei auf meinem Wagen, aber ein fiebersenkendes Mittel ist nicht darunter. Vielleicht liegt es daran, dass meine Kundschaft so etwas nicht verlangt.«

»Aber was nehmen die Bauersfrauen denn? Sie werden doch nicht tatenlos zusehen, wenn jemand aus ihrer Familie hohes Fieber hat?«

Tasco kratzte sich die unrasierte Wange. »Tja, sie nehmen Enzian, genau, wie du es vorhast.«

»Und wenn sie keinen Enzian haben?«

»Lass mich nachdenken. Ich glaube, sie machen Packungen aus Quark oder Weichkäse und legen sie auf die Stirn.«

»Packungen aus Quark oder Weichkäse?«, rief ich. »Oh, Tasco, ich danke dir, ich danke dir!«

Verwundert blickte er mir nach, als ich in Windeseile davonlief.

Ich bin nicht sicher, ob es wirklich an den Packungen aus Ziegenkäse lag, die ich noch am gleichen Abend und auch an den folgenden Tagen zur Anwendung brachte, in jedem Fall erholte Latif sich langsam, und eines Morgens blickte er mich aus klaren Augen an.

»Herrin«, sagte er, »Allah hat entschieden, dass ich Euch auf Erden noch ein wenig Gesellschaft leisten soll. Ich bin wieder gesund.«

Tränen der Freude traten mir in die Augen, und ich antwortete: »Ob du ausschließlich Allah deine Genesung zu verdanken hast, bezweifle ich, denn einen kleinen Beitrag dazu habe auch ich geleistet.«

»Nein, Herrin, es war Allah, der Weltenlenker, der Weltenkluge, er führte dir die Hand. Ohne seinen Willen geschieht nichts.«

»Deine Rechthaberei zeigt mir, dass es dir wirklich bessergeht«, sagte ich froh. »Ich werde dir eine stärkende Suppe bringen. Dazu gibt es einen Fladen Brot.«

»Brot, Herrin?«

»Tasco hat mir einen Sack Dinkelmehl gegen ein paar Kräuterarzneien überlassen. Er verkauft sie für mich und nimmt sich seinen Anteil. Er sagt, hier in den Bergen sind besonders Mittel gegen Entzündungen der Augen, der Blase und der Gelenke vonnöten. Das Brot jedenfalls ist ein erster Versuch, die Vielfalt unserer Speisen zu vergrößern. Ich hoffe, es wird dir schmecken.«

»Gewiss, Herrin, gewiss.«

Wieder folgte ein Winter. Wir hatten mit ausreichend Holz, Samen und Früchten vorgesorgt und blickten den kalten Tagen gefasst entgegen. Auch deshalb, weil ich für Latif und mich feste, warme Winterkleidung aus Stoffen und Fellen genäht hatte. Die Ergebnisse meiner Bemühungen hätten den Ansprüchen der Mode in Paris und Rom ganz sicher nicht genügt, aber für uns erfüllten sie ihren Zweck. Beim Maßnehmen der Kleider bestätigte sich etwas, das ich zuvor schon einige Male vermutet hatte: Latif war schlanker geworden. Die Arbeit mit dem Pflug, der Aufenthalt im Freien und die frische Luft – all das hatte ihm einen Teil seines Leibesumfangs genommen. Er selbst zeigte sich darüber nicht besonders glücklich, aber ich sagte ihm, dass ein schlanker Körper widerstandsfähiger ist als ein korpulenter, und damit gab er sich zufrieden.

Im Frühling des Jahres 1587, als das Weiß auf den Bergen von keimendem Grün und bunter Blütenpracht abgelöst wurde, dachte ich zum ersten Mal öfter an meine Vaterstadt Bologna: an die seidige Luft im Mai, die Ausgelassenheit der Bürger, die rauschenden Feste. Ich dachte an meine Mutter und an Marco und an meinen kleinen Giancarlo, den Gott mir genommen hatte. Ich dachte sogar an Gaspare Tagliacozzi und an unsere ersten Begegnungen, die mir zweifellos die glücklichsten, aufregendsten Momente meines Lebens beschert hatten. Wehmut überkam mich. Ich lag in meiner Höhle und starrte die Felswände an, aber was ich sah, war mein Zuhause, waren die Freskenmalereien an der Decke meines Zimmers. Ich sah Adam, Eva, die Schlange und den Apfel. Ich dachte an meine Fieberschübe und an Doktor Valerini und sein *vesicatorium*, das die Hitze aus meinem Körper ziehen sollte. Ich sah, wie die Schlange verschwand und als Biene wiederkam. Die Biene summte, während sie mit großer Geschwindigkeit den Apfel umflog, als suche sie den Eingang zum Gehäuse. Ich dachte an Pater Edoardo und an seinen exorzistischen Wahn, aber auch an seine Wandlung, die er in späteren Jahren durchgemacht hatte, an seine Reue und an seine Geistesgegenwart, mit der er mich vor den Häschern der Inquisition bewahrt hatte. Ich dachte an Conor, Fabio und die anderen Bettler, die mir zu Freunden geworden waren, und ich fragte mich, ob sie ein neues Haus gefunden hatten und vielleicht sogar eine neue Ärztin.

An alles das dachte ich, und im rosigen Licht der Erinnerung kam mir das Schöne noch schöner und das Schlimme viel weniger schlimm vor.

Es hielt mich nicht mehr in meiner Höhle. Ich ging hinaus, um mir die Beine zu vertreten und auf andere Gedanken zu kommen. Der Himmel war hoch und blau, Vögel zwitscherten in der Ferne, kleine Wolken lagen wie weiße Tupfer auf den Bergspitzen. Ich lief hinüber zum Bach und folgte ihm gedankenschwer. Irgendwann bückte ich mich und trank von dem klaren, köstlichen Wasser.

Als ich mich wieder aufrichtete, blickte ich in ein bekanntes Gesicht. Es war das Gesicht von Bruder Sebastiano. Er stützte sich auf den Wanderstab, den ihm Latif bei unserer ersten Begegnung überlassen hatte, und sagte: »Gott zum Gruß, Maria, ich wollte Euch nicht erschrecken.«

»Fast ist es Euch gelungen.« Ich schaute zur Seite, denn seit

Latif und ich in der Grotta delle Rifugio wohnten, überschminkte ich mein Feuermal nicht mehr.

Bruder Sebastiano ließ sich im Gras nieder und legte den Wanderstab neben sich. »Bitte, verzeiht mir, vielleicht hätte ich mich doch bemerkbar machen sollen. Setzt Euch und zeigt mir ruhig Euer Gesicht. Ihr seid nicht die Einzige auf Gottes weiter Welt, die ein Feuermal trägt.«

Zögernd setzte ich mich zu ihm, doch weil ich ihm so nah war, mochte ich ihn noch immer nicht ansehen. Ihn schien das nicht zu stören, denn er warf Steinchen in den munter dahinfließenden Bach und sagte nach einer Weile: »Ich nehme an, Maria, das Feuermal hat Euch im Leben eine Reihe wenig schöner Momente beschert?«

Ich schwieg.

»Ich meine jenes Leben, das Ihr führtet, bevor Ihr in diese Bergwelt kamt?«

Da ich noch immer nicht antwortete, fuhr er fort: »Worte können sehr verletzen, deshalb möchte ich Euch versichern, dass mich Euer Gesichtsmal keinesfalls stört. Es ist für mich eine Hautveränderung, mehr nicht. Vergleichbar mit einer Sommersprosse oder einem Leberfleck.«

»Ihr seid sehr höflich.«

»Ich sage nur die Wahrheit. Und ich sage sie umso lieber, als nicht alle meine Glaubensbrüder diese Meinung vertreten. Es ist vielmehr so, dass die meisten ziemlich verblendet sind. Alles, was einen Menschen aus der Normalität hebt, grenzt für sie an Ketzerei. So ist zu hören, dass in Rom wieder über Hexenverbrennung geredet wird, seit Seine Heiligkeit, der Papst, den Erzbischof von Trier empfing – einen Mann, dessen ›gottgefälliges‹ Werk es war, in zwei Dörfern seiner Diözese alle rothaarigen Frauen als Hexen verbrennen zu lassen.«

Ein Schauer lief mir über den Rücken. »Ihr ... Ihr seid nicht nur höflich, sondern auch sehr offen, Bruder Sebastiano.«

»Ja, Maria, das bin ich, und daran wird sich auch nichts ändern. Ich bin es mir selbst schuldig.« Er lachte leicht. »Aber ich wollte Euch nicht mit Greuelgeschichten erschrecken. Rom ist weit.«

»Gewiss«, sagte ich. »Ihr habt mich nicht erschreckt.« In Wahrheit aber zitterte ich innerlich wie Espenlaub.

»Es ist weit über zwei Jahre her, dass wir uns gesehen haben. Wie ist es Euch und Eurem Mann in der Zwischenzeit ergangen?«

»Latif ist nicht mein Mann.«

»Aber Ihr lebt mit ihm zusammen?«

»Ja, warum nicht?«, entgegnete ich trotzig. Mochte der Gottesmann denken, was er wollte. Doch zu meiner Überraschung sagte er: »Der Mann, der nicht Euer Ehemann ist, ist ein glücklicher Mann, denn er hat eine schöne Frau. Er war mir bei unserer ersten Begegnung sehr behilflich, indem er mir den Wanderstab als Stütze überließ. Hier, nehmt ihn zurück, mit einem herzlichen Dank an ihn.«

»Behaltet den Stab. Wir brauchen ihn nicht.«

»Ich aber auch nicht. Vielleicht nehmt Ihr den Stab beim nächsten Mal?«

»Beim nächsten Mal?«

»Wenn wir uns wiedersehen. Ich meine, es ist doch nicht ausgeschlossen, dass Ihr häufiger diese Stelle am Bach aufsucht? Vielleicht geschieht es in einer Woche wieder?«

Statt einer Antwort erhob ich mich. »Ich muss jetzt gehen, Bruder Sebastiano.«

»Nennt mich doch einfach Sebastiano! Ich sage doch auch Maria zu Euch.«

»Nun gut ... Sebastiano. Wie gesagt, ich muss jetzt gehen. Es wartet noch viel Arbeit auf mich.«

Es stand dem jungen Gottesmann ins Gesicht geschrieben, dass er gern weitergeplaudert und mehr über mich und Latif erfahren hätte, aber er fragte nicht, sondern sagte, sich ebenfalls erhebend: »Dann Gott befohlen, Maria, und vielleicht auf ein baldiges Wiedersehen.«

»Gott befohlen, Sebastiano.«

Rasch lief ich davon.

Am Abend dieses besonderen Tages lag ich in meiner Höhle, dachte an Sebastiano, den ungewöhnlichen Gottesdiener, rief mir jedes einzelne Wort unseres Gespräches ins Gedächtnis und stellte fest, dass meine Sehnsucht nach Bologna sehr viel kleiner geworden war.

Ebenso wie ich feststellte, dass ich nicht wieder zum Bach gehen durfte.

Mehr als drei Jahre sollten vergehen, bis ich Bruder Sebastiano durch Zufall wiedersah. Es war an einem Berghang, wo er in einem Buchenhain rastete. Man schrieb Ende September, und ich nutzte die Jahreszeit, um Bucheckern zu sammeln. Sie stellten eine wichtige Nahrungsquelle für Latif und mich dar, zumal es uns gelungen war, aus den Nüssen ein Öl zu pressen, das sich sowohl zum Kochen wie auch als Lampenöl einsetzen ließ.

Abermals war er es, der mich entdeckte. »Werdet Ihr ihn diesmal zurücknehmen?«, fragte er.

Ich schreckte hoch und sah ihn zwischen den Bäumen stehen, nicht weiter als zehn Schritte entfernt.

»Werdet Ihr ihn diesmal zurücknehmen?«, wiederholte er und hielt mir den Wanderstab entgegen wie ein Geschenk.

»Ich hatte Euch schon gesagt, dass wir ihn nicht brauchen«, erwiderte ich. Meine Stimme klang abweisender, als ich wollte. Vielleicht lag es daran, dass ich es nicht vermocht hatte, ihn zu vergessen – ihn und seine ungewöhnliche Art. Er war ein junger, gutaussehender Mann, der im Zölibat lebte, und ich war weit über dreißig Jahre alt – zu alt für unkeusche Gedanken.

»Ja, ich erinnere mich gut.« Er stand auf und kam zu mir herüber. »Ich habe seitdem oft an unser damaliges Gespräch gedacht, Maria.«

Ich auch, wollte ich sagen, doch ich beherrschte mich und fuhr fort, Bucheckern aufzulesen.

Sebastiano schien meine abweisende Haltung nicht zu bemerken; wie selbstverständlich trat er neben mich und begann, mir beim Sammeln zu helfen. Ein seltsames Gespräch entspann sich daraufhin zwischen uns, ein Gespräch, wie ich es niemals zuvor erlebt hatte. Es fand in gebückter Haltung statt, suchend und sammelnd, geprägt von meiner unausgesprochenen Sympathie für ihn. »Ihr braucht mir nicht zu helfen«, sagte ich.

»Ich will es aber«, antwortete er, und nach einiger Zeit fügte er hinzu: »Wenn Ihr den Stab nicht zurücknehmt, werde ich noch heute meinen Namen hineinritzen.«

»Das steht Euch frei, schließlich gehört er Euch.«

»Das stimmt.« Er warf eine Handvoll Bucheckern in meinen Sammelkorb. »Er ist mein, doch wenn der Bischof mich abriefe aus San Martino, würde ich mich von ihm trennen und ihn am Bach niederlegen, dort, wo wir uns beim letzten Mal gesehen haben.«

»Ihr werdet abgerufen? Wann denn?«

Er lachte. »So weit ist es noch nicht. Vielleicht passiert es sogar nie, weil ich, wie Ihr wisst, in vielen Dingen kein Blatt vor den Mund nehme und man mich deshalb lieber abgeschoben weiß. Aber nehmen wir einmal an, es wäre so: Dann könntet Ihr den Stab am Ufer finden und hättet eine Erinnerung an mich.«

Mein Herz pochte schneller bei seinen Worten. Ich gestand mir ein, dass sein Fortgehen mich betrüben würde. Aber ich sagte nichts und sammelte weiter.

»Wäret Ihr traurig, wenn ich ginge, Maria?«

»Gottes Botschaft muss nicht unbedingt durch den Mund eines Predigers verkündet werden«, antwortete ich ausweichend. »Sie findet sich in jeder Pflanze, die wächst, und in jedem Vogel, der fliegt.«

»Oh, das habt Ihr schön gesagt! Das Gleichnis gefällt mir. Schon im elften Psalm der Heiligen Schrift heißt es: ›Flieh wie der Vogel auf die Berge.‹ Nun, Maria, ich will Euch nicht fragen, von wo Ihr kommt und ob Ihr in diese Berge geflohen seid, denn ich weiß, dass ich keine Antwort bekäme. Aber da ich gerade von der Heiligen Schrift spreche: Habt Ihr ein Exemplar, in dem Ihr zur täglichen Erbauung lesen könnt?«

»Nein, ich habe keines.«

»Das ist schade. Die Bibel ist für den Christen so wichtig wie das tägliche Brot. Ich werde eine an dieser Stelle niederlegen, gut verpackt gegen Wind und Wetter. Ihr könnt sie Euch bei Gelegenheit holen.« Er hielt inne und blickte mich an. »Glaubt mir, ich würde sie Euch gern persönlich übergeben, doch ich habe begriffen, dass Ihr meine Nähe meiden wollt.«

Ich schwieg und arbeitete weiter.

Er warf eine letzte Handvoll Früchte in meinen Sammelkorb und verließ mich ohne ein weiteres Wort.

In den folgenden Tagen sagte ich mir immer wieder, dass ich keinen Grund hatte, noch einmal zum Buchenhain zu gehen, da Latifs und mein Bedarf an Nüssen gedeckt war. Und doch tat ich es, denn ich redete mir ein, ich könne ein Buch wie die Heilige Schrift nicht in der Wildnis liegen lassen.

Es war ein kalter Morgen im Oktober 1590, weiße Wölkchen verließen beim Atmen meinen Mund, ich fröstelte bei jedem Schritt. Der Bergbach, den ich überqueren musste, hatte an einigen Stellen schon dünnes Eis gebildet, und Rauhreif bedeckte das Gras an seinem Ufer. Ich ging langsam, hielt die Augen offen, um Sebastiano, sollte er mich wieder überraschen wollen, zuvorzukommen. Und in der Tat war ich es dieses Mal, die ihn entdeckte. Er saß auf einem Baumstamm und blätterte in der Bibel. Als ich vor ihn hintrat, blickte er keineswegs überrascht auf. »*Kommt her zu mir alle, die ihr mühselig und beladen seid...*«, zitierte er lächelnd. »So lese ich es gerade in der Schrift. Matthäus elf, Vers achtundzwanzig. Ich hoffe, es geht Euch gut, Maria?«

»Ich habe nicht damit gerechnet, Euch hier anzutreffen.«

»Habt Ihr das nicht? Nun, ich warte schon die letzten fünf

Tage auf Euch, denn ich hoffte, irgendwann würdet Ihr kommen.« Er schlug das Buch zu, stand auf und überreichte es mir mit einer förmlichen Geste.

»Danke«, stotterte ich, denn das, was er gesagt hatte, konnte ich kaum glauben. Sollte er tatsächlich mehrmals aufs Geratewohl in den Wald gegangen sein, nur um mich zu treffen?

»Danke«, sagte ich nochmals, und weil mir sonst nichts einfiel, fügte ich hinzu: »Ich bin keine große Bibelkennerin.«

»Die Schrift ist in der Tat widersprüchlich und in vielerlei Hinsicht nicht wörtlich zu nehmen.«

»Nicht wörtlich zu nehmen? Ist das Euer Ernst?«

Er schmunzelte. »Da habe ich wieder einmal etwas ausgesprochen, das eigentlich nicht ausgesprochen werden darf. Aber einerseits heißt es bei Mose: *Auge um Auge, Zahn um Zahn, Hand um Hand, Fuß um Fuß,* und andererseits heißt es bei Matthäus: *So dir jemand einen Streich gibt auf die rechte Backe, dem biete auch die linke dar.* Die eine Stelle findet sich im Alten Testament, die andere im Neuen. Da beide Testamente gleichermaßen ihre Gültigkeit haben, frage ich Euch, welche richtig ist?«

»Ich weiß es nicht.«

»Ich auch nicht.«

Sebastianos Art war so entwaffnend, dass ich lachen musste.

»Ihr habt schöne Zähne, Maria.«

»Ich ... nun ...« Niemals zuvor hatte mir jemand gesagt, ich hätte schöne Zähne.

»Habe ich Euch in Verlegenheit gebracht? Das wollte ich nicht.« Er ergriff meine Hand, gab sie aber sofort wieder frei, als er meinen Widerstand spürte. »Wie kann ich das wiedergutmachen?«

»Ich muss jetzt gehen«, murmelte ich.

»Natürlich. Werdet Ihr in der Bibel lesen?«

»Ja, sicher.« Ohne es zu wollen, fügte ich hinzu: »Ich lese sehr gern.«

»Heißt das, es fehlt Euch an der nötigen Lektüre? Dem kann

abgeholfen werden! Was haltet Ihr davon, wenn ich Euch weitere Bücher bringe? Ihr lest sie durch und gebt sie mir danach wieder.«

Nein, wollte ich sagen, doch Sebastianos Angebot war zu verlockend. So sagte ich, wenn auch zögernd: »Vielleicht später einmal.«

Den ganzen Winter über las ich in der Heiligen Schrift. Ich tat es in meiner Höhle, aber auch im Felsendom, wo Latif und ich diesseits und jenseits des Feuers nächtigten. Trotz des gemeinsamen Schlafplatzes war unser Verhältnis etwas abgekühlt, seit er eines Tages während des Essens auf meine Bibel gedeutet und gesagt hatte: »Ich habe Euch nie gefragt, Herrin, wie Ihr an das Buch der Ungläubigen gekommen seid, ich dachte immer, Tasco hätte es Euch gegeben. Aber es war nicht Tasco. Es war der Vikar, dem wir vor vielen Jahren in der Nähe von San Martino begegnet sind. Stimmt's?«

»Es steht dir nicht zu, die Heilige Schrift als ein Buch der Ungläubigen zu bezeichnen«, hatte ich geantwortet.

»Verzeiht, Herrin, aber Ihr lenkt ab. Das Buch, in dem Ihr dauernd lest, ist von diesem Sebastiano. Ganz vorn auf einer der ersten Seiten habe ich seinen Namenszug entdeckt. Er hat Euch das Buch geschenkt. Warum habt Ihr mir das nicht erzählt?«

Natürlich hatte ich manches Mal daran gedacht, ihm von meinen Treffen mit dem ungewöhnlichen Gottesmann zu berichten, aber es immer wieder aufgeschoben. Dass er mir mein Versäumnis nun so unverblümt vorhielt, ärgerte mich. »Wenn Sebastiano mir ein Buch schenkt, geht das nur ihn und mich etwas an«, sagte ich abweisend.

»Ach, so weit ist es also schon? Ihr ruft den Mann beim Vornamen?«

»Ja, und? Hast du etwas dagegen?«

»Nein, Herrin. Ich hätte es nur richtig gefunden, wenn Ihr etwas offener zu mir gewesen wärt.«

»Du bist nicht mein Mann.«

»Ja, Herrin, ich weiß. Ich bin nur Euer Diener. Aber bisher dachte ich immer, ich wäre auch ein wenig Euer Mann.«

Ich las die Bibel vom ersten bis zum letzten Wort, und die Widersprüchlichkeit in den Aussagen von Mose und Matthäus blieb nicht der einzige Gegensatz, der mir auffiel. Ich sprach darüber mit Sebastiano, wenn ich ihn sah, und es schmeichelte mir, dass er mir zuhörte und sehr viel Wert auf meine Meinung legte. »Es tut Euch gut, zu lesen, es ist wie geistige Nahrung für Euch«, sagte er und legte seine Hand auf meine.

Ich entzog sie ihm. »Ja, das glaube ich auch.«

»Maria, ich habe Euch nie gefragt, wo Ihr Eure Wohnstätte habt, aber ich bin sicher, sie liegt in einer Höhle, ähnlich der Grotta delle Fata. Wollen wir uns nicht künftig dort treffen? Es wäre doch bequemer als hier draußen!«

»Nein«, sagte ich. Meine Stimme klang hart, härter als beabsichtigt, denn schon einmal war ein Priester in mein Zuhause eingedrungen, und dieser Priester war Pater Edoardo gewesen. Er hatte sich zwar vom Saulus zum Paulus gewandelt, aber das machte die Erinnerung nicht besser.

»Was habt Ihr, Maria?«

»Nichts, nur einen unangenehmen Gedanken.«

»Ihr müsst viel Schlimmes durchgemacht haben.« Wieder nahm er meine Hand, und wieder entzog ich sie ihm. »Ich möchte jetzt gehen, Sebastiano, Latif wartet sicher schon auf mich.«

»Natürlich.« Enttäuschung schwang in seiner Stimme mit. »Soll ich Euch beim nächsten Mal ein anderes Buch mitbringen?«

»Nein«, sagte ich und kam mir im selben Augenblick ziemlich unhöflich vor. »Ach, ich weiß es nicht, vielleicht doch.«

Das nächste Buch, das Sebastiano mir im Buchenhain überreichte, war das Werk *Rime* von Dante, denn ich hatte ihm erzählt, wie sehr ich Italiens berühmtesten Dichter verehrte. Die Poesie in diesem Buch berührte mich zutiefst, sie beschäftigte mich mehrere Wochen lang und gab mir immer wieder Anlass, darüber mit Sebastiano zu sprechen. Es folgten *La Vita Nova,* wiederum von Dante, ein autobiographisches Werk, und die *Satirischen Gedichte* von Francesco Berni.

Als ich danach äußerte, ich würde gern zur Abwechslung einmal etwas Wissenschaftliches lesen, brachte er mir eine Abhandlung über die Drehungen der Himmelskreise mit. Sie hieß *De Revolutionibus Orbium Coelestium* und war von einem gewissen Nicolas Copernicus verfasst worden. Dass Sebastiano mir dieses Buch zu lesen gab, sprach einmal mehr für seine freizügige Denkart, denn nach offizieller Auffassung der katholischen Kirche kreiste die Sonne noch immer um die Erde. Wir sprachen über diese starre Haltung, verglichen sie mit der Meinung der evangelischen Kirche und kamen zu dem Schluss, dass beide Glaubenslehren sich zumindest in der Astronomie nicht unterschieden, denn auch Martin Luther hatte Copernicus kritisiert und sein heliozentrisches Weltbild für nichtig erklärt. Er hatte gewettert: »Der Narr will mir die Kunst Astronomia umkehren! Aber wie die Heilige Schrift zeigt, hieß Josua die Sonne stillstehen und nicht die Erde!«

Danach vertiefte ich mich in den *Dialogo,* eine schriftstellerische Arbeit über die Vielfalt der italienischen Musik von Antonio Doni. Es folgten die *Libri Macaronices* von Merlin Cocai, in denen eine Ritterromanze geschildert wird, sodann Kanzonen und Sonetten einer Dichterin namens Vittoria Colonna und so weiter und so weiter.

Ich las ohne Unterschied, was Sebastiano mir brachte, denn in der Tat war mein Geist ausgehungert und verlangte nach geistiger Speise. Natürlich überreichte er mir die Bücher nicht ganz uneigennützig, denn er war gern mit mir zusammen, und er hielt auch gern meine Hand, wenn ich sie ihm überließ. Er pflegte mich zu streicheln, wenn wir nebeneinander im Gras saßen, und, seltsam genug, manchmal seinen Kopf an meine Schulter zu lehnen. Dann schloss er die Augen und summte leise vor sich hin. Hin und wieder lachte er, einmal weinte er sogar, vor Glück und Zufriedenheit, wie er mir versicherte.

Ich ließ diese absonderlichen Vertraulichkeiten zu. Sie waren mir nicht unangenehm, doch ich hatte mir vorgenommen, alles, was darüber hinausgehen würde, mit Entschiedenheit abzulehnen. Ich sagte mir, dass ich dies Latif schuldig sei.

Doch einen solchen Versuch gab es nie, was mich wiederum fast enttäuschte. Ich horchte in mich hinein, um mich selbst zu verstehen. Ich wollte wissen, wie es um mich stand, aber ich fand keine Antwort. Es war ein eigentümlicher Schwebezustand, in dem ich mich in jenen Jahren befand.

Die vielfältige Lektüre hatte in mir, ohne dass es mir anfangs klarwurde, immer mehr den Wunsch geweckt, wieder nach Bologna zurückzukehren, alles zurückzulassen, auch Sebastiano, den ungewöhnlichen, verwunderlichen Priester. In Bologna, das wusste ich, würden sich mir viel mehr Möglichkeiten bieten, zu lesen und zu arbeiten. Vielleicht sogar bei Conor, dem Bettlerkönig, und seinen Freunden.

»Latif«, sagte ich eines Abends, »es hält mich nicht mehr in dieser Höhle. Sie ist mir zwar ein Hort der Geborgenheit geworden, aber mein wahres Zuhause ist Bologna.«

»Wollt Ihr mich verlassen, Herrin?«, fragte mein Diener. Er war gerade dabei, Fische aus dem Bach über Buchenholz zu räuchern, und blickte nicht einmal auf, als er mir antwortete.

»Wenn ich gehe, gehst du natürlich mit«, sagte ich.

»Ist das wirklich so natürlich?« Er wandte sich mir zu und schaute mich traurig an. »Wäre es nicht naheliegend, dass Ihr mit diesem Priester geht? Er verbringt mittlerweile mehr Zeit mit Euch als ich.«

»Bist du etwa eifersüchtig auf Sebastiano?« Meine Stimme klang amüsiert.

»Ja, Herrin.«

Das war eine Antwort, die ich nicht erwartet hatte. Ich schluckte. Zum ersten Mal dämmerte es mir, wie viel Latif wirklich für mich empfand. »Nun ja, es ist aber so, dass ich mit dir zurückgehen möchte. Sebastiano hat seine Pfarre hier. Ich werde mich von ihm verabschieden, und du und ich, wir gehen nach Bologna zurück. Ich denke, die Inquisition hat mittlerweile ihr Interesse an mir verloren. Vielleicht treffen wir sogar Conor und seine Freunde wieder. Es war eine schöne Zeit, damals. Erinnerst du dich?«

»Wie könnte ich mich nicht daran erinnern, Herrin!« Langsam verwandelte sich Latifs Gesicht zu einem strahlenden Vollmond.

»Du bist und bleibst doch mein Latif. Kommst du nun mit?«
»Ja, Herrin, ich komme mit. Oh, wie ich mich freue! Wir gehen zusammen zurück nach Bologna. Darf ich Euch küssen?«

Ich schwankte einen Augenblick, dann sagte ich: »Lass uns erst einmal packen.«

Drei Tage dauerten unsere Vorbereitungen, und an jedem dieser Tage versuchte ich, Sebastiano zu treffen. Ich forschte nach ihm am Bach und im Buchenhain und wieder am Bach, aber er kam nicht, was nicht weiter verwunderte, denn er wusste ja nichts von meinen Reiseplänen. Am dritten Tag konnte ich unseren Abmarsch nicht weiter hinauszögern. Wir ließen die Ziegen frei und machten uns auf den Weg. Es ging den Fluss entlang hinunter ins Tal, Richtung Casali, und von dort weiter nach Forcella. Im Gegensatz zu früher benutzten wir feste, ausgetretene Wege, denn wir fürchteten uns nicht mehr vor Entdeckung. So war es nicht weiter überraschend, als uns am Nachmittag Tasco mit seinem Grautier Bocco begegnete.

»He, ihr zwei!«, rief er. »Wohin des Wegs?«
»Wir wollen nach Bologna«, sagte ich.
»Nach Bologna? Ihr macht Witze!«

»Nein, wieso?«, fragte Latif.

Tasco blickte uns entsetzt an. »Ja, wisst ihr es denn nicht?«

»Was wissen wir nicht?« Ein ungutes Gefühl beschlich mich.

»In Bologna herrscht eine gewaltige Seuche! Sie soll noch schlimmer wüten als anno 1348 die Pest, bevor sie über die Alpen nach Norden zog. An eurer Stelle würde ich überall hinfahren, nur nicht nach Bologna.«

Ich musste daran denken, dass ich schon einmal einer großen Seuche die Stirn geboten und überlebt hatte. Zusammen mit Maurizio, meinem väterlichen Freund in Venedig. Ob er noch lebte? In Venedig jedenfalls war es gewesen, dass Latif mir zum ersten Mal über den Weg lief. Wie viel Zeit seitdem vergangen war! Damals hatte mich nichts schrecken können, ich war jung und stark. Jetzt kam ich mir alt und schwach vor.

»Herrin, ich glaube, es wäre nicht klug, nach Bologna zu gehen.« Latif kullerte mit den Augen. »Allah, der Zürnende, der Gerechte, hat die Stadt strafen wollen, und wer sich ihr nähert, wird selbst bestraft werden.«

»Vielleicht hast du recht«, sagte ich. »Die Wege des Herrn sind unergründlich.«

Wir machten auf dem Absatz kehrt und gingen zurück zu unserer Grotta delle Rifugio.

Bald danach traf ich Sebastiano wieder, dem ich jedoch nichts von unserem vergeblichen Reiseversuch erzählte. Es schien mir am einfachsten zu sein, darüber zu schweigen. Er lieh mir weitere Bücher. Ich las eine Gedichtsammlung *Canzoniere* von Matteo Maria Boiardo und im Anschluss daran die Werke *Der verliebte Roland* und *Der rasende Roland* vom gleichen Autor.

Es folgte *Il Principe* von Niccolò Machiavelli, ein Werk, dessen Inhalt bei Sebastiano und mir zunächst fast einen Streit auslöste, weil ich darüber nicht reden wollte. An jenem Tag fehlte mir die Muße dazu. Am Morgen hatte ich Latif versprochen, ich würde ihm nachmittags beim Ausnehmen der Forellen helfen, und ich sagte zu Sebastiano: »Tut mir leid, ich habe heute keine Zeit.«

»Du hast keine Zeit, weil du sie dir nicht nehmen willst«, antwortete er ungewohnt schroff. »Das Werk ist es wert, dass man sich mit ihm beschäftigt.«

»Sicher, aber heute kann ich nicht.«

»Es ist ein Exempel dafür, wie Moral und Missbrauch in der Politik verherrlicht werden.«

»Ich kann heute nicht, ich sagte es.«

»Moral und Missbrauch, vor allem aber Macht sind es, die darin verherrlicht werden.«

»Entschuldige, aber du klingst fast so, als gefiele dir diese Verherrlichung?«

»Wie bitte? Das sagst du ausgerechnet mir? Mir, der ich mich seit jeher gegen die Macht und die doppelte Moral der Kirche gewendet habe? Gegen Bischöfe, die sich Geliebte leisten, Kardinäle, die fleischliche Enthaltsamkeit anmahnen und sich in Bordellen herumtreiben, Päpste, die Kinder haben, nicht nur eins oder zwei, sondern gleich im Dutzend, von mehreren Frauen und Mätressen? Das alles sind Vorkommnisse, die ich im höchsten Maße verdammenswert finde.«

»Vielleicht findet Machiavelli sie ebenfalls verdammenswert? Ich habe satirische Untertöne herausgelesen, die durchaus dafür sprechen.«

»Auf jeden Fall ist Macht der Dreh- und Angelpunkt der Politik, von ihr hängt alles weitere ab, Wohl und Wehe der Bürger, ebenso wie Moral und Missbrauch. Deshalb kommt es entscheidend darauf an, wer sie ausübt: Ist es ein Diktator, oder ist es ein auf Zeit gewählter Herrscher?« Er schaute mich mit einem Blick an, den ich nie zuvor bei ihm gesehen hatte, und sagte langsam: »Ich für meinen Teil wünschte mir manchmal ein wenig mehr Macht – über dich.«

»Wie meinst du das?«

»Ich zeige es dir.« Unvermittelt beugte er sich vor und küsste mich. Ich wollte etwas sagen, aber der Mund war mir verschlossen. Seine Arme umfingen mich, und er streichelte meinen Rücken, während seine Lippen sich hart auf meinen Mund pressten und ihn zu öffnen versuchten. Es tat weh, aber es war auch etwas, das ich mir insgeheim gewünscht hatte. Zögernd gab ich nach. Seine Zunge drang in meinen Mund und spielte mit meiner. Sie zog sich zurück und drang wieder vor, zog sich zurück und drang wieder vor, es war wie ... Ich wollte es nicht, und ich wollte es doch. Es war schön, seltsam, verrückt. Ich, eine dreiundvierzigjährige Frau, küsste einen Priester, der kaum dreißig Jahre alt war. Es war verrückt, und es war zum Scheitern verurteilt. Ich wusste es, aber den Augenblick bis zum Scheitern, den hätte ich am liebsten bis in alle Ewigkeit hinausgezögert.

Endlich löste ich mich von Sebastiano, schwer atmend und verwirrt. »Ich ... ich sagte doch, dass mir die Zeit fehlt.«

»Dafür war sie aber sehr anregend.« Er lachte leicht und wollte mich wieder an sich ziehen, aber ich drehte mich zur Seite. »Ich muss jetzt gehen.«

»Kommst du morgen wieder?«

»Nein.«

»Übermorgen?«

»Ich weiß es nicht. Ich muss darüber nachdenken.«

»Maria, bitte ...«

Ich sprang auf und lief nach Hause in den Schutz meiner Höhle.

Der Zwiespalt zwischen Glück und schlechtem Gewissen hielt unvermindert an, als ich den Eingang erreichte. Latif war nicht da. Ich wunderte mich. Der Platz vor dem Eingang diente uns als Arbeitsplatz, an dem alle häuslichen Verrichtungen erledigt wurden, auch das Ausnehmen von Forellen. »Latif?«

Ich bückte mich und schlüpfte in den schmalen Gang zum Felsendom. »Latif?«

Ich hörte ihn in seiner Höhle rumoren. Er war also da. Ich wollte zu ihm gehen, aber ich tat es nicht. Nach dem, was vorgefallen war, scheute ich das Gespräch mit ihm. Du bist feige!, schalt ich mich, aber ich ging zu meinem Lager und warf mich darauf.

Ich starrte gegen die Felsendecke, doch ich sah sie nicht. Das Einzige, was ich sah, war das eben Erlebte. Ich hatte etwas getan, das nicht recht war, und ich hatte es genossen. Vielleicht hatte ich es getan, weil ich es nur dieses eine Mal tun wollte und danach niemals wieder? War es so? Ich wusste es nicht. Ich wusste überhaupt nichts mehr. Nur eines war klar: Ich musste Latif meine Verfehlung beichten. Unbedingt. Das war ich ihm schuldig.

Ich seufzte. Steh auf!, sagte ich mir. Steh sofort auf und geh zu ihm hinüber! Doch ich blieb liegen. Was sollte ich ihm auch sagen? Die Wahrheit? Die Wahrheit war, dass ich es gewollt hatte, sonst hätte ich es nicht geschehen lassen. Aber was bedeutete das für die Zukunft? Für Sebastianos und meine Zukunft? Für Latifs und meine Zukunft? Latif … Ob er mich auch gern einmal so geküsst hätte? Und ich? Hätte ich ihn gern einmal so geküsst?

Ich schüttelte den Kopf. Ich wusste keine Antwort. Ich setzte mich auf und richtete mir mit den Händen die Haare. Es war so weit. Ich wollte zu ihm hinübergehen.

»Herrin?« Latif stand unverhofft vor mir. Er trug ein Bündel in der Hand. Es war das Bündel, das er schon einmal geschnürt hatte, um mit mir nach Bologna zurückzugehen.

»Latif, ich muss dir etwas sagen …«

»Ihr braucht mir nichts zu sagen, Herrin.« Seine Stimme war tonlos. »Es ist vorbei. Jahrelang habe ich kein Wort darüber verloren, dass Ihr Euch mit dem frommen Mann, der gar nicht fromm ist, getroffen habt. Aber jetzt ist es vorbei.«

»Was meinst du damit?« Ich ging einen Schritt auf Latif zu

und streckte die Arme aus. Doch er wich zurück. »Ich habe Euch beobachtet, Herrin. Euch und diesen Priester.«

»Du hast ...?«

»Ich bin Euch gefolgt, ich gebe es zu. Ich wollte wissen, was geschieht, wenn Ihr Eure Zeit nicht mit mir teilt, sondern mit ihm, und ich habe es gesehen. Es hat mir genügt. Ihr habt mir sehr weh getan, Herrin, mehr, als ich zu sagen vermag. Ich werde Euch verlassen.«

»Das ist unmöglich«, sagte ich ungläubig. »Latif, du musst bleiben!«

»Nein, Herrin, ich gehe fort. Ihr habt meinen Stolz zu sehr verletzt. Ich dachte immer, ich wäre Euer Mann, ich meine, wenigstens ein bisschen, und dieses bisschen hat mir genügt. Doch jetzt ist es vorbei. Ich habe meinen Stolz, und mein Stolz befiehlt mir fortzugehen. Ich habe alles, was mir gehört, an mich genommen. Es ist nicht viel, wie Ihr wisst. Lebt wohl. Möge Allah, der Allessehende, der Weltenlenker, ein Auge auf Euch haben.«

»Latif, bitte, bleib!«

»Lebt wohl, Herrin.«

Er drehte sich um, aber ich riss ihn zurück. »Du musst hierbleiben! Ich befehle es dir! Du bist mein Diener!«

Er blickte mich unendlich traurig an. »Ich bin nicht mehr dein Diener, Carla. Denn du brauchst mich nicht mehr. Du hast einen anderen gefunden.«

»Latif, denk doch an das, was wir alles zusammen erlebt haben! Bleib, bleib, bleib!«

»*As-salamu alaikum.*« Er verbeugte sich und ging, und diesmal ließ ich es geschehen, denn ich spürte, dass es aussichtslos war, ihn daran hindern zu wollen.

Ich sank zurück aufs Bett und vergrub das Gesicht in meinen Händen. Erst spät kamen mir die Tränen, doch als sie kamen, flossen sie ohne Unterlass, und ich keuchte und jammerte wie ein geschundenes Tier.

Ein Leben ohne Latif konnte ich mir nicht vorstellen.

Es dauerte mehrere Tage, bis ich begriff, dass Latif tatsächlich fort war. Ich wanderte durch seine Höhle und betrachtete, was er zurückgelassen hatte. Alles sah aus wie immer, aber alles war anders. Denn Latif hatte mich verlassen. Die Verzweiflung, die Ohnmacht, die Leere, die in mir war, wich einem dauerhaften Schmerz, der tief in mein Herz schnitt. Ich wusste, dass ich den Schmerz für immer spüren würde, und ich wusste auch, dass ich ihn verdient hatte.

Tage und Nächte strichen an mir vorüber, ohne dass ich ihrer gewahr wurde. Nur langsam fasste ich wieder im Alltag Fuß. Doch immer wieder ertappte ich mich dabei, wie ich mit Latif sprach: »Ich will nachher noch Käse machen, vielleicht diesmal mit Thymian«, hörte ich mich sagen, oder: »Die Pflugschar müsste wieder einmal geschärft werden.« Und jedes Mal, wenn ich keine Antwort bekam, schossen mir die Tränen in die Augen.

Ich suchte Trost in der Berührung meiner Venusmaske, setzte sie auf wie früher – und nahm sie wieder ab. Sie erinnerte mich zu sehr an Latif. Um dennoch auf andere Gedanken zu kommen, versuchte ich zu lesen. Anfangs gelang es mir nicht, denn ich erfasste nur die Buchstaben, nicht aber den Sinn, den sie verkörperten. Ich blätterte in Machiavellis *Il Principe,* und mir fiel ein, dass mit dem Streit um den Inhalt dieses Buches mein Unglück angefangen hatte. Ich beschloss, es zurückzugeben. Sofort. Sebastiano würde nicht an unserem Treffpunkt im Buchenhain sein, da wir nicht verabredet waren, aber das war mir gleichgültig. Ich würde das Buch dort ablegen, gut verpackt, geschützt vor der Witterung, und wieder gehen.

Als ich die Stelle im Wald erreichte, legte ich das Buch in den ausgehöhlten Baumstumpf, auf dem Sebastiano so gern saß. Ich legte es hinein und wollte gehen, aber mein Blick fiel auf einen Stab, der daneben im Boden steckte. Es war der Wanderstab, jener kräftige Stock, der von Conor auf Latif und von Latif auf Sebastiano übergegangen war. Nun hatte er den Weg zu mir gefunden.

Ich zog ihn heraus und entdeckte den eingeritzten Schriftzug: S E B A S T I A N O. Das konnte nur eines bedeuten: Der Mann, um dessentwillen Latif mich verlassen hatte, hatte mich ebenfalls verlassen! Carla Maria Castagnolo, die große Medica, die sich nur nach ein wenig Zärtlichkeit gesehnt hatte, war dafür gleich doppelt bestraft worden. Ein Aberwitz! Ein Paradoxon! So tragisch, dass man darüber fast lachen konnte. Und ich lachte unter Tränen. Ich lachte und lachte und konnte nicht aufhören damit, und es hallte durch den ganzen Wald.

Wie ich zu meiner Höhle zurückkam, weiß ich nicht mehr. Ich weiß nur noch, dass ich, kurz bevor ich sie erreichte, den Wanderstab mit aller Kraft in den Bach schleuderte und mit Befriedigung sah, wie er von der Strömung zu Tal gerissen wurde.

Dann war ich allein. Nicht einmal die Ziegen waren mehr da, denn Latif und ich hatten sie vor unserem Versuch, nach Bologna zurückzukehren, freigelassen.

Ich aß nicht, ich trank nicht, ich schlief nicht. Ich lief umher wie ein Automat. Mit Sicherheit wäre ich früher oder später umgefallen und nie wieder aufgestanden, aber Gott, der Allmächtige, entschied, dass meine Zeit noch nicht gekommen war. Er sandte mir ein Zeichen, denn irgendwann in diesen dunklen Tagen hörte ich ein leises Meckern. Es drang von außen in meine Höhle und gehörte dem alten Muttertier, das Latif und mir damals zugelaufen war. Es hatte ein Zicklein bei sich, und mit großer Selbstverständlichkeit nahm die Ziege wieder den Platz ein, den sie schon einmal innegehabt hatte.

Ich war nicht mehr allein.

Ich nannte die alte Geiß Compagna und ihr kleines Böckchen Figliolo. Mit ihnen verbrachte ich meine Tage, und wenn ich in ihre rechteckigen Pupillen sah, ging ein Teil ihrer Zufriedenheit auf mich über. Ich lernte von ihnen Genügsamkeit und Gelassenheit, und ihre Gegenwart machte mich dankbar.

So verging der Sommer. Der Herbst kam und der Winter.

Ich musste mich kaum um meine Ernährung sorgen, denn die Vorräte in den Höhlenkammern waren für zwei Personen angelegt. Für Latif und mich ... Dennoch machte ich es mir zur Angewohnheit, frühmorgens Compagna zu besuchen und sie zu melken, denn Figliolo brauchte ihre Milch nicht mehr. Compagna war eine gute Milchgeberin, deren Quelle über Monate hinweg nicht versiegte, deshalb wunderte ich mich, als sie im Frühjahr spärlicher floss. Man schrieb das Jahr 1596. Es war mein erstes Jahr, das ich ohne jegliche menschliche Gesellschaft verbringen musste. »Was hast du, Compagna?«, fragte ich sie, aber sie schaute mich nur an und fraß weiter.

Am nächsten Tag fiel mir abermals auf, dass der Strahl aus ihren Zitzen dünner war. Ich schaute auf meine Hände und bemerkte, dass sie ein wenig zitterten. Das Zittern konnte nicht von der Anstrengung des Melkens kommen, denn das war ich gewohnt. War es das Alter? Ich war im März vierundvierzig Jahre alt geworden, also eine Frau, die den größten Teil ihres Lebens hinter sich hatte. Aber mussten deswegen meine Hände zittern? Der Tremor verging, und ich dachte mir weiter nichts dabei. Der Grund für den mangelnden Milchfluss waren meine schwächeren Hände gewesen.

Doch nach ein paar Tagen trat das Zittern wieder auf, gefolgt von einem Rigor, einer Muskelstarre, die mich zu einer Unterbrechung meiner Hausarbeit zwang.

Das gab mir zu denken, zumal die Symptome sich in den nächsten Wochen verstärkten. Ich hatte häufiger Schmerzen in den Händen und stellte mich in manchen Dingen unbeholfener an. Auch meine Bewegungen waren mitunter etwas langsamer. Es kam der Tag, da konnte ich mir nichts mehr vormachen: Die ersten Anzeichen der Schüttellähmung zeigten sich bei mir. Es war eine niederschmetternde Erkenntnis, die ich aber, nach einiger Überlegung, gefasst aufnahm. Der Verlauf der Schüttellähmung war immer gleich und führte unweigerlich zum Tod. Das Zittern und die Lähmungen würden sich weiter verstärken, meine Bewegungen würden immer hilfloser werden. Die Schmerzen würden zunehmen, die Schritte kürzer werden, der Atem flacher, die Körperhaltung krummer. Irgendwann würde ich meinen letzten Atemzug tun, vielleicht in einem Jahr, vielleicht in zehn Jahren, das lag allein in Gottes Hand.

Bis dahin aber wollte ich nicht verhungern und nicht verdursten, denn seltsamerweise hing ich am Leben. Ich beschloss, meine Anonymität aufzugeben und mich Tasco anzuvertrauen. Ihm wollte ich sagen, wo genau ich lebte, und ihn bitten, mir bis zum Ende die lebensnotwendigen Dinge zu bringen. Ich würde nicht viel brauchen.

An einem späten Frühlingstag stieg ich mit langsamen, vorsichtigen Schritten zu Tal und stellte mich an den Weg, von dem ich wusste, dass Tasco ihn häufig mit Bocco benutzte. Ich hatte Glück. Ich wartete noch keine Stunde, da kam er schon, fröhlich pfeifend an der Seite seines Grautiers. »*Buongiorno*, Tasco«, sagte ich.

»Nanu, Maria! Dich hätte ich nicht erwartet. Was treibt dich herunter von den Bergen?«

Ich schilderte ihm meine Situation mit kurzen Worten, wobei ich nicht näher auf die Hintergründe einging, warum Latif mich verlassen hatte. Ich sprach von meiner Einsamkeit und von der Krankheit, die mich befallen hatte. Ich sagte: »Es kann sein, dass ich in einem Monat bettlägerig sein werde, es kann aber auch sein, dass es erst in einem oder mehreren Jahren so weit ist. Die Schüttellähmung ist eine tückische Krankheit, die niemand heilen kann. Würdest du hin und wieder nach mir sehen und mir etwas zu essen bringen? Wasser habe ich genug, ich lebe in einer Höhle an einem Nebenarm der Nera. Ich nenne sie Grotta delle Rifugio.«

»Grotta delle Rifugio? Das klingt einladend.« Tasco tätschelte Bocco den Hals, und dieser spielte mit den Ohren. »Natürlich helfe ich dir, aber ich kann nicht versprechen, dass ich regelmäßig komme, allein schon wegen des Wetters. Wo genau lebst du denn?«

Ich erklärte ihm, wie er zu meiner Höhle fände, und er sagte: »Das scheint in der Tat ein Ort zu sein, wo sich Fuchs und Hase gute Nacht sagen. Aber ich werde dich schon finden.«

»Ich danke dir, Tasco«, sagte ich. »Du bist ein guter Mensch. Leider habe ich nichts, was ich dir für deine Hilfe geben könnte.«

Der Händler lachte, und sein Gesicht zersprang in tausend Fältchen. »Man muss nicht immer für alles etwas geben. Wenn ich zu dir komme, Maria, dann komme ich gern. Und nun: Gott befohlen! Bocco und ich müssen weiter.«

»Gott befohlen«, murmelte ich. Ich schaute ihm nach und fragte mich, ob er sein Versprechen einhalten würde.

Ich hätte mir keine Sorgen machen müssen, denn keine vier Wochen später besuchte er mich, mehrere Würste und einen Schinken im Gepäck. »Es ist schön, dass du da bist, obwohl mein Zustand sich nicht wesentlich verschlechtert hat«, sagte ich.

»Ich habe gesagt, ich komme, also komme ich!« Tasco ließ sich in meiner Höhle nieder, nachdem er sie sorgsam inspiziert hatte. »Du lebst nicht schlecht hier. Bist du immer noch allein?«

Ich wusste genau, dass er mit seiner Frage auf Latifs Fortgehen abzielte, aber ich stellte mich dumm und antwortete: »Ich bin nicht allein. Compagna und Figliolo sind bei mir. Sie können es mit jeder menschlichen Gesellschaft aufnehmen. Aber wenn ich einmal nicht mehr aufstehen können sollte, bitte ich dich, sie freizulassen.«

Wir plauderten noch eine Weile, und als Tasco sich verabschiedete, gab ich ihm ein paar irdene Gefäße mit Kräuterarzneien. »Die sind für die Würste und den Schinken«, sagte ich. »Bringe mir beim nächsten Mal die Gefäße wieder mit, dann will ich sie dir erneut füllen.«

»Das mache ich, Maria.«

»Und vielleicht kannst du in der Kirche von San Martino eine Kerze anzünden?«
»Auch das mache ich.«
»Du bist ein guter Mensch, Tasco.«
»Ach was, *arrivederci,* Maria,«
»*Arrivederci,* Tasco.«

Wieder ging ein Winter ins Land, das neue Jahr kam, und mein Zustand wurde nicht besser. Im Frühjahr und Sommer besuchte mich der treue Tasco und munterte mich auf. Als er bemerkte, dass ich langsamer und leiser sprach, sagte er: »Ich nehme an, das hängt mit deiner Krankheit zusammen, Maria, aber glaube mir: Ich verstehe dich gut. Ich würde dich sogar verstehen, wenn du gar nicht sprächest.«
»Du bist ein guter Mensch.«
Er drohte scherzhaft mit dem Finger. »Du wiederholst dich. Wenn ich das noch einmal höre, komme ich nie wieder. *Arrivederci,* Maria!«

Im Herbst kam er wieder und überraschte mich im Bett. Ich hatte mich hingelegt, denn die tägliche Arbeit zehrte zusehends an meinen Kräften. »*Buongiorno,* Maria!«, rief er. »Ich dachte schon, du wärst nicht da.«
»Ich bin immer da«, antwortete ich. Und fragte mich, ob mein Hörvermögen ebenfalls schon nachließe.
»Ich habe das Übliche dabei, diesmal auch ein paar Eier. Wenn sie dir schmecken, könnte ich dir beim nächsten Mal auch ein oder zwei Hühner und einen Hahn mitbringen.« Er lachte. »Hoffentlich denke ich dran. Aber wenn ich sie vergesse, bringe ich sie eben beim übernächsten Mal mit. Was man nicht im Kopf hat ... *Chi non ha testa ha gambe!*«
»Ja«, sagte ich und dachte daran, dass mir das Gehen immer mehr Mühe bereitete.

Wie immer plauderten wir ein oder zwei Stunden, er berichtete vom neuesten Klatsch in San Martino, Forcella und Casali, und ich stellte wieder einmal fest, dass der neueste Klatsch sich in nichts von dem alten unterschied.

»*Arrivederci,* Maria, Gott befohlen.«
»*Arrivederci,* Tasco.«

Beim nächsten Mal wollte es der Zufall, dass ich abermals im Bett lag, obwohl ich mich an jenem Tag recht wohl fühlte. Es war ein frischer Tag im Spätherbst, und den Geräuschen nach hatte er mir das erbetene Scheitholz mitgebracht und zündete nun ein Feuer an.

»Tasco!«, rief ich in Richtung Felsendom. »Es geht mir heute etwas besser. Warte, ich komme und helfe dir.« Ich kroch aus dem Bett, warf mir eine wärmende Jacke über und strebte mit kleinen Schritten zur Feuerstelle. »Du bist eine treue Seele, Tasco«, sagte ich. »Dass du ein guter Mensch bist, darf ich ja nicht mehr sagen, also sage ich, du bist eine treue Seele und ...«

Ich hielt inne, denn zu meiner Verblüffung war es nicht Tasco, der vor mir stand.

Es war Latif.

DAS SIEGEL
Il sigillo

Ich musste umgefallen sein, denn als ich erwachte, lag ich wieder in meinem Bett, und Latif stand neben mir und füllte einen Becher mit Wasser. »Wache ich oder träume ich?«, flüsterte ich. »Bist du es wirklich?«
Er reichte mir den Becher, und ich sah, dass kein Zweifel bestehen konnte. Er war es, wenn auch nochmals um einiges schlanker geworden. »Trink das«, sagte er. »Ich werde in Zukunft ›du‹ zu dir sagen und dich ›Maria‹ nennen, denn ich bin nicht mehr dein Diener.«

Ich hatte mich mit Mühe aufgerichtet und trank einen Schluck. Noch immer konnte ich kaum glauben, dass er wieder da war. »Ich habe dich sehr verletzt«, sagte ich nach einer Weile. »Wie sehr, ist mir erst hinterher richtig klargeworden. Warum bist du zurückgekommen?«

»Weil du mich brauchst.«

Ich trank einen weiteren Schluck und wollte den Becher mit zitternder Hand abstellen, aber Latif nahm ihn mir aus der Hand. »Ich habe deine Gefühle mit Füßen getreten. Ich habe mich dafür geschämt. Es tut mir so leid.«

»Sprechen wir nicht mehr davon.«

Ich begann zu weinen.

»Weine nicht, ich bin ja wieder da.«

»Ja«, sagte ich schniefend, »ich glaube, ich habe es eben erst wirklich begriffen.«

Nachdem Latif zu mir zurückgekehrt war, schien alles wieder wie früher zu sein, und doch war es anders. Er begegnete mir nach wie vor mit Respekt, aber mit größerer Distanz. Gerne hätte ich ihn auf seine Unnahbarkeit angesprochen, aber ich wagte es nicht, aus Angst, ich könnte ihn vor den Kopf stoßen. So blieb unser Verhältnis ziemlich kühl, obwohl er alles für mich tat, was vonnöten war. Er umgab mich mit großer Fürsorge, kochte Mahlzeiten mit der ihm eigenen Unzulänglichkeit, kümmerte sich um das Feuer, hielt die Gerätschaften instand und fütterte die Ziegen.

Als ein paar Tage ins Land gegangen waren, fragte ich ihn: »Woher wusstest du eigentlich, dass ich dich brauche?«

»Von Tasco. Ich traf ihn, und er erzählte mir, dass du an Schüttellähmung leidest. Ich wusste nicht, wie schlimm die Krankheit ist, aber als er es mir erklärte, drang die Nachricht tief in mein Herz. Ich rollte mehrere Tage meinen Teppich aus, bis Allah, der Alleswissende, der Allessehende, mir deutlich gemacht hatte, dass Menschlichkeit und Barmherzigkeit wichtiger sind als verletzter Stolz. So bin ich gekommen.«

Ich saß ihm gegenüber am Feuer und sah ihn an. Sein Gesicht wirkte ernst. Das machte ihn interessant, aber auch fremd. »Wo hast du Tasco getroffen?«, fragte ich.

»In Spoleto, im Umbrischen.«

»Spoleto? Das ist weit weg. Das liegt doch gar nicht auf Tascos Strecke?«

»Nein. Er besuchte eine alte Tante. Allah wollte es, dass unsere Wege sich dort kreuzten.«

»Aber was hast du in Spoleto gemacht?«

»Du fragst viel, Maria.«

»Willst du es mir nicht sagen?«

Latif legte Holz nach, denn der Winter war mit Macht zu uns in die Berge gezogen. »Ich habe einem Herrn gedient, denn etwas anderes als dienen habe ich nicht gelernt. Der Herr war ein Feigling, der bei Höhergestellten katzbuckelte, doch zu Hause seine Frau schlug. Ich vertrug mich schlecht mit ihm, denn er las in meinem Gesicht, dass ich sein Verhalten missbilligte.«

»Und was hat dich nach Spoleto verschlagen?«

»Die Nera, wenn du so willst. Ich bin einfach an ihr entlangmarschiert, immer am Ufer, um mich nicht zu verlaufen. Mehrere Wochen war ich unterwegs, bis ich nach Spoleto kam. Es ist eine Kleinstadt mit allem, was eine Kleinstadt ausmacht. Kirche, Markt und Friedhof. Ein paar Handwerker. Sogar einen Buchhändler gibt es dort. Er bot etwas feil, das dich vielleicht interessieren wird.« Latif erhob sich, ging hinüber in seine Höhle und kam mit einem in Pergament gehüllten Paket zurück. »Das ist für dich.«

Ich nahm das Paket entgegen und wog es neugierig in den Händen. »Da du es von einem Buchhändler hast, wird es sich um ein Buch handeln.«

»Du hast es erraten.« Ein Funke alter Verschmitztheit blitzte in seinem Gesicht auf.

Ich entfernte das Pergament und erwartete, den Titel lesen zu können, aber das Buch war nochmals eingeschlagen. Diesmal in schweres Papier, das mit einem rotglänzenden Siegel verschlossen war.

»Brich es auf, Maria.«

Ich betrachtete das Siegel, schüttelte ungläubig den Kopf und sah näher hin. Ein Zweifel war ausgeschlossen. Es war das Siegel von Gaspare Tagliacozzi. Es zeigte einen Kranz von Lilien, jener Blumen, die auch ein Merkmal seines Wappens waren.

Latif sagte: »Das Buch ist von dem schändlichen Mann, der abtreiben lassen wollte. Trotzdem soll es ein großartiges medizinisches Werk sein.«

»Danke.« Meine Hand begann zu zittern.

»Quält dich die Schüttellähmung wieder?«

»Ja«, sagte ich, obwohl das Zittern eine andere Ursache hatte. »Nimm es mir nicht übel, aber ich möchte das Buch jetzt nicht ansehen. Vielleicht später, wenn es mir etwas bessergeht.«

»Vielleicht hätte ich es dir nicht mitbringen sollen, aber ich dachte, du seist über die Sache mit dem schändlichen Mann hinweg?«

Ich antwortete nicht.

Schweigend nahm Latif das Buch und legte es zur Seite. »Ich bin dir nicht böse, wenn du es nicht lesen willst. Vielleicht hätte ich es gar nicht mitbringen sollen.«

»Doch, doch, ich freue mich sehr.«

»Du freust dich nicht.«

»Woher willst du das wissen?«

Latif schaute mich an. »Woher? Immerhin war ich fast zwanzig Jahre lang dein Diener.«

»Und was bist du jetzt?« Gespannt wartete ich auf seine Antwort.

Er ließ sich Zeit. Dann sagte er: »Einer, der sich um dich kümmert.«

»Natürlich«, sagte ich und fühlte einen Stich der Enttäuschung.

Der Winter kam mir weniger hart vor als der vorherige, aber vielleicht lag das an Latif und seiner Gesellschaft. Er tat alles, um mich zu schonen, manchmal sogar mehr, als mir lieb war, denn bei Schüttellähmung ist es wichtig, die Muskeln in Übung zu halten. Als der Frühling kam, sagte ich zu ihm: »Die wärmeren Temperaturen tun mir gut. Ich will wieder Arbeiten übernehmen. Lass mich die Ziegen versorgen; ihnen ist es gleich, ob die Hand, die ihnen das Futter gibt, zittert oder nicht.«

»Meinst du wirklich, du schaffst das?«

»Wenn ich es nicht versuche, werden wir es nicht erfahren.«

Latif blickte von seiner Zimmermannsarbeit auf. »Ich würde dir gern den Zimtrosentrank zubereiten, aber ich habe keine Zimtrosen.«

Sein Angebot rührte mich, ich sagte: »Ich werde die Ziegen auch ohne Zimtrosentrank satt bekommen. Und wenn ich das geschafft habe, schaffe ich vielleicht auch mehr.«

Latif schüttelte den Kopf. Er baute auf dem Vorplatz den Pflug um, weil er ihn fortan allein ziehen musste. »Übernimm dich nicht, Maria. Allah hat mir Kraft für zwei gegeben. Mach nur das, was du dir wirklich zutraust.«

»Nun gut, ich verspreche es.«

»Ich habe eine Idee, Maria.«

»Eine Idee, was für eine Idee?«

»Sie geistert mir schon einige Tage im Kopf herum. Warte einen Augenblick.« Er verschwand in der Höhle und kam mit meiner goldenen Venusmaske zurück. Er legte sie auf den Stein, der ihm als Werkzeugablage diente, und sagte: »Deine Hände zittern wieder. Lege sie auf die Maske und warte, was geschieht.«

»Was bezweckst du damit?«

»Die Maske hatte immer eine beruhigende Wirkung auf dich, versuche es.«

Ich legte die Hände auf die Maske und spürte wie immer die Kraft, die von ihr auf mich überging. Täuschte ich mich, oder zitterten meine Hände tatsächlich weniger?

»Die Maske wirkt, ich wusste es.« Latifs Stimme klang froh. »Immer, wenn deine Hände zittern, legst du sie ab jetzt auf die Maske.«

Ganz so einfach wird es kaum sein, wollte ich sagen, aber ich schwieg, denn ich sah, dass Latif sich über seinen Einfall freute, und diese Freude wollte ich nicht trüben.

Ob es an der Maske lag oder an den warmen Temperaturen im Frühling und Sommer, weiß ich nicht, in jedem Fall ging es mir bis zum Ende des Jahres etwas besser. Zeitweise glaubte ich sogar, ich hätte eine falsche Diagnose gestellt, aber das waren natürlich Träumereien. Die Zitter- und Lähmungsanfälle traten nach wie vor auf, mit der Zeit sogar wieder stärker als zuvor.

Kurz vor dem Weihnachtsfest überlegte ich lange, was ich Latif schenken könnte. Er war so gut zu mir, und ich wollte ihm unbedingt eine Freude machen. Aber was konnte ich tun? Ich besaß zwar einen Streifen burgunderroter Seide, die Tasco mir irgendwann überlassen hatte, aber der Stoff war sehr schmal und damit ungeeignet für die Anfertigung eines Kleidungsstücks. Doch dann fiel mir auf, dass Latifs geliebter Gebetsteppich an den Seiten ziemlich ausgefranst war – eine Folge der täglichen fünfmaligen Benutzung.

Ich könnte die Ränder mit dem Stoff umsäumen!, dachte ich. Es wird schwierig für mich werden, die Nadel zu führen, aber ich kann es schaffen. Die Frage ist nur, wann ich es tun soll. Alle paar Stunden benutzt Latif den Teppich, und ich brauche mindestens einen halben Tag für die Arbeit.

Der Zufall kam mir zu Hilfe. Einen Tag vor dem heiligen Abend musste Latif ins Tal, um Tasco zu treffen, denn es war ein schlechtes Bucheckern-Jahr gewesen, und unser Lampenöl ging zur Neige. Ich wusste, er würde für viele Stunden fort sein, und ich hoffte, die Zeit würde reichen.

Und sie reichte tatsächlich. Der Rand des Teppichs wurde wieder schön und glatt, mit einem burgunderroten Saum. Zwar wäre mir die Arbeit in früherer Zeit noch besser gelungen, aber ich gab mich damit zufrieden. Ich ging hinüber in Latifs Höhle und legte den geliebten Kelim wieder an seinen Platz. Gespannt wartete ich, ob er bei seinem nächsten Gebet die Veränderung bemerken würde.

»Gelobt sei Allah!«, hörte ich ihn kurz nach seiner Rückkehr rufen. »Ein Wunder ist geschehen!« Schnelle Schritte näherten sich. »Maria?«

»Ja?« Ich tat, als sei ich sehr beschäftigt.

»Du hast meinen Teppich ausgebessert!«

»Ach so, ja«, sagte ich. »Es schien mir nötig. Ich weiß doch, wie sehr du an dem Ding hängst.«

»Du hast mir eine große Freude gemacht, danke!« Er strahlte über das ganze Gesicht.

Seine Freude steckte mich an. Ich hatte gehofft, dass er so reagieren würde, aber ich war mir nicht sicher gewesen. »Wenn du glücklich bist, bin ich es auch«, sagte ich.

»Ja, Herrin, äh, ich meine, Maria.«

»Weißt du was, wir sollten schon jetzt Weihnachten feiern, auch wenn es eigentlich erst morgen ist.«

»Einverstanden. Ich werde Allah, den Allesverstehenden, den Allesverzeihenden, auf meinem neuen Teppich bitten, an diesem Fest der Ungläubigen teilnehmen zu dürfen – so wie ich es in der Vergangenheit schon dutzendmal getan habe.«
»Das klang fast schon wieder wie mein alter Latif.«
»Tat es das?«
»Ja, das tat es.«

Das Jahr 1599 kam, und das Verhältnis zwischen Latif und mir normalisierte sich. Es war wieder so wie früher, nur mit dem Unterschied, dass Latif mir zwar diente, aber nicht mehr mein Diener war. Ein Unterschied, den er von Zeit zu Zeit betonte, wodurch ich den Eindruck gewann, er wäre es vielleicht doch gern wieder. Aber die alten Zeiten waren vorbei, wir lebten in der Gegenwart, und die war abwechslungsreich genug. Immer wieder geschahen große und kleine wundersame Dinge in der Natur, die zu beobachten mir viel Freude bereitete. Stundenlang konnte ich dem Kreisen der Adler und der Bussarde über den Gipfeln zusehen, dem Aufspringen einer Blütenknospe inmitten der Hochwiese oder der Geburt eines Zickleins in unserer immer größer werdenden Herde.

Wieder war es kurz vor Weihnachten, als Tasco eines Tages zu uns heraufkam, um einige Lebensmittel zu bringen. Er war Latif und mir ein guter, verschwiegener Freund geworden, der unsere einzige Verbindung zu der Welt nach draußen darstellte. Neben dem üblichen Klatsch und Tratsch hatte er diesmal eine ungewöhnliche Geschichte im Gepäck. Ein Söldneroffizier, so berichtete er, habe sich ein paar Tage in San Martino aufgehalten, und dieser Söldner sei ständig betrunken gewesen und hätte im Suff eine seltsame Behauptung aufgestellt: Die Nase sei ihm im Kampf abgeschlagen, doch anschließend wieder perfekt aus einem Stück seines Arms rekonstruiert worden, was große Schmerzen bereitet und lange Monate gedauert hätte. Tasco und die Umstehenden hatten seine Worte zunächst für dumme Prahlerei gehalten, doch als sie näher hinsahen, waren tatsächlich feine Operationsnähte am Nasenrand erkennbar geworden. So etwas, sagte er, habe er noch nie in seinem Leben gesehen.

»Hat der Soldat auch erzählt, wer die Rekonstruktion durchführte«, fragte ich.

»Ja, Maria, das hat er. Der Operateur war aus Bologna, ein berühmter Arzt und Chirurg namens ...« Tasco zog die Stirn kraus. »Jetzt habe ich doch glatt den Namen vergessen. Irgendwas mit Taglo ... oder Tigla ... tut mir leid, ich komme nicht drauf. Aber dass der Mann tot ist, weiß ich noch.«

»Tot?«, fragte ich ungläubig.

»Das hat der Soldat behauptet. Er sagte noch: ›Schade um den Professor, der hatte Hände, geschickt wie ein Zauberer.‹ Sein Tod soll gar nicht so lange her sein, Anfang November war es wohl. Ist was, Maria? Du guckst so komisch?«

»Es ist nichts«, sagte ich. »Latif, schenk bitte unserem Gast etwas von dem Wein ein, den er mitgebracht hat.«

Tasco trank und lachte. »So nehme ich einen Teil dessen, was ich heraufgeschleppt habe, wieder mit hinunter. Verkehrte Welt!« Er lachte noch ein bisschen weiter, aber Latif und ich lachten nicht mit.

In den Monaten darauf, man schrieb mittlerweile das Jahr 1600, merkte ich, dass Gaspare Tagliacozzi und sein Tod mir nicht aus dem Kopf gingen. Er war im Alter von dreiundfünfzig Jahren gestorben – eine lange Lebensspanne, wenn man bedachte, dass viele der Armen und Verlorenen in Bologna höchstens dreißig oder vierzig Jahre alt wurden. Ich selbst war auch schon achtundvierzig Jahre alt. Und ich war krank.

Ich beschloss, das Werk Tagliacozzis hervorzuholen und zu lesen. Auf meinem Bett sitzend, brach ich das Verpackungssiegel auf und entfernte das Papier. Zu meiner Überraschung war es nicht ein einzelnes Buch, das zum Vorschein kam, sondern gleich deren zwei. *De Curtorum Chirurgia per insitionem* lautete der Titel. Tagliacozzi hatte also schon auf der ersten Seite keinen Zweifel aufkommen lassen wollen, dass seine Kunst darin bestand, Verstümmelungen durch Aufpfropfen von Haut zu behandeln. Die Wortwahl »Aufpfropfen« war dabei typisch für ihn. Er hatte sich, wie so oft bei seinen Beschreibungen, einer Analogie bedient, in diesem Fall einer aus der Gärtnersprache.

Das Titelbild selbst bestand aus prachtvollen Gravuren, die einen marmornen Säulengang zeigten. Vor den beiden Frontsäulen waren links und rechts lebensgroß die Figuren von Hippokrates und Galen abgebildet, und oben im Gesims zeigte sich das Wappen des Herzogs Vincenzo Gonzaga, einem bekannten Adligen, dem das Werk offenbar gewidmet war. Im unteren Bereich war der Erzengel Raffael zu erkennen, der den jungen Tobias führte, der wiederum einen Fisch in der Linken hielt.

Ganz unten am Rand entdeckte ich noch eine Kursiv-Schrift: *Apud Gasparem Bindonum iuniorem. Venetijs, 1597* stand da zu lesen. Das Werk war also von Gaspare Bindoni herausgebracht worden, dem Spross einer der berühmtesten Druckerfamilien Venedigs. Dass Tagliacozzi sein Werk in der Lagunenstadt hatte erscheinen lassen, hing gewiss damit zusammen, dass sie als liberalstes Druckzentrum Italiens galt. Aber auch dort gab es ein Amt, das überprüfte, ob ein neues Werk keine gotteslästerlichen Äußerungen enthielt. Man erkannte es auf der ersten Innenseite, wo Folgendes zu lesen war:

*1597, am 29. Tag des Monats April, registriert
im Amt gegen Blasphemie
Philippus Brocardus,
Co-Adjutor im Amt gegen die Blasphemie*

Ich schlug das Buch endgültig auf und vertiefte mich in seinen Inhalt. Schon nach wenigen Seiten merkte ich, dass Tagliacozzi sein gesamtes Wissen in diese zwei Bücher gelegt hatte. Es stellte eine Bündelung und Aufbereitung aus dreißigjähriger medizinischer Tätigkeit dar. Die Technik der *Ars reparatoria* mit ihren sechs Akten war bis ins Kleinste beschrieben und mit vielen Abbildungen veranschaulicht worden. Ich studierte Kapitel für Kapitel, und vieles von dem, was ich las, kam mir sehr bekannt vor. Doch genau wie in seinem Werk *De Instrumentis pro Arte reparatoria* hatte Tagliacozzi es auch hier versäumt, mich und meinen Beitrag zur Verbesserung von Operationen und Operationstechniken zu erwähnen. Dies erschien mir umso auffälliger, als er durchaus andere Chirurgen und Ärzte genannt hatte. Neben den Erkenntnissen der alten Meisterärzte wurden auch die Verdienste der zeitgenössischen Heilkundigen erwähnt. Ich fand die Namen von Alessandro Benedetti, Andreas Vesalius, Ambroise Paré, Etienne Gourmelen, Johannes Schenk von Grafenberg und eine Reihe anderer. Tagliacozzi schrieb in der ihm eigenen blumig-metaphorischen Art, alle Genannten hätten zwar eine feste Meinung zu der *Ars reparatoria,* jedoch nie an einer entsprechenden Operationen teilgenommen, geschweige denn selbst eine durchgeführt. Da ich ihn gut gekannt hatte, war mir klar, welches Vergnügen ihm dieser Seitenhieb auf seine Kollegen bereitet haben musste.

Und noch etwas war mir klar: Er hatte meinen Namen schon zum zweiten Mal ganz bewusst nicht erwähnt.

Wie nahe geht dir das?, fragte ich mich, und ich erkannte, dass es fast genauso weh tat wie beim ersten Mal. Es war einfach ungerecht, meinen Namen nicht zu erwähnen. Es war falsch, es war kleingeistig, es war …

Ich mahnte mich, ruhig zu bleiben, und sagte mir, dass ich andere Sorgen hätte, als mich über einen Toten zu ärgern. Aber dieser Tote lebte weiter. Er lebte weiter durch seine Werke, und in ebendiesen Werken hatte er meinen Beitrag zur Wissenschaft verschwiegen. Mehr noch, er hatte ihn sich an die eigene Brust geheftet.

Nachdem der Sturm meiner Gefühle etwas abgeflaut war, rief ich mir einen Satz von Aristoteles ins Gedächtnis, jenem großen Philosophen, der so oft und gern von Tagliacozzi zitiert worden war. Er lautet: *Glück ist Selbstzufriedenheit.*

War ich mit mir selbst zufrieden? In gewisser Weise schon. Der Trubel, die Hektik, die Jagd nach Ruhm, alles das, was in der Großstadt Bologna so wichtig war, zählte für mich nicht mehr. Für mich zählte nur noch das, was mich umgab: die Natur, die Berge, die Tiere – Latif.

Und doch: Es nagte weiter in mir, und einige Tage später, als wir abends beim Feuer saßen, sagte ich zu Latif: »Ich habe mich zu etwas entschlossen, aber ich kann es nicht allein durchführen. Würdest du mir dabei helfen?«

»Lass mich raten, was du vorhast.«

»Das rätst du nicht.«

»Vielleicht doch, Maria.« Latif unterbrach seine Lektüre im Koran. »Du willst die Geschichte deines Lebens niederschreiben, stimmt's?«

Ich staunte. »Ja, es stimmt, aber wie konntest du das wissen, wo ich es doch bis eben selbst nicht wusste?«

»Ich kenne dich. Ich habe dich beobachtet, während du in den Büchern des schändlichen Mannes lasest. Sicher hat er wieder vergessen, deine Leistungen zu erwähnen.«

»Es scheint, als könnte ich vor dir keine Geheimnisse haben. Ich möchte einen Lebensbericht aufsetzen und darin die Wahrheit ans Licht bringen. Ich hoffe, dass irgendwer irgendwann den Bericht finden wird, vielleicht lange nachdem es uns beide nicht mehr gibt: in fünf, in zehn oder auch erst in fünfzig Generationen. Er wird lesen, wie es zuging in unserer Zeit und in unserem Land, er wird lesen von verschwenderischem Reichtum und bitterem Elend, von Hoffart und Demut, von Fastenzeiten und Fressgelagen, von Neid, Missgunst und Intrigen, aber auch von wahrer Treue und edelmütiger Freundschaft. Er wird erkennen, wie viel Ungerechtigkeit und Unterdrückung den Frauen widerfuhr, wenn sie den Anspruch erhoben, den

Männern gleichgestellt zu sein, und er wird ungläubig den Kopf schütteln über die Bestechlichkeit der Beamtenschaft, die Verdorbenheit der Priesterschaft und die tödliche Borniertheit der Inquisition ... Über alles das will ich berichten, und mein Leben soll dabei als Beispiel dienen. Willst du mir helfen, die Wahrheit aufzuschreiben?«

»Ja, Maria, das will ich.«

»Dann wirst du Hunderte von Seiten im Schein des Feuers schreiben müssen, Abend für Abend, Nacht für Nacht, und du wirst am Ende ein Buch aus den Seiten binden müssen, das gut geschützt an einem versteckten Ort die Jahrhunderte überdauern kann. Traust du dir diese Aufgabe zu?«

»Ja, Maria.« Latif legte den Koran beiseite. »Nichts in unserem Leben geschieht ohne den Willen Allahs, und es ist gewiss kein Zufall, dass ich gerade in der Fünften Sure las. Darin steht, dass die Wahrheit gleichermaßen Erfüllung und Wächter unseres Lebens ist. Allah, der Erbarmer, der Barmherzige, wird mir helfen, deine Wünsche zu erfüllen und deine Geschichte wortgetreu festzuhalten.«

»Ich danke dir, Latif«, sagte ich gerührt. »Aber wie du weißt, ist es eine lange Geschichte. Es werden vielleicht Jahre vergehen, bis ich sie zu Ende erzählt habe – wenn ich sie überhaupt bis zum Ende erzählen kann.«

»Das macht nichts. Die Wahrheit ist jede Mühe wert.«

»Und wann sollen wir beginnen?«

»Jetzt gleich, Maria, jetzt gleich.«

Vier Jahre sind seitdem verstrichen. Ich lebe noch und bin in der Gegenwart zurück. Es war wichtig, mein Vorhaben in die Tat umzusetzen, obwohl ich manches Mal glaubte, ich müsse aufgeben, wenn die tückische Krankheit mich niederwarf. Doch immer wieder war es Latif, der mir Mut zusprach und mich dazu ermunterte, ihm mein Leben bis zum Schluss in die Feder zu diktieren.

Ich empfinde keinen Triumph, nur tiefe Genugtuung, denn ich habe die Wahrheit, dieses kostbare Gut, unverblümt nach bestem Wissen und Gewissen beim Namen genannt. Auch mir selbst gegenüber.

Was zu sagen war, habe ich gesagt. In meinem Herzen herrschen Frieden und Gelassenheit, dazu die leise Zuversicht, dass »die Medica von Bologna« eines Tages wiederauferstehen wird.

Ich habe jetzt Zeit.

Was draußen in der Welt passiert, berührt mich nicht mehr. Ob der Papst im Vatikan Urban, Gregor, Innozenz oder Clemens heißt, der Sultan in Istanbul stirbt, ein neuer Doge in Venedig regiert oder in England ein König eine Königin ablöst – das alles ist mir gleichgültig. Ebenso wie das Gerücht, der Leichnam Gaspare Tagliacozzis sei nach seinem Tod aus der Gruft hervorgeholt und in unbekannter Erde verscharrt worden, weil die Kirche ihn und sein Werk als ungesetzlich und wider die Natur verdammt habe.

Zeit ist ein Geschenk Gottes, und ich preise den Allmächtigen, dass ich den Rest meiner Tage mit Latif am wärmenden Feuer verbringen darf. Während ich das letzte Kapitel meines Lebensberichts schilderte, ist etwas in mir gewachsen. Ich habe gespürt, dass nicht mein Verstand, sondern mehr und mehr mein Herz die Worte sprach, die Latif niederschrieb. Ein tiefes, starkes, nie gekanntes Gefühl zu ihm durchströmt mich, ein Gefühl jenseits aller Vertrautheit, Geborgenheit und Zuneigung …

Ja, Latif, ich spreche von dir, hebe dein Gesicht und sieh mich an, damit ich es dir sagen kann: Ich glaube, ich liebe dich. Schau nicht so verdattert drein. Ich glaube, ich liebe dich wirklich. Endlich habe ich es erkannt. Lege den Federkiel beiseite, ja, lege ihn beiseite und komm zu mir.

Komm auf diese Seite des Feuers …

Anhang
*Die Sechs Akte
zur Rekonstruktion einer Nase
nach Gaspare Tagliacozzi*

Alle Abbildungen aus:
Gnudi/Webster, *The Life and Times of Gaspare Tagliacozzi,
Surgeon of Bologna*, New York 1950

Der Erste Akt

Der Holzschnitt gegenüber zeigt einen Patienten mit Nasenstumpf sowie den Bereich seines linken Oberarms, aus dem später der Lappenstiel für die Nasenrekonstruktion herausgetrennt wird. Der Erste Akt besteht in der Herstellung eines brückenförmigen Lappens, der oben und unten noch mit der Armhaut verbunden ist. Mit Hilfe einer Sonde wird ein Leinenstreifen unter dem Hautlappen hindurchgezogen und verknotet. Dadurch wird eine Entzündung begünstigt, die durch die Behandlung mit Umschlägen und Salben eine gewünschte Eiterung zur Folge hat. So soll das Fleisch für die Verpflanzung »vorbereitet« werden.

EE   Vorderansicht des Nasenstumpfs
AG   Der über dem Muskelgewebe herausgetrennte Hautlappen
CD   Der obere Teil des Lappens
HQ   Der untere Teil des Lappens
BE   Leinenstreifen

Der Zweite Akt

Er findet vierzehn Tage nach dem Ausstechen des brückenförmigen Hautlappens statt, nachdem die Armwunde in ihrer Veränderung und Vereiterung sowie Alterung und Austrocknung genau beobachtet wurde. Er besteht darin, den Lappen an der zur Schulter gelegenen Seite aufzuschneiden, wodurch er an drei Seiten offen ist, das heißt, er hängt nur noch an der zum Ellbogen hin gelegenen Seite. Ein Lappenstiel ist entstanden.

GDH Der herausgelöste Lappenstiel
H   Das Ende des Lappens
G   Die Seite, an der er noch festsitzt
D   Der Lappen selbst
ABF Der Bereich, aus dem der Lappen herausgetrennt wurde
E   Das darunterliegende Muskelgewebe

Der Dritte Akt

Er besteht zunächst in der Auffrischung des Nasenstumpfs mit dem Messer. Danach wird ein Stück Pergament auf den Stumpf gelegt und seine Kontur nachgezeichnet. Nach der so entstandenen Vorlage wird der Hautlappen zurechtgeschnitten und an den Nasenstumpf angepasst. Es folgt das Annähen des Lappens, dessen Innenseite ebenfalls aufgefrischt wurde, wobei ein Ende weiterhin mit dem Arm verbunden bleibt. Beim Nähen müssen die Stiche sauber und gleichmäßig gesetzt werden, zunächst markiert und dann ausgeführt. Ist dies geschehen, wird der Arm des Patienten mittels Gurten und Bändern und einer Stützweste so unverrückbar fixiert, dass der Lappen in der Folge anwachsen kann.

L	Das Lappenende, an dem die Verpflanzung stattfindet
I	Der Beginn des Lappens
N	Operationszone, bandagiert und versorgt
αεω	Hauptbandage
DD	Ellbogenbandage
CCC	Brustbandage
M	Obere, querliegende Bandage
BB	Achselbandage
OO	Kapuze
NN	Ohröffnung in der Kapuze
GGG	Weste, Vorderansicht
HH	Vorderseite der Weste, geschlossen durch Schnüre
AAA	Verbindungsschnüre

Der Vierte Akt

In der vierten Operationsphase, jedoch spätestens am zwanzigsten Tag, gilt der Lappen als angewachsen. Er wird vom Arm getrennt, und zwar so, dass noch ein gutes Stück über den Nasenstumpf hinausragt. Der Patient wird von allem fixierenden Material befreit und darf wieder aufstehen und sich frei bewegen.

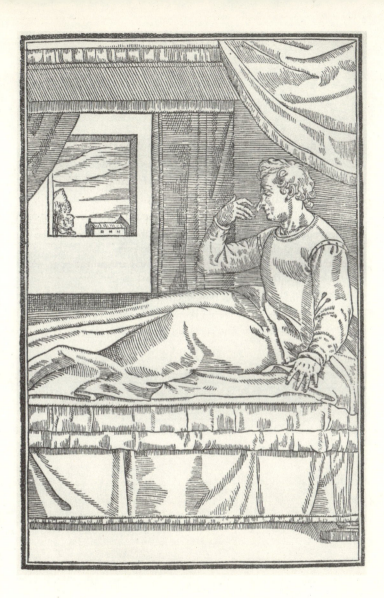

Der Fünfte Akt

Er sieht die Modellierung der Nase vor. Das überstehende Stück Nasenlappen wird mit Hilfe von Binden so über die Oberlippe gedrückt, dass daraus später das Septum und die Nasenlöcher gebildet werden können.

A   Ansatz der unteren, den Nasenrücken überdeckenden Bandage
B   Verlauf der oberen Bandage vom Nasenseptum bis zum Hinterkopf
C   Verlauf der unteren Bandage bis zum Hinterkopf
D   Verknotung der oberen Bandage am Hinterkopf
O   Verknotung der unteren Bandage am Hinterkopf

Der Sechste Akt

Die Anheftung des Septums stellt den sechsten Schritt der gesamten Operation dar. Die langsame und allmähliche Verbesserung der Form findet durch das Anbringen von Nasenmodellen *(tectoria)* statt, während zeitgleich Röhrchen *(tubuli)* aus Blei, Silber oder Gold in die Nase eingeführt werden. Mindestens zwei Jahre soll der Patient das Nasenmodell mit den Röhrchen nachts tragen, um das gewünschte Resultat zu erzielen.

CB Die in Form gebrachte Nase
E   Die vernarbte Stelle des herausgetrennten Hautlappens

DANK

Es war der 7. August 2008 an Kopenhagens idyllischer Wasserseite, dem Nyhavn, als die Geburtsstunde der Medica von Bologna schlug. Sie ist das Produkt einer höchst angenehmen, lebhaften und kreativen Unterhaltung zwischen meiner Frau, meinem Verleger Hans-Peter Übleis und mir. Ohne die beiden und ihre tatkräftige Unterstützung hätte es dieses Buch nicht gegeben. So einfach ist das. Deshalb meinen herzlichen Dank an sie.

Wolf Serno